SANGUE & MEL

SHELBY MAHURIN

SANGUE & MEL

Tradução de
Glenda d'Oliveira

7ª edição

Galera

RIO DE JANEIRO
2023

EDITORA-EXECUTIVA
Rafaella Machado

COORDENADORA EDITORIAL
Stella Carneiro

EQUIPE EDITORIAL
Juliana de Oliveira
Isabel Rodrigues
Manoela Alves

PREPARAÇÃO
Clara Alves

REVISÃO
Cristina Freixinho

DIAGRAMAÇÃO
Abreu's System

TÍTULO ORIGINAL
Blood & honey

CIP-BRASIL. CATALOGAÇÃO NA PUBLICAÇÃO
SINDICATO NACIONAL DOS EDITORES DE LIVROS, RJ

M182s
   Mahurin, Shelby
      Sangue e mel / Shelby Mahurin; tradução Glenda d'Oliveira. –
7ª ed. – Rio de Janeiro: Galera Record, 2023.

     Tradução de: Blood and honey
     Sequência de: Pássaro e serpente
     ISBN 978-65-5981-049-9

     1. Ficção americana. I. d'Oliveira, Glenda. II. Título.

21-72307   CDD: 813
                                                                CDU: 82-3(73)

Camila Donis Hartmann – Bibliotecária – CRB-7/6472

Copyright © 2020 by Shelby Mahurin

Publicado mediante acordo com *HarperCollins Children's Book*,
um selo da HarperCollins Publishers.

Todos os direitos reservados.
Proibida a reprodução, no todo ou em parte, através de quaisquer meios.
Os direitos morais da autora foram assegurados.

Texto revisado segundo o novo Acordo Ortográfico da Língua Portuguesa.

Direitos exclusivos de publicação em língua portuguesa somente para o Brasil
adquiridos pela
EDITORA RECORD LTDA.
Rua Argentina, 171 – Rio de Janeiro, RJ – 20921-380 – Tel.: (21) 2585-2000,
que se reserva a propriedade literária desta tradução.

Impresso no Brasil

ISBN 978-65-5981-049-9

Seja um leitor preferencial Record.
Cadastre-se e receba informações sobre nossos
lançamentos e nossas promoções.

Atendimento e venda direta ao leitor:
sac@record.com.br

Para Beau, James e Rose,
a quem amo incondicionalmente

PARTE I

Il n'y a pas plus sourd que celui qui ne veut pas entendre
Mais surdo é aquele que não quer ouvir.
— Provérbio francês

AMANHÃ

Lou

Nuvens carregadas acumulavam-se adiante.

Embora eu não pudesse enxergar o céu por trás das densas copas das árvores da Forêt des Yeux — ou sentir os ventos castigantes se agitando do lado de fora de nosso acampamento —, sabia que uma tempestade estava se formando. As árvores balançavam no crepúsculo cinzento, e os animais tinham ido se esconder debaixo da terra. Vários dias antes, havíamos nos abrigado dentro de nosso próprio buraco, por assim dizer: uma espécie peculiar de depressão na floresta, onde as árvores tinham criado raízes que lembravam dedos, entrando e saindo da terra fria. Dei-lhe o apelido carinhoso de O Buraco. Embora a neve recobrisse tudo que havia do lado de fora dele, os flocos se derretiam ao tocar na barreira de magia protetiva que Madame Labelle criara.

Arrumando a pedra que usávamos para cozinhar na fogueira, cutuquei, esperançosa, a massa disforme sobre ela. Não podia ser chamada de *pão*, exatamente, tendo em vista que os únicos ingredientes eram casca de troncos moída e água, mas me recusava a comer outra refeição feita de pinhão e cardo-mariano. Simplesmente me recusava. Precisava de algo que tivesse *gosto* de vez em quando — e não me refiro às cebolas que Coco encontrara aquela manhã. Meu hálito ainda cheirava como o de um dragão.

— Isso eu não como — disse Beau, monocórdico, encarando o pão de casca como se estivesse prestes a criar pernas para o atacar. Seus cabelos escuros, normalmente penteados de maneira imaculada, estavam desgrenhados e despontando para todos os lados, e um risco de terra manchava sua bochecha marrom-clara. O terno de veludo, que teria sido considerado a última moda em Cesarine, estava agora também arruinado pela sujeira.

Abri um sorriso largo para ele.

— Tudo bem. Pode morrer de fome.

— É... — Ansel se aproximou, franzindo o nariz de maneira discreta. Com os olhos brilhando de fome e os cabelos despenteados pelo vento, não tivera muito mais sucesso se adequando à natureza selvagem do que Beau. Mas Ansel, com sua pele marrom-clara e o corpo esguio, os cílios curvados e o sorriso genuíno, seria sempre bonito. Não dava para evitar. — Você acha que é...

— Comestível? — completou Beau por ele, arqueando uma sobrancelha escura. — Não.

— Não era isso que eu ia dizer! — As bochechas do mais jovem enrubesceram-se, e ele me lançou um olhar de desculpas. — Ia perguntar se era... hã, bom. Acha que ficou bom?

— Também não. — Beau virou-se para procurar algo em sua mochila. Um momento depois, empertigou-se triunfantemente, empunhando algumas cebolas, e atirou uma para dentro da boca. — *Este* será meu jantar hoje, muito obrigado.

Quando abri a boca prestes a soltar uma resposta rascante, o braço de Reid pousou sobre meus ombros, pesado, quente e reconfortante. Deu um beijo em minha têmpora.

— Tenho certeza de que o pão está delicioso.

— Isso mesmo. — Escorei-me nele, o ego inflado pelo elogio. — *Vai ficar* delicioso. E não vamos ficar com cheiro de bunda... hã, *cebola*... pelo resto da noite. — Sorri com doçura para Beau, que parou seu movimento de mão na metade do caminho para a boca, olhando feio para mim e depois para o bulbo. — Amanhã, você vai passar o dia inteiro transpirando isso aí. No mínimo.

Rindo, Reid se curvou para beijar meu ombro, e sua voz, lenta e grave, reverberou pela minha pele.

— Sabe, tem um riacho pertinho daqui.

Por instinto, estiquei o pescoço, e ele deixou outro beijo logo abaixo do maxilar. Meu pulso se acelerou sob a boca dele. Embora Beau tenha retorcido o lábio com nojo diante da nossa demonstração pública de afeto, ignorei-o, me deliciando com a proximidade de Reid. Não tivemos a chance de estarmos a sós de verdade desde que acordara depois de Modraniht.

— Talvez devêssemos dar um pulinho lá — respondi, ligeiramente sem fôlego. Como de costume, ele se afastou cedo demais. — Podíamos levar nosso pão e... fazer um piquenique.

A cabeça de Madame Labelle virou-se para nós. Ela estava do outro lado do acampamento, perto das raízes de um abeto antiquíssimo, discutindo com Coco. Ambas seguravam um pedaço de pergaminho entre elas, os ombros tensos e os rostos fechados. Tinta e sangue salpicavam os dedos de Coco. Já tinha enviado duas mensagens a La Voisin no coven de sangue, pedindo refúgio. A tia não respondera. Duvidava que uma terceira mensagem fosse mudar isso.

— De jeito nenhum — negou a cortesã. — Vocês não podem sair. Está proibido. Além do mais, uma tempestade se aproxima.

Proibido. A palavra me enervava. Ninguém me *proibia* de fazer coisa alguma desde os meus três anos.

— Devo lembrá-los — continuou, o nariz em pé e o tom insuportável — de que a floresta ainda está cheia de caçadores e, embora não as tenhamos visto, as bruxas não devem estar longe. Sem falar na guarda real. A notícia da morte de Florin em Modraniht já se espalhou — Reid e eu ficamos tensos nos braços um do outro —, e a recompensa pela nossa captura subiu. Até camponeses conhecem seus rostos. Vocês não podem sair do acampamento até termos formulado algum tipo de estratégia ofensiva.

A ênfase sutil que colocou no pronome *vocês* não passou despercebida, tampouco a maneira como olhou de mim para Reid. Éramos *nós* que estávamos proibidos de deixar nossa bolha. Eram os *nossos* rostos que estavam nos cartazes espalhados por toda Saint-Loire — e, àquela altura, provavelmente por todas as demais aldeias do reino também. Coco e Ansel tinham afanado alguns deles depois da incursão em Saint-Loire em busca de mantimentos; um deles mostrava o belo rosto de Reid, os cabelos pintados de vermelho com granza, e o outro, o meu.

O artista me retratara com uma verruga no queixo.

Fechando o rosto diante da memória, virei o pão, revelando a casca queimada debaixo dele. Todo mundo parou para ficar olhando.

— Tem razão, Reid. Tão delicioso.

Beau abriu um sorriso largo. Atrás dele, Coco espremia sangue da palma da mão para deixar pingar na mensagem. As gotas chiaram e soltaram fumaça ao fazer contato, queimando o papel até não sobrar mais nada. Transportando-o até onde quer que La Voisin e as Dames Rouges se encontravam no momento.

Beau sacudiu o restante das cebolas logo abaixo do meu nariz, retomando minha atenção.

— Tem certeza de que não vai mesmo querer uma?

Derrubei-as da mão dele com um tapa.

— Vai à merda.

Apertando meus ombros, Reid pegou o pão queimado da pedra e cortou uma fatia com precisão profissional.

— Não precisa comer — falei, amuada.

Os cantos dos lábios dele subiram em um sorriso.

— *Bon appétit.*

Assistimos, fascinados, a Reid enfiar o pedaço na boca — e se engasgar com ele.

Beau quase caiu de tanto gargalhar.

Com os olhos marejados, Reid se apressou em engolir enquanto Ansel dava pancadas em suas costas.

— Está bom — assegurou-me, ainda tossindo e tentando mastigar. — Juro. Tem gosto de... de...

— Queimado? — Beau dobrou-se com uma gargalhada incontida diante da minha expressão, e Reid lançou um olhar feio a ele, ainda engasgado, mas levantando a perna para lhe dar um pé na bunda. Literalmente. Perdendo o equilíbrio, Beau caiu para a frente no musgo e líquen do chão da floresta; a marca de uma bota era visível na calça de veludo.

Ele cuspiu a lama no mesmo instante em que Reid enfim conseguiu engolir o pedaço de pão.

— Babaca.

Antes que pudesse dar outra mordida, estapeei o pão na mão dele, fazendo-o cair dentro do fogo.

— Seu cavalheirismo foi registrado, marido meu, e será recompensado da maneira adequada.

Ele me puxou para um abraço, seu sorriso genuíno agora. E aliviado de maneira vergonhosa.

— Eu teria comido o restante.

— Eu devia ter deixado.

— E agora vão todos passar fome — comentou Beau.

Ignorando o ronco traidor do meu estômago, peguei a garrafa de vinho que tinha escondido entre os demais objetos dentro da mochila de Reid. Não tinha tido a chance de trazer nada, visto que Morgane me raptara dos degraus da Cathédral Saint-Cécile em Cesarine. Por sorte, havia *acidentalmente* me afastado um pouco demais do acampamento no dia anterior e obtido um punhado de itens úteis de uma vendedora ambulante passando pela estrada. O vinho era essencial. Assim como roupas novas. Embora Coco e Reid tivessem se esmerado para arrumar algo que eu pudesse vestir em vez do vestido ensanguentado que usara na cerimônia de sacrifício, suas roupas pendiam do meu corpo magro — que ficara ainda mais magro, ou melhor, esquelético, graças ao tempo passado no Château. Até então, havia conseguido manter os frutos da minha pequena excursão em segredo — dentro da mochila de Reid e debaixo do manto emprestado de Madame Labelle —, mas o coelho tinha que sair da cartola em algum momento.

E que melhor hora senão agora?

Os olhos de Reid se fixaram na garrafa de vinho, e o sorriso se desfez.

— O que é isso?

— Um presente, óbvio. Você não sabe que dia é hoje? — Determinada a salvar a noite, empurrei a garrafa para os braços inocentes de Ansel. Seus dedos envolveram o gargalo, e ele sorriu, voltando a corar. Meu coração se aquiesceu. — *Bon anniversaire, mon petit chou!*

— Meu aniversário é só no mês que vem — disse ele, acanhado, mas pressionou a garrafa contra o peito mesmo assim. A fogueira lançava uma luz bruxuleante em sua alegria tímida. — Ninguém nunca... — Pigarreou e engoliu em seco. — Nunca recebi presentes antes.

A felicidade em meu peito se desinflou um pouco.

Quando criança, meus aniversários tinham sido celebrados como se fossem feriados religiosos. Bruxas de todo o reino vinham ao Château le Blanc para comemorar, e, juntas, dançávamos sob a luz da lua até nossos pés começarem a doer. Magia recobria o templo com seu aroma pungente, e minha mãe me enchia de presentes extravagantes — uma tiara de diamantes e pérolas num ano, um buquê de orquídeas-fantasma eternas no seguinte. Chegara até a abrir as águas do L'Eau Mélancolique para que eu pudesse caminhar pelo fundo do mar, e melusinas colaram seus belos rostos inquietantes contra as paredes de água para nos observar, agitando os cabelos luminosos e as caudas de prata.

Mesmo naquela época, tinha consciência de que minhas irmãs celebravam menos minha vida e mais minha morte, mas mais tarde comecei a me perguntar — em meus momentos de fraqueza — se tinha sido o caso da minha mãe também. "Nossos destinos são desencontrados, o meu e o seu", murmurou ela em meu quinto aniversário, deixando um beijo em minha testa. Embora não pudesse lembrar os detalhes com clareza, apenas as sombras em meu quarto, o ar frio da noite em minha pele, o óleo de eucalipto em meus cabelos, pensei ter visto uma lágrima escorrer por sua face. Naqueles momentos de fraqueza, soubera que Morgane não celebrara meus aniversários de modo algum.

Ela os tinha lamentado.

— Creio que a resposta mais apropriada seja "obrigado". — Coco se aproximou a fim de examinar a garrafa de vinho, lançando os cachos escuros por cima de um ombro. O vermelho no rosto de Ansel se aprofundou. Com um sorrisinho torto, ela traçou a curva do vidro com um dedo, pressionando suas próprias curvas contra a figura esguia do jovem. — De que safra é?

Beau revirou os olhos diante da encenação óbvia, abaixando-se para recuperar as cebolas. Ela o observava de canto de olho. Os dois não trocavam uma palavra civilizada sequer já fazia dias. Tinha sido divertido no início, assistir enquanto Coco pisoteava aquele ego inflado, gracejo por gracejo, mas recentemente Ansel fora levado para dentro da carnificina. Teria que ter uma conversa com ela a respeito em breve. Meus olhos retornaram a Ansel, que ainda sorria de orelha a orelha, fitando o vinho.

No dia seguinte. Conversaria com ela no dia seguinte.

Cobrindo os dedos de Ansel com os dela, Coco levantou a garrafa para examinar o rótulo que se desfazia.

— *Boisaîné* — leu devagar, com dificuldade de discernir as letras. Limpou um pouco de terra com a bainha do manto. — Elderwood. — Olhou para mim de relance. — Nunca ouvi falar desse lugar. Mas tem cara de ser *velhíssimo*. Deve ter custado uma fortuna.

— Bem menos do que você imagina, na verdade. — Sorrindo mais uma vez diante da expressão de suspeita de Reid, tomei a garrafa dela com uma piscadela. Um carvalho gigante adornava o rótulo, e, ao lado dele, um homem monstruoso com chifres e cascos de bode trazia uma coroa de galhos na cabeça. Tinta amarela luminosa coloria seus olhos, que tinha pupilas como as de um gato.

— Ele é assustador — comentou Ansel, debruçado por cima do meu ombro para poder ver melhor.

— É o Homem Selvagem, como um sátiro. — Uma onda inesperada de nostalgia me atingiu. — O homem selvagem da floresta, rei da flora e da fauna. Morgane costumava me contar histórias sobre ele quando era criança.

A menção à minha mãe teve efeito instantâneo. A carranca de Beau se desfez de repente. Ansel deixou de corar, e Coco, de sorrir torto. Reid percorreu as sombras ao redor de nós com os olhos e levou a mão à Balisarda guardada na bandoleira. Até as chamas na fogueira se afunilaram, como se Morgane tivesse soprado uma frente fria em meios às árvores a fim de as extinguir.

Abri um sorriso falso.

Não tínhamos ouvido uma palavra de Morgane desde Modraniht. Dias haviam se passado, mas não avistáramos uma única bruxa sequer. Para ser franca, não tínhamos visto muita coisa além desta gaiola de raízes que nos abrigava. Não podia me queixar do Buraco, porém. A bem da verdade — apesar da falta de privacidade e do governo autocrático de Madame Labelle —, tinha ficado quase aliviada quando não recebemos resposta de La Voisin. Fomos agraciados com alguns momentos de alívio.

E, além disso, tínhamos tudo de que necessitávamos. A magia de Madame Labelle mantinha o perigo longe — nos aquecendo, acobertando de olhos à espreita —, e Coco encontrara o córrego ali perto. A corrente impedia a água de congelar, e, mais dia, menos dia, sem dúvida Ansel acabaria capturando um peixe.

Naquele momento, era como se vivêssemos em uma bolha de tempo e espaço separada do restante do mundo. Morgane e suas Dames Blanches, Jean Luc e seus Chasseurs, até rei Auguste — todos tinham deixado de existir naquele lugar. Ninguém podia nos tocar. Era... estranhamente plácido.

Como a calma que antecede a tempestade.

Madame Labelle deu voz a meu medo oculto.

— Sabem que não podemos ficar escondidos para sempre — disse, repetindo o mesmo discurso caquético. Coco e eu nos entreolhamos, contrariadas, quando ela se juntou a nós, confiscando o vinho. Se tivesse que ouvir *mais uma* advertência nefasta, viraria aquela garrafa na cabeça dela e a afogaria. — Sua mãe vai encontrá-la. Apenas nós, sozinhos, não seremos capazes de mantê-la longe. Se, porém, conseguíssemos angariar aliados, se convencêssemos outras pessoas a se juntarem à nossa causa, talvez pudéssemos...

— O silêncio das bruxas de sangue não poderia falar mais alto. — Tomei a garrafa dela, lutando com a rolha. — Não vão arriscar a fúria de Morgane *juntando-se à nossa causa*. Qualquer que seja essa nossa tal *causa*.

— Não seja parva. Se Josephine se recusar a nos ajudar, ainda assim há outros jogadores poderosos que podemos...

— Preciso de mais tempo — interrompi alto, mal lhe dando ouvidos, gesticulando para meu pescoço. Embora a magia de Reid tivesse fechado a ferida, salvando minha vida, ainda havia uma casca grossa. Ainda doía demais. Mas não era por isso que queria continuar ali. — Você mesma mal se recuperou, Helene. Vamos pensar em estratégias amanhã.

— Amanhã. — Seus olhos se estreitaram diante da promessa vazia. Já dizia a mesma coisa havia dias. Desta vez, porém, até eu pude ouvir as palavras assentarem de maneira diferente: verdadeiras. Madame Labelle não aceitaria nada além. Como se para afirmar meus pensamentos, continuou: — Amanhã *teremos* uma conversa, com ou sem resposta de La Voisin. De acordo?

Enfiei a faca na rolha, girando com brutidão. Todos se retraíram. Voltando a sorrir, baixei a cabeça no mais breve aceno de concordância.

— Quem está com sede? — Atirei a rolha no nariz de Reid com um peteleco, e ele a rebateu, exasperado. — Ansel?

Os olhos do jovem se arregalaram.

— Ah, eu não...

— Talvez devêssemos procurar um peito para ele. — Beau pegou a garrafa de debaixo do nariz de Ansel e tomou um gole generoso. — Deve ser mais palatável dessa forma.

Engasguei numa gargalhada.

— Para com isso, Beau...

— Tem razão. Ele não faria ideia do que fazer com seios.

— Já bebeu alguma vez, Ansel? — perguntou Coco, curiosa.

Com a feição sombria, Ansel roubou o vinho de Beau e bebeu dele com sofreguidão. Em vez de se engasgar e gorgolejar, pareceu deslocar o maxilar e engolir metade do conteúdo. Ao terminar, apenas passou as costas da mão pela boca e empurrou a garrafa na direção de Coco. Suas bochechas continuavam ruborizadas.

— Desce bem.

Não sabia o que era mais engraçado: as expressões estupefatas de Coco e Beau ou a convencida de Ansel.

— Ah, muito bem, Ansel. Quando me disse que gostava de vinho, não achei que significava que podia beber como um peixe.

Ele deu de ombros e desviou o olhar.

— Morei em Saint-Cécile durante anos. Aprendi a gostar. — Seus olhos voltaram à garrafa na mão de Coco. — Esse aí é bem melhor do que todos que já provei na igreja. Onde foi que conseguiu?

— Pois é — concordou Reid, num tom de voz nem de longe divertido, como seria de se esperar da situação. — *Onde* foi que conseguiu? Está evidente que não foram nem Coco nem Ansel que compraram junto com os mantimentos.

Os dois tiveram a decência de parecer sem graça.

— Ah. — Pestanejei enquanto Beau oferecia a bebida a Madame Labelle, que balançou a cabeça com rispidez. Aguardava minha resposta com lábios franzidos. — Não me faça perguntas, *mon amour*, e não lhe direi mentiras.

Quando ficou tenso, evidentemente lutando contra seu temperamento esquentado, me preparei para a inquisição. Embora Reid não usasse mais o uniforme azul, parecia não poder evitar. A lei era a lei. Não importava de que lado ele estava. Abençoado fosse.

— Me diz que não roubou o vinho — pediu. — Me diz que encontrou a garrafa jogada dentro de um buraco qualquer.

— Está bem. Não roubei. Encontrei jogada dentro de um buraco qualquer.

Ele cruzou os braços, me fitando com um olhar sério.

— Lou.

— O quê? — indaguei, inocente. Num gesto prestativo, Coco me ofereceu a bebida, e tomei um longo gole, admirando os bíceps do meu marido, o queixo quadrado, os lábios cheios, os cabelos de cobre, com apreciação descarada. Me inclinei e dei um tapinha em sua bochecha.

— Você não pediu para contar a verdade.

Prendeu minha mão contra seu rosto.

— Estou pedindo agora.

Eu o encarei, o impulso de mentir subindo à garganta como uma onda. Mas... não. Franzi o rosto para mim mesma, examinando o instinto com reflexão. Ele interpretou meu silêncio como uma recusa, chegando mais perto com o intuito de me incentivar a responder.

— Você roubou, Lou? A verdade, por favor.

— Bem, essa pergunta não podia ter saído *mais* cheia de superioridade. Vamos tentar de novo?

Com um suspiro exasperado, ele virou a cabeça para beijar meus dedos.

— Você é impossível.

— Posso ser idealista, improvável, mas nunca impossível. — Subi na pontinha dos pés e pressionei os lábios nos dele. Balançando a cabeça e rindo, mesmo contrariado, ele se abaixou e me envolveu com os braços, intensificando o beijo. Um calor delicioso me percorreu, e precisei de um comedimento considerável para não o atirar no chão e me refestelar com ele.

— Meu Deus — exclamou Beau, a voz cheia de nojo. — Parece que ele está comendo o rosto dela.

Mas Madame Labelle não estava escutando. Os olhos, tão familiares e azuis, luziam de raiva.

— Responda à pergunta, Louise. — Enrijeci diante do tom ríspido. Para minha surpresa, Reid também. Ele virou-se para ela devagar. — Você saiu do acampamento?

Pelo bem de Reid, mantive o tom de voz agradável.

— Não roubei nada. Pelo menos — dei de ombros, me forçando a sustentar o sorriso despreocupado —, não roubei o *vinho*. Comprei de uma vendedora ambulante pela manhã com algumas *couronnes* do Reid.

— Roubou do meu filho?

Reid levantou a mão, de forma apaziguadora.

— Calma. Ela não roubou nada de...

— Ele é meu *marido*. — Meu maxilar doía de tanto sorrir, e ergui a mão esquerda para dar ênfase às palavras. A madrepérola da própria mulher ainda brilhava em meu dedo anelar. — O que é meu é dele, e o que é dele é meu. Não faz parte dos votos que fizemos?

— Faz. — Reid rapidamente assentiu, me lançando um olhar tranquilizador antes de encarar Madame Labelle com uma carranca. — Ela tem direito a tudo que me pertence.

— Claro, filho. — A mulher abriu também um sorriso contrariado, sem mostrar os dentes. — Embora me sinta na obrigação de lembrar que vocês dois nunca chegaram a se casar legalmente. Louise usou um nome falso na certidão de casamento, anulando, assim, o contrato. É evidente que, se ainda quiser dividir seus bens com ela, você tem toda a liberdade para isso, mas não se sinta na obrigação. Ainda mais se ela insistir em colocar a sua vida em risco... *todas* as nossas vidas em risco... com seu comportamento impulsivo e inconsequente.

Meu sorriso enfim se desfez.

— Meu rosto estava escondido pelo capuz do seu manto. A mulher não me reconheceu.

— E se tiver reconhecido? E se os Chasseurs ou as Dames Blanches vierem nos emboscar esta noite? E aí? — Quando não fiz menção de responder, ela soltou um suspiro e continuou com mais suavidade: — Entendo sua relutância em confrontar isto, Louise, mas fechar os olhos não vai fazer com que os monstros não a enxerguem. Só vai cegá-la. — E depois, ainda mais suave: — Já se escondeu tempo demais.

Repentinamente incapaz de encarar alguém, deixei os braços caírem de onde estavam em volta do pescoço de Reid. Senti falta do seu calor de imediato. Ele se aproximou como se quisesse me trazer de volta para perto, mas em vez disso tomei outro gole de vinho.

— Está bem — falei, enfim, me forçando a encontrar o olhar irredutível da mulher. — Não devia ter saído, mas também não podia deixar Ansel comprar o próprio presente de aniversário. Aniversários são sagrados. Falaremos em estratégia amanhã.

— Juro — começou Ansel com sinceridade —, meu aniversário é só mês que vem. Isto não é necessário.

— *É* necessário, sim. Pode ser que nem estejamos mais aqui... — Parei antes de completar a frase, mordendo minha língua errante, mas já era tarde. Embora não tivesse falado as palavras em voz alta, elas reverberavam pelo acampamento da mesma forma. *Pode ser que nem estejamos mais aqui no mês que vem.* Empurrando o vinho de volta para as mãos dele, voltei a tentar: — Vamos celebrar você, Ansel. Não é todo dia que se faz dezessete anos.

Os olhos dele foram até Madame Labelle, como se buscasse permissão. Ela assentiu com um movimento rígido de cabeça.

— *Amanhã*, Louise.

— Claro. — Aceitei a mão de Reid, deixando que me puxasse para perto enquanto abria outro terrível sorriso falso. — Amanhã.

Reid me beijou de novo, com mais força e intensidade desta vez, como se tivesse algo a provar. Ou a perder.

— Hoje, celebramos.

O vento se intensificou enquanto o sol mergulhava atrás das árvores, e as nuvens continuavam a se adensar.

MOMENTOS ROUBADOS

Reid

Lou dormia como uma pedra. Com a bochecha colada no meu peito e os cabelos espalhados por cima do meu ombro, sua respiração era pesada. Ritmada. Expressava uma paz que raras vezes alcançava quando está acordada. Acariciei a sua coluna. Saboreei o seu calor. Me obriguei a não pensar em nada, a manter os olhos abertos. Sequer piscava. Fiquei apenas com o olhar perdido enquanto as árvores balançavam lá em cima. Sem ver. Sem *sentir*. Dormente.

Não conseguia dormir desde Modraniht. Quando conseguia, desejava que não tivesse.

Meus sonhos agora eram sombrios e perturbadores.

Uma pequena sombra se movimentou perto dos pinheiros e veio se sentar junto a mim, agitando o rabo. Absalon, foi como Lou o batizara. Eu pensava que não passava de um gato preto. Ela logo me corrigiu. Não era um gato, e, sim, um *matagot*. Um espírito inquieto, incapaz de avançar para o outro plano, que tomou a forma de um animal. "Ele é atraído por criaturas afins", Lou me contara, franzindo o cenho. "Almas angustiadas. Alguém aqui deve ter chamado a sua atenção." O olhar afiado que me lançou deixava óbvio quem ela pensava que era aquele *alguém*.

— Sai, sai. — Cutuquei a criatura com o cotovelo. — Xô.

Ele piscou os olhos âmbar sinistros para mim. Quando suspirei, resignado, se enroscou ao meu lado e dormiu.

Absalon. Passei um dedo pela curva das suas costas, incomodado quando começou a ronronar. *Não sou uma alma angustiada.*

Voltei a fitar as árvores. Nem eu mesmo acreditava naquilo

Perdido em pensamentos, não notei quando Lou começou a se mexer, algum tempo depois. Os cabelos fizeram cócegas no meu rosto quando ela se apoiou em um cotovelo, debruçando-se sobre mim. Sua voz era baixa. Suave do sono, doce do vinho.

— Está acordado.

— Sim.

Seus olhos analisaram os meus, hesitantes, preocupados, e senti minha garganta se fechar. Quando ela abriu a boca para falar, para fazer uma pergunta, eu a interrompi com as primeiras palavras que me vieram à cabeça.

— O que aconteceu com sua mãe?

Lou piscou.

— Como assim?

— Ela sempre foi tão...

Com um suspiro, ela descansou o queixo em meu peito. Girou o anel de madrepérola no dedo.

— Não. Não sei. As pessoas podem já nascer más? — perguntou. Balancei a cabeça. — Também acho que não. Acho que ela se perdeu no caminho. É normal isso acontecer com a magia. — Quando fiquei tenso, ela virou o rosto para me encarar. — Não é como você está pensando. A magia não é... Bem, é como qualquer outra coisa. Algo bom em grandes quantidades ainda é ruim. Pode ser viciante. Minha mãe, ela... ela amava o poder, eu acho. — Lou deu uma risadinha amarga. — E quando *tudo* é questão de vida ou morte, os riscos são mais altos. Quanto mais ganhamos, mais perdemos.

Quanto mais ganhamos, mais perdemos.

— Entendo — respondi, mas não entendia. Nada daquilo me atraía. Por que se arriscar com magia?

Como se percebesse minha reprovação, ela se levantou para poder me enxergar melhor.

— É um dom, Reid. É muito mais complexo do que o que você viu. A magia é bela, selvagem e livre. Entendo sua relutância, mas você não pode se esconder dela para sempre. Faz parte de quem você é.

Não consegui formular uma resposta. As palavras ficaram engasgadas em minha garganta.

— Está pronto para falar sobre o que aconteceu? — perguntou com a voz suave.

Passei os dedos pelos cabelos dela, os lábios colados na sua testa.

— Hoje, não.

— Reid...

— Amanhã.

Ela soltou mais um suspiro, mas felizmente não insistiu. Depois de se esticar para coçar a cabeça de Absalon, deitou-se de novo, e, juntos, fitamos as partes visíveis do céu por entre as copas das árvores. Não sabia dizer quanto tempo passei perdido em pensamentos, dentro do silêncio cuidadoso e vazio da minha própria mente.

— Você acha que... — A voz baixa de Lou me sobressaltou, me trazendo de volta ao presente. — Acha que vão fazer um velório?

— Sim.

Não perguntei de quem estava falando. Não precisava.

— Mesmo com tudo que aconteceu?

Uma linda bruxa, usando o disfarce de uma donzela, logo atraiu o homem para o caminho do Inferno. Meu peito doeu ao recordar o espetáculo das Velhas Irmãs. A narradora de cabelos louros de 13 anos, 14 no máximo — o próprio demônio, disfarçado não como donzela, mas uma virgem.

Sua aparência era tão inocente enquanto proclamava nossa sentença. Quase angelical.

Uma visita da bruxa que ele mais abominava logo veio, trazendo a pior das notícias! Ela dera à luz sua filha.

— Sim.

— Mas... ele era meu pai. — Ela engoliu em seco. Eu me virei, levando a mão à sua nuca, a emoção ameaçando me sufocar. Em desespero, lutei para sustentar a fortaleza que construíra, para retroceder ao vazio abençoado de suas profundezas. — Ele dormiu com La Dame des Sorcières. Uma bruxa. O rei não pode em sã consciência honrá-lo.

— Ninguém será capaz de provar nada. O rei Auguste não condenará um homem morto com base na palavra de uma bruxa.

As palavras escaparam antes que eu pudesse me impedir. *Um homem morto.* Apertei Lou, e ela levou a mão à minha bochecha — não para me forçar a encará-la, mas apenas para me tocar. Me ancorar. Pressionei mais o rosto contra sua palma.

Ela me fitou por um longo instante, seu toque tão gentil. Tão paciente.

— Reid.

A palavra era pesada. Cheia de expectativa.

Não podia encará-la. Não podia encarar a devoção que veria naqueles olhos familiares. Os olhos *dele*. Mesmo que não se desse conta ainda — mesmo que não se importasse ainda —, ela me odiaria um dia pelo que fiz. Ele era o pai dela.

E eu o matei.

— Olhe para mim, Reid.

A lembrança lampejou, indesejada. Minha faca afundando entre as costelas dele. Seu sangue fluindo pelo meu pulso. Quente, denso e molhado. Quando me virei para ela, aqueles olhos azul-esverdeados estavam firmes. Determinados.

— Por favor — sussurrei, a voz desvanecendo, para minha vergonha e humilhação. Calor inundou o meu rosto. Nem eu mesmo sabia o que queria dela. *Por favor, não pergunte. Não me obrigue a dizer.* E depois, mais alto, um gemido de lamúria perfurando a dor...

Por favor, faça isso tudo passar.

O rosto dela foi tomado por uma onda de emoção — quase rápido demais para que eu notasse. Então trincou o maxilar. Um brilho travesso iluminou seus olhos. No segundo seguinte, girou para se sentar em cima de mim, uma perna de cada lado, correndo um único dedo pela minha boca. Sua boca se entreabriu, e ela umedeceu o lábio inferior.

— *Mon petit oiseau*, você anda muito... frustrado esses últimos dias. — Ela se inclinou, aproximando-se, roçando o nariz em minha orelha. Me distraindo. Respondendo a minha súplica silenciosa. — Posso ajudar com isso, sabe.

Absalon rosnou com indignação e se desmaterializou.

Quando começou a me tocar, a se mover contra mim — levemente, me fazendo perder a cabeça —, o sangue em meu rosto viajou mais para baixo e fechei os olhos, ficando rígido com a sensação. O calor. Segurei os quadris dela para mantê-la no lugar.

Atrás de nós, alguém soltou um leve suspiro, ainda adormecido.

— Não podemos fazer isso aqui. — Meu sussurro trêmulo ecoou alto demais no silêncio. Apesar das minhas palavras, ela sorriu e pressionou o corpo contra o meu com mais força, unindo cada parte, até meus quadris ondularem em resposta. Eu a apertei contra mim. Uma. Duas. Três vezes. Devagar num primeiro momento, depois mais rápido. Minha cabeça pendeu no chão frio, a respiração ofegante, os olhos ainda fechados com força. Soltei um grunhido baixo. — Alguém pode ver.

Ela puxou meu cinto em resposta. Meus olhos se abriram depressa para assistir, e arqueei o corpo na direção do seu toque, me deliciando com ele. Com *ela*.

— Deixe que vejam — respondeu, cada respiração um suspiro ofegante. Outra tosse ressoou. — Não me importo.

— Lou...

— Quer que eu pare?

— Não. — Minhas mãos apertaram seus quadris com mais força, e me sentei de repente, colando seus lábios aos meus.

Outra tosse, mais alta desta vez. Nem a registrei. Com a mão dela escorregando para dentro da calça aberta — a língua quente contra a minha —, não poderia ter parado mesmo se tentasse. Isto é, até que...

— *Para.* — A palavra saiu da minha boca num rompante, e dei uma guinada para trás, fazendo seus quadris voarem para o alto, para longe dos meus. Não era minha intenção deixar as coisas irem tão longe, tão depressa, com *tantas* pessoas ao redor.

Quando soltei um xingamento, baixinho e furioso, ela piscou, confusa, as mãos pousando em meus ombros em busca de apoio. Lábios inchados. Bochechas coradas. Fechei os olhos com força mais uma vez — apertando, apertando, *apertando* —, pensando em tudo e qualquer coisa senão Lou. Comida estragada. Gafanhotos que comem carne humana. Pele enrugada e flácida e as palavras *fronha* ou *coalho* ou *fleuma*. Fleuma grosso escorrendo, ou, ou...

Minha mãe.

A lembrança da nossa primeira noite ali me veio à mente com clareza.

— *Estou falando sério* — adverte Madame Labelle, *nos puxando para um canto.* — *Nada de sair às escondidas. A floresta é perigosa. As árvores têm olhos.*

A risada de Lou ecoa, nítida e alegre, enquanto gaguejo, mortificado.

— *Sei que vocês dois têm um relacionamento físico... nem tentem negar* — *acrescenta Madame Labelle quando meu rosto cora em um vermelho-escarlate* —, *mas não importa a urgência dos seus desejos carnais, o perigo que aguarda fora deste acampamento é grande demais. Preciso pedir que se contenham por enquanto.*

Me afasto sem abrir a boca, a risada de Lou ainda reverberando nos meus ouvidos. Madame Labelle me segue, irredutível.

— É muito natural ter impulsos desse tipo. — Ela apressa o passo para acompanhar o meu ritmo, desviando de Beau. Ele também estremece com uma risada. — Mas essa imaturidade é desconcertante, Reid. Vocês têm *se cuidado*, não têm? Talvez seja hora de conversarmos sobre métodos contraceptivos...

Certo. Funcionou.

A pressão crescente minguou até virar um pequeno latejamento.

Expirando com força, baixei Lou devagar de volta para o meu colo. Outra tosse ecoou vinda de onde Beau estava. Desta vez mais alta. Proposital. Mas Lou insistiu. A mão escorregou para baixo mais uma vez.

— Algo errado, marido?

Prendi sua mão na altura do umbigo e olhei feio para ela. Nariz com nariz. Lábios com lábios.

— Atrevida.

— Vou *mostrar* para você o que é ser atrevida...

Com um suspiro de irritação, Beau ergueu o tronco.

— Alô! — falou alto. — Sim, perdão! Já que parece que vocês não perceberam, *tem outras pessoas aqui!* — Com um grunhido baixo, acrescentou: — Embora esteja evidente que tais pessoas logo logo vão ressecar e morrer de abstinência.

O sorriso de Lou se tornou malicioso. Ela olhou para o céu, agora no tom sinistro de cinza que antecede a aurora, antes de envolver meu pescoço.

— É quase manhã — sussurrou em meu ouvido. Os pelos em minha nuca se eriçaram. — Vamos lá encontrar aquele riacho e... tomar um banho?

Relutante, olhei para Madame Labelle. Ela não tinha despertado com nossas ações impudentes, nem com a explosão de Beau. Mesmo em seu sono, transpirava graça digna da realeza. Uma rainha disfarçada de cortesã, dirigindo não um reino, mas um bordel. Poderia ter tido uma vida diferente se tivesse conhecido meu pai antes de ele se casar? E a *minha* vida, seria diferente? Desviei o olhar, enojado comigo mesmo.

— Madame Labelle nos proibiu de sair.

Mas Lou mordiscava e chupava minha orelha de leve, me fazendo estremecer.

— O que Madame Labelle não vê o coração dela não sente. Além do mais... — Lou tocou com um dedo o sangue seco atrás da minha orelha, depois em meu pulso... eram as mesmas marcas que eu tinha nos cotovelos, joelhos e pescoço. As mesmas marcas que todos exibíamos desde Modraniht. Uma precaução. — O sangue de Coco vai nos manter escondidos.

— Vai sair com a água.

— Eu também possuo magia, sabe... E você também. Podemos nos proteger, se necessário.

E você também.

Embora tenha tentado reprimir a careta, ainda assim ela viu. Seus olhos se fecharam.

— Você vai ter que aprender a usar alguma hora. Me prometa.

Forcei um sorriso, a apertando de leve.

— Não é um problema.

Sem se convencer, ela saiu do meu colo e abriu o saco de dormir.

— Muito bem. Você ouviu sua mãe. Amanhã, isso tudo terá terminado.

Uma onda sinistra me percorreu com suas palavras, com sua expressão. Embora soubesse que não poderíamos ficar ali para sempre — que não podíamos ficar esperando até que Morgane ou os Chasseurs nos encontrassem —, não tínhamos plano algum. Nem aliados. E, apesar da convicção da minha mãe, eu duvidava que conseguiríamos algum. Por que alguém concordaria em se juntar a nós numa luta contra Morgane? As intenções dela eram as mesmas das outras — a morte de todos que as tinham perseguido.

Com um suspiro pesado, Lou virou-se e se encolheu. Seus cabelos se espalharam numa trilha de castanho e dourado atrás dela. Passei os dedos por eles, numa tentativa de tranquilizá-la. De aliviar a tensão repentina em seus ombros, o desespero em sua voz. Uma Lou sem esperança não fazia sentido — da mesma forma como um Ansel mundano, ou uma Cosette feia.

— Eu queria... — sussurrou ela. — Queria poder viver aqui para sempre. Mas quanto mais tempo ficamos, mais parece como se... como se estivéssemos roubando momentos de felicidade. Como se esses momentos não fossem nossos. — Lou cerrou os punhos ao lado do corpo. — Ela virá tomá-los de volta alguma hora. Ainda que tenha que arrancar de dentro do nosso coração.

Meus dedos pararam o movimento. Com a respiração lenta e comedida, engolindo a fúria que sentia explodir sempre que pensava em Morgane, envolvi o queixo de Lou com a mão, forçando-a a encontrar meus olhos. A *sentir* minhas palavras. Minha promessa.

— Não precisa ter medo dela. Não deixaremos que nada aconteça com você.

Ela deu uma risada depreciativa.

— Eu não tenho medo dela. Eu... — De maneira abrupta, Lou moveu o rosto para afastar minha mão do seu queixo. — Deixa pra lá. É besteira.

— Lou. — Massageei seu pescoço, querendo que relaxasse. — Pode me contar.

— Reid. — Ela usou o mesmo tom suave que o meu, lançando um sorriso doce por cima do ombro. Retribuí o sorriso, assentindo para encorajá-la. Então me deu uma cotovelada forte nas costelas. — Dá um tempo.

— Lou... — falei, sério.

— Esquece de uma vez — explodiu. — Não quero falar sobre isso.

Ficamos nos encarando por um bom tempo, enquanto eu massageava a minha costela dolorida de maneira insistente. Por fim, ela pareceu ceder.

— Olha, esquece o que disse. Não é importante agora. Os outros vão acordar já, já, e então podemos começar a planejar. Estou bem. Juro.

Mas não estava. E eu também não.

Meu Deus. Eu só queria abraçá-la.

Esfreguei o rosto com a mão, agitado, antes de arriscar uma olhadela para Madame Labelle. Continuava dormindo. Até Beau tinha voltado para baixo das cobertas, ignorando novamente o mundo lá fora. Certo. Antes que pudesse mudar de ideia, levantei Lou em meus braços. O córrego não ficava longe. Podíamos ir e voltar antes mesmo que alguém notasse a nossa partida.

— Ainda não é amanhã.

UM SINO DE ADVERTÊNCIA

Reid

Lou flutuava dentro da água com uma alegria preguiçosa. Olhos fechados. Braços abertos ao lado do corpo. Os cabelos grossos e pesados ao seu redor. Flocos de neve caíam suavemente. Se acumulavam nos cílios dela, nas bochechas. Embora jamais tivesse visto uma melusina — apenas lera sobre elas nas catacumbas seculares de Saint-Cécile —, imaginava que fossem exatamente como Lou estava agora. Bela. Etérea.

Nua.

Tínhamos nos despido nas margens gélidas da piscina natural. Absalon se materializara logo depois, enfiando-se dentro das roupas. Não sabíamos aonde ia quando perdia sua forma corpórea. Lou se importava com isso mais do que eu.

— A magia tem suas vantagens, não acha? — murmurou, passando um dedo pela água. Espirais de vapor subiram ao contato. — Todas as partes mais interessantes do nosso corpo já deviam ter congelado a esta altura. — Ela sorriu e abriu um olho. — Quer uma demonstração?

Arqueei uma sobrancelha.

— A vista daqui já é bem completa.

Ela deu um sorrisinho.

— Safado. Estava me referindo à magia. — Quando não respondi, ela se inclinou para a frente, flutuando na vertical. Seus pés não alcançavam o fundo, tampouco os meus. A água batia no meu pescoço. — Quer aprender como esquentar água?

Desta vez, eu estava preparado. Não me retraí. Não hesitei. Mas engoli em seco.

— Pode ser.

Ela estreitou os olhos, me analisando.

— Você não está exatamente irradiando entusiasmo, Chass.

— Perdão. — Afundei mais dentro da água, nadando lentamente até ela. Como um predador. — Por favor, ó Ser Radiante, exiba sua grande proeza mágica. Não posso esperar mais um momento sequer para testemunhá-la, ou sem dúvida morrerei. Assim está melhor?

— Sim. — Ela fungou, levantando o queixo. — Agora, o que sabe sobre magia?

— O mesmo que sabia um mês atrás. — Tinha se passado apenas um mês desde que ela me fizera aquela mesma pergunta? Parecia uma vida. Tudo estava diferente agora. Parte de mim desejava que não fosse o caso. — Nada.

— Besteira.

Ela abriu os braços quando me aproximei e envolveu meu pescoço. Suas pernas se fecharam ao redor da minha cintura. A posição deveria ter sido carnal, mas não era. Era apenas... íntima. Perto como estávamos, podia contar cada uma das sardas no nariz dela. Podia ver as gotículas de água presas em seus cílios. Tive que usar toda minha força de vontade para não a beijar novamente.

— Você sabe mais do que pensa. Esteve em contato com a sua mãe, Coco e eu por quase uma quinzena, e, durante Modraniht, você... — Ela parou de repente, depois fingiu um ataque de tosse. Meu coração afundou. *E, durante Modraniht, você matou o arcebispo com magia.* Ela pigarreou. — Eu... sei que esteve prestando atenção. Sua mente é afiada como uma faca.

— Afiada como uma faca — ecoei, voltando a me esconder dentro daquela fortaleza.

Ela não sabia como estava certa.

Demorei vários segundos para me dar conta de que esperava uma resposta. Desviei o olhar, incapaz de encará-la. Seus olhos estavam azuis agora. Quase cinzentos. Tão familiares. Tão... traídos.

Como se lessem meus pensamentos, as árvores se agitaram ao nosso redor, e, no vento, pude jurar que ouvi uma voz sussurrar.

Você era como um filho para mim, Reid.

Arrepios percorreram a minha pele.

— Ouviu isso? — Girei a cabeça, segurando Lou mais perto. Seu corpo não estava arrepiado. — Você o ouviu?

Ela parou de falar no meio de uma frase. Seu corpo inteiro se enrijeceu, e ela vasculhou o entorno com os olhos arregalados.

— Quem?

— Eu... eu pensei ter ouvido... — Balancei a cabeça. Não era possível. O arcebispo estava morto. Um fruto da minha imaginação que veio me atormentar. Em um piscar de olhos, as árvores ficaram imóveis, e a brisa, se é que houvera de fato uma, se aquietou. — Nada. — Balancei a cabeça com mais força, repetindo a palavra como se aquilo fosse torná-la verdadeira. — Não foi nada.

E, no entanto... no ar gelado com aroma de pinheiros... uma presença persistia. Algo vivo. À espreita.

Você está sendo ridículo, me repreendi.

Não soltei Lou.

— As árvores dessa floresta têm olhos — sussurrou ela, repetindo as palavras de Madame Labelle. Ainda olhava ao redor com desconfiança. — Podem... ver coisas, coisas dentro da sua cabeça, e deturpar tudo. Manifestar medos e transformá-los em monstros. — Estremeceu. — Quando fugi da primeira vez, na noite do meu décimo sexto aniversário, achei que estava enlouquecendo. As coisas que vi...

Ela deixou a frase no ar, o olhar desfocado, perdido.

Mal me atrevia a respirar. Lou nunca me contara isso antes. Jamais me contara nada a respeito do seu passado fora de Cesarine. Apesar da pele nua contra a minha, vestia segredos como uma armadura, e não se desfazia deles na frente de ninguém. Nem mesmo de mim. *Especialmente* de mim. O restante da cena saiu de foco — a pequena piscina, as árvores, o vento —, e apenas o rosto de Lou permaneceu, a sua voz, como se tivesse se perdido dentro das memórias.

— O que foi que viu? — perguntei, baixinho.

Ela hesitou.

— Seus irmãos e suas irmãs.

Uma respiração ruidosa.

A minha.

— Foi horrível — continuou ela após um momento. — Estava cega de pânico, sangrando demais. Minha mãe estava me caçando. Podia ouvir sua voz em meios às árvores... suas espiãs, ela me disse uma vez, rindo. Mas não sabia mais o que era real e o que não era. Só sabia que tinha que fugir. Foi então que os gritos começaram. Gritos de gelar o sangue. A mão de alguma coisa saiu do chão e agarrou meu tornozelo. Caí, e esse... esse cadáver subiu em cima de mim. — Uma onda de náusea me percorreu ao imaginar a cena, mas não ousei interromper. — Tinha cabelos louros, e o pescoço... igual ao meu. As mãos tentavam me segurar, e ele implorava por ajuda. Mas a voz era estranha, claro, por causa do... — ela tocou a cicatriz — ... do sangue. Consegui me desvencilhar, mas vieram outros. Tantos outros. — Suas mãos penderam e flutuaram entre nossos corpos. — Vou poupar você dos detalhes grotescos. Nada daquilo foi real, de qualquer forma.

Fitei suas palmas acima da água.

— Você disse que as árvores são espiãs de Morgane.

— Era o que ela alegava. — Lou levantou a mão, distraída. — Mas não se preocupe. Madame Labelle nos mantém escondidos dentro do acampamento, e Coco...

— Mas elas nos viram agora há pouco. As árvores. — Tomei seu pulso, examinando a mancha de sangue. A água já a tinha desbotado em alguns pontos. Olhei para os meus. — Precisamos ir embora. Agora.

Lou olhou para minha pele limpa com horror.

— Merda. Eu *disse* para ficar de olho no...

— Acredite ou não, eu estava com a cabeça em outro lugar — respondi, irritado, a puxando na direção da margem. Idiotas. Tínhamos sido tão *idiotas*. Distraídos demais, imersos um no outro, no *hoje*, para nos darmos conta do perigo. Ela tentou se desvencilhar. — Para com isso! — Tentei segurar seus braços e pernas, que se debatiam. — Mantenha os pulsos e pescoço fora da água, ou nós dois vamos...

Ela parou de se agitar.

— *Muito* obrigado...

— Quieto — sibilou, encarando algo por cima do meu ombro. Mal cheguei a me virar; só consegui vislumbrar partes de casacos azuis em meio às árvores, antes de ela afundar minha cabeça dentro da água.

No fundo do lago, só havia escuridão. Escuro demais para ver qualquer coisa além do rosto de Lou — pouco nítido e pálido dentro da água. Ela mantinha meus ombros presos com punhos de ferro, cortando a circulação. Quando tentei me movimentar, desconfortável, ela fez mais força, balançando a cabeça. Seu olhar ainda estava focado atrás de mim, arregalados e vazios. O efeito daquilo combinado com a pele pálida e os cabelos flutuantes era... sinistro.

Eu a sacudi de leve. Seus olhos não recuperaram o foco.

Tentei de novo. Ela franziu o cenho, as mãos se enterrando ainda mais em minha pele.

Se pudesse, eu teria soltado um suspiro de alívio. Mas não podia. Meus pulmões queimavam.

Não tive tempo de tomar fôlego antes de ser empurrado para baixo, não tive tempo para me preparar para o repentino frio que penetrava meus ossos. Dedos de gelo percorriam minha pele, atordoando meus sentidos. *Roubando* meus sentidos. Qualquer que tivesse sido o encantamento lançado por Lou para aquecer a água, havia se desfeito. Uma dormência debilitante subia pelos meus dedos. Das mãos e dos pés. Uma onda de pânico veio em seu encalço.

Então — de modo igualmente repentino — perdi minha visão.

O mundo afundou na escuridão.

Me debati contra as mãos de Lou, deixando escapar o pouco fôlego que ainda me restava, mas ela segurou firme, envolvendo braços e pernas ao redor do meu torso e me apertando, nos ancorando ao fundo da piscina. Bolhas explodiam ao redor enquanto eu lutava. Ela me mantinha preso com força sobrenatural, roçando a bochecha contra a minha como se quisesse... como se quisesse me acalmar. Me reconfortar.

Mas ela estava nos afogando, e meu peito estava apertado demais, minha garganta se fechando. Não havia calma. Não havia conforto. Meus braços e minhas pernas ficavam mais e mais pesados a cada segundo. Numa última tentativa desesperada, dei um impulso contra o chão com toda a minha força. Em um movimento abrupto do corpo de Lou, o lodo se solidificou ao redor dos meus pés. Me amarrando.

E então ela me socou na boca.

Caí para trás — desnorteado, meus pensamentos saindo de foco — e me preparei para sentir a água entrar, encher meus pulmões e acabar com aquela agonia. Talvez pudesse ser uma experiência serena, me afogar. Jamais tinha parado para pensar na possibilidade. Quando imaginava minha morte, era no fio de uma espada. Talvez retorcido e destroçado pelas mãos de uma bruxa. Finais violentos, dolorosos. Me afogar seria melhor. Mais fácil.

Não suportando mais, meu corpo inspirou involuntariamente. Fechei os olhos, que não viam nada. Envolvi os braços ao redor de Lou, enterrei o nariz em seu pescoço. Ao menos Morgane não nos encontraria. Ao menos não viveria uma vida sem Lou. Pequenas vitórias. Vitórias importantes.

Mas a água não veio. Em vez disso, ar surpreendentemente fresco invadiu minha boca, e, com ele, o doce alívio. Embora ainda não pudesse enxergar — embora o frio continuasse debilitante —, podia *respirar*. Podia *pensar*. A coerência retornou a mim em uma onda que me desorientou. Tomei um novo fôlego. Depois mais um, e mais um. Era — era impossível. Estava *respirando debaixo da água*. Como o peixe de Jonas. Como as melusinas. Como...

Como mágica.

Uma pontada de decepção perfurou meu peito. Inexplicável e rápida. Apesar da água ao redor, me senti... sujo, de alguma forma. Sórdido. Passara a vida abominando a magia, e agora — agora era a única coisa me mantendo a salvo daqueles que um dia chamara de irmãos. Como tinha chegado a este ponto?

Vozes ecoaram ao redor, interrompendo meus pensamentos. Nítidas. Cada uma soava como se estivéssemos logo ao lado do seu dono, na margem do riacho, e não atracados no fundo dele. Mais magia.

— Nossa, como preciso mijar.

— Aqui, não, idiota! Vai onde tem água corrente!

— E rápido. — Uma terceira voz, impaciente. — Capitão Toussaint está nos esperando na aldeia. Uma última busca, e partimos ao nascer do sol.

— Graças a Deus ele está ansioso para voltar para a garota dele. — Um dos Chasseurs esfregou as mãos para combater o frio. Franzi o cenho. *A garota dele?* — Não posso dizer que vou sentir falta deste lugar maldito. Dias de patrulhas inúteis, só ficando congelados e...

Uma quarta voz:

— Aquilo ali são... roupas?

As unhas de Lou perfuravam minha pele agora. Mal senti. Meu pulso ribombava em meus ouvidos. Se examinassem as roupas, se levantassem meu casaco e a camisa, encontrariam a bandoleira.

Encontrariam minha Balisarda.

As vozes ficaram mais altas ao se aproximarem.

— Duas pilhas, parece.

Uma pausa.

— Bom, não podem estar aí dentro. A água é fria demais.

— Morreriam congelados.

Em minha mente, eu os imaginei se aproximando da água, procurando por sinais de vida no azul raso. Mas as árvores faziam sombras sobre a piscina — mesmo com o nascer do sol —, e o lodo mantinha a água turva. A neve teria ocultado nossas pegadas.

Enfim, o primeiro murmurou:

— E ninguém consegue prender o fôlego por tanto tempo.

— Uma bruxa poderia.

Uma nova pausa, mais longa do que a anterior. Mais ameaçadora. Segurei a respiração, contei cada batida rápida do coração.

Tu-tum.

Tu-tum.

Tu-tum.

— Mas... são roupas de homem. Olhem bem. Calças.

Uma névoa de vermelho perfurou a escuridão infindável. Se encontrassem minha Balisarda, eu me desprenderia do lodo à força. Ainda que isso significasse perder meus pés.

Tu-tum.

Tu-tum.
Não cederia minha Balisarda.
Tu-tum.
Eu incapacitaria todos eles antes.
Tu-tum.
Eu não a perderia.
— Acha que se afogaram?
— Sem roupa?
— Tem razão. A explicação mais lógica é que estão por aí, passeando na neve, nus.
Tu-tum.
— Talvez uma bruxa tenha puxado eles para o fundo.
— Por via das dúvidas, melhor você entrar e conferir.
Um bufo indignado.
— Está de gelar os ossos. E vai saber que tipo de coisa vive aí dentro? Além do mais, se uma bruxa *realmente* os puxou para baixo da água, já se afogaram a esta altura. Não tem sentido acrescentar mais corpos à pilha.
— Que belo Chasseur você é.
— Não estou vendo você se voluntariando.
Tu-tum.
Uma parte distante do meu cérebro se dava conta de que meu pulso tinha começado a desacelerar. Reconhecia o frio subindo pelos braços, pelas pernas. Fez soar um sinal de advertência. O abraço de Lou em volta do meu peito foi se afrouxando devagar. Em resposta, apertei-a. O que quer que estivesse fazendo para nos manter respirando, para aguçar nossa audição — estava drenando suas energias. Ou talvez fosse o frio. De qualquer forma, podia senti-la se esvaindo. Tinha que fazer algo.
Como que por instinto, busquei a escuridão que senti apenas uma vez antes. O abismo. O vazio. Aquele lugar onde caíra enquanto Lou estava morrendo; aquele lugar que eu tinha bloqueado e ignorado com tanto

cuidado. Corria para libertá-lo agora, esticando a mão em uma busca cega pelo meu subconsciente. Mas não estava lá. Não conseguia encontrá-lo. Com o pânico aumentando, inclinei a cabeça de Lou para trás e levei a boca à dela. Forcei meu fôlego para dentro dos seus pulmões. Insisti na busca, mas não havia cordões dourados à vista. Não havia *padrões*. Apenas água gélida e olhos que não enxergavam e Lou — a cabeça de Lou pendendo em meu braço, as mãos escorregando dos meus ombros, o peito ficando imóvel contra o meu.

Eu a sacudi, meu pânico se transformando em puro medo debilitante, e tentei pensar em algo — *qualquer coisa* — que pudesse fazer. Madame Labelle mencionara equilíbrio. Talvez... talvez eu pudesse...

Dor apunhalou meus pulmões antes que eu pudesse terminar o raciocínio, e inspirei em surpresa. Água invadiu minha boca. Minha visão retornou de forma abrupta, e o lodo ao redor dos meus pés relaxou, o que significava que...

Lou tinha perdido a consciência.

Não parei para pensar, nem para observar enquanto o ouro tremeluzente em minha visão periférica tomava forma. Agarrando seu corpo mole, dei um impulso em direção à superfície.

PORCELANA BONITA

Lou

Calor irradiava pelo meu corpo. Devagar num primeiro instante, depois tudo de uma só vez. Meus braços e pernas formigavam dolorosamente, me forçando a recobrar a consciência. Amaldiçoando as alfinetadas — e a neve, o vento e o fedor metálico no ar —, grunhi e abri os olhos. Minha garganta parecia em carne viva, trancada. Como se alguém tivesse me enfiado um ferro em brasa goela abaixo enquanto eu dormia.

— Reid? — A palavra saiu rouca. Eu tossi. Sons úmidos e horríveis sacudiram meu peito, então tentei de novo. — Reid?

Quando ele não respondeu, eu xinguei e rolei para o lado.

Um grito engasgado irrompeu da minha garganta, e me afastei depressa.

Um Chasseur sem vida me encarava. A pele estava pálida contra a margem coberta de gelo da piscina natural; a maior parte do seu sangue havia derretido a neve sob ele, encharcando a terra e a água. Seus três companheiros não tiveram fim melhor. Os cadáveres estavam espalhados pela beira do riacho, cercados pelas facas descartadas de Reid.

Reid.

— Merda! — Eu me ajoelhei, as mãos pairando acima da enorme figura de cabelos acobreados do meu outro lado. Estava deitado com o rosto colado na neve, a calça amarrada de qualquer jeito, o braço e a cabeça enfiados na camisa como se tivesse caído desmaiado antes de conseguir terminar de se vestir.

Eu o rolei de barriga para cima, praguejando novamente. Os cabelos tinham congelado no rosto salpicado de sangue, e a pele estava tingida de um azul-acinzentado. Meu Deus.

Meu Deus meu Deus meu Deus

Desesperada, pressionei a orelha em seu peito e quase chorei de alívio quando ouvi suas batidas. Fracas, mas presentes. Meu próprio coração bombeava num ritmo traidor em meus ouvidos — saudável e forte —, e meus cabelos e pele estavam quentes e secos. Com uma onda de náusea, me dei conta do que tinha acontecido. O idiota quase se matara tentando me salvar.

Apertei as palmas das mãos contra seu peito, e ouro explodiu diante de mim em uma teia de possibilidades infinitas. Passei os olhos por elas rapidamente — em pânico demais para me demorar, para pensar nas consequências — e parei quando uma lembrança se desenrolou em minha mente: minha mãe penteando meus cabelos na noite anterior ao meu décimo sexto aniversário, a ternura em seu olhar, a calidez do seu sorriso.

Calidez. Calor.

Fique bem, amada, enquanto estamos separadas. Fique bem até nos encontrarmos de novo.

Vai se lembrar de mim, maman?

Eu jamais a esqueceria, Louise. Amo você.

Com uma careta diante das palavras, puxei o cordão dourado, que se retorceu sob meu toque. A lembrança se transformou dentro da minha cabeça. Os olhos se endureceram como pedaços de gelo esmeralda, e ela abriu um sorriso zombeteiro diante da esperança em minha expressão, o desespero em minha voz. Meu rosto, aos 16 anos, ficou devastado. Lágrimas marejaram meus olhos.

É claro que não amo você, Louise. Você é filha do meu inimigo. Foi concebida pensando em um propósito maior, e não envenenarei esse propósito com amor.

Óbvio. Óbvio que nunca me amara, nem mesmo naquela época. Balancei a cabeça, desorientada, e cerrei os punhos. A lembrança se dissolveu em poeira dourada, e seu calor transbordou e invadiu Reid. Seus cabelos e roupas secaram em uma explosão de calor. A cor retornou à sua pele, e a respiração ficou mais profunda. Seus olhos se abriram no momento em que eu tentava passar seu outro braço pela manga.

— Para de me passar o seu calor — falei, irritada, puxando a camisa para cobrir seu abdome. — Você está se matando.

— Eu... — Atordoado, ele piscou várias vezes, absorvendo a cena sangrenta ao redor. A cor que tinha recuperado se esvaiu ao avistar os irmãos mortos.

Virei seu rosto em direção ao meu, envolvendo as bochechas e forçando-o a sustentar meu olhar.

— Foque-se em mim, Reid. Não neles. Precisa quebrar o padrão.

Ele arregalou os olhos.

— Eu... eu não sei como.

— É só relaxar — instruí, penteando seus cabelos para trás. — Visualize o cordão nos conectando na sua mente e depois liberte-o.

— Libertá-lo. — Ele riu, mas o som saiu sufocado. Não tinha alegria alguma. — Certo.

Balançando a cabeça, fechou os olhos em concentração. Após um longo momento, o calor pulsando entre nossos corpos cessou, substituído pelos açoites amargos do inverno.

— Ótimo — falei, sentindo aquele frio até nos ossos. — Agora me conte o que aconteceu.

Seus olhos se abriram depressa, e, naquele breve segundo, vi um lampejo de uma dor pura e crua. Fez com que meu fôlego ficasse preso na garganta.

— Eles não paravam. — Reid engoliu em seco e desviou o olhar. — Você estava morrendo. Eu tinha que trazer você de volta à superfície. Mas nos reconheceram e não quiseram me ouvir... — Tão rápido quanto viera, a dor em seus olhos desapareceu, apagada como a chama de uma vela. Um vazio perturbador a substituiu. — Não tive escolha — completou, com uma voz tão oca quanto seus olhos. — Era você ou eles.

A compreensão desceu como um martelo em minha cabeça. O silêncio recaiu sobre nós.

Não era a primeira vez que Reid fora forçado a escolher entre mim e outra pessoa. Não era a primeira vez que manchava as mãos com o sangue da própria família para salvar o meu. *Meu Deus.*

— Sim. — Assenti rápido demais, minha voz terrivelmente suave. O sorriso terrivelmente radiante. — Tudo bem. Está tudo bem.

Fiquei de pé, oferecendo a mão a ele. Reid a fitou por um segundo, hesitante, e uma cratera se formou em meu estômago. Abri ainda mais o sorriso. Era óbvio que hesitaria em me tocar. Em tocar qualquer um. Tinha acabado de passar por uma experiência traumática. Tinha lançado seu primeiro encanto desde Modraniht, e o usara para fazer mal aos irmãos. *Era óbvio* que se sentia em conflito. *Era óbvio* que não queria que eu...

Afastei o pensamento indesejado, me encolhendo com uma careta como se tivesse me mordido. Mas era tarde. O veneno já tinha se instalado. Dúvida escorria das feridas feitas por suas presas, e vi, como se estivesse de fora, quando minha mão voltou, pendendo, para o meu lado. Ele a pegou no último segundo e segurou firme.

— Pare — disse.

— Parar com o quê?

— Com o que quer que esteja pensando. Não pense.

Soltei uma risada áspera, procurando uma resposta engraçadinha, mas não encontrei nenhuma. Em vez disso, ajudei-o a se levantar.

— Vamos voltar. Odiaria decepcionar sua mãe. A essa altura, ela já deve estar com água na boca na expectativa de nos assar no espeto. Pode até ser que eu goste, na verdade. Está um gelo aqui.

Ele assentiu, ainda impassível de uma maneira assustadora, e calçou as botas em silêncio. Tínhamos acabado de começar o caminho de volta para O Buraco quando um pequeno movimento em minha visão periférica me fez parar.

Reid olhou ao redor.

— O que foi?

— Nada. Por que não vai na frente?

— Você não pode estar falando sério.

Outro movimento, desta vez mais pronunciado. Meu sorriso, ainda largo demais, alegre demais, se desfez.

— Preciso me aliviar — expliquei sem expressão. — Quer ficar para assistir?

Reid corou e tossiu, baixando a cabeça.

— Hã... não. Vou ficar esperando... bem ali.

Ele fugiu para trás da folhagem densa de um pinheiro sem se virar. Observei-o partir, esticando o pescoço para garantir que estava fora de seu campo de visão, antes de me virar para examinar de onde vinha o movimento.

Na margem do riacho, não totalmente morto, o último dos Chasseurs me fitava com olhos suplicantes. Ainda segurava a Balisarda. Me ajoelhei ao seu lado, a náusea revirando o meu estômago enquanto a arrancava dos dedos duros e congelados. Claro que Reid não a tinha tomado dele — de nenhum deles. Teria sido uma violação. Não importava que bruxas acabassem topando com aqueles corpos e levando as lâminas encantadas. Para Reid, roubar os irmãos da sua identidade em seus momentos finais teria sido uma traição impensável, ainda pior do que matá-los.

Os lábios pálidos do Chasseur se moveram, mas não emitiram som algum. Com delicadeza, rolei-o para ficar de barriga para baixo. Muito tempo atrás, Morgane me ensinara como matar um homem instantaneamente. "Na base da cabeça", ela havia instruído, tocando minha própria nuca com a ponta da adaga, "onde a espinha dorsal encontra o crânio. Separe os dois, e qualquer ressuscitação estará fora de questão."

Imitei os movimentos de Morgane contra o pescoço do Chasseur. Seus dedos estremeceram com agitação. Com medo. Mas era tarde demais para ele e, ainda que não fosse, tinha visto nossos rostos. Talvez tivesse visto Reid usar magia também. Era a única clemência que eu podia oferecer aos dois.

Tomando um fôlego profundo para me estabilizar, enterrei a Balisarda na base do crânio do homem. Seus dedos pararam de se mover de repente. Após um momento de hesitação, voltei a deitá-lo de barriga para cima, entrelacei as mãos por cima do seu peito e recoloquei a Balisarda entre elas.

Como previra, Madame Labelle nos aguardava no limiar do Buraco, as faces coradas e os olhos luzindo de fúria. Estava quase soprando fogo pelas ventas.

— *Onde* vocês estavam...

Ela parou de supetão, os olhos se arregalando ao perceber nossos cabelos desgrenhados e roupas por vestir. Reid ainda não tinha amarrado a calça direito. Apressou-se em fazê-lo.

— Seus imbecis! — exclamou, a voz tão alta, tão aguda e desagradável que um par de passarinhos alçou voo. — Idiotas! Crianças estúpidas e *broncas*. São capazes de pensar com as partes que ficam mais ao norte dos seus corpos, ou por acaso são controlados totalmente pelo sexo?

— É uma luta diária entre os dois. — Marchando até minhas cobertas enquanto puxava Reid comigo, joguei o lençol por cima dos seus ombros.

Sua pele continuava muito pálida para meu gosto, a respiração ainda superficial demais. Ele me puxou para debaixo dos braços, agradecendo com um toque de lábios contra minha orelha. — Embora muito me surpreenda ouvir uma cortesã agir de maneira tão pudica.

— Ah, não sei, não. — Sentando-se no saco de dormir, Beau passou a mão pelos cabelos despenteados. Seu rosto ainda estava amassado de sono. — Só dessa vez, vou chamar de prudência. E isso vindo de mim... — Ele arqueou uma sobrancelha na minha direção. — Pelo menos foi bom? Espera, esquece. Se tivesse sido com qualquer outra pessoa que *não* meu irmão, aí, sim, talvez...

— Cala a boca, Beau, e aproveita para atiçar o fogo enquanto isso — cortou Coco, exasperada, os olhos passando por cada centímetro da minha pele. Franziu a testa. — Isso é sangue? Você se machucou?

Beau inclinou a cabeça para o lado para me examinar antes de concordar. Não fez nenhum movimento para cuidar da fogueira.

— Não está nos seus melhores dias, irmãzinha.

— Ela não é sua irmã — rosnou Reid.

— E mesmo no pior dos dias, ela é bem mais bonita do que você — acrescentou Coco.

Ele soltou um risinho e balançou a cabeça.

— Creio que os dois têm direito a opiniões erradas...

— Chega! — Madame Labelle jogou as mãos para o alto, entediante em sua exasperação, e olhou feio para todos nós. — O que *foi* que aconteceu, afinal?

Com uma olhadela na direção de Reid — ele tinha ficado rígido, como se Madame Labelle o tivesse acertado com um ferro em brasa —, rapidamente relatei os eventos no riacho. Embora não tenha entrado em detalhes sobre as partes mais íntimas, Beau grunhiu e caiu para trás ainda assim, puxando o lençol para esconder o rosto. A expressão da cortesã ficava mais e mais dura a cada palavra.

— Eu estava tentando sustentar quatro padrões ao mesmo tempo — eu disse, na defensiva, diante dos olhos semicerrados da mulher, da cor lhe subindo às bochechas. — Dois para nos ajudar a respirar e mais dois para escutarmos lá em cima. Não conseguiria controlar a temperatura da água também. Minha esperança era conseguir esperar até os Chasseurs irem embora.

Olhei relutante para Reid, que encarava os pés com determinação. Embora tivesse guardado a Balisarda de volta na bandoleira, ainda segurava seu cabo com a mão livre. Os nós dos dedos estavam brancos de tanto que apertava.

— Sinto muito por não ter conseguido.

— Não foi sua culpa — murmurou ele.

Como um trator, Madame Labelle ignorou todas as deixas e pistas emocionais.

— O que aconteceu com os Chasseurs?

Mais uma vez, olhei para Reid, pronta para mentir, se necessário.

Ele respondeu por mim, a voz oca.

— Eu os matei. Estão mortos.

Finalmente, *finalmente* o rosto da cortesã se suavizou.

— E depois me deu todo o calor corporal dele na margem do riacho — prossegui, apressada, com a história, de repente ansiosa para pôr um fim àquela conversa, para puxar Reid para um canto e reconfortá-lo de alguma forma. Ele parecia tão... tão *duro*. Como uma das árvores crescendo ao redor, estranho, desconhecido e rígido. Detestava vê-lo assim. — Foi uma magia engenhosa, mas que quase o fez morrer de frio no meu lugar. Tive que sugar o calor de uma lembrança para aquecer...

— Você *o quê?* — Madame Labelle empertigou-se até atingir sua altura máxima e me olhou de cima, nariz em pé e punhos cerrados, em um gesto tão familiar que tive que parar e encará-la. — Sua menina tola...

Levantei o queixo em desafio.

— Preferiria que eu tivesse deixado ele morrer?

— Óbvio que não! Ainda assim, um comportamento *inconsequente* assim tem que ser corrigido, Louise. Você sabe muito bem como é perigoso alterar a memória...

— Estou ciente — respondi entre dentes.

— Por que é tão perigoso? — indagou Reid, baixinho.

Virei a cabeça em sua direção, abaixando o tom de voz para igualá-lo ao dele.

— Lembranças são meio que... sagradas. Nossas experiências de vida nos moldam em quem somos... pense na criação acima da natureza. Se mudarmos nossa memória dessas experiências, bem... Podemos mudar quem somos também.

— Não há como saber se essa lembrança que ela alterou afetou seus valores, crenças, expectativas. — Madame Labelle bufou, afundando em seu tronco de árvore favorito. Respirando fundo, endireitou as costas e entrelaçou as mãos como se tentasse se concentrar em algo, qualquer coisa, que não fosse sua raiva. — Personalidades são cheias de nuances. Há quem acredite que a natureza, nossa linhagem ou características herdadas influenciam quem somos, independentemente da vida que levamos. Acreditam que nos tornamos as pessoas que nascemos fadadas a ser. Muitas bruxas, entre elas Morgane, usam essa filosofia para justificar seus comportamentos hediondos. É tudo besteira, lógico.

Todos os olhos e ouvidos no Buraco fixaram-se nela e apenas nela. Até Beau colocou a cabeça para fora do lençol, interessado.

A testa de Reid se franziu.

— Então... você acredita que a criação tem mais influência do que a natureza.

— Claro que tem. A menor das alterações na memória pode ter consequências profundas e invisíveis. — Seu olhar voou para mim, e aqueles olhos familiares se estreitaram quase imperceptivelmente. — Já testemunhei.

Ansel abriu um sorriso incerto — uma reação instintiva — no silêncio constrangedor que se seguiu.

— Não sabia que bruxaria podia ser tão acadêmica.

— Seu conhecimento de magia não conseguiria encher uma casca de noz — respondeu a cortesã, irritada.

Coco deu uma resposta mordaz, e Beau rebateu. Não ouvi nada do que diziam, pois Reid levara uma das mãos à minha lombar e abaixou-se para sussurrar:

— Não devia ter feito isso por mim.

— Faria muito pior por você.

Ele recuou diante do meu tom, os olhos buscando algo dentro dos meus.

— O que quer dizer com isso?

— Nada. Não se preocupe. — Acariciei sua bochecha e fiquei aliviada quando não se afastou. — O que está feito está feito.

— Lou. — Ele segurou meus dedos, apertando com gentileza antes de soltá-los ao lado do meu corpo. Meu coração afundou com a rejeição, por mais educada que tenha sido. — Me conte.

— Não.

— Me conte.

— Não.

Ele expirou com força pelo nariz, tenso.

— Por favor.

Encarei-o, reflexiva, enquanto a discussão entre Coco e Beau se intensificava. Era uma má ideia. Uma péssima ideia.

— Você já sabe partes — falei, enfim. — Para receber, precisa dar em troca. Modifiquei uma lembrança para aquecer você naquele riacho. Troquei nossa visão por audição mais aguçada, e eu...

Sendo bem honesta, eu queria mentir. Mais uma vez. Queria sorrir e garantir que tudo ficaria bem, mas não havia muito sentido em esconder o que fizera. Era essa a natureza do monstro. A magia impunha sacrifícios. A natureza exigia equilíbrio. Seria melhor que Reid aprendesse isso logo se quiséssemos sobreviver.

— Você...? — insistiu, impaciente.

Encarei seu olhar duro e inabalável sem hesitar.

— Eu troquei alguns momentos da minha vida por aqueles que passamos debaixo da água. Foi a única maneira em que consegui pensar para nos manter respirando.

Ele se retraiu e se afastou, mas Madame Labelle ficou de pé num pulo, levantando a voz para ser ouvida acima da discussão de Coco e Beau. Ansel assistia ao caos se desenrolar com ansiedade palpável.

— Eu disse chega! — O vermelho nas bochechas da mulher tinha se intensificado, e ela estava visivelmente trêmula. Era evidente que o temperamento de Reid tinha sido herdado. — Pelos caninos da Anciã, vocês... *todos* vocês... precisam parar de se comportar como crianças, ou as Dames Blanches vão dançar por cima das suas cinzas. — Virou o olhar afiado para mim e Reid. — Têm certeza de que os Chasseurs estão mortos? Todos eles?

O silêncio de Reid deveria ter sido suficiente. Quando Labelle continuou a nos fitar com expectativa exasperada, porém, à espera de confirmação, fiz uma carranca e disse as palavras em voz alta.

— Sim. Estão mortos.

— Ótimo — disse ela.

Reid continuou calado. Não reagiu ao comentário cruel da mãe. Estava se escondendo, me dei conta. Escondendo-se deles, de si mesmo... de mim. Madame Labelle tirou três pedaços de pergaminho do corpete e os estendeu em nossa direção com rispidez. Reconheci a letra de Coco em um deles, as súplicas que tinha escrito à tia. Abaixo do último, a mão de alguém desconhecido tinha redigido uma recusa rude: *seu caçador não é bem-vindo aqui*. Apenas isso. Nenhuma outra explicação ou cortesia. Nada de *se*, *e* ou *mas*.

Parecia que La Voisin tinha enfim dado sua resposta.

Amassei a última mensagem antes que Reid pudesse lê-la, o sangue martelando nos meus ouvidos.

— Podemos todos concordar agora que é hora de enfrentar os monstros — disse Madame Labelle —, ou devemos continuar a fechar os olhos e torcer pelo melhor?

Minha irritação com a cortesã estava aproximando-se perigosamente na direção da antipatia. Não me importava que fosse mãe de Reid. Naquele momento, não era bem *morte* o que lhe desejava, mas... uma coceira. Sim. Uma coceira eterna na virilha que nunca conseguisse aliviar. Uma punição adequada para quem insistia em arruinar tudo.

Anda assim, apesar da insensibilidade cruel, eu sabia, no fundo, que ela tinha razão. Nossos momentos de paz tinham acabado.

Chegara a hora de seguirmos em frente.

— Você disse ontem que precisávamos de aliados. — Alcancei a mão de Reid, apertando seus dedos com força. Quando não retornou a mesma pressão, porém, uma antiga rachadura se reabriu em meu peito. Palavras amargas transbordaram dela antes que pudesse detê-las. — Quem sequer poderíamos procurar? As bruxas de sangue evidentemente não estão do nosso lado. O povo de Belterra com certeza não vai se juntar a nossa causa. Somos bruxas. Somos más. Usamos seus irmãos e suas irmãs e mães como marionetes nas ruas.

— *Morgane* fez isso — argumentou Coco. — *Nós* não fizemos nada de errado.

— Mas é esta a questão, não é? Deixamos acontecer. — Fiz uma pausa, expirando bruscamente. — *Eu* deixei acontecer.

— Pare com isso — cortou Coco com ferocidade, balançando a cabeça. — O único crime que cometeu foi querer viver.

— Não importa. — Madame Labelle retornou ao seu tronco, pensativa. Embora as faces continuassem coradas, tinha misericordiosamente baixado a voz. Meus ouvidos agradeceram. — Onde o rei o guiar, o povo irá atrás.

— Está delirando se acha que meu pai vai querer se aliar a você — disse Beau das cobertas. — Já está oferecendo dinheiro pela cabeça da Lou.

Madame Labelle fungou.

— Temos uma inimiga comum em Morgane. Seu pai pode se mostrar mais favorável à ideia do que você pensa.

Beau revirou os olhos.

— Olha, sei que acha que ele ainda ama você ou coisa do gênero, mas ele...

— ... não é o único aliado que procuraremos — interrompeu a cortesã com brusquidão. — Obviamente, nossas chances de sucesso são muito mais altas se persuadirmos rei Auguste a se juntar a nós, uma vez que sem dúvida comandará os Chasseurs até a Igreja nomear uma nova liderança, mas há outras pessoas tão poderosas quanto neste mundo. Os *loups-garou*, por exemplo, e as melusinas. Talvez Josephine seja mais receptiva sob as circunstâncias corretas.

Coco riu.

— Se minha tia se recusa a nos *abrigar* com um ex-Chasseur envolvido, o que a faz pensar que concordaria em se *aliar* com os verdadeiros? Também não tem nenhum apreço especial por lobisomens ou sereias.

Reid piscou, o único sinal visível de que tinha se inteirado do conteúdo da resposta de La Voisin.

— Bobagem. — Madame Labelle balançou a cabeça. — Temos apenas que mostrar a Josephine que tem mais a ganhar com uma aliança do que com política mesquinha.

— Política mesquinha? — Os lábios de Coco se retorceram. — A *política* da minha tia é vida e morte para a minha gente. Quando as Dames Blanches expulsaram minhas ancestrais do Château, tanto os *loups-garou* quanto as melusinas se recusaram a oferecer ajuda. Mas você não sabia disso, sabia? Dames Blanches só pensam nelas próprias. Com exceção de você, Lou — acrescentou.

— Não fiquei ofendida. — Caminhei até a raiz mais próxima, inclinei o corpo para me sentar nela e olhei feio para Madame Labelle. Meus pés, no entanto, pendiam vários centímetros acima do chão, diminuindo substancialmente o efeito ameaçador da pose. — Já que estamos na ilha da fantasia, então por que não aproveitamos para juntar o Homem Selvagem e a Tarasca à nossa lista? Tenho certeza de que um homem-bode e um dragão míticos acrescentariam charme a esta grande batalha que está fantasiando.

— Não estou fantasiando coisa alguma, Louise. Sabe tão bem quanto eu que sua mãe não está de braços cruzados enquanto fica em silêncio. Está planejando *algo*, e temos que estar preparados para o que quer que seja.

— Não será uma batalha. — Balancei os pés, fingindo tranquilidade, apesar da inquietação que se agitava sob minha pele. — Não no sentido tradicional. Minha mãe é uma anarquista, não um soldado. Ataca das sombras, esconde-se dentro das multidões. É como incita o medo: no caos. Não vai arriscar unir seus inimigos engendrando um ataque aberto.

— Ainda assim — continuou a cortesã, sem se afetar —, somos seis contra hordas de Dames Blanches. *Precisamos* de aliados.

— Para dar continuidade ao seu argumento, digamos que todas as partes *concordem* em formar uma aliança milagrosa. — Sacudi os pés com mais força, mais rapidez. — O rei, os Chasseurs, as Dames Rouges, *loups-garou* e melusinas, todos trabalhando juntos de braços dados. O que acontece após derrotarmos Morgane? Recomeçamos a nos matar por cima do cadáver dela? Somos *inimigos*, Helene. Lobisomens e sereias não vão se tornar amigos do peito no campo de batalha. Caçadores não vão abandonar séculos de doutrinação para fazer amizade com bruxas. A mágoa é longa demais e grande demais de todos os lados. Não se pode curar uma doença com um simples curativo.

— Então dê a eles a cura — disse Ansel baixinho. Encontrou meu olhar com uma fortaleza firme que estava além dos seus anos de vida. — Você é uma bruxa. Ele, um caçador.

A resposta de Reid foi baixa, passiva:

— Não mais.

— Mas foi um dia — insistiu Ansel. — Quando se apaixonaram, eram inimigos.

— Ele não sabia que eu era sua inimiga... — comecei.

— Mas você sabia. — Os olhos de Ansel, da cor de uísque, foram de mim para Reid. — Teria feito diferença?

Não importa que seja bruxa, me dissera depois de Modraniht. Suas mãos segurando as minhas, lágrimas em seus olhos. Eram tão expressivos, transbordando de emoção. De amor. *A maneira como enxerga o mundo... quero enxergá-lo assim também.*

Prendendo o fôlego, esperei pela confirmação dele, que não veio. Foi Madame Labelle quem falou em seu lugar:

— Creio que uma abordagem semelhante vá funcionar com os outros. Uni-los contra um inimigo comum, forçá-los a cooperar, pode acabar mudando a percepção de cada lado. Pode ser o incentivo de que todos precisamos.

— E você me chamou de tola. — Sacudi os pés com mais força para enfatizar minha descrença, e minha bota (com os cadarços ainda desamarrados na pressa de deixar o riacho para trás) escapuliu do meu pé. Um pedacinho de papel saiu voando de dentro dela. Franzindo o cenho, pulei de volta para o chão para pegá-lo. Ao contrário das folhas de pergaminho baratas e salpicadas de sangue que Coco roubara da aldeia, *esta* nota tinha sido escrita em linho liso e limpo que cheirava a... a eucalipto. Meu sangue gelou.

Linda porcelana, linda boneca, com cabelos tão pretos quanto as noites
Ela chora sozinha dentro do seu esquife, suas lágrimas tão verdes e brilhantes

Coco marchou até meu lado, inclinando-se mais para perto a fim de ler as palavras.

— Não é da minha tia.

A mensagem escorregou dos meus dedos entorpecidos.

Ansel abaixou-se para pegá-la, passando os olhos pelo conteúdo.

— Não sabia que você gostava de poesia. — Quando seus olhos encontraram os meus, seu sorriso vacilou. — É bonito. De uma maneira um pouco triste.

Ele tentou devolver, mas meus dedos ainda se recusavam a funcionar. Reid a tomou em meu lugar.

— Não foi você quem escreveu isto, foi? — perguntou, mas não era uma pergunta de verdade.

Sem fala, balancei a cabeça negativamente.

Ele me estudou por um momento antes de voltar a atenção à nota.

— Estava dentro da bota. Quem quer que tenha escrito tem que ter estado lá no riacho. — Seu cenho franziu-se ainda mais, e passou o papel a Madame Labelle, que estendera a mão, impaciente. — Acha que foi um dos Chasseurs...?

— Não. — A incredulidade que me mantivera congelada enfim se quebrou em uma onda de pânico. Tirei a mensagem da mão de Labelle com violência, ignorando seu protesto, e a enfiei de volta na bota. — Foi Morgane.

A ESTRATÉGIA MAIS SÁBIA

Reid

Um silêncio funesto se assentou sobre o acampamento. Todos observavam Lou enquanto tomava um fôlego profundo a fim de recuperar a compostura.

Enfim, deu voz a nosso silêncio:

— Como ela nos encontrou?

Era uma boa pergunta. Mas não a correta.

Encarei o fogo crepitante, imaginando a mão pálida de Morgane — sua letra curva e elegante — enquanto soletrava destruição e ruína. Eu tinha uma decisão a tomar.

— Vocês saíram do acampamento, está lembrada? — explodiu Madame Labelle. — Para tomar um *banho*, de todas as coisas.

— O Château le Blanc fica a quilômetros daqui — argumentou Lou. Era visível que estava se contendo para manter a voz tranquila. — Ainda que a água tenha lavado as runas de proteção de Coco, ainda que as árvores lhe tivessem sussurrado nossa localização, não poderia ter chegado tão depressa. Não é capaz de *voar*.

— Claro que poderia. Com a motivação certa, você também conseguiria. É apenas questão de encontrar o padrão correto.

— Ou talvez ela já estivesse aqui, espreitando. Talvez estivesse nos observando o tempo inteiro.

— Impossível. — Ergui o olhar para ver os olhos da cortesã escurecerem. — Encantei este lugar eu mesma.

— De um jeito ou de outro — argumentou Coco, colocando as mãos nos quadris —, por que ela não simplesmente a levou de uma vez enquanto estavam no riacho?

Retornei minha atenção ao fogo. Aquela era uma pergunta melhor. Ainda não era a correta.

As palavras de Morgane flutuaram na minha mente de novo. *Ela chora sozinha dentro do seu esquife, suas lágrimas tão verdes e brilhantes.* A resposta estava bem debaixo dos nossos narizes. Engoli em seco ao redor da palavra. *Esquife.* Lógico que era o plano de Morgane. O pesar atacou as portas da minha fortaleza, mas o mantive longe, ignorando o estilhaço de saudades que ameaçava abrir meu peito.

Vagarosa, metodicamente, reordenei meus pensamentos — minhas emoções.

— Não sei — respondeu Lou, frustrada, e começou a andar de um lado a outro. — Isso é tão... tão a *cara* dela. E até descobrirmos como me encontrou, ou o que ela quer, não estaremos a salvo aqui. — Ela virou de repente para Madame Labelle. — Você tem razão. Temos que partir imediatamente. Hoje.

Ela não estava errada.

— Mas se ela sabe que estamos aqui — lembrou Coco —, não é apenas uma questão de nos seguir?

Lou recomeçou a andar, sem desviar os olhos da trilha que fazia no chão.

— Ela vai tentar. Claro que vai. Mas o seu jogo não está pronto ainda, ou já teria me levado. Temos até lá para despistá-la.

— Maravilha. — Beau revirou os olhos para o céu, jogando-se sem elegância alguma para trás nas cobertas. — Temos uma guilhotina invisível pairando sobre nossas cabeças.

Respirei fundo.

— Não é invisível.

Todos os olhos na clareira viraram-se para mim. Hesitei. Ainda não decidira o que fazer. Se eu estivesse certo — e eu estava —, muitas vidas seriam perdidas se não agíssemos. E *se* agíssemos... bem, estaríamos entrando espontaneamente dentro de uma armadilha. O que significava que Lou...

Olhei de relance para ela, meu coração se apertando.

Lou estaria em perigo.

— Deus do Céu, homem — exclamou Beau —, agora não é hora de bancar o herói taciturno. Anda com isso!

— Está tudo na mensagem. — Gesticulei para as brasas da fogueira e dei de ombros. O movimento pareceu duro e frágil. — Choro, lágrimas, esquife. É um velório. — Quando lancei um olhar expressivo a Lou, ela engoliu o ar, surpresa.

— O velório do arcebispo.

Fiz que sim.

— Ela está armando para a gente.

Ela franziu a testa e inclinou a cabeça para o lado.

— Mas...

— Esse é só um dos versos — completou Ansel. — E o restante?

Forcei-me a permanecer calmo. No controle. Vazio da emoção que sitiava minha fortaleza mental.

— Não sei. Mas o que quer que esteja planejando, é para o velório dele. Tenho certeza.

Se estivesse correto, teria coragem de colocar Lou em risco para salvar centenas, talvez milhares de pessoas inocentes? Arriscar sua vida em prol de salvar outras me tornava diferente de Morgane? Uma em troca de muitas. Era uma atitude sábia, mas errada, de alguma forma. Ainda que não tivesse sido Lou. Os fins não justificavam os meios.

E ainda assim... Conhecia Morgane melhor do que ninguém ali. Melhor do que Madame Labelle. Melhor ainda do que Lou. Elas conheciam La Dame des Sorcières como a mulher. A mãe. A amiga. Eu a conhecia como a inimiga. Tinha sido meu dever estudar suas estratégias, prever seus ataques. Passara os últimos vários anos da minha vida me familiarizando, de uma maneira muito íntima, com seus movimentos. Qualquer que fosse seu plano para o velório do arcebispo, cheirava a morte.

Mas eu não podia arriscar Lou. Não podia. Se aqueles poucos momentos terríveis em Modraniht tinham me ensinado algo — quando seu pescoço se abriu, quando seu sangue começou a encher a bacia —, foi que não tinha o menor interesse em uma vida sem ela. Não que importasse. Se ela morresse, eu morreria também. Literalmente. Junto com dúzias de outras pessoas, como Beau e... e o restante deles.

Minha família.

O pensamento me abalou até o âmago.

Os alvos de Morgane já não eram mais estranhos sem rosto, mas irmãos e irmãs que ainda não tinha conhecido. Os irmãos e irmãs com quem ainda não tinha me permitido sonhar, sequer pensar a respeito. Estavam espalhados por aí, pelo mundo. E estavam em perigo. Não podia abandoná-los assim. Morgane tinha praticamente nos dito onde estaria. Se pudesse estar lá também — se pudesse de alguma forma detê-la, se pudesse cortar a cabeça da víbora para salvar minha família, salvar Lou, se pudesse evitar que maculasse as honras finais devidas ao meu patriarca...

Estava distraído demais para notar o silêncio ao meu redor.

— Isso não passam de conjecturas inverossímeis — disse Beau enfim, balançando a cabeça. — Está tirando conclusões do nada. Você quer comparecer ao velório. Entendo isso. Mas não quer dizer que Morgane estará presente.

— O que *quero* é parar o que quer que ela esteja planejando.

— Não *sabemos* o que ela está planejando.

Balancei a cabeça.

— *Sabemos, sim*. Ela não vai dizer com todas as letras, mas a ameaça é evidente...

— Reid, querido — interrompeu Madame Labelle, com gentileza —, sei que amava muito o arcebispo, e talvez precise de um ponto final para essa parte da sua história, mas agora não é hora de mergulhar de cabeça de maneira leviana...

— Não seria leviano. — Meus punhos tinham se cerrado por conta própria, e eu lutava para controlar minha respiração. Meu peito estava apertado. Claro que não compreendiam. Não era questão do que eu queria. Não era questão de... conseguir um *ponto final*. Era uma questão de justiça. E se... se pudesse começar a reparar o mal que tinha feito, se pudesse dizer adeus...

O estilhaço de saudosismo se enterrou mais fundo. Dolorosamente, agora.

Ainda poderia proteger Lou. Poderia mantê-la fora de perigo.

— Era você quem queria reunir aliados — continuei, minha voz mais forte. — Nos diga como. Como... como fazer para persuadir lobisomens e sereias a lutar do mesmo lado. Do lado dos Chasseurs. Pode funcionar. Juntos, seremos fortes o bastante para enfrentá-la quando fizer sua jogada.

Todos trocaram olhares. Olhares relutantes. Com mensagens silenciosas. À exceção de Lou. Ela me observava com uma expressão imperscrutável. Não gostava disso. Não conseguia interpretá-la, e sempre sabia como interpretar Lou. Aquele rosto... ele me fazia lembrar um tempo quando guardava segredos de mim. Mas não havia mais segredos entre nós. Ela me prometera.

— Nós... — Ansel esfregou a nuca, fitando os pés. — Temos certeza de que vai mesmo haver velório?

— Ou onde vai ser? — continuou Beau.

— Ou *quando*? — contribuiu Coco.

— Vamos descobrir tudo isso — insisti. — Estaremos prontos para ela.

Beau soltou um suspiro.

— Reid, não seja idiota. Se está mesmo certo a respeito dessa mensagem... Do que ainda não estou convencido, aliás... Estaríamos comendo na mão dela. É exatamente o que ela *quer*...

Absalon materializou-se a meus pés no instante em que abri a boca para discutir — para explodir —, mas Lou interrompeu:

— É verdade. É o que ela quer. — Sua voz era baixa, contemplativa, enquanto gesticulava entre nós. — É bem o tipo de joguinho que ela gosta de fazer. Manipulativo, cruel, desagregador. Ela espera uma resposta. *Anseia* por uma. A estratégia mais sábia é ficar bem longe.

Falou a última frase diretamente para mim.

— Graças à flor da Donzela. — Madame Labelle soltou um suspiro de alívio, passando as costas da mão pela testa e presenteando Lou com um raro sorriso. — Sabia que não podia ter sobrevivido este tempo todo sem um pouco de bom senso. *Se* houver de fato um velório e *se* Morgane de fato planeja sabotá-lo, não teríamos o tempo necessário para nos preparar. Viajar pela estrada seria uma jornada lenta e perigosa com o reino inteiro em nosso encalço. Levaríamos quase uma quinzena inteira para chegar ao território da Fera de Gévaudan, e a morada das melusinas em L'Eau Mélancolique fica a pelo menos uma semana na direção oposta. — Secou a testa com agitação. — Além disso, precisaríamos passar mais várias *semanas* em cada um desses lugares para fomentar os relacionamentos necessários. Sinto muito, Reid. A logística não funciona.

Lou me observava, aguardando.

Não a decepcionei.

— Por favor, Lou — murmurei, chegando mais perto. — A estratégia mais sábia nem sempre é a certa. Este era o meu trabalho. Lidei com Morgane e as Dames Blanches a vida inteira. Sei como agem. Você estava certa antes: Morgane incita o caos. Pense. No dia em que nos conhecemos, ela atentou contra a vida do rei durante a procissão em homenagem ao regresso dele. — Indiquei Beau com o queixo ao lembrar. — Atacou a catedral durante as últimas celebrações do Dia de São Nicolau. É sempre em meio a uma multidão. É como se protege. Como escorrega por entre nossos dedos.

Tomei sua mão, surpresa ao senti-la tremer.

— O velório do arcebispo vai atrair uma congregação como o reino jamais viu antes. Pessoas de todo o mundo virão para homenageá-lo. A destruição que ela vai criar será devastadora. Mas temos uma chance real de detê-la.

— E se não conseguirmos aliados contra ela?

— Vamos conseguir.

A culpa cravava as garras em minha resolução, mas eu a afastei. Por ora, precisava que concordasse. Revelaria aquela última parte da informação quando vidas não estivessem pendendo na balança.

— Não precisamos das bruxas de sangue, nem das sereias. O território dos lobisomens não fica longe de Cesarine: um dia ou dois de cavalgada, no máximo. Concentraremos nossos esforços, focando no rei Auguste e na Fera de... em *Blaise*. Faremos o que for necessário para persuadi-los. Você mesma falou. Morgane não é um soldado. Não irá pegar em armas se estivermos equilibrados. — Meus pensamentos corriam mais rápido, em busca de estratégias diferentes. — Não estará esperando uma aliança entre Chasseurs e lobisomens. Vamos encurralá-la... não. Vamos criar uma distração com os Chasseurs, atraí-la para fora da cidade enquanto os lobisomens esperam. Pode funcionar — repeti, mais alto do que antes.

— Reid. Você sabe que é uma armadilha.

— Eu nunca deixaria que nada lhe acontecesse.

— Não é comigo que estou preocupada. — Com a mão livre, ela tocou minha bochecha. — Sabia que a minha mãe ameaçou me fazer comer o seu coração se eu fugisse de novo?

— Isso não vai acontecer.

— Não. Não vai.

Ela deixou a mão cair, e todos ficamos imóveis, aguardando. Ninguém parecia respirar. Naquele momento, algo mudou em nosso acampamento. Sem perceber, tínhamos nos voltado para Lou em busca da decisão final. Não Madame Labelle. Lou. Eu a observei ao compreender o que significava. Ela era a filha da Dame des Sorcières. Eu já sabia disso. Lógico que sabia. Mas não tinha me dado conta ainda das implicações. Se tudo corresse de acordo com o plano... Lou herdaria a coroa. O título. O poder.

Lou se tornaria rainha.

Lou se tornaria a Donzela, a Mãe e a Anciã.

Ela se sobressaltou ao chegar à mesma conclusão junto de mim. Seus olhos se arregalaram, e a boca se contorceu. Era uma conclusão desagradável, então. Indesejável. Quando olhou para Coco, a expressão profundamente desconfortável, Coco abaixou a cabeça com um pequeno aceno positivo.

— Certo. — Lou abaixou-se para chamar o gato a nossos pés com um dedo. — Absalon, pode levar uma mensagem a Josephine Monvoisin? — Lançou um olhar de desculpas a Coco. — Essa deve vir direto de mim.

— O que está fazendo? — Minha voz estava carregada de confusão ao pegar sua mão, a puxando para se levantar. — Devíamos concentrar nossos esforços em Auguste e Blaise...

— Escuta, Chass. — Deu um tapinha em meu peito antes de se afastar e voltar a agachar próximo a Absalon. — Se vamos mesmo fazer isto, precisamos de toda a ajuda que conseguirmos. As sereias *estão* longe demais, mas as bruxas de sangue... talvez sua mãe tenha razão. Talvez

Josephine se mostre mais favorável sob as circunstâncias corretas. — A Coco, acrescentou: — Você disse que o acampamento fica próximo daqui?

Ela assentiu.

— Elas geralmente acampam perto desta área nessa época do ano.

Meu estômago se revirou em suspeita quando Lou concordou, sussurrando algo a Absalon.

— Você disse que ela não receberia um ex-Chasseur — falei.

Coco arqueou uma sobrancelha. Um sorrisinho repuxava o canto da sua boca.

— E não vai.

— Então o quê...?

Lentamente, Lou ficou de pé, limpando a lama dos joelhos no mesmo instante em que o gato evaporava em uma nuvem preta de fumaça.

— Vamos precisar nos separar, Reid.

CABELOS PINTADOS

Lou

— Vinho branco e mel, seguidos por uma mistura de raízes de celidônia, granza oliva, óleo de sementes de cominho, raspas de madeira e uma pitada de açafrão. — Madame Labelle organizava os frascos com todo o cuidado sobre a pedra que tínhamos transformado em mesa. — Se aplicarmos e deixarmos o preparo se desenvolver por um ciclo solar inteiro, vai deixar seus cabelos dourados.

Fitei todas as garrafinhas em horror.

— Não temos esse tempo todo.

Ela se voltou para me encarar.

— Sim, *obviamente*, mas com a matéria-prima talvez pudéssemos... agilizar o processo.

Nos viramos ao mesmo tempo para Reid, que estava sozinho do outro lado do acampamento, amuado, afiando a Balisarda e se recusando a falar com qualquer um.

— Não. — Balancei a cabeça, afastando os frascos. O propósito daquela tentativa inútil era justamente me disfarçar *sem* uso de magia. Depois do que acontecera com Reid no córrego... bem, não precisávamos cutucar onça com vara curta sem razão. — Não tinha mesmo nenhuma peruca?

Madame Labelle bufou, levando a mão para dentro da bolsa mais uma vez.

— Por mais inconcebível que soe a seus ouvidos, Louise, não havia loja de fantasias na pequena aldeia rural de Saint-Loire. — Bateu com outro recipiente na pedra. Dentro dela, *coisas* se remexiam. — Talvez se interesse por uma garrafa de sanguessugas em conserva? Se as deixarmos secar no seu cabelo durante um dia ensolarado, dizem que o resultado é uma rica e robusta coloração escura.

Sanguessugas? Coco e eu trocamos olhares horrorizados.

— Que nojo — disse ela, seca.

— De acordo.

— Que tal isto como alternativa? — A cortesã tirou mais dois jarrinhos da bolsa, atirando um para mim e outro para Coco (ou melhor, atirando-os *em* mim e em Coco). Consegui pegá-los antes de quebrar meu nariz. — A pasta de óxido de chumbo e leite de cal vai deixar seus cabelos pretos como a noite. Mas fique sabendo que o vendedor me informou que os efeitos colaterais podem ser bastante desagradáveis.

Não podiam ser mais desagradáveis do que seu sorriso.

Beau parou de vasculhar a mochila de Coco.

— Efeitos colaterais?

— Coisas bobas como morte. Nada que valha entrar em pânico. — Madame Labelle deu de ombros em uma expressão indiferente, e o sarcasmo transbordando das suas palavras. Não consegui apreciá-lo. — Muito mais seguro do que usar *magia*, com certeza.

Estreitando os olhos, me ajoelhei para inspecionar o conteúdo da bolsa eu mesma.

— É só uma precaução, está bem? Estou *tentando* ser gentil. Reid e magia não são exatamente amiguinhos no momento.

— E já foram um dia? — murmurou Ansel.

Um argumento válido.

— E dá para culpá-lo? — Tirei frascos de maneira aleatória lá de dentro, examinando seus rótulos antes de jogá-los para longe. Madame

Labelle devia ter comprado o boticário inteiro. — Usou magia duas vezes, e, em ambas, pessoas morreram. Ele só precisa... de um pouco de tempo para se aclimatar a tudo. Vai acabar se perdoando.

— *Vai mesmo?* — Coco arqueou uma sobrancelha cética, lançando a ele outro olhar demorando. — Quer dizer... não foi a troco de nada que o *matagot* apareceu.

O *matagot* em questão descansava dentro de um dos galhos mais baixos de um pinheiro, nos vigiando com olhos amarelos.

Madame Labelle pegou a mochila de mim. Com um movimento único e agitado, empurrou todas as garrafas para o lado.

— Não *sabemos* se é por causa de Reid que o *matagot* está presente. Meu filho dificilmente poderia ser considerado a única pessoa angustiada neste acampamento. — Seus olhos azuis perfuraram os meus, e ela enfiou um pedaço de fita na minha mão. Mais grosso do que aqueles que costumava usar, mas ainda assim... o cetim preto mal conseguiria cobrir minha nova cicatriz.

— Já é a segunda vez que sua mãe tenta matar você. Não seria surpreendente se Absalon estivesse aqui por *sua* causa.

— Minha? — Bufei, incrédula, levantando o cabelo para que Coco pudesse atar a fita em volta do meu pescoço. — Não seja idiota. Estou ótima.

— Está delirando se acha que uma fita e tinta de cabelo vão escondê-la de Morgane.

— Não de *Morgane*. Ela poderia muito bem estar aqui agora mesmo, à espreita. — Levantei o dedo do meio por cima da cabeça, só por segurança. — Mas uma fita e tinta de cabelo podem me esconder de outras pessoas que tenham visto aqueles malditos cartazes de procurado... podem até me esconder dos Chasseurs.

Terminando o laço, Coco deu tapinhas em meu braço e deixei os cabelos caírem, volumosos e pesados, pelas minhas costas. Podia até ouvir o sorrisinho em sua voz.

— Aqueles retratos são *muito* fiéis. O esmero que o artista colocou na sua cicatriz...

Soltei uma risada, mesmo contrariada, virando-me para ela.

— Parecia até um apêndice.

— Um bem grande.

— Um bem *fálico*.

Quando caímos em um ataque de gargalhadas, Madame Labelle bufou, impaciente. Resmungando algo a respeito de *crianças*, se afastou para se juntar a Reid. Já ia tarde. Coco e eu voltamos a rir. Embora Ansel tentasse nos acompanhar, seu sorriso parecia um pouco aflito — uma suspeita confirmada quando perguntou:

— Vocês acham que estaremos a salvo no acampamento de La Voisin?

A resposta de Coco foi imediata:

— Sim.

— E os outros?

Com o riso se dissipando, ela olhou para Beau, que tinha discretamente recomeçado a vasculhar sua mochila. Estapeou a mão dele para longe, mas não disse nada.

— Não gosto disso — continuou Ansel, balançando-se nas solas dos pés, cada vez mais inquieto. — Se a magia de Madame Labelle não foi capaz de nos esconder aqui, também não vai nos esconder na estrada. — Ele retornou o olhar suplicante para mim. — Você disse que Morgane ameaçou arrancar o coração do peito de Reid. Depois que nos separarmos, ela poderia sequestrá-lo e forçá-lo a voltar com ela para o Château.

Reid argumentara o mesmo havia uma hora — ou melhor, gritara. Descobrira que era muito menos a favor do seu plano de *reunir aliados para enfrentar Morgane no velório do arcebispo* quando significava que teríamos que nos separar. Mas precisávamos das bruxas de sangue para fazer aquele plano insano funcionar, e La Voisin deixara evidente que Reid não era bem-vindo em seu acampamento. Embora seu número fosse pequeno, sua reputação era formidável. Temíveis o bastante para Morgane continuar refutando suas petições anuais para se juntarem a nós novamente no Château.

Esperava que fosse o suficiente para fazê-las considerar ficar do nosso lado contra Morgane.

La Voisin estava disposta a nos escutar, ao menos. Absalon retornara quase instantaneamente com seu consentimento. Se chegássemos sem Reid, ela nos permitiria entrar. Não era muito, mas era um começo. À meia-noite, Coco, Ansel e eu nos encontraríamos com ela nos limites de Saint-Loire, e ela nos acompanharia até o coven de sangue. Na sua presença, estaríamos relativamente seguros, mas os outros...

— Não sei. — Quando dei de ombros, impotente, Coco franziu a boca. — Só podemos rezar para que a magia de Helene baste. Terão a proteção do sangue de Coco também. E se o pior acontecer... Reid tem sua Balisarda. Pode se defender.

— Só isso não é suficiente — murmurou Coco.

— Eu sei.

Não havia mais o que ser dito. Se Reid, Madame Labelle e Beau conseguissem sobreviver aos Chasseurs, Dames Blanches, caçadores de recompensa e bandidos de La Rivière des Dents — a única estrada pela floresta, batizada assim por conta dos dentes dos mortos que coletava —, o perigo seria multiplicado por dez quando chegassem ao território da alcateia.

Era difícil dizer quem os lobisomens odiavam mais: caçadores, bruxas ou príncipes.

Ainda assim, Reid conhecia aquelas terras melhor do que ninguém em nosso grupo. Só podia torcer para que os talentos diplomáticos de Madame Labelle e Beau os favorecessem. Pelo que ouvira falar de Blaise — e admitidamente não tinha sido muito —, era justo na forma como governava. Talvez nos surpreendesse.

De qualquer forma, não tínhamos tempo para visitar os dois clãs sem nos dividirmos.

À noite, iríamos a um pub local numa missão de reconhecimento para descobrir qual seria a data exata do velório do arcebispo. Com sorte, conseguiríamos nos reunir em Cesarine antes da cerimônia para abordarmos o rei Auguste juntos. Madame Labelle insistia que poderia ser persuadido a formar uma aliança. Ficaríamos sabendo — para o bem ou para o mal — quando visitássemos seu castelo.

Assim como Ansel, eu não gostava daquilo. Não gostava de *nada* daquilo. Ainda havia muito a se fazer, muitas peças do quebra-cabeça faltando. Pouco tempo demais. Juntaríamos o restante das pecinhas à noite na taberna, mas antes que pudéssemos fazer isso...

— A-há! — Triunfante, Beau tirou dois frascos da mochila de Coco. Trazia nela uma variedade pouco coesa de ingredientes usados para ajudá-la em sua magia de sangue; alguns reconhecíveis, como ervas e temperos, já outros, não, como o pó cinza e o líquido transparente que Beau segurava no alto naquele instante. — Cinzas de madeira e vinagre — explicou ele. Quando o encaramos sem entender, soltou um suspiro impaciente. — Para o seu *cabelo*. Ainda quer pintá-lo à moda antiga, correto?

— Ah. — Como que por vontade própria, minhas mãos foram até meus cabelos, cobrindo-os como se para protegê-los. — Quero... Quero, sim, claro.

Coco apertou meu ombro numa amostra de apoio moral, olhando feio para Beau.

— Tem certeza de que sabe o que está fazendo?

— Ajudei inúmeras amantes a pintarem os cabelos, Cosette. Ah, sim, antes de você, houve uma loura voluptuosa chamada Evonne. — Inclinou-se mais para perto, piscando. — Não era loura natural, óbvio, mas suas outras qualidades mais do que compensavam essa falha. — Quando Coco estreitou os olhos e os dedos começaram a apertar dolorosamente meu ombro, Beau abriu um sorrisinho. — Mas o que há de errado, *ma chatte*? Não estaria... com ciúmes, estaria?

— Você...

Dei um tapinha na mão de Coco, fazendo uma careta.

— Vou desmembrá-lo por você depois que tivermos terminado.

— Bem devagar?

— Pedacinho por pedacinho.

Com um aceno de cabeça satisfeito, foi em direção a Madame Labelle, me deixando a sós com Ansel e Beau. Uma aura de constrangimento pairava entre nós, mas a cortei — literalmente — com um abano ansioso de mão.

— Você sabe *mesmo* o que está fazendo, não sabe?

Beau correu os dedos pelo comprimento dos meus cabelos. Sem Coco presente para provocá-lo, pareceu se encolher e murchar, fitando as garrafinhas de cinzas de madeira e vinagre com desconfiança.

— Nunca aleguei saber o que estava fazendo.

Meu estômago se revirou.

— Mas você disse...

— Eu *disse* que ajudei uma amante a pintar os cabelos, mas isso foi só para irritar Cosette. O que *fiz* de verdade foi *assistir* a uma amante pintar os cabelos, enquanto lhe dava morangos na boca. Nua.

— Se foder o meu cabelo, vou esfolá-lo vivo e usar o seu couro como capa.

Arqueou uma sobrancelha, levantando os recipientes para examinar seus rótulos.

— Registrado.

Sinceramente, se alguém nu não começasse a *me* dar morangos na boca em breve, atearia fogo no mundo inteiro.

Após misturar partes iguais de cinzas e vinagre no pilão de Coco, ficou mexendo nele esperançosamente por vários segundos, até que uma espécie de lodo cinzento e ameaçador se formou. Ansel fitou-o, alarmado.

— Mas como *você* faria? Se os transformasse em outra cor através da magia?

Suor começou a transpirar das minhas palmas enquanto Beau repartia minhas madeixas em seções.

— Depende. — Procurei por um padrão, e, sem demora, diversos fios de ouro vieram me cumprimentar. Tocando um deles, observei-o enroscar-se em meu braço como uma cobra. — Estaria mudando algo do lado de fora. Poderia mudar algo por dentro para igualar as coisas. Ou, dependendo da cor final, poderia pegar a coloração, a intensidade ou o tom dos meus cabelos atuais e manipulá-los de alguma forma. Transferir o castanho para meus olhos, talvez.

O olhar de Ansel virou-se para Reid.

— Não faça isso. Acho que Reid gosta dos seus olhos. — Como se temesse ter me ofendido de alguma maneira, tratou de se apressar a acrescentar: — E eu também gosto. São bonitos.

Dei um risinho, e a tensão que embrulhava meu estômago afrouxou um pouco.

— Obrigada, Ansel.

Beau se inclinou por cima do meu ombro para olhar para mim.

— Pronta?

Assentindo, fechei os olhos enquanto ele pintava a primeira seção e, enquanto isso, mantive minha atenção em Ansel.

— Por que tanto interesse?

— Por nenhum motivo — respondeu depressa.

— Ansel. — Abri um olho para fitá-lo com seriedade. — Responda.

Recusou-se a olhar para mim, cutucando um pinhão com a ponta do pé. Vários segundos se passaram. Depois, mais vários segundos. Tinha acabado de abrir a boca para encorajá-lo quando disse:

— Não me lembro de muita coisa da minha mãe.

Minha boca se fechou de súbito.

Atrás de mim, Beau interrompeu seus movimentos.

— Ela e meu pai morreram num incêndio quando eu tinha três anos. Às vezes acho... — Seus olhos foram até Beau, que rapidamente recomeçou a passar a pasta cinzenta em meus cabelos. Aliviado, Ansel continuou a brincar com o pinhão. — Às vezes acho que lembro da risada dela, ou... ou talvez o sorriso dele. Sei que é besteira. — Ele riu de uma maneira depreciativa que eu odiava. — Nem sei os nomes deles. Tinha medo demais do padre Thomas para perguntar. Ele me disse uma vez que *maman* era uma mulher obediente e temente a Deus, mas, até onde eu sei, ela bem poderia ter sido uma bruxa. — Hesitou, engolindo em seco, e finalmente encontrou meus olhos. — Como... como a mãe do Reid. Como você.

Meu peito ficou apertado diante da esperança em sua expressão. De alguma maneira, sabia o que estava insinuando. Sabia para onde aquela conversa estava seguindo, e sabia o que queria que eu dissesse; o que queria, não, *precisava* ouvir.

Detestava ter que decepcioná-lo.

Quando não abri a boca, sua expressão murchou, mas ele continuou, determinado:

— Se for o caso, talvez... talvez eu possua magia também. É possível.

— Ansel... — Peguei sua mão, refletindo. Se tinha vivido com a mãe *e* o pai até os três anos, era altamente improvável que a mulher tivesse sido uma Dame Blanche. Ainda assim, poderia ter vivido fora do Château, como era o caso de muitas bruxas, mas mesmo para elas era raro criarem seus filhos, que eram considerados fardos, incapazes de herdar a magia da mãe ou aperfeiçoar a linhagem da família.

Sem querer, meus olhos foram até Reid. Afiava a Balisarda em uma pedra com pequenos e raivosos movimentos.

Como estávamos erradas.

— É possível — repetiu Ansel, levantando o queixo numa demonstração atípica de teimosia. — Você disse que as bruxas de sangue criam os filhos homens.

— As bruxas de sangue não moram em Cesarine. Vivem em seus covens.

— Não a Coco.

— Coco é uma exceção.

— Talvez eu também seja.

— De onde está vindo tudo isso, Ansel?

— Quero aprender a lutar, Lou. Aprender magia. Você pode me ensinar as duas coisas.

— Eu dificilmente seria a pessoa certa para...

— Estamos mergulhando de cabeça no perigo, não estamos? — Não esperou pela minha confirmação do óbvio. — Você e Coco moraram na rua. São sobreviventes. São fortes. Reid tem seu treinamento e a Balisarda. Madame Labelle tem magia, e até Beau foi sagaz o bastante para distrair aquelas bruxas em Modraniht.

Beau bufou.

— Muito obrigado.

Ansel o ignorou, os ombros caindo.

— Mas eu fui inútil naquela batalha, da mesma forma como serei inútil no coven de sangue.

Franzi a testa para ele.

— Não fale assim de si mesmo.

— Por que não? É a verdade.

— Não, não é. — Apertei sua mão e me inclinei para a frente. — Entendo que você ache que precisa conquistar o direito de estar entre nós, mas não é verdade. Ele já é seu. Se sua mãe foi uma bruxa, ótimo, mas se não... — Deixou sua mão escorregar de dentro da minha, e soltei um suspiro, desejando poder cortar minha língua. Talvez assim não precisasse mordê-la com tanta frequência. — Você não é inútil, Ansel. Nunca pense isso.

— Estou cansado de todo mundo ter que me proteger. Queria proteger a mim mesmo, para variar, ou pelo menos... — Quando franzi ainda mais a testa, ele também suspirou e escondeu o rosto nas mãos, esfregando as mãos nos olhos. — Só quero dar alguma contribuição ao grupo. Não quero mais ser o idiota desajeitado. É pedir muito? Só... só não quero ser um peso.

— *Quem* foi que disse que você é um idiota desajeitado...

— Lou. — Ele levantou o rosto para me fitar, os olhos vermelhos. Suplicantes. — Me ajuda. Por favor.

Encarei-o.

Os homens da minha vida realmente precisavam parar de usar aquela palavra comigo. Desastres sempre vinham em seguida. A ideia de mudar uma única coisa em Ansel — de endurecê-lo, ensiná-lo a lutar, a matar — fez meu coração ficar apertado, mas se ele se sentia desconfortável com a pessoa que era, se eu pudesse ajudar a aliviar aquele desconforto de qualquer forma...

Podia treiná-lo em combate físico. Com certeza nenhum mal — nem amarga decepção — sairia de ensiná-lo a se defender com uma faca. As lições de magia, por outro lado, poderíamos apenas... adiá-las. Indefinidamente. Jamais precisaria se sentir inferior naquele sentido.

— Claro que vou ajudar — respondi, enfim. — Se... se é mesmo isso que você quer.

Um sorriso mais claro do que o sol irrompeu em seu rosto.

— É, sim. Obrigado, Lou.

— Só quero ver como vai ser isso — murmurou Beau.

Dei-lhe uma cotovelada, mais do que pronta para mudar de assunto.

— Como está isso aí?

O príncipe levantou uma mecha pegajosa de cabelo e franziu o nariz.

— Difícil dizer. Imagino que quanto mais tempo deixarmos fazer efeito, mais forte a cor será.

— Quando tempo a Evonne deixou?

— Vai saber.

Meia hora mais tarde — depois que Beau tinha terminado de cobrir cada fio de cabelo —, Ansel nos deixou para ir se juntar a Coco. Com um suspiro dramático, Beau caiu no chão para se sentar diante de mim, ignorando a sujeira na calça de veludo, e o observou partir.

— Eu estava muito feliz em odiar o paspalhinho...

— Ele não é um paspalho...

— ... mas *claro* que tinha que ser um órfão com baixa autoestima — continuou, sem se abalar. — Alguém devia queimar aquela torre. De preferência com os caçadores dentro.

Um calor peculiar começou a fazer arder meu pescoço.

— Não sei. Pelo menos os Chasseurs lhe deram algo próximo de uma família. Um lar. Como alguém que viveu sem as duas coisas, posso dizer com segurança que um menino como Ansel não teria sobrevivido muito tempo sem isso.

— Meus ouvidos estão me enganando ou você está mesmo *elogiando* os Chasseurs?

— Óbvio que não... — Parei de repente, assombrada diante da verdade na acusação, e balancei a cabeça, incrédula. — Pelos dentes da Anciã. Tenho que parar de passar tanto tempo com Ansel. Ele é uma influência terrível.

Beau bufou.

— Dentes da Anciã?

— Ah, você sabe. — Dei de ombros, o calor desconfortável em meu pescoço irradiando pelo restante do couro cabeludo. Ficando mais quente a cada segundo. — Os caninos da Anciã? — Quando continuou me encarando, achando graça, expliquei: — Uma mulher ganha sua sabedoria quando perde os dentes.

Ele riu alto, mas não me parecia nada divertido no momento, não quando minha cabeça estava pegando fogo. Puxei uma mecha de cabelo, fazendo uma careta quando uma dor aguda se seguiu. Aquilo não era normal, era? Algo devia estar errado.

— Beau, pega um pouco de água... — A palavra terminou em um grito engasgado quando aquele feixe de cabelos caiu e ficou em minha mão. — Não. — Encarei os fios, horrorizada. — Não, não, *NÃO*.

Reid estava a meu lado no instante seguinte.

— O que foi? O quê...?

Com um berro agudo, atirei o pedaço de cabelo viscoso no rosto de Beau.

— Seu *idiota*! Olha o que... O QUE FOI QUE VOCÊ *FEZ*?

Ele tirou a gosma do rosto, os olhos arregalados e alarmados, e foi se arrastando para trás enquanto eu avançava em sua direção.

— Eu *disse* que não sabia o que estava fazendo!

Coco surgiu entre nós dois com uma garrafa de água. Sem uma palavra, derrubou o conteúdo sobre minha cabeça, me encharcando inteira e lavando a pasta cinzenta. Cuspi água, xingando violentamente, e quase voltei a me afogar quando Ansel se aproximou e repetiu a ofensa.

— *Chega* — rosnei quando Madame Labelle juntou-se à festa, o próprio frasco pronto para ação. — Ou coloco fogo em você.

Revirou os olhos e estalou os dedos, e, com um sopro de ar quente, a água em meu corpo se evaporou. Reid se retraiu.

— Tão melodramática — disse. — Isto é completamente reparável... — Mas parou de repente quando levantei uma mecha de cabelos frágeis demais. Todos a fitamos juntos, nos dando conta do pior em um pesado momento de silêncio.

Meus cabelos não estavam louros. Nem vermelhos, nem pretos. nem sequer cor de burro quando foge.

Estavam... brancos.

A mecha se quebrou, esfarelando em meus dedos.

— Podemos consertar isto — insistiu Madame Labelle, levantando a mão. — Vai voltar a ser como era antes.

— Não. — As lágrimas em meus olhos ardiam mais até do que o couro cabeludo. — Ninguém mais coloca *uma porra de dedo* no meu cabelo.

Se os pintasse com uma nova rodada de químicos, o restante provavelmente acabaria pegando fogo, e, se usasse magia, arriscava consequências ainda mais graves. O padrão necessário para alterar meu cabelo de... *daquele* ponto... seria desagradável. Não por causa da cor. Mas do que representava. De *quem* representava. Em qualquer outra pessoa, cabelos brancos de luar poderiam ficar lindos, mas em *mim*...

Com o queixo tremendo e o nariz apontado para o alto, virei para Reid e tirei uma faca da bandoleira. Queria explodir nele, jogar meus fios danificados em seu rosto nervoso. Mas não era sua culpa. Não de verdade. Fora *eu* quem confiara no merdinha do *Beau* em vez de em magia, eu quem quisera proteger Reid dela. Que estupidez. Reid era um bruxo. Não havia como *protegê-lo* da magia — nem agora, nem nunca.

Embora me observasse com apreensão, não me seguiu quando cruzei O Buraco. Lágrimas quentes — irracionais, causadas pela vergonha — marejavam meus olhos. Limpei-as com raiva. Parte de mim sabia que estava sendo exagerada em minha reação, sabia que era apenas *cabelo*.

Mas aquela parte podia ir para o inferno.

Snip.

Snip.

Snip.

Meu cabelo caía ao chão como fios de seda pálidos e estranhos. Delicados como teias de aranha. Uma mecha flutuou até minha bota como se em provocação, e jurei ter ouvido a risada da minha mãe.

* * *

Energia nervosa me percorria enquanto esperávamos pelo pôr do sol. Não podíamos entrar em Saint-Loire para nossa missão de reconhecimento até o sol ter se posto. Não havia sentido em chegar cedo num pub se nenhum dos aldeões estaria lá. A ausência de fregueses significava ausência de fofoca. E fofoca era informação.

E se não conseguíssemos juntar informação, continuaríamos sem saber coisa alguma a respeito do mundo fora do Buraco.

Me levantei de repente, marchando até Ansel. Dissera que queria treinar e ainda tinha comigo a faca de Reid. Alternei-a entre as duas mãos. Qualquer coisa que me impedisse de levá-las — *mais uma vez* — aos cabelos. As pontas cortadas mal alcançavam meus ombros.

Tinha atirado o restante no fogo.

Ansel estava sentado com os demais ao redor das brasas moribundas. A conversa morreu quando me aproximei, e não era difícil adivinhar sobre o que estavam falando. De *quem* estavam falando. Fantástico. Reid, que estivera encostado contra a árvore mais próxima, veio até mim com cuidado. Me dei conta de que estivera me aguardando. Esperando permissão. Abri um sorrisinho.

— Como está se sentindo? — Depositou um beijo no topo da minha cabeça, demorando-se nos fios brancos. Por ora, parecia que meu ataque tinha suplantado o dele. — Melhor?

— Acho que meu couro cabeludo ainda está sangrando, mas, fora isso, melhor, sim.

— Você está linda.

— E você é um mentiroso.

— Estou falando sério.

— Estou tramando raspar a cabeça de todo mundo aqui hoje à noite.

Seus lábios tremeram, e ele pareceu subitamente encabulado.

— Deixei o cabelo crescer quando tinha 14 anos. Alexandre tem cabelos longos, você sabe, em...

— *La Vie Éphémère* — terminei por ele, imaginando Reid com longos cachos lustrosos soprando ao vento. Ri, mesmo sem querer. — Está me dizendo que partia corações a torto e a direito na adolescência?

Um canto da sua boca se ergueu.

— E se estiver?

— *Então* é uma pena que não tenhamos nos conhecido quando ainda éramos adolescentes.

— Você ainda é uma.

Levantei a faca.

— E ainda estou furiosa. — Quando riu na minha cara, perguntei: — Por que cortou?

— Cabelos longos são um risco no campo de treinamento. — Passou a mão pela cabeça com pesar. — Jean Luc me agarrou por eles durante uma sessão e quase fez o *meu* couro cabeludo sangrar.

— Puxou seus cabelos? — Diante da minha surpresa, Reid fez que sim, sombrio, e franzi o rosto. — Aquele *babaca*.

— Cortei logo depois. Não deixei crescer de novo. Agora — suas mãos foram parar nos quadris, os olhos brilhando —, preciso confiscar essa faca?

Atirei-a no ar, pegando-a pela lâmina novamente antes de repetir o movimento.

— Você sempre pode tentar.

Rápido como um raio, sem desviar o olhar do meu, capturou a arma onde estava no ar acima da minha cabeça, a segurando lá, fora do meu alcance. Seus olhos queimavam nos meus, e um sorriso lento e arrogante tocou seus lábios.

— O que estava dizendo mesmo?

Reprimindo um arrepio delicioso — que ele ainda assim sentiu, considerando a risada que deu —, girei e lhe dei uma cotovelada na barriga. Com um gemido, dobrou-se de dor, seu peito caindo contra minhas costas com força, e arranquei a faca dos dedos dele. Esticando o pescoço, depositei um beijo em seu maxilar.

— Que fofo.

Os braços de Reid envolveram meu peito, me encurralando. Me prendendo em seu abraço.

— Fofo — repetiu ele, ameaçador. Ainda dobrado, nossos corpos se encaixavam um no outro com perfeição. — *Fofo*.

Sem aviso, me levantou no ar, e gritei, sacudindo as pernas e engasgando com minha própria risada. Só foi me liberar quando Beau soltou um suspiro alto, virou-se para Madame Labelle e perguntou se podíamos partir antes do planejado para poupar seus tímpanos.

— Acha que vou precisar deles em Les Dents? Ou posso ir sem eles?

Com os pés mais uma vez firmes no chão, tentei ignorá-lo — tentei continuar a brincadeira, cutucando as costelas de Reid —, mas seu sorriso já não era mais tão largo. O momento tinha passado.

Um dia, não precisaria colecionar os sorrisos de Reid como se fossem um tesouro, e, um dia, ele não precisaria racioná-los.

Aquele dia não tinha chegado ainda.

Endireitando a camisa, estendi a faca para Ansel.

— Vamos começar?

Seus olhos se arregalaram.

— O quê? *Agora?*

— Por que não? — Dei de ombros, tirando outra adaga da bandoleira de Reid. Permaneceu rígido como uma tábua. — Temos algumas horas até o sol se pôr. Você ainda *quer* treinar, não quer?

Ansel quase tropeçou na pressa para se levantar.

— Quero, *sim*, mas... — Aqueles olhos castanhos foram até Coco e Beau primeiro, depois para Reid. Madame Labelle parou de dar as cartas aos dois primeiros. Em vez de *couronnes*, usavam pedrinhas e galhos como aposta. Ansel corou. — Não era melhor... não fazer isso aqui?

Beau não desviou o olhar das cartas. Na realidade, as encarava um pouco fixamente demais para parecer natural.

— Não presuma que estamos interessados no que faz, Ansel.

Seguindo a deixa de Beau, Coco ofereceu um sorriso tranquilizador ao jovem antes de retornar ao jogo. Até Reid captou a mensagem, apertando brevemente minha mão antes de juntar-se aos outros sem uma palavra. Ninguém voltou a se virar para nós.

Uma hora mais tarde, porém, não podiam deixar de espiar disfarçadamente.

— Para, para! Está se sacudindo e colocando todo o foco na parte superior do corpo, de qualquer forma. Você não é o Reid. — Passei por baixo do braço estendido de Ansel, desarmando-o antes que pudesse cortar um braço fora. Muito provavelmente o seu próprio. — Seus pés servem para muito mais coisa do que só andar. Use-os. Cada golpe deve fazer uso da força em seu corpo inteiro, tanto a parte superior *quanto* a inferior.

Seus ombros penderam, desesperançosos.

Levantei seu queixo com a ponta da espada.

— Nada disso, *mon petit chou*. De novo!

Reajustando a postura novamente — duas vezes mais, uma centena de vezes mais —, treinamos pela maior parte do dia, até começar a escurecer. Embora não mostrasse grande melhora, eu não tinha coragem de terminar a sessão, mesmo quando as sombras ao nosso redor começaram a se adensar. Quando o sol tocou os pinheiros, finalmente conseguiu me desarmar por pura força de vontade e determinação — e cortou o braço no processo. Seu sangue salpicou a neve.

— Isso foi... você foi...

— Péssimo — completou, amargo, atirando a espada no chão para examinar o ferimento.

Com o rosto ainda corado, apenas em parte por conta do esforço, lançou um olhar de soslaio na direção dos demais. Todos apressaram-se em parecer ocupados, reunindo os pratos improvisados que tinham usado para o jantar. A pedido de Ansel, tínhamos pulado a refeição e continuado com o treino. Meu estômago roncou, irritado.

— Fui péssimo.

Soltando um suspiro, guardei a faca na bota.

— Me deixa ver seu braço.

Ele abaixou a manga com uma expressão carrancuda.

— Não precisa.

— Ansel...

— Já disse que não *precisa*.

Diante do tom áspero pouco comum, eu parei.

— Não quer tentar mais?

Sua expressão se suavizou, e abaixou a cabeça.

— Desculpe. Não devia ter explodido com você. Só... só queria que tivesse sido diferente — admitiu, baixinho. Desta vez, olhava para as próprias mãos em vez do restante do grupo. Segurei uma delas com firmeza.

— Foi a sua primeira tentativa. Vai melhorar...

— Não foi. — Com relutância, encontrou meu olhar. Odiava aquela relutância. Aquela vergonha. *Odiava*. — Eu costumava treinar com os Chasseurs. Eles faziam questão de me mostrar como eu era ruim.

Fui tomada por uma onda de ira, quente e avassaladora. O que tinham lhe dado também tinham tirado na mesma medida. Ou ainda mais.

— Os Chasseurs podem ir tomar no...

— Tudo bem, Lou.

Ele puxou a mão para recuperar a adaga caída do chão, mas pausou no meio do caminho, me presenteando com um sorriso. Embora cansado, aquele sorriso também era esperançoso: inegável e abertamente esperançoso. Eu o encarei, sem palavras por um momento. Embora não raro fosse ingênuo e em algumas ocasiões até petulante, continuava tão... puro. Havia dias que não conseguia crer que fosse real.

— Nada que vale a pena é fácil. Não é?

Nada que vale a pena é fácil.

Certo.

Com o coração alojado na garganta, olhei instintivamente para as costas de Reid do outro lado do acampamento. Como se o sentisse, parou, e nossos olhares se encontraram por cima do seu ombro. Desviei o rosto depressa, entrelaçando o braço no de Ansel e apertando, ignorando o arrepio gelado de temor espremendo meu peito.

— Vamos, Ansel. Vamos terminar esse dia dos infernos com uma bebida.

CLAUD DEVERAUX

Reid

— Não vou beber isso.

Encarei o copo de líquido âmbar que Lou me oferecia. O vidro sujo, o conteúdo marrom. Turvo. Era condizente com o barman seboso, os fregueses desgrenhados que riam, dançavam e derramavam cerveja nas próprias camisas. Uma trupe se apresentara aquela noite durante sua passagem por Saint-Loire, e os artistas tinham se reunido na taberna local após o espetáculo. Uma multidão logo se seguira.

— Ah, para. — Ela agitou o uísque sob meu nariz. Cheirava incrivelmente mal. — Você precisa relaxar. Todos nós precisamos.

Empurrei o copo para longe, ainda furioso comigo mesmo. Estivera tão determinado a convencer os outros a reunir aliados, a enfrentar Morgane — tão cego pelas minhas emoções patéticas —, que não refletira sobre os detalhes.

— Não viemos aqui para beber, *Lucida*.

A ideia de me separar dela me enchia de um pânico visceral.

— Perdão, Raoul, mas foi *você* quem insistiu para virmos juntar informação em uma *taberna*. Não que eu esteja reclamando.

Era o tipo de pânico que consumia tudo, que exigia cada pingo do meu foco para contê-lo. Queria gritar. Queria entrar em modo destruidor. Mas não podia respirar.

Era como estar me afogando.

— É o melhor jeito de conseguir as informações de que precisamos.

Tenso, olhei para o outro lado do estabelecimento, onde Madame Labelle, Coco e Beau estavam sentados em meio à barulhenta trupe itinerante. Como eu e Lou, Beau tinha escondido o rosto dentro do volumoso capuz do manto. Ninguém achava estranho. Nossas vestimentas não eram nada em comparação às dos artistas.

— Não podemos... — Balancei a cabeça, sem conseguir organizar meus pensamentos. Quanto mais perto da meia-noite, mais desenfreados ficavam. Mais rebeldes. Meus olhos buscaram qualquer coisa que não fosse Lou. Quando olhava para ela, meu pânico se aguçava, me apunhalava o peito e ameaçava acabar comigo. Tentei de novo, resmungando enquanto encarava as pontas dos dedos. — Não podemos seguir em frente com o plano de Madame Labelle até avaliarmos a situação fora do acampamento. Álcool deixa as bocas mais frouxas.

— Ah, é?

Ela se inclinou para a frente como se fosse me beijar, e me retraí, o pânico subindo como bile. Graças a Deus não podia enxergar seu rosto propriamente, ou talvez tivesse feito algo estúpido. Como carregá-la para uma das salas dos fundos, derrubar a porta e beijá-la pelo tempo que fosse necessário para esquecer sua ideia insensata de me deixar. No momento, mantinha meus músculos rijos, trincados, para me conter. Ela voltou a se recostar na cadeira, recurvada e decepcionada.

— Verdade. Esqueci que você ainda está se comportando como um babaca.

Agora queria beijá-la por razões diferentes.

A noite caíra lá fora. Apenas o fogo na lareira iluminava o salão imundo. Embora estivéssemos sentados o mais distante dele possível, mascarados com as sombras mais profundas, sua luz fraca não escondera os cartazes de procurados pregados à porta. Dois deles. Um estampava um esboço do meu rosto, o outro, o de Lou. Várias cópias estavam espalhadas pelas ruas da aldeia.

Louise le Blanc, sob suspeita de bruxaria, lia-se na dela. *Procurada viva ou morta. Recompensa disponível.*

Lou rira, mas tínhamos todos entendido o que era de verdade. Forçada. E sob o meu retrato...

Reid Diggory, sob suspeita de assassinato e conspiração. Procurado vivo. Recompensa disponível.

Procurado *vivo*. Ainda não fazia sentido, dada a gravidade dos meus crimes.

— Viu? Nem tudo está perdido. — Lou me acotovelara com pouca animação ao ver minha acusação. Em um momento de fraqueza, eu tinha sugerido que fugíssemos para o porto mais próximo, deixando tudo para trás. Ela rira. — Não. Minha magia vive aqui.

— Você viveu sem magia por anos.

— Aquilo não era viver. Era sobreviver. Além do mais, sem... tudo isso — ela gesticulou ao redor —, quem sou eu?

O ímpeto de abraçá-la tinha sido avassalador. Em vez disso, me inclinei para perto, até estarmos nos encarando olho no olho, nariz com nariz.

— Você é tudo — afirmei com intensidade.

— Ainda que as bruxas não estivessem vigiando os portos, ainda que de alguma forma conseguíssemos fugir, vai saber o que Morgane faria com os que ficassem para trás. Nós seguiríamos vivendo, sim, mas não poderíamos abandonar todos aqui para enfrentar essa sorte. Poderíamos?

Dita daquela forma, a resposta tinha afundado como peso morto em meu estômago. Claro que não podíamos deixá-los. Mas ela continuara olhando para mim com esperança, como se esperasse uma resposta diferente. Me fez parar e refletir, um nó forte contorcendo meu estômago. Se tivesse insistido em fugirmos, teria concordado? Teria submetido um reino inteiro à ira de Morgane só para garantir nossa sobrevivência?

Uma pequena voz em minha cabeça respondeu. Uma voz indesejada.
Ela já fez isso.
Afastei o pensamento para longe com raiva.

Agora — com seu corpo inclinado para o meu, o capuz deslizando para trás —, minhas mãos tremiam, e resisti à vontade de continuar a discussão. Em muito pouco tempo, ela estaria se dirigindo ao coven de sangue. Embora não fosse sozinha, *iria* sem mim. Era inaceitável. Não podia acontecer. Não com Morgane e Auguste querendo sua cabeça.

Ela sabe se cuidar, disse a voz.

Sabe. Mas eu também sei cuidar dela.

Com um suspiro, ela voltou a se recurvar na cadeira, e arrependimento perfurou meu pânico. Achou que a estava rejeitando. A maneira como seus olhos tinham se apertado no riacho e depois no acampamento não tinha passado despercebida por mim. Mas eu não a estava rejeitando. Estava a protegendo.

Tomava decisões estúpidas sempre que ela me tocava.

— E você, Antoine? — Lou empurrou o copo na direção de Ansel. — Não deixaria uma dama beber sozinha, deixaria?

— Claro que não. — Olhou para a direita e depois para a esquerda, solene. — Mas não estou vendo nenhuma dama aqui. Você está?

Lou deu uma gargalhada fingida e entornou o líquido âmbar por cima da cabeça dele.

— Parem com isso — rosnei, puxando o capuz de volta para o lugar. Por um breve momento, seus cabelos estiveram visíveis para o restante do pub. Embora os tivesse cortado, a cor permanecia espantosamente branca. Distinta. Não era uma cor comum, mas era notória. Icônica. Ninguém a reconheceria em Lou, mas poderiam confundi-la com alguém muito pior. Até mesmo Lou tinha que admitir as similaridades entre suas feições e as da mãe agora.

Tirando minha mão depressa de perto antes que pudesse querer acariciar sua face, sequei o uísque com a ponta do manto.

— Era exatamente por isso que Madame Labelle não queria que saísse em público. Chama atenção demais.

— Você conhece sua mãe há aproximadamente três segundos e meio, e ela já se tornou a autoridade. Não consigo nem expressar o quanto isso me deixa animada.

Revirei os olhos. Antes que pudesse corrigi-la, um grupo de homens sentou-se à mesa ao lado da nossa. Sujos. Desgrenhados. Desesperados por uma bebida.

— Fifi, amor — chamou o mais alto e mais sujo deles —, traz uma jarra para nós e pode continuar reabastecendo. Essa é a minha garota.

A empregada do estabelecimento — igualmente imunda, sem os dois dentes da frente — correu para obedecer.

Do outro lado do bar, Beau mexeu os lábios em uma mensagem silenciosa para Lou, batendo em seus próprios dentes, e ela soltou uma risadinha. Uma onda de ciúme irradiou por mim. Fui me aproximando dela por instinto, depois parei, voltando a deslizar para longe. Me forcei a sondar o perímetro do salão em vez disso.

— Melhor ir devagar com isso, Roy — comentou um dos companheiros do homem ao lado. — Amanhã todo mundo madruga.

Atrás do grupo maltrapilho, três homens vestidos de preto jogavam carteado. Espadas na cintura. Hidromel em suas canecas. Atrás deles, um jovem casal conversava animadamente com Madame Labelle, Coco e Beau. Fifi e um barman parrudo atendiam os fregueses no bar. Atores e atrizes dançavam perto da porta. Mais aldeões não paravam de entrar, seus olhos brilhando de empolgação e os narizes vermelhos do frio.

Pessoas em todos os cantos, ignorando em absoluto sobre quem se escondia em seu meio.

— Bah. — Roy cuspiu no chão. Um pouco de saliva escorreu pelo queixo. Lou, que estava sentada mais perto dele, afastou sua cadeira, franzindo o nariz. — A égua quebrou a perna ontem. Não vamos mais para Cesarine depois dessa.

Ao ouvirmos a afirmação, todos os três ficamos imóveis. Imóveis de maneira forçada demais. Quando cutuquei Lou de leve, ela assentiu e tomou um gole da bebida. Ansel seguiu seu exemplo, fazendo uma careta quando o álcool tocou sua língua. Inclinou-o para mim. Recusei, rapidamente calculando a distância entre Saint-Loire e Cesarine. Se aqueles homens planejavam partir pela manhã, significava que o velório do arcebispo seria dentro de quinze dias.

— Sorte a sua — disse outro deles no instante em que Fifi retornava com seu hidromel. Beberam com sofreguidão. — A patroa não vai me deixar safar dessa. Fica dizendo que temos que ir *prestar homenagem*. Estupidez total. O velho Florin nunca me fez favor nenhum, só chateava os pequeninos durante a colheita.

O som do seu nome me golpeou como um tijolo. Eram fazendeiros, então. Várias semanas antes, tínhamos sido mandados para dar conta de outra infestação de *lutins* fora dos limites de Cesarine. Mas estávamos *ajudando* os fazendeiros, não os atrapalhando.

Como se lesse minha mente, outro disse:

— Os cachorros azuis dele mataram todos, Gilles. É alguma coisa.

Cachorros azuis. Minha garganta ficou contraída de fúria ao ouvir o insulto. Aqueles homens não se davam conta de tudo que os Chasseurs faziam para garantir sua segurança. Os sacrifícios que faziam. A integridade que tinham. Olhei as roupas amassadas dos homens com desaprovação. Talvez vivessem ao norte demais para entender, ou talvez suas fazendas fossem isoladas demais da sociedade civilizada. Ninguém senão simplórios e criminosos se referia a minha irmandade — estremeci de leve, me corrigindo —, à irmandade dos *Chasseurs* como qualquer outra coisa senão virtuosa, nobre e leal.

— Nem todos — rebateu Gilles com voz rouca. — Teve um motim dos bons depois que eles foram embora. Os diabinhos desenterraram os corpos dos amigos e acabaram com o meu trigo todo na mesma noite. Agora toda semana a gente deixa uma oferenda de fora para eles. Os azulões iam tacar foco em todo mundo se ficassem sabendo, mas fazer o quê? É mais barato do que perder outro campo para as criaturinhas. Estamos entre a cruz e a espada. Mal dá para ganhar o pão de cada dia com as coisas do jeito que estão.

Virou-se para pedir mais uma rodada a Fifi.

— Verdade — concordou o amigo, balançando a cabeça. — Estamos ferrados de um jeito ou de outro. — Voltou sua atenção para Roy. — Mas pode ser que seja melhor assim. Minha irmã mora em Cesarine com a cria, e falou que o Auguste colocou toque de recolher na cidade e tudo. As pessoas não podem mais sair depois de o sol se pôr, e as mulheres não podem sair hora nenhuma sem a companhia de um homem. Colocou os soldados para fazer patrulha nas ruas dia e noite, procurando mulheres suspeitas, depois do que aconteceu com o arcebispo.

Companhia? Patrulha?

Lou e eu nos entreolhamos, e ela xingou baixinho. Seria mais difícil andar pela cidade do que tínhamos pensado.

Gilles estremeceu.

— Não vou dizer que me incomoda. Os pequeninos são uma coisa. As bruxas são outra história. São tudo do mal. Não são coisa do Senhor.

Os demais resmungaram concordâncias enquanto Roy pedia uma terceira rodada. Quando um deles desviou a conversa para sua hérnia de disco, Lou me lançou uma olhadela. Não gostava do brilho em seus olhos. Não gostava da maneira como o queixo estava tenso com determinação.

— Não — adverti, a voz baixa, mas ela tomou outro longo gole da bebida e falou por cima de mim:

— Ei, estão sabendo do que aquele bestalhão do Toussaint andou dizendo por aí?

Todos os olhos na mesa vizinha viraram-se para ela. Fiquei imóvel na cadeira, incrédulo e boquiaberto como o restante deles. Ansel deixou escapar uma risadinha nervosa. Eram mais guinchos agudos do que outra coisa. Lou lhe deu um chute debaixo da mesa.

Após mais um segundo tenso, Roy soltou um arroto e deu tapinhas na barriga.

— E quem é você? Está escondendo o rosto por quê?

— Os cabelos estão uma palha, camarada. Cortei tudo num ataque de raiva, e agora não consigo nem olhar no espelho.

Ansel se engasgou com o uísque. Por reflexo, bati nas costas dele. Nem eu nem ele tirávamos os olhos de Lou. Não podia vê-la sorrir, mas podia sentir. Estava se divertindo.

Eu queria estrangulá-la.

— Além do mais, tem a verruga no meu queixo também — acrescentou, como se estivesse contando um segredo, levantando um dedo para tocar seu rosto. Desapareceu dentro das sombras criadas pelo capuz. — Não tem pó suficiente neste mundo que dê jeito de cobrir. É do tamanho de Belterra, ah, isso é.

— Ah. — O homem que falara antes assentiu com ar de sabedoria, já mais pra lá do que pra cá e fitou-a com olhos desfocados. — A minha irmã tem uma dessas no nariz. Sei muito bem como é.

Lou não pôde conter uma risada debochada.

— Estes aqui são os meus irmãos. — Gesticulou para mim e Ansel. — Antoine e Raoul.

— Alô, camaradas. — Sorrindo, Ansel levantou a mão em um aceninho tolo. — Prazer conhecer.

Encarei-o. Embora estivesse sem graça, seu sorriso não vacilou.

— Enfim — continuou Lou, bebendo o restante do uísque em um só gole —, Antoine e Raoul aqui entendem muito bem o seu problema com os *lutins*. Somos todos da fazenda. Aqueles casacos-azuis estão sempre dificultando a nossa vida também, e o Toussaint é o pior deles.

Com um grunhido, Roy balançou a cabeça.

— De manhãzinha mesmo ele esteve aqui com o restante dos cachorros malditos dele, e *disseram* que o velho Toussaint tinha cortado a barriga da Morgane na véspera do Natal.

— Essa é muito boa! — Lou bateu na mesa para dar ênfase. Pressionei seu pé com o meu em advertência, mas, em resposta, ela só chutou minha canela. Seus ombros tremiam com uma risada silenciosa.

— Mas... — Roy soltou outro arroto antes de se curvar para a frente, gesticulando para que o imitássemos — ... eles disseram que iam ter que voltar com pressa para Cesarine por causa do torneio.

Senti um frio no estômago.

— Torneio?

— Isso aí — confirmou o homem, as bochechas ficando mais vermelhas a cada segundo. E a voz mais alta. — Estão tendo que repor os soldados. Parece que as bruxas deram cabo de alguns. As pessoas estão chamando de Noël Rouge. — Deu um sorrisinho e limpou a boca com a manga da camisa. — Por causa do sangue todo.

Quando Ansel me passou seu copo desta vez, aceitei.

O uísque foi queimando seu trajeto inteiro goela abaixo.

O homem da irmã verruguenta concordou com a cabeça.

— Vai ser antes do velório do arcebispo. Estão tentando fazer uma espécie de festival, acho. Um pouco mórbido.

Gilles entornou a terceira caneca.

— Vai ver eu devia tentar entrar.

O homem riu.

— Vai ver eu devia tentar entrar na sua esposa enquanto você estiver fora.

— Eu troco a patroa pela sua irmã!

A conversa descarrilou a partir dali. Tentei e falhei em retirar Lou de uma discussão a respeito de quem era mais feia — a irmã do homem ou a bruxa nos cartazes —, quando uma voz desconhecida interrompeu:

— Tudo besteira. Não há nada mais venerável do que uma verruga nas feições de alguém.

Viramos todos ao mesmo tempo para encarar o homem que tinha se sentado na cadeira vazia a nossa mesa. O violinista da trupe. Estendeu a mão envelhecida para mim. Levantou a outra em um aceno jovial.

— Saudações. Claud Deveraux a seu serviço.

Roy e seus companheiros se viraram, desgostosos, resmungando algo sobre charlatões.

Fitei sua mão enquanto Lou ajustava o capuz. Os olhos de Ansel viajaram até Madame Labelle, Coco e Beau. Embora nos olhassem com discrição, continuavam a conversar com o casal ao lado deles. Madame Labelle abaixou o queixo em um sutil aceno de cabeça.

— Está certo, então. — Claud Deveraux deixou cair a mão, mas não o sorriso. — Não atrapalho, não é? Tenho que confessar, preciso de um descanso de toda essa folia. Ah, temos libações. — Acenou para o restante da sua trupe antes de se apropriar do resto da bebida de Ansel. — Estou em débito com o senhor, meu bom homem. Meus mais sinceros agradecimentos. — Piscando para mim, limpou a boca de maneira pomposa com um lenço de bolso xadrez. — Onde estava mesmo? Ah, sim. Claud Deveraux. Sou eu. Sou também, evidentemente, músico e diretor da Troupe de Fortune. Estiveram porventura presentes no nosso espetáculo esta tarde?

Mantive o pé em cima do de Lou, implorando para que ficasse calada. Ao contrário de Roy, aquele homem tinha vindo até nós. Não gostava disso. Com um suspiro contrariado, ela se recostou e cruzou os braços.

— Não — respondi de maneira brusca, grosseira. — Não estivemos.

— Foi esplêndido — continuou seu monólogo com deleite, abrindo um largo sorriso para cada um de nós. Estudei-o com mais atenção. Calça risca de giz. Casaco de estampa cashmere. Gravata-borboleta xadrez. Tinha jogado a cartola, desgastada e de uma cor marrom-avermelhada, sobre a mesa, bem diante de mim. Até para mim, seu traje parecia... bizarro. — Realmente adoro essas pequenas aldeias pitorescas de beira de estrada. É nelas que se encontram as pessoas mais peculiares.

Evidentemente.

— É realmente uma pena que tenhamos que partir esta noite mesmo, atraídos para o sul pelo canto de sereia das multidões e das *couronnes* que se encontram nos festejos em honra de Sua Santidade. — Acenou de maneira distraída. Esmalte preto brilhava em suas unhas. — Que acontecimento trágico. Que dinheirão.

Franzi os lábios. Gostava de Claud Deveraux cada vez menos.

— E os senhores? Posso lhes perguntar seus nomes? — Ignorando o silêncio tenso e constrangedor que se seguiu, tamborilou os dedos sobre o tampo da mesa num ritmo animado. — Embora seja amante de uma boa intriga. Talvez possa tentar adivinhar, em vez disso?

— Não será necessário. — Minhas palavras caíram como chumbo entre nós. Roy nos dera toda a informação de que precisávamos. Era hora de partirmos. Ficando de pé, encontrei os olhos de Beau do outro lado do salão e acenei com a cabeça para a saída. Cutucou minha mãe e Coco. — Meu nome é Raoul, e estes são meus amigos Lucida e Antoine. Estamos de partida.

— Amigos! Ah, que maravilha! — Tamborilou mais alto, em regozijo, ignorando completamente minha despedida. — E que nomes estupendos eles possuem! Uma pena, mas não tenho bem o *mesmo* carinho pelo nome Raoul, mas me permita explicar por quê. Conheci um sujeito um dia, um sujeito tão grande que mais parecia um urso... embora talvez estivesse mais para um ursinho de pelúcia com pavio curto... e o pobrezinho acabou com uma farpa no pé...

— Monsieur Deveraux — interrompeu Lou, soando igualmente irritada e intrigada. Era provável que estivesse irritada *porque* estava intrigada. O sorriso do homem se desfez quando ela falou, e piscou devagar. Uma vez só. Então seu sorriso retornou, mais largo e genuíno, e se inclinou para a frente para tomar sua mão.

— Por favor, Lucida, me chame de Claud.

Diante da repentina calidez em sua voz, da maneira como seus olhos brilhavam mais forte do que antes, o pânico moderado em meu peito voltou a explodir, fortalecido agora pela suspeita. Mas não podia tê-la reconhecido. O rosto de Lou permanecia escondido. Aquela intimidade — talvez fosse mais uma idiossincrasia da sua personalidade. Uma das mais inoportunas.

Lou ficou tensa sob seu toque.

— *Monsieur Deveraux*. Enquanto normalmente eu teria acolhido a chegada de um completo estranho que bebe meu uísque e abusa da minha mão, esses últimos dias não foram fáceis. Se pudesse, por gentileza, *ir para o inferno*, eu ficaria imensamente agradecida.

Roy — que nunca parara de entreouvir a conversa — levantou a cabeça e franziu o cenho. Fiz uma careta.

Lou tinha esquecido o sotaque.

Soltando a mão dela, Deveraux deixou a cabeça pender para trás e riu. Alto.

— Ah, Lucida, mas que *encanto* você é. Não posso nem expressar o tanto que senti falta deste humor ácido... o tipo que morde sua mão se chegar perto demais... do que, a propósito, estou apropriada e tremendamente arrependido...

— Corta essa. — Lou levantou-se com violência, inexplicavelmente alvoroçada. Sua voz soava rascante e alta. Alta demais. — O que você *quer*?

No entanto, o movimento súbito fez seu capuz deslizar da cabeça, e quaisquer que tivessem sido as palavras que Claud Deveraux planejara dizer foram embora com ele. Fitou-a com arrebatamento. Todo o fingimento deixado para trás.

— Queria apenas conhecê-la, querida, e oferecer minha ajuda se um dia for necessária. — Seus olhos foram até o pescoço dela. A nova fita, mais escorregadia, maior do que sua usual, mais difícil de ser amarrada em um laço, tinha afrouxado, saindo do lugar para revelar a cicatriz sinistra.

Merda.

— O que foi que aconteceu com você, afinal? — indagou Roy, alto.

Ao lado dele, Gilles estreitou os olhos. Virou-se para os cartazes na porta.

— É uma marca bem feia essa que você tem aí.

Deveraux puxou o capuz dela de volta para o lugar, mas era tarde. O estrago já tinha sido feito.

Roy pôs-se de pé. Agitou a caneca para Lou, trôpego, tentando manter o equilíbrio. Hidromel caiu em sua calça.

— Você não tem verruga coisa nenhuma, *Lucida*. Nem sotaque. Mas lembra muito aquela menina que está todo mundo procurando. Aquela *bruxa*.

Silêncio recaiu sobre a taberna.

— Não sou... — gaguejou Lou, olhando ao redor em desespero. — Isso é ridículo...

Desembainhando a Balisarda, me levantei com determinação mortal. Ansel fez o mesmo com a própria faca. Nós dois nos colocamos atrás dela enquanto o restante dos companheiros de Roy também se erguia.

— Ah, é ela mesma. — Gilles deu um encontrão na mesa, apontando para o retrato. Sorriu em triunfo. — Cortou e pintou o cabelo, mas não dá para esconder essa cicatriz. Está nítido como o dia. A garota é Louise le Blanc.

E então, num movimento desengonçado e aterrorizante, Roy levantou a caneca e a quebrou em vários pedaços, transformando-a em uma lâmina afiada e irregular.

MARIONETE

Reid

Apesar do pesadelo em que nossas vidas tinham se transformado, ainda não havia lutado lado a lado com Lou em combate físico. Durante Modraniht, ela estivera inconsciente. No espetáculo das Velhas Irmãs, ela ainda escondia sua magia. No ferreiro, matara aqueles criminosos antes que eu pudesse intervir. Nunca compreendera como alguém tão pequeno podia ter dado conta de dois homens adultos com tanta eficiência. Tanta brutalidade.

Agora entendia.

A mulher era um perigo.

Movia-se com rapidez inesperada, fazendo finta e golpeando com ambas as mãos. Quando a faca errava o alvo, os dedos se retorciam, e seu oponente caía. Ou se enrijecia. Ou ia topar com o bar, estilhaçando copos e encharcando o salão com uísque. Vidro caía em nossas cabeças como chuva, mas ela não perdia velocidade. Não parava de atacar.

Ainda assim, Roy e companhia recuperaram a sobriedade depressa, e eram quatro contra uma. Cinco quando o barman se juntou à rixa. Coco correu para enfrentá-lo, mas a interceptei, a empurrando em direção à porta.

— Chame os outros e vão embora. Não conhecem os rostos de vocês ainda, mas vão conhecer se ficarem para lutar.

— Não vou deixar L...

— Vai, sim. — Segurei-a pelas costas do vestido e a atirei porta afora. Com os olhos arregalados, Beau correu atrás dela. Ansel e Madame Labelle pareciam prestes a protestar, mas os interrompi, lançando uma faca para prender a manga de Roy à parede.

— Nos encontramos no acampamento. *Vão.*

Eles correram atrás de Coco e Beau.

Lou gritou algo para mim — enfrentando três homens ao mesmo tempo —, mas não conseguia escutá-la acima dos berros dos aldeões. Passavam uns por cima dos outros em sua pressa de fugir da bruxa com magia, mas os homens com espadas improvisadas provaram-se igualmente temíveis. Gargalhando, gritando, os três passaram por entre a multidão em direção à saída. Um deles arrancou o cartaz de Lou da porta e o enfiou no bolso. Em seguida, o meu. Sorrindo para mim por cima do ombro, apontou para seus cabelos.

Minha mão foi até ao meu capuz caído.

— Sem pressa. — Sua voz reverberou em meio a meu pânico, e pegou uma caneca da mesa mais próxima, tomando um longo gole. Seus companheiros tinham barricado a porta, nos prendendo lá dentro com os demais fregueses. Nos encurralando. — Podemos esperar.

Caçadores de recompensa.

— Marido! — Lou esticou a palma da mão aberta para a frente, e os crânios de Gilles e seus amigos se encontraram com um estalo. Gemendo, caíram no chão. — *Tento* não dar muito trabalho, mesmo, mas uma mãozinha aqui seria *muito* bem-vinda...

Roy se libertou e a derrubou. Cortei a perna do barman, passando por cima dele enquanto o homem cambaleava, e corri na direção deles.

— Ugh, Roy, *mon ami.* — Lou torceu o nariz sob ele. — Odeio ser indelicada, mas quando foi a última vez que tomou um banho? Está cheirando um pouco podre. — Com um ruído de quem estava prestes a vomitar, mordeu a parte inferior do bíceps do homem. Ele se afastou com uma guinada para trás, e lhe dei uma pancada na cabeça, ao mesmo tempo que alcançava o cotovelo de Lou e a atirava por cima das minhas costas antes que o fazendeiro pudesse cair em cima dela. Lou chutou Gilles — que tentava se levantar — em seu trajeto de volta para o chão.

— Você nem imagina como está *apetitoso* neste momento, Reid. — Com um sorriso diabólico, o braço ainda entrelaçado no meu, pulou em meus braços e me beijou com vontade na boca. Eu devia ter perdido a cabeça, porque a beijei de volta até...

— Apetitoso? — Me afastei, franzindo o cenho. Adrenalina pulsava em meu peito. — Não sei se gosto muito disso...

— Por que não? Quero dizer que comeria você todinho. — Golpeou o último dos amigos de Roy enquanto corríamos para a porta. — Já chegou a tentar algum padrão?

O barman gigante se levantou para bloquear nosso caminho, com um rugido alto o suficiente para sacudir as estruturas do estabelecimento. Sangue tingia sua calça de vermelho.

— *Bruxa* — cuspiu, furioso, agitando um porrete do tamanho de Lou.

Bloqueei o golpe com minha Balisarda, trincando os dentes contra o impacto.

— Agora não é hora...

— Mas tentou?

— *Não.*

Com um suspiro impaciente, Lou se abaixou para apunhalar Roy, que se recusava a permanecer caído.

— Foi o que pensei. — Desta vez, quando o homem investiu, ela passou por cima das costas dele e acertou-lhe um chute no traseiro. Caiu por cima dos corpos dos amigos, e Lou atirou sua espada para longe. — Usar magia em combate pode ser capcioso, mas não precisa terminar como hoje de manhã. O truque é ser criativo...

Interrompeu-se de repente quando Gilles a agarrou pelo tornozelo. Piscando para mim, ela pisou com força no rosto dele. O fazendeiro desmoronou novamente por cima dos amigos e não voltou a se mover. Esmagando o nariz do barman com minha cabeça, tomei o porrete enquanto caía. A estrutura do estabelecimento estremeceu com o impacto.

Ofegante, olhei para trás. Cinco caídos. Mais três para dar conta.

— Tente ver para além deste salão nojento, para o que está abaixo da superfície. — Lou gesticulava sem parar com a faca. Voltando a explodir em gritos, os aldeões presos debandaram para irem se esconder atrás de mesas e cadeiras viradas. — Anda. *Olhe*. Me diga o que vê.

Concentrei minha atenção para os homens à porta em vez disso. Como prometeram, esperavam. Saindo de perto da parede em um movimento despreocupado, desembainharam as espadas enquanto nos aproximávamos.

— Então não vão nos deixar passar por livre e espontânea vontade — concluiu Lou com um suspiro. — Têm certeza de que é a decisão mais sábia? Sou uma bruxa, vocês sabem.

O homem com a caneca terminou de beber a cerveja.

— Sabia que a sua cabeça vale cem mil *couronnes*?

Ela fungou e parou.

— Francamente, estou ofendida. Ela vale pelo menos duas vezes isso. Já falaram com La Dame des Sorcières? Tenho certeza de que pagaria o triplo. Mas por mim inteira. Não só a cabeça. Teria que estar *viva* ainda, lógico, o que poderia ser um problema para vocês...

— Cala a boca. — O homem deixou cair a caneca, que se estilhaçou a seus pés. — Ou vou cortar a sua cabeça com você ainda respirando.

— O rei quer *literalmente* a minha cabeça? Que... bárbaro. Tem certeza de que não quer considerar a ideia de me levar à Dame des Sorcières em vez disso? De repente estou simpatizando bem mais com a causa dela.

— Se se render, vamos matá-la depressa — prometeu o companheiro. — Deixar a parte mais brutal para depois.

Lou fez uma careta.

— Quanta generosidade. — Para mim, sussurrou: — Eles não têm Balisardas. Concentre-se no resultado, e os padrões vão aparecer. Escolha o que resultar em menos danos colaterais, mas certifique-se de *escolher*. Ou a natureza o fará por você. Foi o que aconteceu de manhã, não foi?

Apertei a Balisarda com mais força.

— Não vou precisar disso.

— Estou tentando ser paciente, Chass, mas não temos o luxo de perder tempo aqui...

O sorriso do primeiro homem se desfez, e ele levantou a espada.

— Eu disse para *calar a boca*. Estamos em maior número do que vocês. Agora, vão se render ou não?

— Não. — Lou ergueu a própria faca. Parecia pateticamente pequena em comparação à outra arma. *Lou* parecia pateticamente pequena em comparação. Apesar das minhas respirações profundas e estabilizadoras, a tensão em meu corpo só aumentava. Mais e mais até exalar apenas isso, estremecendo com expectativa. — Espere, não, me deixe pensar. — Tamborilou no queixo com o dedo. — *Definitivamente* não.

O homem se jogou na direção dela. Explodi, golpeando seu abdome com minha Balisarda, girando quando o companheiro tentou passar por mim. Meu pé encontrou seu joelho, e ele desmoronou, enterrando a lâmina da espada em meu pé. Pontinhos escuros salpicavam minha visão ao libertá-la.

Com um grito furioso, Lou investiu contra o terceiro, mas ele pegou seu pulso e o torceu. Sua faca caiu com um ruído metálico ao chão. Ela moveu os dedos em resposta, e o caçador foi de encontro ao bar com força o suficiente para quebrar a madeira. Tossindo, ela se dobrou por cima da barriga.

— Momento de ensinamento — disse, quase estrangulada. — Devia ter matado o miserável de uma vez, mas — outra tosse —, em vez disso, usei o ar ao redor para jogá-lo longe, tentei... pregá-lo na madeira. Me pegou de jeito também, em... compensação. Faz sentido? Podia ter tirado o ar direto dos meus pulmões, mas ele... é grande demais. Precisaria de muito ar para movê-lo. Teria provavelmente acabado me matando. — Ela sorriu para si mesma, e foi aumentando até o sorriso se transformar em risada. Sangue escorria da sua boca em direção ao queixo. — E *aí* como poderia ir pedir as cem mil *couronnes* do seu pai...

Uma faca voou na direção dela, vinda das ruínas do bar.

Não teve tempo de se abaixar.

Com um homem em cada braço, assisti em câmera lenta quando ela se retraiu, levantando a mão para evitar que a lâmina perfurasse seu coração. Mas a força do disparo — a proximidade do homem, sua pontaria assombrosa — era incontornável. A faca encontraria seu alvo. Não havia o que ela pudesse fazer para detê-la. Nada que *eu* pudesse fazer.

Seus dedos tremeram.

E com aquele pequeno movimento, seus olhos perderam um pouco do foco, um pouco da... humanidade. Em um piscar de olhos, a arma inverteu sua direção e foi se fincar no pescoço do próprio dono.

Lou o fitou, ainda sorrindo, um brilho de malícia que eu não reconhecia no olhar.

Mas reconhecia, sim. Já o vira tantas vezes.

Apenas nunca nela.

— Lou?

Quando a toquei, aquele sorriso terrível finalmente se dissipou, e ela puxou o ar, levando a mão ao peito. Puxei-a para trás de mim quando os outros dois caçadores atacaram. Ela não conseguia respirar, me dei conta, alarmado. Apesar da própria advertência, tinha aberto mão do ar em seus pulmões para atirar aquela faca — não era a mesma quantidade que teria precisado para fazê-lo com um homem. O suficiente para que manchas vermelhas surgissem em seus olhos, o suficiente para que o peito trabalhasse furiosamente para repor o que perdera.

— Eu estou bem — afirmou, voltando a se juntar a mim com dificuldade. Sua voz estava rouca. Fraca. Me coloquei na sua frente. — Eu disse que estou *bem*.

Ignorando sua alegação, golpeei com a Balisarda em um arco largo — apreensivo por conta da respiração irregular dela, o denso fedor de magia no ar, o sangue ribombando em meus ouvidos — a fim de coagir os outros dois a se afastarem, de a proteger. Mas meu pé latejava, e tropecei.

— Deixem-nos ir — falei, a voz baixa e desesperada, aterrorizado por eles. Não... não por eles. Por Lou. — Deixem-nos ir, e os deixaremos viver.

O primeiro levantou-se de onde estava ao lado do cadáver do companheiro. Seu sorriso desaparecera. Percebendo meu pé machucado, continuou pressionando e chegando mais perto.

— Tem uns boatos circulando por aí, sabe. Na cidade. Estão dizendo que você é filho bastardo do rei.

Meus pensamentos se desordenaram diante daquela nova informação. Como poderiam saber? As únicas pessoas que sabiam disso estavam conosco: Lou, Ansel, Coco, Beau e...

A última peça se encaixou em seu lugar.

Madame Labelle.

— Podemos ajudar — continuou o outro, persuasivo, seguindo os passos do primeiro. — Podemos libertá-lo do feitiço dessa bruxa.

Todos os meus instintos gritavam para que atacasse. Para que lutasse, *protegesse*. Mas aquelas coisas não eram sinônimas naquele momento. Me afastei mais depressa, voltando a tropeçar. Lou me estabilizou.

— Por favor — escarneceu ela. — Ele praticamente dorme com a Balisarda na mão, seus idiotas. Não poderia enfeitiçá-lo nem se tentasse.

— Cala a boca, *bruxa*.

— E o seu amigo morto? — indagou, a voz suave. — Deveria deixá-lo falar por mim, então?

Empurrei-a para trás de mim novamente.

Meus olhos foram até a porta, para as janelas. Distantes demais. Embora a parte racional do meu cérebro soubesse que eu tinha a vantagem — sabia que meu cartaz dizia procurado *vivo*, que não podiam arriscar me matar —, o mesmo não valia para Lou. Sua vida estava comprometida nesta luta, o que significava que as deles também estavam. Teria que matá-los antes que pudessem tocá-la, antes que ela pudesse retaliar. Mesmo em desvantagem numérica, poderia tirá-los de jogo. Mesmo ferido. Mas se partisse para cima deles, Lou também o faria. Não me deixaria lutar sozinho.

Mais uma vez, tentou se colocar a meu lado, e, mais uma vez, a empurrei para trás.

Não podia permitir que atacasse. Não com magia. Não depois do que acabara de presenciar. Poderia acabar se prejudicando irreversivelmente. E, ainda assim, tampouco podia deixá-la indefesa. Apertando sua mão, a empurrei contra a parede, a encurralei ali com meu corpo.

— Pegue uma faca — sussurrei enquanto os homens fechavam o cerco — dentro do meu casaco.

Ela derrubou a Balisarda da minha mão em vez disso.

— O que está...? — Pulei atrás da arma, incrédulo, mas ela a alcançou primeiro, a escondendo com o pé enquanto os homens investiam.

— Confia em mim! — gritou.

Sem tempo para discussão, tirei duas adagas da bandoleira e respondi cada golpe à altura. Minha mente previa cada movimento seu. Minhas armas transformaram-se em extensões dos meus braços. Até a dor aguda no pé tinha regredido. Inexplicavelmente agitado, assisti — desconectado — enquanto meu corpo driblava, se abaixava e se retorcia com agilidade inumana. Um soco aqui. Um chute ali. Logo, os homens estavam desacelerando, ensanguentados e ofegantes. Ódio distorcia seus rostos enquanto fitavam Lou. Mas ela permanecia atrás de mim, não tinha entrado na roda...

Olhei para trás. Minha visão se focou nos dedos contorcidos, e o choque me golpeou como um soco, me tirando o fôlego. Não. Não era choque. Fúria. Sim, já o vira antes. Muitas vezes.

Estava me usando como a porra de uma marionete.

Diante da minha expressão, seus dedos vacilaram, e meus braços caíram ao lado do meu corpo, seus fios cortados. Frouxos.

— Reid — sussurrou. — Não...

Os caçadores finalmente viram sua oportunidade.

O mais ágil deles girou a meu redor, ferindo as minhas mãos e fazendo as facas caírem ao chão. Antes que pudesse detê-lo, o outro levara a lâmina ao meu queixo. O primeiro rapidamente o seguiu com uma espada em meu flanco.

— Não torne as coisas difíceis, Diggory — disse um deles, arfante, me socando com força no abdome quando me debati. — O rei o quer vivo, odiaríamos ter que decepcioná-lo.

Me viraram para encarar Lou, que se abaixara para recuperar minha Balisarda.

— Devagar, querida. — Pressionaram suas lâminas com mais força. Em uma advertência para ela. Para mim. Um filete de sangue escorreu pelo meu pescoço. Devagar, Lou se empertigou. Sua expressão era assassina.

— Isso mesmo. Nada de movimentos bruscos. Pode passar a faca para cá.

Ela a chutou na direção da porta em vez disso, os olhos tremeluzindo diante de algo que enxergara lá. Não me atrevi a olhar. Não me atrevi a chamar atenção.

Lou respirou fundo. Diante de nossos olhos, sua expressão se transformou. Batendo os cílios, lançou um sorriso doce aos homens. Senti um frio na barriga. Com seus cabelos brancos — os olhos verdes, em vez de azuis —, parecia outra pessoa inteiramente.

— Sabiam — começou, mantendo as mãos eretas, imóveis — que, para se criar magia, a gesticulação física é necessária? Temos que sinalizar nossas intenções, ou arriscamos canalizar os padrões com pensamentos errantes. Movimento é manifestação — recitou a última afirmação como se lesse de um livro. Outro sorriso. Este mais largo do que o anterior. Mais doce. Os caçadores de recompensa a encaravam, estupefatos. Eu a encarava com temor. — O gesto mais insignificante já basta. Como testemunharam, apunhalei o seu amigo com um peteleco só. Levou menos de um segundo.

As mãos dos homens me pressionaram mais.

— Lou. — Minha voz era baixa, tensa. — Não faça isso. Se já é perigoso manipular a memória, não quer as consequências de manipular vidas. Acredite em mim. — Seus olhos passaram pela porta e voltaram para mim. Engoli em seco, fazendo uma careta contra a lâmina no pescoço. Ela estava tentando ganhar tempo. Era só isso. Mas aquele sorriso... ele me afligia. Tentei novamente. — Eles são dois. Ainda que mate um, o outro...

— ... vai cortar o pescoço dele — completou o homem à minha esquerda, pressionando a faca com mais força para enfatizar.

Sua mão estava pegajosa de suor. Fria. Podia sentir o cheiro da transpiração pelas roupas deles. Ela os assustava. Fingindo me debater, olhei para trás. Meu coração pulou na garganta. Ansel, Coco, Madame Labelle e Beau arrastavam Roy e seus amigos inconscientes porta afora. Por que não tinham me escutado? Por que não tinham ido *embora*? Em vez disso, ajudavam os últimos aldeões presos a saírem em segurança. Claud Deveraux procurava algo freneticamente pelos destroços do bar.

— Acho que você tem razão. — Lou piscou para mim, e a farsa se quebrou. Fui tomado pelo alívio. — Mas gostei de ver você preocupado.

Perdendo a paciência, o caçador à direita correu para ela.

— E *eu* vou gostar de cortar fora essa sua cabeça tagarela...

Um berro de triunfo ecoou atrás de nós, e os homens finalmente viraram.

Parado atrás do bar, segurando um fósforo aceso, Deveraux sorria.

— Boa noite, *messieurs*. Detesto interromper, mas creio que não é de muito bom-tom discutir planos de decepar a cabeça de uma dama na frente dela.

Ele atirou o fósforo com um peteleco em nossa direção, e o estabelecimento inteiro foi pelos ares.

SOMBRAS BRANCAS

Lou

Fogo é uma merda.

Já tinha queimado uma vez — ardido e ardido em uma estaca metafísica até não sobrar nada senão uma casca de mim —, mas parecia que as chamas não tinham se satisfeito. Queriam mais um gostinho.

Bem, pior para elas.

Corri em direção a Reid enquanto o pub explodia ao redor, lançando a mão na direção do padrão que cintilava entre nós e as línguas de fogo. O cordão dourado drenou o medo gelado do meu peito — nos envelopando com uma barreira protetiva de frios cristais reluzentes — antes de se desfazer em pó. Nós nos agarrávamos um no outro, incólumes, enquanto o fogo devorava o lugar.

Os caçadores de recompensa não tiveram a mesma sorte.

Tentei não sentir prazer em assisti-los queimar até virarem churrasquinho. Verdade, tentei. Sem o medo que acabara de sacrificar, porém, apenas fúria restava — uma fúria que queimava mais quente e mais vivaz até mesmo do que as chamas ao nosso redor. Sangue do pescoço de Reid ainda gotejava em sua gola, manchando-a. Mesmo durante nossa terrível jornada pela floresta — nossa estada de uma semana no Buraco —, conseguira manter suas roupas imaculadas. Mas não mais. Uma dupla de caçadores de recompensa teria levado a melhor contra nós, não fosse por Claud Deveraux.

Falando nele... *onde* estava Claud Deveraux?

Ainda fervilhando de raiva, sondei o bar em chamas à procura de qualquer sinal dele, mas desaparecera.

Reid me apertou mais forte quando as garrafas de uísque atrás do bar explodiram. Vidro açoitava nosso escudo, que derretia, e fumaça preta e tóxica começava a se insinuar sob ele. Tossi, puxando sua orelha para perto da minha boca.

— Precisamos sair! A barreira não vai aguentar mais muito tempo.

Com um aceno rápido de cabeça, seus olhos foram até a saída.

— O escudo se move junto conosco?

— Não sei!

Pegou a minha mão, irrompendo em meio às chamas em direção à porta. Corri atrás dele — recuperando a Balisarda no caminho — e me forcei a respirar. Uma inspiração débil atrás da outra. Meu peito doía de antes, e minha cabeça ainda latejava. Minha visão foi rapidamente turvando-se. A fumaça queimava meu nariz e minha garganta, e me engasguei, sufocada, o primeiro toque de calor subindo pela minha espinha. Destruía meus ombros e pescoço, e meu pânico enfim retornou quando o escudo se derreteu por completo.

Lembranças de outras chamas me atingiram.

— Reid! — Empurrei suas costas com toda a força que possuía, e ele foi tropeçando porta afora, tombando como um saco de batatas no chão. Desmoronei ao seu lado e me enterrei na lama frígida, sem atentar para compostura, rolando de um lado a outro como um porco chafurdando no chiqueiro. Um soluço escapou da minha garganta.

— Temos que continuar! — As mãos de Reid agarraram as minhas, e ele me levantou com um puxão. Mais homens já começavam a nos cercar, brandindo armas improvisadas. Forquilhas. Martelos. As chamas do pub refletiam em seus olhos raivosos enquanto faziam seu cerco, e seus gritos ecoavam pela neblina em minha mente, deixando-a mais e mais anuviada.

Bruxa!
Segurem-na!
Chamem os Chasseurs!

Um peso se instalou em meus braços e pernas. Com um grunhido, tropecei contra o flanco de Reid e permaneci ali, confiando que me sustentaria. Ele não me decepcionou. Minha voz soou abafada quando falei:

— Minhas costas estão doendo.

Reid não respondeu. Em vez disso, tomou a Balisarda de mim e golpeou com ela na direção dos homens, abrindo caminho. O mundo começou a se esvair de uma maneira agradável, me distraindo, como nossos pensamentos momentos antes de cairmos no sono. Era Claud ali, nos observando do meio da multidão? Em algum canto obscuro da minha mente, me dei conta de que eu talvez tivesse pegado fogo. Mas a percepção era discreta e distante, e a única coisa que tinha importância eram os braços de Reid em volta de mim, o peso do seu corpo contra o meu...

— Lou. — Seus olhos surgiram diante de mim, arregalados, ansiosos e muito azuis. Mas... não deveriam ter quatro deles, deveriam? Soltei uma risadinha, embora tenha saído esganiçada, e levantei as mãos para alisar as rugas entre suas sobrancelhas. Ele as pegou nas suas. Sua voz entrava e saía de foco. — Fique acordada... de volta ao acampamento... Os Chasseurs... chegando.

Chegando.

Estou chegando, amada.

Pânico me acertou como um soco no abdome, e meu riso morreu de uma só vez. Estremecendo contra ele, tentei envolver sua cintura com os braços, mas não queriam cooperar. Pendiam, moles, dos meus ombros, pesados e inúteis, enquanto eu desmoronava contra Reid mais uma vez.

— Ela está vindo, Reid.

Vagamente consciente de ter sido levantada do chão — da sua boca se movendo, tranquilizadora, contra minha orelha —, lutei para colocar meus pensamentos incoerentes em ordem, para banir as sombras em minha visão.

Mas sombras não eram brancas — e esta era ofuscante, incandescente, enquanto destroçava minha garganta e saboreava meu sangue...

— Não vou deixar que ela a machuque novamente.

— Eu queria ser sua esposa.

Ele se enrijeceu diante da confissão inesperada, mas eu já havia esquecido o que falara. Com uma última inspiração sonolenta — capturando o aroma de pinheiros e fumaça e o *dele* —, mergulhei na escuridão.

CRUZES QUE CARREGAMOS

Lou

Acordei com o som de vozes discutindo. Embora a dor em minhas costas tivesse milagrosamente se dissipado, ainda sentia o peito apertado, pesado. Mel recobria minha língua, de modo que quase não notei o gosto pungente e metálico se escondendo em meio à doçura. Devia estar arrependida, mas a exaustão tornava difícil sentir qualquer coisa senão apatia. Assim, não abri meus olhos de imediato, contente em fingir que estava adormecida e em apreciar o oxigênio em meus pulmões.

Tinham me deitado de bruços, e o ar da noite fazia carícias na pele das minhas costas. Na pele *nua* das minhas costas. Quase ri e me revelei.

Os pervertidos tinham cortado minha camisa.

— Por que não está dando certo? — explodiu Reid. Uma presença quente a meu lado, apertando minha mão na sua. — Já não devia ter acordado a uma hora dessas?

— Use os seus olhos, Diggory — respondeu a voz de Coco com aspereza equivalente. — As queimaduras obviamente sararam. Dê tempo para as feridas internas fazerem o mesmo.

— Feridas *internas*?

Imaginei seu rosto ficando roxo.

Coco soltou um suspiro impaciente.

— Não é humanamente possível mover uma faca, que dirá atirar uma, com apenas o ar dos pulmões. Ela compensou usando o oxigênio do sangue dela, dos tecidos...

— Ela fez o quê? — Sua voz era perigosamente baixa agora. Enganosa. Mal acobertava sua ira, porém, enquanto sua mão quase quebrava meus dedos. — Ela podia ter se matado.

— Sempre existe um preço.

Reid bufou. Era um som feio e nada familiar.

— Menos para você, parece.

— Como é?

Lutei contra um grunhido, resistindo ao desejo de me colocar entre os dois. Reid era um idiota, mas agora aprenderia.

— Você me ouviu — respondeu, sem se deixar intimidar pela proximidade de Coco a suas artérias. — Lou fica diferente quando usa magia. As emoções, o julgamento dela... Anda instável desde os acontecimentos no riacho ontem. Esta noite foi ainda pior. E, no entanto, você usa magia sem consequências.

Todo e qualquer desejo que sentira de protegê-lo de Coco desapareceu. *Instável?* Precisei de muito esforço para manter a respiração lenta e estável. Indignação levou para longe o restante da minha fadiga, e meu coração retumbava diante da pequena traição. Lá estava eu — jazendo ferida ao seu lado —, e ele tinha a coragem de me insultar? Tudo que fizera no córrego e no bar fora manter aquele seu traseiro ingrato *vivo*.

Pode acabar com ele, Coco.

— Me dê exemplos específicos.

Franzi a testa onde estava contra as cobertas. Não era bem a resposta que tinha esperado. E era... era *preocupação* que meus ouvidos detectavam? Não era possível que Coco estivesse *concordando* com toda aquela bobagem.

— Ela pintou os cabelos sem nem refletir direito. Tentou estrangular Beau quando não deu certo. — Parecia que Reid estava ticando itens em uma lista cuidadosamente elaborada. — Chorou depois de tudo, chorou de verdade...

— Ela pintou os cabelos daquele jeito por *sua* causa. — A voz de Coco pingava com desdém e antipatia, e abri um olho, um pouquinho apaziguada. Ela olhava feio para ele. — E não tem nada de mais ela chorar. Nem todos sofremos da mesma constipação emocional que você.

Ele abanou a mão com aspereza.

— É mais do que isso. No pub, explodiu com o tal Claud Deveraux. Riu quando acertou o caçador de recompensas... mesmo tendo machucado a si mesma também no processo. Você viu o hematoma nas costelas dela. Estava tossindo *sangue*. — Passou a mão pelos cabelos, agitado, balançando a cabeça. — E isso foi antes de matar o amigo dele e quase ela própria também junto. Estou preocupado. Depois de matá-lo, teve um momento em que ela ficou... ela ficou quase idêntica a...

— Não ouse terminar essa frase.

— Eu não quis...

— *Pare*. — Sangue ainda salpicava a mão de Coco, que segurava com firmeza um frasco vazio de mel. Seus dedos tremiam. — Não tenho nenhuma palavra reconfortante para você. Não tem nada de confortável na nossa situação. Este tipo de magia, o tipo que equilibra vida e morte no fio de uma navalha, requer sacrifícios. A natureza *exige* equilíbrio.

— Não há nada de natural nisso. — As bochechas de Reid coravam ao falar, e sua voz foi ficando mais e mais áspera a cada nova palavra. — É uma aberração. É... é como uma doença. Um veneno.

— É a cruz que carregamos. Poderia lhe dizer que a magia é muito mais do que morte, mas não ia querer me ouvir. Você tem o seu próprio veneno correndo nas veias... e, a propósito, vou escaldá-lo vivo se falar dessa maneira na frente de Lou. Ela já tem que lidar com merda o suficiente para ter que adicionar a sua à pilha. — Expirando fundo, os ombros de Coco caíram. — Mas você tem razão. Não há nada de natural numa mãe querendo matar a filha. Lou vai piorar antes de melhorar. Vai piorar muito.

Os dedos de Reid apertaram ainda mais os meus, e os dois olharam para mim. Fechei os olhos depressa.

— Eu sei — respondeu ele.

Inspirei fundo a fim de recuperar a compostura. E de novo. Mas não conseguia ignorar a explosão de raiva intensa que suas palavras tinham provocado, nem a mágoa borbulhando logo abaixo dela. Aquela não era uma conversa lisonjeira. Não era o que se esperaria ouvir da boca de pessoas amadas.

Ela vai piorar antes de melhorar. Vai piorar muito.

O rosto da minha mãe repuxou um fio de memória. Quando tinha 14 anos, tinha me trazido um consorte, insistindo que vivesse uma vida plena em apenas alguns anos. Seu nome era Alec, e seu rosto tão lindo que quis chorar. Quando suspeitei que Alec tinha sentimentos por outra bruxa, segui-o até as margens de L'Eau Mélancolique uma noite... e assisti enquanto se deitava com sua amante. Depois disso, minha mãe me embalara até adormecer, murmurando, "se não teme olhar, amada, também não deveria temer encontrar".

Talvez não fosse tão destemida assim.

Mas os dois estavam errados. Eu estava *bem*. Minhas emoções não eram *instáveis*. Para prová-lo, pigarreei, abri os olhos e... me encontrei fitando o focinho de um gato.

— *Argh*, Absalon! — Dei uma guinada para trás, sobressaltada, tossindo de novo por causa do movimento repentino. Minha camisa, que tinha sido cortada em tiras para despir minhas costas, ondulou no meu corpo.

— Você acordou. — O rosto de Reid foi tomado pelo alívio ao inclinar-se para a frente, tocando meu rosto com alguma hesitação e passando um polegar pela minha bochecha. — Como está se sentindo?

— Um lixo.

Coco ajoelhou-se a meu lado também.

— Espero que tenha roubado mais roupas daquela vendedora ambulante. As que você tinha literalmente derreteram na sua pele ontem à noite. Foi uma diversão removê-las.

— Se por diversão você quer dizer grotesco — comentou Beau, aproximando-se. — Eu não olharia para trás se fosse você — ele apontou por cima do ombro —, a menos que queira conhecer uma cruza entre carne e tecido. E o jantar do Ansel... se desfez dele logo após ver seus ferimentos.

Olhei para o outro lado do acampamento, para onde Ansel estava sentado com uma expressão péssima, enquanto Madame Labelle cuidava dele.

— Você devia se trocar — disse Coco. — Já é quase meia-noite. Minha tia está para chegar.

Reid olhou feio para ela, movendo-se para me esconder de vista.

— Eu já disse. A Lou vem comigo.

Coco explodiu de raiva novamente.

— E *eu* disse...

— Calados, os dois. — As palavras saíram antes que as pudesse deter, e me retraí diante de suas expressões chocadas. Entreolharam-se rapidamente, comunicando-se sem palavras. Mas ainda assim as escutei em alto e bom som. *Instável*. Forcei um sorriso e passei por Reid. — Me desculpem. Não devia ter falado assim.

— Devia, sim. — Beau arqueou uma sobrancelha, nos estudando com interesse desvelado. Quando inclinou a cabeça para o lado, franzindo o cenho como se pudesse *enxergar* a tensão no ar, fechei o rosto. Talvez Reid tivesse razão. Talvez eu não estivesse em pleno juízo. Nunca antes sentira necessidade de me desculpar por tê-lo mandado calar a boca. — Os dois são incrivelmente irritantes.

— O sujo falando do mal lavado — rebateu Coco.

— Pela última vez, eu vou aonde *eu* quiser — falei. — A noite foi um desastre, mas pelo menos sabemos que o velório do arcebispo será em duas semanas. São dez dias de viagem, quase sem descanso, para se chegar a Cesarine. Isso nos deixa apenas alguns dias para lidar com as bruxas de sangue e os lobisomens. — Fuzilei Reid com o olhar quando tentou interromper. — Temos que seguir com o plano conforme discutimos. Nós vamos ao coven de sangue. Vocês, a Le Ventre. Nos reencontramos em Cesarine na véspera do velório. Vocês nos mandam uma mensagem por Absalon com a hora e o local...

— Não confio no *matagot* — declarou Reid, sombrio.

Absalon agitou o rabo para ele em resposta.

— Ele com certeza gosta de você. — Me abaixei para coçar atrás das orelhas do felino. — E nos salvou em Modraniht quando entregou a mensagem de Madame Labelle aos Chasseurs. Se bem me lembro, aquele plano tampouco teve a sua aprovação.

Reid não respondeu, tenso.

— Le Ventre? — indagou Beau, confuso.

— O território da alcateia — expliquei resumidamente. Era óbvio que jamais viajara àquela parte obscura do seu reino. A maioria a evitava se possível. Eu, inclusive. — La Rivière des Dents vai dar em um pântano de águas frias na parte mais ao sul de Belterra. Os *loups-garou* reclamaram o lugar como seu território.

— E *por que* tem o nome de estômago?

— Os dentes levam ao estômago... fora isso, os *loups-garou* comem todos aqueles que ousam invadir sua área.

— Nem todos — resmungou Reid.

— Esse é um plano de merda — concluiu Beau. — Mal conseguiremos chegar a Cesarine a tempo para o velório, e vocês ainda esperam que viajemos até Le Ventre? Sem mencionar a *insanidade* que é tentar discutir uma aliança com meu pai. Vocês *estavam* naquele pub também, não é? Viram os cartazes? Aqueles homens estavam prestes a cortar as cabeças de v...

— Só a *minha* cabeça. Não a do Reid. Por qualquer que seja a razão, seu pai não o quer morto. Talvez já esteja ciente da conexão entre eles, mas, se não for o caso, vai descobrir em breve. Você vai apresentá-los. — Voltei a me esconder atrás de Reid para trocar de roupa. Era grande o bastante para ocultar três de mim, se necessário. — E só para sua informação — acrescentei a meu marido —, o único motivo por que estou permitindo esta demonstração bronca de possessividade é porque o seu irmão ainda não viu os meus peitos, e planejo manter as coisas assim.

— Você quebra o meu coração dessa maneira, irmãzinha — disse Beau.

— Cala a boca. — O sangue subia pelo pescoço de Reid. — Nem mais uma palavra.

Interessante. *Ele* não sentia necessidade de se desculpar. Uma amargura atípica se instalou em minha língua, e o gosto não foi do meu agrado — era como arrependimento e incerteza e... algo mais. Não sabia nomeá-lo.

— Vocês deviam pensar em partir em breve — instruí. — Depois da nossa espetacular visita a Saint-Loire, a estrada estará fervilhando com caçadores de recompensa. Pode ser que os Chasseurs tenham voltado também. Sei que ainda não se sente à vontade com magia, Reid, mas Madame Labelle terá que disfarçá-lo novamente. Também podemos pedir...

Parei ao som da risada de Coco. Ela encarava Reid cheia de expectativa.

— Mal posso esperar para ouvir isso.

Olhando para ela por debaixo do braço de Reid, perguntei:

— Ouvir o quê?

Ela fez um aceno de cabeça para Reid.

— Anda. Conta para ela.

Ele esticou o pescoço para olhar para mim por cima do ombro enquanto eu passava a camisa escarlate por cima da cabeça e as pernas para dentro da calça de couro. Me abaixei para amarrar as botas. Enfim, murmurou:

— Eu não posso, Lou.

Franzindo a testa para ele, me endireitei.

— Não pode o quê?

Ele balançou a cabeça devagar, o rubor no pescoço subindo até as bochechas. Se endireitou e levantou o queixo.

— Não suporto estar perto de magia. Me recuso.

Encarei-o e, entre um fôlego e outro, as peças se encaixaram. Seu desinteresse, sua deslealdade, sua *preocupação* — tudo fazia sentido agora.

Lou fica diferente quando usa magia. As emoções, o julgamento dela... Anda instável.

Estou preocupado.

Teve um momento em que ela ficou... ela ficou quase idêntica a...

À mãe. Nem precisava terminar a frase.

É uma aberração, ele dissera.

Aberração.

A amargura subia pela minha garganta agora, ameaçando me sufocar, e finalmente a reconheci. Vergonha.

— Bom, que conveniente.

Por baixo do braço de Reid, tive um vislumbre de Coco enganchando o braço de Beau no seu e o arrastando para longe. Não protestou. Quando tinham desaparecido de vista, Reid virou-se para mim, se abaixando para me fitar olho no olho.

— Sei o que está pensando. Não é isso.

— As pessoas não mudam de verdade, não é?

— Lou...

— Vai começar a me chamar de *coisa* agora? Eu não o culparia. — Mostrei os dentes para ele, chegando perto o suficiente para mordê-lo. Nunca em meus 18 anos permitira que alguém me fizesse sentir da maneira como estava me sentindo naquele momento. Me ressenti das lágrimas marejando meus olhos, da náusea revirando meu estômago. — Sou uma aberração, no fim das contas. *Instável*.

Ele xingou baixinho, fechando os olhos.

— Você estava ouvindo.

— Lógico que estava. Como você *ousa* me insultar para justificar a sua própria narrativa deturpada...

— Pare. *Pare*. — Abriu os olhos depressa e agarrou meus braços, mas as mãos eram delicadas. — Já disse que não importa que você seja uma bruxa. Eu estava sendo sincero.

— Mentira. — Me desvencilhei, observando com tristeza aguda quando suas mãos caíram de onde estavam. No segundo seguinte, pulei em cima dele e apertei sua cintura com os meus braços, escondendo o rosto em seu peito. — Você nunca nem me deu uma chance.

Ele me abraçou com ainda mais força, envolvendo meu corpo com o dele como se pudesse me proteger do mundo.

— Isto tudo tem a ver com a magia, não com você.

— A magia *sou* eu. E é você também.

— Não, não é. Todos esses pedacinhos que você sacrifica... eu os quero para mim. Quero *você*. Inteira, sã e salva. — Ele se afastou para olhar para mim, aqueles olhos azuis ardendo com intensidade. — Sei que não posso pedir que pare de usar magia, então não o farei. Mas posso pedir isso à minha mãe. Posso pedir a mim mesmo. E posso... — ele afastou uma mecha de cabelos colada à minha bochecha — ... posso pedir que seja cuidadosa.

— Não pode estar falando sério. — Finalmente, *finalmente*, me afastei do seu toque, coração e mente agora alinhados. — Você está agindo como se de repente eu estivesse danificada, ou... ou como se fosse um pedaço de vidro prestes a quebrar. Tenho novidades para você: pratiquei magia a vida inteira. Sei o que estou fazendo.

— Lou. — Ele levantou a mão na minha direção novamente, mas eu a estapeei para longe. Aqueles olhos ardiam mais forte, mais quentes.

— Você nem parece a mesma pessoa ultimamente.

— Você vê o que quer ver.

— Acha que *quero* vê-la como...

— Como o quê? Como *diabólica*?

Apertou meus ombros com força.

— Você *não* é diabólica.

— Claro que não sou. — Sequei uma lágrima do olho antes que pudesse cair, antes que ele a pudesse ver. Jamais antes tinha me permitido me sentir pequena assim, me sentir *envergonhada*, e me recusava a começar agora. — Você colocaria a sua vida em perigo... a vida da sua mãe, a do seu *irmão*... se recusando a usar magia na estrada?

— Vou me dar mal de um jeito ou de outro.

Eu o encarei por um longo momento. A convicção em seus olhos luzia com nitidez brutal e me cortava mais profundamente do que esperara. Aquela parte ferida de mim queria que ele sofresse por sua insensatez. Do jeito como iam as coisas, morreriam todos na jornada, e, se não, com certeza morreriam em Le Ventre. Ele os estava castrando com seu preconceito, os enfraquecendo com medo. Os fracos não sobreviviam à guerra.

Reid tinha que sobreviver.

— Não, não vai. — Me afastei dele, resignada, e endireitei a postura. Sua vida valia mais do que meu orgulho ferido. Mais tarde, quando tudo estivesse terminado, eu lhe mostraria como estava errado a respeito da magia. De mim. — Antes de o pub ir pelos ares, Claud Deveraux nos ofereceu sua ajuda se precisássemos dela. A companhia itinerante dele parte para Cesarine hoje à noite. Vocês vão se juntar a ele.

TROUPE DE FORTUNE

Reid

Os outros não protestaram contra a *solução* de Lou.

Queria que tivessem. Talvez os tivesse ouvido. Com certeza não me dera ouvidos. Quando estávamos guardando nossos pertences para a viagem — um furacão de lama, neve e sangue —, tentara fazê-la ouvir a voz da razão, mas fora em vão.

Aquele esquema, embora fosse uma saída inteligente, dependia inteiramente de uma coisa: Claud Deveraux.

Não conhecíamos Claud Deveraux. Mais importante do que isso, *ele* parecia *nos* conhecer — ou ao menos Lou. Estivera encantado por ela no bar. Também a testemunhara usando magia. Sabia que era uma bruxa. Embora eu tivesse descoberto que bruxas não eram inerentemente malignas, o restante do reino não tinha a mesma percepção. Se nos ajudasse, que tipo de pessoa isso provava que ele era?

— A sua salvação — respondera Lou, enfiando o saco de dormir dentro da minha mochila. — Escuta, ele salvou a nossa pele hoje. Podia ter nos deixado morrer, mas não. Obviamente não nos deseja mal, o que é mais do que posso dizer de todos os outros... e ninguém vai pensar em procurar vocês no meio de uma trupe de artistas. Estarão escondidos sem magia.

Naquele momento, ela descia, apressada, a colina em direção a Saint-Loire. Os demais a seguiam. Fiquei para trás, olhando para os limites da floresta. Um floco de neve solitário caiu do céu — ainda denso e pesado de nuvens — e pousou em minha bochecha. Um silêncio sinistro se assentou sobre a mata depois dele. Como a calma antes da tempestade. Quando me virei, dois olhos luminescentes refletiram em minha visão periférica. Grandes. Prateados. Girei, os pelos em minha nuca se eriçando, mas não havia nada lá senão árvores e sombras.

Andei rápido atrás dos outros.

Os artistas caminhavam de um lado a outro na praça da aldeia, levando baús, instrumentos e adereços, fazendo preparativos para sua partida. Claud Deveraux os dirigia. Ia para lá e para cá, batendo palmas, em êxtase, como se não houvesse nada de bizarro em fazer as malas na calada da noite, ou partir para uma viagem logo antes de uma tempestade.

Lou hesitou no beco onde estava, observando. Todos paramos com ela.

— O que foi? — murmurei, mas ela me calou com um chiado quando Claud Deveraux falou.

— Venha, Zenna! — Saltitou até uma mulher gorda de cabelo lilás. — Temos que estar de saída antes do nascer do sol! Nossa Dama Fortuna só favorece aqueles que começam suas jornadas sob a lua nova!

Pisquei a fim de tirar mais flocos de neve dos olhos.

— Certo — resmungou Zenna, atirando um instrumento dentro de uma carroça menor. Vestia um manto peculiar. De um roxo profundo. Ou talvez azul. Cintilava com o que pareciam estrelas. Constelações. — Não fosse pelo detalhe de que nossa Dama Fortuna já abandonou Cesarine faz anos.

— Ah, ah. — Monsieur Deveraux balançou o dedo para ela em um gesto de reprovação. — Não há razão para desespero. Talvez ela se junte a nós lá.

— Ou talvez acabemos na fogueira.

— *Absurdité!* O povo de Cesarine precisa de algo para alegrar seus ânimos. E quem melhor do que nós? Logo logo arrebataremos os fregueses de La Mascarade des Crânes e os levaremos para um mundo de frivolidade e fantasia.

— Maravilha. — Zenna apertou o dorso do nariz. Embora sua compleição lembrasse a de Coco, sua pele era imaculada. Poderia até ser atraente, mas a maquiagem pesada (lápis preto ao redor dos olhos, batom vermelho nos lábios) escondia suas feições.

— Seraphine e eu merecemos três por cento dos lucros para que isso tudo valha o nosso tempo, Claud — continuou. — Estamos entrando no próprio Inferno para esse velório, com fogo e tudo.

— Claro, claro. — Abanou a mão, já girando nos calcanhares para apressar outro ator. — Mas que fique combinado quatro por cento, então.

Coco cutucou Lou, que, desta vez, não hesitou.

— *Bonjour*, Monsieur Deveraux. O senhor já me conhece de mais cedo, mas meu nome não é Lucida. É Louise le Blanc, e estes são meus amigos, Reid e Ansel Diggory, Cosette Monvoisin, Beauregard Lyon e Helene Labelle.

Louise le Blanc. Não Louise Diggory. Mantive meu olhar fixo à frente. Impassível.

As sobrancelhas do homem se levantaram, e seus olhos brilharam em reconhecimento. Surpresa. Passaram por cada um de nós antes de voltarem a aterrissar em Lou.

— Ora, ora, ora, voltamos a nos encontrar, pequena! Que deliciosamente inesperado!

Os outros artistas pararam de carregar seus equipamentos para nos observar. Restavam apenas dois baús no chão, um deles cheio demais para fechar. Tecido cintilante transbordava de dentro dele. Penas de cor fúcsia caíam na neve.

Lou lançou um sorriso charmoso ao homem.

— Vim aceitar sua oferta de ajuda, se ainda estiver de pé.

— Ah, é mesmo?

— É mesmo. — Assentiu e estendeu os braços para os cartazes colados ao redor. Para os destroços fumegantes do pub. — Talvez não tenha notado antes, mas meus amigos e eu causamos uma impressão e tanto em Sua Majestade, o rei.

— Matar um arcebispo é uma boa maneira de se fazer isso — comentou baixinho a jovem atrás de Deveraux. Tinha prendido flores nos cabelos cacheados e segurava uma cruz que pendia do pescoço. Desviei os olhos, lutando contra a emoção que explodia. Parecia rasgar meu peito, abrupta e desenfreada.

O sorriso de Lou era afiado ao se voltar para a moça.

— Sabe quantas das minhas irmãs seu querido arcebispo matou?

Ela se encolheu.

— Eu... eu...

Ansel tocou o braço de Lou, balançando a cabeça. Eu fitava as penas. Assistia à neve se entranhando nos delicados filamentos rosa. Apenas mais um momento. Precisava apenas de mais um momento para recuperar o controle, para me dominar. Então minha mão substituiria a de Ansel. Ajudaria Lou a lembrar. Esqueceria aquela *criatura* ressequida e rebelde em meu peito...

A mulher de cabelos cacheados se empertigou. Era mais alta do que Lou. Quase tanto quanto Madame Labelle.

— Ainda assim não merecia o que aconteceu.

Era como um filho para mim, Reid.

Minha respiração ficou presa na garganta, e a fera se encolerizou. Dei mais um passo atrás. Como se sentisse minha angústia, Lou deu um passo para ficar à minha frente.

— Ah, é? E *o que* merecia, então?

— Lou — murmurou Ansel. Parte de mim registrou quando olhou de relance em minha direção. — Não.

— Certo. Claro, tem razão. — Balançando a cabeça, Lou deu tapinhas na mão dele e retornou sua atenção a Deveraux. A mulher de cabelos cacheados nos fitava com olhos arregalados. — Precisamos de transporte até Cesarine, *monsieur*. Surgiram certas complicações, e a estrada já não é mais segura para viajarmos sozinhos. Teria espaço em sua companhia para mais algumas pessoas?

— Ora, mas é *evidente*...

— Só artistas viajam com a companhia. — Zenna cruzou os braços e olhou feio para Claud. — É essa a regra, não é? Que não tem dinheiro para nos dar abrigo e comida se não nos apresentarmos? — Para Lou, acrescentou: — Claud é uma espécie de colecionador. Só aceita os melhores e mais brilhantes talentos em sua trupe. Os raros e os inusitados. Os excepcionais.

Uma meia-luva de estampa xadrez cobria as mãos de Deveraux. Ele abriu um sorriso.

— Zenna, minha querida, o excepcional se apresenta em todos os tamanhos e formas. Não ignoremos ninguém. — Voltou-se para Lou com uma expressão de desculpas. — Infelizmente, por mais inconvenientes que sejam, regras são regras, e as coisas são o que são. Zenna está correta. Apenas artistas podem viajar com a trupe. — Ele balançou a cabeça levemente, franzindo os lábios. — *Se*, porém, você e seus *encantadores* companheiros quiserem subir ao palco, totalmente disfarçados, lógico, se tornariam, assim, artistas...

— Claud — cortou Zenna em um sibilo —, são *fugitivos*. Os caçadores vão querer as nossas cabeças também se lhes dermos asilo.

Ele acariciou o cabelo lilás da mulher, despreocupado.

— Ah, boneca, e não somos todos? Mentirosos, charlatões, poetas, sonhadores, conspiradores, todos nós, sem exceções.

— Mas assassinos, não. — Um jovem veio à frente, inclinando a cabeça em minha direção, curioso. Alto. Pele marrom. Longos cabelos pretos. Ao seu lado estava outro homem com rosto assombrosamente similar ao seu. Não: idêntico. Gêmeos. — Foi você mesmo? Foi você quem matou o arcebispo?

Fiquei tenso. Lou respondeu por mim, levantando uma sobrancelha.

— Faz diferença? Está morto de qualquer forma.

Ele a estudou por vários segundos antes de murmurar:

— Já foi tarde.

Eles o odiavam. A emoção se amotinou, exigindo admissão, mas eu não sentia coisa alguma. Não sentia nada.

Deveraux, que observava a discussão — que *me* observava — com uma expressão imperscrutável, voltou a sorrir, radiante.

— Então, o que me dizem? São, por acaso, *artistas*?

Lou olhou para mim. Assenti. Por reflexo.

— Excelente! — Claud levou as mãos para o céu em celebração. A neve caía mais densa agora. Mais pesada. — E qual, precisamente, é sua especialidade, Monsieur Diggory? Um cara bonitão e enorme como o senhor com toda certeza deve levar a plateia à loucura, ainda mais — pulou para a carroça menor, tirando de lá um par de calças de couro — vestido assim. Com uma peruca moderna e cartola, quem sabe um pouco de lápis de olho preto, sem dúvidas deixará multidões boquiabertas, não importa o que faça.

Encarei-o por um segundo mais do que deveria.

— Hã...

— Ele é contador de histórias — disse Lou depressa, alto, dando um passo atrás para apertar minha mão. Reconheci a mudança em sua postura. A melodia sutil em sua voz. Já começara a encenação. Desviando a atenção deles de... de mim. — Adora histórias. E tem razão. Essa calça vai ficar um arraso nele. Sem camisa, claro.

Abriu um sorrisinho e apertou meus dedos.

— Que inspirador! — Deveraux tamborilou os dedos no queixo enquanto nos avaliava. — Mas é uma pena, receio que já tenhamos uma contadora de histórias em nossa doce, doce Zenna. — Ele apontou para a mulher de cabelo lilás, que aproveitou a oportunidade para protestar. Docemente.

— Viu só? Ele não terá utilidade alguma. Se estivesse nas cartas, a Dama Fortuna teria enviado alguém...

— Sabe usar essas facas? — Os olhos delineados de preto de Deveraux recaíram sobre meu casaco aberto, sobre as armas embainhadas sob ele. — Recentemente perdemos nossa atiradora de facas para outra trupe em Amandine, e — inclinou-se para mais perto, com uma piscadela —, embora eu não seja tendencioso a escolher favoritos, não se pode dizer o mesmo da plateia.

— Ah, você não *pode* estar falando sério, Claud. — Com os olhos brilhando, Zenna plantou as mãos nos quadris. — As apresentações de Nadine eram medíocres, no máximo... *Com certeza* não eram melhores do que as minhas... E ainda que não tivessem sido, não vou dividir minhas gorjetas com esses aí. Sequer os *conhecemos*. Podem nos matar enquanto dormimos. Podem transformar todos nós em sapos. Podem...

— ... dizer que tem batom nos seus dentes — completou Lou.

Zenna a olhou feio.

— É verdade — confirmou Beau. — Bem ali no cantinho.

Com uma carranca, Zenna virou-se de costas para esfregar um dedo nos caninos.

Lou sorriu e voltou sua atenção ao diretor.

— As facas são praticamente uma extensão dos braços de Reid, *monsieur*. Vai acertar qualquer alvo que colocar na frente dele.

— Que estupendo! — Com um último olhar demorado para as lâminas, Deveraux virou-se para Madame Labelle. — E a senhorita, *chérie*...?

— Sou...

— A assistente dele. — O sorriso de Lou se alargou. — Por que não a prendemos a uma tábua de madeira para uma demonstração?

As sobrancelhas de Deveraux foram parar quase nos cabelos.

— Tenho certeza de que não é necessário, mas aprecio seu entusiasmo. É muito contagiante, eu lhe digo. — Virou-se para Beau, dobrando-se em uma reverência ridícula. — Se me permite, Vossa Alteza, é um prazer excepcional e sem igual conhecê-lo. Quero até *desmaiar* com todo o suspense, a expectativa de descobrir sua miríade de talentos é demais. Conte-nos apenas um deles, por obséquio. Como vai nos deixar maravilhados em cima do palco?

Beau não lhe devolveu o sorriso. Seus lábios se retorceram.

— Não vai me encontrar em cima do palco, e com toda certeza não vai me encontrar vestindo nada que tenha penas nem que seja fúcsia. — Diante do olhar expectante do homem, soltou um suspiro. — Cuidarei das suas contas.

Deveraux bateu as mãos enluvadas.

— Muito bem! Pela realeza, faremos uma exceção!

— E você? — indagou Zenna, olhando torto para Lou. — Algum talento especial para os palcos?

— Se precisa mesmo saber, toco bandolim. E muito bem, aliás, pois... — Hesitou, baixando a cabeça em uma demonstração atípica de insegurança. Embora tivesse sido pequeno, quase indiscernível, o movimento me perturbou. Perfurou as águas turvas dos meus pensamentos. — Não importa.

— Continue — pedi, baixinho.

— Bem... Minha mãe insistiu que eu aprendesse. Harpa, clavicórdio, rabeca... mas o bandolim era seu favorito.

Franzi o cenho. Não tinha ideia de que Lou sabia tocar um único instrumento, que dirá vários. Uma vez me dissera que não tinha voz para cantar, e eu presumira... mas não. Aqueles calos em seus dedos não eram de pegar em armas. O *bandolim*. Vasculhei meu cérebro, tentando lembrar o som, mas não consegui. O único instrumento musical que ouvira em minha infância tinha sido um órgão. Não me interessara por nenhum outro.

— Ha! — Zenna riu, triunfante. — Já temos um músico. Claud é um virtuoso. O melhor no reino inteiro.

— Que bom para ele — resmungou Lou, abaixando-se para salvar as penas cor-de-rosa da neve. Não olhava ninguém nos olhos. — Já disse que não importa, de qualquer modo. Não irei com a trupe.

— Perdão? — Claud aceitou os adereços com uma expressão escandalizada. O vento aumentou ao nosso redor. Quase soprou o chapéu dele para longe. — Receio que tenha entendido mal o que disse por causa de todo esse vendaval.

— Não entendeu. — Lou gesticulou para Ansel e Coco, levantando a voz. Neve encharcava seu novo manto. Apertou o tecido sob o queixo para fechá-lo e mantê-la escondida. — Nós três estamos seguindo em outra direção.

Deveraux agitou as mãos, e as penas se espalharam novamente.

— Besteira! Absurdo! Como você mesma tão sucintamente inferiu, a estrada não é segura para vocês. Têm que vir conosco! — Abanou a cabeça com vigor, e o vento roubou sua cartola. Fez uma espiral no alto e desapareceu dentro da neve. — Não. Não, temo que seja irrevogável que nosso pequeno encontro naquele bar tenha sido orquestrado por ninguém mais ninguém menos que nossa Dama Fortuna. Além do mais, não posso concordar que viajem sozinhos por essas estradas. Não, me recuso a carregar isso na conta da minha consciência.

— Eles não estarão sozinhos.

Uma voz desconhecida. Um arrepio inexplicável.

Lou e eu demos um passo mais para perto um do outro, nos virando ao mesmo tempo para a figura sombria a nosso lado.

Uma mulher.

Não a ouvira se mexer, não a vira se aproximar. Ainda assim, estava a menos de um palmo de distância, olhando para mim com olhos sinistros quase sem cor. Anormalmente magra — quase esquelética —, com pele pálida e cabelos pretos, parecia mais um espectro do que um ser humano. Minha mão voou para a Balisarda. Ela inclinou a cabeça para o lado em resposta, o movimento ágil demais, animalesco demais para ser natural.

Absalon se enroscava por entre os tornozelos emaciados.

— Nicholina. — Coco mostrou os dentes em um rosnado. — Onde está minha tia?

A boca da mulher se abriu em um sorriso lento e cruel, revelando dentes manchados de sangue. Puxei Lou para trás, para longe dela.

— Não aqui — cantarolou, a voz estranha e aguda. Juvenil. — Não aqui, não aqui, mas sempre por perto. Viemos responder ao seu chamado.

Senti seus estranhos olhos em mim enquanto subia o último baú para dentro da carroça.

Os demais se apressavam em guardar seus pertences, acalmar cavalos, verificar se os nós estavam bem apertados. Deveraux tinha puxado Lou para um canto, e pareciam estar discutindo sobre a chegada da estranha mulher. Não sabia dizer bem. Apenas duas das tochas que margeavam a rua permaneciam acesas. O restante sucumbira à tempestade.

Com a expressão fechada, enfim me virei para encará-la — *Nicholina* —, mas ela não estava mais lá.

— Olá, caçador.

Pulei ao ouvir sua voz diretamente atrás de mim, sobressaltado por sua proximidade. Meu rosto e pescoço ficaram corados.

— Quem é você? — indaguei. — Como faz isso?

Levantou um dedo esquelético para minha bochecha, inclinando a cabeça para o lado como se estivesse fascinada. A luz bruxuleante das tochas iluminou suas cicatrizes. Desfiguravam sua pele, a distorciam em uma teia macabra de prata e sangue. Eu recusei a me retrair.

— Sou Nicholina le Claire, assistente pessoal de La Voisin. — Passando uma unha afiada ao longo do meu maxilar, franziu os lábios. A cadência juvenil da sua voz desapareceu, se aprofundando inesperadamente em um rosnado gutural. — E não explicarei os segredos da arte do sangue a um caçador. — Escuridão se agitou naqueles olhos destituídos de cor ao olhar para além de mim: para Lou. A mão em meu queixo apertou com mais força, e as unhas se fincaram na pele. Quase tirando sangue. — Ou ao ratinho dele.

Coco se colocou entre nós.

— Cuidado, Nicholina. Lou está sob a proteção da minha tia. E Reid, sob a minha.

— Humm... *Reid*. — Nicholina lambeu os lábios de maneira obscena. — Seu nome na minha língua tem gosto de sal e cobre e coisas quentes, molhadas...

— Chega. — Dei um passo para longe, alarmado, enojado, e olhei para Lou. Ela nos observava mais para além das carroças, os olhos semicerrados. Deveraux agitava as mãos enfaticamente. Andei rápido até os dois, determinado a sair daquela situação, mas Nicholina me seguiu como uma sombra. Ainda muito perto. Perto *demais*. Sua voz recuperara aquela qualidade melodiosa e pueril.

— Meus ratinhos sussurram as coisas mais maliciosas a seu respeito, Reid. As coisas mais perversas e *indecentes*. *Cosette, arrependimento, esquecimento*, eles chiam. *Cosette, arrependimento, esquecimento*. Não posso confirmar, uma vez que nunca provei um caçador...

— E não vai começar com esse. — Coco corria atrás de nós enquanto Lou se desvencilhava de Deveraux. — Ele é casado.

— É mesmo?

— É mesmo. — Parei de supetão, girando para olhá-la feio. — De modo que, por favor, mantenha distância como é apropriado, *mademoiselle*.

Ela abriu um sorriso maldoso, arqueando uma sobrancelha fina.

— Talvez meus ratinhos estejam mal-informados. Adoram sussurrar. *Sussurro, sussurro, sussurro.* Sempre sussurrando. — Chegou o peito mais para perto, e os lábios roçaram minha orelha. Mais uma vez, me recusei a reagir. Me recusava a dar àquela mulher insana a satisfação. — Dizem que odeia sua esposa. Dizem que odeia a si mesmo. Dizem que seu gosto é *uma delícia*. — Antes que me desse conta da sua intenção, passou a língua pela minha bochecha em um movimento longo e molhado.

Lou nos alcançou naquele mesmo momento. Seus olhos ardiam com fogo azul-turquesa.

— O que você pensa que está fazendo?

Com ambas as mãos, foi empurrar Nicholina para longe, mas a mulher já tinha flutuado para trás. A maneira como se movia... era como se não fosse inteiramente corpórea. Mas as unhas em meu queixo tinham sido muito reais, assim como a saliva em meu rosto. Puxei a gola da camisa para cima para limpar a gosma, minhas orelhas ardendo. Os punhos de Lou se fecharam, e ela foi na direção da mulher mais alta para confrontá-la, fervendo de raiva.

— Guarde as suas mãos para tocar no que é seu, Nicholina.

— *Para tocar no que é meu, no que é meu.* — Seus olhos percorreram a pele exposta do meu pescoço, mergulharam para meu peito. Famintos. Uma tensão surgiu, involuntariamente. Resisti ao desejo de fechar o casaco. — Ele pode tocar no que é meu. Pode tocar e passar e baixar...

Um som baixo e ameaçador escapou de Lou, e ela se aproximou. Os pés das duas quase se tocavam.

— Se colocar a mão nele de novo, quem vai guardá-las para você sou *eu*. Cada... — deu outro passo, encurtando a distância entre elas — ...

maldito... — invadiu ainda mais o espaço da outra, o corpo tenso com expectativa — ... pedacinho.

Nicholina sorriu para ela, sem se abalar, apesar da maneira como o ventou se agitou e a temperatura caiu. Coco olhou ao redor. Alarmada.

— Ratinho bobo — ronronou Nicholina. — Ele ainda caça, ainda agora. Mesmo agora, ele caça. Conhece a própria mente, não me disse para parar.

— Mentira. — Mesmo eu escutei o tom defensivo da minha voz. Lou permanecia plantada diante de mim. Não se virou quando toquei seu ombro. — Lou, ela é uma...

— Mas será que ele *pode* parar? — Nicholina nos circulava, como um predador farejando sangue. — Caçar e parar? Ou parar e caçar? Logo vamos sentir o gosto dos sons na língua dele, ah, sim, cada gemido e suspiro e grunhido...

— Nicholina — cortou Coco com aspereza, segurando o braço de Lou quando avançou. — Chega.

— A cobra e seu pássaro, o pássaro e sua cobra, tomam e quebram e sofrem, sofrem, *sofrem*...

— Eu disse *chega*. — Algo na voz de Coco mudou, se aprofundou, e o sorriso de Nicholina desapareceu. Parou seu cerco. As duas se entreolharam por vários segundos, algo secreto sendo comunicado entre as duas, algo sombrio, antes de Nicholina mostrar o pescoço em submissão. Coco assistiu à demonstração bizarra por um momento mais. Impassível. Fria. E enfim assentiu, satisfeita. — Espere por nós nos limites da floresta. Pode ir.

— Como queira, *princesse*. — Nicholina levantou a cabeça. Parou. Olhou não para Lou, mas para mim. Seu sorriso retornou. Desta vez, era uma promessa. — Seu ratinho não estará sempre aqui para protegê-lo, caçador. Cuide-se.

O vento pegou suas palavras, soprando-as ao redor de nós com a neve. Açoitavam minhas bochechas, o manto de Lou, os cabelos de Coco. Tomei a mão de Lou em um gesto tranquilizador e silencioso — e me assustei. Seus dedos estavam mais frios do que esperava. Anormalmente frios. Mais do que o vento, do que a neve. Mais do que o sorriso de Nicholina.

Cuide-se cuide-se cuide-se.

— Não deixe que ela provoque você — murmurou Coco para a amiga depois que a mulher partiu. — É o que ela quer.

Assentindo, Lou fechou os olhos e inspirou fundo. Quando soltou o ar, a tensão deixou seus ombros, e ela olhou para mim. Sorriu. A apertei com força contra mim, aliviado.

— Ela parece ser um doce de pessoa — escarneceu Lou, a voz abafada pelo meu casaco.

— E é. — Coco observava a ruela por onde Nicholina desaparecera. — O tipo de doce que apodrece a alma, em vez dos dentes.

Deveraux aproximou-se em meio à neve. Com um suspiro resignado, pousou a mão em meu braço.

— Os carros estão prontos, *mon ami*. Temos que partir com a tempestade, ou perdemos nossa chance. Nossa Dama Fortuna é uma senhora voluntariosa, isso é.

Embora aguardasse cheio de expectativa, meus braços se recusavam a se mover. Apertavam Lou com força, e não conseguia persuadi-los a libertá-la. Escondi meu nariz em seu ombro, a abraçando ainda mais apertado. O cheiro do seu manto não me era familiar. Era novo. Como pele, terra úmida e o aroma doce e amargo de... algo. Não magia. Talvez vinho. Franzi o cenho e abaixei o capuz, procurando sua pele, o calor que encontraria lá. Mas aquele frio antinatural em suas mãos tinha subido. Congelou meus lábios quando toquei seu pescoço com eles. Alarmado, encontrei seus olhos. Verdes agora. Tão verdes.

— Tenha cuidado, Lou. — Mantive minha esposa segura em meus braços, bloqueando a visão dos outros. Tentando e não conseguindo esquentá-la. — Por favor. Me prometa.

Em resposta, ela me beijou. E gentilmente se desvencilhou.

— Amo você, Reid.

— Não era para ser assim — falei, impotente, ainda com a mão estendida para ela. — Eu devia estar indo com você...

Mas ela já tinha se afastado, se virado. Segurava a mão de Coco como deveria ter segurado a minha. Esticou a outra na direção de Ansel.

— Nos vemos em breve — prometeu, mas não era a promessa que queria. De que *precisava*.

Sem mais palavras, ela girou e desapareceu dentro da tempestade. Encarei-a com um sentimento crescente de terror.

Absalon seguira com eles.

O PRÍNCIPE DESAPARECIDO

Lou

As árvores nos vigiavam, aguardando, escutando nossos passos na neve. Pareciam até respirar, inspirando e expirando a cada toque sutil do vento em nossos cabelos. Tão vivas e curiosas quanto as sombras que se aproximavam cada vez mais.

— Está sentindo também? — sussurrei, fazendo uma careta quando minha voz reverberou no silêncio sinistro. Os pinheiros eram mais densos naquela parte da floresta. Mais antigos. Mal conseguíamos caminhar em meio aos troncos, e, a cada passo, nos tocavam, roçando nossos cabelos, roupas, com cristais de neve reluzentes.

— Estou. — Coco soprava ar quente dentro das mãos em concha, esfregando-as uma na outra para afastar o frio. — Não se preocupe. As árvores aqui são leais a minha tia.

Estremeci em resposta. Não tinha nada a ver com a temperatura.

— Por quê?

— Quer mentirinhas bonitas ou a verdade nua e crua?

— Quanto mais nua e crua, melhor.

Ela não sorriu.

— Ela as alimenta com seu sangue.

Sentimos o cheiro do acampamento antes de avistá-lo — pitadas de fumaça e sálvia na brisa, escondendo um aroma mais pungente e acre.

Mais perto, porém, era impossível confundir o ranço da magia de sangue. Dominava meus sentidos, queimando nariz e garganta, fazendo os olhos arderem. As lágrimas congelavam em meus cílios. Trincando os dentes contra o vento amargo, segui adiante, atrás de Nicholina, pelos montes de neve que alcançavam meus joelhos.

— Ainda falta muito? — gritei para ela, que me ignorou. Uma benção e uma maldição. Não dissera uma palavra desde que deixáramos a Troupe de Fortune em Saint-Loire. Mesmo ela parecia temer a floresta depois de escurecer.

Coco inspirou profundamente a fragrância do sangue, fechando os olhos. Também tinha ficado mais quieta naquelas duas horas que se passaram — mais tensa, mais soturna —, mas, quando a questionei, insistiu que estava bem.

Ela estava bem.

Eu estava bem.

Reid estava bem.

Estávamos todos *bem*.

Um momento depois, Nicholina parou diante de um adensamento de pinheiros e virou-se para nós. Seus olhos — de um azul tão pálido que brilhavam quase como prata — demoraram-se em meu rosto antes de passarem para Coco.

— Bem-vinda de volta ao lar.

Coco revirou os olhos e moveu-se para passar por ela, mas Nicholina evaporara. Literalmente.

— Um doce de pessoa — repeti, sorrindo, mesmo a contragosto, diante da irritação da minha amiga. — As suas irmãs são todas encantadoras desse jeito?

— Ela não é minha irmã. — Sem olhar para trás, Coco empurrou um galho para o lado e mergulhou dentro das árvores, encerrando a conversa com sucesso. Meu sorriso desapareceu do rosto ao fitar o lugar onde desaparecera.

Ansel deu tapinhas apaziguadores em meu braço ao passar, me oferecendo um pequeno sorriso.

— Não se preocupe. Ela só está nervosa.

Precisei de cada gota de autocontrole para não explodir com ele. Desde quando Ansel sabia mais dos sentimentos de Coco do que eu? Como se sentisse meus pensamentos pouco amigáveis, suspirou e juntou o braço no meu, me arrastando atrás dele.

— Anda. Vai se sentir melhor depois que tiver comido.

Meu estômago roncou em resposta.

De repente, não havia mais árvores, e nos encontramos à beira de uma clareira rochosa. Fogueiras iluminavam tendas desgastadas confeccionadas com vários pedaços de couro animal costurados juntos. Apesar de ser cedo, ainda madrugada — e do frio e da escuridão —, um punhado de bruxas se aglomerava ao redor do fogo, todas encolhidas dentro de peles grossas e sujas, para conservar calor. Ao ouvirem nossos passos, viraram-se para nos encarar com desconfiança. Embora fossem de uma variedade de idades e etnias, todas tinham expressões idênticas, assombradas. Bochechas cavadas. Olhos famintos. Uma mulher até puxava os cabelos acaju com punhos cerrados, chorando baixinho.

Ansel parou, tropeçando.

— Não esperava ver tantos homens aqui. — Ele observava com evidente anseio um jovem que devia ter a sua idade. — São como... como Reid?

Seu nome me cortou como uma faca, dolorosa e afiada. Sentia sua falta. Sem sua presença estabilizadora, me sentia... estranha, errada. Como se parte de mim estivesse faltando. De certa maneira, isso era verdade, eu acho.

— Talvez. Mas, se são, duvido que saibam. Fomos criadas acreditando que só mulheres possuem magia. Nosso querido Chasseur... muda tudo.

Assentindo, desviou o olhar, as bochechas coradas. Coco não nos encarou quando nos aproximamos, embora tenha murmurado:

— Acho que devo ir falar com minha tia sozinha.

Lutei contra o desejo de cutucá-la na bochecha e *obrigá-la* a me fitar. Quando falara sobre a proteção da tia, de uma aliança com seu povo poderoso, *não* tinha sido aquilo que eu imaginara. Aquelas bruxas pareciam prestes a desmoronar se um vento mais forte soprasse — ou talvez até um espirro.

— Claro — falei, em vez disso. — Vamos esperar aqui.

— Não será necessário. — Todos demos um pulo quando Nicholina materializou-se ao nosso lado novamente. Sua voz perdera o agudo juvenil, e aqueles olhos prateados estavam ocos, inexpressivos. Qualquer que tivesse sido aquela encenação que fizera na frente de Reid, não fazia questão de sustentá-la para nós. — Josephine os espera em sua tenda.

— Pode parar com isso? — exigi.

O corpo dela estremeceu, todos os músculos em seu rosto tendo espasmos, como se em protesto físico à minha pergunta. Ou talvez ao mero som da minha voz.

— Não se dirija a nós, ratinho. Nunca, nunca, *nunca*.

Uma súbita erupção de vida pareceu explodir em seu olhar, e ela avançou, batendo os dentes furiosamente. Ansel tropeçou para trás, me puxando com ele, quase nos fazendo cair. Embora Coco a tenha parado com a mão de maneira rápida e forçosa, ainda assim tinha chegado perto o suficiente para que eu sentisse o toque fantasma dos seus dentes, visse as pontas afiadas dos caninos. Agitando dedos esqueléticos em minha direção, cantarolou como se estivesse ninando um bebê:

— Ou vamos devorá-la inteirinha. Ah, sim, sim, nós vamos...

— *Chega* — exclamou Coco com impaciência, empurrando-a para longe. — Mostre quais são as nossas tendas. Está tarde. Falaremos com minha tia depois de termos dormido. É uma ordem, Nicholina.

— Tenda.

— Como é?

— *Tenda* — repetiu a mulher. Balançou a cabeça, retomando sua encenação maníaca. — Tenda, tenda, tenda. Uma tenda só, entenda. Uma tenda para compartilharem sem contenda...

— Compartilhar? — Os olhos de Ansel se esbugalharam com alarme, viajando até Coco. Me soltou em favor de passar a mão nervosa pelos cabelos, puxar a bainha do casaco. — Vamos compartilhar a mesma tenda? Para... para dormir?

— Não, para fo... — comecei, alegremente, mas Coco me interrompeu.

— Por que apenas uma?

Com um dar de ombros, Nicholina deslizou para trás, para longe de nós. Não tivemos escolha senão segui-la. Os olhares das bruxas de sangue eram pesados e duros em mim ao passarmos, mas todas expuseram o pescoço para Coco em um gesto idêntico ao de Nicholina mais cedo. Vira aquele tipo de submissão apenas uma vez antes — quando La Voisin nos surpreendera, Coco e eu, brincando juntas nas margens de L'Eau Mélancolique. Ficara furiosa, quase deslocando o ombro da sobrinha na pressa de arrastá-la para longe de mim. Coco lhe mostrara o pescoço mais depressa do que um cachorrinho teria dado a barriga.

O hábito me incomodara na época, e ainda me incomodava agora. Ecoando meus pensamentos, Ansel sussurrou:

— Por que elas fazem isso?

— É um sinal de respeito e submissão. — Caminhávamos vários passos atrás de Coco e Nicholina. — É mais ou menos como a reverência que você faria à realeza. Quando mostram o pescoço, estão oferecendo seu sangue a Coco.

— Mas... submissão?

Depois que Coco passara, as bruxas voltaram a perfurar nossas costas com olhares feios. Não podia dizer que as culpava. Eu era uma Dame Blanche, e Ansel treinara para se tornar Chasseur. Embora La Voisin tivesse nos dado permissão para entrar em seu acampamento, não éramos mais bem-vindos do que Reid teria sido.

— Se Coco bebesse seu sangue agora — expliquei —, seria capaz de controlá-lo. Temporariamente, claro. Mas as Dames Rouges oferecem o sangue delas a ela e a La Voisin por livre e espontânea vontade. As duas são realeza aqui.

— Certo. — Ansel engoliu em seco. — Realeza.

— *La princesse*. — Com uma piscada de olho, belisquei seu braço. — Mas continua sendo Coco.

Não pareceu convencido.

— Por que uma tenda só, Nicholina? — As mãos de Coco se fecharam em punhos quando Nicholina continuou a cantarolar baixinho. Parecia que sua posição como *assistente pessoal* de La Voisin lhe permitia mostrar mais rebeldia. — *Me responda*.

— Você nos deixou, *princesse*. Nos deixou para trás, para apodrecer. Agora não temos comida nem cobertas nem camas o suficiente. Morremos de frio ou de fome a cada hora que passa. Uma pena que você não tenha ficado longe por mais tempo.

Diante do sorriso frígido de Nicholina, Coco deu um passo em falso, mas eu a estabilizei com a mão em suas costas. Quando me puxou para o seu lado, entrelaçando nossos dedos, fui tomada pelo alívio.

— Por que minha tia precisa nos ver? — indagou, os vincos na testa se aprofundando. — O que é tão urgente?

Nicholina riu.

— O filho desapareceu com o sol, foi descansar debaixo da pedra. Mas não tornou, seu corpo sumido, e os abutres começaram a circular.

— Não falamos a língua dos fantasmas — respondi, sem entonação.

Coco, que possuía uma paciência vastamente superior à minha, não pediu maiores explicações. Em vez disso, suas feições se contorceram.

— Quem é?

— Quem *era* — corrigiu Nicholina, a boca ainda retorcida naquele sorriso perturbador. Era grande demais, fixo demais... sangrento demais.
— *Está morto, morto*, disseram meus ratinhos. Morto, morto, morto, morto, morto, morto, *morto*.

Bem. Aquilo explicava a mulher em prantos.

Nicholina parou diante de uma tenda pequena e gasta no fim do acampamento, separada das demais. Dava para a beira do abismo. À luz do dia, os raios de sol esquentariam o lugar, banhando a neve com dourado. Com a vista desimpedida para as montanhas lá atrás, a cena poderia ter sido bonita, mesmo no escuro.

Não fosse pelos abutres voando em círculos acima.

Assistimos enquanto mergulhavam mais e mais baixo, em silêncio nefasto — até Coco tirar a mão da minha para pousá-la no quadril.

— Você disse que ele estava desaparecido — começou ela, feroz.
— *Desaparecido*, não morto. Falaremos com minha tia agora. Se está organizando equipes de busca, nos juntaremos a elas. Talvez ainda esteja perdido por aí.

Nicholina assentiu, alegre.

— Por aí, congelando até a morte, bem devagar. Beeeem devagar.

— Certo. — Coco atirou a bolsa para dentro da nossa tenda sem nem olhar para dentro. — Quem foi, Nicholina? Há quanto tempo está desaparecido? — Sem aviso, a mochila voltou flutuando para ela, chocando-se com a lateral da sua cabeça. Girou e soltou um xingamento violento. — O quê...?

Da nossa tenda, saiu Babette Dubuisson.

Quase irreconhecível sem a maquiagem pesada — e com os cabelos dourados presos no topo da cabeça —, perdera peso desde que a vimos pela última vez em Cesarine. As cicatrizes reluziam, prateadas, contra a pele pálida. Embora afeição enternecesse sua expressão ao olhar para

Coco, não sorria. — Nós o conhecíamos pelo nome de Etienne Gilly, como sua querida mãe, Ismay Gilly.

Coco deu um passo à frente, seu alívio palpável quando se abraçaram.

— Babette. Que bom que está aqui.

Franzi o cenho, sentindo um pouco como se não tivesse percebido o último degrau de uma escada e pisado em falso. Embora Roy e companhia tivessem confirmado nossos temores, resmungando coisas a respeito de *toques de recolher* e *mulheres suspeitas* em Cesarine, não tinha nem parado para pensar em Babette ou sua segurança. Mas Coco obviamente tinha. Os sulcos em minha testa se aprofundaram. Considerava Babette uma amiga — ainda que em um sentido amplo da palavra — e me importava com ela.

Não me importava?

— *Bonjour, mon amour.* — Babette beijou a bochecha de Coco antes de descansar sua testa contra a dela. — Senti sua falta. — Quando se separaram, Babette olhou para o corte recente em meu pescoço. Não tinha conseguido resgatar minha fita. — E *bonjour* para você também, Louise. Seu cabelo está *répugnant*, mas fico feliz em vê-la viva e bem.

Ofereci-lhe um sorriso reservado, as palavras de Reid retornando com nitidez temerosa. *Você nem parece a mesma pessoa.*

— Viva, com certeza — comentei, meu sorriso se desfazendo. — Mas talvez não tão bem assim.

— Besteira. Em tempos como estes, se está viva, está bem. — Retornando a atenção a Coco, soltou um suspiro profundo. Faltava ao som seu característico tom melodramático. Não, aquela mulher sóbria e de cara lavada, com as roupas maltrapilhas e cabelos desgrenhados, não era a mesma Babette que conhecia. — Mas talvez seja mais do que podemos dizer de pobre Etienne. Crê que ainda possa estar vivo, *mon amour*, mas temo pela vida dele... e *não* por conta do frio. Embora o conheçamos pelo nome da mãe, para o restante do reino, Etienne Gilly seria reconhecido como Etienne Lyon. É filho bastardo do rei, e não voltou da sua habitual caçada matinal.

Maior do que as demais, a tenda de La Voisin tinha sido armada no centro da clareira. Várias gaiolas de madeira circundavam o chão ao redor dela, e olhos luminosos refletiam diante de nós. Uma raposa investiu contra as barras ao passarmos, rosnando, e Ansel pulou para cima de mim com um guincho agudo. Quando Babette soltou um risinho, o jovem corou até as raízes do cabelo.

— São... animais de estimação? — indagou fracamente.

— São usados como fonte de sangue — respondeu Coco sem preâmbulos. — E para divinação.

Nicholina olhou feio para Coco diante da sua explicação — que provavelmente entendia como traição em sua mente — antes de afastar os ramalhetes de sálvia pendendo da entrada da barraca. Babette deixou beijinhos nas bochechas de Coco.

— Nos vemos mais tarde, *mon amour*. Temos muito o que discutir.

Coco a abraçou um segundo mais do que seria necessário antes de se separarem.

Lá dentro, La Voisin estava atrás de uma mesa improvisada, um arranjo de ervas purificadoras queimando suavemente diante de si. Nicholina flutuou até o lado dela, tomando a pele de um coelho numa das mãos e uma faca ensanguentada na outra. Vários órgãos da pobre criatura estavam espalhados pela maior parte da extensão da mesa. Tentei ignorar quando lambeu o sangue dos dedos.

La Voisin tirou os olhos do livro que vinha estudando e os fixou em mim, frios. Pisquei, sobressaltada diante da pele lisa do seu rosto. Não tinha envelhecido um único dia desde que a vira pela última vez. Embora devesse ter o triplo da nossa idade, não tinha rugas ou linhas marcando testa ou lábios, e seus cabelos — presos atrás da cabeça em um coque banana austero — permaneciam tão pretos quanto o céu de uma noite sem luar.

Meu couro cabeludo formigava ao lembrar dos rumores medonhos a respeito dela que circulavam pelo Château le Blanc: sobre como comia os corações de bebezinhos para permanecer jovem, como viajava todos os anos até L'Eau Mélancolique para beber o sangue de uma melusina... não — para *banhar-se* nele.

Um longo momento de silêncio passou enquanto estudava a mim e a Coco, os olhos escuros reluzindo na luz que as velas ofereciam. Da mesma forma como a mão de Nicholina, seu olhar demorou-se em mim, traçando os contornos do meu rosto, a cicatriz em meu pescoço. Encarei-a com determinação.

Sequer deu sinal de ter percebido a presença de Ansel.

Coco finalmente pigarreou.

— *Bonjour, tante.*

— Cosette. — La Voisin fechou o livro com um baque. — Até que enfim se digna a vir nos visitar. Vejo que as circunstâncias enfim lhe são convenientes.

Assistia, incrédula, enquanto Coco fitava o chão, imediatamente arrependida.

— *Je suis désolée*. Teria vindo mais cedo, mas... Não podia deixar meus amigos.

La Voisin circundou a mesa, repartindo a fumaça das ervas em ondas. Parou diante de Coco, a segurando pelo queixo e virando seu rosto em direção à luz. Coco encontrou seu olhar com relutância, e La Voisin franziu o cenho diante do que viu ali.

— Seu povo morre enquanto você fica de passeio por aí com seus *amigos*.

— Babette me contou sobre Etienne. Podemos...

— Não estou falando de Etienne.

— Então de quem...?

— Doença levou Delphine e Marie. Semana passada mesmo, Denys morreu de frio. Sua mãe saiu para procurar comida. Ele tentou ir atrás dela. — Seus olhos se endureceram em estilhaços reluzentes de obsidiana. — Lembra-se dele? Não tinha nem dois anos ainda.

O fôlego de Coco ficou preso na garganta, e náusea se revirou em meu próprio estômago.

— Eu... — Parou, reconsiderando. Uma decisão sábia. La Voisin não queria seus pedidos de desculpa. Queria que sofresse. Que ficasse em banho-maria. Abruptamente, Coco virou-se para mim. — Lou, você... você se lembra da minha tia, Josephine Monvoisin. — Gesticulou entre nós duas, sem saber mais o que fazer. Me compadecendo dela, assenti e forcei um sorriso. Me pareceu desrespeitoso após uma revelação como aquela.

— *Bonjour*, madame Monvoisin. — Não estendi o pescoço para ela. Quando crianças, a primeira lição que Coco me dera tinha sido simples: nunca ofereça seu sangue a uma Dame Rouge. Em especial, não para sua tia, que odiava Morgane e as Dames Blanches talvez mais até do que eu. — Agradeço por ter nos concedido uma audiência.

Ela me fitou por outro longo momento.

— Está igual à sua mãe.

Coco rapidamente seguiu adiante.

— E este... este é Ansel Diggory. É...

La Voisin ainda assim continuou sem sequer lhe dirigir um olhar. Seus olhos jamais deixaram os meus.

— Sei quem é.

— Um caçador *bebê*. — Lambendo o lábio inferior, Nicholina se aproximou, os olhos vorazes e iluminados. — É bonitinho, ah, é.

— Não é um caçador. — A voz de Coco era afiada o suficiente para derramar sangue. — Nunca foi.

— E é só por essa razão — a boca de La Voisin se retorceu em desdém desvelado — que permanece vivo.

Diante da expressão sombria da tia, Coco pigarreou.

— Você disse... disse que Etienne não está morto. Quer dizer que já o encontraram?

— Não o encontramos.

Se possível, o semblante da bruxa ficou ainda mais tenebroso, e as sombras dentro da tenda pareceram fechar o cerco em nós. As velas bruxulearam. E seu livro... se *moveu*. Embora mal tivesse sido perceptível, a capa preta *sem dúvidas* se mexera. La Voisin acariciou a lombada antes de remover um pedaço de pergaminho de dentro dele. Lá, alguém tinha desenhado um mapa rudimentar da Forêt des Yeux. Me inclinei para examiná-lo, apesar do meu desconforto. Pingos de sangue salpicavam as árvores de tinta.

— Nosso feitiço de rastreio mostrou que está vivo, mas algo... ou alguém... está acobertando sua localização exata. — Quando seus olhos pretos se fixaram nos meus, meu peito ficou inexplicavelmente apertado. — Procuramos a área em turnos ontem, mas não estava lá. Expandimos a busca hoje à noite.

Cruzei os braços para resistir à tentação de me remexer.

— É impossível que ele tenha ido embora sozinho?

— A mãe e irmã vivem aqui. Não teria partido sem dizer adeus.

— Todos sabemos que relacionamentos entre pais e filhos podem ser tensos...

— Desapareceu logo depois de ter aceitado me encontrar com você.

— Uma coincidência estranha...

— Não acredito em coincidências. — Ela nos estudou, impassível, enquanto nos remexíamos, ombro com ombro, diante dela, como crianças malcriadas. Uma situação piorada por Coco e Ansel, gigantes ao meu lado. Tentei, sem sucesso, me empertigar para ficar um pouco mais alta. — Sua mensagem dizia que queria forjar uma aliança com nosso coven — continuou. Assenti. — Dizia que Reid Labelle está a caminho de Le Ventre neste momento, procurando um acordo similar com os *loups-garou*. De lá, planejam ir ao rei, em Cesarine.

Um sentimento de satisfação me percorreu. Reid Labelle. Não Reid Diggory, ou Reid Lyon. O nome soava... certo. Obviamente, se nos ativéssemos aos costumes de nosso povo, teria a opção de se tornar Reid le Blanc. Se... contraíssemos matrimônio da maneira adequada, desta vez.

— Correto.

— Minha resposta é não.

Pisquei, pasma diante da recusa abrupta, mas já tinha voltado a atenção para o mapa, guardando-o novamente no livro sinistro. Nicholina dava risadinhas. Em minha visão periférica, segurava o coelho morto pelas patas dianteiras, fazendo seu corpinho mole dançar. Calor me percorreu, e meus punhos cerraram.

— Não entendo.

— É simples. — Seus olhos escuros encontraram os meus com uma calma que me fez querer gritar. — Vocês irão falhar. Não colocarei meu povo em risco pela sua empreitada tola.

— Tia Josephine... — começou Coco, suplicante, mas La Voisin abanou a mão num gesto ríspido.

— Li os presságios. Não concordarei.

Lutei para manter a voz estável.

— Foi a bexiga do coelho quem a convenceu?

— Não espero que compreenda o peso que é governar um povo. Não espero isso de *nenhuma* das duas. — Olhou para Coco, arqueando uma sobrancelha, e ela abaixou a cabeça. Quis arrancar os olhos de La Voisin das órbitas. — Todas as mortes neste acampamento mancham as minhas mãos, e não posso arriscar invocar a ira de Morgane. Não por você. Nem mesmo pela minha sobrinha.

O calor em meu abdome foi aumentando, ficando mais e mais quente até quase entrar em combustão. Minha voz, porém, permaneceu fria.

— Por que nos trouxe até aqui se não estava disposta nem a nos ouvir?

— Não lhe devo coisa alguma, Louise le Blanc. Não fique com a impressão errada. Está parada aí, *viva* e *bem*, apenas pela minha benevolência. E ela está rapidamente se esvaindo. Meu povo e eu não nos juntaremos a vocês. Sabendo disso, já está dispensada para ir. Cosette, no entanto, ficará.

E lá estava. A verdadeira razão pela qual nos trouxera até lá — para proibir que Coco fosse embora.

Ela ficou rígida, como se os olhos escuros da tia a tivessem literalmente pregado no lugar.

— Por tempo demais deu as costas às suas obrigações, Cosette — proclamou La Voisin. — Por tempo demais escolheu proteger seus *inimigos* em favor do seu *povo* — cuspiu as últimas palavras, plantando as mãos sobre a mesa. As unhas se cravaram na madeira. A seu lado, o livro de capa preta parecia tremer com expectativa. — Isso termina agora. É a Princesse Rouge, e começará a agir de acordo daqui em diante. Comece escoltando Louise e seu companheiro para fora de nosso acampamento.

Relaxei o maxilar.

— Não vamos embora...

— Até encontrarem Etienne — completou Coco, endireitando os ombros. Seu braço roçou o meu no menor dos toques. *Confie em mim*, parecia dizer. Fechei a boca mais uma vez com um estalo. — Querem ajudar, *tante*. Só partirão depois de terem-no encontrado... E, se o fizerem, você lhes dará sua aliança.

— *E* Coco virá conosco — acrescentei, sem conseguir me conter. — Se assim quiser.

Os olhos da mulher se estreitaram.

— Já dei minha palavra final.

Coco não queria saber, no entanto. Embora os dedos tremessem levemente, aproximou-se da mesa, abaixando a voz. Mas todos ainda podíamos ouvi-la.

— Nossa magia não consegue encontrá-lo. Talvez a dela possa. — Diminuiu ainda mais o tom, embora tenha ganhado força. — Juntas, podemos derrotar Morgane, *tante*. Podemos retornar ao Château. Tudo isto... o frio, as doenças, a morte... vai acabar.

— Não me aliarei com o inimigo — insistiu a bruxa, mas lançou um olhar rápido em minha direção. Sua testa se franziu. — Não me aliarei com *lobisomens* e *caçadores*.

— Temos um inimigo em comum. Isso nos torna amigos. — Para minha surpresa, Coco estendeu a mão e tomou a da tia. Foi a vez dela de se enrijecer. — Aceite a nossa ajuda. Deixe que encontremos Etienne. Por favor.

La Voisin nos considerou por um instante que pareceu uma eternidade. Enfim desvencilhou a mão de Coco.

— *Se* encontrarem Etienne — disse, franzindo os lábios —, pensarei na sua proposta. — Ao ouvir os suspiros de alívio meu e de Ansel, acrescentou, ríspida: — Vocês têm até o nascer do sol. Se não o tiverem encontrado até lá, deixarão este acampamento sem protesto. De acordo?

Indignada, abri a boca para protestar contra aquele prazo ridículo — menos do que umas poucas horas —, mas algo roçou meus tornozelos. Olhei para baixo em surpresa.

— Absalon? O que está...? — Mal ousando me permitir ter esperança, girei para a entrada da tenda, mas não havia gigante de cabelos de cobre algum lá, nem meio-sorrisos, maxilares trincados ou bochechas coradas. Franzi o cenho.

Não estava ali.

Uma onda de frustração me percorreu. Depois, confusão. *Matagots* em geral permaneciam em torno daqueles que os tinham atraído. A menos que...

— Tem mensagem para mim? — indaguei, as linhas em minha testa se aprofundando. Uma pontada de pânico aflorou. Poderia ter acontecido algo na estrada tão cedo? Teria sido reconhecido, capturado, revelado como bruxo? Milhões de possibilidades lampejaram pela minha mente, espalhando-se como uma queimada na floresta. — O que é, Absalon? *Diga.*

Ele se limitou a miar e ondular entre meus tornozelos, inteligência humana brilhando em seus olhos felinos. Enquanto o fitava, confusa, o restante da minha raiva se dissipou como fumaça. Ele não ficara com Reid. Não viera para entregar mensagem alguma. Tinha simplesmente... vindo. Conosco. Tinha vindo *conosco* até o acampamento. E aquilo significava...

— Deu um nome ao *matagot*? — La Voisin piscou uma vez, seu único sinal exterior de surpresa.

— Todos os seres merecem um nome — respondi, fracamente. *Ele é atraído por criaturas afins. Almas angustiadas. Alguém aqui deve ter chamado a sua atenção.* Absalon ficou de pé nas patas traseiras, apertando as dianteiras ritmicamente contra o couro grosso da minha calça. Por reflexo, me ajoelhei para coçar atrás da sua orelha. Um ronronado baixo vibrou em sua garganta. — Ele não me contou qual era, então improvisei.

O cenho de Coco se franziu enquanto alternava o olhar entre mim e Ansel — claramente tentando decidir a quem o *matagot* seguira —, mas La Voisin deu apenas um sorriso pequeno e sugestivo.

— Você não é o que eu esperava, Louise le Blanc.

Não gostava daquela expressão. Me empertigando depressa, tentei empurrar Absalon de leve para longe com o pé. Não se moveu.

— Xô — sibilei, mas apenas olhou perniciosamente de volta para mim. Merda.

A mulher de cabelos acaju de antes nos interrompeu, colocando a cabeça para dentro da tenda. Segurava a mão de uma criança, uma versão sua em miniatura.

— A equipe de busca da meia-noite já retornou, minha senhora. — Fungando, limpou uma lágrima fresca dos olhos. — Nenhum sinal dele. A próxima equipe já está reunida.

— Não tema, Ismay. Nós o encontraremos. — La Voisin tomou as mãos dela, e sua voz se suavizou. — Precisa descansar. Leve Gabrielle de volta para sua tenda. Nós a acordaremos com as novidades.

— Não, tenho... tenho que me juntar às outras. Por favor, não me peça para ficar sentada esperando enquanto... enquanto meu filho... — Não concluiu a frase, abalada, então trincou os dentes. — Não descansarei enquanto não for encontrado.

La Voisin soltou um suspiro.

— Muito bem. — Quando Ismay fez um aceno de cabeça em agradecimento, guiando a filha para fora, a bruxa inclinou a cabeça para mim. — Se estiver de acordo com os meus termos, irá se juntar à próxima equipe em sua busca. Vai partir imediatamente. Nicholina a acompanhará, bem como Ismay e Gabrielle. Pode levar também o seu familiar e seu companheiro. — Pausou. — Cosette, você ficará para me assistir.

— *Tante...* — começou Coco.

— Ele *não* é meu familiar... — explodi.

Mas La Voisin falou por cima de nós duas, os olhos brilhando.

— Você testa minha paciência, criança. Se querem que eu considere essa aliança, encontrarão Etienne antes do nascer do dia. Temos um acordo?

UM PASSO À FRENTE

Reid

A faca era pesada em minha palma. Sólida. A lâmina, equilibrada e afiada. A comprara de um dos melhores ferreiros em Cesarine — o mesmo que mais tarde se mancomunara com dois criminosos para matar minha esposa. *Porco azul*, cuspira depois de tê-lo entregado às autoridades. Em todos os nossos anos de transações, jamais desconfiara que me desprezava. Da mesma forma como os fazendeiros em Saint-Loire. Tudo por conta do meu uniforme.

Não. Não era verdade.

Era tudo por conta de *mim*. Minhas crenças.

Estrelas douradas ocupavam a maior parte da tábua giratória. Algemas de couro pendiam de quatro pontos estratégicos na madeira circular — dois para as mãos do assistente, e duas para os pés. O topo da roda tinha uma mancha que lembrava suspeitosamente sangue.

Com um movimento de pulso pouco entusiasmado, atirei a faca. Que se fincou bem no centro.

Deveraux explodiu em aplausos.

— Bem, isso foi muito... muito *extraordinário*, Monsieur Diggory! Realmente, Louise não estava mentindo quando falou tão bem da sua proeza com as armas! — Abanou-se por um momento. — Ah, a plateia vai *exaltar* sua apresentação. A Adaga do Perigo, devemos chamá-lo. Não, não: Punhal da Discórdia.

Fitei-o, alarmado.

— Não acho que...

— Argh, tem razão, tem *razão*, claro. Ainda não encontramos a denominação perfeita. Mas não tema! Juntos, iremos... — Suas mãos se levantaram para os céus de repente, os dedos abertos como se enquadrasse um retrato. — Três Dedos Vermelhos? São três dedos que se usa para esta arte, não é?

— Mais do que isso seria desconfortável. — Deitado atrás de nós em um lençol de lantejoulas, Beau riu. Os restos do seu almoço estavam espalhados pelo chão ao lado dele. — Posso sugerir *Le Petit Jésus* como alternativa?

— Parem com isso. — Inspirei fundo pelo nariz. Calor subira pelo meu pescoço, e, até para mim, as palavras soaram cansadas. Tinha planejado usar o intervalo na viagem para treinar. Um grave lapso de julgamento. — Não preciso de um nome artístico.

— Meu garoto, meu estimado garoto! — Deveraux agarrava o peito como se eu tivesse insultado sua mãe. — E como mais o chamaríamos? Não podemos simplesmente anunciá-lo como Reid Diggory. — Abanou a mão, como se quisesse afastar meus protestos. — As *couronnes*, meu querido, pense nas *couronnes!* Precisa de um nome, de uma *identidade*, para arrebatar a audiência e carregá-la para dentro das suas fantas... — Sua mão parou no meio do movimento, e os olhos se iluminaram com empolgação. — *A Morte Vermelha* — anunciou com júbilo. Meu pulso vacilou. — É isso. O óbvio nome vencedor. A opção óbvia. Venha um, venham todos, testemunhar o horrível, o horrendo, o *homenzarrão* Morte Vermelha!

Beau dobrou-se de tanto gargalhar. Por pouco não atirei uma faca nele.

— Prefiro Raoul.

— Besteira. Já expressei *nitidamente* quais são meus sentimentos em relação ao nome Raoul. — Deveraux deixou as mãos caírem. A pena em seu chapéu balançava em agitação. — Não tema, tenho toda confiança de que vai se acostumar com o honorífico, e até gostar. Mas talvez um descanso seja bem-vindo neste meio-tempo? Poderíamos procurar as fantasias adequadas para a grande estreia dos dois!

Beau tratou de levantar o tronco depressa, apoiado nos cotovelos.

— Já falei que não vou subir ao palco.

— Todos na companhia devem vestir trajes apropriados, Vossa Alteza. Mesmo aqueles que coletam os ingressos e as gorjetas da plateia. Tenho certeza de que entende.

Beau caiu para trás com um grunhido.

— É esse o espírito! — Da manga, Deveraux tirou uma fita métrica. — Agora, preciso apenas tirar algumas medidas... uma quantidade boba, sim... e pronto. Me permite? — Gesticulou para meu braço. Quando concordei com a cabeça, invadiu meu espaço, me sufocando com o cheiro de vinho.

Explicava muita coisa.

— Pelo restante da nossa jornada — tagarelou, desenrolando a fita —, posso sugerir que viaje com os gêmeos na carreta âmbar? Seu irmão, porém, deverá ficar mais bem instalado na carreta escarlate com Zenna e Seraphine. Embora eu mesmo durma pouco, farei companhia a ele. — Riu de uma piada que não fez em voz alta. — Ouvi falar que Zenna e Seraphine roncam que nem porcas.

— *Com* certeza ficaria mais bem instalado na carroça com Zena e Seraphine. — Podia ouvir o sorriso maroto na voz de Beau. — Que perceptivo você é, Claud.

Urrou com uma risada.

— Ah, não, meu garoto, se é romance que procura, temo que ficará decepcionadíssimo. As almas de Zenna e Seraphine estão entrelaçadas uma na outra. É *cósmico*, deixe que lhe diga.

A expressão de Beau perdeu toda a empolgação, e desviou o rosto, resmungando algo sobre azar de merda.

— Por que tais arranjos? — indaguei com suspeita. Depois de me despedir de Lou, passara o restante da noite viajando na frente com Claud. Ele tentara passar o tempo fazendo conversa fiada. Quando não a sustentei, começara a cantar, e me arrependi do erro crasso. Por *horas*.

— É uma pessoa avessa a muitas coisas, não é, Monsieur Diggory? Um tanto espinhoso. — Olhou para mim com uma expressão curiosa antes de se abaixar para medir o comprimento da calça. — Não é nada nefasto, lhe garanto. Simplesmente penso que seria sábio da sua parte considerar fazer amizade com nossos estimados Toulouse e Thierry.

— Mais uma vez, *por quê*?

— Pode ser que tenham mais em comum do que pensa.

Olhei por cima do ombro para Beau. Franziu o cenho para Deveraux.

— Nada críptico da sua parte.

O diretor soltou um suspiro e voltou a se empertigar, espalmando a lama da calça de veludo cotelê. Veludo cotelê *violeta*.

— Se me permitem ser franco, messieurs. — Virou-se para mim. — Não tem muito tempo, passou por um evento bastante traumático e está precisando desesperadamente de companhia platônica. Seu patriarca não está mais aqui. Sua irmandade o abandonou. Seu desprezo por si mesmo abriu um abismo físico e emocional entre você e sua esposa. Mais importante, até: abriu um dentro de *você*.

Raiva afiada e quente pulsou por mim diante da reprimenda inesperada.

— O senhor sequer me conhece.

— Talvez não. Mas sei que você tampouco se conhece. Sei que não pode conhecer outros sem se conhecer primeiro. — Estalou os dedos diante do meu nariz. — Sei que precisa acordar, meu jovem, a menos que queira deixar este mundo sem encontrar aquilo que realmente busca.

Olhei feio para o homem, um início de vergonha ruborizando meu pescoço. Minhas orelhas.

— Que seria o quê?

— Conexão — respondeu sem firulas, enrolando a fita métrica em um rolinho apertado. — É o que todos buscamos. Aceite-se, aceite os *outros*, e pode ser que encontre. Agora — girou nos calcanhares, sorrindo, alegre, por cima do ombro —, sugiro que coma seu almoço. Logo seguiremos para Domaine-les-Roses, onde vai deslumbrar a multidão com seu talento com as facas. Vamos, vamos!

Afastou-se, assoviando uma melodia alegre.

Beau bufou no silêncio que se seguiu.

— Eu gosto dele.

— É um *louco*.

— As melhores pessoas são.

Suas palavras evocaram outras — mais afiadas. Palavras que mordiam e se debatiam dentro da minha mente, querendo sangue. *Claud é uma espécie de colecionador,* dissera Zenna. *Só aceita os melhores e mais brilhantes talentos em sua trupe. Os raros e os inusitados. Os excepcionais.*

Minha desconfiança só aumentou. Sua aparência curiosa, o sorriso sugestivo... era possível que soubesse do meu segredo? Saberia o que fiz em Modraniht? Não era provável. E ainda assim... Morgane sabia. Não era idiota o suficiente para pensar que teria guardado a informação para si. Quando melhor lhe conviesse, a revelaria, e eu queimaria. E talvez o merecesse. Tirara vidas. Tinha brincado de ser Deus...

Não. Afastei os pensamentos enlouquecedores, respirando fundo. Colocando minha mente de volta no eixo. De volta em silêncio. Foi apenas questão de segundos até outro questionamento indesejado se insinuar.

Se Deveraux *de fato* sabia, poderia isso significar... os gêmeos também seriam bruxos?

Pode ser que tenham mais em comum do que pensa.

Bufando, desembainhei outra faca. Em todos os meus anos em contato com magia, em todos os anos de *Lou* em contato com magia, jamais ouvíramos falar em outro bruxo. Dar de cara com mais dois tão rapidamente depois de Modraniht era a uma improbabilidade. Não. Era pior do que improvável. Absurdo.

Claud é uma espécie de colecionador.

Fechando os olhos, me concentrei em esvaziar a mente de todos os pensamentos. Especulações assim não levavam a lugar algum. Tinha um propósito agora — proteger Lou, proteger meus irmãos e irmãs desconhecidos. Não poderia conhecê-los se estivessem mortos. Inspirei pelo nariz. Expirei pela boca. Voltei para dentro da minha fortaleza. Saboreei a escuridão das minhas pálpebras.

Não importava se os gêmeos eram bruxos.

Não importava se Deveraux sabia que eu era.

Porque não era bruxo se não praticasse.

Não era bruxo.

Ignorante da minha convicção, ouro cintilou na escuridão, e lá — primeiro suaves, tão suaves que quase não as notei —, vozes começaram a murmurar.

Busque-nos, busque-nos, busque-nos.

Meus olhos se abriram depressa.

Quando Beau pigarreou atrás de mim, pulei sobressaltado, quase deixando cair a adaga.

— Não está seriamente pensando em amarrar a sua mãe naquela roda, está? — indagou. — Pode acabar decapitando a sua velha.

Em resposta, atirei a faca — pela lâmina — na direção do centro da tábua. Foi se cravar ao lado da primeira.

— Agora você está só se exibindo. — Levantou-se do lençol, vindo parar a meu lado para ver melhor. Para minha surpresa, tirou uma faca da minha bandoleira, estudando-a em sua mão. Depois, disparou.

Quicou contra a madeira como peixe morto antes de cair até o chão. Um momento de silêncio se passou.

— Parece — Beau alinhou o casaco com tanta dignidade quanto conseguiu reunir — que sou um bosta nisso.

Soltei uma gargalhada involuntariamente. O nó em meu peito se afrouxou.

— Existia alguma dúvida?

Um sorriso depreciativo abriu-se no rosto dele, e Beau empurrou meu ombro sem muito entusiasmo. Embora fosse alto, era vários centímetros mais baixo do que eu.

— Quando é o seu aniversário? — indaguei, de repente.

Arqueou uma sobrancelha escura. Tão diferente da minha.

— Dia nove de agosto. Tenho 21 anos. Por quê?

— Por nada.

— Sou mais velho que você, se é isso que está se perguntando.

— Não era, e não é.

— Ora, vamos, irmãozinho, já disse quando é meu aniversário. É justo que agora seja sua vez. — Quando não respondi, seu sorriso se alargou. — Seu silêncio o condena. É *mesmo* mais novo, não é?

Tirando sua mão do meu ombro, andei rápido até a carreta âmbar. Meu pescoço ardia.

Macas dominavam as paredes lá dentro, fixas acima e abaixo de prateleiras como se fossem peças de um quebra-cabeça. Travesseiros abundavam. Embora gastos, seda e veludo e cetim recobriam todas. Baús tinham sido empurrados para os cantos, junto com uma arara amassada cheia de fantasias penduradas e um manequim apenas parcialmente vestido. Meu peito ficou apertado.

O lugar lembrava tanto o sótão do Soleil et Lune.

Tirando o incenso. Olíbano e mirra queimavam dentro de um pequeno pote de porcelana. A fumaça escapava por um buraco no topo.

Atirei o recipiente inteiro na neve lá fora.

— Vamos com calma. — Beau desviou do projétil, me seguindo para dentro. — A resina lhe fez alguma ofensa pessoal?

Mais uma vez, não respondi. Não precisava saber que me fazia lembrar da catedral. Dele...

Me atirei na cama mais próxima, jogando a mochila no chão. Vasculhei lá dentro em busca de uma camisa seca. Quando, em vez disso, minhas mãos tocaram meu diário, o puxei. Passei os dedos pela capa desgastada. Folheei as páginas amassadas. Ainda que talvez tivesse sido idiotice trazer comigo um objeto sentimental assim, não fora capaz de deixá-lo para trás. Sem prestar muita atenção, acabei parando na última passagem escrita — a noite em que visitara o palácio do rei depois de queimar Estelle.

Meu pai.

Percorri com os dedos as palavras na folha, sem enxergá-las de fato. Tinha me esforçado ao máximo para não pensar nele, mas agora seu rosto voltava a se insinuar em meus pensamentos. Cabelos louros. Maxilar forte. Olhos penetrantes. E um sorriso... um sorriso que desarmava aqueles que o avistassem. Brandia-o como uma espada. Não — era mais fatal do que isso. Uma espada não podia desarmar seus inimigos, seu sorriso, sim.

Como Chasseur, o vira de longe a vida inteira. Apenas quando me convidou para jantar com ele o tinha testemunhado pessoalmente. Sorrira para mim a noite inteira, e, apesar de Lou estar sozinha em nossa cama, se contorcendo — queimando viva pelo pecado da irmã —, eu me sentira... visto. Apreciado. *Especial.*

Beau herdara aquele sorriso. Eu, não.

Antes que pudesse perder a coragem, perguntei:

— Como são as nossas irmãs? Violette e Victoire?

Beau parou de examinar o conteúdo de um dos baús mais próximos. Não podia ver seu rosto. Se minha pergunta abrupta o surpreendera, não disse.

— Se parecem comigo, eu acho. Com nossa mãe. Ela veio de uma ilha do outro lado do oceano. É um belo reino. Tropical. Muito mais quente do que esta porcaria aqui. — Gesticulou para a neve lá fora antes de tirar um globo de cristal do baú. — São gêmeas, sabe. Mais bonitas do que minha mãe e eu. Longos cabelos pretos, olhos ainda mais, nem uma marquinha sequer em seus rostos. Parecem pinturas... e meu pai as trata como se fossem. Por isso mesmo você nunca as viu. Raramente têm permissão para sair do castelo.

— Quantos anos têm?

— Treze.

— Do que elas... — Me inclinei para a frente, atento. — Do que elas gostam? Elas leem? Cavalgam? Brincam de lutar com espadas?

Virou-se e sorriu aquele sorriso. Mas parecia diferente nele. Genuíno.

— Se por brincar você entende quebrar a cabeça do irmão com elas, então... sim. Elas adoram *brincar* com espadas. — Olhou para o diário em minha mão. — E Violette gosta tanto de escrever quanto de ler. Já Victoire, não muito. Prefere correr atrás de gatos e aterrorizar os empregados do castelo.

Um calor que nunca sentira antes se espalhou por mim diante do retrato que ele pintara. Um sentimento quente que mal reconhecia. Não era raiva, ou humilhação, ou... ou vergonha. Era algo distinto. Algo... feliz.

Doía.

— E nosso pai? — indaguei baixinho. — Como ele é?

O sorriso de Beau se desfez, e ele deixou o alaúde que estivera dedilhando cair de volta dentro do baú. Seus olhos se estreitaram ao me encarar.

— Você sabe como ele é. Não nos imagine como um conto de fadas, Reid. Não somos um.

Fechando o caderno com mais força do que o necessário, eu me levantei.

— Sei disso. Só... É só que... — Soltei o ar profundamente e atirei a cautela para o alto. — Nunca tive uma família.

— E continua não tendo.

Ele balançou a cabeça, exasperado, me fitando como se fosse uma criança tola que precisava de uma boa repreenda.

— Eu deveria ter imaginado que faria isso. Que ia querer *criar laços*. — Chegando mais perto, enfiou um dedo em meu peito. — Escute bem, *irmãozinho*. Isso não é uma família. É um nó no pescoço. E se esse seu plano brilhante der errado, vamos todos nos enforcar nele: você, eu, Violette, Victoire e todos os outros bastardos infelizes cujas mães nosso pai fodeu.

Ele fez uma pausa, sua expressão se suavizando quase imperceptivelmente antes de se enrijecer novamente. Abriu a porta da carroça com um chute.

— Supere isso agora, ou vamos partir seu coração mais tarde.

E partiu sem dizer mais nada.

O balanço de rodas me despertou. Grogue, desorientado, quase pulei da cama. Minha cabeça latejava — ainda mais quando dei uma pancada com ela na prateleira acima da maca — e meu pescoço doía. Esfreguei-o com um xingamento resmungado.

— Dormiu bem? — Madame Labelle me fitava por sobre a beira da sua xícara de chá. Jade com filigranas douradas. O aroma de peras e especiarias tomava toda a carroça. Sidra quente feita com peras. Não era chá. O líquido agitava-se a cada movimento das rodas. O sol de fim de tarde entrava filtrado pela janela, bem como o assovio alegre de Deveraux.

— Que horas são? — indaguei.

— Umas quatro da tarde. Você dormiu por horas. Não quis acordá-lo. — Ela me ofereceu uma segunda xícara, junto com um pequeno sorriso. — Quer um pouco? É minha bebida favorita após uma longa soneca. Talvez seja a sua também?

Uma pergunta esperançosa. Transparente.

Quando não respondi, seguiu tagarelando, girando a própria xícara nas mãos. Girando e girando. Um gesto inquieto.

— Minha mãe preparava para mim quando eu era criança. Várias pereiras cresciam no vale perto do Château; era nosso lugar secreto. Colhíamos as frutas no fim do verão e as escondíamos pelo castelo inteiro, esperando amadurecerem. — Seu sorriso se alargou ao olhar para mim. — E usávamos as flores para fazer coroas, colares, anéis. Cheguei até a confeccionar uma capa com elas para Morgane. Era gloriosa. A mãe dela, avó de Louise, organizou um baile no Festival de Primavera daquele ano só para que ela pudesse vesti-la.

— Sou alérgico a peras.

Não era, mas já tinha escutado mais do que o suficiente. O sorriso dela desmoronou.

— Claro. Perdão. Talvez queira um pouco de chá, então?

— Não gosto de chá.

Os olhos dela se estreitaram.

— Café?

— Não.

— Vinho? Hidromel? Cerveja?

— Não bebo álcool.

Ela pousou a xícara sobre a mesa com um baque furioso.

— Mas como está aí sentado diante de mim, são e inteiro, presumo que beba *algo*. Por favor, me diga o que é, para que eu possa oferecer.

— Água.

Ela fez uma carranca, abandonando a encenação melosa. Com um abano de mão acima do bule de sidra, o aroma de especiarias no ar evaporou. O cheiro pungente de magia o substituiu. Com a boca franzida, serviu água cristalina dentro da minha xícara e a estendeu para mim de maneira brusca.

Meu estômago se revirou e esfreguei os olhos com as palmas das mãos.

— Eu já disse. Não quero estar...

— Sim, sim — cortou ela, áspera. — Desenvolveu uma aversão renovada à magia. Entendo bem. Um passo para a frente, dois para trás, e toda aquela besteirada. Estou aqui para lhe dar um empurrãozinho na direção certa... Ou talvez um empurrãozão, se necessário.

Caí de volta na cama, me virando de costas para ela.

— Não estou interessado.

No segundo seguinte, água encharcava a lateral do meu rosto, cabelos e ombro.

— E eu ainda não terminei — disse calmamente.

Cuspindo água, afastando os cabelos ensopados, levantei o tronco mais uma vez para retomar o controle daquela conversa.

— Os homens naquela taberna sabiam que sou filho bastardo do rei. Como?

Ela deu de ombros com um movimento delicado.

— Tenho contatos na cidade. Pedi que espalhassem a notícia.

— *Por quê?*

— Para salvar a sua vida. — Ela levantou uma sobrancelha. — Quanto mais pessoas soubessem, maior a probabilidade de que o boato acabasse chegando a Auguste... e chegou. Você é procurado *vivo*, não morto. Uma vez que tivesse descoberto a conexão, sabia que iria querer vê-lo de novo, para... avaliá-lo. Seu pai é um grande narcisista, e filhos são espelhos impecáveis.

— Você é *maluca*.

— Essa não é uma palavra gentil. — Ela fungou e alisou as saias do vestido, entrelaçando as mãos no colo. — Ainda mais em luz da nova situação de Louise. Você *a* chama de maluca?

— Não. — Forcei meus dentes a relaxarem. — E você também não vai chamar.

Ela abanou a mão.

— Chega. Já deixou bem claro que não deseja uma amizade comigo... o que é conveniente, na verdade, uma vez que precisa não de uma amiga, mas de uma mãe. É assim que falo agora: não derrotaremos Morgane sem magia. Entendo que tenha tido duas experiências infelizes com ela, mas o resultado é maior do que a soma das partes. Você precisa colocar seu medo de lado, ou vai matar todo mundo. Entendido?

Ao ouvir seu tom — imperioso, *moralista* —, a raiva me percorreu, afiada, cheia de dentes, como vidro quebrado. Como se atrevia a falar comigo como se fosse uma criança petulante? Como se atrevia a pensar que podia agir como uma *mãe*?

— Magia é morte e loucura. — Torci a camisa, marchando até a mesa para me juntar a ela, tropeçando na mochila no processo. Amaldiçoando com violência o espaço estreito. — Não quero nada com ela.

— Há mais coisas nesta terra do que no seu Céu e Inferno inteiros, e, ainda assim, prefere continuar cego. Já disse antes e direi mais uma vez: *abra seus olhos*, Reid. A magia não é sua inimiga. E se queremos persuadir Toulouse e Thierry a forjar uma aliança conosco, devo aconselhá-lo a ser bem menos crítico.

Pausei o movimento que fazia, com um novo copo de água em meus lábios.

— O quê?

Ela me fitou com perspicácia por cima da xícara.

— O propósito desta jornada é conseguir aliados, e dois deles acabam de ser entregues de bandeja para nós. Morgane não espera gente como eles. O que Morgane não espera, também não pode manipular.

— Não sabemos se são mesmo bruxos — resmunguei.

— Use essa sua cabeça dura, filho, antes que caia do pescoço.

— *Não* me chame de filho...

— Ouvi falar em Claud Deveraux nas minhas viagens. O que a encantadora Zenna proclamou é verdade: o homem se cerca com os excepcionais, os talentosos, os *poderosos*. Conheci uma mulher em Amandine anos atrás que se apresentara com a Troupe de Fortune. Os boatos que corriam era que podia...

— Vai chegar ao ponto alguma hora?

— Meu *ponto* é que Toulouse e Thierry St. Martin, talvez até Zenna e Seraphine, não são o que parecem. Ninguém piscou um olho quando Lou revelou-se bruxa. Estavam bem mais preocupados com *você*, como Chasseur, o que significa que alguém nesta trupe pratica magia. Claud quer que se aproxime de Toulouse e Thierry, não quer?

Pode ser que tenham mais em comum do que pensa.

Forcei um aceno de cabeça.

— Excelente. Obedeça.

Balançando a cabeça, bebi o restante da água. Como se fosse tão simples. Como se pudesse dissimular meu desdém por magia e... e *enfeitiçá-los* com meu charme para criar uma amizade falsa. Lou poderia tê-lo feito. O pensamento me deu azia. Mas jamais esqueceria aquele olhar dela quando estávamos no pub, nem a maneira como me tirara a Balisarda para me controlar. Não podia esquecer a sensação do sangue do arcebispo em minha mão. O sangue dos meus antigos irmãos. Meu peito ficou apertado.

Magia.

— Não me interessa se os St. Martin são bruxos. — Minha boca se retorceu, e me afastei da mesa. Pararíamos para jantar em breve. Me submeteria até ao canto de Deveraux para escapar daquela conversa. — Não tenho intenção de me aproximar de nenhum de vocês.

— Ah, é? — Os olhos dela brilharam. Também ficou de pé num pulo. — Parecia determinado a fazer exatamente isso com Beauregard. Parecia se importar bastante com Violette e Victoire. O que devo fazer para merecer tratamento tão invejável?

Amaldiçoei minha própria imprudência. Estivera ouvindo escondido. Claro que estivera — intrometida descarada —, e eu lhe expusera minha fraqueza.

— Nada. Você me abandonou.

Em seus olhos, nosso último momento em Modraniht se desenrolou. Aqueles milhares de momentos. Afastei-os para longe.

— Achei que tínhamos superado isso — disse ela, baixinho.

Eu a encarei com repulsa. Sim, eu lhe dera paz com seu último fôlego, mas aquela dádiva... tinha sido para mim também. Ela estava morrendo. Não podia passar o restante da vida assombrando um fantasma, de modo que teria deixado passar. Teria deixado *tudo* passar. A dor. A amargura. O arrependimento. Mas ela não morrera, não *fora embora*, e agora era ela quem me assombrava.

E algumas mágoas não podiam continuar enterradas.

— Como se supera ser deixado para morrer dentro de uma lata de lixo?

— Quantas vezes tenho que repetir? *Eu* não... — Ela balançou a cabeça, a cor mais intensa e os olhos brilhantes. Marejados. Se por raiva ou tristeza, não sabia. Sua voz era baixa, porém, ao continuar: — Sinto muito, Reid. Sua vida foi turbulenta, e parte da culpa é minha. Sei disso. Compreendo meu papel no seu sofrimento. — Tomando minha mão, ela voltou a se levantar. Disse a mim mesmo para me afastar. Não me afastei. — Mas agora *você* tem que entender que, se tivesse tido escolha, jamais teria abandonado você. Teria deixado tudo para trás, meu lar, minhas irmãs, minha *vida*, para tê-lo comigo, mas não posso mudar o passado. Não posso protegê-lo desta dor. O que *posso* fazer é protegê-lo aqui e agora, se me permitir.

Se me permitir.

As palavras eram como seres vivos em meus ouvidos. Embora tenha tentado os enterrar, fincaram raízes, sufocando minha raiva. Enfaixando minha tristeza. A envelopando. *Me* envelopando. Me senti... quente, desestabilizado. Queria avançar contra ela e liberar minha fúria. Queria cair no chão e me agarrar às suas saias. Quantas vezes não desejei ter um pai ou uma mãe para me proteger? Para me amar? Embora jamais o tivesse admitido... nem *admitiria*... o arcebispo, ele não fora...

Não. Era demais.

Me afastei, afundando na maca. Encarando o vazio. Um momento de silêncio se passou. Poderia ter sido desconfortável. Poderia ter sido tenso. Não notei.

— Eu amo peras — murmurei enfim, quase incoerente. Ainda assim, ela ouviu. No segundo seguinte, pressionava uma xícara quente de sidra dentro das minhas mãos.

E então partiu para o golpe de misericórdia:

— Se quer derrotar Morgane, Reid... se quer proteger Louise, terá que fazer o que for necessário. Não estou pedindo que pratique magia. Estou pedindo que a tolere. Toulouse e Thierry jamais se juntarão a nós se você desprezar a existência deles. Apenas... tente conhecê-los. — Após um segundo de hesitação, acrescentou: — Por Louise.

Por você mesmo, quisera dizer.

Encarei o líquido, me sentindo enjoado antes mesmo de levá-lo à boca. A bebida quente desceu queimando o trajeto inteiro.

O PADRÃO BRANCO

Lou

Após duas horas vagando pelas sombras da Forêt des Yeux — fingindo não pular de susto com cada barulhinho —, me dei conta de algo como se tivesse levado uma pancada na cabeça.

Gabrielle Gilly era meia-irmã de Reid.

Estudei as costas da menininha por entre os pinheiros. Com os cabelos acaju e olhos castanhos, era evidente que tinha puxado à mãe, mas quando olhou para mim por cima do ombro — pela centésima vez, aliás —, havia algo em seu sorriso, na covinha discreta em sua bochecha, que me fazia pensar em Reid.

— Ela não para de olhar para você. — Ansel tropeçou em um galho jogado, quase caindo de cara na neve. Absalon saltou com agilidade para fora do seu caminho.

— É lógico. Sou incontestavelmente linda. Uma obra prima feita de carne e osso.

Ansel bufou com uma risada.

— Como é? — Ofendida, chutei neve na direção dele, que quase perdeu o equilíbrio de novo. — Acho que não escutei certo. A resposta correta seria: "Deusa Divina, claro que a tua beleza é uma dádiva sagrada dos Céus, e nós, mortais, somos abençoados de poder contemplar teu rosto".

— Deusa Divina. — Ria ainda mais agora, espalmando a neve do casaco. — Está bem.

Bufando, empurrando-o para longe, pulei para cima de um tronco caído para caminhar ao lado dele.

— Pode rir, mas se este plano não for todo à merda, será esse mesmo o meu título um dia.

Rubor subiu para suas bochechas diante da vulgaridade.

— Como assim?

— Você sabe... — Quando cheguei ao fim do tronco, pulei para o chão, enxotando Absalon do caminho. — Se matarmos Morgane, herdarei os poderes da Deusa Tríplice no lugar dela.

Ansel parou de andar de repente, como se tivesse lhe dado uma pancada atrás da cabeça.

— Vai se tornar a Donzela, a Mãe e a Anciã.

— Deusa Divina. — Abri um sorrisinho, abaixando para pegar um punhado de neve, mas ele já não partilhava do meu humor. Sulcos tinham surgido entre suas sobrancelhas. — Que cara é essa? — indaguei, condensando a neve em uma bola entre minhas palmas. — É assim que funciona. La Dame des Sorcières possui poder divino como uma bênção da Deusa Tríplice.

— Você *quer* se tornar La Dame des Sorcières?

Atirei a bola de neve em uma árvore, assistindo-a explodir nos galhos. Que pergunta inesperada. Ninguém jamais me perguntara aquilo antes.

— Eu... não sei. Nunca pensei que sobreviveria a meu décimo sexto aniversário, que dirá que iria tramar uma rebelião contra minha mãe. Herdar seu poder divino me parecia uma ideia absurda, mesmo quando criança.

Ansel recomeçou a caminhar, embora mais lentamente do que antes. Acompanhei seu passo. Mas depois de ele olhar várias vezes na minha direção, desviar os olhos, abrir a boca e a fechar de novo, eu tinha me cansado. Fiz outra bola de neve e a atirei na cabeça dele.

— Bota logo para fora.

Com uma expressão amuada, ele limpou a neve dos cachos.

— Você acha que vai conseguir matar sua própria mãe?

Meu estômago revirou de maneira desagradável. Como se respondesse a um chamado silencioso, Absalon pulou do alto de um pinheiro para caminhar atrás de mim. Não olhei para ele — nem para nada nem ninguém, apenas para minhas botas na neve. Meus dedos tinham perdido a sensibilidade.

— Ela não me dá outra escolha.

Não era uma resposta, e Ansel sabia. Ficamos em silêncio.

A lua espiava do céu enquanto seguíamos com nossa busca, salpicando o chão da floresta com luz. O vento foi gradualmente cessando. Se não fosse por Nicholina deslizando como um espectro ao lado de Ismay e Gabrielle, teria sido sereno. Mas com as coisas como estavam, um frio de gelar os ossos tinha se instalado dentro de mim.

Não encontráramos nem sinal de Etienne.

Se querem que considere essa aliança, encontrarão Etienne antes do raiar do dia. Temos um acordo?

Como se tivesse escolha.

Quando tentara invocar um padrão para encontrá-lo — parada nos limites do acampamento, com todos os olhos grudados em minhas costas —, os fios dourados tinham se emaranhado, se enroscando e remexendo como cobras em um ninho. Não tinha sido capaz de seguir nenhum deles. Diante do olhar expectante de La Voisin, no entanto, mentira descaradamente — e era por isso que naquele momento caminhava em meio a vários abetos de maneira aleatória, tentando e não conseguindo não vigiar o céu. O nascer do sol não devia estar longe.

Inspirei fundo e examinei os padrões mais uma vez. Continuavam irremediavelmente enredados, criando espirais descontroladas que voavam em todas as direções. Não havia margem de manobra. Apenas...

confusão. Era como se meu terceiro olho — aquele sexto sentido que me permitia enxergar e manipular os fios do universo — tivesse... embaçado, de alguma forma. Nunca soubera que algo assim era possível.

La Voisin dissera que alguém estava escondendo de nós a localização de Etienne. Alguém poderoso. Tinha suspeitas nauseantes de quem poderia ser.

Após mais quinze minutos, Ansel suspirou.

— Talvez devêssemos... chamar por ele?

— *Devem*, sim. — Nicholina gargalhava onde estava à frente. — Chamá-lo, chamá-lo, deixem as árvores *devorá-lo*, escaldar e besuntar e partir e serrar...

— Nicholina — falei de repente, ainda com um olho fixo nos padrões. — Acho que falo por todos aqui quando digo para você *calar a boca*.

Mas ela apenas flutuou para trás, agarrando os cabelos pretos como tinta nas laterais do rosto.

— Não, não, não. Vamos ser melhores amigos, nós três. Os melhores dos amigos. — Quando arqueei uma sobrancelha incrédula para Ansel, ela gargalhou mais alto. — Ele, não, ratinho tolo. Ele, não.

Um galho se partiu lá em cima, e, como se fosse possível, a risada da mulher soou ainda mais forte.

— As árvores nesta floresta têm olhos, ratinho. Ela espia, espia, espia, ratinho...

— *Ou* poderia ter sido um Etienne ferido. — Desembainhei a faca com um movimento único e fluido, com medo, apesar de tudo, e girei na direção do ruído. — Você devia investigar.

Ainda com um sorriso de escárnio, Nicholina desapareceu em um piscar de olhos. Ismay mantinha o olhar fixo adiante, visivelmente dividida entre buscar qual tinha sido a origem do barulho e proteger a filha. Apertava a mão de Gabrielle com força.

— Vá. — Me aproximei das duas com cuidado, mas não guardei a arma. Os pelos em meu pescoço ainda estavam em pé de apreensão. *Ela espia, espia, espia, ratinho.* — Nós tomamos conta da sua filha.

Mesmo franzindo os lábios, Ismay assentiu num gesto rápido e desapareceu dentro da mata. Gabrielle esperou até ter saído de vista antes de estender a mão para mim, se remexendo toda com empolgação.

Depois, abriu a boca.

— O meu nome é Gabrielle Gilly, e *você* é ainda mais baixinha do que ouvi dizer. Praticamente élfica! Me conta, como é que você beija o meu irmão? Ouvi que ele é alto que nem aquele pinheiro ali! — Tentei responder, ou talvez rir, mas ela continuou sem parar nem para recuperar o fôlego. — Mas acho que deveria chamá-lo de meu meio-irmão, não é? *Maman* não ficou nada feliz que você esteja aqui. Também não ficou feliz quando descobri sobre ele, mas ela não está aqui agora, e também não me importo muito com o que ela pensa, de qualquer forma. Como ele é? Tem cabelo vermelho? A Nicholina me disse que tem, mas *não* gosto muito da Nicholina. Ela se acha muito esperta, mas, na verdade, é só esquisita mesmo. Corações demais, você sabe...

— Corações? — Ansel me lançou um olhar confuso. Como se se desse conta da descortesia, correu para acrescentar: — Sou Ansel, aliás. Ansel Diggory.

— Os corações a mantêm jovem — continuou Gabrielle, assentindo, como se ele não tivesse aberto a boca. — *Maman* sempre diz que não devo ficar falando sobre essas coisas, mas eu *sei* o que vi, e o peito do Bellamy estava costurado na pira...

— Espera. — Eu mesma me sentia um pouco sem ar a ouvindo falar daquela maneira. — Mais devagar. Quem é Bellamy?

— Bellamy era o meu melhor amigo, mas morreu no inverno passado. Tinha perdido a *maman* dele alguns anos antes disso. A irmã dele nasceu bruxa branca, então a *maman* dele a mandou para viver no Château para poder dar uma vida melhor para ela. Mas aí a *maman* deles acabou morrendo de coração partido porque só o Bellamy não era o suficiente. Para mim, era, até ele morrer também. Agora ele não é o suficiente mesmo.

— Sinto mui... — começou Ansel, mas Gabrielle balançou a cabeça, fazendo os cabelos acaju agitarem-se ao redor dos ombros.

— Estranhos sempre dizem isso. Sempre dizem que sentem muito, como se tivessem sido eles quem mataram o Bellamy, mas não mataram. Foi a neve, e aí a Nicholina comeu o coração dele. — Enfim, *enfim*, parou para respirar, piscando uma, duas, três vezes, até seus olhos fixarem-se em Ansel. — Ah. Olá, Ansel Diggory. Também é parente do meu irmão?

Ansel abriu a boca para ela, surpreso. Uma risada subiu à minha garganta diante da sua expressão estupefata, da expressão curiosa dela, e, quando finalmente explodiu — uma gargalhada viva e nítida e alegre como a lua —, Absalon correu para procurar abrigo por entre os troncos. Pássaros em seus ninhos alçaram voo. Mesmo as árvores pareceram agitar as folhas.

Eu, porém, estava leve como não me sentia fazia semanas.

Ainda rindo, me ajoelhei diante dela. Seus olhos castanhos encontraram os meus com uma intensidade familiar.

— *Mal* posso esperar para o seu irmão conhecê-la, Gabrielle.

Ela sorriu, radiante.

— Pode me chamar de Gaby.

Quando Nicholina e Ismay retornaram um instante mais tarde (Nicholina cantarolando sobre árvores atrevidas), Gaby bufou e sussurrou:

— Não falei que ela é esquisita? Corações demais.

Ansel engoliu em seco, lançando um olhar dúbio na direção das costas da mulher enquanto ela deslizava para mais e mais longe a nossa frente, nos deixando para trás. Ismay caminhava muito mais perto do que antes. Sua coluna rígida exalava reprovação.

— Acha mesmo que ela... *come* corações? — indagou o jovem.

— Por que o faria? — perguntei. — E como serviriam para mantê-la jovem?

— A sua magia vive fora do seu corpo, não é? Ela vem das cinzas dos seus ancestrais na terra? — Gaby seguiu com a explicação antes que pudesse responder. — A nossa é diferente. Mora dentro de nós... bem dentro do nosso coração. O coração *é* o centro físico e emocional de uma bruxa de sangue, afinal de contas. Todo mundo sabe disso.

Ansel assentiu, mas não parecia fazer ideia de nada daquilo.

— Porque a sua magia só é acessível através do sangue?

— Gabrielle — chamou Ismay, a voz cortante, parando de repente, sem se virar. — Já chega. Não fale mais a respeito disso.

Gaby a ignorou.

— *Tecnicamente*, a nossa magia está em todas as partes de nós... os ossos, suor, lágrimas... Mas o sangue é o caminho mais fácil.

— Por quê? — indagou Ansel. — Por que sangue e não o resto?

Em um lampejo de lucidez, me recordei da excursão que ele fizera comigo pela Cathédral Saint-Cécile d'Cesarine. Conhecia cada detalhe daquele lugar maldito. E mais: passara grande parte de nosso tempo naquela Torre debruçado sobre livros encapados com couro e manuscritos iluminados na biblioteca.

Se a natureza curiosa de Gaby servisse de qualquer indicação, Ansel tinha encontrado nela uma amiga cheia de semelhanças.

— Eu disse que *já chega*, Gabrielle. — Ismay finalmente se virou, plantando os punhos nos quadris para bloquear nosso caminho. Cuidou para não olhar para mim. — Chega. Esta conversa não é apropriada. Se Josephine ficasse sabendo...

Gaby estreitou os olhos e passou por ela, nos puxando consigo.

— Quanto você sabe sobre a magia das Dames Blanches, Ansel Diggory?

Ismay fechou os olhos, os lábios movendo-se como se orassem por paciência. Ansel lhe lançou um sorriso compadecido ao passar.

— Receio que não muito. Ainda.

— Imaginei. — Lançando os cabelos por cima do ombro, Gaby fez um ruído de desgosto, mas um sorriso convencido brincava em seus lábios. — A magia das Dames Blanches e das Dames Rouges podem até ser diferentes, mas também são iguais, porque cada uma requer equilíbrio. Quando derramamos o nosso sangue, enfraquecemos o corpo, o que nos limita. Nós sacrificamos pedacinhos de nós com cada feitiço, e, no final, acabamos *morrendo* por isso. — Fez a afirmação final com gosto, balançando nossas mãos mais uma vez. — Bom, isso se não morrermos de frio antes. Ou fome. Ou por causa dos caçadores.

Ansel franziu o cenho, me lançando um olhar confuso por cima da cabeça da menina. Assisti enquanto as implicações do que ela dissera eram registradas.

Coco.

Quando assenti, entristecida, a expressão dele ficou destroçada.

Ismay correu atrás de nós.

— Gabrielle, *por favor*, não podemos discutir essas coisas na frente de...

— É *por isso* que sangue é o jeito mais poderoso — continuou a menina, ignorando a mãe com determinação. — Porque fazemos sacrifícios com cada corte, e isso torna os encantamentos mais fortes.

— *Gabrielle...*

— É fácil derramar sangue. — As palavras escaparam da minha boca antes que pudesse detê-las. Quando Gaby olhou para mim, surpresa, hesitei. Embora fosse indiscutivelmente inteligente, continuava sendo uma criança, talvez tivesse apenas sete ou oito anos. E ainda assim... era evidente que conhecia a dor. Repeti as palavras que Coco me dissera anos atrás. — Derramar lágrimas, a dor que as causa, não é.

Os dois me fitaram em silêncio.

— Você... — Atrás de nós, a voz de Ismay vacilou. — Sabe da nossa magia?

— Não exatamente. — Parei de andar com um suspiro, e Ansel e Gabrielle me imitaram. Assistiam com evidente curiosidade enquanto eu me virava para Ismay. — Mas conheço Coco praticamente a vida inteira. Quando a vi pela primeira vez, estava... bem, estava tentando não chorar.

A lembrança de seu rosto aos seis anos de idade lampejou em minha mente: o queixo trêmulo, a expressão determinada, o lírio-do-mar destroçado. Ela o agarrava com as duas mãos enquanto narrava a discussão que tivera com a tia.

— Mas tínhamos seis anos, e as lágrimas caíram ainda assim. Quando tocaram o chão, meio que se multiplicaram até estarmos dentro de um laguinho, com lama até os tornozelos.

Ansel me encarava com os olhos arregalados.

Enfim, a hostilidade de Ismay pareceu se romper. Suspirou e estendeu a mão para a filha, que a tomou sem protestos.

— Muito tempo atrás, *chegamos* a fazer experimentos com magia de lágrimas, mas provou-se muito volátil. Não era raro as lágrimas dominarem os aditivos e transformarem eles em algo totalmente diferente. Uma simples solução para induzir o sono podia fazer quem a bebia cair num sono tranquilo, ou... em algo mais permanente. Concluímos que dependia das *emoções* da bruxa chorando as lágrimas em questão.

Por mais fascinante que fossem suas conjecturas, uma sensação inexplicável começara a repuxar meu peito, me distraindo. Olhei ao redor. Nada parecia fora de lugar. Embora ainda não tivéssemos encontrado Etienne, também não víramos qualquer sinal de manipulação ou algo que levantasse suspeitas — na realidade, não víramos sinal algum de vida. A não ser...

Um corvo pousou num galho diante de nós. Inclinou a cabeça para o lado, curioso, e me encarou.

Apreensão desceu pela minha coluna.

— O que foi? — indagou Ansel, seguindo meu olhar. O corvo grasnou em resposta, e o som ecoou, alto, ao redor, reverberando pelas árvores. Pelos meus ossos. Franzindo o cenho, Ismay puxou Gabrielle para mais perto. Nicholina desaparecera.

— É... — Esfreguei o peito quando a sensação aumentou. Parecia me puxar... para dentro. Plantei os pés, confusa, e olhei para o céu. Luz cinzenta filtrava em nossa direção, vinda do oeste. Meu coração afundou.

Nosso tempo estava quase acabando.

Em um último esforço, conjurei os padrões de novo. Permaneciam tão caóticos quanto sempre. Em uma espetacular demonstração de serenidade — ou talvez desespero —, percorri-os, determinada a encontrar algo, *qualquer coisa*, que pudesse ajudar a localizar o desaparecido antes do nascer do sol. Vagamente, ouvi a voz preocupada de Ansel ao fundo, mas a ignorei. A pressão em meu peito se intensificou até se tornar quase insuportável. A cada padrão que tocava, puxava um fôlego, abalada por uma sensação inata de *estranheza*. Sentia... sentia como se aqueles não fossem meus padrões. Mas era uma noção absurda, impossível...

Um ponto branco reluziu em meio aos cordões dourados.

Assim que o toquei, um único fio branco pulsou — enrolando-se em meu dedo, meu pulso, meu braço —, e meu sexto sentido se aguçou com nitidez cristalina. *Finalmente*. Com um suspiro de alívio, virei a cabeça para o oeste mais uma vez, avaliando quanto tempo ainda nos restava.

— O que está acontecendo? — indagou Ansel, alarmado.

— Eu o encontrei.

Sem outra palavra, me embrenhei na floresta, seguindo o clarão de luz branca. Correndo contra o nascer do sol. Os outros se apressaram em me seguir, e o corvo deixou seu galho depressa, com um grasno indignado. Neve voava para todos os lados. Furiosamente esperançosa, revigorada, não pude evitar um sorriso.

Onde ele está? — gritou Ismay, lutando para acompanhar meu passo.

— Como funciona? — Gaby logo a ultrapassou. — O seu... o seu padrão?

O pé de Ansel ficou preso em uma raiz, e ele quase se decapitou em um galho mais baixo.

— Por que agora?

Ignorei-os todos, ignorando a ardência em meus pulmões e correndo mais rápido. Tínhamos uma chance agora — uma chance legítima de tornar aquela aliança realidade. O padrão branco continuou a pulsar, me trazendo para cada vez mais perto da vitória, e quase gritei em triunfo. La Voisin não esperava que eu o encontrasse. Provaria que estava errada, que estavam *todos* errados.

Minha certeza se desinflou levemente quando as árvores começaram a rarear ao nosso redor, e as primeiras tendas do acampamento surgiram em nosso campo de visão.

— Ele... ele está aqui? — Com o rosto corado e a respiração ofegante, Ismay olhou em volta, frenética. — Onde? Não o vejo.

Desacelerei enquanto o padrão serpenteava pela área — por entre fogueiras e animais enjaulados, passando por Coco e Babette — antes de fazer uma curva para descer o declive na direção de...

Na direção da nossa barraca.

Tropecei naqueles últimos passos, virando e escorregando até parar. O padrão explodiu em uma nuvem de poeira branca cintilante, e meu sangue correu frio. O grito de Ismay confirmou o que já sabia.

Encostado na madeira que sustentava nossa tenda estava o corpo de um jovem de cabelos acaju.

O TOLO

Reid

— Hã... — Toulouse piscou para mim na manhã seguinte, sua baguete ainda entre os dentes. Depressa, mordeu um pedaço, mastigou e engoliu... depois, se engasgou. Thierry deu tapas em suas costas com riso silencioso. Ainda não o ouvira dizer uma palavra. — Como é?

— A sua tatuagem — repeti, rígido. Calor serpenteava por meu pescoço acima com todo o constrangimento. Nunca precisara fazer amigos antes. Sequer precisara *conhecer* alguém. Simplesmente conhecera Célie e Jean Luc a vida inteira. E Lou... basta dizer que nunca houve silêncios constrangedores em nosso relacionamento. Ela sempre os preenchera.

— O que quer dizer?

Os olhos de Toulouse ainda estavam marejados.

— Direto às perguntas pessoais, hum?

— A tatuagem é no seu rosto.

— *Touché.* — Sorriu, contornando o desenho na bochecha. Pequeno. Dourado. Uma rosa. Tinha um brilho metálico. Quando me sentara ao lado dele e do irmão para comer o desjejum, tinha sido a primeira coisa que notara. A primeira pergunta a sair da minha boca. Meu pescoço ainda ardia. Talvez não tivesse sido a pergunta correta. Talvez tivesse sido... *pessoal* demais. Como poderia saber? Tinha tatuado a coisa bem na bochecha.

Do outro lado da fogueira, Madame Labelle tomava seu café da manhã — queijo cantal e presunto salgado — com Zenna e Seraphine. Estava evidente que esperava fazer amizade com as duas da mesma forma como esperava que eu fizesse com os St. Martin. Suas tentativas tinham sido respondidas com mais entusiasmo do que as minhas; Zenna se pavoneava toda diante dos elogios. Até Seraphine parecia relutantemente contente com a atenção. Atrás das três, Beau xingava. Deveraux o tinha coagido a ajudar com os cavalos, e parecia que acabara de pisar em estrume.

Minha manhã podia ter sido pior.

Um pouco apaziguado, retornei minha atenção a Toulouse e Thierry.

Quando entraram na carreta na noite anterior, eu fingi estar dormindo, dividido pela indecisão. O plano da minha mãe ainda não me parecia certo. Ainda considerava desonesto fingir uma amizade. Mas se desonestidade pudesse derrotar Morgane, se pudesse ajudar Lou, poderia fingir. Poderia tolerar magia

Poderia me aproximar de quem a praticasse ali.

Toulouse tirou um baralho do bolso, atirando uma única carta na minha direção. Capturei-a por reflexo. Em grossas tintas das cores preta, branca e dourada, ela retratava um menino parado à beira de um abismo. Segurava uma rosa na mão. Um cão a seu lado.

Minha primeira reação foi me retrair. A Igreja jamais tolerara cartas de tarô. O arcebispo aconselhara rei Auguste a banir todas as variedades de Cesarine anos mais cedo. Alegara que sua divinação zombava da onisciência de Deus. Alegara que todos que as utilizavam estavam destinados a ir para o Inferno.

Fizera tantas alegações.

Pigarreei, fingindo interesse.

— O que é?

— O Tolo. — Toulouse tamborilou a flor em sua bochecha. — A primeira carta que tirei na vida. A tatuei como lembrança da minha inocência. — Meus olhos se focaram em suas mãos. Símbolos decoravam a pele: uma tatuagem em cada articulação. Vagamente reconheci um raio. Um escudo. — Os Arcanos Maiores — explicou. — São vinte e duas cartas no total. Dez nos dedos das mãos. Dez nos dos pés. Uma na minha bochecha, e uma em... outro lugar.

Esperava riso em resposta. Tarde demais, forcei uma risadinha. O som saiu seco, áspero, como uma tosse. Ele e Thierry trocaram um olhar divertido a minha custa, e trinquei os dentes em frustração. Não sabia o que dizer. Não sabia como fazer uma transição suave para outro tópico. Deus do Céu, por que não *falavam* nada? Outro silêncio ameaçou se instalar. Em pânico, olhei para minha mãe, que me fitava, incrédula. Quando abanou a mão com um gesto de impaciência, dizendo apenas com movimentos labiais "ande logo com isso", Zenna não escondeu seu sorrisinho torto. Seraphine, porém, tirou uma Bíblia da bolsa e começou a ler.

Meu estômago ficou apertado.

— Hum... — comecei, sem saber bem como terminar. *Vocês dois são bruxos? Há quanto tempo sabem disso? Seus poderes se manifestaram após matarem brutalmente seu patriarca? Querem se juntar a nós numa batalha até a morte contra Morgane?* Cada pergunta reverberava pelo meu cérebro, mas sabia que eles não as apreciariam. Para minha infelicidade, não pareciam inclinados a acabar com meu sofrimento. E seus sorrisos... eram quase benevolentes *demais*. Como se achassem divertido me ver em dificuldades.

Era provável que tivesse tentado matá-los em algum momento da vida.

Virando depressa para Thierry, soltei:

— O que você faz quando se apresenta?

Os olhos de Thierry, escuros e insondáveis, perfuraram os meus. Não respondeu. Me retraí no silêncio. Meu tom de voz tinha sido muito alto, muito rude. Um grito em vez de uma pergunta civilizada. Pelo menos

Beau não tinha retornado ainda para testemunhar meu fracasso. Teria rido até ficar rouco. O poderoso Reid Diggory — capitão mais jovem da ordem dos Chasseurs, premiado com *quatro* Medalhas de Honra por sua bravura e serviço excelso — derrotado enfim por conversa fiada com desconhecidos. Que piada.

— Ele não fala — explicou Toulouse após mais um momento doloroso. — Não como eu e você.

Me agarrei à resposta como se fosse minha tábua de salvação.

— Por que não?

— A curiosidade matou o gato, sabe. — Com um movimento de pulso, cortou o deck de cartas, embaralhando-as com a agilidade de um raio.

Retribuí seu sorriso educado.

— Não sou um gato.

— Justo. — Juntou-as novamente. — Meu irmão e eu somos os médiuns da Troupe de Fortune.

— Médiuns?

— Isso mesmo. Estou lendo seus pensamentos neste exato instante, mas prometo não sair por aí divulgando-os. Revelar os segredos de uma pessoa é muito parecido com derramar seu sangue. Uma vez feito, pronto. Não há volta.

Franzi o cenho. Com certeza não era a mesma coisa.

— Já derramou o sangue de alguém alguma vez?

Seu olhar voou para Thierry por meio segundo — menos do que isso —, mas ainda assim eu notei. Manteve o sorriso firme no rosto.

— Isso não é da sua conta, amigo.

Encarei-o. *Médiuns*. Aquilo me parecia magia. Meu olhar percorreu discretamente suas vestimentas. Ao contrário das outras, as suas eram pretas. Simples. Nada de notável nelas. Eram roupas de homens que não queriam ser lembrados. Me inclinei para a frente sob o pretexto de examinar o baralho de Toulouse. Perto assim, podia sentir o cheiro fraco de terra em sua camisa. A doçura ainda mais fraca em sua pele. Seus cabelos.

— Então você admite — comecei com cuidado. Apenas aquele aroma não era prova. Poderia ter ficado nele após ter tido contato com outra pessoa. O próprio Claud tinha um cheiro peculiar. — Vocês usam... magia.

Toulouse parou de embaralhar. Como se fosse possível, seu sorriso cresceu — como se estivesse esperando por aquilo. Desconfiança deixou tensos meus pescoço e ombros, e ele recomeçou a dar as cartas.

— Uma pergunta interessante vinda de um Chasseur.

— Não sou um Chasseur. — A tensão aumentou. — Não mais.

— Mesmo? — Segurou uma carta no ar, a ilustração virada para o outro lado, não visível para mim. — Me diga, que carta é essa?

O encarei, confuso.

— Sua reputação o precede, capitão Diggory. — Ele a deslizou para dentro do deck novamente. Ainda sorrindo. Sempre sorrindo. — Eu estava lá, sabe. Em Gévaudan.

Meu coração vacilou por um momento doloroso.

— A Troupe de Fortune acabara nossa última apresentação da temporada. Havia um menino na plateia... não podia ter mais do que 16 anos... que *adorava* as cartas. Deve ter ido nos visitar... o quê? Umas três vezes naquela noite? — Olhou para o irmão, que assentiu. — Não tinha dinheiro para uma leitura completa, de modo que tirei uma única carta para ele a cada visita. — A *mesma* carta para ele todas as vezes. — Seu sorriso se endureceu até transformar-se em uma careta, como o meu. Meus ombros doíam com a tensão. No segundo seguinte, porém, o rosto dele voltou a se iluminar. — Não tive coragem de mostrá-la a ele, logicamente. Teria molhado as calças de medo. Na manhã seguinte, nós o encontramos morto à beira do Les Dents, esquecido na estrada como se fosse um animal atropelado. Um Chasseur tinha cortado sua cabeça. Ouvi que a usara para negociar uma bela capitania.

— Vou lhe dizer — Toulouse balançou a cabeça e coçou o pescoço, distraído. — A Fera de Gévaudan não levou o acontecido nada bem. Um amigo me disse que era possível ouvir de Cesarine os uivos de fúria e pesar.

Lancei um olhar furtivo a minha mãe. Ainda assim, ele viu.

Apoiando-se nos cotovelos, inclinou-se para a frente e continuou, a voz baixa:

— Ela não sabe, não é? Ninguém sabe. Para alguém que nunca performou, está se saindo muito bem.

Insinuação coloria sua voz. Não gostei nada disso.

Thierry nos observava, impassível.

— Acham que Blaise vai ajudá-los a matar Morgane — continuou Toulouse, inclinando-se ainda mais para perto. — Mas creio que Blaise jamais se aliaria ao homem que matou seu filho. Mas talvez esteja errado. Já aconteceu antes. Por exemplo, achei que só Chasseurs matassem bruxas. No entanto, aqui está você. — Seus olhos recaíram sobre a Balisarda atada ao meu peito. — *Não* um Chasseur.

Meus dedos se fecharam de modo protetor ao redor do cabo.

— É uma arma poderosa. Seria idiotice não a levar comigo. — As palavras soavam defensivas, mesmo aos meus ouvidos. Diante da expressão superior do homem, acrescentei: — E matar Morgane é diferente. Ela também quer nos matar.

— Tanta morte — comentou, girando a carta entre os dedos. Ainda não conseguia ver qual era. Apenas as tintas dourada e preta no verso. As cores se misturavam, criando a forma de um crânio. Um crânio desdenhoso com rosas nos olhos e uma cobra enrolada entre os dentes. — Você diz que não é mais Chasseur. Prove. Que carta é esta na minha mão?

Tenso, ignorei o chiado baixo em meu ouvido.

— Você é o médium aqui. Como eu saberia?

Busque-nos, busque-nos, busque-nos.

O sorriso dele enfim se desfez. Um olhar frio o substituiu, me gelando até os ossos.

— Deixe-me elucidar as coisas. Claud pode até confiar em você, mas eu não confio. Nada pessoal — acrescentou, dando de ombros. — Não confio em ninguém... É assim que gente como nós sobrevive, não é mesmo?

Gente como nós.

As palavras pairaram entre nós, vivas, e o chiado em meu ouvido aumentou, mais insistente. *Encontramos os que se perderam. Estão aqui. Busque-nos, busque-nos, busque-nos...*

— Sei o que quer de mim — disse ele, a voz ríspida com finalidade —, então vou perguntar uma última vez: que carta é esta na minha mão?

— Não sei — respondi entre dentes, fechando a porta com força atrás das vozes, fugindo dos seus gritos profanos. Minhas mãos tremiam com o esforço. Suor se coletava em minha testa.

— Me conte depois se descobrir. — Os lábios de Toulouse formaram uma linha apertada com decepção. Retornou a carta ao baralho, levantando-se. Thierry imitou seus movimentos. — Até lá, agradeceria se ficasse longe de mim, capitão. Ah, e — abriu outro sorriso, lançando um olhar malicioso na direção da minha mãe — boa sorte na sua apresentação.

GOTAS DE SANGUE

Lou

As bruxas de sangue o denominavam *pendência* — o intervalo entre esta vida e a seguinte.

— A alma fica presa na terra até as cinzas ascenderem — murmurou Gabrielle, segurando uma xícara com o sangue da mãe. Idênticas em sua tristeza, suas faces eram pálidas, os olhos, úmidos e inchados. Não podia imaginar sua dor.

Etienne Gilly não morrera de frio ou de fome.

Seu corpo tinha sido queimado a um ponto que tornava quase impossível reconhecê-lo, à exceção de...

À exceção da sua cabeça.

Ansel vomitara quando tombara dos ombros carbonizados de Etienne, rolando até tocar minhas botas. Eu quase sucumbira também. A carne cortada do seu pescoço comunicava tormento indescritível, e não queria imaginar que horror sofrera antes — ser queimado ou decapitado vivo. Ainda mais terrível: os sussurros horrorizados das bruxas confirmaram que Etienne não tinha sido o primeiro. Um punhado de histórias similares assolava aquela área rural desde Modraniht, e todas as vítimas compartilhavam um traço em comum: rumores de que suas mães tinham um dia se envolvido com o rei.

Alguém estava atrás dos filhos do rei. Torturando-os.

Minhas mãos pararam seu movimento nos cabelos de Gaby, os olhos indo para onde Coco e Babette vigiavam a pira de Etienne. Era pouco mais do que cinzas naquele momento.

Quando encontramos seu corpo, La Voisin não fora nada gentil.

Coco suportou o pior da sua ira, embora a tia tenha deixado evidente que era a *mim* que culpava. Afinal, Etienne tinha desaparecido logo depois que concordara em me receber. Seu corpo tinha sido deixado na minha tenda. E eu... eu tinha sido levada a ele, de alguma forma, por aquele padrão branco. No caos que se seguiu — o pânico, os gritos —, rapidamente me dera conta de que não era meu. Estivera dentro da minha cabeça, da minha *visão*, mas não me pertencia. Meu estômago ainda se revirava diante da violação.

Era obra da minha mãe. Tudo aquilo. Mas *por quê*?

A dúvida me perseguia, consumindo meus pensamentos. Por que aqui? Por que *agora*? Tinha abandonado seus planos de me sacrificar? Decidido fazer o reino sofrer, pouco a pouco, criança por criança, em vez de matar todas de uma só vez?

Uma pequena e repulsiva parte de mim chorava de alívio ao pensar na possibilidade, mas... ela tinha cortado a cabeça de Etienne. Ela o queimara e deixara dentro da minha barraca. Não podia ser uma coincidência.

Era uma mensagem — outro movimento doentio em um jogo ao qual eu não compreendia.

Queria que eu soubesse que ele tinha sofrido. Que era minha culpa. *Se tentar escapar*, me avisara, *vou cortar seu caçador em pedacinhos e lhe dar o coração dele de comer*. Tinha ignorado sua advertência. Tinha fugido ainda assim, e levado meu caçador comigo. Poderia ser sua retaliação?

Seria possível que toda aquela crueldade horrenda fosse menos direcionada ao rei e mais a mim?

Com uma respiração profunda, recomecei a trançar os cabelos de Gaby. Minhas perguntas podiam esperar algumas horas mais. *Morgane* podia esperar. Após a ascensão, deixaríamos o acampamento para nos juntarmos a Reid na estrada pela manhã — com ou sem a aliança de La Voisin. O plano mudara. Se Morgane estava mesmo caçando os filhos do rei, Reid e Beau estavam em perigo maior do que prevíramos. Precisava encontrá-los, contar-lhes sobre as tramas dela, mas antes...

Gaby assistiu em silêncio quando Ismay levou um dedo para dentro do sangue, quando acrescentou um símbolo estranho ao recipiente caiado em seu colo. Embora não entendesse o ritual, as marcas que pintava me pareciam seculares, puras e... lúgubres. Não — mais do que isso. Angustiadas. Completa e irrevogavelmente destroçadas pela dor. Gaby fungou, secando os olhos.

Não podia deixá-la. Não ainda — e não apenas por conta da dor da sua perda.

Se Reid e Beau estavam em perigo, a menina também estava. Morgane acabara de provar que podia passar despercebida pelas defesas de La Voisin.

Ansel descansou o queixo nos joelhos dobrados, observando em silêncio enquanto Ismay continuava a cobrir o pote com sangue. Quando terminaram, Ismay pediu licença, e Gaby se virou para mim.

— Conseguiu a sua aliança?

— Gaby, não se preocupe com...

— *Conseguiu?*

Terminei sua trança, amarrando-a com uma fita escarlate.

— La Voisin não decidiu ainda.

Os olhos castanhos da menina eram sérios.

— Mas vocês fizeram um acordo.

Não tive coragem de lhe dizer a quantidade de áreas cinzentas envolvidas naquele acordo, como, por exemplo, se encontraria seu irmão vivo ou morto. Joguei sua trança por cima do ombro.

— Vai dar tudo certo.

Satisfeita com minha resposta, fixou sua atenção em Ansel em seguida.

— Posso ler os movimentos labiais delas, se quiser. — Saindo com um sobressalto do seu devaneio, ele corou e tirou os olhos de Coco. — Mas não estão falando sobre nada muito animado. — Inclinou-se para a frente, franzindo os lábios em concentração. — Alguma coisa sobre Chasseurs queimando um bordel. Seja lá o que isso for. — Voltando a se recostar, deu tapinhas no joelho de Ansel. — Eu gosto da *princesse*, mesmo que algumas pessoas aqui não gostem. Espero que ela beije você. É o que quer, não é? Só quero que aconteça se você quiser também... e se ela quiser. Minha *maman* diz que isso se chama *consentimento*...

— Por que algumas pessoas não gostam de Coco? — perguntei, ignorando a mortificação de olhos esbugalhados de Ansel. Irritação formigava, perigosamente perto de se tornar raiva, diante da fala da menina, e olhei feio para as poucas bruxas ao redor. — Deviam reverenciá-la. É a *princesse* delas.

Gaby brincou com o laço.

— Ah, é porque a mãe dela nos traiu, e tivemos que ficar vagando pela mata desde então. Aconteceu muito tempo atrás, antes de eu nascer. Provavelmente até antes da Cosette nascer.

Uma onda nauseante de arrependimento me engoliu.

Em todos os anos de amizade, eu e Coco nunca falamos sobre a sua mãe. Sempre presumi que era uma Dame Blanche — as Dames Rouges eram incrivelmente raras, seu nascimento tão imprevisível quanto o daqueles que são daltônicos ou albinos —, mas jamais a procurara no Château quando criança. Não quisera olhar para uma mãe que era capaz de abandonar a própria filha.

A ironia da minha própria situação não me passava despercebida.

— La Voisin está sempre falando sobre como *governamos esta terra desde sua concepção, muito antes dos deuses a envenenarem com magia morta* — continuou Gaby. Sua imitação da voz baixa, calma e rígida de La

Voisin era assombrosa. — Deve significar que ela é supervelha. *Eu acho que come os corações junto com a Nicholina, mas maman me proíbe de ficar dizendo essas coisas.* — Quando olhou para a mãe, seu queixo tremeu um pouco.

— Faz de novo — falei, apressada, na esperança de a distrair. — Imita outra pessoa. A primeira vez foi maravilhosa.

A expressão dela se iluminou um pouco antes de contorcer o rosto em uma carranca exagerada.

— *Gabrielle*, não espero que entenda o *legado* do que *sempre foi e sempre será*, mas, *por favor*, pare de colocar coleiras nos meus augúrios para levá-los para passear. Não são *animais de estimação*.

Reprimi um bufo e puxei sua trança.

— Vá, então. Vá se juntar à sua mãe. Talvez esteja precisando de umas risadas também.

A menina foi embora sem precisar de muito mais convencimento, e apoiei a cabeça no ombro de Ansel. Seus olhos tinham voltado para Coco e Babette.

— Levanta a cabeça — falei com suavidade. — O jogo ainda não terminou. Ela é só uma nova peça no tabuleiro.

— Agora não é hora.

— Por que não? O sofrimento de Ismay e Gabrielle não diminuem o seu. Precisamos falar sobre isso.

Enquanto ainda podemos, não acrescentei.

Descansando a cabeça em cima da minha, ele suspirou. O som deixou meu coração apertado. Vulnerabilidade crua e nua assim exigia força. Coragem.

— Já tem peças demais no tabuleiro, Lou. E eu não estou jogando — completou, triste.

— Se não jogar, não pode vencer.

— Nem perder.

— Agora você está sendo petulante. — Levantei a cabeça para encará-lo. — Já contou o que sente por ela?

— Ela só me vê como um irmãozinho...

— *Já...* — abaixei para fitá-lo nos olhos quando desviou o rosto — ... *contou...* — me aproximei ainda mais — ... *o que sente por ela?*

Ele soltou mais um suspiro, desta vez impaciente.

— Ela já sabe. Nunca escondi.

— E também nunca falou abertamente. Se quer que ela o veja como um homem, *aja* como um. Converse com ela.

Ele olhou novamente para Coco e Babette, que estavam sentadas bem próximas uma da outra, quase se abraçando, para se proteger do frio.

Não me surpreendia. Não era a primeira vez que Coco revisitava Babette, sua amiga e amante mais antiga, em busca de conforto em tempos difíceis. Nunca terminava bem, mas quem era eu para questionar as escolhas de Coco? Tinha me apaixonado por um Chasseur, pelo amor de Deus. Ainda assim, odiava a situação em que Ansel estava. De verdade. E ainda que também me odiasse pelo papel que desempenhava em sua inevitável desilusão amorosa, não podia ficar assistindo enquanto sofria por um amor não retribuído. Ele precisava perguntar. Precisava saber.

— E se ela disser não? — murmurou, tão baixinho que mais li os movimentos labiais do que ouvi sua voz. Fitava meu rosto em busca de algo, impotente.

— Então terá a sua resposta. E vai seguir em frente.

Se fosse possível ver um coração se partir, vi-o então nos olhos de Ansel. Não disse mais nada, porém, e eu tampouco. Juntos, esperamos o sol se pôr.

As bruxas de sangue não se reuniram ao redor das piras todas de uma vez; iam chegando gradualmente, paradas em um silêncio melancólico, dando as mãos a cada nova enlutada que se juntava. Ismay e Gabrielle estavam à frente, chorando baixinho.

Todas vestiam vermelho-escarlate — fosse um manto, um chapéu, ou uma camisa, como a minha.

— Para honrar o sangue deles — dissera Coco a mim e Ansel antes de nos juntarmos à vigília, envolvendo o pescoço dele com um xale vermelho. — E sua magia.

Ela e a tia tinham se paramentado com vestidos longos de lã escarlate e mantos da mesma cor com forro de pele. Embora fossem silhuetas simples, as vestimentas criavam uma pintura deslumbrante. Um diadema adornava suas testas, e gotas de rubis luziam dentro dos galhos entrelaçados de prata. *Gotas de sangue*, Coco as chamara. Observando as duas paradas diante das piras — altas, majestosas e altivas —, pude imaginar o tempo de que Gaby falara. Um tempo quando as Dames Rouges eram onipotentes e infinitas. Imortais entre os homens.

Governamos esta terra desde sua concepção, muito antes dos deuses a envenenarem com magia morta.

Reprimi um arrepio. Se La Voisin comia os corações dos mortos para alcançar vida eterna, não era assunto meu. Era uma forasteira ali. Uma intrusa. Apenas a vigília já provava que não entendia seus costumes. Estava dando muita profundidade a minha interpretação da persona dela, de qualquer forma. Realmente, La Voisin podia ser intimidadora, e aquele livro dela sem dúvidas era bizarro, mas — rumores. Não passavam disso. Com certeza este coven saberia se sua líder roubasse os corações dos seus pares. Com certeza fariam objeções. Com certeza Coco teria me dito...

Não é assunto seu.

Me concentrei nas brasas da pira de Etienne.

Mas o que significava magia *morta*?

Quando o sol tocou os pinheiros, Ismay e Gaby moveram-se em sincronia perfeita, levando as cinzas para dentro daquele recipiente caiado.

Gabrielle o agarrou contra o peito, e um soluço escapou dela. Embora Ismay a abraçasse apertado, não murmurou palavras de conforto. Ninguém dizia nada enquanto as duas caminhavam para dentro da mata. Uma espécie de procissão ritualística se formou — primeiro Ismay e a filha, depois La Voisin e Coco, seguidas por Nicholina e Babette. As demais as seguiram, até o acampamento inteiro estar marchando por uma trilha silenciosa em meio às árvores — uma trilha que conheciam bem, parecia. Ninguém falava.

— Uma alma presa entre este mundo e o próximo é uma alma agitada — explicara Coco. — Confusa. Elas nos veem aqui, mas não podem nos tocar, falar conosco. Nós as tranquilizamos com silêncio e as levamos até o bosque mais próximo.

Um bosque. O jazigo final de uma bruxa de sangue.

Ansel e eu esperamos até todos terem passado antes de nos juntarmos à procissão, nos embrenhando dentro da floresta. O rabo de Absalon logo roçou minhas botas. Para meu desalento, uma raposa preta havia se juntado a ele. Ela caminhava pelas sombras mais próximas de mim, o nariz pontudo virando-se na minha direção a cada poucos passos, os olhos âmbar brilhando. Ansel não a notara ainda, mas logo notaria. Todos notariam.

Nunca ouvira falar em uma pessoa atraindo *dois matagots*.

Infeliz, me concentrei na trança castanho-avermelhada de Gaby quando houve uma abertura no cortejo. Ela e Ismay desaceleraram quando entramos em uma área onde se aglomeravam vidoeiros-brancos. A neve recobria os galhos delgados, iluminados por uma luz branca suave quando *feu follet* se materializaram ao redor de nós, cintilantes. Dizem as lendas que guiavam as pessoas até os desejos mais profundos em seus corações.

Minha mãe me contara uma vez a respeito de uma bruxinha que seguira os fogos-fátuos. Jamais voltara a ser vista.

Segurando Ansel com mais força quando olhou para eles, murmurei:

— Não olhe.

Ele piscou e parou com um pé no ar, na metade de uma passada, e balançou a cabeça.

— Obrigado.

Dos galhos finos dos vidoeiros, uma dúzia de potes de argila agitava-se ao vento. Símbolos vermelho-amarronzados tinham sido pintados em cada um, desenhos únicos, e sinos de vento — com direito a penas e miçangas — dependuravam-se da maioria deles. Os poucos recipientes sem adorno pareciam ser tão antigos que as marcações tinham sido erodidas pelos elementos. Em sincronia, La Voisin e Coco tiraram adagas idênticas dos mantos, abaixaram as golas dos vestidos e passaram as lâminas pelos peitos desnudos, usando sangue fresco para pintar por cima dos símbolos esmaecidos. Quando terminaram, Ismay juntou-se a elas, aceitando uma faca e fazendo um corte idêntico no próprio peito.

Assisti com fascínio enquanto pintava um último signo no pote do filho. Quando o pendurou com os demais, La Voisin entrelaçou as mãos e encarou a procissão. Todos os olhos viraram-se para ela.

— As cinzas e o espírito dele ascendem. Etienne, encontre a paz.

Um soluço escapou de Ismay quando La Voisin inclinou a cabeça, concluindo a simples cerimônia. As companheiras se apressaram a consolar a mulher.

Coco se desvencilhou da multidão e nos encontrou um momento mais tarde, os olhos prateados com lágrimas. Voltou-os para o céu com determinação e soltou um longo suspiro. — Não vou chorar. Não vou.

Ofereci o braço livre a ela, que aceitou, entrelaçando o dela no meu e formando uma corrente humana. O corte no peito ainda sangrava sem impedimento, manchando a gola do vestido.

— É totalmente aceitável chorar em um velório, Coco. Ou em qualquer outro momento que sinta vontade, aliás.

— Fácil para você dizer. Suas lágrimas não colocam fogo no mundo.

— Isso é tão foda. — Ela deu uma risadinha fraca, e calor se espalhou por mim ao ouvir aquele som. Havia muito tempo que não fazíamos aquilo. Que não conversávamos de maneira tão simples. — Esse lugar é lindo.

Ansel fez um aceno de cabeça para o pote de Etienne, onde o sangue de Ismay ainda luzia contra a argila branca.

— O que significam as marcas?

— São encantamentos.

— Encantamentos?

— Sim, Ansel. Encantamentos. Protegem nossos restos mortais daqueles que porventura queiram usá-los para propósitos nefastos. Nossa magia continua viva em nossas cinzas — explicou quando o jovem franziu a testa. — Se os espalhássemos pela terra, só estaríamos fortalecendo nossos inimigos. — Naquele momento, me lançou um olhar de desculpas, mas apenas dei de ombros. Nossos povos podiam ser inimigos, mas nós duas não éramos.

Seus olhos marejaram quando se voltaram aos potes. A Ismay, desmoronando sob eles.

— Eu mal o conhecia — sussurrou. — É só que... tudo isto... — Ela gesticulou com a mão ao redor e abaixou a cabeça. Seu braço ficou flácido. — É minha culpa.

— O quê? — Desvencilhando o braço do de Ansel, girei para agarrar os ombros da minha amiga. — Coco, não. *Nada* disto é culpa sua. A sua gente... jamais a culparia pelo que aconteceu aqui.

— É exatamente essa a questão, não é? — Ela limpou os olhos com raiva. — Deveriam. Eu os abandonei. *Duas* vezes. Estão morrendo de frio e de fome e *tão* assustados, mas sua *princesse* nunca nem parou para se importar. Deveria ter estado aqui, Lou. Deveria... não sei...

— Ter controlado o clima? — Minhas mãos juntaram-se às dela, secando suas lágrimas. Embora queimassem minha pele, não parei, piscando depressa contra a umidade em meus próprios olhos. — Ter derrotado Morgane sozinha? Você não sabia, Coco. Não se culpe.

— Sim, eu sabia. — Ela arrancou o diadema da testa, fuzilando os rubis cintilantes com o olhar. — Como posso liderá-los? Como posso *olhar* para eles? Sabia como estavam sofrendo, e fugi, enquanto as condições só pioravam. — Atirou o adorno de cabeça na neve. — Não sou nenhuma *princesse*.

Para minha surpresa — talvez porque tivesse esquecido que ainda estava ali, conosco —, Ansel abaixou-se para pegá-lo. Com muita gentileza, o recolocou na testa dela.

— Você está aqui agora. É o que importa.

— E você é nossa *princesse*, *mon amour* — acrescentou Babette, surgindo a seu lado. Sorriu para Ansel, não de maneira ardilosa, mas genuinamente, e endireitou o diadema. — Mesmo se não estivesse no seu sangue, estaria no seu coração. Ninguém se importa mais do que você. É melhor do que todos nós.

Os dois a fitavam com tanta afeição tenra — tanta adoração — que meu coração se apertou. Não invejava sua situação, tendo que fazer aquela escolha. E Beau... sequer estava ali para oferecer seu rosto bonito e sarcástico como alternativa. Me compadecendo dela, virei seus ombros para me encarar.

— Eles estão certos. Você está fazendo tudo que pode para ajudar agora. Quando Morgane estiver morta... quando eu... Depois de tudo isto, seu povo voltará a ser bem-vindo no Château. Só precisamos manter o foco.

Embora tivesse concordado com a cabeça de maneira rija, por reflexo quase, seu rosto permanecia sombrio.

— Não tenho certeza de que ela vai se juntar a nós, Lou. Ela...

Um grito engoliu o restante de suas palavras, e Ismay irrompeu pela multidão, sua expressão desvairada.

— Onde está Gabrielle? Onde está? — Girou, gritando: — *Gabrielle!*

Embora mãos tenham se estendido para estabilizá-la, embora a própria La Voisin tenha tentado acalmá-la com palavras firmes e gestos tranquilizadores, Ismay ignorou tudo e todos, correndo na minha direção com olhos alucinados. Segurou meus braços com força suficiente para machucar.

— Você viu minha filha?

Pânico fechou minha garganta.

— Eu...

— Será que seguiu os *feu follet?* — Pousando a mão sobre a de Ismay, Coco tentou, sem sucesso, me libertar. — Quando foi a última vez que a viu?

Lágrimas escorriam pelas bochechas de Ismay, salpicando a neve com flores escuras. Begônias. Tinha aprendido seu significado com uma professora de história natural no Château.

— Eu... Não me lembro. Estava comigo durante a procissão, mas soltei a mão dela para terminar de pintar o pote de Etienne.

Cuidado.

Significavam *cuidado.*

— Não entre em pânico — disse outra bruxa. — Não é a primeira vez que Gabrielle sai correndo por aí. Não será a última.

— Tenho certeza de que está tudo bem — acrescentou uma segunda. — Talvez esteja chocada. Tanta tristeza é algo difícil de aguentar para alguém tão jovem.

— Estávamos todas aqui — disse uma terceira, dando voz ao que todos pensavam. — Com certeza não poderia ter sido levada do coração do nosso coven. Nós teríamos visto.

— Têm razão. — Coco enfim conseguiu afrouxar as mãos de Ismay em meus braços, e sangue voltou a fluir por eles. — Vamos encontrá-la, Ismay. — Quando olhou para mim, porém, seus olhos diziam o que a boca não ousava: *de uma maneira ou de outra.*

Só estava parcialmente ouvindo enquanto as bruxas de sangue se espalhavam pelo bosque para procurar a menina.

Eu sabia, lá no fundo, o que tinha acontecido. Morgane deve ter se regozijado ao descobrir não apenas um, mas *dois* filhos do rei escondidos naquele acampamento. Seu *timing*, como sempre, fora preciso. Tinha planejado tudo.

Vinte e sete crianças, Madame Labelle dissera. O rei tinha concebido vinte e sete filhos até a última vez que ela contara. Encontrá-los seria como encontrar agulhas no palheiro. Mas se havia uma qualidade que Morgane possuía, era tenacidade. Ela os encontraria, torturaria e mataria. E tudo por minha causa.

— Olhem! — gritou uma bruxa desconhecida após vários longos momentos. Todos na clareira viraram-se para fitar o que tinha nas mãos.

Uma fita escarlate.

E ali — manchando as palmas da mulher...

Sangue.

Fechei os olhos, derrotada. Mas a lembrança da cabeça de Etienne encostada em minha bota logo surgiu para me encontrar, forçando as pálpebras a voltarem a se abrir. Seria a cabeça de Gabrielle em seguida. Mesmo naquele exato segundo, Morgane já poderia estar mutilando seu corpinho diminuto. Cortaria os cabelos acaju e abriria seu pescoço pálido...

Os gritos de Ismay tornaram-se histéricos, e as demais logo juntaram-se ao chamado de pânico.

Gabrielle! Gabrielle! Gabrielle!

Seu nome ecoou pelo bosque, por entre as árvores. Dentro da minha cabeça. Como se em resposta, os *feu follet* apagaram-se um a um, nos deixando na escuridão. Apesar das tentativas desesperadas de conjurar um feitiço de rastreamento, sabiam tão bem quanto eu qual seria o destino da menina. Todos sabíamos.

Gabrielle não respondeu.

E não responderia nunca.

Enfim Ismay caiu de joelhos, aos prantos, socando a neve em angústia profunda.

Envolvi minha cintura com os braços, me dobrando para lutar contra a náusea, mas a mão de alguém segurou minha nuca, me forçando a endireitar o corpo. Olhos frios e escuros encontraram os meus.

— Recomponha-se. — A mão de La Voisin apertou mais forte. Quando tentei me desvencilhar, reprimindo um grito de dor, ela me observou com determinação sombria. — Seu desejo foi concedido, Louise le Blanc. As Dames Rouges se juntarão a você em Cesarine, e eu mesma arrancarei o coração de sua mãe do peito dela.

A PRIMEIRA APRESENTAÇÃO

Reid

O crepúsculo caíra sobre Domaine-les-Roses quando Claud subiu a seu palco na noite seguinte — uma fonte rachada na praça da cidade, o reservatório cheio de folhas e neve. Gelo recobria a beirada dele, mas o homem não escorregou enquanto dançava na superfície. Com dedos tão hábeis quanto os pés, dedilhava um bandolim num ritmo alegre. A plateia urrava sua aprovação. Alguns se dividiram em casais, rindo e rodopiando descontroladamente, enquanto outros jogavam pétalas aos pés de Seraphine. Sua voz se elevava acima da multidão. Sobrenatural. Apaixonada. Bonita demais para ser humana.

Quando puxei o couro da calça que vestia, rabugento, minha mãe inclinou o copo para mim. Lá dentro, um líquido cor-de-rosa rodopiava. Os habitantes de Domaine-les-Roses fermentavam o próprio vinho de pétalas de rosa.

— Pode ser que isso ajude, sabe.

Arqueei uma sobrancelha, reajustando a calça.

— Duvido.

Ela havia escolhido um vestido novo para a apresentação da noite. Branco e preto. Extravagante. As beiradas da máscara tinham pompons ridículos. Ao menos ninguém *a* atacara com lápis de olho preto. Meus olhos ardiam. Coçavam.

Zenna não me dissera como removê-lo sem me cegar no processo.

E pior — Deveraux não tinha me dado uma camisa. Tinha sido forçado a atar a bandoleira sobre o peito nu. Embora tenha vestido um casaco para conservar minha modéstia — e me proteger do vento amargo —, duvidava que fosse me permitir mantê-lo durante a apresentação de *A Morte Vermelha*.

Repeti para mim mesmo que era melhor assim. Se um Chasseur estivesse escondido na plateia, não me reconheceria. Não suspeitaria que seu antigo grande capitão estava se exibindo por aí sem camisa. Ou que estava atirando facas e delineando os olhos com cosméticos. Ou usando uma máscara que terminava em chifres. Eu estava ridículo. Degradado. Calor queimava meu pescoço e minhas orelhas quando uma lembrança emergiu.

Viver um pouco não vai matá-lo, sabe.
Sou um Chasseur, Lou. Nós não... brincamos assim.

Olhando feio para as festividades dos degraus de uma *boulangerie*, observei quando Beau foi costurando por entre as pessoas na plateia com uma latinha e um manto encapuzado. Na mão livre, carregava uma foice de madeira. Deveraux deve ter achado que era uma adição adequada à fantasia sinistra. Na ruela ao lado, Toulouse e Thierry tinham armado uma barraca para vender seus serviços. Para atrair os fracos com promessas de futuro de grande fama e fortuna. Mulheres passavam por eles, piscando em insinuação. Soprando beijos. Não conseguia compreender o porquê.

— São homens atraentes — explicara Madame Labelle, abrindo um sorrisinho quando Toulouse tomou a mão de uma jovem e a beijou. — Não pode culpá-los por isso.

Podia e culpava. Se as vestimentas cheias de penas dos habitantes da cidade serviam de qualquer indicação, Domaine-les-Roses era um lugar bizarro.

— Ser jovem e bonito não é nenhum crime, Reid. — Apontou para a mulher mais próxima de nós, que estivera me estudando pelos últimos quinze minutos. Atrevida. Loura. Voluptuosa. — Você mesmo tem várias admiradoras.

— Não estou interessado.

— Ah, sim. — Piscou para aqueles que a admiravam. — Por um momento me esqueci de que falava com o implacável Santo Reid.

— Não sou santo. Sou casado.

— Com quem? Louise Larue? Receio que ela não exista.

Meus dedos se aquietaram ao redor da faca em minha mão.

— E qual é o meu nome, *maman*? — Ela se enrijeceu, os olhos ficando largos. Satisfação cruel me percorreu. — Diggory, Lyon ou Labelle? Deveria escolher um arbitrariamente? — Quando não respondeu, abrindo e fechando a boca, manchas de cor aflorando nas bochechas, me virei. Recomecei a girar a faca. — Não é o nome que faz a pessoa. Não me importa o que um pedaço de papel idiota diz que o nome dela é. Fiz um juramento e vou honrá-lo. Além disso — resmunguei —, essas garotas parecem até passarinhos.

Essas garotas não são Lou.

— Acha que Louise nunca usou penas nos cabelos? — Madame Labelle soltou uma risada fraca, introspectiva. — São plumas de cisne, querido, e nós as usamos para honrar a Donzela. Está vendo aquela fogueira? Os moradores vão acendê-la para o Imbolc no mês que vem... como Louise fez todos os anos desde seu nascimento, lhe garanto.

Meus olhos se aguçaram com interesse renovado na direção da jovem, dos foliões perto dela. Batiam palmas e pés ao som do bandolim de Claud, gritando elogios. Os dedos grudentos de bolinhos fritos de amêndoa e mel. Biscoitos de alecrim. Pãezinhos de semente. Franzi a testa. A praça inteira cheirava a vitalidade. *Vitalidade;* não medo.

— Eles têm coragem de celebrar o Imbolc?

— Você está bem longe de Cesarine, querido. — Ela deu tapinhas em meu joelho.

Olhei para a porta atrás de mim, para as portas de todos os estabelecimentos margeando a rua. Nem um único cartaz de procurado sequer. Se Claud ou os moradores os tinham removido, eu não sabia.

— No norte, os costumes antigos são ainda mais comuns do que pensa. Não se aflija. Seus irmãos são burros demais para se darem conta do que as penas de cisne e as fogueiras significam.

— Eles não são burros. — Uma resposta quase instintiva. Abaixei a cabeça quando ela riu.

— Tive que explicar as mesmas coisas a *você*, não tive? Como pode condenar sua cultura se nem a conhece?

— Não quero conhecer minha cultura.

Com um suspiro pesado, revirou os olhos.

— Pelas tetas da Mãe, você é *mesmo* petulante.

Girei para encará-la, incrédulo.

— O *que foi* que você disse?

Ela levantou o queixo, as mãos entrelaçadas no colo. O próprio retrato da elegância e da graça.

— Tetas da Mãe. É um expletivo comum no Château. Poderia lhe contar tudo sobre como é a vida lá, se tirasse toda essa cera do seu ouvido.

— Eu... eu não quero saber das tetas da minha mãe! — Com as bochechas em chamas, me levantei, determinado a colocar o máximo de distância entre mim e *aquela* imagem perturbadora.

— Não são as *minhas*, seu idiota ingrato. As *da* Mãe. Da *Deusa Tríplice*. Quando uma mulher carrega uma criança no ventre, seus seios crescem, preparando-se para alimentar...

— Não. — Balancei a cabeça com veemência. — Não, não, não, não, *não*. Não vamos discutir isso.

— Francamente, Reid, é a coisa mais natural neste mundo. — Ela bateu no lugar ao seu lado. — Você foi criado num ambiente extremamente masculino, de modo que perdoarei sua imaturidade só dessa... Ah, pelo amor da Deusa, *sente-se*. — Ela agarrou meu pulso enquanto eu tentava fugir, me puxando para me sentar ao seu lado. — Sei que estou em águas perigosas, mas já venho querendo discutir isto com você há algum tempo.

Me forcei a encará-la.

— Seios?

Revirou os olhos.

— Não. Louise. — Diante da minha expressão confusa, continuou: — Você... tem *certeza* a respeito dela?

A pergunta, tão inesperada, tão absurda, me fez recuperar a sobriedade.

— Você não está falando sério.

— Não, receio que esteja. — Inclinando o queixo, parecia estar refletindo a respeito das palavras seguintes. Uma sábia decisão. *Estava* em águas perigosas. — Vocês se encontraram faz apenas alguns meses. Como pode saber que a conhece de verdade?

— Eu a conheço melhor do que você — rosnei.

— Duvido muito. Morgane era minha amiga de infância mais querida. Eu a amava, e ela a mim. Éramos mais próximas do que irmãs.

— E daí?

— E daí que sei como as mulheres Le Blanc podem ser sedutoras. — Como se pudesse sentir a maré subindo dentro de mim, tirou a faca da minha mão e a guardou na bota. — Estar perto delas é amá-las. São corajosas, livres e excessivas. Viciantes. Elas nos consomem. Nos fazem sentir que estamos *vivos*. — Minhas mãos tremiam. Eu as fechei em punhos. — Mas também são perigosas. Essa será sempre a sua vida com ela: sempre fugindo, se escondendo, lutando. Jamais saberá o que é ter paz. Jamais saberá o que é ter uma família. Jamais viverá até a velhice com ela, filho. De uma maneira ou de outra, Morgane não permitirá.

Suas palavras me tiraram o fôlego. Um segundo se passou até recuperá-lo.

— Não. Nós vamos matar Morgane.

— Louise ama a mãe, Reid.

Balancei a cabeça veementemente.

— *Não*...

— *Todos* os filhos amam suas mães. Mesmo aqueles com relacionamentos complicados. — Não olhou para mim, decidida a tomar goles do vinho. A assistir à dança de Deveraux. A música foi diminuindo até se tornar apenas um ruído baixo em meus ouvidos. — Mas não estamos falando de Louise e da mãe, ou de mim e da mãe dela. Estamos falando de vocês dois. Louise já começou seu declínio. Conheço os sinais. — Ela assentiu diante da minha pergunta silenciosa. — Sim. O mesmo aconteceu com Morgane. Você não pode impedir e não pode fazer com que desacelere. Vai consumir os dois se tentar.

— Você está errada. — Uma raiva cáustica recobria as palavras, mas Madame Labelle não se retraiu. Sua voz apenas ganhou força, tornando-se mais áspera.

— Espero que sim. Não desejo essa escuridão para ela... e certamente não desejo isso para você. Pense bem na sua escolha, filho.

— Já fiz minha escolha.

— São muito poucas as escolhas da vida que não podem ser desfeitas.

Deveraux e Seraphine terminaram sua apresentação com urros de aplauso. Uma pequena parte de mim reconheceu que era nossa vez de subir ao palco, mas não me movi. Queria sacudi-la, fazê-la entender. *São muito poucas as escolhas da vida que não podem ser desfeitas*, dissera. Mas já tinha matado o arcebispo. Era uma escolha que não podia *desfazer* — e, ainda que pudesse, não o faria.

Tinha mentido quando disse que fizera minha escolha.

Na verdade, nem existia uma. Nunca existira.

Eu a amava.

E se tivesse que fugir, me esconder, lutar por aquele amor, faria tudo aquilo. Pelo resto da vida, se pudesse.

— Eu imploro que escolha com cuidado — repetiu Madame Labelle, levantando-se. Seu rosto era sério. — A história de Louise não termina em felicidade. Termina em morte. Seja pelas mãos da mãe, ou pelas próprias mãos, Louise não vai continuar sendo a moça por quem você se apaixonou.

Pressão cresceu atrás dos meus olhos.

— Vou amá-la mesmo assim.

— Um nobre sentimento. Mas você não deve amor incondicional a ninguém. Ouça quem sabe por experiência própria: quando uma pessoa traz mais dor do que alegria, você tem todo o direito de deixá-la para trás. Não tem que segui-la para dentro da escuridão. — Ela alisou as saias antes de estender a mão para mim. Seus dedos eram quentes, firmes, ao me levar na direção do palco. — Deixe-a ir, Reid, antes que ela leve você junto.

Consegui não esfaquear minha mãe.

Suor cacheava meus cabelos, umedecia minha pele, quando atirei a última faca, a soltei da roda de madeira e abri caminho pela horda de mulheres que se reunira para assistir à nossa apresentação. Elas riam. Gargalhavam com afetação. A loura parecia estar me seguindo. Aonde ia ou virava, ela surgia, arrastando duas amigas consigo. Batendo os cílios. Curvando o corpo para roçar no meu. Irritado, avistei Beau no meio da multidão e fui direto para ele.

— Aqui. — Tomei seu braço e o puxei na direção das moças. — As distraia.

Uma risada malandra escapou de debaixo do capuz.

— Com prazer.

Me esgueirei para longe antes que as mulheres pudessem me seguir. Claud tinha estacionado os carros na ruela atrás da barraca dos St. Martin. Ninguém me incomodaria ali. Teria um momento sozinho para pensar, para me *trocar*. Lavar o rosto. Prestava atenção apenas parcialmente em Zenna enquanto passava pela multidão, amaldiçoando a ela e a seu lápis de olho. Ao menos não pintara meus lábios de azul, como fizera com os seus próprios. Sob o manto extraordinário, um vestido prateado ondeava quando levantou os braços para iniciar sua apresentação. Pulseiras reluziam nos pulsos.

— Juntem-se todos! Ouçam! Abracem os seus amados! — A cadência da sua voz se aprofundou, tornando-se rica e melodiosa. Silêncio se instalou na plateia. — Para este conto, uma narrativa grandiosa de uma bela donzela e um dragão, fera... e seu amor, que termina em tragédia.

Ah. Versos.

Continuei caminhando. Como suspeitara, Deveraux tinha confiscado meu casaco. O vento açoitava minha pele nua.

— A Tarasca criatura temível era, mas Martha era ainda mais gentil, ela. — Deslumbrados, os espectadores ficaram absolutamente imóveis enquanto seguia com sua narrativa. Até as crianças. Bufei e andei ainda mais depressa, tremendo. — A Tarasca soprou fogo violento, mas Martha fechou os olhos e orou com intento.

Ao ouvi-lo, meus passos desaceleraram. Pararam. Contrariando o bom senso, me virei.

O clarão das tochas escondia metade do rosto de Zenna em sombras quando virou a cabeça para o céu, entrelaçando as mãos em uma oração.

— "Não se aflija por mim, Ó Senhor, mas poupe meu povo da fúria do dragão!" E quando sua prece perfurou o céu, a Tarasca olhou para baixo do reino de fel. — Zenna abriu os braços, fazendo o manto flamular atrás dela. Na luz bruxuleante, o tecido transformou-se em asas. Até seus olhos pareciam brilhar. — "Quem é essa delícia, esse tesouro, que chama por mim com voz de ouro? Vou comê-la com osso e tudo!" E assim a Tarasca começou seu mergulho.

Apesar do frio, havia algo em sua voz, em sua expressão, que me mantinha fixo ali. As palavras da minha mãe ecoaram ao redor das de Zenna. *Toulouse e Thierry St. Martin, talvez até Zenna e Seraphine, não são o que parecem.*

Como os demais, eu ouvia, absorto, enquanto tecia sua trama trágica: como a família de Martha — alucinada de medo — a oferecera ao dragão como sacrifício, como a Tarasca a tomou como sua noiva e os dois se apaixonaram. Como, enfim, Martha desejou poder retornar a sua pátria, onde o pai aguardava em segredo com uma corrente mágica. Como a usou para capturar a Tarasca, para segurá-la enquanto queimava a própria filha na fogueira.

Nessa parte, os olhos de Zenna encontraram os meus. Puro ódio borbulhava dentro deles. Senti em meu peito.

Sua voz ficou mais alta, mais forte, ao terminar a história.

— Absoluto foi o rugido do dragão, ao quebrar sua prisão. E cabeças rolaram, dos homens que seu amor roubaram. — Do outro lado da praça, a loura chorava no ombro de Beau. Genuinamente *chorava*. E, ainda assim, não podia desdenhar dela. — Até os dias de hoje, ele vaga lá em cima, ainda pranteando aquela que estima. Murcha plantações e salga a terra e abate os homens, que lamentam o dia em que nasceram. Juntem-se todos! Ouçam! Abracem os seus amados, para este conto de lágrimas e desdita, de donzela morta e um dragão, fera... e sua fúria, que termina em tragédia.

Soltou um último e trêmulo fôlego, e o sopro rodopiou como fumaça dos seus lábios no ar frio da noite. Um silêncio absoluto se seguiu. Inabalável, ela se curvou em uma magnífica cortesia. O manto agrupava-se ao redor dos pés dela como luz estelar líquida. Permaneceu daquela maneira, recurvada, até a plateia enfim encontrar sua voz. Explodiu em vivas — ainda mais altas do que a ovação recebida por Deveraux e Seraphine.

Eu a fitei, boquiaberto. O que fizera com as palavras — não devia ser possível. Quando me dissera que Claud colecionava apenas os excepcionais, não tinha de fato acreditado nela. Agora, sabia. Agora eu *sentia*. Embora não tenha parado para examinar a emoção com muito cuidado, não era uma confortável. Meu rosto ardia. Minha garganta estava apertada. Naqueles breves momentos, a Tarasca tinha parecido real — mais do que real. E sentira pena de um monstro que sequestrara sua noiva e decapitara sua família.

A família que a tinha queimado viva.

Nunca antes tinha pensado nas mulheres que atirei na fogueira. Nem mesmo Estelle. Pensara apenas em Lou, que não era como elas. Lou, que não era como as outras bruxas. *Que conveniente*, ela me dissera antes de nos separarmos. *Você vê o que quer ver.*

Tinha queimado minha própria família? Não tinha como saber, mas mesmo que tivesse... Não estava pronto para lidar com aquela informação. Não podia suportar as consequências, ou reparar a dor que infligira. O amor que roubara. Em outros tempos, teria argumentado que criaturas como elas não eram capazes de amar. Mas Lou me provara o contrário. Madame Labelle e Coco me provaram o contrário.

Talvez Lou *não fosse* como as outras bruxas.

Talvez elas fossem como Lou.

Abalado por aquele senso de lucidez, fugi na direção dos carros, ignorante de quem estivesse a minha volta. Mas quando quase derrubei um menininho de joelhos, parei imediatamente, agarrando-o pela gola para equilibrá-lo.

— *Je suis désolé* — murmurei, tirando a poeira de seu casaco maltrapilho. Seus ombros pareciam tão magros sob minhas mãos. Desnutridos.

Ele segurava um boneco de madeira contra o peito e assentiu, mantendo os olhos no chão.

Relutando em soltá-lo, perguntei:

— Onde estão seus pais?

Ele gesticulou para a fonte, onde Zenna começara o bis.

— Não gosto de dragões — sussurrou.

— Menino esperto. — Olhei para trás dele, na direção da barraca de Toulouse e Thierry. — Está... na fila?

Ele assentiu novamente. Talvez não tão esperto, no fim das contas. Liberei-o.

Quando cheguei à carroça âmbar, porém, não pude deixar de virar e o observar enquanto entrava na tenda. Embora não pudesse ver o rosto de Toulouse, ainda podia enxergar o do garoto. Tinha pedido a bola de cristal. Quando Toulouse a pousou sobre a mesa entre os dois — bem ao lado de um suporte para incenso —, fiquei tenso.

Era evidente que o menino não tinha muito dinheiro. Não devia estar gastando o pouco que tinha com *magia*.

A mão de alguém segurou meu braço antes que pudesse intervir. Minha mão livre voou até a bandoleira, mas parei na metade do caminho, reconhecendo Thierry. Tinha prendido os cabelos para tirá-los da frente do rosto. O penteado enfatizava as maçãs do rosto pronunciadas. Os olhos pretos. Com a sombra de um sorriso, me liberou, apontando com o queixo em direção à tenda. Franzi o cenho quando o menino entregou o boneco a Toulouse — uma escultura de madeira, me dei conta então. Tinha chifres. Cascos. Olhando com mais atenção, vagamente reconheci a figura como a mesma na garrafa de vinho de Lou. Vasculhei a memória, tentando lembrar seu nome e não conseguindo.

Toulouse tomou o presente cuidadosamente em uma das mãos. Acariciou a bola de cristal com a outra.

Dentro das brumas do vidro, formas começaram a se materializar: o familiar homem de chifres governando fauna e flora, uma mulher alada com coroa de nuvens. Uma terceira mulher com barbatanas logo se juntou aos outros. O menino bateu palmas, extasiado, enquanto ela nadava pelas ondas do oceano. Sua risada soava... plena.

Franzi ainda mais a testa.

Quando saiu depressa da barraca um momento mais tarde, ainda segurava sua moeda na mão... não. Um *amontoado* de moedas. Toulouse não tinha tirado do menino. Ele tinha *dado*. Observei, incrédulo, quando uma mulher idosa foi se sentar à mesa.

— Por que não fala, Thierry? — indaguei.

Não me respondeu de pronto, mas senti seus olhos em meu rosto. Percebi sua deliberação. Eu não disse mais nada, observando enquanto Toulouse gesticulava para a bola de cristal. A mulher estendeu a mão em resposta, e Toulouse traçou as linhas em sua palma. A boca murcha se curvou para cima em um sorriso.

Enfim, Thierry soltou um suspiro.

Então — o impossível — ouvi uma voz dentro da minha cabeça. Uma voz *de verdade*. Como a de Toulouse, mas mais suave. Excessivamente gentil.

Toulouse e eu crescemos nas ruas de Amandine.

Deveria ter ficado surpreso, mas não fiquei. Não depois de tudo que vira. Depois de tudo que *fizera*. Parte de mim vibrou por estar certo — Toulouse e Thierry St. Martin possuíam magia. A outra parte não podia celebrar. Não podia fazer nada senão estudar a senhora na tenda de Toulouse. Com cada passar de dedos dele, a mulher parecia ficar mais jovem, embora suas feições não mudassem. A pele ficou mais corada. Os olhos, mais vibrantes. Os cabelos, mais reluzentes.

Roubávamos o que precisávamos para sobreviver. Thierry também observava o irmão ajudar uma mulher idosa a se sentir bonita novamente. *No começo, éramos só ladrõezinhos de rua. Uma* couronne *aqui e ali para comprar comida, roupas. Mas nunca era o suficiente para Toulouse. Acabou colocando seu foco em alvos mais ricos* — comtes, marquises, *até um* duc *ou dois.*

Ele me lançou um sorriso pesaroso. *Àquela altura, Toulouse tinha aprendido que riqueza de verdade não viria de bugigangas surrupiadas, mas de conhecimento. Roubávamos segredos no lugar de pedras preciosas, os vendíamos a quem oferecesse mais. Não demorou muito até termos ganhado uma certa reputação. Um homem chamado Gris nos recrutou para sua equipe.* Voltou a suspirar, olhando para as mãos. *Toulouse e Gris tiveram uma discussão. Meu irmão ameaçou revelar os segredos dele, e Gris retaliou cortando minha língua.*

Encarei-o, horrorizado.

— Ele cortou sua língua.

Em resposta, Thierry lentamente abriu a boca, revelando um círculo oco de dentes. Ao fundo, um cotoco de língua movia-se, inútil. Bile me subiu à garganta.

— Mas você não fez nada. Por que foi punido?

As ruas são cruéis, caçador. Tem sorte de nunca as ter conhecido. Elas mudam as pessoas. As endurecem. Os segredos, as mentiras necessárias à sobrevivência... não são fáceis de se desaprender. Seus olhos voltaram para o irmão. *Não responsabilizo Toulouse pelo que aconteceu. Fez o que achou necessário.*

— Ele é a razão pela qual você não tem mais sua *língua*.

Gris sabia que a melhor maneira de manter meu irmão calado era me ameaçar. E funcionou. A noite em que perdi minha voz foi a noite em que perdeu a dele. Toulouse é um túmulo de segredos desde então. E um homem melhor.

Sem conseguir compreender tamanha força — tamanha aceitação e calma equilibrada —, mudei o rumo da conversa:

— Você disse que perdeu a voz, mas ainda consigo escutá-la com clareza em minha mente.

Encontramos nossa magia naquela noite — e eu já pagara o preço do silêncio. Nossos ancestrais nos permitiram nos comunicar de uma maneira diferente.

Aquilo captou minha atenção.

— Vocês não sabiam que possuíam magia antes?

Para minha surpresa, não foi Thierry quem respondeu. Foi Deveraux. Desfilou na nossa direção, vindo da carreta escarlate, as mãos dentro dos bolsos de risca de giz. O casaco de estampa cashmere estava aberto por cima de uma camisa de poá, e as penas de pavão no chapéu balançavam a cada passo.

— Diga-me, Reid, se nunca viu a cor vermelha, como pode saber como ela é? A reconheceria naquele cardinal? — Gesticulou para o telhado da padaria, onde um pássaro carmesim tinha pousado. Como se sentisse nossa atenção, alçou voo.

— Hã... não?

— E acha que ele poderia voar se tivesse passado a vida inteira acreditando que não podia?

Diante da minha expressão, disse:

— Você passou uma vida inteira subconscientemente reprimindo sua magia, meu garoto. Tal empenho não é fácil de se desfazer. Parece que apenas a visão do corpo sem vida da sua esposa foi poderosa o suficiente para liberá-la.

Meus olhos se estreitaram.

— Como sabe quem sou?

— Logo descobrirá que sei uma grande quantidade de coisas que não deveria. Um corolário bastante irritante para os que me conhecem, receio dizer.

A risada de Thierry ecoou dentro da minha cabeça. *É verdade.*

— E... e o senhor? — perguntei, jogando a cautela para o alto. Sabia quem eu era. *O que* era. Não havia por que continuar fingindo. — *Também* é um bruxo, Monsieur Deveraux?

— De um homem honesto para outro? — Me lançou uma piscadela jovial e continuou seu caminho até a praça. — Não sou. Respondi à sua pergunta?

Uma sensação insistente deixou meu crânio formigando enquanto desaparecia dentro da multidão.

— Não, não respondeu — resmunguei com amargura. A senhora se levantou da tenda para partir também, puxando Toulouse para um abraço de esmagar os ossos. Se não tivesse presenciado sua transformação, teria jurado que era uma pessoa diferente. Quando o homem beijou a bochecha dela em resposta, a idosa corou. O gesto, tão inocente e *puro*, fez algo se contorcer em meu peito. Combinado à saída enigmática de Deveraux, me sentia... fora de equilíbrio. À deriva. Magia assim não deveria ser feita. Aquilo, *tudo* aquilo, não era certo.

A mão de Thierry pousou em meu ombro. *Você vê a magia como uma arma, Reid, mas está equivocado. Ela simplesmente... existe. Se quiser usá-la para ferir, vai ferir, e se quiser usá-la para salvar...* Juntos, olhamos para Toulouse, que colocava uma flor atrás da orelha da mulher. Ela sorriu para ele, radiante, antes de ir se juntar ao restante dos transeuntes. *Vai salvar.*

PARTE II

Quand le vin est tiré, il faut boire.
Quando o vinho é aberto, deve ser bebido.
— Provérbio francês

A MORTE VERMELHA E SUA NOIVA, SONO ETERNO

Reid

O colar de Zenna — grande, de ouro, o pendente de diamante do tamanho do meu punho — me golpeou o rosto quando ela se debruçou por cima dos meus cabelos. Tinha coberto as mãos com uma pasta pútrida para pentear as ondas. Afastei o colar, irritado. Meus olhos ardiam. Se atirasse aquele seu lápis de olho para fora da carroça, será que notaria?

— Nem pense nisso — avisou ela, estapeando minha mão para longe do cosmético da morte.

Beau convenientemente desaparecera quando Zenna trouxe a bolsinha de maquiagem. Também não via minha mãe desde que tínhamos estacionado no campo. Os aldeões de Beauchêne, um vilarejo na periferia da Forêt des Yeux, tinham construído um palco de verdade para as companhias itinerantes que passavam por lá — muito diferente das praças e pubs em que vínhamos nos apresentando. Tinham-no montado naquele local pela tarde. Vendedores e carrinhos de comida haviam seguido a comoção. À medida que o sol ia lentamente se escondendo, riso e música flutuavam para dentro da carreta âmbar.

Meu peito doía inexplicavelmente. Seis dias tinham se passado desde minha primeira apresentação. Beauchêne era a última parada na turnê oficial da Troupe de Fortune. Em Cesarine, Deveraux e seus artistas desapareceriam dentro das catacumbas debaixo da cidade, onde os privilegiados da sociedade se misturavam ao rebotalho. Sem inibições, lascivos e mascarados.

La Mascarade des Crânes, Madame Labelle chamara.

A Mascarada de Crânios.

Jamais ouvira falar em tal espetáculo. Ela não ficara surpresa.

Deveraux terminou de abotoar o colete.

— Um pouco mais de volume no topo, por favor, Zenna. Ah, sim. Perfeito! — Piscou para mim. — Está *resplendissant*, Monsieur Morte Vermelha. Absolutamente *resplandecente*... Como deveria! Esta é uma noite especial, é, sim.

— É?

Os olhos de Zenna se estreitaram. Usava um vestido esmeralda — ou talvez fosse roxo. Cintilava com iridescência sob a luz das velas. Pintara os lábios de preto.

— *Todas* as noites são especiais em cima do palco, caçador. Se estiver entediado, a plateia nota. Uma plateia entediada é uma plateia mão fechada, e se não *me* derem gorjetas por *sua* causa, vou ficar bem irritada. — Balançou a escova dourada diante do meu rosto. — Não quer me ver irritada, quer?

Afastei-a devagar. Ela a trouxe de volta.

— Você está sempre irritada — respondi.

— Ah, não. — Abriu um sorriso ameaçador. — Ainda não me viu irritada.

Deveraux riu quando as vozes lá foram ficaram mais altas. As sombras, mais extensas.

— Não imagino que *ninguém* vá ficar entediado hoje, doce Zenna.

Quando partilharam de um olhar sugestivo, franzi a testa, certo de que não tinha entendido algo.

— Houve alguma mudança no cronograma?

— Que ardiloso. — Jogou a máscara com chifres para mim, mexendo as sobrancelhas. — E acontece, meu estimado jovem, que é *você* a nossa mudança. Hoje vai substituir a mim e Seraphine como o ato inicial da Troupe de Fortune.

— E é melhor não fazer besteira — avisou Zenna, me ameaçando com a escova novamente.

— O quê? — Estreitei os olhos enquanto ajeitava a máscara no rosto. — Por quê? E onde está minha mãe?

— Aguardando você, lógico. Não tema, já a alertei a respeito da alteração. Beau a está prendendo na roda neste instante mesmo. — Seus olhos brilharam com malandragem. — Vamos?

— Espere! — Zenna me puxou de novo para sua cabana e colocou com cuidado um cacho de cabelos por cima da máscara. Quando a fitei, confuso, me empurrou para a porta. — Vai me agradecer mais tarde.

Embora não houvesse nada inerentemente suspeito em suas palavras — nas palavras dos *dois* —, meu estômago se revirou, cheio de nós, enquanto descia da carroça. O sol tinha quase se posto, e expectativa vibrava no ar da tardinha. Refletia-se no rosto das pessoas mais próximas de mim. Em como se remexiam, se viravam para sussurrar aos vizinhos.

Minha testa se franziu ainda mais.

Aquela noite era diferente.

Não sabia por quê, não sabia como, mas sentia.

Ainda sorrindo como um gato que pegou o rato, cantarolando baixinho, Deveraux me guiou até o palco. Um tablado de madeira no centro do campo. Lamparinas iluminavam o perímetro dele, lançando sua fraca luz bruxuleante na neve compacta. Nos casacos e xales e luvas. Alguém virara a roda de madeira de costas para a plateia. Não podia ver minha mãe, mas Beau estava a poucos centímetros da tábua, discutindo com ela. Comecei a me mover para ir me juntar aos dois.

Deveraux segurou meu braço.

— Não, não, não. — Balançou a cabeça, me girando para a frente e tirando o manto dos meus ombros ao mesmo tempo. Fiz uma carranca. Depois estremeci. Com olhos vivos de empolgação, a plateia me observava com expectativa, segurando cálices de hidromel e vinho quente.
— Pronto? — murmurou Deveraux. Por hábito, verifiquei as facas em minha bandoleira, a espada presa às costas. Endireitei a máscara.
— Pronto.
— Excelente. — Pigarreou, e silêncio tomou o campo. Abriu os braços. Seu sorriso parecia ainda mais largo do que a extensão deles. — Senhoras e senhores, açougueiros e padeiros, plebeus e patrícios... *bonsoir!* Saudações! Bebam, bebam, se assim lhes aprouver, e me permitam expressar minha mais sincera gratidão por sua hospitalidade. — A multidão gritou vivas. — Se nossas apresentações forem do seu agrado hoje, por favor, considerem mostrar sua apreciação a nossos artistas. Sua generosidade permite à Troupe de Fortune continuar oferecendo a Beauchêne aquilo que todos amamos: frivolidade desenfreada e pleno entretenimento a toda a família.

Olhei para minha calça de couro.

Família.

Como se pudesse ler meus pensamentos, alguém na plateia assoviou lascivamente. Com as orelhas ardendo, estreitei os olhos naquela direção, mas, na semiescuridão, não pude discernir quem era o culpado. Apenas sombras. Silhuetas. Uma mulher formosa e um homem esguio acenaram para mim. Bufando, desviei o olhar e...

Meus olhos se abriram, enormes.

— Me escutem todos, e escutem bem! — A voz de Deveraux reverberou, mas mal o ouvi, me aproximando da beira do palco, procurando pelo casal familiar. Tinham desaparecido. Meu coração ribombava em meus ouvidos. — Honoráveis convidados, hoje e apenas hoje, testemunharemos um acontecimento único neste palco. Uma apresentação inteira e completamente *nova*, uma saga, um *paradigma*, de perigosa intriga e romance fatal.

Apresentação nova? Alarmado, encontrei seu olhar, mas Claud apenas piscou, passando por mim para chegar à tábua giratória. Beau sorriu e se afastou.

— E agora, sem mais delongas, eu lhes apresento nosso *Mort Rouge* — Deveraux gesticulou para mim antes de virar a roda para a plateia — e sua noiva, *Sommeil Éternel*!

Meu queixo caiu.

Presa à madeira, Lou sorria para mim. Borboletas brancas — não, mariposas — cobriam o canto superior do seu rosto, suas asas desaparecendo dentro dos cabelos brancos. Mas seu vestido... minha boca ficou seca. Não chegava a ser um vestido — eram mais teias de aranha. Mangas do material caíam dos seus ombros. O decote mergulhava até a curva da cintura. Dali, o delicado tecido da saia — tiras translúcidas — soprava suavemente ao vento, revelando suas pernas. Suas pernas *nuas*. Contemplei-a, hipnotizado.

Deveraux tossiu de novo para me acordar.

Meu rosto queimou ao ouvir o som, e, sem pensar, me movi, arrancando meu manto das mãos dele ao passar. Lou soltou uma gargalhada quando o levantei para escondê-la, para cobrir toda aquela pele reluzente e macia...

— Olá, Chass.

Sangue rugia em meus ouvidos.

— Olá, *esposa*.

Ela olhou para trás de mim, e, perto assim, seu sorriso parecia... forçado, de alguma forma. Fixo. Diante da minha expressão, ela sorriu mais, os cílios estremecendo contra o pó prateado em suas faces. Talvez estivesse apenas cansada.

— Temos plateia.

— Eu *sei*.

Fitou meus cabelos, seguindo para os contornos do meu maxilar antes de desviar para meu pescoço. Meu peito. Meus braços.

— Tenho que admitir — disse com uma piscadela —, o delineador me agrada.

Meu estômago se contraiu. Sem saber se estava com raiva ou em êxtase ou... ou algo mais, dei um passo à frente, jogando o manto para o lado. Outro passo. Perto o suficiente para sentir o calor emanando da pele dela. Fingi estar verificando as amarras em seus pulsos. Tracei a parte interior das suas coxas com os dedos, depois as panturrilhas, para apertar as que prendiam os tornozelos.

— *Onde* foi que arranjou esse vestido?

— Com Zenna, claro. Ela gosta de coisas bonitas.

Claro. A *maldita* Zenna. Ainda assim, o alívio rapidamente sobrepujou minha incredulidade. Lou estava ali. Estava *a salvo*. Lentamente, arrastei meu olhar até o dela, me demorando em sua boca antes de levantá-lo.

— O que está fazendo aqui? — Quando apontou com o queixo na direção de Ansel e Coco, que agora estavam parados ao lado do palco, balancei a cabeça. — Não. *Você*. O que *você* está fazendo amarrada à roda? É perigoso demais.

— Queria surpreender você. — Seu sorriso se alargou ainda mais. — E só artistas viajam nos vagões.

— Não posso atirar *facas* em você.

— Por que não? — Quando as linhas em minha testa ficaram mais pronunciadas, remexeu os quadris contra a madeira. Me distraindo. Sempre tentando me distrair. — Exagerei quando falei das suas habilidades?

Relutante, dei um passo para trás.

— Não.

Seus olhos brilharam com malícia.

— Prove.

Não sei o que me fez concordar. Talvez tenha sido o desafio aberto em seu sorriso. O rubor febril em suas bochechas. Os murmúrios da plateia. Tirando uma faca da bandoleira, fui caminhando para trás, atirando-a no ar e recuperando com um baque abafado. Antes que pudesse repensá-lo — antes que pudesse hesitar —, a disparei na direção da tábua giratória.

A faca foi se cravar fundo na madeira entre as pernas dela. A roda inteira reverberou com o impacto.

A multidão urrou seu fascínio.

Lou deixou a cabeça pender para trás e riu.

O som me encheu, me impulsionou, e a plateia desapareceu. Havia apenas Lou e sua risada. Seu sorriso. Seu *vestido*.

— É só isso? — chamou ela. Desembainhei mais uma faca em resposta. E outra. E mais outra. Manuseando cada vez mais rápido enquanto fechava a distância entre nós, beijando os contornos do seu corpo com cada lâmina.

Quando atirei a última, corri para a frente, sem fôlego com minha própria adrenalina. Arranquei as lâminas da madeira em meio aos aplausos.

— Como nos alcançou tão depressa?

Ela apoiou a cabeça em meu ombro. Os ombros dela ainda tremiam.

— Não foi com magia, se é isso que está perguntando. Seu Sono Eterno não dorme há uma semana.

— E vocês... vocês conseguiram a aliança?

Levantando o rosto, voltou a sorrir.

— Conseguimos.

— *Como?*

— Nós... — Algo mudou em seus olhos, no sorriso, e plantou um beijo na pele sensível entre meus pescoço e ombros. — Foi Coco. Devia tê-la visto. Foi incrível... uma líder nata. Não demorou nada para convencer a tia a se juntar a nós.

— Mesmo? — Pausei no movimento de liberar uma das facas. — La Voisin não queria nem me deixar *entrar* em seu acampamento. Como foi que Coco a persuadiu a se aliar a nós em tão pouco tempo?

— Ela só... as vantagens de uma aliança superaram as desvantagens. Só isso.

— Mas ela já teria estado ciente das vantagens desde antes. — Uma ponta de confusão perfurou meus pensamentos. Tarde demais, me dei conta de que Lou tinha se retesado nas amarras. — Ela ainda assim se recusou.

— Talvez não soubesse. Talvez alguém tenha explicado a ela.

— Quem?

— Eu já *disse* quem. — Seu sorriso tinha sumido, e sua expressão se endureceu de forma abrupta, toda a farsa desfeita. — Foi Coco. *Coco* esclareceu as coisas para ela. — Quando hesitei diante do seu tom, me afastando, ela suspirou e desviou os olhos. — Vão nos encontrar em Cesarine dentro de dois dias. Achei que ficaria feliz.

Franzi a testa.

— Estou feliz, é só que...

Não faz sentido.

Algo acontecera no coven de sangue. Algo que Lou não queria me contar.

Quando finalmente encontrou meu olhar, seus olhos eram imperscrutáveis. Cuidadosamente vazios. Controlados. Como se tivesse fechado uma cortina entre nós, me bloqueando o acesso. Apontou com o queixo para as facas.

— Terminamos aqui?

Como se estivesse entreouvindo, Deveraux chegou perto, olhando para os espectadores.

— Algo errado, bonecos?

Tirei a última faca da tábua, lutando para manter a voz estável.

— Tudo bem.

— Podemos... podemos seguir em frente com o *grand finale*, então?

Andando para trás novamente, tirei a espada da bainha em minhas costas.

— Podemos.

Uma sombra de sorriso tocou os lábios de Lou.

— Não vai colocar fogo nela?

— Não. — Eu a fitei, reflexivo, enquanto Deveraux amarrava a venda ao redor da minha máscara. Meus olhos. Sem a visão, vi outra cena se desenrolar com clareza em minha mente. A poeira. As fantasias. O veludo azul. Senti o cheiro do cedro e das lamparinas. Ouvi sua voz. *Não estou escondendo nada, Reid.*

Tinha nevado aquela noite. Seus cabelos estavam úmidos sob as pontas dos meus dedos. *Se não se sente confortável o bastante para me contar, a culpa é minha, não sua.*

Lou estava escondendo coisas de mim novamente.

Me forcei a me concentrar, a ouvir quando Deveraux puxou o cabo fixo à tábua giratória, que começou a se mover. A cada ruído suave, contava suas rotações, determinava sua velocidade, visualizava a localização do corpo de Lou em relação a cada giro. Tinha ficado nervoso ao atirar a espada em minha mãe pela primeira vez, mas sabia que confiança era fundamental para o sucesso. Tinha que confiar nela, e ela, em mim.

Nunca erramos.

Ali — parado diante de Lou —, visualizei o ponto logo acima da sua cabeça. Apenas alguns poucos centímetros de madeira. Treze, para ser preciso. Não havia margem para erros. Tomando fôlego, aguardei. Aguardei.

Deixei a espada voar.

A plateia fez um ruído de surpresa, e o som do metal acertando a tábua vibrou em meus ossos. Tirei a venda depressa.

Com o peito ofegante, a boca aberta, Lou me olhava com olhos arregalados. A espada tinha se fincado não acima da sua cabeça, mas ao lado — tão perto que chegara a arranhar sua bochecha, de onde uma fina linha de sangue escorria. Uma das suas asas de mariposa flutuou até o chão do palco, separada do restante do corpo, enquanto a roda ia desacelerando até parar. Os espectadores vibravam, em êxtase. Seus gritos, elogios, risos... tudo fazia muito pouco sentido para mim.

Tinha errado.

E Lou estava escondendo coisas de mim novamente.

ELA NÃO ME AMA

Lou

Quando os últimos dos aldeões retornaram às suas casas, com olhos sonolentos e trôpegos, Claud Deveraux abriu o Boisaîné para celebrar nossa reunião.

— Devíamos dançar — murmurei, apoiando a cabeça no ombro de Reid. Ele descansou sua bochecha em meus cabelos. Estávamos sentados juntos nos degraus da carreta âmbar, aconchegados sob uma manta de retalhos, e assistíamos enquanto Coco e Ansel davam as mãos a Zenna e Toulouse. Rodavam e rodavam, aos tropeços, em um círculo alucinado ao som do bandolim de Deveraux. Todos tentavam, sem sucesso, lembrar a letra de "Liddy Peituda". A cada garrafa de vinho que caía a seus pés, a risada ficava mais alta, e a canção, mais estúpida.

Queria me juntar a eles.

Quando bocejei, porém — minhas pálpebras muito pesadas da exaustão e do vinho —, Reid deixou um beijo em minha têmpora.

— Você está exausta.

— Estão acabando com a música da Liddy.

— *Você* faz a mesma coisa.

— Como é? — Me inclinei para a frente, virando para olhar feio para ele. Um sorriso ainda repuxava o canto dos meus lábios. — *Muito* obrigada, mas meu entusiasmo compensa tudo.

— Exceto uma boa extensão vocal.

Encantada, arregalei os olhos, fingindo ultraje.

— Está bem. Ótimo. Vamos ouvir a sua *extensão vocal*. — Quando não respondeu, apenas abriu um sorrisinho, cutuquei-o nas costelas. — Anda. Me mostre como se faz, Ó Ser Melodioso. Os plebeus aguardam suas instruções.

Com um suspiro, ele revirou os olhos e deslizou para longe do meu dedo.

— Esquece, Lou. Não vou cantar.

— Ah, não! — Segui-o como uma praga, cutucando e mexendo em cada partezinha dele que conseguia alcançar. Ele driblou minhas tentativas, no entanto, e ficou de pé num pulo. Pulei para o degrau de cima em resposta, me inclinando para a frente até estarmos quase nariz com nariz. A manta caiu no chão, esquecida. — Estou preparada para choque e deslumbramento, Chass. É bom a sua voz ser capaz de hipnotizar cobras e fazer virgens perderem as roupas. É bom ser a cruza entre Jesus e...

Seu beijo engoliu o restante das minhas palavras. Quando nos separamos, murmurou:

— Não tenho nenhum interesse em fazer virgens perderem as roupas.

Com um sorrisinho, envolvi seu pescoço com os braços. Não mencionara nossa briguinha no palco, ou a raposa preta que dormia em nossa carroça. Eu não mencionara o corte em minha bochecha, nem lhe contara que o nome da raposa era Brigitte.

— Nem as do Ansel? — perguntei.

Após nossa apresentação, Coco e Ansel tinham me encurralado, perguntando como Reid tinha recebido a notícia do assassinato dos irmãos. Meu silêncio os tinha exasperado. *Seu* silêncio tinha me exasperado. Não era que não... que não *quisesse* contar toda a verdade a Reid, mas a que propósito serviria? Não *conhecera* Etienne e Gabrielle. Por que deveria sofrer com suas mortes? Por que deveria assumir responsabilidade por elas? E ele o *faria*. Disso tinha certeza. Se soubesse que minha mãe tinha começado a vitimar seus irmãos, seu foco mudaria para protegê-los, em vez de permanecer em derrotar Morgane — uma estratégia ilógica, uma vez que sua morte era a *única* maneira de garantir a segurança deles.

Não, não era uma mentira. Não tinha *mentido* para ele. Era apenas... um segredo.

Todos temos segredos.

Reid balançou a cabeça.

— Ansel não é o meu tipo.

— Não? — Cheguei mais perto, a palavra um sopro contra seus lábios, e Reid subiu os degraus devagar, me encostando contra a porta da carroça. As mãos de ambos os lados do meu rosto. Me aprisionando ali. — E qual *é* o seu tipo?

Passou a ponta do nariz pelo meu ombro.

— *Adoro* mulheres que não sabem cantar.

Bufando, plantei as palmas contra seu peito e empurrei.

— Seu *babaca*.

— O quê? — indagou inocentemente, tropeçando para trás e quase caindo na neve. — É a verdade. Quando sua voz falha numa nota aguda, me deixa todo...

— "WILLY GRANDÃO FALAVA QUE NEM UM BUFÃO" — gritei, levando as mãos aos quadris. Desfilei na direção dele, tentando e não conseguindo reprimir a risada. — "MAS SUA VARA ERA LONGA QUE NEM SEU BRAÇÃO." — Quando começou a se engasgar, olhando para trás, para os demais, falei, alto: — É disso que você gosta, Chass? Deixa você todo excitado?

A folia atrás de nós cessou diante das minhas palavras. Todos os olhos foram parar em nós.

Um rubor começou a viajar até as bochechas de Reid, que levantou mão de maneira apaziguadora.

— Está bem, Lou, já entendi o seu...

— "Liddy viu seu formato no calção, que logo chamou sua atenção..."

— *Lou*. — Avançando quando Madame Labelle riu, tentou cobrir minha boca, mas dancei para longe, entrelaçando o braço no de Beau e girando enlouquecidamente.

— "E nove meses depois, tiveram um filho varão!" — Por cima do ombro, gritei: — Ouviu isso, Reid? Um filho varão, porque *sexo*...

Deveraux bateu palmas e gargalhou.

— Excelente, excelente! Conheci Liddy, sabem, e jamais terei a sorte de conhecer outra criatura mais encantadora que ela. Um espírito tão vivaz. Teria adorado saber que agora um reino inteiro a ama dessa maneira.

— Espera. — Girei para Deveraux, arrastando Beau comigo. — A Liddy Peituda existiu mesmo?

— E você a *conheceu*? — indagou Beau, incrédulo.

— Claro que existiu. E o jovem William também. Uma infelicidade que não tenham continuado juntos depois do nascimento da querida filha dos dois, mas é essa a natureza dos relacionamentos fundados apenas nos apetites da paixão.

Reid e eu nos entreolhamos.

E desviamos o rosto depressa.

E foi *aí* que vi Coco e Ansel se esgueirando para longe juntos.

Infelizmente, Beau também viu. Ele bufou, cheio de escárnio, balançou a cabeça e marchou de volta para a fogueira, abaixando-se para pegar uma garrafa de vinho pelo caminho. Reid o fitou com uma expressão insondável. Já eu tentava discernir as silhuetas de Coco e Ansel do outro lado do campo, onde estavam perto de um córrego no limiar da floresta. Pareciam... próximos. De uma maneira *suspeita*. *Alarmante*, até.

Deveraux interrompeu minha observação furtiva.

— Você teme pelo coração do seu amigo.

— Eu... o quê? — Desviei o olhar dos dois. — Do que está falando?

— O seu amigo. — Com a expressão de quem sabe de tudo, apontou com a cabeça na direção de Ansel. — *La jeunesse éternelle*. Permanecerá eternamente jovem. Há quem não aprecie inocência assim em um homem.

— Há quem seja estúpido — respondi, esticando o pescoço para ver quando Ansel...

Meus olhos se arregalaram.

Meu Deus.

Meu Deus, meu Deus, meu *Deus*.

Estavam se beijando. Estavam *se beijando*. Coco tinha... ela tinha se aproximado, e Ansel... ele a estava mesmo beijando. Entrando no jogo, fazendo sua jogada. Cheguei mais perto, orgulho e medo inflando-se igualmente dentro de mim.

Deveraux abriu um sorrisinho e arqueou uma sobrancelha.

— Obviamente, *há* quem o aprecie.

Reid me puxou para trás, de volta para o seu lado.

— Não é da sua conta.

Lancei-lhe um olhar incrédulo.

— Você está brincando, não é?

— Não...

Mas não escutei o restante da reprimenda. Me desvencilhando de sua mão, me esgueirei por entre as carroças. Talvez tenha sido o vinho que me compelia, ou talvez a postura de Coco — dura e constrangida —, como se... como se...

Como se estivesse beijando o irmãozinho mais novo. Merda.

Ela se afastou por um segundo, dois, *três*, antes de se inclinar para a frente para tentar de novo.

Circulei o palco, me escondendo entre suas sombras, perto o bastante para ouvir quando murmurou pedindo para ele parar. Balançando a cabeça, abraçou a própria cintura como se quisesse ficar o mais encolhida possível. Como se quisesse desaparecer.

— Ansel, por favor. — Ela lutou para encará-lo. — Não chore. Não é... Não quer dizer que...

Merda, merda, *merda*.

Apertei o corpo contra o tablado, me esforçando para ouvir a explicação sussurrada de Coco. Quando dedos tocaram minhas costas, quase pulei de susto. Reid estava agachado atrás de mim, emanando reprovação.

— É sério, Lou — repetiu, a voz baixa. — Isso é assunto deles, não nosso.

— Fale por você. — Espiando por cima da beira do palco, assisti enquanto Ansel secava uma lágrima da bochecha. Meu coração ficou apertado. — São os meus melhores amigos ali. Se as coisas ficarem complicadas entre os dois, sou eu quem vai ter que se virar com isso. É totalmente assunto meu.

— Lou...

A cabeça de Coco virou em nossa direção, e dei uma guinada para trás, batendo em Reid. Conseguiu se equilibrar antes de derrubar o palco inteiro, segurando meus ombros e nos puxando para o chão. Virei o rosto para sussurrar contra sua bochecha:

— Shhhh.

Sua respiração em minha orelha fez arrepios percorrerem minha coluna.

— Isso é errado.

— Então, por favor, sinta-se à vontade para voltar para as carroças.

Mas ele não se moveu, e, juntos, nos inclinamos para a frente, atentos a cada palavra de Coco.

— Não era isso que eu queria que tivesse acontecido, Ansel. — Ela escondeu o rosto nas mãos. — Me desculpe, mas foi um erro. Não devia... não era para isso ter acontecido.

— Um erro? — A voz de Ansel falhou na palavra, e se aproximou para agarrar sua mão. Mais lágrimas escorriam por suas bochechas. — Você me beijou. *Você me* beijou. Como pode dizer que foi um erro? Então por que me beijou uma segunda vez?

— Porque precisava ter certeza! — Fazendo uma careta diante da explosão, deixou cair a mão e começou a andar de um lado para o outro. — Escute — sussurrou, furiosa —, estou um pouco bêbada...

O rosto do jovem se endureceu.

— Não está tão bêbada assim.

— Estou, sim. — Afastou os cabelos do rosto, agitada. — Estou bêbada, estou agindo como uma idiota. Não quero lhe dar a impressão errada. — Foi sua vez de segurar as mãos dele, balançando-as. — Você é uma pessoa boa, Ansel. Melhor do que eu. Melhor do que todo mundo. Você... você é *perfeito*. Qualquer um teria sorte de estar com você. Eu só... eu...

— Você só não me ama.

— Não! Quero dizer, *sim*. — Quando ele se afastou, virando o rosto para longe, ela murchou visivelmente. Sua voz ficou tão baixa que Reid e eu nos inclinamos ainda mais para a frente em nosso desespero de querer escutá-los. — Sei que você acha que está apaixonado por mim, Ansel, e... queria estar apaixonada por você também. Eu o beijei porque precisava saber se conseguiria, um dia. E beijei mais uma vez porque precisava ter certeza.

— Você precisava ter certeza — repetiu ele. — Então... cada vez que me tocava... que me fazia corar, me fazia *pensar* que... que talvez você me quisesse também... Você não sabia. Me fez pensar que eu tinha uma chance, mas você não tinha *certeza*.

— Ansel, eu...

— Então, afinal, qual é o veredito? — A postura de Ansel era rígida, as costas viradas para nós. Embora não pudesse ver seu rosto, sua voz soava mais ríspida do que jamais a ouvira. Mais cruel. Em seu tom, podia quase *ver* sua angústia, um ser vivo que atormentava os dois. — Você me ama ou não?

Por um longo tempo, Coco não respondeu. Reid e eu esperávamos, prendendo o fôlego, não nos atrevendo a falar. Nem mesmo nos mover. Enfim, Coco pousou a mão delicadamente nas costas dele.

— Amo você, sim, Ansel. Só... não da mesma maneira como você me ama. — Quando ele se retraiu, violento em sua reação, ela abaixou a mão e se afastou. — Sinto muito.

Sem mais palavras, virou e fugiu pela margem do riacho.

Os ombros de Ansel despencaram na ausência dela, e comecei a me levantar para ir até ele, para abraçá-lo e ficar lá até as lágrimas terem cessado, mas os braços de Reid apertaram ainda mais minha cintura.

— Não — disse, a voz baixa. — Deixe que ele processe a informação.

Fiquei imóvel sob seu toque, ouvindo quando Deveraux anunciou que era hora de dormir. Ansel secou as lágrimas, apressando-se a voltar para ajudá-lo com a limpeza.

— Típico do Ansel — sussurrei, me sentindo fisicamente nauseada. — Por que ele tem que ser tão... tão...

Enfim, Reid me libertou.

— Ele não merecia o que ela fez com ele.

Emoções conflitantes se digladiavam dentro de mim.

— Ela não *fez* nada. Flertar não é nenhum pecado capital.

— Ela o enganou.

— Ela... — Encontrei dificuldades para articular os pensamentos. — Ela não pode mudar o que sente. Não *deve* coisa nenhuma a ele.

— Não foi só flerte inofensivo, Lou. Ela sabia o que Ansel sentia. Usou os sentimentos dele para deixar Beau enciumado.

Balancei a cabeça.

— Não acho que tenha sido essa a intenção dela. Você tem que entender... Coco sempre foi linda. Cresceu com vários admiradores em torno dela, mesmo quando criança, o que significa que cresceu muito depressa. É confiante e vaidosa e malandra por causa disso... e eu a *amo*...

Mas não é cruel. Não quis machucar Ansel de propósito. Ela só... não entendeu quão profundas as emoções dele eram.

Reid bufou, cheio de escárnio, e levantou-se, estendendo a mão para mim.

— Não. Não entendeu.

Enquanto os outros se preparavam para dormir, extinguindo o fogo e juntando garrafas de vinho vazias, fugi para procurar Coco. Não demorei muito. A poucos metros dali, a encontrei sentada perto de um azevinho, o rosto enterrado nos braços. Me sentei ao seu lado sem dizer uma palavra. A água corria gentilmente diante de nós, contando os segundos. Teria sido sereno, não fosse pela neve ensopando minha calça.

— Sou uma merdinha — murmurou ela enfim, sem levantar a cabeça.

— Besteira. — Com um movimento treinado, parti seus cabelos, dividindo cada metade em três seções perto do topo da cabeça. — Você cheira tão melhor do que merda.

— Você ouviu?

— Ouvi.

Grunhiu e levantou o rosto, seus olhos marejados.

— Eu arruinei tudo?

Meus dedos continuaram seus movimentos ágeis, adicionando novas mechas de cabelo a cada seção enquanto trançava.

— Ele vai ficar bem, Coco. Não vai morrer de um coração partido. É até um ritual de passagem para a maioria de nós. — Terminei a primeira trança, deixando a ponta solta. — Alec partiu o meu, e eu continuei viva. Babette partiu o seu. Sem eles, não teríamos encontrado os próximos. Eu não teria encontrado Reid.

Ela encarou a água.

— Você está dizendo que não tem problema eu ter partido o coração dele.

— Estou *dizendo* que, se não fosse você, teria sido outra pessoa. Pouquíssimas pessoas ficam com o primeiro amor.

Ela grunhiu de novo, inclinando a cabeça para trás, na direção das minhas mãos.

— *Meu Deus*. Fui o primeiro amor dele.

— Trágico, não? Mas cada um com seus gostos... — Quando terminei a segunda trança, quebrei um ramo de azevinho do galho mais próximo, arrancando as frutinhas e as colocando nos cabelos de Coco. Ela ficou em silêncio enquanto eu trabalhava. Enfim, fui engatinhando até me sentar a sua frente. — Dê tempo a ele, Coco. Vai acabar superando.

— Não. — Ela balançou a cabeça, e as tranças se desfizeram. As frutinhas salpicaram a neve a nosso redor. — Ele vai me odiar. Talvez tivesse perdoado todo o flerte, mas eu não devia tê-lo beijado.

Não respondi. Não seria nenhuma vantagem lhe contar o que já sabia.

— Eu *queria* amar ele, sabe? — Cruzou os braços contra o peito para se proteger do frio, curvando-se um pouco. — É por isso que o beijei. É por isso que nunca o rejeitei quando me *olhava* daquele jeito... com aqueles olhos enormes e apaixonados. É por isso que o beijei duas vezes. Talvez devesse ter tentado uma terceira.

— Coco.

— Me sinto *péssima*. — Mais lágrimas subiram a seus olhos, mas ela olhou para o céu com determinação. Nem uma única escapou. — Nunca quis machucá-lo. Talvez... talvez esta dor no meu peito signifique que estou errada. — Virou-se para mim abruptamente e tomou minha mão. — Nunca sofri por razões românticas assim a minha vida inteira, nem quando Babette me abandonou. Talvez queira dizer que *tenho* sentimentos por ele. Talvez... Lou, talvez esteja interpretando tudo errado!

— Não, não acho que...

— Ele é mais do que suficientemente atraente. — Falava por cima de mim agora, o desespero beirando a histeria. — *Preciso* de alguém como ele, Lou... alguém que seja gentil e cuidadoso e *bom*. Por que nunca escolho os bons? *Por quê?* — Seu rosto desmoronou, e as mãos relaxaram ao redor da minha. Abaixou a cabeça, derrotada. — Precisamos de mães para essas merdas de situações.

Rindo, me apoiei nas mãos atrás das costas e fechei os olhos, aproveitando o contato gelado da neve entre meus dedos. O luar em minhas bochechas.

— E não é que é verdade?

Ficamos em silêncio, cada uma presa na tormenta de seus próprios pensamentos. Embora jamais o tenha admitido a ninguém antes, ansiava pela minha mãe. Não a ardilosa Morgane le Blanc. Não a todo-poderosa Dame des Sorcières. Apenas... minha mãe. Aquela que costumava brincar comigo. Que me escutava. Que secou minhas lágrimas quando pensei que morreria de uma desilusão amorosa.

Quando abri os olhos, notei Coco encarando a água mais uma vez.

— Tia Josephine diz que me pareço com ela — comentou, a emoção evidente em sua voz. — É por isso que não suporta olhar para mim. — Abraçou os joelhos contra o peito, descansando neles seu queixo. — Ela me odeia.

Não pedi para explicar se falava de La Voisin ou da mãe. A dor em seus olhos estaria lá em ambos os casos.

Sentindo que silêncio a reconfortaria mais do que palavras, não disse nada. Percebi que ela esperara muito tempo pelo momento certo para me contar aquilo. Além disso — que palavras poderia lhe oferecer? A prática das Dames Blanches de abandonar os filhos —, os filhos homens sem magia e as filhas com o tipo errado de magia eram uma aberração. Palavra alguma jamais poderia retificá-lo.

Quando finalmente voltou a falar, seus lábios estampavam um sorriso melancólico.

— Não me lembro muito dela, mas às vezes... quando me concentro de verdade... vejo vislumbres de azul, ou luz brilhando através da água. O cheiro de lírios. Gosto de pensar que era o perfume dela. — Seu sorriso se foi, e ela engoliu em seco, como se a lembrança agradável tivesse se tornado amarga em sua língua. — É tudo ridículo, claro. Estou com tia Josephine desde os meus seis anos.

— Alguma vez ela visitou você? Sua mãe?

— Nunca. — Novamente, esperei, sabendo que tinha mais a dizer. — No meu aniversário de dez anos, perguntei à minha tia se *maman* viria comemorar. — Apertou os joelhos ainda mais contra o ataque do vento. Ou talvez da lembrança. — Ainda me lembro da expressão dela. Nunca tinha visto tanto ódio antes. Ela... ela me disse que minha mãe tinha morrido.

A confissão me atingiu com força inesperada. Franzi a testa, piscando depressa contra a ardência nos olhos, e desviei o rosto para me recompor.

— E tinha?

— Não sei. Não tive coragem de perguntar desde aquele dia.

— Que merda, Coco. — Ansiosa para conseguir distrai-la, distrair a mim mesma, balancei a cabeça, procurando algo para mudar o rumo da conversa. *Qualquer* coisa teria sido preferível àquela conversa estressante. Pensava que Morgane era cruel. Mas perspectiva era algo curioso. — Que livro era aquele na tenda da sua tia?

Ela virou para me encarar, franzindo a testa.

— O grimório dela.

— Sabe o que tem escrito nele?

— Feitiços, na maior parte. Registros dos experimentos que fez. A nossa árvore genealógica.

Reprimi um arrepio.

— Que tipo de feitiço? Parecia... uma coisa viva.

Ela soltou uma risadinha debochada.

— É porque é bizarro demais. Só o folheei uma vez, escondido, mas alguns dos encantamentos nele são malignos: maldições, possessão, doença, coisas assim. Só um idiota enfureceria minha tia.

Não pude controlar o arrepio, não importava o quanto tentasse. Misericordiosamente, foi aquele momento que Claud escolheu para se aproximar.

— *Mes chéries*, embora deteste interromper, já é tarde. Posso sugerir que as duas se retirem para a carreta âmbar? Sem dúvida estão exaustas da viagem, e não é recomendável ficar aqui sem companhia à noite.

Eu me levantei.

— Onde está Reid?

Claud pigarreou com delicadeza.

— Uma lástima, mas Monsieur Diggory encontra-se ocupado no momento. — Quando arqueei a sobrancelha, ele suspirou. — Depois de uma brincadeirinha mal planejada de Sua Alteza, nosso jovem Ansel sucumbiu às lágrimas. Reid o está consolando.

Coco ficou de pé num pulo, chiando como um gato incrédulo e raivoso. Quando enfim encontrou a voz, rosnou:

— Vou matá-lo. — Depois foi marchando de volta ao acampamento com um turbilhão violento de xingamentos. Beau, que a avistou na metade do caminho, mudou repentinamente de direção, enfiando-se dentro de uma carroça.

— Bem devagar! — pedi, gritando para ela, acrescentando um ou dois xingamentos aos dela. Pobre Ansel. Embora fosse ficar mortificado se visse Coco entrando em cena para salvá-lo, *alguém* precisava dar uma lição em Beau.

Claud riu no mesmo instante em que um grito rasgou o ar atrás de nós. Virei, sobressaltada — e talvez um pouco satisfeita, esperando ver Beau molhando as calças —, e congelei.

Não era Beau.

Uma dúzia de homens entrava na clareira, com espadas e facas em punho.

UMA REUNIÃO INESPERADA

Lou

— Abaixe-se — ordenou Claud, a voz subitamente mais profunda, mais assertiva. Me empurrou para o chão atrás dele, virando seu corpo para proteger o meu. Mas ainda assim consegui espiar por baixo do seu braço, procurando, desesperada, pelos casacos azuis dos Chasseurs. Não havia nenhum. Vestidos em trapos e casacos desgastados, aqueles homens fediam a bandidos de beira de estrada. Literalmente *fediam*. Podia sentir o cheiro de onde estávamos, a trinta passos de distância deles.

Claud tinha nos avisado dos perigos da estrada, mas eu não o tinha levado a sério. A ideia de meros mortais nos abordando tinha sido risível em comparação à ameaça de bruxas e caçadores. Mas não foi essa percepção que me fez ficar de queixo caído. Não foi o que me fez lutar para levantar e correr *na direção* dos ladrões, ao invés de para longe deles.

Não. Foi outra coisa. Outra *pessoa*.

Atrás do grupo — brandindo uma faca tão escura quanto a sujeira em seu rosto — estava Bas.

— *Merda*. — Horrorizada, dei uma cotovelada no flanco de Claud quando os olhos de Bas e Reid se encontraram. Ele nem se moveu. — Me deixa levantar! Me deixa levantar *agora*!

— Não chame atenção para si, Louise. — Me manteve no chão com apenas um braço, implausivelmente forte. — Permaneça quieta e calada, ou vou jogá-la dentro do riacho, uma experiência para lá de desagradável, lhe asseguro.

— Do que diabos está falando? Aquele lá é *Bas*. É um antigo amigo meu. Não vai me ferir, mas ele e Reid parecem estar prestes a voar no pescoço um do outro...

— Deixe-os — respondeu simplesmente.

Impotente, assisti quando Reid tirou a Balisarda da bandoleira. Sua última faca. O restante permanecia cravado na tábua giratória da nossa apresentação. O rosto de Bas se retorceu em um sorriso de escárnio.

— *Você* — cuspiu.

Seus companheiros continuaram cercando os demais no centro do acampamento. Estávamos em muito menor número. Embora Ansel brandisse seu punhal, o desarmaram em questão de segundos. Mais quatro homens irromperam de dentro de uma carroça, arrastando Coco e Beau com eles. Já tinham amarrado seus pulsos e tornozelos com corda, e os dois se debatiam em vão na esperança de se soltarem. Madame Labelle, porém, não lutava contra seu captor. Obedecia com calma, casualmente fazendo contato visual com Toulouse e Thierry.

Um homem baixo de pele branca, de marfim, caminhou na direção de Reid e Bas, palitando os dentes com sua adaga.

— E quem seria esse aí, hein, Bas?

— É o homem que matou o arcebispo. — A voz de Bas era irreconhecível, dura como o aço em suas mãos. Seus cabelos tinham crescido e ficado desgrenhados nos meses em que não o vira, e uma cicatriz terrível marcava a extensão da sua bochecha esquerda. Sua aparência era... afiada. Faminta. O oposto daquele jovem suave e mimado que conhecera. — É o homem que matou o arcebispo. Cinquenta mil *couronnes* pela captura dele.

Os olhos de Pele de Marfim se acenderam com reconhecimento.

— Reid Diggory. Quem diria? — Riu, um som desarmônico e feio, antes de dar pancadas em um dos carros em nítido regozijo. — Dama

Fortuna mesmo... Estava aqui achando que nosso bando ia afanar umas moedinhas, quem sabe passar a mão numas atrizes bonitas, e de repente *Reid Diggory* em pessoa cai de bandeja no nosso colo!

Outro bandoleiro — este alto e calvo — deu um passo à frente, carregando Coco. Sua faca permanecia colada ao pescoço dela.

— Não tinha uma outra viajando com ele, chefe? Uma garota com uma baita cicatriz no pescoço? Os cartazes dizem que é bruxa.

Merda, merda, *merda*.

— Fique quieta — sussurrou Claud. — Não se mova.

Mas era um plano estúpido. Estávamos em plena vista ali. Tudo que aqueles idiotas tinham que fazer era olhar para o riacho e nos perceberiam...

— Isso mesmo. — Pele de Marfim sondou o restante da trupe com voracidade. — Cem mil *couronnes* pela cabeça dela.

A mão de Reid ficou tensa na Balisarda, e Pele de Marfim sorriu, revelando dentes amarronzados.

— Eu passaria isso aí para cá, camarada. Não vá tendo ilusão de grandeza. — Gesticulou para Coco, e Careca a apertou mais. — A menos que vá gostar de ver essa belezura sem cabeça também.

Para meu choque, Bas riu.

— Pode jogar a cabeça dela fora. Mas eu bem que ia gostar de conhecer o restante.

— *O que* foi que você disse? — perguntou Coco, quase se engasgando de indignação. — Você... *Bas*. Sou *eu*. Coco.

Deixando o sorriso cair, ele inclinou a cabeça para estudá-la. Segurou o queixo de Coco entre os dedos indicador e polegar.

— Como sabe o meu nome, *belle fille*?

— Solte-a — comandou Beau em uma tentativa valorosa de bravura. — Por ordem do seu príncipe herdeiro.

Os olhos de Pele de Marfim brilharam.

— Mas o que é isso? Príncipe herdeiro? — falou com deleite. — Não reconheci Vossa Alteza. Está bem longe de casa.

Beau olhou feio para ele.

— Meu pai ficará sabendo disto, lhe asseguro. Você será punido.

— Ah, vou, é? — O bandido o circulou com um sorriso de escárnio. — Pelo que estou sabendo, quem vai ser punido é o senhor, Vossa Alteza. Há semanas que está fugido, não é? A cidade está um rebuliço só. Seu papai está tentando colocar tudo sob panos quentes, mas os boatos correm. O filhinho querido que fugiu com *bruxas*. Dá para imaginar? Não, eu não acho que vou ser punido por levar o senhor de volta para ele. Acho que vou ser até recompensado. — Para Reid, acrescentou: — A *faca*. Passa para cá. Agora.

Reid não se moveu.

A lâmina de Careca deixou uma linha fina de sangue no pescoço de Coco.

— Bas... — disse ela, áspera.

— Como sabe o meu *nome*? — repetiu.

— Porque conheço *você*. — Coco debateu-se mais intensamente, e o metal afundou ainda mais em sua pele. A carranca de Bas se aprofundou de modo inexplicável, como a minha. O que estava fazendo? Por que fingir que não a conhecia? — Somos amigos. Agora me *solta*.

— Estão sentindo isso? — Distraído, Pele de Marfim deu um passo até ela, observando seu sangue com uma expressão peculiar, faminta. — Tem cheiro de queimado. — Assentiu como se concordasse consigo mesmo. Um sorriso satisfeito se abriu em seu rosto. — Sabe, ouvi falar nas bruxas de sangue. Não usam as mãos, como as outras. Juro que vi uma com os meus próprios olhos uma vez. Na verdade, mais senti o cheiro do que vi. Quase queimou as minhas narinas.

A voz de Bas se endureceu com convicção.

— Nunca ouvi falar nisso, e nunca vi essa mulher na vida.

Os olhos de Coco se arregalaram.

— Seu *babaca*. Praticamente moramos juntos um *ano* inteiro...

Careca deu uma pancada na cabeça dela. Aproveitando a abertura, Reid avançou — no exato segundo em que Coco girava o corpo, tentando cobrir o pulso do assaltante com seu sangue. Com a pele queimando e soltando fumaça, o homem berrou, e os três colidiram em uma massa de braços e pernas emaranhados. Mais homens correram para dentro da confusão, arrancando a Balisarda de Reid e forçando os dois ao chão. O sangue de Coco fumegou onde tocou a neve. Fumaça subia em espirais ao redor de seu rosto.

Madame Labelle observava com uma expressão ansiosa, mas ainda assim não se moveu.

— Bem — disse Pele de Marfim com ar agradável, ainda sorrindo —, então é isso. Vai valer um bom dinheiro para os Chasseurs. Acabamos de cruzar com um monte deles na estrada agorinha mesmo. Porcos bajuladores. Estão vasculhando a floresta já faz semanas, deixando a nossa vida bem difícil, não é? Mas também pode muito bem ser que eu queira ficar com o sangue dela todinho para mim. Não tem preço, ou quase, se encontrar o freguês certo. — Pele de Marfim coçou o queixo contemplativamente antes de gesticular para Reid. — E esse aí? Como é que você conheceu Reid Diggory, filho?

A mão de Bas apertou mais o cabo da faca.

— Ele me prendeu em Cesarine. — Tremendo de raiva, se ajoelhou ao lado de Reid, levando a lâmina ao rosto dele. — Foi por sua causa que o meu primo me deserdou. Foi por *sua* causa que fui jogado na rua para morrer.

Reid o encarou, impassível.

— Não fui em quem matou aqueles guardas.

— Foi um acidente. Só matei porque... — Bas teve um espasmo abrupto. Piscando depressa, balançou a cabeça para tentar clarear a mente. — Porque... — Ele olhou confuso para Coco. Ela franziu o cenho. — Eu... por quê...?

— Para de tagarelar, garoto, vai direto ao ponto!

— Eu... eu não... me lembro — concluiu Bas, a testa franzida. Balançou a cabeça de novo. — Não me lembro.

Careca observou Coco com desconfiança.

— Bruxaria, é isso. Tudo coisa sinistra.

Pele de Marfim soltou um ruído de repulsa.

— Não estou nem aí para bruxaria. Só me importam as *couronnes*. Agora, Bas, me diz... a outra também está aqui? Aquela dos cartazes? — Esfregou as mãos gananciosamente. — Pensa só no que vamos poder fazer com cem mil *couronnes*.

— Temos pernas de pau dentro dos vagões, se está pensando em próteses. — Coco mostrou os dentes em um sorriso, apontando com o queixo para as pernas diminutas. — Tenho certeza de que, com a calça certa, ninguém nunca vai nem desconfiar.

— Morde essa língua — rosnou o líder, as bochechas corando. — Antes que eu a arranque da sua boca.

O sorriso de Coco se desfez.

— Por favor, tente.

Mas parecia que Pele de Marfim — apesar de alegar não estar preocupado com bruxas — tinha um respeito sadio por elas. Ou talvez fosse medo. Apenas grunhiu e voltou-se para Bas mais uma vez.

— Então? Ela está aqui ou não?

Prendi a respiração.

— Não... — Os olhos de Bas passaram pelos membros da trupe. — Não sei.

— Como assim, *não sabe*? Era para ela estar viajando com esse aí, não era? — Ele apontou a faca para Reid.

Bas deu de ombros, um movimento fraco.

— Nunca a vi antes.

Alívio me percorreu, e fechei os olhos, soltando o fôlego. Sob seu infeliz novo exterior, talvez Bas continuasse lá. Meu velho amigo. Meu confidente. Eu o *tinha* salvado na Torre, afinal. Assistir enquanto seus amigos cortavam minha cabeça teria sido uma maneira bem ingrata de me agradecer. Aquela... aquela história com Coco — era tudo mera encenação. Estava tentando nos ajudar, nos salvar.

Pele de Marfim rosnou em frustração.

— Vasculhem a área.

Diante do comando, meus olhos se abriram depressa; a tempo de ver Reid olhar em minha direção. Quando o líder do bando seguiu seu olhar, reprimi um grunhido.

— Ela está escondida atrás daquela árvore, então? — indagou com avidez, apontando a faca diretamente para nós. — Bem ali, camaradas! Ela está lá! Vão encontrar a bruxa!

— Quieta. — O sussurro de Claud fez minha espinha formigar. O ar ao redor parecia pesado, denso, com chuvas de primavera e nuvens tempestuosas, seiva de pinheiro e líquen. — Não se mova.

Obedeci a seu comando — mal me atrevendo a respirar — enquanto Bas e outro bandoleiro se aproximavam. O restante manteve seu cerco ao redor da trupe, assistindo enquanto Careca amarrava os pés e mãos de Coco. Ela encarava a faca do homem como se estivesse contemplando se devia pular na ponta dela. Com um pouco mais de sangue, aqueles idiotas amaldiçoariam o dia em que nasceram.

— Não estou vendo nada — resmungou o companheiro de Bas, nos circundando com a testa franzida.

Bas olhou para dentro dos galhos de azevinho, seus olhos passando por nós como se não estivéssemos lá.

— Nem eu.

A mão de Claud apertou com mais força meu ombro, silenciosamente advertindo para que não me movesse.

— Nada? — gritou Pele de Marfim.

— Nada!

— Bom, continua andando pelo riacho, então, Nozinho! Vamos encontrar a bruxa fugida.

O acompanhante de Bas grunhiu e seguiu seu rumo. Sem olhar para trás, Bas se juntou ao líder.

— O que foi isso? — sussurrei, confusão elevando-se até se converter em pânico. Nada daquilo fazia sentido. Nem mesmo Bas era tão bom ator assim. Tinha olhado direto para mim, *através* de mim, sem dar qualquer indicação de que me vira. Nem um piscar de olhos ou movimento de mãos. Sequer *contato visual* ele fizera, merda. E *por que* Madame Labelle não tinha trucidado aqueles idiotas ainda? — O que acabou de acontecer?

A pressão em minhas costas diminuiu um pouco, embora Claud ainda não tivesse me liberado.

— Ilusão.

— O quê? Eles... eles pensaram que éramos parte da árvore?

— Isso.

— *Como?*

Me encarou com seriedade atípica.

— Devo explicar agora ou seria melhor esperar até que o perigo iminente tenha passado?

Olhei feio para ele, retornando minha atenção aos demais. Bas começara a ajudar Careca com as cordas. Quando o companheiro foi amarrar Reid, Bas o deteve, um sorriso cheio de malícia estampando seus lábios.

— Deixa ele comigo.

Reid devolveu o sorriso. No segundo seguinte, jogou a cabeça para trás — quebrando o nariz do primeiro captor — e rolou, ficando de costas e dando um chute nos joelhos do segundo. Quase vibrei. Com agilidade assombrosa, recuperou a Balisarda que o primeiro tinha lhe tomado e ficou de pé numa explosão. Bas reagiu com rapidez equivalente — como se estivesse esperando o ataque — e usou a velocidade de Reid contra ele.

Embora tenha pedido para que tomasse cuidado — embora Reid tenha tentado compensar —, era tarde.

Bas cravara a faca na barriga de Reid.

— Não — sussurrei.

Perplexo, Reid tropeçou para o lado, seu sangue manchando a neve. Bas sorriu, triunfante, ao girar a lâmina, forçando-a para cima, cortando pele e músculo e tendão até que o branco brilhou em meio a todo o vermelho. Osso. Bas o tinha esfaqueado até o osso.

Me movi sem pensar.

— Louise! — sibilou Claud, mas o ignorei, atirando seu braço para longe e ficando de pé, correndo para onde Reid caíra de joelhos. — Louise, *não*!

Os bandidos olhavam, boquiabertos, enquanto eu corria para eles — provavelmente estarrecidos depois de terem visto uma árvore se transformar em um ser humano —, mas, com todo o sangue tonitruante em meus ouvidos, eu não conseguia pensar.

Se Reid não... Se Coco não pudesse curá-lo...

Mataria Bas. *Acabaria* com ele.

Atirando minha adaga aos pés de Coco — rezando para que pudesse alcançá-la —, me ajoelhei ao lado do meu marido. Caos irrompera a nosso redor. Finalmente, *finalmente*, Madame Labelle se livrara das amarras. A cada movimento de mão, corpos voavam. Uma pequena parte do meu cérebro registrou que Toulouse e Thierry tinham se juntado a ela, mas não podia me concentrar, não podia ouvir nada senão os gritos de pânico dos bandidos, não *via* nada senão Reid. *Reid.*

Mesmo machucado, ainda tentava me empurrar para trás dele. Mas seus movimentos eram fracos. Sangue demais tinha sido perdido. E partes *demais* das suas entranhas estavam à mostra.

— Não seja idiota — falei, tentando manter pedaços de carne juntos. Bile subiu à minha garganta quando mais sangue foi cuspido da sua boca. — Fica quieto. Só... só...

Mas as palavras não queriam sair. Olhei para Coco, desesperada, tentando conjurar um padrão. *Qualquer* um. Mas aquela ferida era mortal. Apenas a morte de outra pessoa poderia curá-la, e não podia... não *podia* usar Coco como moeda de troca. Seria como arrancar meu próprio coração do peito. E Ansel...

Ansel. Poderia mesmo...?

Lou fica diferente quando usa magia. As emoções, o julgamento dela... Anda instável.

Não. Balancei a cabeça com veemência contra o pensamento, mas tinha se fincado lá como uma massa, um tumor, envenenando meus pensamentos. O sangue de Reid ensopava a frente das minhas roupas, e ele tombou para dentro dos meus braços, pressionando a Balisarda em minha mão. Seus olhos se fecharam.

Não, não, não...

— Ora, ora, o que temos aqui... — O rosnado de Pele de Marfim soou atrás de mim. Perto demais. Sua mão se fechou em meus cabelos, inclinando minha cabeça para trás, e a outra tirou a fita do meu pescoço. Contornou a cicatriz com o dedo. — Minha bruxinha finalmente saiu para brincar. Pode ter mudado o cabelo, mas não pode mudar essa cicatriz. Você vem comigo.

— Acho que não. — Coco caiu em cima dele como um morcego saído do Inferno, minha adaga reluzindo, cortando o pulso dele.

— Sua cachorra imbecil. — Com um urro, soltou meus cabelos e começou a atacá-la com ferocidade. Seus dedos agarraram a camisa de

Coco e ele a puxou para si, forçando as costas dela contra o peito. — Vou secar o seu sangue como fiz com a sua gente, vender tudo para quem der mais na Mascarada de Crânios...

Os olhos de Coco se arregalaram, e sua face se contorceu com fúria. Levando a faca para o alto, ela a enterrou fundo no olho dele. O bandido desmoronou no mesmo instante, gritando e agarrando o rosto. Sangue jorrava por entre seus dedos. Ela o chutou uma vez só para ter certeza de que não voltaria a levantar antes de se ajoelhar ao lado de Reid também.

— Pode curá-lo? — perguntei, em desespero.

— Posso tentar.

SANGUE E MEL

Reid

Voltei para meu corpo sentindo uma dor excruciante. Com respirações sôfregas, me agarrei à primeira coisa que encontrei — mãos negras, marcadas. Ao fundo, o som de homens gritando e espadas se chocando chegou a meus ouvidos.

— Precisamos sair daqui — disse Coco com urgência. Puxava meus braços, tentando me levantar. Sangue escorria da curva interna do seu cotovelo, e magia com cheiro ácido de queimado fazia meu nariz arder. Olhei para baixo, para minha barriga, cuja carne começara a se refazer.

— *Vamos.* Meu sangue não vai mantê-lo fechado sem mel. Tem que me ajudar. Temos que chegar às carroças antes de os Chasseurs aparecerem.

Olhei para cima, desorientado, e absorvi a cena pela primeira vez. Caos reinava. Alguém tinha tirado minhas facas da tábua giratória, e, para onde quer que olhasse, artistas e bandidos batalhavam.

Com uma rapineira encrustada com pedras preciosas, Deveraux corria atrás de um que fugia para dentro da floresta. Toulouse e Zenna lutavam, costas com costas, contra outros três. As mãos de Toulouse moviam-se depressa, a ponto de ficarem borradas no ar, e os bandoleiros caíram no chão instantaneamente. Ansel pulou nos joelhos de um outro — que avançava para Seraphine. Quando o homem o desarmou, Thierry correu para ajudar, mas não foi necessário. Ansel quase arrancou fora a orelha do atacante com os dentes, e Seraphine lhe deu um chute na boca. Madame Labelle e Beau enfrentavam os demais, a primeira os incapacitando, e o segundo cortando seus pescoços.

Tentei me sentar, parando no meio do movimento quando meu cotovelo encontrou algo macio. Quente.

A meu lado, o líder jazia com um buraco sangrento no lugar onde seu olho deveria estar.

Empurrei-o para longe e esquadrinhei o campo em busca de Lou. A encontrei a poucos metros de distância.

Ela e Beau circulavam-se um ao outro em um movimento semelhante ao de lobos. Embora sangue escorresse do nariz de Bas, logo ficou evidente que era Lou quem estava na defensiva.

— Não quero machucar você, Bas — sibilou, driblando outro de seus ataques com minha Balisarda. — Mas você *precisa* parar de ser um idiota. Sou *eu. Lou...*

— Nunca vi você na vida, madame. — Ele avançou novamente, e sua lâmina encontrou o ombro dela.

A boca de Lou se abriu em incredulidade enquanto cobria a ferida com a mão.

— Está *de brincadeira*? Salvei a sua pele naquela merda de Torre, e é assim que me paga?

— Escapei da Torre sozinho...

Com um berro de fúria, ela se lançou na direção dele, com uma guinada para cima e para o lado, até se agarrar às costas do homem. Suas pernas envolviam a cintura dele. Os braços, o pescoço.

— Isso *não tem graça*. Estamos trucidando essa sua quadrilha tosca. Acabou. Não tem por que continuar fingindo...

— Não. Estou. Fingindo.

Lou o apertou mais até os olhos de Bas começarem a saltar, e ele levantou a faca depressa, mirando acertar seu olho. Liberando-o depressa até demais, ela caiu de costas na neve. Em questão de segundos, Bas estava em cima dela, a lâmina em seu pescoço.

Tentei me levantar novamente, mas Coco me segurou no lugar.

— Me solta — rosnei.

— Você está fraco demais. — Ela balançou a cabeça, os olhos arregalados enquanto assistia à luta dos dois. — Lou consegue dar um jeito nele.

— Bas. Bas, *para*. — A mão de Lou se fechou ao redor de seu pulso. Seu peito subia e descia com rapidez, como se lutasse para reprimir o pânico. — *Como* pode não se lembrar de mim? — Ele fez ainda mais pressão com a faca em resposta. Os braços dela tremiam contra a força exercida. — Você não está mesmo fingindo. Merda. *Merda*.

Ele hesitou, como se o xingamento tivesse ativado algo nele. Uma lembrança.

— Como é que você me conhece? — indagou com ferocidade.

— Faz anos que nos conhecemos. Você é um dos meus melhores amigos. — Quando estendeu o braço para tocar o rosto dele, seu maxilar, a mão de Bas relaxou na faca. — Mas eu... Será que eu fiz algo na Torre? — Franziu o cenho como se quisesse se forçar a lembrar. — Estava preso. Iam matá-lo, a menos... — Seus olhos se iluminaram de compreensão. — A menos que você lhes desse os nomes das bruxas na mansão de Tremblay. Foi isso.

— Você... você sabe sobre a mansão?

— Eu estava lá.

— Não pode ser. Eu me lembraria.

Enfim, ela empurrou a faca para longe. Ele não a deteve.

— Bastien St. Pierre — disse Lou —, nós nos conhecemos nos bastidores do Soleil et Lune dois verões atrás. Um ensaio de *La Barbe Bleue* tinha acabado de terminar, e você esperava conseguir passar uns minutos na companhia da atriz principal. A estava cortejando na época.

Uma semana depois, você... — Seu rosto se contorceu de dor contra alguma força invisível, e o cheiro de magia fresca explodiu no ar. — Você começou a me cortejar.

— Como você...? — Deu uma guinada abrupta para trás, para longe dela, amparando a cabeça como se tivesse sido partida em dois. — Pare! Pare com isso, por favor!

— Roubei as suas memórias. Só estou devolvendo.

— O que quer que esteja fazendo, por favor, *por favor*, pare...

Caindo de joelhos, Bas suplicou e implorou, mas Lou não parou. Logo, seus gritos de lamento chamaram a atenção dos outros. Madame Labelle, que acabara de despachar os últimos bandidos, parou, congelada. Seus olhos se arregalaram.

— Louise, pare com isso. *Pare* — disse, ríspida, tropeçando na barra das saias em sua pressa de alcançá-los. — Vai acabar se matando!

Mas Lou não a escutou. Os olhos dela e de Bas rolaram para trás ao mesmo tempo, e, juntos, desmoronaram.

Consegui empurrar as mãos de Coco para longe e ir cambaleando até o lado da minha esposa. O cheiro de incenso me sufocou, pungente e doce, e tossi violentamente. Dor me perfurou a barriga com o movimento.

— Lou. — Amparei sua nuca enquanto Bas acordava. — Pode me ouvir?

— Louey? — Bas ficou de pé num pulo, agarrando sua mão com urgência súbita. Deu tapinhas em sua bochecha. — Louey, acorda. *Acorda*.

Náusea revirou meu estômago quando os olhos dela se abriram, quando piscou para mim. Quando virou o rosto para ele.

Quando me dei conta da verdade.

Lou havia mentido. De novo. *Tinha* resgatado o amante da Torre. Bem debaixo do meu nariz. Não devia ter me surpreendido — não devia ter me *importado* —, mas a mentira ainda assim doía. Mais profundamente do que deveria, mais do que qualquer ferida física poderia. Me sentia em carne viva, exposto, como se uma faca tivesse passado por meus músculos e ossos até se cravar na alma.

Deixei as mãos caírem de onde estavam, tombando ao chão ao lado dela. Ofegante.

Com todos os olhos em nós, ninguém notou o líder da quadrilha se levantar atrás de Coco. Ninguém a não ser Lou. Ela ficou tensa, e me virei para vê-lo levantar a faca com intenção assassina, mirando o ponto entre os ombros de Coco. Um golpe mortal.

— Cuidado! — gritou Bas.

Coco girou, mas o homem já estava logo atrás dela, a ponta da lâmina pronta para perfurar seu peito.

Lou atirou minha Balisarda.

Rodopiando, passou voando entre os dois, mas o homem se moveu no último segundo, tirando o braço do caminho. E assim a arma continuou a voar, desimpedida, para longe. Não parou até se fincar fundo no tronco da árvore atrás deles.

E então a árvore a comeu.

Minha boca pendeu aberta. Meu fôlego me abandonou. Não podia fazer nada senão assistir enquanto o tronco inteiro estremecia, engolindo o aço precioso centímetro por centímetro até não sobrar mais coisa alguma. Nada exceto a safira do cabo. E a árvore — ela *mudou*. Veios de prata se espalharam pela madeira — antes preta — até a árvore inteira começar a cintilar no luar. Frutos da cor do céu da meia-noite cresceram em galhos rígidos. Espinhos envelopavam cada botão. Afiados. Metálicos.

Os milhafres que tinham feito ninho nela alçaram voo com gritos sobressaltados, quebrando o silêncio.

Coco moveu-se depressa. Com eficiência brutal, apunhalou o homem no coração. Desta vez, não voltou a se levantar.

Mas eu, sim.

— Reid — disse Lou de maneira tranquilizante, mas não a escutei. Um zumbido começara em meu ouvido. Dormência tinha subido pelos meus braços e pernas. Dor devia ter avassalado meu corpo a cada passo, mas não. Agonia devia ter destroçado meu coração a cada batida. *Ela se foi*, eu devia ter sentido. *Se foi, se foi, se foi.* Mas não.

Eu não sentia nada.

Sem minha Balisarda, eu *era* nada.

Como se estivesse flutuando acima da cena, assisti quando estendi a mão para tocar a safira, mas a mão de Lou pousou sobre a minha.

— Não toque — disse, sem ar. — A árvore pode sugá-lo também. — Não abaixei o braço. Continuei o movimento, mais e mais, até Lou conseguir puxá-lo de volta para a lateral do meu corpo. — Reid, *pare*. Ela... ela... não está mais aqui. Mas não se preocupe. Vamos... vamos conseguir outra para você. Está bem? — Vamos... — Ela parou de falar quando me virei para ela. Suas bochechas coraram. Seu nariz. Seus olhos estavam arregalados de inquietação.

— Deixe-o, Louise — ordenou Madame Labelle, austera. — Já causou estragos mais do que suficientes para um dia.

— Como é? — Lou girou para encará-la, a boca se retorcendo. — *Você* não tem direito de falar sobre estragos.

Coco se juntou a Lou.

— Nada disso teria acontecido se você não tivesse demorado tanto para intervir. Os homens não sabiam que você possui magia. Poderia ter acabado com isso no mesmo momento em que começou. Por que esperou tanto?

Madame Labelle ergueu o queixo em desafio.

— Não respondo a você.

— Então responda a mim.

Todos no acampamento se viraram para mim ao ouvir minhas palavras hostis. Os membros da trupe estavam aglomerados, assistindo com olhos arregalados. A expressão de Deveraux era de perplexidade. Quando Ansel deu um passo hesitante à frente, Beau o puxou para trás com uma sacudida de cabeça. Ignorei-os, mantendo contato visual com minha mãe. Ela não encontrava as palavras.

— Eu...

— Não é óbvio? — A risada de Lou tinha uma qualidade feia. — Ela quer que você use magia, Reid. Esperou até o último momento possível para ver se seus mecanismos de defesa seriam ativados. Não é verdade, sogrinha?

Esperei que minha mãe negasse uma acusação tão ultrajante. Quando não o fez, senti meu corpo tropeçar para trás. Para longe dela. De Lou.

Para longe da minha Balisarda.

— Eu quase morri — constatei, simplesmente.

A expressão de Madame Labelle se transformou em uma de desespero, e ela se aproximou, levantando a mão num gesto pesaroso.

— Jamais deixaria...

— Você quase não teve escolha. — Girando nos calcanhares, caminhei em direção à carreta âmbar. Lou moveu-se atrás de mim, mas não conseguia nem olhar para ela. Não confiava em mim mesmo para falar.

— Reid...

Sem uma palavra, fechei a porta na frente dela.

A porta não manteve Coco lá fora.

Não perdeu tempo em me seguir, em me atacar com mel. Com movimentos bruscos, tirou o jarrinho de líquido âmbar da bolsa e o jogou para mim.

— Está sangrando.

Olhei para minha barriga, onde a ferida tinha se reaberto. Nem notara. Mesmo naquele momento — enquanto sangue fresco molhava minha camisa —, um cansaço profundo se instalava dentro de mim.

As vozes de Lou e minha mãe se exaltavam lá fora. Ainda discutindo. Fechei os olhos.

Esta será sempre a sua vida com ela: sempre fugindo, se escondendo, lutando.
Não. Meus olhos se abriram depressa, e afastei o pensamento.

Coco atravessou o cômodo para se ajoelhar a meu lado. Mergulhando um dedo ensanguentado no frasco, esfregou a mistura no ferimento. A carne se costurou quase instantaneamente.

— Por que o seu sangue queimou aquele homem? — perguntei, a voz oca.

— O sangue de uma Dame Rouge é veneno para seus inimigos.

— Ah. — Assenti de maneira mecânica. Como se fizesse todo sentido. — Certo.

Tendo terminado, ela se levantou, me encarando como se refletisse sobre algo. Após vários segundos constrangedores, apertou um vidro de sangue e mel contra minha mão.

— O que aconteceu lá fora não foi justo com ninguém, principalmente com você. — Fechou meus dedos ao redor do recipiente. Ainda estava quente. — Pegue. Acho que você vai precisar antes de tudo isso ter terminado.

Olhei de novo para a minha barriga, confuso. Já havia sarado.
Ela me lançou um sorriso soturno.

— Não é para a carne. É para o coração.

ADAGA DE OSSO

Lou

Deveraux insistiu que seguíssemos caminho. Com pilhas de corpos nos limites de Beauchêne, seria apenas questão de tempo até que alguém alertasse as autoridades locais. Precisávamos estar muito, *muito* longe antes que aquilo acontecesse. Por sorte, Deveraux não parecia dormir como uma pessoa normal, de modo que arreou os cavalos imediatamente.

Por azar, sugeriu que me juntasse a ele.

O carro balançava sob nós enquanto colocava os cavalos para se movimentarem.

Um dos gêmeos comandava a carroça atrás de nós. A *carreta âmbar*, Claud a batizara. Não me interessava qual era o nome. Só me importava que, naquele instante, Reid estava lá dentro, e eu, não.

Reid *e* Coco. Devia estar agradecida por estarem se entendendo.

Eu não estava.

Me escondendo ainda mais dentro do lençol, olhei com uma expressão fechada para as estrelas. Claud deu um risinho.

— Uma *couronne* por seus pensamentos, pequena?

— O senhor tem família, Monsieur Deveraux? — As palavras saltaram como se por vontade própria, e resisti à vontade de tapar a boca com a mão.

Com um olhar sabido, como se estivesse esperando tal pergunta, colocou os cavalos para trotar.

— Tenho, sim. Duas irmãs mais velhas. Criaturas aterrorizantes, preciso dizer.

— E... pais? — indaguei, curiosa mesmo a contragosto.

— Se um dia tive, não me recordo mais.

— Quantos anos o senhor tem?

Ele deu uma risadinha, seus olhos viajando até os meus.

— Que pergunta pouco educada.

— Que resposta mais frustrantemente vaga. — Quando a risadinha se tornou um riso de verdade, mudei de tática, estreitando os olhos. — Por que tanto interesse em mim, Deveraux? Sabe que sou casada, não sabe?

Ele limpou uma lágrima do canto do olho.

— Minha cara criança, não sou nenhum pervertido...

— Então por quê? Por que está nos ajudando?

Franzindo os lábios, considerou o que iria dizer.

— Talvez porque o mundo precise de um pouquinho menos de ódio e um tanto mais de amor. Essa resposta basta?

— Não. — Revirei os olhos, cruzando os braços e me sentindo petulante. Um segundo depois, meus olhos voltaram para ele de maneira espontânea. — E o *senhor* já se apaixonou antes?

— Ah. — Balançou a cabeça, os olhos tornando-se contemplativos. — O amor. A mais fugidia das amantes. Em todos os meus anos, confesso que só a encontrei duas vezes. A primeira foi numa jovem pastora muito teimosa, bem parecida com o seu Reid, e a segunda vez... Bem, essa ferida ainda não sarou de todo. Seria idiotice reabri-la.

Em todos os meus anos. Era uma expressão estranha para alguém que parecia estar na casa dos 40 e poucos.

— *Quantos* anos o senhor tem? — perguntei de novo, mais alto.

— Muitos.

Realmente estranho. Encarei-o.

— O *que* o senhor é?

Outro risinho, seus olhos encontrando os meus mais uma vez.

— Simplesmente... sou.

— Isso não é resposta.

— Claro que é. Por que teria que me encaixar dentro das suas expectativas?

O restante da conversa — na verdade, o restante da *noite* — passou de maneira frustrantemente similar. Quando o céu clareou do preto mais escuro para um cinza sombrio e, enfim, um rosa estonteante, não estava nem um pouco mais próxima de solucionar o mistério de Claud Deveraux.

— Nos aproximamos de Cesarine, pequena. — Sacudiu meu ombro com gentileza e gesticulou para o oeste, onde faixas de fumaça de chaminé se dissipavam dentro da luz dourada da aurora. Puxando as rédeas de leve, desacelerou o passo dos cavalos. — Não ouso me aproximar mais do que isso. Acorde seus companheiros. Embora suas acomodações tenham sido incendiadas, creio que Madame Labelle tem seus contatos na cidade. Juntos, nós dois encontraremos um lugar seguro para o seu retorno, mas, por ora, precisamos dizer adeus.

Por ora.

Estudei seu rosto plácido, achando graça. Não fazia sentido ele nos ajudar. Nenhum sentido. Meu lado desconfiado gritava que algo estava errado — sem dúvida tinha que ter segundas intenções —, mas o lado prático o mandou calar a boca e agradecer.

Então foi o que fiz.

Apenas segurou minhas mãos nas dele, me encarando.

— Se cuide, minha querida, enquanto estamos longe. Se cuide até nos reencontrarmos.

* * *

Bati com suavidade à porta da carroça.

— Reid? — Quando não respondeu, soltei um suspiro, descansando a testa contra a madeira. — Está na hora de ir.

Nada.

Desespero ameaçou me engolir viva.

Uma vez, quando criança, minha mãe teve um amante de muita influência — um homem de *la noblesse*. Quando se cansou dele, o baniu do Château, mas ele não partiu facilmente. Não, aquele era um homem que não estava acostumado a rejeição, com dinheiro e poder quase infinitos a sua disposição. Logo contratou homens para espreitar dentro da floresta, capturando nossas irmãs e as torturando para que revelassem a localização do castelo. Da minha mãe.

Era um idiota. Não tive pena quando ela o matou.

Tive pena quando cortou e abriu o peito dele para recheá-lo de pedras, atirando-o dentro de L'Eau Mélancolique. Assistira enquanto afundava com um sentimento de vergonha. Sua esposa jamais saberia o que lhe acontecera. Nem seus filhos.

— Não se aflija, amada — sussurrara Morgane, seus dedos ensanguentados apertando os meus para me tranquilizar. — Embora um segredo seja uma mentira vestida com roupas bonitas, alguns deles devem permanecer guardados.

Mas não tinha sido tranquilizador. Tinha sido nauseante.

O silêncio entre mim e Reid me fazia sentir um pouco daquele jeito — como se estivesse pulando dentro do mar com pedras dentro do peito, incapaz de parar de afundar. De sangrar. Mas não tinha sido minha mãe quem fizera o corte desta vez.

Tinha sido eu.

Bati com mais força.

— Reid. Sei que está aí dentro. Posso entrar? Por favor?

Uma frestinha finalmente se abriu, e lá estava ele, olhando de cima para mim. Ofereci um sorriso hesitante. Ele não respondeu — e *tudo bem*. Mesmo. Tudo bem. Se continuasse repetindo, talvez se tornasse realidade. Após vários momentos de constrangimento, Coco abriu a porta de uma vez e saiu. Ansel logo atrás.

— Já voltamos — prometeu ela, tocando meu braço ao passar. — Só precisamos... estar em outro lugar.

Reid fechou a porta atrás de mim.

— Também devia fazer minhas malas — falei, minha voz alegre demais. Xingando internamente, pigarreei e adotei um tom mais natural. — Digo... não tem nem muito o que guardar, mas ainda assim. Quanto mais rápido estivermos de volta à estrada, melhor, não é? O velório é amanhã, afinal de contas. Só temos hoje para convencer Blaise a se juntar a nós. — Fiz uma careta diante do silêncio que se seguiu. — Se precisa de mais tempo, um dos cavalos de Claud perdeu uma ferradura, então não estão exatamente precisando *nos* esperar. Estão mais esperando Thierry, na verdade. Acho que é ele o ferrador da trupe, algo a ver com ter sido aprendiz de um homem lá em Amandine...

Curvado sobre a mochila, Reid não dava qualquer indicação de estar escutando. Continuei falando ainda assim, incapaz de parar.

— Ele deve ser a única pessoa neste mundo inteiro que fala menos do que você. — Dei uma risadinha fraca. — É bem o tipo "herói soturno". Eu... eu o vi mesmo usando magia contra aqueles bandidos ontem à noite? Ele e o irmão são...

Reid fez um curto movimento positivo de cabeça.

— E... você *chegou* a tentar persuadi-los a se juntarem a nós contra Morgane?

Embora seu corpo inteiro tivesse ficado enrijecido, ainda assim não se virou.

— Não.

Minha náusea se intensificou até virar algo semelhante à culpa.

— Reid... — Algo em minha voz o fez se virar. — Ontem à noite, foi tudo culpa minha. Às vezes só *reajo*... — Soprei um fôlego frustrado, mexendo num feixe de cabelos. — Não queria perder a sua Balisarda. Me desculpe.

Por tudo.

Ele tomou a mecha de cabelos, e ambos a observamos deslizar por entre seus dedos. Desejei que me abraçasse, que me beijasse até não sobrar nada daquela tensão entre nós. Em vez disso, me entregou uma camisa limpa.

— Eu sei.

A rigidez em seus ombros dizia o que ele próprio não queria dizer.

Mas ainda assim está perdida.

Queria chacoalhá-lo. Queria gritar e me enfurecer até que o silêncio de repreensão que ele vestira como armadura se estilhaçasse. Queria nos atar juntos até estarmos feridos das amarras e *forçá-lo* a conversar comigo.

Mas, obviamente, não fiz nada disso.

Com um assobio baixo, percorri os dedos pela prateleira mais baixa. Incapaz de ficar quieta. Cestas de frutas secas, ovos e pães ocupavam o espaço, junto com soldadinhos de madeira e penas de pavão. Uma combinação bizarra.

— Nem acredito que encontrou outros tão rápido. Passei a vida inteira sem conhecer um único bruxo. — Dei de ombros e coloquei uma pena atrás da orelha. — *Verdade*, passei a maior parte daquela vida presa no Château... onde ninguém acreditaria numa coisa assim... E o restante, passei como ladra de rua, mas mesmo assim. — Girando para encará-lo, coloquei uma pena atrás da orelha dele também. Resmungou, irritado, mas não a removeu. — Sei que sou a primeira a mostrar o dedo do meio para o destino, mas qual a probabilidade disso?

Reid enfiou as últimas roupas dentro de sua mochila.

— Deveraux coleciona coisas.

Fitei as prateleiras abarrotas.

— Estou vendo.

— Não. Ele *nos* coleciona.

— Ah. — Fiz uma careta. — E ninguém acha isso estranho?

— Tudo relacionado a Deveraux é estranho. — Ele fechou a mochila e a atirou por sobre ombro... Depois parou, o olhar recaindo sobre a mesa. Eu acompanhei. Um livro estava aberto na superfície. Um diário. Nós dois o encaramos por uma fração de segundo.

E avançamos para ele ao mesmo tempo.

— Ah, ah, ah. — Tirando o caderno de debaixo dos seus dedos, gargalhei e dancei para longe. — Está ficando devagar, meu velho. Agora... onde estávamos? Ah, sim. — Apontei para a capa de couro. — Outro diário delicioso. Era de se *pensar* que tivesse aprendido a lição, para não deixar esse tipo de coisa largado por aí.

Reid veio para cima de mim, mas pulei para a cama dele, levando o livro para fora do seu alcance. Ele não retribuiu meu sorriso. Uma vozinha em minha cabeça me advertia que devia parar, que este comportamento, um dia engraçado, agora com certeza não o era mais, mesmo quando abri a boca para prosseguir.

— O que encontraremos nesse aqui? Sonetos elogiando minha astúcia e charme? Retratos imortalizando minha beleza?

Ainda ria quando um pedaço de pergaminho caiu lá de dentro.

Eu o peguei, distraída, virando para examiná-lo.

Era um desenho do rosto dele — um retrato magistral de Reid Diggory, feito com carvão. Vestido com o uniforme completo de Chasseur, me fitava com uma intensidade que transcendia a página, inquietante em sua profundidade. Aproximei o rosto com fascinação. Parecia mais jovem, as linhas do rosto mais lisas, mais redondas. O cabelo mais curto e arrumado. Salvo pelos quatro arranhões furiosos visíveis logo acima da gola, parecia tão imaculado quanto o homem com quem me casara.

— Quantos anos você tinha aqui? — Passei o dedo pela medalha de capitão em seu casaco, vagamente reconhecendo-a de nosso tempo juntos na Torre. Era discreta então, apenas um detalhe do uniforme. Mal a notava. Agora, porém, parecia consumir o desenho inteiro. Não conseguia desviar os olhos dela.

De repente, Reid deu um passo para trás, deixando os braços penderem ao lado do corpo.

— Tinha acabado de fazer 16 anos.

— Como tem tanta certeza?

— As feridas no pescoço.

— Que são...?

Ele tomou o retrato e o enfiou na bolsa.

— Já respondi sua pergunta. — Suas mãos moviam-se depressa agora, pegando minha própria mochila e a atirando na minha direção. Eu a agarrei, sem dizer palavra. O início de uma lembrança tomou forma em minha mente, um pouco embaçada, mas tornando-se mais nítida a cada segundo.

Como foi que se tornou capitão?
Tem certeza de que quer saber?
Tenho.

— Está pronta? — Reid voltou a atirar a bolsa por sobre o ombro, os olhos passando pela bagunça no quarto em busca de pertences esquecidos. — Se quisermos chegar a Le Ventre até o cair da noite, temos que sair agora. Les Dents é traiçoeira, mas pelo menos é uma estrada. Agora vamos nos aventurar dentro da natureza selvagem.

Desci da maca com pernas que pareciam feitas de madeira.

— Já esteve em Le Ventre antes, não é?

Ele assentiu de forma abrupta.

Alguns meses depois de me juntar aos Chasseurs, encontrei uma alcateia de loups-garou perto da cidade.

— Não encontraremos nenhum caçador de recompensas ou quadrilha de bandidos por lá — acrescentou. — Nem bruxas.

Nós os matamos.

Fiquei plantada no lugar quando me dei conta do que significava.

Ele abriu a porta, olhando para mim por cima do ombro.

— O que foi?

— Os lobisomens que você encontrou logo fora da cidade... os que matou para se tornar capitão... eram...?

A expressão de Reid se fechou. Não se moveu por um longo instante. Então, curiosamente, tirou uma adaga peculiar da bandoleira. Seu cabo tinha sido esculpido em osso no formato de um...

O fôlego escapou do meu peito em um sopro.

Um lobo uivante.

— Meu Deus — sussurrei, um gosto ácido recobrindo minha língua.

— Um presente do... — o pomo de adão de Reid subiu e desceu — ... do arcebispo. Para celebrar meu primeiro inimigo morto. Ele me deu isso na minha cerimônia de posse.

Dei um passo atrás, me chocando contra a mesa. As xícaras de chá em cima tremeram.

— Me diga que não é o que estou pensando, Reid. Me diga que não é o osso de um *lobisomem.*

— Não posso.

— *Merda.* — Fui eu quem avançou para Reid desta vez, estendendo a mão por trás dele para fechar a porta. Os outros não podiam entreouvir aquela conversa. Não quando estávamos a instantes de entrar nas entranhas da fera... uma fera que seria muito menos favorável a uma aliança enquanto carregássemos os ossos dos seus *mortos.* — Esse osso é de quem? Porra. E se for de um dos parentes de Blaise? E se ele lembrar?

— Ele vai lembrar.

— *O quê?*

— Ele vai lembrar. — A voz de Reid recuperara aquela firmeza irritante, aquela calma mortal. — Eu matei seu filho.

Olhei para ele, boquiaberta.

— Você não pode estar falando sério.

— Acha que eu brincaria com uma coisa dessas?

— Acho *melhor* que esteja brincando. Acho que uma piada de merda seria muito mais palatável do que um plano de merda. — Afundei na cama dele, os olhos ainda arregalados com descrença. — Não posso acreditar em você. Isso... isso tudo foi plano seu. Foi *você* quem quis cruzar o reino em uma corrida maluca para reunir aliados. Acha mesmo que Blaise vai querer ficar amiguinho do assassino do próprio filho? Por que não mencionou isso antes?

— Teria mudado algo?

— Claro que teria! — Apertei o dorso do nariz, fechando os olhos com força. — Está bem. Vamos adaptar o plano. Podemos... podemos seguir com Claud para Cesarine. Pode ser que Auguste ainda se junte a nós, e La Voisin já concordou...

— Não. — Embora estivesse ajoelhado entre meus joelhos, tomou grande cuidado para não me tocar. Tensão irradiava dos seus ombros, do maxilar trincado. Não tinha me perdoado ainda. — Precisamos de Blaise como aliado.

— Agora não é hora para as suas atitudes nobres, Reid.

— Aceitarei as consequências das minhas ações.

Foi difícil conter a vontade de bater o pé. *Muito* difícil.

— Bem, tenho certeza de que ele vai apreciar a sua valentia. Você sabe... quando estiver destroçando o seu pescoço.

— Não vai fazer isso. — Então me tocou, o mais leve roçar de dedos em meu joelho. Minha pele formigou. — Os lobisomens valorizam força.

Vou desafiar Blaise a um duelo para pagar minha dívida de sangue. Não será capaz de resistir à chance de vingar o filho. Se ganhar, teremos demonstrado que somos fortes aliados... talvez mais do que Morgane.

Silêncio.

— E se perder?

— Eu morro.

ATÉ UM DE NÓS ESTAR MORTO

Reid

A floresta nos engoliu quando deixamos a estrada. As árvores ficaram mais densas, o terreno, mais acidentado. Em alguns pontos, a copa das árvores bloqueava toda a luz do sol. Apenas nossos passos quebravam o silêncio. Era um pouco mais quente ali. Mais lamacento. Por experiência, sabia que quanto mais nos embrenhássemos, mais úmido ficaria o solo. Com sorte, a maré estaria baixa quando chegássemos ao pântano de águas frias de Le Ventre.

— Este lugar é um verdadeiro sovaco. — Beau soprava dentro das mãos em concha para aquecê-las. — Foi tremendamente mal nomeado.

Quando ninguém respondeu, soltou um suspiro dramático.

Coco tinha procurado abrigo a meu lado. Ansel não retornava seus olhares furtivos. Ausente a ameaça de morte iminente, o abismo entre os dois tinha se reaberto. Ele não dizia uma palavra desde nossa partida. Nem Lou. Seu silêncio pesava sobre mim, mas não conseguia me forçar a aliviá-lo. Vergonha e raiva ainda borbulhavam em meu estômago.

— É uma pena mesmo — murmurou Beau, enfim, sacudindo a cabeça e olhando para todos nós, um de cada vez. Seus olhos brilhavam com decepção. — Sei que estão todos muito preocupados com os próprios problemas amorosos para notar, mas acabei de ver meu reflexo naquela última poça ali... e, uau, como estou bonitão.

Coco lhe deu um tapa atrás da cabeça.

— Você só pensa em si mesmo o tempo todo?

Esfregou o local, lamentoso.

— Para ser sincero, sim.

Lou sorriu.

— Chega. — Pendurei a mochila em um galho baixo. — Podemos parar aqui para o almoço.

— E *comam*. — Lou revelou um pedaço de queijo com um gemido de prazer. Deveraux tinha generosamente nos abastecido com alimentos para a jornada. Partindo uma fatia, ela a ofereceu a Ansel. Ele não aceitou.

— Quando tiver terminado — murmurou ele, sentando-se na raiz ao lado dela —, pensei que talvez pudéssemos treinar. Pulamos o dia de ontem. — Para mim, acrescentou: — Não vai demorar.

Lou soltou uma gargalhada.

— Não precisamos da permissão dele, Ansel.

Beau aceitou o pedaço rejeitado de Lou.

— Espero que isso não seja uma alusão à tentativa não muito valente dele ontem com espadas.

— *Foi* valente — rebateu Lou com aspereza.

— Não se esqueça de que eu estava lá quando aqueles homens invadiram nossa carroça, Beau — disse Coco com doçura. Os olhos dele se estreitaram. — Você quase fez xixi nas calças.

— Pare com isso. — Com o tom de voz baixo, Ansel olhava determinadamente para os pés da jovem. — Não preciso de você para me defender.

— Essa é boa. — Beau apontou para o braço de Ansel. — Ainda está sangrando. Tropeçou e se cortou na luta, não foi? Tem sorte que os bandoleiros só tenham desarmado você.

— Cala a boca, Beau, antes que eu a cale por você. — Lou ficou de pé, arrastando Ansel com ela. Examinou o corte em seu braço antes de lhe entregar a faca. — É óbvio que podemos treinar. Só ignore esse filho da puta.

— Não acho que seja *eu* o...

O interrompi antes que pudesse terminar:

— Não temos tempo para isso. Os Chasseurs estavam perto ontem à noite. Ansel ficará bem. Treinava conosco na Torre.

— Verdade. — Lou se debruçou por cima de mim, tirando outra faca da minha bandoleira. A bainha acima do meu coração permanecia dolorosamente vazia. — E é esse o problema.

Meus lábios se retorceram por vontade própria.

— Como é?

— É só que... como devo dizer... — Inclinou a cabeça para o lado para me contemplar, soltando o ar preso nas bochechas cheias com um som rude. — Não se ofenda, mas os Chasseurs têm uma certa reputação de serem... arcaicos. *Galantes.*

— Galantes — repeti, duro.

— Não me entenda mal, aquelas injeções de vocês foram um passo cruel na direção certa, mas, historicamente, sua irmandade parece sofrer de ilusões de grandeza. Como se fossem nobres cavaleiros cavalgando por aí com o intuito de fazer o bem. Protetores dos fracos e indefesos, operando sob um código de conduta moral severo.

— E isso é errado? — indagou Ansel.

— Não há espaço para moralidade em uma luta, Ansel. Não com bandidos e caçadores de recompensa. Ou bruxas. — Seu olhar se endureceu. — E com Chasseurs tampouco. Você é um de nós agora. O que significa que não é mais nem fraco *nem* indefeso. Aqueles homens a quem chamava de irmãos não vão hesitar em queimá-lo. É vida ou morte... a sua, ou a deles.

Bufei.

— Ridículo.

Sim, Lou eliminara aqueles caçadores de recompensa com facilidade relativa. Tinha dado cabo dos criminosos na ferraria e derrotado a bruxa na Torre. Mas se pensava que sabia mais do que gerações inteiras de Chasseurs... se pensava que podia ensinar mais a Ansel do que os melhores combatentes do reino...

Ela não sabia de nada. Truques podiam até funcionar contra caçadores de recompensa e criminosos ordinários, mas contra os Chasseurs, competência e estratégia eram necessárias. Fundamentos consolidados ao longo de anos de estudo cuidadoso e treinamento. Paciência. Força. Disciplina. Mesmo com toda a sua aptidão, Lou não possuía nenhum daqueles elementos. E por que possuiria? Era uma bruxa, treinada em artes mais obscuras do que *paciência*. Seu tempo nas ruas — evidentemente sua única educação em combate — fora curto e furtivo. Passara mais tempo se escondendo em sótãos do que lutando.

— Ridículo — repeti.

— Você parece bem confiante, Chass. — Levantou minha faca devagar, virando a lâmina para refletir o sol da tarde. — Talvez devêssemos fazer uma demonstração para Ansel.

— Muito engraçado.

— Não estou rindo.

Eu a encarei.

— Não posso enfrentá-la. Não seria justo.

Os olhos dela brilharam.

— Concordo. Não seria nem um pouco justo. Mas receio que Ansel não seja o único precisando de uma lição hoje. Detestaria que você ou ele ficassem com a impressão errada.

— Não. — Ficando de pé, cruzei os braços e a olhei feio. — Não vou cair nessa. Não me peça isso.

— Por que não? Não tem nada a temer. Você *é* o mais forte aqui, afinal. Não é?

Chegou mais perto, seus seios tocando de leve minha barriga, e acariciou minha face com um dedo. Sua pele cintilou, e sua voz ficou mais grave. Se multiplicou. Como acontecera no pub. Sangue pulsava em meus ouvidos. Sem a Balisarda, podia sentir a atração da sua magia sob minha pele. Meus músculos já tinham começado a relaxar, meu sangue, a esfriar. Uma dormência agradável desceu pela minha coluna.

— Está curioso. — Sua voz ronronava enquanto me circundava, o fôlego quente contra minha bochecha. Ansel, Beau e Coco assistiam com olhos arregalados. — Admita. Quer saber como é. Quer ver esta parte de mim. De *você*. Tem medo, mas também curiosidade. Tanta, tanta curiosidade. — Sua língua escapou de dentro da boca para lamber minha orelha. Calor aumentou dentro da minha barriga. — Não confia em mim?

Estava certa. *Queria* ver. Queria saber. Aquele vazio em seu rosto era desconhecido e estranho, mas ainda assim eu...

Não. Balancei a cabeça com violência. Não queria vê-lo em absoluto. No dia anterior mesmo, assistira enquanto quase se matava usando magia. Ela não devia estar fazendo aquilo. *Nós* não devíamos estar fazendo aquilo. Não era Lou. Não era...

Entregue-se.

Aquelas estranhas e desconhecidas vozes se insinuaram novamente dentro dos meus pensamentos mais recônditos, me acariciando. Tentando me persuadir.

— Claro que confio.

— Prove. — Levantou a mão para pentear meus cabelos com os dedos. Estremeci com o contato. Com a intrusão dentro da minha cabeça. — Me obedeça.

Entregue-se.

— Eu... chega. O que está fazendo? — Afastei a mão dela com força, tropeçando para trás. Derrubei a mochila da árvore. Ninguém se moveu para pegá-la. — Pare com isso!

Mas sua pele só brilhou mais forte enquanto estendia a mão para mim — seus olhos cheios de anseio —, e, de repente, já não sabia mais se queria que parasse.

Entregue-se. Toque-a.

— Reid. — Esticou os braços para mim em súplica, e senti meu corpo dar um passo à frente, enterrar meu rosto em seus cabelos. Mas seu cheiro não estava certo. Nada certo. Era como fumaça e pelagem animal e... e algo mais. Algo pungente. Perfurou o nevoeiro em minha mente. — Me abrace, Reid. Abrace *isso*. Não tem por que ter medo. Deixe que eu mostre quanto poder você pode ter. Deixe que eu mostre como você é fraco.

Pungente demais. Enjoativo de tão doce. Cheirava a queimado.

Minhas mãos pousaram em seus ombros, e a forcei a dar um passo atrás, desviando meu olhar para longe.

— Pare com isso. Agora. — Sem querer arriscar encontrar seus olhos novamente, observei seu pescoço. A cicatriz. Vagarosamente, o brilho em sua pele foi diminuindo sob minhas mãos. — Esta não é você.

Ela bufou com escárnio, a pele voltando ao normal de maneira abrupta. Me empurrou para longe.

— Para de querer me dizer quem sou. — Quando arrisquei um olhar para ela, me olhava feio, lábios franzidos e sobrancelhas juntas numa carranca. A mão no quadril estreito. Esperando. — Então? Vamos ou não vamos?

— Lou... — advertiu Ansel.

Meu corpo inteiro tremia.

— Já é a segunda vez que usa magia para me controlar — falei, baixinho. — Nunca mais faça isso. Entendeu? *Nunca mais.*

— Você está sendo dramático.

— E você está fora de controle.

Um sorriso malicioso recurvou os lábios dela. A própria encarnação de Jezebel.

— Então me castigue. Prefiro algemas e um chicote, mas a espada vai quebrar o galho também.

Inacreditável. Ela era... ela...

Inspirei fundo, irritado.

— Quer mesmo fazer isso?

Seu sorriso se alargou, selvagem, e, naquele instante, já não a reconhecia mais. Não era Lou, mas uma verdadeira dama branca. Bela, fria e estranha.

— Quero, sim.

Vocês se encontraram faz apenas alguns meses. Como pode saber que a conhece de verdade? As palavras de Madame Labelle me atormentavam. Mais e mais altas ficavam. *Louise já começou seu declínio. Conheço os sinais. O mesmo aconteceu com Morgane. Você não pode impedir e não pode fazer com que desacelere.*

— Se concordar — falei, devagar —, tenho uma condição.

— Sou toda ouvidos.

— Se eu vencer, chega de magia. Estou falando sério, Lou. Você vai parar de usá-la. Não quero ver mais. Não quero sentir o cheiro. Não quero nem *pensar* nela até estar tudo acabado.

— E se eu vencer? — Ela deslizou um dedo pelo meu peito. Aquele lustro sobrenatural tinha retornado à sua pele. A mesma luz estranha em seu olho. — E então, querido?

— Vou aprender como usá-la. Vou deixar que me ensine.

Sua pele ficou opaca de repente, e o sorriso se desfez.

— Combinado.

Com a garganta fechada, assenti e dei um passo atrás. Enfim, podíamos dar um fim àquilo — àquela loucura entre nós. Aquela tensão. *O impasse.* Eu a impossibilitaria rápida e eficientemente. Apesar de toda sua provocação, não queria machucá-la. *Jamais* quis. Só queria protegê--la. De Morgane. De Auguste.

De si mesma.

E agora, finalmente, eu podia.

Desembainhando uma segunda faca, girei os ombros para aquecê-los. Alonguei o pescoço. Flexionei os pulsos.

Uma sensação semelhante à empolgação ébria me dominou quando nos encaramos, quando ela fez minha adaga rodopiar entre seus dedos. Mas não deixei minhas emoções me traírem. Diferente de Lou, podia controlá-las. Podia contê-las. *Iria* contê-las.

— Pronto? — Seu sorrisinho retornara, e a postura permanecia relaxada. Arrogante. Ansel correu para o abrigo da árvore mais próxima. Um cipreste. Até Coco nos deu espaço, puxando Beau consigo. — Contamos até três?

Mantive os dedos relaxados na faca.

— Um.

Ela atirou a sua no ar.

— Dois.

Nossos olhares se cruzaram.

— Três — sussurrei.

Ela pulou imediatamente, me surpreendendo, e atacou com força inesperada. A bloqueei com facilidade, contra-atacando com um golpe. Meia-bomba. Só precisava desarmá-la, não atacar de verdade, e era tão pequena...

Passando depressa por mim, usou minha velocidade contra mim mesmo para chutar a parte posterior do meu joelho, me fazendo tropeçar para a frente. Pior, ela meio se jogou por cima de mim, meio me cavalgou, para se certificar de que fosse cair de barriga no chão. Sua faca tocou meu pescoço enquanto a minha própria deslizava para fora do meu alcance. Com um risinho, enterrou os joelhos em minhas costas e deixou um beijo em minha nuca.

— Primeira lição, Ansel: encontre as fraquezas do seu inimigo e as explore.

Furioso, cuspi neve da boca e afastei a faca com força.

— Sai de cima.

Ela riu novamente e rolou para o lado, me liberando, antes de ficar de pé num salto.

— Então, o que foi que Reid fez de errado? Além de cair de cara no chão *e* perder a arma? — Com uma piscadela, pegou-a e a devolveu.

Ansel se remexia inquieto sob a árvore, recusando-se a fazer contato visual.

— Ele... ele não queria machucar você. Não deu o máximo de si.

Fiquei de pé também. Calor queimava meu pescoço e minhas orelhas enquanto espalmava a neve e lama do casaco, da calça. *Porra*.

— Um erro que não repetirei.

Os olhos de Lou dançavam.

— Vamos para o *round* dois?

— Vamos.

— No três.

Adotei a ofensiva desta vez, atacando com força e rapidez. Tinha subestimado sua agilidade antes, mas não o faria de novo. Sustentando o impulso e o equilíbrio, mantive os movimentos controlados, poderosos. Ela podia ser mais rápida, mas eu era mais forte. Muito, muito mais forte.

O sorrisinho dela desapareceu após um golpe particularmente vigoroso em seu braço dominante. Não hesitei. Voltei a atacar, forçando-a na direção do cipreste. Encurralando-a ali. *Explorando sua fraqueza*. Seus braços tremiam com todo o esforço, mas mal conseguia desviar dos meus ataques, que dirá contra-atacar. Não parei.

Com um último avanço, atirei sua faca para longe, prendendo-a contra a árvore com meu antebraço. Ofegante. Sorridente. Triunfante.

— Renda-se.

Ela mostrou os dentes e levantou as mãos.

— Jamais.

A pancada veio antes que pudesse reagir. E o cheiro. O *cheiro*. Queimou meu nariz e minha garganta, me perseguindo enquanto voava pelo ar — quando topei com um galho e deslizei pela neve. Algo quente e molhado escorreu do topo da minha cabeça. Toquei o local com cuidado, e meus dedos retornaram vermelhos. Ensanguentados.

— Você... — Minha garganta fechou com incredulidade. Com fúria. — Você trapaceou.

— Segunda lição — rosnou ela, abaixando-se para pegar as facas caídas. — Não existe trapaça. Use todas as armas em seu arsenal.

Ansel assistia com olhos arregalados, aterrorizados. Pálido e imóvel. Me levantei devagar. Com determinação. Minha voz tremia.

— Me dê uma faca.

— Não. — Levantou o queixo, os olhos brilhantes demais, e enfiou a adaga extra no cinto. — É a segunda vez que perde a sua. Tome-a de volta.

— Lou. — Ansel deu um passo hesitante à frente, as mãos estendidas entre nós como se quisesse tranquilizar animais selvagens. — Talvez... talvez fosse bom só devolver a...

Suas palavras terminaram em um berro quando a derrubei no chão. Rolando de costas, absorvi a maior parte do impacto, prendendo seus pulsos e arrancando a faca da mão dela. Ela tentava me arranhar, aos gritos, mas mantive suas mãos presas com uma das minhas, usando a outra para alcançar... para *procurar*...

Os dentes de Lou afundaram em meu pulso antes que pudesse encontrar seu cinto.

— Merda! — Eu a liberei com um rosnado, vermelho aflorando das marcas de dente. — Você *enlouqueceu*...?

— *Patético*. Com certeza nosso grande capitão consegue fazer melhor do que *isso*...

Vagamente, podia ouvir Ansel gritando algo a distância, mas o ruído em meus ouvidos abafava tudo, exceto Lou. *Lou*. Rolei, mergulhando em direção à faca caída, mas ela correu atrás de mim.

Cheguei primeiro.

Por reflexo, golpeei num arco largo e feroz, defendendo minhas costas. Lou devia ter se afastado naquela sua dança de sempre. Devia ter previsto o movimento e se defendido, se abaixado sob meu braço estendido e avançado.

Mas não.

Minha lâmina fez contato.

Assisti em câmera lenta — bile subindo à garganta — quando o metal rasgou o tecido do seu casaco, quando sua boca se abriu em surpresa. Quando tropeçou, a mão no peito, e tombou no chão.

— Não — soprei a palavra antes de cair de joelhos a seu lado. O zumbido em meus ouvidos cessou abruptamente. — Lou...

— Reid! — A voz de Ansel quebrou o silêncio enquanto corria até nós, espirrando neve e lama em todas as direções. Derrapou ao frear e caiu para a frente, as mãos pairando sobre o corte no casaco de Lou, trêmulas. Sentou-se para trás com um suspiro. — Graças a Deus...

— Coco — chamei.

— Mas ela não está...

— COCO!

Uma risadinha baixa soou abaixo de nós. Minha visão se fixou no corpo pálido de Lou, e apenas nele. Um sorriso tocava seus lábios, cheio de malícia, e ela se apoiou nos cotovelos.

— Fique deitada — pedi, a voz falhando. — Por favor. Coco vai curá-la...

Mas ela não obedeceu. Não, continuou se erguendo, levantando as mãos em um movimento particular. Minha mente, letárgica e lenta de pânico, não compreendeu o gesto, não entendeu sua intenção até ser tarde...

A explosão me levantou no ar. Não parei até minhas costas terem encontrado a árvore com uma nova pancada. Me dobrando sobre mim mesmo, sufoquei, tentando recuperar o fôlego.

Mais uma risadinha, esta mais alta do que a anterior. Ela caminhou até mim, abrindo o casaco e revelando a camisa, a pele. Ambas intactas. Nem um arranhão sequer.

— Terceira lição: a batalha não termina até um de vocês estar morto no chão. E, mesmo assim, verifique duas vezes. Sempre chute seu oponente quando ele estiver caído.

UMA DÍVIDA DE SANGUE

Reid

Se a tensão entre nós dois era intensa antes, agora estava incontornável. Cada passo, um tijolo entre nós. Cada momento, um muro.

Caminhamos por um longo tempo.

Embora Lou tivesse enviado a raposa preta — *Brigitte*, a tinha batizado — na nossa frente com um pedido para que nos encontrássemos, a Fera de Gévaudan não respondera.

Ninguém falou até o crepúsculo cair. Ciprestes tinham gradualmente substituído pinheiros e vidoeiros, e o solo tinha se tornado mais macio. Fazia ruídos úmidos sob nossos pés, mais lama do que musgo e líquen. O ar frio de inverno era salgado, e, acima de nós, uma gaivota solitária grasnava. Embora a água encharcasse minhas botas, a sorte estava do nosso lado — a maré não tinha subido ainda.

— Vai escurecer daqui a pouco — sussurrou Beau. — Sabe onde eles moram?

Lou se aproximou de mim. Arrepios eriçavam sua pele.

— Duvido que o tenham convidado para tomar chá na casa deles.

Resisti à tentação de envolvê-la com um braço, de abraçá-la com força. Não tinha se desculpado desta vez. Nem eu esperava que fosse se desculpar.

— Pegamos alguns errantes de surpresa da última vez. Não... não sei onde a alcateia fica.

— Errantes de surpresa? — Lou olhou para mim com olhos aguçados. — Me disse que tinha encontrado o grupo.

— Queria impressioná-la.

— Não importa. — Coco olhou para o céu, para o espectro da lua no pôr do sol roxo. Era cheia aquela noite. Ficava mais brilhante a cada minuto que se passava. — Eles vão nos encontrar.

Beau seguiu o olhar dela, empalidecendo.

— E até lá?

Um uivo perfurou a noite.

Naquele momento, tomei a mão de Lou.

— Seguimos em frente.

Uma escuridão verdadeira caiu dentro de uma hora. Com ela, sombras mais densas se materializaram, relampejando por entre as árvores.

— Estão aqui. — Com a voz suave, Lou inclinou a cabeça para a esquerda, onde um lobo prateado se esgueirou para fora de vista. Outro passou adiante sem fazer um único ruído. Mais uivos ecoaram o primeiro, até que um coro nos cercava. Fomos todos nos aproximando uns dos outros ao mesmo tempo.

— Fiquem calmos — murmurei. Embora estivesse ansioso por empunhar uma faca, mantive a mão firme na de Lou. Aquele primeiro momento era crucial. Se suspeitassem de perigo, não hesitariam. — Não atacaram ainda.

A voz de Beau se elevou em um guincho:

— *Ainda?*

— Todos de joelhos. — Lentamente, com cuidado, me agachei, abaixando a cabeça, guiando Lou para baixo comigo. Nossos dedos se entrelaçaram no lamaçal. A cada fôlego seu, sincronizava o meu. Me concentrava. Ansiedade deixava meu pescoço rígido, meus braços também. Talvez Blaise não quisesse me escutar. Apesar do que dissera a

Lou, talvez não aceitasse meu desafio. Talvez simplesmente nos matasse.

— Só façam contato com aqueles que quiserem desafiar.

Como se esperassem minhas palavras, os lobos surgiram. Três dúzias deles, no mínimo. Emergiam de todas as direções, tão silenciosos quanto a lua lá em cima. Nos cercando. O rosto de Lou empalideceu. Ao lado dela, Ansel tremia.

Estávamos em desvantagem numérica.

Em *alarmante* desvantagem numérica.

— O que está acontecendo? — indagou Beau, a respiração ofegante. Pressionava a testa contra o ombro de Coco, fechando os olhos com força.

Tive dificuldades para manter minha própria voz estável.

— Estamos requisitando uma audiência com o alfa.

Bem na nossa frente, um enorme lobo de olhos amarelos se adiantou. Eu o reconheci de imediato — pelagem da cor de fumaça, o focinho grisalho e mutilado. Um pedaço do nariz tinha sido arrancado. Ainda lembrava quando o vi caindo no chão. A sensação, o cheiro do seu sangue em minhas mãos. O som de seus urros torturados.

Quando curvou os lábios, revelando dentes tão longos quanto meus dedos, me forcei a falar:

— Blaise. Precisamos conversar.

Quando fiz menção de me levantar, Lou me deteve com uma breve sacudidela de cabeça. Quem se levantou foi ela, dirigindo-se ao líder diretamente. Apenas eu podia sentir sua mão tremendo.

— Meu nome é Louise le Blanc, e desejo ter uma audiência com a Fera de Gévaudan, líder da alcateia. Estou correta em presumir que seja você?

Blaise rosnou baixinho. Não desviou os olhos de mim.

— Viemos negociar uma parceria contra La Dame des Sorcières — continuou, a voz mais firme. — Não queremos conflito.

— Você tem muita coragem. — Uma jovem robusta saiu do meio das árvores, vestida com apenas uma bata. Pele marrom. Cabelos pretos. Olhos castanho-escuros. Atrás dela, uma versão em miniatura sua a seguia. — Trazer um príncipe e um Chasseur até Le Ventre.

Beau olhou para mim de relance. Quando assenti, ele se levantou. Embora cauteloso, sua postura mudou sutilmente, transformando-o diante de nossos olhos. Endireitou os ombros. Plantou os pés no chão. Fitou a mulher com uma expressão impassível.

— Receio que estejamos em desvantagem, *mademoiselle*...?

Ela fechou a cara para ele.

— Liana. Sou a filha da Fera de Gévaudan.

Beau assentiu.

— Mademoiselle Liana. É um prazer conhecê-la. — Quando ela não respondeu, ele prosseguiu, inabalável: — Minha companheira diz a verdade. Viemos para fazer as pazes com os *loups-garou*. Cremos que uma aliança possa ser benéfica para todas as partes envolvidas.

Lou lhe lançou um olhar agradecido.

— E que parte *você* representa? — perguntou Liane com voz sedosa, aproximando-se. Os olhos de Beau se movimentaram quando um punhado de lobos imitou seus movimentos. — Vossa *Alteza*.

Beau abriu um sorriso forçado.

— Infelizmente, não estou aqui em caráter oficial, embora tenha esperança de que meu pai também responda favoravelmente a uma aliança.

— Antes ou depois de mandar seus caçadores abaterem minha família?

— Não queremos conflito — repetiu Lou.

— Uma pena. — Liana sorriu, e seus caninos se alongaram, afiando-se em pontas letais. — Porque nós queremos.

O irmãozinho dela, talvez cinco anos mais jovem do que Ansel, mostrou os dentes.

— Levem-nos.

— Espere! — gritou Beau, e o lobo mais próximo dele se sobressaltou, mordendo o ar perto da mão do príncipe. Ele caiu no chão com um xingamento.

— Por favor, nos escutem! — Lou se colocou entre os dois, levantando as mãos em um gesto apaziguador. Ignorando suas súplicas, os lobos avançaram. Corri para eles, tirando duas facas da bandoleira, me preparando para atirar...

— Só queremos conversar! — A voz dela se levantou com desespero. — Não queremos bri...

O primeiro lobo se chocou contra ela, que cambaleou para trás, estendendo a mão para mim. Os olhos procurando os meus. Ajustei a mira por instinto, atirando a faca com precisão. Capturando o cabo quando girou, ela golpeou o atacante em um movimento único e contínuo. Quando o animal urrou e pulou para o lado, sangrando, seus companheiros se detiveram ao redor. Rosnados e uivos dominaram a noite.

— Não queremos lhes fazer nenhum mal. — A mão de Lou já não tremia. — Mas, se necessário, vamos nos defender. — Atrás dela, ergui minha própria arma para dar ênfase a suas palavras. Coco e Ansel se juntaram a nós com as próprias armas. Até Beau desembainhou a adaga, completando nosso círculo.

— Bem — comentou Coco, amarga. As feras nos circundavam, em busca de um ponto fraco onde pudessem atacar. — Isso saiu de controle mais depressa do que imaginei.

Movi minha faca pelo ar quando um lobo chegou perto demais.

— Sabe o que tenho que fazer, Lou.

Ela balançou a cabeça com veemência.

— Não. Não, ainda podemos negociar...

— Têm uma maneira interessante de *negociar* — rosnou Liana, gesticulando para o amigo ferido —, trazendo facas e inimigos para dentro da nossa casa e nos atacando.

— Não queria que isso tivesse acontecido. — Outro lobo avançou enquanto Lou falava, na esperança de pegá-la de surpresa. Mas ela não o apunhalou. Apenas o chutou no focinho. — Temos informações a respeito da sua inimiga, La Dame des Sorcières. Juntos, temos uma chance de finalmente derrotá-la.

— Ah. Agora estou entendendo. — Um pequeno sorriso brincou nos lábios de Liana. Levantou a mão, e os companheiros pararam abruptamente de circular. — Vieram implorar pela ajuda da alcateia.

— Viemos pedir ajuda — rebateu Coco, áspera. Levantou o queixo. — Não vamos implorar.

As duas se encararam por vários segundos. Nenhuma delas vacilando. Nem desviando os olhos. Enfim, Liana inclinou a cabeça.

— Reconheço sua bravura, Cosette Monvoisin, mas a alcateia jamais dará assistência a um príncipe, um caçador e a puta deles. — Quando gesticulou com a cabeça para Beau, depois para mim e Lou, só vi vermelho. Apertando as facas nas mãos com intenção assassina, dei um passo à frente. O braço de Coco cruzou meu peito. Liana riu, o som brutal. Selvagem. — Não devia ter vindo até aqui, Reid Diggory. Vou gostar de destroçar o seu pescoço.

— Já chega, Liana. — Grave e rouca, a voz de Blaise perfurou o alvoroço de rosnados ansiosos. Não o tinha notado sair. Estava agora diante de nós como homem, vestido apenas com um par de calças folgado. Seu peito era tão marcado quanto o rosto. Os ombros tão largos quanto os meus próprios. Talvez ainda mais. Como sua pelagem de lobo, os cabelos eram longos e cinzentos como nuvens tempestuosas, com faixas prateadas. — Morgane le Blanc nos visitou mesmo mais cedo esta semana com uma proposta similar. Falou em guerra.

— E liberdade do domínio dos Chasseurs — cuspiu Liana.

— Tudo que precisamos fazer é lhe entregar sua filha... a sua esposa — Os olhos amarelos de Blaise penetraram os meus, cheios de ódio —, e a perseguição do meu povo estará terminada.

— Ela vai me sacrificar. — O punho de Lou se fechou com força na faca. Blaise seguiu o movimento. Predatório. Avaliando qualquer fraqueza, mesmo naquele momento. — Sou *filha* dela — continuou, o tom de voz ficando agudo. Uma olhadela em sua direção confirmou que suas pupilas tinham se dilatado. Seu corpo também estava se preparando para a batalha, ainda que sua mente ainda não tivesse se dado conta do perigo da nossa situação. — Mas ela só me concebeu... só me criou... para morrer. Nunca me amou. Sem dúvida vê como algo assim é cruel?

Blaise mostrou os dentes para ela. Seus caninos continuavam afiados. Pontudos.

— Não fale de família para mim, Louise le Blanc, quando nunca conheceu uma. Não fale de assassinato de filhos. Não com a companhia que a cerca.

Lou fez uma careta, uma nota de desespero tingindo sua voz.

— Ele é um homem mudado...

— Ele nos deve sangue. Sua dívida será paga.

— Não devíamos ter vindo — sussurrou Beau.

Tinha razão. Nosso plano tinha sido mal pensado, na melhor das hipóteses, e aquela — aquela tinha sido uma missão suicida desde o início. A Fera de Gévaudan jamais se juntaria a nós. Por minha causa.

— Morgane não hesitará em abatê-los depois que tiveram cumprido seu propósito. — Lou abandonou qualquer tentativa de civilidade, desempenhando uma postura ofensiva diante de mim. Me defendendo contra um grupo inteiro de lobisomens. — Dames Blanches detestam *loups-garou*. Detestam tudo que é diferente delas.

— Ela pode tentar. — Os caninos de Blaise se estenderam para além do lábio, e seus olhos brilhavam na escuridão. Os lobos ao redor dele rosnaram e retomaram seu cerco. Os pelos eriçados. — Mas descobrirá rapidamente que os *loups-garou* apreciam o sangue de nossos inimigos mais do que tudo. Foi tola em se aventurar dentro de Le Ventre, Louise le

Blanc. Agora seu caçador vai pagar com a vida. — Seus ossos começaram a se quebrar e se transformar, e os olhos rolaram para dentro do crânio. Liana sorriu. Os lobos foram se aproximando, lambendo os beiços.

Lou levantou as mãos mais uma vez. Desta vez, o gesto não era apaziguador.

— Não vão colocar um dedo nele.

— Lou. — Toquei seu cotovelo, sacudindo a cabeça. — Pare.

Ela estapeou minha mão para longe e ergueu as suas ainda mais alto.

— *Não*, Reid.

— Sabia o que aconteceria quando viesse aqui. — Antes que pudesse protestar, que Blaise pudesse completar sua transição, tomei um fôlego profundo e dei um passo à frente. — Eu o desafio, Blaise, a Fera de Gévaudan e alfa desta alcateia, para um duelo. Pela sua honra, e pela minha. — Seus ossos pararam de fraturar de maneira abrupta, e ele me encarou, congelado entre duas formas. Lupino e humanoide. Uma mistura grotesca de lobo e homem. — Só nós dois. A arma de nossa escolha. Se eu vencer, você e seus companheiros se juntarão a nós na batalha iminente. Vai nos ajudar a derrotar La Dame des Sorcières e suas Dames Blanches.

— E se eu vencer? — A voz de Blaise estava distorcida, desajustada, por conta da boca alongada. Eram mais rosnados do que palavras.

— Você me mata.

Ele bufou, os lábios se arreganhando e deixando os dentes visíveis.

— Não.

Pisquei.

— Não?

— Recuso o seu desafio, Reid Diggory. — Ele acenou com a cabeça para os filhos antes de se entregar totalmente à transformação. Em questão de segundos, caiu sobre as quatro patas, arfando no ar frio da noite. Era um lobo novamente. Liana estava logo atrás dele. Em seus olhos brilhava um ódio que reconheci. Um ódio que um dia roubara meu próprio fôlego e endurecera meu coração.

— Desta vez, capitão Diggory — disse ela, baixinho —, vamos caçar você. Se chegar à aldeia do outro lado de nosso território, escapa com vida. Se não... — Inspirou fundo, sorrindo como se sentisse o cheiro de nosso medo, antes de estender os braços para os outros membros da alcateia. — Glória ao *loup-garou* que o matar.

O rosto de Lou se contorceu com horror.

— A aldeia, Gévaudan, fica diretamente ao sul daqui. Vamos lhes dar uma vantagem inicial.

— Quanto de vantagem? — indagou Beau, os olhos tensos e ansiosos. Ela apenas sorriu em resposta.

— Armas? — perguntou Lou.

— Pode ficar com as armas que tem consigo — respondeu a jovem. — Nem mais, nem menos.

Calculei depressa meu inventário. Quatro facas na bandoleira. Duas nas botas. Uma espada nas costas. Sete. Embora orasse para não precisar delas, não era ingênuo. Aquilo não acabaria bem. Acabaria em sangue.

— Se qualquer um de *vocês* interviver na caçada — o irmão mais jovem acrescentou, olhando para Lou, Coco, Ansel e Beau —, com magia ou de outra forma, vão pagar com a vida.

— E Morgane? — indagou Coco depressa. — Se Reid vencer, vão se aliar conosco contra ela?

— Nunca — rosnou Liana.

— Isso é um monte de merda! — Lou avançou na direção deles, as mãos ainda estendidas, mas agarrei seu braço. Para minha surpresa, Beau também.

— Irmãzinha — começou, os olhos arregalados quando os lobos fecharam o cerco —, acho que vamos ter que jogar o jogo deles.

— Ele vai *morrer*.

Os olhos de Coco voavam em todas as direções, como se buscasse uma saída. Não havia.

— Vamos todos morrer, a menos que ele concorde. — Ela me encarou, querendo uma confirmação. Aguardando. Naquele olhar, entendi. Se escolhesse não participar, ela se juntaria a mim na luta por uma saída. Todos eles se juntariam. Mas o preço... o risco...

Como se tragados por uma força invisível, meus olhos voltaram para Lou. Seu rosto. Memorizei a curva do nariz, a inclinação das bochechas. A linha do seu pescoço. Se lutássemos, eles a levariam. Havia lobos demais para conseguirmos matar todos, mesmo com magia do nosso lado.

Eles a levariam, e ela estaria perdida.

— Não faça isto — pediu, sua aflição palpável. Meu peito doía. — Por favor.

Meu polegar acariciou seu braço. Apenas uma vez.

— Tenho que fazer.

Quando me voltei para Liana, ela já estava na metade da transformação. Pelugem preta cobria seu rosto lupino, e os lábios se contorciam em um sorriso horripilante.

— Corra.

OS LOBOS ATACAM

Reid

Uma sensação de calma me tomou quando entrei no pântano. Sul. Diretamente ao sul. Conhecia Gévaudan. Os Chasseurs e eu tínhamos passado a noite lá após o ataque aos lobisomens — uma noite antes de me tornar capitão Diggory. Se me recordava corretamente do terreno, o rio que fazia funcionar o moinho de Gévaudan desembocava naquele estuário. Se pudesse encontrar o rio, poderia fazer meu cheiro desaparecer dentro das águas. Atravessá-las para chegar à aldeia.

Se não me afogasse primeiro.

Olhei para baixo. A maré estava subindo. Logo alagaria o estuário, que por sua vez alagaria o rio. A corrente se tornaria perigosa, especialmente enquanto estivesse portando armas pesadas. Ainda assim... era melhor me entregar ao mal que conhecia do que ao que não conhecia. Preferiria me afogar a sentir os dentes de Blaise em minha barriga.

Voando por entre as árvores — cuidando para marcar cada uma com meu cheiro —, virei novamente, diluindo meu rastro o máximo possível. Me agachei. *Loups-garou* eram mais rápidos do que lobos comuns, mais até do que cavalos. Não podia vencê-los em agilidade. A água era minha única esperança. Isso, e...

Afundando as mãos na terra, peguei punhados de lama e lambuzei a pele com ela. As roupas. Os cabelos. Além da força e agilidade, os narizes dos lobisomens eram sua maior arma. Precisava desaparecer em todos os sentidos.

Em algum lugar atrás de mim, um uivo quebrou o silêncio.

Olhei para cima, o primeiro nó de medo me fazendo hesitar.

Meu tempo tinha acabado. Estavam a caminho.

Com um xingamento silencioso, corri para o sul, mantendo os ouvidos abertos — *muito* abertos — para poder detectar o tão característica ruído de água corrente. Procurando troncos grossos e barba-de-velho em meio aos outros verdes e marrons esmaecidos da floresta. O rio se formara dentro de um matagal denso cheio de ciprestes desfolhados. Tinha que ficar perto dali. Me lembrava daquele local. Cada marco que se erguia diante de mim refrescava minha memória. Jean Luc tinha parado para descansar contra aquela árvore nodosa. O arcebispo — teimosamente vestido em sua batina — quase caíra por cima daquela pedra.

O que significava que os ciprestes deveriam estar... bem *ali*.

Triunfante, corri até eles, passando por entre troncos quando outro uivo soou, soltando um suspiro de alívio quando finalmente, *finalmente*, encontrei...

Parei subitamente. Meu alívio desapareceu.

Não havia coisa alguma ali.

Onde o rio estivera, agora apenas um amontoado de samambaias permanecia. Suas folhas — amarronzadas e mortas — dançavam gentilmente no vento. A terra sob elas era lamacenta, molhada, recoberta de líquen e musgo. Mas nada do leito do rio restava. Nem um grão de areia. Nem uma pedra sequer. Era como se o rio inteiro tivesse simplesmente... desaparecido. Como se o tivesse imaginado.

Cerrei os punhos.

Não imaginara coisa alguma. Tinha eu mesmo bebido daquela água maldita.

Ao redor, os galhos das árvores se agitavam na brisa, sussurrando. Rindo. Vigiando. Outro uivo perfurou a noite — este mais perto do que o anterior —, e os pelos em minha nuca se eriçaram.

A floresta é perigosa. Meu pulso acelerou ao me recordar das palavras da minha mãe. *As árvores têm olhos.*

Balancei a cabeça — não querendo aceitá-las — e olhei para o céu a fim de recalcular. Sul. Diretamente ao sul. Tinha apenas que alcançar o portão de Gévaudan, e a lama em minha pele garantia que os lobisomens não poderiam me rastrear usando o olfato. Ainda podia consegui-lo. Podia vencer.

Mas quando dei um passo para trás — minha bota afundando em um pedaço de terra particularmente molhado —, me dei conta da evidente falha em meu plano. Meu pânico cresceu e se tornou terror. Os lobos não *precisavam* dos seus focinhos para me encontrar. Tinha deixado um caminho de pegadas para seguirem. Não tinha levado em conta o terreno mole, nem a maré em alta. Não havia maneira de fugir para Gévaudan — ou para o rio, ou qualquer outro lugar — sem que os lobisomens vissem exatamente para onde ia.

Ande. Meu coração pulsava em um ritmo frenético, ruidoso dentro da minha cabeça. Me forcei a pensar em uma maneira de contornar aquele problema. Poderia usar magia para me safar? No mesmo instante rejeitei o impulso, não querendo arriscar. A última vez que recorrera a ela, tinha quase me matado, quase congelado até a morte à margem daquele riacho. Era muito provável que acabasse fazendo mais mal do que bem, e não havia espaço para qualquer erro naquele momento. Lou não estava lá para me salvar. *Pense pense pense.* Vasculhei o cérebro em busca de outro plano, outra maneira de esconder meu rastro. Por pior que Lou fosse em criar estratégias, teria sabido exatamente o que fazer. Sempre escapava. Sempre. Mas eu não era ela, e não sabia o que fazer.

Ainda assim... Tinha corrido atrás dela tempo suficiente para adivinhar o que faria numa situação assim. O que fazia em todas as situações.

Engolindo em seco, olhei para cima.

Respire. Só respire.

Voltando aos ciprestes, me suspendi para subir no galho mais baixo.

De novo.

As árvores cresciam mais próximas naquela parte da floresta. Se pudesse navegar pelas copas por tempo suficiente, meu rastro desapareceria. Escalei mais depressa, forçando meus olhos a permanecerem no alto. Não lá embaixo. Jamais embaixo.

De novo.

Quando os galhos começaram a escassear, parei de subir, engatinhando devagar — devagar demais — até a extremidade daquele em que estava. Com as pernas trêmulas, fiquei de pé. Contando até três, pulei para o galho seguinte o mais longe que consegui. Ele se envergou precariamente sob meu peso, e caí em cima dele, envolvendo-o com os braços, tomando profundas respirações ofegantes. Minha vista girava. Me forcei a engatinhar para a frente novamente. Não podia parar. Tinha que me mover mais depressa. Jamais alcançaria Gévaudan naquele passo, e os uivos dos lobos ficavam cada vez mais altos.

Após a terceira árvore, porém, minha respiração passou a ficar mais estável. Meus músculos relaxaram um pouco. Comecei a me movimentar com mais rapidez. Mais e mais. Agora confiante. As árvores eram grossas, e a esperança inflou-se em meu peito. Várias e várias vezes saltei, até...

Um ruído de algo se partindo.

Não.

Com um espasmo na coluna e a mente correndo desenfreada, tentei, em desespero, alcançar o galho mais próximo, despencando em direção ao chão com rapidez alarmante. A madeira se quebrou sob meu peso e velocidade, e uma dor lancinante subiu pelo meu braço. O galho seguinte se chocou com minha cabeça. Vi estrelas, e aterrissei — com força — de costas no chão. O impacto me roubou o fôlego. Água marejou meus olhos. Suguei ar e tossi, piscando depressa, amparando minha palma ensanguentada, e tentei me levantar.

Blaise pisou em cima de mim.

Com os dentes brilhando, rosnou quando me arrastei para trás — olhos inteligentes, ávidos demais, *humanos* demais para meu gosto. Lenta e cautelosamente, ergui as mãos e fiquei de pé. As narinas dele se arreganharam ao sentir o cheiro do meu sangue. O instinto gritava que buscasse minhas facas. Assumisse a ofensiva. Mas se derramasse sangue primeiro — se matasse o alfa —, os lobisomens jamais se juntariam a nossa causa. Jamais. E aqueles olhos...

Era tudo tão mais simples quando ainda era Chasseur. Quando lobos eram apenas feras. Demônios.

— Não precisa acabar assim. — Com a cabeça latejando, sussurrei: — Por favor.

Seus lábios se arregaçaram para mostrar os dentes, e ele deu o bote.

Desviei do ataque, circulando-o enquanto virava. Minhas mãos permaneciam estendidas. Conciliatórias.

— Você tem uma escolha. Os Chasseurs vão matá-lo, sim, mas Morgane também. Depois que tiver servido a seu propósito. Depois que a tiver ajudado a matar crianças inocentes.

No meio do movimento de ataque, Blaise parou. Inclinou a cabeça para o lado, as orelhas estremecendo.

Então Morgane não lhe contara todos os detalhes do seu plano.

— Quando Lou morrer, todos os filhos do rei morrem com ela. — Não mencionei minha própria morte. Só iria fortalecer sua decisão de se juntarem a Morgane. — Dúzias deles, a maioria sequer sabe quem é o pai. Eles deveriam pagar pelos pecados dele?

Apoiando o peso sobre outra pata, ele olhou para trás como se estivesse agitado.

— Ninguém mais precisa morrer. — Mal me atrevia a respirar ao dar um passo na direção dele. — Junte-se a nós. Nos ajude. Juntos, podemos derrotar Morgane e restaurar a ordem...

Com os pelos se eriçando, orelhas indo para trás para se colarem ao crânio, bateu os dentes em uma advertência para me afastar. Repulsa contorceu meu estômago quando seus ossos começaram a quebrar. Quando as articulações saíram do lugar e se moveram apenas o suficiente para permitir que ficasse de pé sob as patas traseiras. Pelo cinza-esfumaçado ainda recobria o corpo distorcido. Mãos e pés permaneciam alongados, as costas acorcundadas. Grotesco. Seu rosto se contraiu até que a boca pudesse formar palavras.

— Restaurar a ordem? — rosnou, o som gutural. — Você disse que os Chasseurs vão... — Ele fez uma careta de dor, com dificuldade para mover o maxilar — ... nos matar. Como pretende derrotá-los? — Com o pescoço tenso, retraiu mais os dentes. — Tem coragem de matar... os seus próprios irmãos? O seu próprio — outra careta — pai?

— Vou convencê-lo. Todos eles. Podemos mostrar que existe um caminho alternativo.

— Muito... ódio nos corações deles. Vão se recusar. E... e então?

Encarei-o, pensando depressa.

— Como pensei. — Seus dentes se fecharam no ar mais uma vez. Começou a se transformar. — Assistiria... enquanto nós *sangramos*... de um jeito ou de outro. Um caçador... irrefutavelmente.

E avançou.

Embora tenha mergulhado para o lado, seus dentes ainda pegaram meu braço e fincaram fundo. Cortando músculo. Rasgando tendão. Me desvencilhei com um grito, tonto de dor, de *raiva*. Ouro cintilava enlouquecidamente em minha mente. Me cegava, desnorteante, enquanto vozes sibilavam, *busque-nos busque-nos busque-nos.*

Quase obedeci.

Instinto se insurgia para que atacasse, protegesse, arrancasse a cabeça daquele lobo por qualquer meio necessário. Até mesmo por meio de magia.

Mas... não. Não podia.

E quando tudo é questão de vida ou morte para nós, os riscos são mais altos, dissera Lou. *Quanto mais ganhamos, mais perdemos.*

Não a usaria.

Blaise se preparou para pular de novo. Trincando os dentes, saltei no ar e alcancei um galho. Meu braço urrava de dor, como minha mão. Ignorei ambos, dando um impulso para trás enquanto ele se erguia para morder meus tornozelos — e o chutei com força no peito. Deu um grito curto e caiu no chão. Aterrissei a seu lado, tirando uma adaga da bandoleira e a cravando na pata dele, a prendendo no chão. Seus gritos tornaram-se berros. Os uivos dos outros lobos em resposta eram assassinos.

Com o braço pendendo ao lado do corpo, inútil, usei a mão ilesa para rasgar o casaco. Precisava atar a ferida. Estancar o sangramento. A lama em minha pele não encobriria o cheiro de sangue fresco. Os outros logo o captariam. Me encontrariam em questão de segundos. Mas minha mão se recusava a cooperar, trêmula de dor, medo e adrenalina.

Tarde demais, me dei conta de que os urros de Blaise tinham mudado.

Agora humano, nu, arrancou a faca da mão e rosnou:

— Qual era o nome dele?

CORAÇÃO DE GELO

Lou

Meus passos criavam um buraco no chão enquanto andava de um lado a outro. Odiava aquele sentimento — aquela impotência. Reid estava lá, correndo para salvar sua *vida*, e não havia o que pudesse fazer para ajudá-lo. Os três lobos que Blaise deixara para nos vigiar — um deles seu próprio filho, Terrance — se certificaram disso. A julgar por seu tamanho, os companheiros de Terrance eram tão jovens quanto ele. Todos mantinham os olhos grudados na linha de árvores, virados de costas para nós, e gemiam baixinho. Os ombros rígidos e as orelhas para trás diziam o que não podiam mais.

Queriam se juntar à caçada.

Eu queria esfolá-los vivos e vestir suas peles como capa.

— Temos que fazer algo — murmurei para Coco, olhando feio para as costas cobertas de pelugem escura de Terrance. Embora ele e os outros dois fossem menores do que os demais, não tinha dúvida de que seus dentes ainda eram afiados. — Como saberemos que ele chegou a Gévaudan? E se Blaise matá-lo ainda assim?

Senti o olhar de Coco, mas não desviei o meu dos lobos, ansiando por afundar minha faca fundo em suas costelas. Energia inquieta zumbia sob minha pele.

— Não temos escolha — respondeu ela. — Temos que esperar.

— Sempre existe uma escolha. Por exemplo, podíamos *escolher* cortar o pescoço desses diabinhos e seguir caminho.

— Eles conseguem nos entender? — sussurrou Ansel, nervoso, de onde estava ao lado de Beau. — Você sabe — Abaixou ainda mais a voz —, enquanto lobos?

— Não estou nem aí.

Coco bufou, e olhei para ela. Ela sorria sem humor. Seus olhos estavam tão nervosos quanto os meus, a pele mais pálida do que o normal. Parecia que eu não era a única preocupada com Reid. A noção aqueceu meu coração de maneira inesperada. — Confie nele, Lou. Ele vai conseguir.

— Eu *sei* — explodi, o tal calor congelando ao me virar para encará-la. — Se tem alguém que pode superar a Fera de Gévaudan em ferocidade, esse alguém é Reid. Mas e se algo der errado? E se o emboscarem? Lobos caçam em grupo. É muito improvável que ataquem, a menos que estejam em vantagem numérica, e o idiota rejeita a magia...

— Ele está armado até os dentes com facas — lembrou Beau.

— Ele foi Chasseur, Lou. — A voz de Coco ficara mais gentil, tão insuportavelmente paciente que eu quis gritar. — Sabe como caçar, o que significa que também sabe como se esconder. Vai cobrir seu rastro.

Ansel concordou com a cabeça.

Mas Ansel — abençoado fosse — era uma *criança*, e nem ele nem Coco sabiam do que estavam falando.

— Reid não é do tipo que se esconde. — Recomecei a andar de um lado a outro, amaldiçoando com amargura a lama densa recobrindo minhas botas. A água espirrava em minhas pernas. — E, ainda que fosse, este lugar amaldiçoado tem lama até os joelhos...

Beau soltou uma risadinha.

— Melhor do que neve...

— Quem disse? — Os olhos dele se estreitaram diante do meu tom e bufei, chutando a água com raiva. — Para de me olhar dessa maneira.

As duas são uma merda igual, está bem assim? A única vantagem real no meio do inverno teria sido gelo, mas *claro* que os cachorros vivem num maldito pântano.

Uivos eclodiram a distância, mais empolgados, tingidos com propósito inconfundível, e nossos guardas ficaram de pé, ofegantes com animação febril. Terrance lambeu os beiços em expectativa. Horror apertou meu peito como um torno.

— Eles o encontraram.

— Não sabemos disso — rebateu Coco depressa. — Não faça nada estúpido...

O grito de Reid rasgou a noite.

— Lou. — Com olhos arregalados, Ansel tentou pegar meu pulso. — Lou, ele não quer que você...

Bati com a palma no chão.

Gelo voou das pontas dos meus dedos pelo chão do pântano, o solo rachando com a geada. Eu a incitei a seguir em frente, mais rápido, *mais rápido*, mesmo quando as vinhas gélidas se enroscaram em volta do meu coração. Meu pulso desacelerou. Minha respiração vacilou. Não importava. Afundei os dedos ainda mais fundo no solo esponjoso, querendo que o gelo fosse tão longe quanto o padrão permitisse. Ainda mais do que isso. O cordão dourado ao redor do meu corpo pulsou — atacando minha mente, meu corpo, minha *alma* com frio profundo e ilimitado —, mas não o liberei.

Vagamente, ouvi Coco gritando atrás de mim, ouvi Beau xingando, mas não podia distinguir sons individuais. Preto dominava minha visão periférica, e os lobos diante de mim se transformaram em três sombras ruidosas. O mundo girou. O chão correu para me encontrar. Ainda assim, continuei firme. Transformaria o oceano inteiro em gelo — o mundo inteiro — antes de soltar aquele fio. Porque Reid precisava de ajuda. Reid precisava...

Do chão congelado. Precisava do chão congelado. Gelo. Lhe daria... lhe daria... algo. Vantagem. Lhe daria... uma vantagem. Vantagem contra...

Mas uma dormência deliciosa subia pelo meu corpo, roubando meus pensamentos, e não podia lembrar. Não podia lembrar seu nome. Lembrar o meu. Pisquei uma, duas vezes, e tudo ficou escuro.

Dor reverberou pela minha bochecha, e acordei com um sobressalto.

— Cacete. — Coco me puxou para ficar de pé antes de escorregar em algo e voltar a cair no chão. Aterrissamos em um monte de braços e pernas raivoso. Xingando com violência, ela me rolou para longe dela. Me sentia... estranha. — Tem sorte de não estar *morta*. Nem sei como conseguiu. *Deveria* estar morta. — Tentou se levantar mais uma vez, com dificuldade. — O que diabos estava *pensando*?

Esfreguei o rosto, fazendo uma leve careta ao sentir o cheiro pungente de magia. Queimava meu nariz, trazia lágrimas a meus olhos. Não o sentia tão concentrado assim desde o templo em Modraniht.

— Como assim?

— Gelo, Lou — respondeu Coco, gesticulando para toda a área ao redor. — *Gelo*.

Uma camada grossa e cristalina de gelo recobria cada centímetro de nossos arredores, desde grama morta, samambaias e líquen no chão da floresta até os galhos dos ciprestes. Engoli ar, surpresa. Até onde a vista chegava, Le Ventre já não era mais verde. Não era mais molhado e pesado e *vivo*. Não. Estava branco, duro e cintilante, mesmo na escuridão. Dei um passo, testando o gelo sob minha bota. Não cedeu sob meu peso. Quando tentei de novo, olhando para trás, meu pé não deixava impressões na superfície.

Sorri.

Um rosnado à minha esquerda me fez voltar ao presente. Um lobo tinha acabado de saltar para cima de Beau e Ansel, que levantou a faca numa tentativa de os defender. Coco correu para ajudar, desviando de Terrance, que passou escorregando por ela em sua pressa. O terceiro lobo vinha na minha direção, dentes à mostra.

Abri um sorriso ainda mais largo. Parecia que tinha quebrado as regras.

Eu bufei, divertida, e fiz um floreio de dedos. O lobisomem saiu girando sem controle no gelo, e o padrão se dissolveu em poeira dourada. Fiquei trôpega, mas me mantive de pé, lutando contra um acesso de vertigem. Quando a sensação parou, meu atacante recuperou o equilíbrio. Dei-lhe um peteleco no nariz quando passou por mim novamente, escorregando e caindo numa confusão de patas.

Embora minha visão estivesse turva, ri — depois fechei o punho, fazendo gelo recobrir seu corpo.

Ele gritou quando começou a devorar suas patas, peito, seguindo com velocidade constante em direção ao pescoço. Assisti em fascinação, mesmo quando minha risada ficou mais fria. Gélida.

Mais mais mais.

Queria ver a luz deixar seus olhos.

— Lou! — gritou Coco. — Cuidado!

Com compulsão oca, virei e movi o pulso — encontrando um padrão com facilidade — no momento em que Terrance pulou para meu pescoço. Os ossos na lateral direita do seu corpo se quebraram, e ele caiu no chão gelado com um berro agudo. Mas não senti dor. Pisando em cima dele, levantei as mãos para seu companheiro remanescente. Se afastou de Ansel e Coco lentamente.

— Vai deixar meus amigos em paz — comandei, seguindo-o com um sorriso. Ouro piscava ao redor de mim com possibilidades infinitas, muitas mais do que jamais vira antes. Tanta dor. Tanto sofrimento. O lobo merecia. Ele teria os matado.

Seus companheiros podem já ter matado Reid, sussurrou uma voz.

Meu sorriso desapareceu.

Ansel se colocou diante de mim, a expressão alarmada.

— O que você está fazendo?

— Ansel. — Coco se meteu entre nós, tomando a mão dele e o levando para trás de si. — Para trás. — Seus olhos nunca deixaram os meus. — Chega, Lou. Você controla sua magia. Ela não controla você. — Quando não respondi, quando não abaixei as mãos, ela se aproximou ainda mais. — Este gelo todo. Derreta. O preço é alto demais.

— Mas Reid precisa do gelo. Morrerá sem ele.

Ela tomou minhas mãos com gentileza, guiando-as para baixo entre nós duas.

— Há coisas piores do que a morte. Desfaça isto, Lou. Volte para nós. Não continue seguindo este caminho.

Eu a encarei.

Bruxas dispostas a sacrificar tudo são poderosas, a voz me recordou.

E perigosas, um cantinho esquecido da minha mente rebateu. *E se transformam.*

— Você não é sua mãe — sussurrou Coco.

— Não sou minha mãe — repeti, incerta. Ansel e Beau assistiam com olhos arregalados.

Ela assentiu e tocou minha face.

— Desfaça.

Minhas ancestrais estavam em silêncio agora, aguardando. Apesar do que Coco pensava, não me pressionariam a fazer nada que não quisesse. Apenas amplificavam meus desejos, me arrebatavam a fim de os realizar. Mas desejo era algo inebriante, tão viciante quanto mortal.

A voz de Reid reverberou daquele canto longínquo. *Inconsequente.*

— Essa não é você, Lou — disse Coco, persuasiva. — Desfaça.

Se confiasse nela um pouquinho menos, talvez não tivesse lhe dado ouvidos. Mas aquele pedaço distante da minha mente parecia acreditar em suas palavras. Me ajoelhando, coloquei a mão no chão. Um único padrão respondeu, escapando de dentro daquele deserto congelado que era meu peito em direção ao gelo. Tomei um fôlego estremecido.

E uma flecha de ponta azul acertou minha perna.

— Não! — gritou Coco, se jogando por cima de mim. — Parem! Não atirem!

Mas era tarde.

Acabamos de cruzar com um monte deles na estrada agorinha mesmo. Os olhos de Pele de Marfim brilhavam com avidez. *Porcos bajuladores. Estão vasculhando a floresta já faz semanas, deixando a nossa vida bem difícil, não é?*

O rosto de Reid desta vez, caído de cansaço. *Os Chasseurs estavam perto ontem à noite.*

Mais perto do que tínhamos pensado, parecia. Empurrando Coco para o lado, me levantei. Meu corpo pulsava em expectativa. Meus dedos tremiam. Era apenas questão de tempo até nos encontrarem — e que *timing* espetacular tinham.

Enfim, estavam ali.

Os Chasseurs.

Com arcos e Balisardas preparados, Jean Luc liderava um esquadrão de detrás das árvores. Surpresa iluminou seus olhos quando me avistou, logo substituída por determinação. Levantando a mão a fim de parar os outros, aproximou-se devagar.

— Ora, se não é Louise le Blanc. Não pode nem imaginar como estou feliz em vê-la.

Eu sorri, fitando sua Balisarda.

— Igualmente, Jean Luc. Por que demorou tanto?

— Enterramos os corpos que você deixou na beira da estrada. — Aqueles olhos claros observaram o gelo ao redor de nós antes de se levantarem para meu rosto, meus cabelos. Soltou um assovio baixo. — Vejo que a máscara caiu. A superfície enfim reflete a podridão aí dentro. —

Gesticulou para o lobo semicongelado. — Embora tenha que agradecer por ter tornado nosso trabalho menos árduo. A alcateia de Blaise nunca foi fácil de rastrear. Sua Majestade ficará satisfeita.

Fiz uma cortesia profunda, estendendo os braços.

— Somos seus eternos serventes.

Foi então que Jean Luc notou Beau.

— Vossa Alteza. Deveria saber que estaria aqui. Seu pai está em alvoroço há semanas.

Embora ainda parecesse apreensivo, Beau se empertigou, olhando para o Chasseur de cima.

— Pois você lhe contou sobre meu envolvimento em Modraniht.

Jean Luc abriu um sorriso de escárnio.

— Suas indiscrições não passarão impunes. Verdade, me enoja pensar em um dia chamá-lo de rei.

— Não tema. Não estará vivo para testemunhar minha máxima conquista. Não se continuar ameaçando meus amigos.

— Seus *amigos*. — Jean Luc deu um passo à frente, as articulações dos dedos brancas ao redor de prata e safira. Sorri. Tinha prometido a Reid que encontraria outra Balisarda para ele. Que *encanto* que seria a de Jean Luc. — Entenda bem, Vossa Alteza. Desta vez, não haverá fuga. Essas bruxas — apontou com o queixo para mim e Coco — e aqueles que conspiram com ela vão queimar na fogueira. *Seus amigos* vão queimar. Eu mesmo acenderei suas piras quando retornarmos a Cesarine. Uma para Cosette Monvoisin. Uma para Louise le Blanc. Uma para Ansel Diggory — mostrou os dentes — e uma para Reid Diggory.

Ele estava equivocado, obviamente. Tão, tão equivocado.

— Uma maneira adequada de honrarmos nosso patriarca falecido. Não concorda?

— Célie vai odiá-lo se fizer isso com Reid — cuspiu Beau.

Enrolei uma mecha de cabelos no dedo.

— Diga-me, Jean, já fodeu Célie?

Um momento de silêncio, e...

— Eu não... — Seus olhos ficaram arregalados, e ele gaguejou palavras incoerentes. — O quê...

— Isso é um sim, então. — Desfilei para mais perto dele, fora do alcance da sua lâmina. — Reid nunca chegou a transar com ela, caso esteja se perguntando. Pobre moça. Ele a amava de verdade, mas creio que sempre tenha levado seus votos a sério. — Meu sorriso se estendeu. — Isso, ou estava se guardando para o casamento.

Ele golpeou com a Balisarda.

— Cale essa boca...

Respondi com uma lâmina de gelo. Os outros homens ficaram tensos, aproximando-se, e, em resposta, Coco, Ansel e Beau ergueram suas facas.

— Não posso imaginar que ele ficará muito feliz quando descobrir que o melhor amigo sempre amou sua namorada em segredo todos esses anos. Que *safadeza* da sua parte, Jean. Pelo menos esperou até que Reid tivesse saído de cena para fazer a sua jogada?

Ele colocou o rosto acima das nossas lâminas cruzadas.

— Não fale de Célie.

Continuei, sem me abalar.

— Não posso deixar de notar como suas circunstâncias mudaram com Reid fora de jogo. Ele sempre teve a vida que você desejava, não é? Agora pode fingir que é ele. Um título e poder de segunda mão. — Dei de ombros com um sorriso doce, deslizando minha lâmina pela dele, devagar. O gelo tocou sua mão. — Mulher de segunda mão.

Com um rosnado, ele deu um salto, afastando-se de mim. Uma veia pulsava em sua testa.

— Onde está Reid?

— Como ela deve estar decepcionada agora. Embora acho que seja adequado, uma mulher de segunda mão com um homem à altura...

Lançou-se para mim novamente. Desviei com facilidade.

— Aquele *assassino* não merecia respirar o mesmo ar que ela. Ela quase morreu quando ficou sabendo o que ele fez. Faz *semanas* que está reclusa por causa de alguma emoção equivocada que sente por ele. Não fosse por mim, ele a teria *arruinado*. Como você fez com ele. Agora, *onde está Reid*?

— Não aqui — cantarolei, ainda sorrindo com doçura enquanto circulávamos um ao outro. Sob mim, o gelo ficava mais espesso, e a folhagem rachava audivelmente. — Você é um ladrão, Jean Luc... Um muito bom, evidentemente... Mas sou melhor. E você tem algo de que preciso.

— Bruxa, me diga onde ele está, ou...

— Ou o quê? Se seu histórico serve de qualquer indicação, em pouco tempo vai estar me implorando para arruiná-lo *também*.

Com outro rosnado, sinalizou para os subalternos, mas levei a mão para cima antes que pudessem nos alcançar. Pontas de gelo surgiram atrás dele, ao redor dele, até estarmos dentro de um círculo de lanças geladas e pontiagudas. Encurralado, ele gritava ordens cheias de pânico — olhos voando em todas as direções, procurando uma abertura — enquanto os Chasseurs golpeavam e tentavam cortar o gelo.

— Cortem!

— Capitão!

— *Tirem-no* dali...

Um dos dentes de gelo estilhaçou-se, fazendo chover gelo sobre nossas cabeças. Aproveitando a distração, investi, cortando a mão dominante de Jean Luc. Gritou, mas não largou a Balisarda. A outra mão foi agarrar meu pulso, torcendo, e aquilo... bom, aquilo não me servia.

Cuspi direto em seu olho.

Com uma guinada para trás, afrouxou a mão, e enterrei os dedos em sua ferida, puxando e rasgando a pele na região. Urrou de dor.

— Sua *vadia*...

— Ai, ai.

Girei sua Balisarda para passá-la para minha mão, a espada de gelo pressionando-lhe o pescoço. E ri. Ri e ri até que Coco, Ansel e Beau se juntaram aos Chasseurs em seu assalto contra o círculo de gelo. *Lou Lou Lou* clamavam seus gritos, reverberando ao meu redor. Através de mim. Os olhos enormes de Jean Luc refletiam a lua. Foi se afastando devagar.

— Parece que você perdeu algo, capitão. — Atirei a espada no dente de gelo mais próximo da sua cabeça antes de levantar a mão livre. — Isso vai ser divertido.

ASILO

Reid

— O... o nome dele?

Blaise mostrou os dentes, o primeiro lampejo de emoção cruzando seus olhos. Sangue escorria pela minha mão.

— Do meu *filho*. Sequer sabe o nome dele?

Desembainhei uma segunda faca, vergonha gelando meu estômago. Embora não tenha feito mais menção de atacar, não seria pego desprevenido.

— Não.

— Adrien — disse num sussurro. Em reverência. — O nome dele era Adrien. Meu filho mais velho. Ainda lembro o momento em que o segurei pela primeira vez. — Uma pausa. — Tem filhos, capitão Diggory?

Definitivamente desconfortável, balancei a cabeça. Segurei as adagas com mais força.

— Foi o que pensei. — Deu um passo à frente. Dei outro para trás. — A maioria dos *loups-garou* acasala pensando em progenitura. Temos muito zelo por nossa prole. São tudo para nós. — Outra pausa, esta mais longa. — Meu companheiro e eu não éramos diferentes, mas não éramos capazes de reproduzir. Ele vinha de uma alcateia do outro lado do oceano. — Outro passo. Estávamos quase nariz com nariz agora. — Quando seus irmãos mataram os pais biológicos de Adrien, nós o adotamos como nosso. Quando você matou Adrien, meu companheiro se matou. — Seus olhos, antes insuportavelmente tenros, perdidos em uma lembrança, tinham se enrijecido. — Nunca chegou a conhecer Liana, nem Terrance. Teria amado os dois. Eles *mereciam* o amor dele.

Ódio de mim mesmo fez minha garganta arder. Abri a boca para dizer algo — qualquer coisa —, mas a fechei na mesma hora, lutando contra a vontade de vomitar. Palavra alguma jamais poderia apagar o que fiz a ele. O que lhe roubei.

— Então você me entende — disse Blaise, a voz rouca de emoção. — Você me deve sangue.

Ainda não conseguia falar. Quando começou a se transformar de novo, porém, falei num engasgo:

— Não quero lutar com você.

— Nem eu com você — rosnou, ossos crepitando —, mas é isso o que faremos.

Tinha acabado de cair de volta sobre as quatro patas quando a temperatura despencou, e gelo — *gelo* — avançou pelo chão sob nós. Cambaleante, assisti enquanto devorava o caminho adiante, engolindo cada árvore e devastando cada folha. Cada ramo. Quando chegou à ponta do galho mais alto, explodiu em uma nuvem de branco, nos banhando com neve que fedia a magia. A *fúria*. Blaise soltou um guincho de surpresa e perdeu o equilíbrio.

Horror apertou meu coração, como um punho.

O que Lou tinha feito?

— Poderosa... não é? — O corpo de Blaise continuava a se fraturar e retorcer, os olhos reluzindo na escuridão. Os dentes brilhando. — É filha da mãe, afinal.

Um uivo lancinante explodiu acima das árvores naquele instante. Mais alto do que os demais. Angustiado. A cabeça de Blaise virou para cima, e soltou um gemido de pânico.

— Terrance. — A palavra saiu distorcida, mal discernível por conta do focinho. Saiu correndo sem sequer terminar a transição.
Lou.
Com as facas na mão, fui atrás dele, escorregando e deslizando no gelo. Não importava. Não parei. Blaise tampouco. Quando finalmente passamos pelas árvores que circundavam os limites do território dos *loups-garou*, parei de repente, olhando a cena adiante.
Um punhado de Chasseurs pendia no ar, girando lentamente — pescoços rijos, músculos em espasmo — enquanto ainda mais lobisomens tentavam se libertar do gelo que prendia suas patas. Suas pernas. Os Chasseurs e lobos que não tinham sido desabilitados atacavam uns aos outros com aço e dentes. Quando os corpos se moveram — revelando uma figura esbelta de cabelos pálidos no centro de uma gaiola de gelo estilhaçada —, meu coração afundou como pedra.
Lou.
Com olhos vazios, sorriso frio, contorcia os dedos como um maestro. Coco gritava a seu lado, puxando seus braços em vão, enquanto Beau e Ansel tentavam o possível para defendê-las. Lágrimas rolavam pelas bochechas de Ansel. Blaise investiu com um rosnado. Me atirei nele, envolvendo as costelas com meus braços, e rolamos no chão.
— Lou! — Meu berro fez Lou parar um momento. Virar. Meu sangue correu frio ao avistar seu sorriso. — Lou, pare!
— Sei que perdi sua Balisarda, Reid — gritou, a voz enjoativamente doce —, mas encontrei uma nova.
Levantou uma Balisarda ensanguentada no ar.
Jean Luc — tive que olhar uma segunda vez para me certificar —, *Jean Luc* mergulhou na direção dela.
— Cuidado! — gritei, e ela girou, cheia de elegância, levantando-o no ar com um movimento de mão. Ele foi aterrissar com violência em

um estilhaço de gelo, quase cravando-se nele. Me dei conta do que acontecera, uma compreensão rápida e brutal.

Ela havia tomado a Balisarda dele.

Avistando o pai, Terrance soltou uma lamúria e tentou se arrastar em nossa direção. Metade do seu corpo parecia... mole. Os ângulos todos errados. Distorcidos. Blaise se debateu em meus braços, girando para morder minha ferida, e o soltei. Avançou como um raio, abocanhando o cangote do filho e o arrastando para onde era seguro.

Driblei um Chasseur, correndo para Lou. Quando a tomei em meus braços, gargalhou. E seu olhar... Eu a abracei mais forte.

— O que está acontecendo?

— Ela tem que derreter o gelo! — gritou Coco, agora em uma batalha contra Jean Luc. Ele lutava com ferocidade, apesar dos ferimentos, ou talvez por causa deles. Em questão de segundos, me dei conta de que não queria apenas machucar Coco. Queria matá-la. — Ela não quer ouvir... — Abaixou-se quando ele golpeou com um pedaço de gelo, furioso, mas ainda assim acertou seu peito. As palavras terminaram num sopro de ar surpreso.

Perplexo e ainda horrorizado — dividido entre ajudar Coco ou Lou —, segurei o rosto da minha esposa.

— Olá — murmurou ela, se entregando em meu abraço. Seus olhos permaneciam terrivelmente vazios. — O gelo salvou você?

— Salvou — menti, depressa —, mas você precisa derretê-lo agora. Pode fazer isso para mim? Pode derreter todo esse gelo?

Ela inclinou a cabeça para o lado, e confusão se agitou dentro daqueles olhos sem vida. Prendi o fôlego.

— Claro. — Ela piscou. — Faço qualquer coisa pelas pessoas que amo, Reid. Você sabe disso.

As palavras, ditas com tanta simplicidade, fizeram um arrepio correr minha coluna. Sim, sabia disso. Sabia que morreria de frio para colocar ar em meus pulmões, distorceria cada uma das suas lembranças para me esquentar.

Sabia que sacrificaria seu calor — sua humanidade — para me proteger dos *loups-garou*.

— Derreta o gelo, Lou — pedi. — Agora.

Com um aceno positivo de cabeça, se ajoelhou. Quando apertou as mãos contra o chão, me movi para defender suas costas expostas. Soquei um Chasseur que chegou perto demais. Orei para que o padrão fosse reversível. Que não fosse tarde demais.

O mundo pareceu parar enquanto Lou fechava os olhos, e calor pulsou adiante como uma onda rebentando. O solo derreteu até se tornar lama de novo sob os dedos dela. Os Chasseurs suspensos voltaram a se sustentar de pé, e os lobisomens lamberam as patas recém-liberadas. Rezei. Rezei e rezei e rezei.

Traga-a de volta. Por favor.

Busque-nos.

Quando ela se levantou, balançando a cabeça, a apertei dentro dos meus braços.

— Lou.

— O quê... — Ela se apoiou em mim, os olhos arregalados diante da carnificina ao redor. Chasseurs e lobos a observavam com desconfiança, sem saber bem como proceder sem instruções. Ninguém parecia se animar a chegar perto novamente. Nem aqueles ainda em posse de suas Balisardas. A de Jean Luc pendia do braço mole de Lou. — O que aconteceu?

— Você nos salvou — respondeu Coco com firmeza. Embora cambaleante, com rosto pálido e camisa ensanguentada, sua aparência ainda era melhor do que a de Jean Luc. Estava caído, arfando, aos pés dela. Quando tentou se levantar, ela o chutou no rosto. — E não vai voltar a fazer isso nunca... *nunca* mais. Está me ouvindo? Não me importa se

Reid está... amarrado e amordaçado... numa fogueira... — Parou de falar com uma careta, fazendo pressão contra seu ferimento.

Lou deu um salto à frente no momento certo, e Coco tombou para dentro dos seus braços.

— Estou bem — tranquilizou ela, a voz fraca. — Vai sarar. Não use sua magia.

— Suas... vadias estúpidas. — Com a mão sobre o nariz, Jean Luc foi engatinhando até elas. O sangue escorria livremente por entre seus dedos. — Vou esquartejar as duas em mil pedacinhos. Me devolva. Me devolva minha Balisarda.

— Chega. — A voz grave e terrível de Blaise adiantou-se à figura dele, e os lobisomens se remexeram, agitados. Em seus braços, segurava Terrance. Suor molhava a testa do menino, e sua respiração era rápida. Dificultosa. Tinha se transformado de novo. Naquela forma, era evidente que todo o seu lado direito tinha sido destroçado. Um lobo marrom perto de Ansel soltou um grito agudo. Após o típico ruído de ossos quebrados, Liana correu para os dois. Embora tenha desviado os olhos da pele nua, não podia ignorar seus gritos.

— Terrance! Não, não, *não*. Mãe lua, por favor. *Terrance*.

Os olhos de Blaise viajaram dos Chasseurs até Lou.

— Quem fez isso?

Jean Luc cuspiu sangue.

— *Magia*.

Todos os olhos viraram-se para Lou. Ela empalideceu.

— Posso curá-lo. — Coco levantou a cabeça do ombro de Lou. Seus olhos estavam anuviados. Cheios de dor. — Traga-o aqui.

— Não. — Me coloquei na frente deles, e Blaise rosnou. — Paz, Blaise. Posso... posso curá-lo. — Levando a mão ao bolso, tirei de lá um frasco de sangue e mel.

Uma sombra de sorriso tocou os lábios de Coco. Ela assentiu.

— Os ferimentos dele são internos. Vai precisar beber.

Blaise não me deteve quando me aproximei. Não parou meu pulso quando levei o vidro aos lábios do filho.

— Beba — urgi, virando o líquido pela goela do menino abaixo. Ele se debateu fracamente, mas Blaise o segurou firme. Quando engoliu a última gota, todos aguardamos. Até Jean Luc. Assistia com uma expressão de fascínio e repulsa enquanto a respiração de Terrance se tornava mais forte. Enquanto a cor retornava a suas bochechas. Um por um, os ossos das costelas voltaram para seus devidos lugares. Embora ofegasse de dor, Blaise acariciava seus cabelos, sussurrando palavras de conforto.

Lágrimas escorriam pelas bochechas do homem.

— *Père?* — Os olhos de Terrance se abriram devagar, e Blaise chorou mais.

— Sim, filho. Estou aqui.

O menino grunhiu.

— A bruxa, ela...

— Não será punida — terminei. Blaise e eu nos entreolhamos. Após um momento tenso, abaixou a cabeça em concordância.

— Você salvou a vida do meu filho, Reid Diggory. Estou em dívida com você.

— Não. Eu estou em dívida com você. — Meu olhar recaiu sobre Terrance, e meu estômago voltou a se revirar. — Sei que não muda nada, mas sinto muito. De verdade. Queria... — Engoli em seco e desviei os olhos. Lou apertou minha mão. — Queria poder trazer Adrien de volta.

— Ah, pelo amor do Senhor. — Jean revirou os olhos e gesticulou para os Chasseurs de onde estava, no chão. — Já ouvi mais do que o suficiente. Cerquem-nos todos, inclusive a Fera. Podem ficar amiguinhos na masmorra da Torre antes de irem para a fogueira. — Virou-se, direcionando um olhar cheio de fúria para Lou. — Matem aquela ali agora.

O lábio de Blaise se retorceu. Deu um passo até estar a meu lado, e os lobos seguiram seu exemplo. Rosnados soaram no fundo das suas gargantas. Os pelos se eriçaram. Empunhei minhas facas, bem como Ansel, e, embora seu rosto estivesse pálido, Lou levantou a mão livre. A outra sustentava Coco.

— Acho que não — disse Blaise.

Beau colocou-se à nossa frente.

— Pode me considerar aliado deles. E como meu pai não está aqui para usar sua autoridade, falo por ele também. O que significa... que minha influência supera a sua. — Sorriu e fez um aceno de cabeça breve para os Chasseurs. — Para trás, homens. É uma ordem.

Jean Luc fuzilou-o com os olhos, tremendo de raiva.

— Não respondem a você.

— Sem a sua Balisarda, tampouco respondem a você.

Os Chasseurs hesitaram.

— Temos uma proposta — disse Lou.

Fiquei tenso, mais uma vez receoso. Acabáramos de neutralizar o maior perigo. Uma única palavra de Lou poderia fazer tudo explodir mais uma vez.

Ao som da sua voz, os lábios de Blaise curvaram-se, mostrando os dentes. Um dos lobisomens rosnou. Lou ignorou-os, concentrando-se apenas em Jean Luc. Ele riu com amargor.

— Acaba com você na fogueira?

— Acaba com Morgane nela.

A surpresa sobrepujou a carranca no rosto dele.

— O quê?

— Sabemos onde ela está.

Os olhos de Jean Luc se estreitaram.

— Por que deveria acreditar em você?

— Não tenho por que mentir. — Gesticulou ao redor com a Balisarda roubada. — Não é como se estivesse em condições de me prender agora. Está em desvantagem. Vulnerável. Mas se retornar a Cesarine conosco, terá boas chances de poder terminar o que começou em Modraniht. Pense: ela ainda está ferida. Se morrer, o rei Auguste estará a salvo, e *você* se tornará o novo herói do reino.

— Morgane está em Cesarine? — indagou ele com aspereza.

— Está. — Me lançou um olhar furtivo. — Nós... achamos que planeja um ataque durante o velório do arcebispo.

Um silêncio pesado caiu sobre nós. Enfim, Blaise perguntou com frieza:

— Por que acha isso?

— Recebemos uma mensagem. — Abaixou-se para tirar a nota da bota. — É a letra da minha mãe, e menciona um esquife e lágrimas.

Blaise a contemplou com suspeita.

— Se sua mãe foi entregar essa mensagem, por que não a levou naquele momento?

— Está brincando conosco. Agitando uma isca na nossa frente. É a ideia de diversão dela. É também o motivo pelo qual acreditamos que vai atacar durante o velório... para fazer uma declaração. Para colocar sal na ferida da perda do reino. La Voisin e as Dames Rouges já concordaram em se aliar a nós. Com a ajuda de todos vocês, podemos finalmente derrotá-la.

— Precisamos da sua ajuda, *frère*. — Hesitei antes de estender a mão a ele. — Você... você é um capitão dos Chasseurs agora. Seu apoio pode convencer o rei a se juntar à nossa causa.

Ele estapeou minha mão para longe. Mostrou os dentes.

— Você não é nenhum irmão para mim. Meu irmão morreu com meu pai. Meu *irmão* não defenderia uma bruxa para condenar outra... Ele mataria as duas. E é um idiota em pensar que o rei se juntaria a sua *causa*.

— Continuo sendo a mesma pessoa, Jean. Ainda sou *eu*. Ajude-nos. Podemos voltar a ser o que éramos antes. Podemos honrar nosso pai *juntos*.

Ele me encarou por um momento.

E, em seguida, me deu um soco no rosto.

Cambaleei para trás, os olhos úmidos e o nariz escorrendo sangue, enquanto Lou rosnava e tentava pular para a frente, presa sob Coco. Ansel e Beau me flanquearam em seu lugar. O primeiro tentou segurar Jean, que investia para outro ataque, enquanto o segundo se abaixava para examinar meu nariz.

— Não está quebrado — murmurou.

— *Vou* honrar nosso pai — Jean Luc se debatia para se livrar de Ansel, que o segurava com força surpreendente — quando amarrá-lo a uma estaca por conspiração. Com Deus como testemunha, você vai queimar pelo que fez. Vou acender a pira eu mesmo.

Sangue escorria pela minha boca, pelo meu queixo.

— Jean...

Enfim ele empurrou Ansel para longe.

— Como ficaria decepcionado se visse como você se rebaixa, Reid. Seu filho de ouro.

— Ah, supera de uma vez, Jean Luc — explodiu Lou. — Não pode ganhar o afeto de um homem morto. Mesmo quando ainda era vivo, o arcebispo via a ratazana chorona que você era...

Ele avançou até ela, completamente fora de controle, mas Blaise foi encontrá-lo, a expressão dura como pedra. Liana, Terrance e outros fecharam o cerco atrás dele. Alguns mostravam os dentes, caninos afiados e brilhantes. Outros moviam os olhos amarelos.

— Ofereci asilo a Reid Diggory e seus companheiros — disse Blaise, a voz firme. Calma. — Vá embora em paz agora, ou fique para sempre.

Lou balançou a cabeça com veemência, os olhos arregalados.

— Blaise, não. Não podem ir embora...

Jean Luc tentou pegá-la com um braço.

— *Me devolva minha Balisarda...*

Os lobos ao redor rosnaram em agitação. Expectativa.

— Capitão... — Um Chasseur que não reconheci tocou o cotovelo de Jean Luc. — Talvez devêssemos ir.

— Não vou embora sem...

— Vai — interrompeu Blaise, levantando a mão para seus companheiros. Fecharam mais o cerco. Estavam próximos demais. O bastante para morder. Para matar. Seus rosnados se multiplicaram até virarem um coro. — Vai, sim.

Os Chasseurs não precisavam de mais estímulo do que aquilo. Com olhares inquietos, seguraram Jean Luc antes que pudesse daná-los todos. Embora rugisse seus protestos, o puxaram para trás. E continuaram puxando. Seus gritos ecoavam pelas árvores mesmo após terem desaparecido.

Lou girou para encarar Blaise.

— O que você fez?

— Eu os salvei.

— Não. — Lou o encarava com horror. — Deixou que *fossem embora.* Deixou que fossem embora mesmo após termos revelado nosso plano. Sabem que estamos a caminho de Cesarine. Sabem que planejamos visitar o rei. Se Jean Luc contar tudo a ele, Auguste vai nos prender no instante que colocarmos o pé no castelo.

Com uma careta, Coco reajustou o braço sobre os ombros de Lou.

— Ela tem razão. Auguste não vai querer escutar. Perdemos o elemento surpresa.

— Talvez... — Os olhos de Lou percorreram a alcateia. — Talvez se chegarmos em grande número, possamos *fazê-lo* escutar.

Mas Blaise balançou a cabeça.

— Sua luta não é nossa. Reid Diggory salvou meu segundo filho depois de ter tirado a vida do primeiro. Pagou sua dívida. Minha gente não vai mais caçá-lo, e vocês deixarão nosso território em paz. Não lhe devo uma aliança. Não devo nada.

Lou apunhalou o ar com um dedo.

— Isso é um monte de balela, e você sabe disso...

Os olhos da Fera se estreitaram.

— Depois do que fez, devia estar agradecida que não estejamos clamando pelo *seu* sangue, Louise le Blanc.

— Ele tem razão. — Tomei a mão dela na minha, apertando de leve quando abriu a boca para discutir. — E precisamos partir agora se quisermos ter qualquer chance de chegar a Cesarine antes de Jean Luc.

— O quê? Mas...

— Esperem. — Para minha surpresa, Liana deu um passo à frente. Tinha a cabeça altiva, a expressão determinada. — O senhor pode até não dever nada a ele, *père*, mas ele salvou a vida do meu irmão. Lhe devo tudo.

— E eu também. — Terrance juntou-se a ela. Embora jovem, seu semblante rígido refletia o do pai ao fazer um aceno de cabeça em minha direção. Não fazia contato visual. — Vamos nos juntar a vocês.

— Não. — Com uma sacudidela brusca de cabeça, Blaise baixou a voz até ser apenas um sussurro. — Crianças, já disse, nossa dívida está paga...

Liana juntou as mãos dele, as segurando entre as suas.

— Nossa dívida não é sua. Adrien era seu filho, *père*, mas nunca nem o conhecemos. É um estranho para mim e Terrance. Temos que honrar esta dívida... ainda mais agora, sob o rosto da nossa mãe. — Olhou para a lua cheia. — Gostaria que desdenhássemos esta obrigação? Repudiaria a vida de Terrance tão depressa, depois de ela a ter devolvido?

Blaise encarou os dois por vários segundos. Enfim, a máscara ruiu, e, sob ela, sua determinação se esmigalhou. Beijou os filhos na testa com lágrimas nos olhos.

— Vocês têm as almas mais vibrantes que existem. Claro que têm que ir, e eu... eu me juntarei a vocês. Embora minha dívida como homem tenha sido paga, meus deveres como pai não foram cumpridos ainda. — Seus olhos voltaram-se para os meus. — A alcateia permanecerá aqui. Vocês jamais entrarão em nosso território outra vez.

Fiz um ágil aceno de cabeça.

— Entendido.

Viramos e corremos na direção de Cesarine.

UMA PROMESSA

Reid

Blaise, Liana e Terrance já tinham se distanciado de nós pela manhã do dia seguinte, prometendo voltar após terem feito reconhecimento da cidade. Quando nos encontraram outra vez — a menos do que meros dois quilômetros dos limites de Cesarine, escondidos em meio às árvores próximas a Les Dents —, confirmaram nossos maiores temores: os Chasseurs tinham formado um bloqueio na entrada da cidade. Verificavam cada carroça, cada transporte, sem sequer se preocuparem em dissimular suas intenções.

— Estão procurando por vocês. — Liana emergiu de detrás de um zimbro vestida com uma nova muda de roupa. Juntou-se ao pai e ao irmão com semblante sombrio. — Reconheci alguns deles, mas não vi Jean Luc. Não estava lá.

— Presumo que tenha ido direto até meu pai. — Beau arrumou o capuz do manto, observando o tráfego pesado na estrada. Embora sua expressão permanecesse calma e inabalada, as mãos tremiam. — Por isso o bloqueio.

Lou chutou os galhos do zimbro em frustração. Quando neve caiu em suas botas, xingou violentamente.

— Aquele *merdinha* chorão. Claro que não está lá. Não ia querer plateia para vê-lo molhar as calças quando me visse. Uma reação apropriada, se querem saber.

Apesar das palavras pouco educadas dela, aquela multidão me deixava inquieto. Ia ficando ainda pior à medida que nos aproximávamos da cidade, uma vez que Les Dents era a única estrada que dava em Cesarine. Parte de mim se regozijava que tantas pessoas tivessem viajado para celebrar o arcebispo. O restante não sabia o que sentir. Ali — com todos os rostos e todas as vozes como um lembrete —, não podia me distanciar emocionalmente da maneira adequada. As portas da minha fortaleza chacoalhavam. As paredes tremiam. Mas não podia me focar naquilo no momento. Não podia me focar em nada senão Lou.

— Está tudo bem? — sussurrara ela mais cedo, quando tínhamos nos escondido entre as árvores.

Eu estudara seu rosto. Parecia ter revertido aquele seu padrão desastroso, sim, mas as aparências enganam. Lembranças duravam para sempre. Estava certo de que jamais me esqueceria de como tinha se protegido dentro daquele pântano congelado, dedos contorcidos, a expressão fria e dura como o gelo a seus pés. Duvidava que ela fosse esquecer.

— E *você*, está? — sussurrei em resposta.

Ela não tinha respondido.

Falava em murmúrios com os *matagots* naquele momento. Um terceiro se juntara ao grupo da noite para o dia. Um rato preto. Estava empoleirado sobre seu ombro, os olhos redondos e reluzentes. Ninguém o mencionou. Ninguém sequer ousava olhar na direção dele — como se nosso desprezo forçado de alguma forma o tornasse menos real. Mas a rigidez nos ombros de Coco dizia as palavras que sua boca não queria dizer, bem como a descoloração sob os olhos de Ansel. Até Beau me lançara um olhar preocupado.

Já os lobos nem chegavam perto deles. Os lábios de Blaise se retorciam em um rosnado sempre que Absalon se aventurava a se aproximar demais.

— O que foi? — Tomando sua mão, a puxei para longe dos outros. Os *matagots* a seguiram como sombras. Estapeei o rato do seu ombro.

Se estrangulasse o gato e a raposa... eles a deixariam em paz? Viriam me assombrar em seu lugar?

— Estou mandando uma mensagem para Claud — respondeu, e a raposa desapareceu em uma nuvem de fumaça. — Pode ser que tenha alguma ideia de como podemos passar por esse bloqueio sem sermos detectados.

Beau esticou o pescoço, entreouvindo sem qualquer dissimulação.

— É esse o seu plano? — Ceticismo tingia sua voz. — Sei que Claud de alguma forma a... protegeu em Beauchêne, mas essas pessoas não são meros bandidos de beira de estrada.

— Tem razão. — Uma ponta de irritação afiava a voz de Lou ao encará-lo. — São caçadores armados com Balisardas. Tive sorte com Jean Luc... conhecia seus pontos fracos e os explorei. Consegui distraí-lo e desarmá-lo. Os subalternos não ousaram me machucar enquanto ele estava em desvantagem. Mas ele não está aqui agora, e duvido que vá conseguir desarmar todas as duas dúzias de Chasseurs sem literalmente colocar fogo no mundo.

Ela expirou com impaciência, acariciando o nariz do rato, como se... como se para se acalmar. Meu estômago se revirou.

— E, mesmo assim, estamos tentando *não* chamar atenção. Precisamos de uma entrada rápida e silenciosa.

— Estão esperando magia — acrescentei depressa. Qualquer coisa para não deixar que mudasse de estratégia. Qualquer coisa para não recorrer à alternativa. — E Claud Deveraux nos manteve escondido por toda Les Dents. Talvez possa fazer o mesmo agora.

Beau jogou as mãos para o alto.

— Essa é uma situação completamente diferente! Esses homens *sabem* que estamos aqui. Estão fazendo buscas em todos os vagões. Para Claud Deveraux poder nos esconder, teria que *literalmente* nos fazer desaparecer.

— Tem outro plano? — Tanto Lou quanto o rato olhavam feio para o príncipe. — Se tem, então, por favor, compartilhe conosco. — Quando não respondeu, ela bufou, amarga. — Foi o que pensei. Agora pode fazer um favor a todos e calar a boca? Já estamos mais do que ansiosos.

— Lou — repreendeu Coco em voz baixa, mas ela só virou de costas, cruzando os braços e fazendo uma carranca para a neve. Por conta própria, meus pés se moveram, meu corpo girou, para escudá-la dos olhares de reprovação do grupo. Poderia até merecê-los. Não me importava.

— Se vai me repreender, pode ir para o inferno também. — Embora esfregasse os olhos com fúria, ainda assim uma lágrima escapou. Eu a sequei com o polegar. Por reflexo. — Não. — Ela se revirou, estapeando minha mão, e me deu as costas também. Absalon chiou a meus pés. — Estou *bem*.

Não me movi. Não reagi. Por dentro, porém, estava chocado como se tivesse me golpeado — como se nós dois estivéssemos correndo para um abismo, ignorantes, um puxando o outro. Um empurrando o outro. Ambos desesperados por nos salvar, e ambos incapazes de parar o trajeto. Estávamos avançando em direção à beira do penhasco, Lou e eu.

Jamais me sentira tão impotente na vida.

— Desculpe — murmurei, mas ela não deu sinal de ter me ouvido, apenas enfiou a Balisarda de Jean Luc dentro da minha mão.

— Não tivemos tempo antes, mas enquanto estávamos esperando... eu a roubei para você. Para substituir a que perdi. — Ela apertou com mais força.

Meus dedos se fecharam ao redor do cabo por reflexo. A prata parecia diferente. Errada. Embora fosse evidente que Jean Luc tinha cuidado bem da lâmina (tinha sido limpa e afiada recentemente), não era a *minha*. Não alisou a ponta afiada em meu peito. Não preencheu o vazio lá dentro. Eu a deslizei para dentro da bainha da mesma forma, sem saber mais o que fazer.

Ela prosseguiu, sem entusiasmo:

— Sei que posso ter me deixado levar um pouco no processo. Com... com o gelo. Sinto muito. Prometo que não acontecerá de novo.

Prometo.

Esperei dias para ouvir aquela promessa, mas agora soava oca aos meus ouvidos. Vazia. Lou não entendia seu significado. Talvez nem pudesse. Uma promessa implicava verdade, confiança. Duvidava que ela jamais tivesse conhecido uma ou outra. Ainda assim — queria acreditar nela. Desesperadamente. E um pedido de desculpas vindo de Lou não era algo dado com facilidade.

Engoli em seco contra o nó repentino em minha garganta.

— Obrigado.

Ficamos em silêncio por um longo tempo depois disso. Embora o sol se movesse pelo céu, a fila mal andava. E os olhos dos outros... eu os sentia em nós. Em especial os dos lobos. O calor alfinetava meu pescoço. Minhas orelhas. Não gostava da maneira como olhavam para Lou. Só a conheciam como era agora. Não conheciam sua ternura, sua compaixão. Seu amor.

Depois do que fez, devia estar agradecida que não estejamos clamando pelo seu sangue, Louise le Blanc.

Embora tivesse confiança de que não *me* fariam mal, não tinham feito tal promessa a ela. Qualquer que fosse a loucura que o dia inevitavelmente trouxesse, não a deixaria sozinha com eles. Não lhes daria oportunidade de retaliar. Desamparado, percorri a curva do pescoço de Lou com os olhos. Tinha feito um coque baixo nos cabelos brancos. Amarrara outra fita em volta do pescoço. Ao mesmo tempo tão familiar e tão diferente.

Tinha que consertá-la.

Quando o sol raiou acima das árvores, a raposa enfim retornou. Cutucou a bota de Lou com o focinho, fitando-a com atenção. Comunicando-se em silêncio com seus olhos.

— Ela... ela fala com você? — perguntei.

Lou franziu a testa.

— Não com palavras. É mais uma sensação. Como... como se a consciência dela tocasse a minha, e então *entendo*. — Levantou a cabeça depressa. — Toulouse e Thierry estão a caminho.

Dentro de alguns minutos, duas cabeças de cabelos escuros familiares saíram da multidão, provando que estava correta. Com uma muleta sob o braço, Toulouse assoviava uma das melodias de Deveraux. Sorriu para Liana, abaixando a aba do chapéu antes de segurar meu ombro.

— *Bonjour à vous* — disse a ela. — Bom dia, bom dia. Que agradável encontrá-lo aqui, Monsieur Diggory.

— Shhh. — Abaixei a cabeça, mas ninguém na estrada prestava atenção em nós. — É um idiota, por acaso?

— De vez em quando. — Seu olhar recaiu sobre os lobisomens atrás de nós, e o sorriso se alargou. — Vejo que estava enganado. Que inesperado. Tenho que admitir, duvidei dos seus poderes de persuasão, mas nunca estive mais feliz em estar errado. — Deu uma cotovelada em Thierry com um risinho. — Talvez devesse tentar mais vezes, hein, maninho? — Seu sorriso diminuiu um pouco ao se voltar para mim. — Quer tentar aquela carta agora?

Gesticulei com a cabeça para a muleta em vez de responder.

— Se machucou?

— Claro que não. — A jogou para mim. — Sou tão afinado quanto o violino de Deveraux. Isso aí é uma perna de pau dele, a propósito. Está oferecendo sua assistência.

Thierry tirou uma bolsa do ombro e a entregou a Lou.

— Óculos? — Beau debruçou-se por cima dela, incrédulo, e fisgou um par de óculos de aros de arame de dentro da sacola. Ela o empurrou para longe. — Bigodes? Perucas? É *assim* que ele oferece assistência? Com fantasias?

— Sem magia, são poucas as outras maneiras de se engambelar os caçadores, não é? — Os olhos de Toulouse brilhavam com picardia. —

Pensei que fosse uma pessoa inteligente em nossa viagem por Les Dents, Beauregard. Parece que errei *duas* vezes num único dia. É absolutamente eletrizante.

Ignorei os dois quando a voz de Thierry ressoou em minha cabeça. *Sinto muito. Claud queria poder ter vindo em pessoa, mas se recusa a deixar Zenna e Seraphine sozinhas.*

Meus pensamentos se aguçaram. *Aconteceu algo com elas?*

É perigoso dentro da cidade, Reid. Mais até do que de costume. Jean Luc advertiu o rei sobre a ameaça de Morgane, e os Chasseurs já prenderam três mulheres só esta manhã. O restante deles resguarda Sua Majestade e as filhas dentro do castelo. Toulouse pediu que não os ajudássemos mais.

Fiquei perplexo. *O quê?*

A carta, Reid. Prove que ele está errado pela terceira vez.

O que tem a carta a ver com qualquer coisa?

Tudo. Soltou um suspiro enquanto Lou empurrava Beau para longe outra vez, balançando a cabeça. *Gosto de você, caçador, de modo que o ajudarei uma última vez: Morgane não pode tocar o rei dentro do seu castelo, mas ele se juntará à procissão durante o velório esta tarde. É seu dever como soberano honrar Sua Santidade. Se Morgane for mesmo atacar, será nesse momento. Embora Jean Luc esteja com ele, não possui mais sua Balisarda.* Os olhos escuros viajaram até a safira em minha bandoleira. *Há uma dúzia de novatos na ordem. Fizeram os votos esta manhã apenas.*

O torneio. Fechei os olhos em resignação. Em meio aos horrores de Les Dents, tinha me esquecido do torneio dos Chasseurs. Se houvera qualquer dúvida de que Morgane atacaria durante a cerimônia fúnebre, desapareceu com aquela nova revelação. A irmandade jamais estivera tão enfraquecida. A multidão jamais fora tão grande. E os riscos e barganhas jamais estiveram tão altos. Era o palco perfeito para Morgane, maior ainda do que o que teve no Dia de São Nicolau. Precisávamos entrar na cidade. Já. *Há algo mais que Claud possa fazer?*

Você não precisa de Claud. Tem apenas que confiar em si mesmo.

Meu olhar foi parar em Lou. Ainda discutia com Beau. Toulouse os observava, achando graça. *Se está sugerindo que use magia, não vou.*

Não é sua inimiga, Reid.

Tampouco é uma amiga.

Seu medo é irracional. Você não é Louise. Você é razão, enquanto ela é impulso. Você é terra. Ela é fogo.

Fúria explodiu. Mais enigmas. Mais confusão. *Do que está falando?*

Suas escolhas não são as dela, amigo. Não se condene ao destino dela. Meu irmão e eu passamos anos usando magia e permanecemos no controle. Da mesma forma como Cosette. Com temperança, a magia é uma aliada poderosa.

Mas escutara apenas parte das suas palavras. *O destino dela?*

Como se em resposta, Beau resmungou:

— Nunca pensei que morreria vestido de velha caquética. Há maneiras menos interessantes de morrer, eu acho. — Jogou os óculos de volta dentro da bolsa, levantando o tom de voz diante do meu olhar duvidoso. — O quê? Você sabe como isso vai acabar. Estamos nos armando com tiras de renda contra lâminas de aço. Estamos... estamos brincando de nos fantasiar, pelo amor de Deus. Os Chasseurs vão nos matar só pelo insulto.

— Você esquece que eu bebo insultos com meu chá todas as manhãs. — Lou tirou os óculos da mão dele e os pousou sobre o nariz. — Além do mais, brincar de me fantasiar nunca me deixou na mão antes. O que poderia dar errado?

PROVA DE FOGO

Reid

Tudo deu errado.

— Aquela carroça ali. — Agachada nos galhos de um pinheiro, Lou apontou para uma carroça mais afastada da multidão. Seu cavalo era pele e osso. Velho. Um homem de meia-idade segurava as rédeas. A pele ressequida e as mãos nodosas o marcavam como um fazendeiro, e o rosto magro, como uma pessoa humilde. Faminta.

— Não. — Balancei a cabeça em um movimento abrupto, a voz brusca. — Não vou me aproveitar dos fracos.

— Vai, sim, se quiser viver. — Diante do meu silêncio, ela suspirou, impaciente. — Olhe, aqueles dois são os únicos transportes cobertos em mais de um quilômetro. Vou me aproveitar daquele ali — Apontou para a carruagem dourada na frente do carro do fazendeiro —, então estarei perto, caso precise de ajuda. É só gritar, mas lembre-se: é Lucida, não Lou.

— Isto é loucura. — Meu peito ficava apertado apenas de pensar no que estava prestes a fazer. — Não vai dar certo.

— Não com essa atitude! — Segurando meus ombros, ela me virou para encará-la. Meu estômago se revirou em náuseas. Disfarçada com o terno de veludo de Deveraux e um chapéu, me fitava por trás de óculos dourados. O filho acadêmico de um aristocrata voltando para casa de

Amandine. — Não esqueça a sua história. Foi emboscado por ladrões, que quebraram o seu nariz. — Ajustou o curativo ensanguentado em meu rosto por precaução. — E a sua perna. — Bateu na muleta improvisada que tínhamos feito da perna de pau. — Basta bater à porta. A esposa vai se condoer de você só de olhar para o seu estado.

— E se não se condoer?

— Você a nocauteia. Arrasta ela para dentro. Lança um feitiço. — Nem hesitou diante da ideia de deixar uma mulher inocente inconsciente. — Você faz o que for necessário para entrar.

— Achei que tinha dito que não usaríamos magia.

Ela bufou, impaciente.

— Esta não é hora para princípios intransigentes, Reid. Não podemos arriscar magia a céu aberto, mas dentro da carroça dela, faça o que tiver que fazer. Se apenas uma pessoa sequer nos reconhecer, estamos todos mortos.

— E quando o Chasseur chegar para revistar?

— Está de peruca. Seu rosto está coberto. Pode estar se preocupando por nada. Mas se ele o reconhecer, se suspeitar, terá que desarmá-lo, mas sem deixá-lo desacordado. Ou não vai poder dar permissão para passar pelo bloqueio.

— Mesmo que eu ameace cortar o pescoço dele, um Chasseur jamais me permitiria passar.

— Permitiria, sim, se estivesse enfeitiçado. — Abri a boca para me recusar (ou vomitar), mas ela continuou, inabalável: — O que quer que faça, não crie confusão. Seja rápido e silencioso. É a única maneira de sobrevivermos.

Saliva recobria minha boca, e tinha dificuldades para respirar, agarrado à bandoleira como se fosse meu suporte. Não temia encarar meus irmãos. Não temia enfrentá-los ou ficar ferido. Sequer temia uma captura, mas se algo acontecesse — se os Chasseurs me prendessem ali —,

Lou interferiria. Eles chamariam reforços. Todos a caçariam, e, desta vez, ela não escaparia.

Não podia acontecer.

Mesmo que... mesmo que significasse ter que usar magia.

Não é sua inimiga, Reid.

Com temperança, a magia é uma aliada poderosa.

— Não farei isso. Não *posso*. — Quase me engasguei com as palavras. — Vão sentir o cheiro. Saberão que estamos aqui.

Ela puxou o casaco para fechá-lo e esconder a bandoleira.

— Talvez. Mas esta estrada está cheia de gente. Vão demorar para determinar quem é o usuário. Pode forçar o Chasseur enfeitiçado a deixá-lo passar antes que descubram.

— Lou. — A palavra era desesperada, uma súplica, mas não me importava. — Tem coisas demais que podem dar errado...

Ela me deu um beijo rápido na bochecha.

— Você consegue. E se não conseguir... se algo *der* errado... soca o nariz do Chasseur e corre.

— Ótimo plano.

Ela riu, mas o som era forçado e tenso.

— Deu certo para Coco e Ansel.

Fingindo serem recém-casados, já tinham conseguido passar pela escolta a pé. O Chasseur que os inspecionara era novato, e tinham entrado em Cesarine incólumes. Beau tinha rejeitado as fantasias e encontrado uma bonita viúva jovem para contrabandeá-lo para dentro. Ela quase desmaiara ao ver seu rosto de realeza. Blaise e os filhos não tinham revelado como planejavam se esgueirar para dentro da cidade. Como não houvera confusão nenhuma, presumi que tinham conseguido fazê-lo sem serem detectados.

Duvidava que Lou e eu teríamos a mesma sorte.

— Reid. *Reid.* — Voltei ao momento presente com um sobressalto. Lou falava mais depressa agora. — O encantamento deve vir naturalmente, mas, se precisar usar um padrão, se concentre na intenção específica. Visualize os seus objetivos. E lembre-se, está tudo, *tudo*, centrado no equilíbrio.

— Nada que diga respeito à magia vem naturalmente para mim.

Mentiroso.

— Porque o ódio está atrapalhando você — respondeu. — Só precisa se abrir para a magia. Aceite-a, abrace-a, e ela virá. Está pronto?

Busque-nos.

Meus lábios estavam dormentes.

— Não.

Mas não havia tempo para discussão. A carroça e a carruagem estavam quase ali.

Ela apertou minha mão, tirando os olhos da carruagem para me encarar.

— Sei que as coisas mudaram entre nós dois. Mas quero que saiba que eu amo você. Nada vai mudar isso. E se você morrer hoje, vou encontrá-lo no plano astral e acabar com a sua raça por ter me deixado. Entendido?

Minha voz era fraca.

— Eu...

— Ótimo.

E foi embora, tirando um livro da bolsa e correndo na direção da carruagem.

— *Excusez-moi, monsieur!* — gritou ao motorista, empurrando os ósculos para o lugar. — Mas meu cavalo perdeu uma ferradura...

Um buraco se abriu em meu estômago quando sua voz se perdeu em meio à multidão.

Amo você. Nada vai mudar isso.

Droga.
Não consegui lhe dizer o mesmo.

Fingindo mancar e apoiando a maior parte do peso na muleta, atravessei a multidão em direção à carroça. O comboio estava parado, e o fazendeiro — a atenção capturada por uma criança suja atirando pedras em seu cavalo — não me viu. Bati uma, duas vezes na armação. Nada. Mais alto.

— O que é que você quer? — Uma mulher magricela com maçãs do rosto salientes e dentes como os de cavalo enfim esticou a cabeça para fora. Uma cruz balançava do seu pescoço, e uma touca cobria-lhe os cabelos. Uma devota, portanto. Provavelmente viajando a Cesarine para prestar suas homenagens. Esperança inflou-se em meu peito. Talvez *de fato* se condoesse de mim. Era um mandamento do Senhor ajudar os desamparados.

Sua carranca logo fez aquela esperança murchar.

— Não tem comida para mendigo aqui, vá embora!

— Perdão, madame — falei depressa, segurando a aba do tecido quando começou a fechar a lona da carroça com força —, mas não é de comida que preciso. Fui atacado por bandidos na estrada — Bati com a muleta na carroça para dar ênfase — e não posso continuar minha jornada a pé. Tem espaço para mais um?

— Não — respondeu, brusca, tentando arrancar o tecido da minha mão. Nenhuma hesitação. Nenhum remorso. — Não para gente que nem você. Já é o terceiro que vem pedir esta manhã, e vou responder a mesma coisa que respondi a todos eles: ninguém aqui vai se arriscar com gente estranha hoje. Não com o velório da Sua Eminência à noite. — Segurou a cruz com dedos esguios e fechou os olhos. — Que Deus guarde sua alma. — Quando abriu um olho e me viu ainda parado lá, acrescentou: — Agora, xô.

A carroça andou alguns centímetros à frente, mas me mantive firme, me forçando a permanecer calmo. A pensar como Lou pensaria. A mentir.

— Não sou um bruxo, madame, e estou desesperadamente necessitado de ajuda.

Sua boca, cheia de linhas, se retorceu em confusão.

— Claro que não é um bruxo. Acha que sou uma imbecil? Todo mundo sabe que homens não podem usar magia.

Ao ouvirem a palavra, aqueles mais próximos de nós se viraram para encarar. Olhos largos e desconfiados.

Xinguei em silêncio.

— Bernadette? — A voz do fazendeiro se elevou por cima do burburinho da multidão. Mais cabeças giraram em nossa direção. — Esse jovem está incomodando?

Antes que ela pudesse responder, antes que pudesse selar meu destino, falei num chiado:

— "Quem despreza o próximo comete pecado, mas como é feliz quem trata com bondade os necessitados!"

Os olhos da mulher se estreitaram.

— O que foi que você disse?

— "Quem dá aos pobres não passará necessidade, mas quem fecha os olhos para não vê-los sofrerá muitas maldições."

— Está citando as Escrituras Sagradas para mim, garoto?

— "Quanto for possível, não deixe de fazer o bem a quem dele precisa."

— Bernadette! — O fazendeiro estava de pé agora. — Está me ouvindo, amor? Melhor procurar um Chasseur?

— Continuo? — Com o nó dos dedos brancos na lona, minha mão tremia. Apertei ainda mais o tecido, encarando a desconhecida. — "Pois como dizem os mandamentos do Senhor..."

— Já chega disso. — Embora a boca estivesse torcida, ela me estudava com apreciação contrariada. — Não preciso de lição da Bíblia de moleque. — Ao marido, respondeu: — Está tudo bem, Lyle! Este aqui torceu o tornozelo e precisa de carona, só isso.

— Bem, diz para ele que não queremos...

— Vou dizer o que eu quiser dizer! — Com um movimento ríspido de cabeça para trás, ela afastou a porta de lona. — Entra, então, Vossa Santidade, antes que eu mude de ideia.

O interior da carroça de Bernadette não se parecia em nada com o da Troupe de Fortune. Cada centímetro do espaço dos carros da trupe era ocupado. Baús de fantasias e quinquilharias. Caixotes de comida. Adereços de palco. Lamparinas. Macas e roupa de cama.

Esta carroça estava deserta, exceto por um único lençol e uma sacola quase vazia de comida. Uma panela solitária ao lado dela.

— Como eu disse antes — resmungou Bernadette, sentando-se no chão. — Não tem comida para mendigos aqui.

Esperamos em silêncio austero enquanto o carro se aproximava dos Chasseurs.

— Você parece familiar — comentou ela após vários segundos. Me espiava com suspeita, os olhos mais aguçados do que me agradava. Estudavam minha peruca escura, as sobrancelhas maquiadas. A atadura ensanguentada no nariz. Reajustei-a quase sem querer. — Já nos vimos antes?

— Não.

— Por que está indo para Cesarine, então?

Fitei as mãos sem vê-las de fato. *Para comparecer ao velório do homem que matei. Para confraternizar com bruxas de sangue e lobisomens. Para matar a mãe da mulher que amo.*

— Pela mesma razão que você.

— Você não tem cara de religioso.

Eu a fuzilei com o olhar.

— Nem você.

Ela fez um ruído de desgosto e cruzou os braços.

— Diabrete bocudo, você, hein? E bem ingrato, ainda por cima. Devia ter deixado você a pé que nem o resto, com o tornozelo torcido e tudo.

— Estamos quase lá! — gritou Lyle do lado de fora. — A cidade está bem aí na frente!

Bernadette se levantou e foi até a frente da carroça, colocando a cabeça para fora outra vez. Eu a segui.

Contra a paisagem cinzenta de Cesarine, uma dúzia de Chasseurs cavalgava em meio à multidão, desacelerando o tráfego. Alguns inspecionavam os rostos daqueles que caminhavam. Alguns desmontavam para verificar carroças e carruagens de maneira intermitente. Reconheci oito deles. Oito de doze. Quando um dos oito — Philippe — começou a caminhar na nossa direção, amaldiçoei minha sorte.

— Olha a boca! — exclamou Bernadette em ultraje, me dando uma cotovelada forte. — E chega para lá, anda... — Parou de súbito quando notou meu rosto. — Está branco que nem folha, você.

A voz grave de Philippe ressoou pela procissão, e ele apontou para nós.

— Já checamos essa aí?

Várias décadas mais velho do que eu, tinha uma barba cheia de pelos grisalhos. Não fazia nada para diminuir a largueza do peitoral ou os músculos inflados dos braços. Uma cicatriz ainda desfigurava seu pescoço da batalha com o povo de Adrien na emboscada que fizemos aos lobisomens.

Ele me odiara por ter roubado sua glória aquele dia. Por ter roubado sua promoção.

Merda.

A Balisarda de Jean Luc pesava mais do que as demais facas em minha bandoleira. Se Philippe me reconhecesse, teria que matá-lo ou desarmá-lo. E não podia matá-lo. Não podia matar outro dos meus irmãos. Mas se o desarmasse, teria que...

Não. Minha mente se insurgiu contra o pensamento.

Esta não é hora para princípios intransigentes, Reid, dissera Lou. *Se apenas uma pessoa sequer nos reconhecer, estamos todos mortos.*

Tinha razão. Claro que tinha. E mesmo que me tornasse um hipócrita — mesmo que me condenasse ao Inferno —, canalizaria aquelas vozes insidiosas. Me enforcaria com seus padrões dourados. Se isso significasse que Lou continuaria viva, eu o faria. Que se danassem as consequências. Eu o faria.

Mas como?

Basta se abrir para a magia. Aceite-a, abrace-a, e ela virá.

Não tinha abraçado nada em Modraniht, e ainda assim o padrão se materializara. O mesmo tinha acontecido no córrego perto do Buraco. Em ambas as situações, estava desesperado. Impotente. Morgane tinha acabado de abrir o pescoço de Lou, e eu assistia enquanto seu sangue se derramava dentro da bacia, secando sua vida a cada segundo. O cordão dourado tinha surgido do fundo do meu desespero, e eu reagira por reflexo. Não tinha tempo para mais nada. E... e naquele riacho...

A lembrança dos lábios azuis de Lou emergiu. A pele macilenta.

Mas não era o caso naquele momento. Lou não estava morrendo diante de mim. Tentei evocar a mesma sensação de urgência. Se Philippe me descobrisse, Lou *morreria*. Certamente, aquela possibilidade deveria ser o estopim para alguma reação. Aguardei, ansioso, que o dique ruísse, que ouro explodisse em minha visão.

Não aconteceu.

Parecia que imaginar Lou morrendo não era o mesmo que vê-lo acontecer.

Philippe continuou marchando até nós, perto o suficiente para tocar os cavalos. Quase rugi de frustração. O que deveria *fazer*?

Podia pedir. Uma vozinha sinistra ecoou, enfim, em meus pensamentos, reverberando como se fosse uma legião de vozes. Os pelos em minha nuca se arrepiaram. *Só precisa nos buscar, criança perdida, e encontrará.*

Em pânico, a afastei para longe por reflexo.

Uma risada sobrenatural. *Não pode escapar de nós, Reid Labelle. Somos parte de você.* Como se para provar a verdade em suas palavras, agarrou-se com mais força, a pressão em minha cabeça crescendo — dolorosa — enquanto gavinhas de ouro serpenteavam para fora, afundando e criando raízes. Dentro da minha mente. Do meu coração. Dos meus pulmões. Sufoquei com elas, lutando para respirar, mas só ficaram mais agressivas. Me consumindo. *Por tanto tempo jazemos no escuro, mas, agora, estamos despertas. Vamos protegê-lo. Não vamos deixá-lo. Busque-nos.*

Pontos pretos ameaçavam tomar as laterais da minha vista. Meu pânico se intensificou. Tinha que sair, tinha que parar aquele...

Cambaleando para trás, vagamente registrei a inquietação de Bernadette e Lyle.

— O que é que há com você? — indagou a mulher. Quando não respondi – não pude responder –, ela caminhou devagar em direção à sacola. Meus olhos tinham dificuldade para focar nela, para permanecer abertos. Caí de joelhos, lutando desesperadamente para reprimir aquela *coisa* que crescia dentro de mim, aquele monstro rasgando minha pele. Inexplicável, uma luz piscava ao redor de nós.

Ele se aproxima, criança. Está chegando. A voz era voraz agora. Expectante. A pressão em minha cabeça aumentava a cada palavra. Me cegando. Me atormentando. Meus pesadelos encarnados. Amparei a cabeça contra a dor, um grito subindo a minha garganta. *Vai nos queimar se permitir.*

— O que é que há com a sua cabeça?

Não. Minha mente se digladiava. A dor me partia ao meio. *Não é certo. Não é...*

— Estou falando com você, moleque!

Vai queimar Louise.

Não...

— Alô! — Um assovio rasgou o ar, e dor explodiu atrás da minha orelha. Desmoronei no chão da carroça. Grunhindo baixo, podia apenas distinguir a forma borrada de Bernadette acima de mim. Levantou a frigideira para atacar outra vez. — Doido de pedra, você, hein? Eu sabia. E logo hoje...

— Espere. — Levantei a mão com fraqueza. A luz peculiar brilhava mais forte agora. — Por favor.

Deu um pulo para trás, seu rosto se contorcendo, alarmado.

— O que é que está acontecendo com a sua pele, hein? O que é isso?

— Eu não... — Minha visão se focou em minha mão. No brilho suave que emanava. Desespero horripilante me percorreu. Alívio horripilante.

Busque-nos busque-nos busque-nos.

— A-abaixe a frigideira, madame.

Ela balançou a cabeça freneticamente, lutando para manter o braço levantado.

— Que tipo de bruxaria é essa?

Tentei outra vez, agora mais alto. Um zumbido estranho tomara meus ouvidos, e o desejo inexplicável de acalmá-la me dominava. De acalmar e ser acalmado.

— Vai ficar tudo bem. — Minha voz soava estranha, até a meus próprios ouvidos. Como se tivesse camadas. Ressonante. Parte de mim ainda se rebelava, mas aquela parte era inútil agora. Eu a deixara para trás. — Abaixe a frigideira.

A panela caiu no chão.

— Lyle! — Seus olhos estavam esbugalhados, e as narinas, arreganhadas. — Lyle, ajuda...!

Em resposta, a porta de tecido da carroça abriu-se com violência. Nos viramos juntos para ver Philippe na entrada, sua Balisarda em punho. Apesar da atadura — da peruca, dos cosméticos —, me reconheceu imediatamente. Ódio ardia em seus olhos.

— Reid Diggory.

Mate-o.

Desta vez, obedeci à voz sem hesitação.

Com agilidade letal, investi, capturando o pulso do homem e o arrastando para dentro da carroça. Seus olhos se arregalaram — chocados — por uma fração de segundo. Depois, contra-atacou. Ri, desviando da lâmina com facilidade. Quando o som reverberou pelo carro, contagioso e estranho, ele se retraiu.

— Não pode ser — murmurou. — Você não pode ser um... um...

Investiu, mas, outra vez, me movi depressa demais, me esquivando no último segundo. Foi se chocar contra Bernadette, e os dois voaram para a parede. Minha pele iluminou-se numa explosão com os berros dela.

Silencie a mulher.

— Silêncio! — As palavras escaparam da minha boca por conta própria, e ela ficou flácida, misericordiosamente quieta, com a boca fechada e os olhos anuviados. Philippe se colocou de pé no instante em que Lyle entrava, se esgoelando:

— Bernadette! Bernadette!

Lutei para olhar para ele, tentando ao mesmo tempo tirar os dedos de Philippe do meu pescoço enquanto segurava a mão empunhando a Balisarda. Minha peruca caiu ao chão.

— Silên... cio... — falei, a voz arranhada, enquanto eu e Philippe nos debatíamos pela carroça adentro. Mas Lyle não se calou. Continuou berrando, correndo para pegar Bernadette e carregá-la para fora.

— Espere! — Estendi a mão cegamente para detê-lo, mas nenhum padrão respondeu. Nem uma centelha sequer. Raiva explodiu diante da minha inaptidão, e a luz que emanava da minha pele se apagou de súbito. — Pare!

— Ajuda! — Lyle mergulhou para fora da carreta. — É Reid Diggory! É um bruxo! AJUDA!

Novas vozes soaram lá fora enquanto os Chasseurs se reuniam. Sangue ribombava em meus ouvidos — as vozes em minha mente miseravelmente silenciosas —, e me desvencilhei de Philippe, atirando o lençol em seu rosto. Uma entrada discreta já não era mais possível. Tinha que fugir. Tinha que *correr*. Se livrando do lençol, o Chasseur derrapou na sacola de comida e perdeu o equilíbrio. Mergulhei na direção da frigideira.

Antes que ele pudesse se estabilizar — antes que eu pudesse reconsiderar —, bati com ela na cabeça dele.

O ruído do impacto reverberou pelos meus ossos, e ele caiu no chão, inconsciente. Me ajoelhei para me certificar de que seu peito ainda se movia. Para cima e para baixo. Para cima e para baixo. Os outros Chasseurs abriram a lona da carroça no instante em que eu pulava para a frente, saltando por cima do banco para alcançar a lombada do cavalo. Deu um pinote, zurrando com indignação, e as rodas da frente saíram do chão, fazendo a estrutura inclinar-se de maneira precária. Lá dentro, os Chasseurs gritaram, alarmados. Seus corpos bateram na lona.

Me atrapalhei com o arreio, xingando quando mais Chasseurs começaram a correr para mim. Pegajosos de suor, meus dedos deslizavam sobre as fivelas. Xinguei e tentei outra vez.

— É Reid Diggory! — gritou alguém. Mais vozes ecoaram as palavras. Sangue ribombava em meus ouvidos.

— Assassino!
— Bruxo!
— Prendam-no!
— PRENDAM-NO!

Perdendo qualquer semblante de controle, puxei a última fivela com dedos desvairados. Um Chasseur que não reconheci me alcançou primeiro. Chutei seu rosto — *finalmente* afrouxando o fecho — e comandei o cavalo a seguir adiante com um aperto violento das pernas. Disparou, e me segurei com desespero.

— Saiam da frente! — gritei. Pessoas mergulhavam para os lados, carregando crianças consigo, enquanto o cavalo galopava a toda na direção da cidade. Um homem foi lento demais, e um casco pegou sua perna, fraturando-a. Em montarias, os Chasseurs me seguiam. Foram encurtando depressa a distância entre nós. Eles tinham verdadeiros garanhões, criados com o objetivo de agilidade e força em mente, e eu tinha uma égua definhada perto do fim da vida. Urgi que seguisse em frente ainda assim.

Se pudesse passar dos limites da cidade, talvez pudesse despistá-los pelas ruas...

A multidão se adensava à medida que a estrada se tornava mais estreita, mudando de terra para pedra. As primeiras edificações se ergueram para me engolir. Lá em cima, uma sombra saltava habilmente de telhado em telhado, seguindo os gritos que me perseguiam. Apontava freneticamente para a trapeira à frente.

Quase chorei de alívio.

Lou.

Então me dei conta do que queria que fizesse.

Não. Não, não podia...

— Peguei você! — A mão de um Chasseur surgiu e agarrou as costas do meu casaco. Os outros fechavam o cerco atrás dele. Com as pernas abraçando a égua como um torno, girei o corpo para me desvencilhar, mas o animal tinha chegado ao limite.

Com um zurro selvagem, deu outro pinote, e vi minha oportunidade. Escalando pelo pescoço dela — rezando para quem quer que estivesse ouvindo —, alcancei com a ponta dos dedos a placa de metal acima de mim. Começou a ceder sob meu peso, mas dei um impulso forte com a perna, me apoiando contra a lombada da égua para pular para a trapeira. A égua e os garanhões dos Chasseurs galoparam adiante lá embaixo.

— PEGUEM-NO!

Ofegante, tentei me segurar no telhado. Minha visão girava.

— Continua escalando! — soou a voz de Lou acima de mim, e levantei a cabeça na mesma hora. Ela se debruçava por cima da beira do telhado, os dedos esticados, tentando me alcançar. Mas sua mão era tão pequena. Tão distante. — Não olhe para baixo! Olhe para mim, Reid! Continua olhando para mim!

Lá embaixo, os Chasseurs rugiam ordens, comandando a multidão a se afastar enquanto viravam os cavalos.

— PARA MIM, REID!

Certo. Engolindo em seco, me concentrei em encontrar pontos de apoio na parede de pedra. Fui escalando centímetro a centímetro. Minha cabeça rodopiava.

Mais alto.

Meu fôlego ficou preso.

Mais alto.

Meus músculos reclamavam.

Mais alto.

Os Chasseurs tinham feito a manobra de volta para meu edifício. Ouvi quando desmontaram. Quando começaram a escalar.

A mão de Lou pegou meu pulso e puxou. Me concentrei em seu rosto, nas sardas ali. Por pura força de vontade, subi por cima do beiral e desmoronei. Mas não tínhamos tempo para relaxar. Ela me puxou para ficar de pé, já correndo na direção do telhado seguinte.

— O que *aconteceu*?

Eu a segui. Foquei toda a atenção na respiração. Era mais fácil agora, com ela ali.

— O seu plano era uma merda.

Ela teve a ousadia de rir, mas rapidamente parou quando uma flecha passou zunindo por seu rosto.

— Vamos. Vou despistar esses babacas daqui a três quarteirões.

Não respondi. Era melhor manter a boca fechada.

O AFOGAMENTO

Lou

Sempre querendo agradar, despistei-os em dois quarteirões.

Suas vozes iam sumindo à medida em que corríamos, nos escondendo nas sombras de recessos nas paredes e atrás de trapeiras desconjuntadas. O segredo era sair da sua linha de visão. Uma vez conseguido isso, foi fácil demais nos esgueirarmos para dentro da infinidade da cidade.

Ninguém sabia desaparecer como eu.

Ninguém tinha a mesma prática.

Pulei para uma ruela esquecida na Costa Leste. Reid aterrissou um segundo mais tarde, se chocando contra mim. Embora tenha tentado estabilizá-lo, nós dois caímos na pedra suja da rua. Manteve seus braços ao redor da minha cintura e afundou o rosto em meu colo. Seu coração batia em um ritmo desenfreado contra minha coxa.

— Não posso fazer isso de novo.

Com a garganta subitamente fechada, passei a mão por seus cabelos.

— Tudo bem. Não estão mais aqui. — A respiração dele foi desacelerando aos poucos, e, enfim, levantou o tronco para se sentar. Deixei-o ir com relutância. — Antes do seu fiasco, enviei Charles para encontrar Madame Labelle. Alugou quartos para nós em uma pousada chamada Léviathan.

— Charles?

— O rato.

Expirou com brusquidão.

— Ah.

Vergonha — uma sensação agora familiar — me percorreu outra vez. Embora palavras ásperas tenham me subido à garganta em resposta, mordi a língua com força, tirando sangue, e ofereci a mão a ele.

— Já mandei Absalon e Brigitte para buscar Coco, Ansel e Beau. Charles foi encontrar os lobisomens e as bruxas de sangue. Precisamos discutir estratégias antes do velório à tarde.

Nos levantamos juntos, e ele beijou minha mão antes de soltá-la.

— Será difícil conseguir uma audiência com o rei. Thierry disse que todos os Chasseurs que não estão no bloqueio estão dentro do castelo. Talvez Beau possa...

— Espere. — Mesmo tendo forçado uma risadinha, não havia nada de engraçado naquele brilho obstinado nos olhos dele. — Não pode estar pensando em falar com Auguste ainda, né? Jean Luc já contou tudo. Ele sabe que estamos a caminho. Sabe... sabe que Madame Labelle é uma bruxa, e se a gritaria daqueles Chasseurs servir de qualquer indicação, logo logo saberá que *você* também é.

O rosto de Reid empalideceu ao ouvir a última parte. *Ah*. Parecia não ter chegado *àquela* conclusão ainda. Me apressei em tirar proveito da minha vantagem.

— Ele sabe que você é um bruxo — repeti. — Não vai ajudar você. Com toda certeza não vai querer me ajudar. Não *precisamos* dele, Reid. As Dames Rouges e os *loups-garou* já são aliados poderosos.

Franziu os lábios enquanto considerava minhas palavras, tenso, e aguardei que enxergasse a razoabilidade em meu plano. Mas balançou a cabeça e murmurou:

— Não. Ainda vou falar com ele. Precisamos de uma frente unida contra Morgane.

Encarei-o, boquiaberta.

— Reid...

Um grupo de crianças passou correndo por nossa ruela naquele momento, perseguindo um gato que rosnava. A mais lenta delas hesitou quando nos viu. Puxei o chapéu mais para baixo na testa, e Reid rapidamente amarrou a atadura por cima do olho outra vez.

— Temos que sair das ruas — disse ele. — Nossa entrada não foi exatamente sutil...

— Muito obrigada por isso...

— E a Costa Leste logo estará cheia de Chasseurs e policiais.

Acenei para a criança, que sorriu e voltou a correr atrás dos amigos, antes de entrelaçar o braço no de Reid. Estiquei o pescoço para olhar a rua. Não tinha muita gente ali, a maioria dos visitantes estava reunida no distrito Oeste, que era mais rico. Os estabelecimentos daquela parte da cidade estavam todos fechados.

— Léviathan fica a algumas quadras do Soleil et Lune.

Reid apressou o passo, mancando outra vez.

— Considerando nosso histórico, o teatro será o primeiro lugar onde os Chasseurs vão procurar.

Algo em sua voz me fez parar. Olhei para ele com a testa franzida.

— Nada daquilo foi intencional, aliás. Minha ceninha no teatro. Acho que nunca cheguei a dizer.

— Você está brincando.

— Não estou.

Com total despreocupação, abaixei a aba do chapéu em um aceno para uma mulher próxima. Abriu a boca ao notar meu terno de veludo. Não era bem a vestimenta adequada para alguém em luto, mas ao menos era de um bonito tom profundo de berinjela. Conhecendo Claud, podia ter sido amarelo-canário.

— Completamente acidental, mas o que mais podia ter feito? Não é minha culpa se você não conseguia manter as mãos longe dos meus peitos. — Quando ele gaguejou, indignado, continuei com um sorriso maroto: — Não o culpo nem um pouco, aliás.

Cuidando para manter a aba do chapéu baixa no rosto, estava atenta aos transeuntes. Uma atmosfera familiar de trepidação pairava, pesada e densa, como era sempre o caso quando uma aglomeração daquela magnitude acontecia em Cesarine. Pessoas de todos os tipos tinham vindo para honrar o arcebispo falecido: aristocratas, clérigos e camponeses lamentando juntos enquanto nos aproximávamos da catedral, onde o corpo do arcebispo aguardava para ser enterrado. Vestidos de preto, sugavam qualquer cor de uma cidade já lúgubre. Até o céu estava nublado, como se também chorasse o destino do homem errado.

O arcebispo não merecia o pesar de ninguém.

A única cor nas ruas vinha das ornamentações. As usuais bandeiras da família Lyon tinham sido substituídas por faixas de um vermelho brilhante mostrando o brasão de armas do arcebispo: um urso de cuja boca jorrava uma fonte de estrelas. Gotas de sangue em um oceano de preto e cinza.

— Espere. — Os olhos de Reid se arregalaram com horror diante de algo que viram a distância. Girou na minha frente, segurando meus braços como se quisesse me escudar da visão. — Vire. Vamos por um caminho diferente...

Me desvencilhei dele, ficando nas pontas dos pés para ver acima da multidão.

Lá, aos pés da catedral, se erigiam três estacas de madeira. E acorrentados a eles...

— Meu Deus — sussurrei.

Acorrentados a eles estavam três corpos carbonizados.

Com braços e pernas virando pó — nem sinal dos cabelos —, os cadáveres eram quase indistinguíveis. Atrás deles, cinzas recobriam os degraus da catedral, mais espessas do que a neve na rua. Bile me subiu à garganta. Houvera outras antes daquelas mulheres. Tantas outras. E recentemente. O vento ainda não tinha carregado para longe seus restos mortais.

Mas as verdadeiras bruxas eram cuidadosas e inteligentes. Tinha certeza de que não tinham sido tantas as capturadas desde Modraniht.

— Aquelas mulheres — balancei a cabeça, incrédula — não podem ter sido todas bruxas.

— Não. — Aninhando a parte de trás da minha cabeça, Reid me puxou contra seu peito. Inspirei fundo, ignorando a ardência de dor em meus olhos. — Não, provavelmente não eram.

— Então o quê...

— Depois do arcebispo, o rei teria precisado de uma demonstração de poder. Teria precisado restabelecer seu controle. Qualquer pessoa suspeita teria sido jogada na fogueira.

— Sem provas? — Me inclinei para trás, buscando respostas em seu rosto. Os olhos dele estavam pesarosos. — Sem julgamento?

Trincou o maxilar, olhando para os cadáveres escurecidos.

— Ele não precisa de provas. É o rei.

Eu a notei no instante em que Reid e eu nos viramos — magra como um galho, com pele negra de ébano e olhos de ônix, tão imóvel que poderia ter sido a estátua de Saint-Cécile se a brisa não estivesse soprando seus cabelos. Embora a tenha conhecido a vida inteira, não podia ler a emoção em seus olhos enquanto fitava os restos daquelas mulheres.

Quando girou nos calcanhares e fugiu para dentro da multidão.

Manon.

— A pousada fica para lá.

Estiquei o pescoço para mantê-la dentro do meu campo de visão, apontando com o queixo para o oeste. Um homem de cabelos dourados a tinha seguido, tomando sua mão e a rodopiando para dentro de seus braços. Em vez de protestar, de cuspir em seu rosto, ela lhe deu um sorriso tenso. Aquela emoção arcana em seus olhos se derreteu em ternura inconfundível enquanto olhava para ele. Tão inconfundível quanto a afeição era sua tristeza. Como se tentasse banir sua dor, ele salpicou as bochechas dela de beijos. Quando começaram a seguir adiante mais uma vez, corri atrás deles.

— Encontro você lá daqui a quinze minutos.

— Espera. — Reid pegou meu braço, incrédulo. — Não vamos nos separar agora.

— Eu vou ficar bem. Se não sair das ruas secundárias e quem sabe fizer uma corcunda, você também fic...

— Sem chance, Lou. — Seus olhos seguiram os meus, estreitando-se enquanto sondava a multidão, e escorregou a mão do meu cotovelo para minha palma. — O que foi? O que viu?

— Você é o homem mais obstinado... — Parei antes de terminar, bufando, impaciente. — *Está bem*. Vem comigo. Mas fica quieto, com a cabeça abaixada.

Sem dizer mais nada, nossos dedos ainda entrelaçados, me esgueirei pela aglomeração. Ninguém prestou atenção em nós, os olhos fixos nas três mulheres queimadas. Seu fascínio me nauseava.

Manon parecia estar guiando o homem de cabelos dourados até uma área menos congestionada. Seguimos os dois tão rápida e discretamente quanto era possível, mas duas vezes fomos obrigados a nos esconder para evitar topar com Chasseurs. Quando voltamos a encontrar o casal, Manon tinha levado o homem por uma ruela deserta. Fumaça subindo de uma pilha de lixo próxima quase obscurecia sua entrada. Não fosse pelo grito de pânico do homem, teríamos passado sem ver.

— Não tem que fazer isto — dizia ele, a voz falhando. Trocando olhares desconfiados, Reid e eu nos abaixamos atrás do lixo e espiamos através da fumaça. Manon o tinha encurralado contra uma parede. Com as mãos levantadas, ela chorava sem pudor, lágrimas fluindo tão densas e rápidas que tinha dificuldade para respirar. — Podemos encontrar outro jeito.

— Você não entende. — Embora seu corpo inteiro se rebelasse com espasmos, ela levantou ainda mais as mãos. — Mais três foram queimadas de manhã. Ela ficará alucinada... desvairada. E se ficar sabendo de nós dois...

— Como ficaria sabendo?

— Ela tem olhos em todas as partes, Gilles! Se suspeitar que temos uma ligação, ela... fará coisas terríveis. Torturou outros apenas por serem filhos de quem eram. Fará ainda pior com você. E vai *gostar*. E se... se eu voltar hoje de mãos vazias, ela saberá. Virá atrás de você pessoalmente, e eu preferiria *morrer* a vê-lo nas garras dela. — Tirou uma faca do manto. — Prometo que não sofrerá.

Ele estendeu as mãos, suplicante, querendo abraçá-la mesmo enquanto ameaçava sua vida.

— Então fugimos juntos. Vamos embora deste lugar. Tenho algum dinheiro guardado do meu trabalho como sapateiro. Podemos pegar um barco para Lustere, ou... ou qualquer outra parte. Podemos construir uma vida nova juntos, bem, bem longe daqui. Em algum lugar onde Morgane não tenha influência.

Ao ouvir o nome da minha mãe, Reid se enrijeceu. Olhei para ele de soslaio, observando enquanto finalmente reconhecia o rosto de Manon.

Sacudindo a cabeça com violência, ela chorou ainda mais.

— Não. Não, pare. Por favor. Não *posso*.

— *Pode*, Manon. *Nós* podemos. Juntos.

— Ela me deu ordens, Gilles. Se... se não fizer isto, ela fará.

— Manon, por favor...

— Não era para isto estar acontecendo. — Suas mãos tremiam ao redor da adaga. — *Nada* disto deveria estar acontecendo. Eu... eu só tinha que encontrar e matar você. Não era para... para... — Um ruído sufocado escapou da garganta dela enquanto dava um passo para o homem. — Eles mataram minha irmã, Gilles. Eles a mataram. Eu... eu jurei pela pira dela que vingaria sua morte. Jurei que ia *dar um basta* nisto tudo. Eu... eu... — Sua expressão desmoronou, e ela levantou a lâmina ao pescoço dele. — Amo você.

Para crédito dele, Gilles não se retraiu. Apenas deixou as mãos caírem, os olhos percorrendo o rosto de Manon como se tentasse memorizá-lo, e roçou os lábios pela testa dela.

— Amo você também.

Os dois se encararam.

— Vire-se — sussurrou Manon.

— Tenho que detê-la. — Tensão irradiava de todos os músculos no corpo de Reid. Desembainhando a Balisarda de Jean Luc, se levantou para avançar, mas pulei na frente dele, lágrimas escorrendo pelas minhas próprias bochechas, e apertei as mãos contra seu peito. Manon não podia saber que estava ali. Tinha que escondê-lo. Tinha que me certificar de que ela jamais o visse. — O que está fazendo? — indagou, incredulidade retorcendo seu rosto, mas apenas o empurrei para trás.

— Anda, Reid. — A aspereza deu lugar ao pânico, e minha voz baixou para um suspiro, desesperado. Empurrei com mais força. — *Por favor*. Tem que se mover. Tem que ir embora...

— *Não*. — Suas mãos afastaram meus pulsos. — Tenho que *ajudar*...

Atrás de nós, algo caiu com um baque no chão. Era um som horrível, parecia denotar o fim.

Tarde demais — presos em nosso abraço doentio —, viramos juntos para ver Gilles caído com o rosto nas pedras da rua. A faca de Manon se projetava da base do seu crânio.

O fôlego deixou meus pulmões de uma única e dolorosa vez, e, de repente, eram apenas as mãos de Reid que me mantinham de pé. Sangue ribombava em meus ouvidos.

— Meu Deus.

Manon caiu de joelhos, puxando-o para seu colo e fechando os olhos. O sangue de Gilles ensopou seu vestido. As mãos. Ela o aninhava junto ao pescoço ainda assim. Embora as lágrimas tivessem finalmente parado, ela engolia o ar com sofreguidão enquanto o balançava, enquanto tirava a lâmina da sua carne e a atirava no chão. Foi aterrissar na poça de sangue.

— Isso não tem nada a ver com Deus, Louise. — Sua voz era dura. Vazia. — Nem com a Deusa. Nenhuma divindade sorri para nós agora.

Dei um passo para ela apesar de tudo, mas Reid me segurou.

— Manon...

— Morgane diz que sacrifícios são necessários. — Apertou Gilles com mais força, os ombros trêmulos e novas lágrimas escorrendo pelas bochechas. — Diz que temos que dar antes de receber, mas minha irmã continua morta.

Ácido recobria minha língua. Disse as palavras ainda assim.

— Matá-lo a trouxe de volta?

Seus olhos foram até os meus. Em vez de fúria, encheram-se de desesperança tão profunda que poderia ter me afogado nela. *Queria* me afogar nela — afundar nas suas profundezas e nunca mais emergir, deixar aquele inferno para trás. Mas não podia, nem ela. Estendendo a mão devagar para a faca, seus dedos acabaram nadando no sangue do amante.

— Corra, Louise. Corra para longe e corra bem rápido, para que nunca a encontremos.

O RELICÁRIO DE CURIOSIDADES DE MADAME SAUVAGE

Lou

Com o coração ainda acelerado após a advertência de Manon, arrastei Reid pelo beco mais próximo — por um arco estreito e envolto em sombras — e para dentro do primeiro estabelecimento que vi. Se Manon estivesse nos seguindo, não podíamos arriscar continuar na rua. Um sino tocou quando entramos, e a placa acima da porta balançou.

RELICÁRIO DE CURIOSIDADES DE MADAME SAUVAGE

Parei de súbito, estudando a lojinha com desconfiança. Ratos de pelúcia dançavam na vitrine, junto com besouros de cristal e livros empoeirados com beiradas douradas. As prateleiras mais próximas de nós — localizadas entre o chão preto e branco e o teto estrelado — estavam abarrotadas de uma coleção pouco coesa de crânios de animais, pedras e cristais, dentes pontiagudos e frascos cor de âmbar. Presas na parede mais distante, pouco visíveis sob toda aquela bagunça, estavam asas de borboleta de cor azul-cerúleo.

O silêncio de Reid quebrou a estranheza do lugar.

— O quê... o que é isto?

— É um empório. — Minha voz saiu num sussurro, mas ainda assim pareceu ecoar ao redor. Os pelos em minha nuca se eriçaram. Se saíssemos naquele instante, Manon poderia nos ver, ou pior: nos seguir até Léviathan. Tirando uma peruca castanha de uma marionete particularmente horrorosa, a atirei para ele. — Coloque isso. Os Chasseurs o reconheceram mais cedo. Precisa de um novo disfarce.

Ele esmagou a peruca nas mãos.

— Os seus disfarces não funcionam, Lou. Nunca funcionaram.

Parei de revirar um cesto de tecidos.

— Prefere usar magia, então? Notei que a usou mais cedo para se safar daquela pequena confusão com os Chasseurs. Como isso funciona, afinal? Você pode usá-la quando acha necessário, mas eu, não?

Ficou tenso, recusando-se a olhar para mim.

— Eu a usei com responsabilidade.

Eram as palavras mais simples possíveis — talvez tivessem até sido ditas de maneira inocente —, mas raiva se abriu em meu estômago da mesma maneira, como um ovo podre que esperava sua hora de eclodir. Senti-a subir às minhas bochechas, me fazendo pegar fogo. Não me importava que estivéssemos dentro de uma casa de horrores. Não me importava que o funcionário do lugar estivesse provavelmente fora de vista entreouvindo nossa conversa, que Manon estivesse fechando o cerco naquele exato momento.

Devagar, removi os óculos e os deixei sobre uma prateleira.

— Diga o que precisa dizer, Reid, e diga agora.

Não hesitou.

— Quem era o homem, Lou? Por que não me deixou salvá-lo?

Meu coração afundou como pedra. Embora estivesse esperando a pergunta — embora soubesse que aquela conversa seria inevitável depois do que testemunhamos —, estava ainda menos preparada para encará-la então do que estivera em Beauchêne. Engoli em seco, puxando o lenço ao redor do pescoço para baixo, tentando, sem sucesso, articular a situação sem causar um dano irreparável. Não queria mentir. *Certamente* não queria contar a verdade.

— Estamos lutando há dias, Reid — desviei o assunto. — Essas não são as perguntas certas.

— Responda mesmo assim.

Abri a boca para fazer exatamente aquilo, sem saber ao certo que palavras escapariam, mas uma senhora de pele negra e ressequida veio coxeando na nossa direção, encoberta por um manto vinho que era três vezes o seu tamanho. Anéis dourados brilhavam em todos os dedos, e um lenço marrom-avermelhado envolvia seus cabelos. Sorriu para nós, enfatizando várias ruguinhas no canto dos olhos castanhos.

— Olá, queridinhos. Sejam bem-vindos ao meu relicário de curiosidades. Como posso servi-los hoje?

Desejei que a velha fosse embora com cada fibra do meu ser.

— Estamos só dando uma olhada.

Ela riu, o som gutural e rico, e começou a procurar pela estante mais próxima. Tinha uma variedade de botões e broches, com a ocasional cabeça encolhida.

— Tem certeza? Não pude deixar de ouvir palavras tensas. — Tirou duas flores secas de uma caixa aberta. — Algum interesse em copos-de-leite? Dizem que simbolizam humildade e devoção. As flores perfeitas para acabar com qualquer desavença entre amantes.

Reid aceitou a sua por reflexo, educado demais para rejeitar a oferenda. Estapeei a quinquilharia de sua mão, e foi cair no chão.

— Também significam morte.

— Ah. — Os olhos da mulher luziram com malícia. — Sim, existe essa interpretação também.

— Perdão por tê-la perturbado, madame — murmurou Reid, os lábios mal se movendo, ainda tenso. Abaixou-se para pegar a flor e a devolveu à senhora. — Já estamos de saída.

— Besteira, Reid. — Ela lhe lançou uma piscadela alegre, recolocando os copos-de-leite na prateleira. — Manon não os encontrará aqui. Você e Louise podem ficar o tempo que quiserem... mas, por favor, *não* se esqueçam de fechar a porta quando tiverem terminado, sim?

Nós dois a encaramos, alarmados, mas ela simplesmente girou com graça sobrenatural e... *sumiu*.

Virei para Reid, incrédula, a boca aberta, mas ele tinha voltado a me olhar feio com intensidade e toda a sua atenção, o que imediatamente me fez levantar a guarda.

— O quê? — indaguei, desconfiada.

— Quem era? — articulou as palavras com lentidão, mas determinadamente, como se fosse preciso um esforço extraordinário para manter seu temperamento controlado. — E como a conhece? Como ela nos conhece?

Quando abri a boca para responder, para lhe dizer que não fazia a mais vaga ideia, ele me interrompeu, a voz ríspida:

— Não minta para mim.

Pisquei. A implicação de suas palavras doía mais do que gostaria de admitir, reavivando minha raiva. Só mentira para ele quando era absolutamente necessário — como quando a alternativa teria sido deixá-lo me queimar viva. Ou Morgane cortar fora sua cabeça. *Não minta para mim*, dissera. Tão hipócrita e arrogante quanto sempre fora. Como se *eu* fosse o problema. Como se tivesse sido *eu* quem passara uma quinzena mentindo para mim mesma a respeito de quem era.

— Você não consegue aguentar a verdade, Reid. — Passei por ele para seguir na direção da porta, um rubor subindo às bochechas. — Não conseguia antes, e não consegue agora.

Sua mão agarrou meu braço.

— Deixe que eu decida isso.

— Por quê? Não tem problema nenhum em tomar decisões por mim. — Tentando me libertar dele, pressionei a mão contra a porta, lutando para evitar que as palavras escapassem. Para engolir as palavras cáusticas e amargas que tinham se assentado em meus ossos depois de semanas de reprimendas suas. Seu ódio. *Aberração*, tinha me chamado. *Como uma doença. Um veneno.* E seu rosto — depois de tê-lo salvado com o gelo em Le Ventre...

— Não estou tomando nenhuma decisão por você, claramente — rebateu ele com secura, largando meu braço. — Ou não estaríamos nesta confusão.

Lágrimas de ódio marejaram meus olhos.

— Tem razão. Você estaria morto no fundo de um riacho com o pau congelado. — Minha mão se fechou em punho contra a madeira. — Ou estaria morto em meio aos restos de um pub com o pau queimado. Ou sangrando até a morte na Forêt des Yeux na faca de um bandido. Ou em Le Ventre, nos dentes de um lobisomem. — Eu ri de maneira feroz, talvez até histérica, minhas unhas entrando na madeira da porta com força o suficiente para deixar marcas. — Vamos escolher uma morte, que tal? Deus o livre que eu tome essa decisão de você.

Ele se aproximou, tão perto que senti seu peito contra minhas costas.

— O que aconteceu no coven de sangue, Lou?

Não podia olhar para ele. Não queria. Nunca antes me sentira tão estúpida — tão estúpida e imatura e não valorizada.

— Um velório — respondi, a voz dura. — Para Etienne Gilly.

— Um velório — repetiu baixinho, plantando a mão na porta acima da minha cabeça —, para Etienne Gilly.

— Isso.

— Por que não me contou?

— Porque não precisava saber.

Sua cabeça veio descansar em meu ombro.

— Lou...

— Perdão, marido, por tentar fazê-lo *feliz*...

Levantando a cabeça depressa, rosnou:

— Se quisesse me fazer *feliz*, me trataria como um parceiro. Como seu *marido*. Não guardaria segredos de mim como se eu fosse uma criança boba. Não brincaria com lembranças, nem roubaria Balisardas. Não se transformaria em *gelo*. Está... está *tentando* se matar? Eu não... só... — Se afastou, e me virei, observando-o passar a mão pelos cabelos. — De quanto mais *precisa*, Lou? Quando vai *enxergar* que esse seu comportamento inconsequente...

— Seu *babaca* grosseiro. — Levantei a voz, lutando contra o desejo de socar e bater pé, de *mostrar* a ele como podia ser uma criança boba. — Sacrifiquei *tudo* para manter o seu traseiro ingrato a salvo, e você só me desprezou.

— Nunca pedi que sacrificasse nada...

Levantei as mãos até seu rosto.

— Talvez consiga encontrar um padrão que permita voltar no tempo. É o que quer? Preferiria ter morrido naquela piscina natural a viver para testemunhar quem sou de verdade? Sou uma *bruxa*, Reid. Uma *bruxa*. Tenho o poder de proteger as pessoas que amo, e vou sacrificar *qualquer coisa* por elas. Se isso me torna um monstro, se faz de mim uma *aberração*, vou vestir a carapuça, os dentes e as garras, para tornar tudo mais fácil para você. Vou ficar ainda pior, se isso justifica a sua retórica deturpada. Muito, muito pior.

— Pelo amor de Deus, só estou tentando *protegê-la* — disse, furioso, afastando minhas mãos do seu rosto com força. — Não transforme isto em algo que não é. *Amo* você, Lou. *Sei* que não é um monstro. Olhe em volta. — Estendeu os braços, os olhos arregalados. — Continuo bem aqui. Mas se não parar de sacrificar pedacinhos de si mesma para nos salvar, não vai restar nada. Não nos deve esses pedaços, não a mim, não a Coco, nem a Ansel. Não os queremos. Queremos *você*.

— Pode parar com a balela, Reid.

— Não é balela.

— Não? Então me conte uma coisa: na noite em que assaltei a mansão de Tremblay, você achou que era uma criminosa, não uma bruxa. Por quê?

— Porque *era* uma criminosa.

— Responda à pergunta.

— Não sei. — Bufou, o som áspero e chocante no silêncio da loja. — Estava vestindo um terno que era três vezes maior do que o seu tamanho e um bigode, pelo amor de Deus. Parecia uma menininha brincando de se fantasiar.

— Então é isso. Era humana demais. Não podia acreditar que fosse uma bruxa porque não era inerentemente maligna o suficiente. Vestia calça e comia pãezinhos de canela e cantava canções de bar, e uma bruxa jamais faria nada disso. Mas você sabia, sim, não sabia? Lá no fundo, *sabia* o que eu era. Todos os sinais estavam lá. Chamei de amiga a bruxa na casa de Tremblay. E Estelle... lamentei a morte dela. Sabia mais sobre magia do que qualquer um naquela Torre, odiava os livros na biblioteca que a condenavam. Tomava banho duas vezes ao dia para diluir o cheiro, e nosso quarto cheirava sempre às velas que roubava do altar. Mas o seu preconceito era muito profundo. Demais. Não queria ver... não queria admitir que estava se apaixonando por uma bruxa.

Ele balançou a cabeça em negação veemente. Era quase o mesmo que uma condenação.

Uma espécie doentia de satisfação me percorreu. Estava certa, no fim das contas. Minha magia não tinha *me* deturpado, mas sim a *ele*, criando raízes no espaço entre nós dois e se enroscando em seu coração.

— Depois de tudo, achei que você podia mudar... que podia aprender, amadurecer... Mas estava errada. Continua sendo o mesmo de sempre... um garotinho assustado que acredita que todos os seres que vagam pela noite são monstros e que aqueles que governam durante o dia são deuses.

— Não é verdade. *Sabe* que não é verdade...

Mas com uma revelação veio outra. Esta calava mais fundo, seus espinhos derramando sangue.

— Jamais me aceitará. — Encarei-o. — Não importa quanto eu tente, não importa quanto queira que não seja assim... você não é meu marido, e eu não sou sua esposa. Nosso casamento, nosso relacionamento como um todo, é uma mentira. Uma farsa. Um truque. Somos inimigos naturais, Reid. Você será sempre um caçador de bruxas. Eu serei sempre uma bruxa. E sempre traremos dor e sofrimento um ao outro.

Um momento de silêncio passou, profundo e escuro como o buraco se abrindo em meu peito. O anel de madrepérola queimava em meu dedo, e puxei a aliança dourada, desesperada para removê-la, para *devolvê-la*. Não era minha. Nunca tinha sido. Reid não era o único brincando de faz de conta.

Ele deu um passo à frente, ignorando minha dificuldade e tomando meu rosto entre as mãos.

— Pare com isso. Pare. Precisa me escutar.

— Pare de me dizer o que *preciso* fazer. — Por que não admitia? Por que não podia dizer as palavras que me libertariam? Que *o* libertariam? Não era justo com nenhum de nós dois seguir daquela maneira, sofrendo e ansiando e desejando algo que jamais poderia ser. Não assim.

— Está fazendo de novo. — Seus polegares acariciavam minhas bochechas de maneira ansiosa, desesperada, enquanto minha inquietude crescia. — Não tome uma decisão precipitada. Pare e pense, Lou. Sinta a verdade nas minhas palavras. Estou aqui. Não vou embora.

Meu olhar se focou no rosto dele, e o sondei com atenção, procurando algo, qualquer coisa, que fosse forçá-lo a admitir que me enxergava como um monstro. A admitir a *verdade*. Enfiei o anel no bolso dele.

— Você queria saber sobre o homem. Gilles. — Embora em algum canto dentro daquele buraco uma voz me avisasse para parar, não podia. *Doía*. Aquela repulsa nos olhos dele quando me vira em Le Ventre, eu jamais conseguiria esquecer. Tinha feito *tudo* por ele, e agora eu... eu estava com medo. Com medo de que estivesse certo. Com medo de que não estivesse.

Com medo de que fosse piorar antes de melhorar. Piorar muito.

Os dedos de Reid interromperam seu movimento em meu rosto. Me obriguei a encontrar seus olhos, a pronunciar cada palavra olhando para eles.

— Era seu irmão, Reid. Gilles era seu irmão. Morgane vem perseguindo sua família, os torturando para me mandar uma mensagem. Matou mais dois no coven de sangue enquanto estava lá, Etienne e Gabrielle Gilly. Foi por *isso* que La Voisin se juntou a nós: porque Morgane matou seu irmão e sua irmã. Não contei porque não queria que se distraísse do plano. Porque não queria que sofresse, que se sentisse *culpado* pela morte de duas pessoas que nunca chegou a conhecer. Não deixei que salvasse Gilles porque não importava se morresse, contanto que você vivesse. Fiz tudo isso pelo bem maior, pelo *meu* bem maior. Entende agora? Isso faz de mim um monstro?

Ele me encarou por um longo momento, com o rosto pálido e trêmulo. Enfim, deixou as mãos caírem e deu um passo atrás. A angústia em seus olhos partiu meu peito em dois, e mais lágrimas escorreram pelas minhas bochechas.

— Não — murmurou enfim, secando-as uma última vez. Um adeus. — Isso faz de você sua mãe.

Esperei vários minutos após Reid ter deixado a loja para desmoronar. Para soluçar e gritar e atirar os besouros de vidro das prateleiras, esmagar os copos-de-leite sob a sola da minha bota. Quando finalmente abri uma frestinha da porta meia hora depois, as sombras da ruela tinham desaparecido no sol da tarde, e ele não estava à vista. Em seu lugar, Charles aguardava na entrada. Soltei um suspiro de alívio, e então parei de repente.

Um pedacinho de papel tinha sido deixado preso à porta. Agitava-se na brisa.

Porcelana bonita, boneca bonita, sozinha e abandonada,
Presa dentro de um túmulo espelhado, com sua máscara de osso enterrada.

Arranquei a nota com dedos trêmulos, olhando para a rua atrás de mim. Quem quer que a tivesse deixado ali o fizera enquanto ainda estava dentro da loja — enquanto eu e Reid discutíamos, ou depois que ele partira. Talvez Manon tivesse me encontrado, afinal. Não questionei, porém, por que ela não havia atacado. Não questionei as palavras mórbidas do enigma. Não importava. Elas não importavam.

Nada importava, nem um pouco.

UMA MUDANÇA DE PLANOS

Reid

Meu coração pulsava em um ritmo doloroso do lado de fora da pousada Léviathan. Embora escutasse os outros lá dentro, parei diante da entrada dos fundos, fora de vista da rua adiante. Respirando profundamente. Com a cabeça zonza com palavras. Chocavam-se contra minhas defesas como morcegos saídos do Inferno, as pontas das asas feitas de ferro. De navalhas. Pouco a pouco, cortavam.

Lou vai piorar antes de melhorar. Vai piorar muito.

Mais fundo agora. Encontravam todas as rachaduras e cortavam mais fundo.

Esta será sempre a sua vida com ela: sempre fugindo, se escondendo, lutando. Jamais conhecerá o que é ter paz.

Devíamos ser parceiros.

Louise já começou seu declínio. Não pode detê-lo, e não pode desacelerá-lo. Vai consumir os dois se tentar.

Por Deus, como tentei.

Ela não seguirá sendo a moça por quem você se apaixonou.

Minhas mãos se fecharam em punhos.

Vou vestir a carapuça, os dentes e as garras, para tornar tudo mais fácil para você. Vou ficar ainda pior, se isso justifica a sua retórica deturpada. Muito, muito pior.

Raiva se enroscava ao redor das palavras agora, chamuscando-as. Ateando fogo às pontas afiadas. Recebi cada chama de braços abertos. Saboreei todas. A fumaça não danificava a fortaleza — somava-se a ela, a envolvia em calor e escuridão. De novo e de novo, confiara nela. E de novo e de novo, tinha se provado não merecedora da minha confiança.

Não merecia seu respeito?

Ela realmente pensava tão pouco de mim?

Eu lhe dera tudo. *Tudo*. Minha proteção, meu amor, minha *vida*. E tinha jogado tudo para escanteio como se significasse nada. Tinha me roubado meu nome, minha identidade. Minha *família*. Todas as palavras saídas da sua boca desde o dia em que nos conhecemos tinham sido uma mentira — quem ela era, *o que* era, seu relacionamento com Coco, com Bas. Pensei que tinha superado tudo. Pensei que a tivesse perdoado. Mas aquele buraco... não tinha sarado da maneira correta. A pele se refizera por cima de uma infecção. E ao esconder meus irmãos de mim, ao me impedir de salvá-los...

Tinha me aberto outra vez.

Nossa relação tinha sido construída com base em mentiras.

A fúria, a traição queimavam minha garganta. Esta raiva era visceral, uma coisa viva abrindo meu peito com suas garras...

Soquei a parede de pedra, caindo de joelhos no chão. Os outros... não podiam me ver daquele jeito. Aliança ou não, se sentissem cheiro de sangue na água, atacariam. Tinha que dominar a mim mesmo. Tinha que... que..

Você está no controle. Outra voz — esta indesejada, ainda dolorosa — ecoou em minha mente. *Essa raiva não pode governá-lo, Reid*.

Tinha... tinha matado o arcebispo para salvá-la, pelo amor de Deus. Como podia alegar que a desprezava?

Respirando fundo, fiquei ajoelhado em silêncio por mais um momento. A raiva ainda ardia. A traição ainda doía. Mas um senso de propósito mortal sobrepujava as duas. Lou não me queria mais. Tinha deixado aquilo bem evidente. Eu ainda a amava — sempre amaria —, mas ela tinha razão: não podíamos continuar como estávamos. Embora fosse irônico, cruel, nos encaixávamos bem como bruxa e caçador. Como marido e mulher. Mas ela mudara. *Eu* mudara.

Queria ajudá-la. Desesperadamente. Mas não podia forçá-la a ajudar a si mesma.

Mais centrado, me levantei, abrindo as portas para o Léviathan.

O que *podia* fazer era matar uma bruxa. Era o que sabia. Era para isso que treinara minha vida inteira. Naquele exato momento, Morgane estava escondida na cidade. Caçava minha família. Se não tomasse uma atitude — se ficasse sentado naquele beco chorando por aquilo que não podia mudar —, Morgane os encontraria. Os torturaria. Mataria todos.

Eu a mataria antes.

Para isso, precisava visitar meu pai.

Quando passei pelo limiar, Charles, Brigitte e Absalon viraram e fugiram para o andar de cima. Estava lá, então. Lou. Como se lesse meus pensamentos, Madame Labelle tocou meu antebraço e murmurou:

— Chegou poucos momentos antes de você. Coco e Ansel estão lá em cima com ela.

Pequeno e banal — em oposição ao que o nome sugeria —, Léviathan ficava num extremo de Cesarine, com vista para o cemitério. Havia vãos entre as lâminas de madeira do piso. Teias de aranha nos cantos. Um caldeirão na lareira.

Nenhum hóspede além de nosso grupo.

No bar, Deveraux estava sentado com Toulouse e Thierry. *Déjà--vu* me percorreu ao vê-los juntos. Uma visão de outro tempo e lugar. Outra taberna. Aquela, porém, não tinha hospedado bruxas de sangue e lobisomens. Tinha pegado fogo, em vez disso.

— Tem uma piada escondida aqui em algum canto — resmungou Beau, com uma caneca de cerveja na mesa mais próxima de mim. O capuz ainda escondia seu rosto. A seu lado estavam Nicholina e uma mulher que não reconheci. Não: uma mulher que *reconheci*. Alta e deslumbrante, tinha o rosto de Coco. Mas seus olhos brilhavam com uma malícia nada familiar. Mantinha a coluna reta. A boca franzida.

— Boa noite, capitão. — Inclinou a cabeça de maneira rígida. — Enfim nos conhecemos.

— La Voisin.

Ao ouvirem o nome, Blaise e os filhos mostraram os dentes, rosnando baixinho.

Ignorante do silêncio tenso, do antagonismo palpável, Deveraux riu e me chamou com um aceno de mão.

— Reid, que *esplêndido* vê-lo de novo! Venha cá, venha!

— O que estão fazendo aqui?

— La Mascarade des Crânes, meu jovem! Certamente não se esqueceu? Uma das entradas fica bem debaixo deste...

Virei, ignorando o restante das palavras. Não tinha tempo para uma reunião alegre. Não tinha tempo para fazer as pazes entre bruxas de sangue e lobisomens. Para entretê-los.

— Temos sorte de ele estar aqui — murmurou Madame Labelle, embora sua voz contivesse mais tensão do que reprovação. — Depois de Auguste ter colocado fogo no Bellerose, meus contatos na cidade estão muito temerosos para concordarem em falar comigo. Teria tido dificuldade brutal em conseguir um lugar seguro para ficarmos se Claud não tivesse intervindo. Parece que o dono da pousada lhe deve um favor. Somos os únicos hóspedes hoje.

Não me importava. Em vez de responder, acenei com a cabeça para Beau, que abaixou a caneca com brusquidão, suspirando. Juntou-se a mim e Madame Labelle à porta.

— Se ainda está planejando o que acho que está planejando, é o maior idiota que...

— Qual é o cronograma? — indaguei de repente.

Ele piscou para mim.

— Presumo que os padres estejam terminando de preparar o corpo neste momento. Farão a unção em breve. A missa terá início em menos de uma hora e, depois disso, os Chasseurs escoltarão minha família durante o cortejo fúnebre. O enterro será por volta das quatro da tarde.

A maneira impessoal como falava era como uma punhalada para mim. Afastei à força o pensamento.

— Isso nos dá uma hora para invadir o castelo. Onde estará Auguste?

Embora Beau e Madame Labelle tivessem trocado um olhar ansioso, não fizeram mais protestos.

— Na sala do trono — respondeu ele. — Ele, minha mãe e minhas irmãs estarão lá. É tradição reunir a corte antes de eventos cerimoniais.

— Consegue nos infiltrar?

Ele assentiu.

— Como Claud disse, há um sistema de túneis que percorre a cidade inteira. Costumava brincar neles quando criança. Conectam o castelo, as catacumbas, a catedral...

— O Bellerose — acrescentou Madame Labelle, arqueando uma sobrancelha sarcástica. — Esta taberna.

Beau abaixou a cabeça com uma risadinha.

— Também existe uma passagem atrás da tapeçaria na sala do trono. Você e sua mãe podem se esconder ali enquanto vou ver meu pai. Depois da explicação de Jean Luc sobre os eventos em Le Ventre e da sua própria entrada infeliz na cidade, acho melhor falar com ele sozinho antes. Vai impedir que o prenda assim que o vir. — Inclinou-se para a frente, abaixando a voz. — Mas a notícia já terá se espalhado, Reid. Ele já vai estar sabendo que é um bruxo. Todos vão. Não sei o que fará.

Ir procurá-lo no dia do velório do arcebispo é um risco enorme, ainda mais porque... — Parou no meio da frase com um suspiro que me pedia perdão. — Porque foi você quem o matou.

Uma onda de emoção fechou minha garganta, mas eu a engoli. Não podia ficar ruminando. Tinha que seguir em frente.

— Eu entendo.

— Se achar que ele está receptivo, chamarei vocês dois. Se não, corram alucinadamente. — Me fitou nos olhos, endireitando os ombros. — Não aceitarei outra alternativa, irmão. Se disser para correr, corra.

— Talvez devessem pensar numa palavra para servir de código quando as coisas derem errado. — Com um sorriso fino, Nicholina enfiou o rosto entre o meu e o de Beau. — Sugiro mexericada. Ou periclitante. *Periclitante, periclitante, tão irritante...*

Sem hesitar, Beau empurrou o rosto dela para longe.

— Se por qualquer razão nos separarmos, peguem os túneis da esquerda em cada bifurcação que encontrarem. Vão levá-los a La Mascarade des Crânes. Encontrem Claud, e ele os guiará de volta.

Franzi o cenho.

— Pegar sempre a esquerda não vai nos fazer andar em círculos?

— Não no subsolo. O túnel à esquerda é a única maneira de se chegar a La Mascarade des Crânes. — Assentiu novamente, desta vez para si mesmo. — Certo. A entrada fica na despensa atrás do bar, e são vinte minutos andando daqui até o castelo. Se vamos mesmo fazer isso, temos que partir agora.

— O que é "isso"? — As sobrancelhas de Nicholina dançavam enquanto rodopiava ao redor de nós. Sua voz jovial ficou mais aguda: — *Ao castelo, à cilada, corra para salvar sua amada...*

— Dá para *calar a boca*, mulher? — Beau girou, incrédulo, e tentou enxotá-la de volta para La Voisin. — Não para com essas rimas desde que cheguei. — A ela, acrescentou: — Vai, vai. Anda. De volta para a sua... sua mestra, ou sei lá...

Nicholina riu.

— Mexericada.

— Que criatura peculiar — murmurou Madame Labelle, fitando as costas de Nicholina com o cenho franzido. — Alguns parafusos a menos. Chamou Louise de *ratinho* mais cedo. Tem alguma ideia do que significa?

Ignorei-a, sinalizando a Beau que liderasse o caminho. Ele hesitou.

— Alguém não devia... ir buscá-la? Lou? Achei que planejava se juntar a nós?

E eu achei que planejava me amar para sempre.

Passei por ele, dei a volta no balcão, não dando ouvidos às objeções do servente.

— Mudança de planos.

A CORTE DO REI

Reid

Tinha uma pedra dentro da bota.

Tinha se instalado lá imediatamente após entrarmos nos túneis. Pequenina o suficiente para suportá-la. Grande o bastante para não conseguir me esquecer de sua presença. A cada passo, se agitava contra meu pé. Recurvando meus dedos. Me fazendo trincar os dentes.

Ou talvez fosse Beau.

Tinha abaixado o capuz na semiescuridão e passeava pelos túneis de terra com as mãos nos bolsos. A chama das tochas bruxuleava por cima do seu sorrisinho.

— Tantos encontros aqui embaixo. Tantas lembranças.

A pedrinha deslizou para baixo do meu calcanhar. Sacudi o pé, irritado.

— Não quero saber.

Madame Labelle, porém, parecia querer. Arqueou uma sobrancelha. Levantou as saias para passar por cima de uma rachadura na terra.

— Ora, vamos, Vossa Alteza. Ouvi boatos de que suas aventuras sexuais são *amplamente* exageradas.

Os olhos dele se arregalaram.

— Como é?

— Eu era dona de um bordel. — Ela o prendeu com um olhar sagaz.

— Os rumores correm.

— *Que* rumores?

— Não quero saber — repeti.

Foi a vez dela de abrir um sorrisinho.

— Esquece que o conheci quando ainda era criança, Beauregard. Me lembro bem do espaço entre seus dentes e das marcas no queixo. E depois, quando desenvolveu aquela gagueira...

Com as bochechas coradas, ele inflou o peito, quase tropeçando em outra pedra. Torci para que fosse encontrar abrigo dentro da bota e sob o calcanhar *dele*.

— Não desenvolvi gagueira nenhuma — negou, indignado. — Aquilo foi um total e absoluto mal-entendido...

Chutei o ar discretamente, e a pedra se alojou entre meus dedos.

— Você gaguejava?

— *Não*...

Madame Labelle deu uma risada.

— Conte para ele, meu caro. Adoraria ouvir a história outra vez.

— Como é que você...?

— Já lhe disse: bordéis são um antro de informação. — Piscou para ele. — E *foi* proposital o jogo de palavras.

Ele parecia prestes a se rebelar. Embora ainda estivesse corado, expirou, soprando uma mecha de cabelos dos olhos. O sorriso de Madame Labelle se alargou com expectativa.

— Está bem — concordou, irritado. — Como tenho certeza de que ficou sabendo da história *incorreta*, vou colocar os pingos nos is. Perdi a virgindade com uma pessoa que tinha uma parafilia.

Encarei-o, a pedrinha em minha bota esquecida.

— Uma o quê?

— Parafilia — repetiu, irritado. — Uma pessoa com *fetiche* em *gagueira*. Seu nome era Apollinia. Era uma camareira no castelo e muito mais velha do que eu, aquela bruxa linda.

Pisquei uma vez. Duas. Madame Labelle riu mais alto. Vibrante.

— Continue — encorajou ela.

Ele fechou a cara.

— Podem imaginar o que aconteceu. Achei que o fetiche dela era normal. Pensei que *todos* gostassem de um pouco de gagueira na cama. — Reconhecendo o horror em meus olhos, ele assentiu com fervor. — Sim. Você já sabe qual é o problema, não é? Com certeza pode imaginar como foi o meu encontro seguinte, com um *membro* da corte do meu pai. — Ele levou a mão aos olhos. — Deus do Céu. Nunca fiquei tão mortificado na vida. Fui obrigado a fugir para estes túneis para escapar da risada dele. Não consegui encará-lo por um ano inteiro. — Abaixou a mão, agitado. — Um *ano*.

Uma coceira desconhecida me subiu à garganta. Franzi os lábios para lutar contra ela. Mordi a bochecha.

Mas não consegui evitar. Uma risada alta e nítida escapou pela primeira vez em muito tempo.

— *Não é engraçado* — explodiu Beau quando Madame Labelle juntou-se a mim. Dobrou-se à risada, amparando as costelas, os ombros tremendo. — Parem de rir! Agora mesmo!

Enfim, ela secou uma lágrima do canto do olho.

— Ah, *Vossa Alteza*. Jamais me cansarei dessa história... é a mesma, aliás, que minhas garotas achavam tão divertida. Se serve de bálsamo para seu orgulho ferido, confesso que também tive minha cota de encontros humilhantes. Também fazia uso destes túneis com frequência quando jovem. Ora, houve certa vez que seu pai me carregou cá para baixo...

— Não. — Beau balançou a cabeça depressa, abanando a mão. — Não. Não termine essa frase.

— ... mas encontramos um gato selvagem. — Ela riu sozinha, perdida na lembrança. — Não o notamos até ser tarde demais. Ele, ah, *confundiu* parte da anatomia do seu pai... ou melhor, *duas* partes da anatomia do seu pai...

Minha risada morreu na garganta.

— Pare.

— ... com um brinquedinho! Ah, vocês tinham que ter ouvido os gritos de Auguste. Parecia que o gato tinha arrancado seu fígado em vez de arranhado o...

— *Chega.* — Horrorizado, com olhos esbugalhados de incredulidade, Beau tapou sua boca com a mão. Ela bufou contra seus dedos. — Nunca, *nunca mais* conte essa história. Está entendendo? *Nunca.* — Ele balançou a cabeça com veemência, fechando os olhos. — As *cicatrizes* mentais que acaba de me infligir, mulher. Não posso desver o que minha imaginação acabou de conjurar.

Ela estapeou a mão para longe, ainda rindo.

— Não seja tão pudico, Beauregard. Com certeza entende as atividades extracurriculares do seu pai, dada a situação em que estamos todos... — Seu sorriso se desfez, e a atmosfera brincalhona entre nós desapareceu no mesmo instante. Ela pigarreou. — O que quero dizer é...

— Devíamos parar de falar agora. — Com uma expressão sombria, a boca repuxada para baixo, Beau apontou à frente, para um túnel ao norte. — Estamos nos aproximando do castelo. Ouçam.

E, de fato, na quietude que se seguiu, passos abafados podiam ser ouvidos lá de cima. Certo. Me ajoelhei para arrancar a bota do pé. Agitei-a até me livrar da pedra e a recoloquei. Nada mais de distrações. Embora apreciasse a tentativa da minha mãe de melhorar nossos ânimos, não era a hora nem o lugar.

Já fazia semanas que não era hora nem lugar.

Percorremos o restante do trajeto em silêncio. Quando o túnel fez uma leve inclinação gradual para cima, as vozes ficaram mais altas. Assim como meus batimentos cardíacos. Não devia estar tão nervoso. Já vira o rei antes. Vira, falara e jantara com ele. Mas era um caçador na época, estimado, celebrado, e ele era meu rei. Tudo tinha mudado.

Agora eu era um bruxo — desprezado —, e ele, meu pai.

— Vai dar tudo certo — sussurrou Madame Labelle, como se pudesse ler meus pensamentos. Ela assentiu para mim. Para si mesma. — Você é filho dele. Não vai lhe fazer mal. Nem o próprio arcebispo jogou a filha na fogueira, e Auguste é um homem muito melhor do que ele era.

Fiz uma careta diante de suas palavras, mas ela já tinha se virado para a fissura na parede da caverna. A trama de uma tapeçaria de cores apagadas a recobria. Eu a reconheci da minha breve visita ao palácio — um homem e uma mulher nos Jardins do Éden, nus, caídos aos pés da Árvore de Ciência do Bem e do Mal. Em suas mãos, cada um segurava uma fruta dourada. Acima deles, uma serpente gigante estava enroscada.

Fitei o lado avesso das suas espirais escuras, nauseado.

— Fiquem assistindo daqui — sussurrou Beau, apontando para um fino vão entre a parede e a tapeçaria. Menos do que três centímetros. Corpos se moviam para além dele. Aristocratas e clérigos de todo o reino, de todo o mundo. Uma assembleia de chapéus, véus e renda pretos. Suas vozes baixas reverberavam em um burburinho constante. E lá, elevado sob uma plataforma de pedra, estirado sobre um trono colossal, estava Auguste Lyon.

Da janela bem atrás dele, um feixe de luz solar iluminava sua silhueta. A coroa de ouro e os cabelos dourados. A capa de pele e os ombros largos. A localização da janela, do trono... tinham sido arranjados assim de maneira deliberada. Uma ilusão de ótica para enganar a vista e fazer parecer que seu próprio corpo emitia luz.

Iluminado por trás, porém, seu rosto permanecia mergulhado dentro das sombras.

Mas ainda assim era possível enxergar seu sorriso. Ria com três mulheres jovens, sem qualquer consideração pela rainha Oliana a seu lado.

Ela fitava o vazio com determinação, a expressão dura como a pedra sob ela. Em um canto, um punhado de aristocratas vestidos em trajes estrangeiros partilhava suas feições. Sua raiva. Seus semblantes eram os únicos sóbrios no cômodo.

Ressentimento pinicava sob minha pele ao notar os bardos, o vinho, a comida.

Aquelas pessoas não choravam pelo arcebispo. Como ousavam zombar da sua morte com sua celebração e folia? Como ousavam ficar de conversa fiada sob capuzes pretos? Véu nenhum podia esconder sua apatia. Seu hedonismo. Aquelas pessoas — aqueles *animais* — não mereciam lamentar sua perda.

Ao encalço daquele pensamento, porém, veio outro. Vergonha consumiu com fogo minha atitude moralista.

Tampouco eu mereceria.

Beau espalmou a poeira do manto, penteou os cabelos o melhor que pôde – o que não ajudou muito a melhorar a aparência desgastada pela viagem. — Certo. Vou entrar da maneira adequada e pedir uma audiência. Se ele estiver receptivo...

— Você nos chama — completei, a boca seca.

— Correto. — Fez um movimento positivo de cabeça. Continuou o movimento. — Correto. E se não...? — Ele aguardou em expectativa, as sobrancelhas subindo mais a cada segundo que eu não respondia. — Preciso ouvir uma confirmação, Reid.

Meus lábios mal se moviam.

— Corremos.

Madame Labelle tomou meus antebraços.

— Vai dar tudo certo — repetiu. Beau não parecia convencido. Com um último movimento de cabeça, continuou pela direção oposta à que tínhamos vindo. Inconscientemente, me aproximei do vão entre a parede e a tapeçaria. Esperei que ele reaparecesse. Assisti quando duas figuras familiares se adiantaram até o palanque.

Pierre Tremblay e Jean Luc.

Com o rosto fechado, abalado, Jean Luc empurrou o homem mais velho à frente com força desnecessária. Aqueles mais próximos do rei se aquietaram. Tremblay era um *vicomte*. Jean Luc o maltratar daquela forma — em público, ainda por cima — era uma ofensa passível de punição. Franzindo o cenho, Auguste abanou a mão para dispensar as mulheres, e os dois subiram ao estrado. Inclinaram-se para falar ao ouvido do rei. Embora não pudesse ouvir suas palavras apressadas, vi quando os sulcos na testa de Auguste tornaram-se mais pronunciados. Quando Oliana também se aproximou, preocupada.

As portas da sala do trono se abriram com violência um momento mais tarde, e Beau surgiu.

Ruídos de surpresa audíveis encheram o cômodo. Toda conversação cessou. Uma mulher chegou até a deixar escapar um gritinho. Ele piscou para ela.

— *Bonjour* a todos. Mil perdões por tê-los deixado esperando. — Para a família materna a um canto, acrescentou, em voz mais suave: — *Ia orana*.

Lágrimas enchiam os olhos de Oliana ao se colocar de pé.

— *Arava*.

— *Metua vahine*. — Ao vê-la, o sorriso de Beau se transformou em algo genuíno. Inclinou a cabeça para espiar atrás dela, para alguém que eu não podia enxergar. — *Mau tuahine iti*. — Quando mais gritinhos encantados responderam, meu coração vacilou de maneira dolorosa. Dois alguéns. Violette e Victoire. Me aproximei do espacinho na parede, tentando em vão vê-las, mas Madame Labelle me puxou para trás.

Com a chegada do filho, a postura de Auguste visivelmente enrijeceu. Seus olhos não deixaram o rosto de Beau.

— O filho pródigo à casa torna.

— *Père*. — O sorrisinho de Beau reapareceu. Sua armadura, me dei conta. — Sentiu minha falta?

Silêncio absoluto reinava enquanto Auguste estudava os cabelos desgrenhados do filho, as roupas imundas.

— Você me decepciona.

— Eu asseguro que o sentimento é mútuo.

Auguste sorriu. Seu sorriso guardava mais promessa de violência do que uma faca poderia fazer.

— Acha que é esperto? — perguntou em voz baixa. Nem se preocupava em se levantar do trono. — Quer me envergonhar com essa demonstração vulgar? — Com um abano preguiçoso de mão, gesticulou para o cômodo. — Por favor, continue. Sua plateia está muito atenta. Diga-lhes a decepção que é o seu pai, o homem que vasculhou sem cansaço o campo inteiro durante semanas em busca do filho. Conte como sua mãe chorou até cansar todas essas noites, esperando notícias. Como rezou para os deuses dela e os meus pelo seu retorno. — Levantou-se então. — *Conte-lhes*, Beauregard, como suas irmãs fugiram do castelo para tentar encontrá-lo, como uma bruxa quase cortou suas cabeças.

Ruídos de surpresa foram ouvidos, e os olhos de Beau se arregalaram. Auguste descia lentamente os degraus.

— Estão todos esperando para ouvir tudo o que tem a dizer, filho. Conte-lhes sobre seus novos companheiros. As bruxas e os lobisomens que agora chama de *amigos*. Talvez já até se conheçam. Talvez seus companheiros tenham matado suas famílias. — Retorceu os lábios. — Diga a eles como abandonou a *sua* família para ajudar a filha de La Dame des Sorcières... a filha cujo sangue poderia matar não apenas você, mas suas irmãs. Conte-lhes como você a libertou. — Chegou até Beau, e os dois se encararam. Por um segundo. Uma eternidade. A voz de Auguste ficou mais baixa: — Há muito tolero as suas *indiscrições*, mas, desta vez, foi longe demais.

Beau tentou abrir um sorriso de escárnio.

— Você não tolerou. Você ignorou. Sua opinião me importa menos ainda agora do que jamais...

— Minha *opinião* — rosnou o rei, agarrando a frente da camisa de Beau — é a única razão pela qual não está amarrado na fogueira agora. Ousa me rejeitar? Ousa desafiar seu pai pela buceta imunda de uma bruxa? — Auguste o empurrou, e Beau tropeçou para trás, pálido. Ninguém levantou um dedo para estabilizá-lo.

— Não é isso...

— Você não passa de uma *criança*. — Diante do veneno na voz do rei, os aristocratas se afastaram um pouco mais. — Uma criança mimada numa torre de ouro, que nunca sentiu o gosto sangrento de uma guerra ou o fedor da morte. Imagina a si mesmo agora como um herói, filho? Depois de uma quinzena brincando de faz de conta com seus amigos, se imagina um guerreiro? Planeja nos *salvar*? — Outro empurrão. — Já assistiu a um *loup-garou* se refestelando com os intestinos de um soldado? — Mais outro. — Já viu uma Dame Blanche dissecar um recém-nascido?

Beau se levantou, trôpego.

— Eles... Não fariam coisas assim. Lou nunca...

— Você é uma criança *e* um idiota — disse Auguste com frieza —, e me humilhou pela última vez. — Expirando com força pelo nariz, se empertigou até atingir sua altura máxima. *Minha* altura. — Mas não sou totalmente impiedoso. O Capitão Toussaint me contou do seu grande plano para derrotar La Dame des Sorcières. Me conte onde está a filha, e tudo será perdoado.

Não. Pânico ficou engasgado em minha garganta. Esqueci de respirar. De pensar. Só podia assistir enquanto os olhos de Beau se arregalavam. Quando cedeu e deu um passo para longe do pai.

— Não posso.

O rosto de Auguste enrijeceu.

— Você vai me contar onde ela está, ou eu tiro seu título e herança. — Murmúrios chocados explodiram pelo salão, mas Auguste os ignorou, a voz ficando mais alta a cada palavra. A cada passo. Oliana levou a mão à boca em horror. — Vou banir você do meu castelo e da minha vida. Vou condená-lo como um criminoso, um conspirador, e quando queimar ao lado dos seus amigos, não pensarei mais em você.

— Pai — disse Beau, horrorizado, mas Auguste não parou.

— *Onde ela está?*

— Eu... — O olhar de Beau viajou até a mãe, desamparado, mas ela apenas fechou os olhos, chorando baixinho. Ele pigarreou e tentou novamente. Prendi o fôlego. — Não posso lhe dizer onde ela está porque eu... eu não sei.

— *Frère!* — Atrás de Oliana, uma bela menina com os mesmos cabelos escuros e pele marrom de Beau irrompeu à frente. Meu peito ficou apertado enquanto ela remexia as mãos, enquanto Auguste a puxava para trás, para longe do irmão. — *Frère*, por favor, diga onde ela está. Diga!

Sua gêmea correu para se juntar a eles. Embora olhasse feio para o irmão, seu queixo tremia.

— Não precisa *implorar*, Violette. Claro que ele vai contar. As bruxas tentaram nos *matar*.

A voz de Beau ficou estrangulada.

— Victoire...

Os olhos de Auguste se estreitaram.

— Protegeria uma bruxa em vez de suas irmãs?

— É melhor voltarmos. — Madame Labelle puxava meu braço, sua respiração rasa. Em pânico. — Foi um erro. Está mais do que evidente que Auguste não vai nos ajudar.

— Não podemos simplesmente *deixá-lo* aqui...

Beau levantou as mãos, gesticulando para os aristocratas.

— Não precisa *ser* assim. Elas não são todas más. Se você nos *ajudasse*, poderíamos eliminar Morgane. Está na cidade, bem aqui, *agora*, e está planejando algo terrível para o velório do arcebispo...

Madame Labelle me puxou com mais insistência.

— Reid...

— Você é mesmo um idiota. — Auguste envolveu cada uma das filhas com um braço possessivo, arrastando-as para trás. — Mas devo confessar que não estou surpreso. Embora me deteste, eu o conheço bem, filho. Conheço seus hábitos. Seus esconderijos. Por medo de perder seus novos amigos, sabia que viria me visitar nesta missão insensata.

Vagamente, reconheci o som de passos atrás de mim. De vozes. Madame Labelle arranhava meu braço agora, gritando meu nome, mas minha mente registrava tudo muito devagar, arrastado. A percepção chegou tarde demais. Me virei no instante em que o rei dizia:

— E sabia que usaria os túneis para isso.

— Mexericada! — Os gritos de Beau encheram o cômodo enquanto girava na nossa direção com olhos desvairados. — Periclitante!

O cabo de uma Balisarda se chocou contra minha têmpora, e então não vi mais nada.

O ORGULHO PRECEDE A QUEDA

Lou

Ele tinha ido sem mim. Fitei meu copo de uísque, inclinando-o para o lado, derramando o líquido lentamente sobre o balcão de madeira do bar. Coco o tirou de mim sem titubear em sua conversa com Liana. Do outro lado da taberna, Ansel estava sentado entre Toulouse e Thierry. Riram de uma piada que não consegui escutar.

Uma grande família feliz.

Não fosse pelo fato de todos me encararem, murmurando, como se eu fosse um canhão prestes a explodir.

E aquele babaca tinha saído sem me dizer uma palavra.

Não sabia o que mais esperava — tinha praticamente *o* encharcado de uísque e acendido um fósforo. Mas não mentira. Não dissera nenhuma *inverdade*. Era o que ele queria, não era? Queria a *verdade*.

Não minta para mim, tinha dito.

Saí do bar com um impulso, indo até a janela imunda na frente do estabelecimento e olhando através da vidraça suja. Já devia ter retornado àquela altura. Se tinha saído quando Deveraux disse que tinha — enquanto eu estava lá em cima chafurdando na minha tristeza —, já deveria ter voltado pelo túnel meia hora atrás. Algo devia ter acontecido. Talvez tivesse topado com algum problema...

Entende agora? Isso faz de mim um monstro?

Não. Isso faz de você sua mãe.

Uma nova onda de fúria me engoliu. Talvez *tivesse* mesmo topado com algum problema. E — desta vez — talvez pudesse resolvê-lo sem mim. Sem magia.

Um hálito tocou meu pescoço, e girei, ficando cara a cara com Nicholina. Quando abriu um sorriso para mim, fechei o rosto. Sangue tinha amarelado seus dentes. De fato, a pele fina como papel era agora o elemento mais pálido nela, mais brilhante e branca do que a lua. Passei por ela, batendo ombro com ombro, para chegar a uma mesa vazia a um canto.

— Quero ficar só, Nicholina.

— Não vai ser muito difícil, *souris*. — Perambulou ao redor de mim, sussurrando, gesticulando para Coco e Ansel, Blaise e Liana, Toulouse e Thierry. — *Eles* com certeza não querem a sua companhia. — Inclinou-se mais para perto. Seus lábios roçaram minha orelha. — Nós os deixamos desconfortáveis.

Empurrei-a para longe.

— Não me toque.

Quando me sentei, virando as costas para ela, a mulher flutuou na direção da cadeira oposta. Não se sentou, porém. Espectros não se sentam, ao que parece. Não é possível manter uma aura sinistra e perturbadora com o traseiro colado num banco de bar.

— Não somos tão diferentes assim — murmurou. — As pessoas também não gostam de nós.

— As pessoas gostam de mim — retruquei.

— Gostam mesmo? — Os olhos sem cor foram até Blaise, para onde ele me vigiava do bar. — Podemos sentir os pensamentos dele, ah, sim, e não se esqueceu de como você esmagou os ossos do filho. Anseia por se refestelar com a sua carne, por fazê-la gemer e grunhir.

Meu olhar encontrou o dele. Seu lábio se retorceu, deixando os caninos afiados à mostra. Merda.

— Mas você não vai gemer, vai? — Nicholina aproximou o rosto do meu. — Vai lutar e vai morder com os dentes que tem. — Então riu, o som deslizando pela minha coluna, e repetiu: — Não somos tão diferentes assim. Durante anos a fio, nossa gente foi perseguida, e *nós* somos perseguidas mesmo entre nossos pares.

Por alguma razão, duvidava que o *nós* se referisse a mim e a ela, nós duas. Não. Parecia que Nicholina não era a única morando dentro da sua cabeça. Talvez existissem... outros. *Não falei que ela é esquisita*, Gabrielle comentara em confidência. *Corações demais*. Meu próprio coração ficou apertado ao lembrar. Pobre Gaby. Rezei para que não tivesse sofrido.

Ismay estava sentada à mesa com La Voisin, os olhos vermelhos e opacos. Algumas das suas irmãs haviam se juntado a elas. Babette permanecera no acampamento para cuidar dos que eram jovens demais, velhos demais, fracos demais ou doentes demais para lutar.

Não tinham encontrado o corpo de Gaby.

— Vamos lhe contar um segredo, ratinho — sussurrou Nicholina, atraindo minha atenção de volta para ela. — Não é nosso dever deixá-los confortáveis. Não, não, não é. Não é, não é, não é. É *deles*.

Eu a encarei.

— Como foi que ficou assim, Nicholina?

Ela sorriu outra vez; um sorriso largo demais, que quase partia seu rosto em dois.

— Como foi que *você* ficou assim, Louise? Todos fazemos escolhas. Todos sofremos as consequências.

— Estou cansada desta conversa. — Expirando fundo, devolvi o olhar feio de Blaise com um meu. Se não piscasse logo, perderia um olho. Nicholina, embora fosse obviamente desequilibrada, tinha razão sobre uma coisa: eu *lutaria*. Quando Terrance murmurou algo no ouvido do pai, ele enfim desviou os olhos de mim para a despensa. Fiquei tensa na mesma hora. Teriam ouvido algo que eu não tinha? Reid retornara?

Sem hesitar, curvei um dedo, e minha visão se embaçou. Minha audição, porém, se aguçou, e a voz baixa de Terrance ecoou como se estivesse bem a meu lado.

— Você acha que ele está morto? O caçador?

Blaise balançou a cabeça.

— Talvez. Não há paz no coração do rei humano. Reid foi um idiota de querer pedir a ajuda dele.

— Se ele *estiver* mesmo morto... quando podemos ir embora deste lugar? — Lançou um olhar de soslaio a La Voisin e Ismay, às bruxas de sangue ao redor das duas. — Não devemos nenhuma lealdade a esses demônios.

Uma agitação começou em minha bochecha. Antes que me desse conta, meus pés tinham se movido, e estava de pé, pressionando os punhos contra o tampo da mesa. O padrão se dissolveu.

— Parece que tampouco devem lealdade a Reid.

Os dois olharam para cima, sobressaltados, com raiva, mas era apenas uma centelha se comparada a minha ira. Nicholina bateu palmas, encantada. Coco, Ansel e Claud se levantaram, fazendo barulho.

— Se suspeitam que ele esteja em perigo, por que continuam aqui? — Minha voz se elevou, crescendo e se transformando em algo que me transcendia. Embora me escutasse falar, não era eu quem formava as palavras. — Têm uma dívida de sangue com ele, seus *cães* sarnentos. Ou gostariam que eu tomasse o sangue de Terrance de volta?

Levantei as mãos.

Os dentes de Blaise luziram quando ele se levantou da cadeira.

— Ousa nos ameaçar?

— Louise... — chamou Claud, a voz conciliatória. — O que está fazendo?

— Acham que Reid está morto — cuspi. — Estão discutindo quando nos deixar para trás.

Embora risse, os olhos de La Voisin permaneciam opacos e frios.

— Claro que estão. Ao primeiro sinal de perigo, colocam o rabo entre as pernas e fogem para seu pântano outra vez. São covardes. Eu avisei para não confiar neles, Louise.

Quando Liana se aproximou da porta, eu a fechei com força, fazendo um movimento simples de pulso. Meus olhos não deixaram os de Blaise.

— Vocês não vão a lugar algum. Não até o trazerem de volta para mim.

Com um rosnado, o rosto de Blaise começou a se transformar.

— Você não controla os *loups-garou*, bruxa. Não lhe fizemos mal por respeito ao seu companheiro. Se ele morrer, morre também a nossa benevolência. Muito cuidado.

La Voisin veio para o meu lado, as mãos entrelaçadas.

— Talvez seja *você* quem deve tomar cuidado, Blaise. Se invocar a ira desta bruxa, invoca a ira de todas nós. — Levantou a mão, e as bruxas de sangue se levantaram como uma única entidade, pelo menos uma dúzia delas. Quatro vezes o número de Blaise, Liana e Terrance, que estavam acuados, costas com costas, rosnando baixinho. Suas unhas se estenderam em pontas letais.

— Vamos partir em paz. — Apesar das palavras, Blaise encontrou o olhar de La Voisin em um desafio aberto. — Sangue não precisa ser derramado.

— Com que facilidade você se esquece. — La Voisin sorriu, um sorriso cruel e gelado. Quando abaixou a gola, revelando cicatrizes irregulares em seu peito, marcas de garras, as bruxas de sangue vibraram em expectativa. E eu também. *Deus*, eu também. — *Gostamos* de sangue. Ainda mais o nosso.

Com a tensão no salão prestes a estourar, os líderes dos dois grupos se encaravam.

Ansel começou a se mover para se colocar entre eles — *Ansel*, entre todas as possibilidades —, mas Claud o deteve com a mão em seu ombro.

— Para trás, jovem. Antes que se machuque. — A La Voisin, disse: — Não esqueçamos nosso propósito maior aqui. Temos um inimigo em comum. Podemos nos suportar até Monsieur Diggory retornar, não podemos? — Com um olhar significativo primeiro para Blaise, depois para mim, acrescentou: — Pois ele *vai* retornar.

Nenhum sopro ressoou no longo e tenso silêncio que se seguiu. Todos esperávamos que alguém fizesse o primeiro movimento. O primeiro ataque.

Enfim, Blaise liberou um suspiro pesado.

— A sua é a voz da razão, Claud Deveraux. Aguardaremos o retorno de Monsieur Diggory. Se não retornar, meus filhos e eu deixaremos este local... e seus habitantes... — seus olhos amarelos encontraram os meus — ilesos. Você tem minha palavra.

— Ah, excelente...

Mas La Voisin apenas abriu um sorrisinho.

— Covarde.

Foi o que bastou.

Com um rosnado, Terrance lançou-se contra ela, mas Nicholina surgiu, capturando a garganta semitransformada e girando. Ele gritou, voando pelo ar, e foi aterrissar aos pés de Blaise. Liana já tinha se transformado, e investiu contra Nicholina. Blaise a seguiu depressa, bem como Ansel e Claud quando se deram conta de que as bruxas de sangue estavam atrás de... bem, *sangue*. Facas empunhadas, Ismay e suas irmãs atacavam as jugulares dos lobos, mas eles se moviam mais depressa, saltando para cima do balcão do bar para obter vantagem do terreno mais alto. Embora estivesse encurralado, em desvantagem numérica, Terrance conseguiu derrubar a faca de Ismay, prendendo a mulher sob sua pata. Quando talhou seu rosto com as garras, ela gritou. Coco correu para intervir.

E eu... Toquei o uísque no bar com um dedo. Apenas um. Uma simples centelha — tão similar, porém tão diferente daquele incêndio no pub tanto tempo atrás. Tinha sido apenas uma quinzena atrás?

Pareciam anos.

As chamas percorreram a trilha de álcool pelo topo do balcão até onde Terrance...

Não. Não era Terrance. Inclinei a cabeça para o lado, achando graça, quando as labaredas encontraram outra pessoa, subindo por seus pés, pernas, peito. Logo começou a berrar com terror, dor — tentando desesperadamente arrancar o sangue, arrancar a magia dos pulsos —, mas eu só ri mais. Ri e ri até meus olhos começarem a arder e minha garganta, a doer. Ri até sua voz penetrar a cortina de fumaça em minha mente. Até compreender a quem pertencia aquela voz.

— Coco — suspirei.

Eu a encarei, incrédula, liberando o padrão. As chamas morreram na mesma hora, e ela desmoronou no chão. Fumaça subia das suas roupas, da sua *pele*, e ela sugava o ar entre soluços, tentando recuperar o fôlego. O restante do cômodo voltou a entrar em foco aos poucos, em fragmentos — a expressão horrorizada de Ansel, o grito desesperado de Terrance, a corrida desvairada de Ismay para buscar mel. Quando tropecei na direção dela para ajudar, a mão de alguém se fechou ao redor do meu pescoço.

— Não chegue mais perto — rosnou La Voisin, as unhas afundando em minha carne.

— Chega, Josephine. — Deveraux avultava acima de nós, mais austero do que jamais o vira. — Solte-a.

Os olhos de La Voisin se arregalaram ligeiramente ao encará-lo com raiva, mas, um a um, seus dedos foram se afrouxando de maneira gradual. Suguei o ar e avancei, trôpega.

— *Coco*.

Mas tanto as bruxas de sangue quanto os lobisomens a escudavam quando me aproximei, e podia ver pouco mais do que seu olho por cima do braço de Ansel. Ele também se posicionara entre nós. Meu fôlego ficou preso diante da hostilidade em seus olhos. Do medo.

— Coco, me desculpa...

Ela tentou se levantar com dificuldade.

— Eu vou ficar bem, Lou — garantiu, fraca.

— Foi um acidente. Você tem que acreditar em mim. — Minha voz falhou, mas meu coração... ele se quebrou quando ela me encarou com lágrimas nos olhos. Coco apertou a mão contra a boca a fim de conter os soluços. — Coco, por favor. *Sabe* que eu jamais teria... que jamais teria a intenção de...

Atrás dela, Nicholina sorriu. Seu tom de voz ficou mais grave, diferente, e proclamou:

— "O senhor diz: 'venham, ouçam-no, todos. O orgulho precede a queda."

A irrevogabilidade do que fiz me partiu em dois, e ouvi sua voz. Senti seu toque suave em meus cabelos.

Você nem parece a mesma pessoa ultimamente.

Você vê o que quer ver.

Acha que quero vê-la como...

Como o quê? Como diabólica?

Enterrando o rosto nas mãos, caí de joelhos e chorei.

LEGÍTIMOS CAVALEIROS

Reid

Um rosto.

Acordei olhando para um rosto. Apesar de estar a meros centímetros do meu, foi difícil colocar suas feições em foco. Permaneciam disformes, escuras, como se eu estivesse dentro de uma neblina densa. Mas eu não estava de pé. Não podia mover braços nem pernas. Pareciam mais pesados do que o normal — muito pesados e frios. À exceção dos meus pulsos. Meus pulsos queimavam como se estivessem em brasa.

Fechando e abrindo os olhos — letárgico, cada piscada um esforço enorme —, tentei levantar a cabeça. Pendeu outra vez, inútil, contra meu ombro. Pensei ter visto uma forma semelhante a lábios se mover. Uma voz soar. Fechei os olhos novamente. Alguém abriu minha boca, forçando algo amargo a escorregar pela minha garganta. Vomitei na mesma hora.

Vomitei até minha cabeça latejar. Minha garganta arder.

Quando algo duro golpeou meu rosto, cuspi sangue. O gosto de cobre e de sal abalou meus sentidos. Piscando mais rápido, balancei a cabeça para desanuviá-la. O cômodo girou. Enfim, o rosto diante de mim tomou forma. Cabelos dourados e olhos cinzentos — como um lobo —, nariz reto e maxilar bem definido.

— Está acordado — disse Auguste. — Ótimo.

A meu lado, Madame Labelle estava sentada com os pulsos atados atrás da cadeira. Forçava seus ombros a se deslocarem. Embora sangue escorresse de um buraquinho na lateral do pescoço, seus olhos permaneciam atentos. Foi então que notei as seringas de metal na mão de Auguste. As agulhas ensanguentadas.

Injeções.

Tinha nos drogado, *me* drogado, como se fosse uma... uma...

Bile queimou minha garganta.

Como se fosse uma bruxa.

Madame Labelle se debatia contra as amarras.

— Francamente, Auguste, isso não é necessário...

— Atreve-se a se dirigir à Sua Majestade de maneira tão informal? — indagou Oliana. Sua voz se retorcia e girava com minha consciência.

— Mil perdões — explodiu Madame Labelle. — Depois de ter parido o filho de um homem, e tudo que envolve tal feliz ocasião, presumi que as formalidades seriam deixadas de lado. Um erro flagrante.

Vomitei outra vez, não conseguindo ouvir a resposta da rainha.

Quando abri os olhos novamente, o cômodo estava mais nítido. Estantes de mogno recheadas de livros. A cornija da lareira entalhada. Pinturas de reis austeros e tapetes bordados sob botas. Pisquei, minha visão se fixando nos Chasseurs margeando as paredes. Pelo menos uma dúzia. Cada um com a mão tocando a Balisarda presa à cintura.

Salvo pelo Chasseur atrás de mim. A sua Balisarda estava contra meu pescoço.

Um segundo foi se posicionar atrás de Madame Labelle. Sua lâmina chegou a derramar sangue, e ela se aquietou.

— Pelo menos limpe-o — disse fracamente. — Não é um animal. É seu *filho*.

— Você me insulta, Helene. — Auguste se agachou diante de mim, movendo a mão diante do meu rosto. Meus olhos tiveram dificuldade para segui-la. — Não permitiria nem aos meus cães que ficassem sentados no vômito deles. — Estalou os dedos. — Preciso que fique alerta, Reid. A missa começa em quinze minutos, e não posso me atrasar. O reino inteiro espera que eu lamente a morte daquele babaca moralista. Não devo decepcionar meus súditos.

Ódio abriu caminho à fogo pela cortina de fumaça em meus pensamentos.

— Mas você entende a importância de se manter as aparências, não é? — Arqueou uma sobrancelha dourada. — Enganou a todos nós, afinal de contas. A ele, inclusive. — Meu estômago teve outro espasmo, mas ele pulou para trás bem a tempo, o lábio se retorcendo. — Cá entre nós, achei ótimo que o tenha matado. Não posso contar as vezes que aquele hipócrita imundo teve a pachorra de me repreender, a *mim*, enquanto ele mesmo enfiava o pau em Morgane le Blanc.

— Sim, um hipócrita imundo — repetiu Madame Labelle de maneira insinuante. O Chasseur atrás dela puxou seus cabelos, pressionando a lâmina com mais força contra seu pescoço. Não voltou a abrir a boca.

Auguste a ignorou, inclinando a cabeça para o lado, me estudando.

— Seu corpo reagiu à injeção. Creio que corrobore as alegações de Philippe. É um bruxo.

Forcei minha cabeça a ficar reta por pura força de vontade. Por um segundo. Dois segundos.

— Gostaria de ver como... o *seu* corpo... reagiria a cicuta... Vossa Majestade.

— Você os envenenou? — perguntou Beau, incrédulo. Outro Chasseur o mantinha preso a um canto. Embora sua mãe sacudisse a cabeça desesperadamente, ele não lhe deu atenção. — Coloca *cicuta* nessas injeções?

— Uma porra de torre de ouro. — Auguste revirou os olhos. — Não estou com paciência para a sua voz no momento, Beauregard... nem para a sua, Oliana. — Se voltarem a falar, vão se arrepender. — Para mim, disse: — Agora me conte. Como é possível? Me explique a sua existência, Reid Diggory.

Um sorriso se formou, espontâneo, e ouvi a voz de Lou dentro da minha cabeça. Mesmo numa situação como aquela — encurralada nos bastidores de um teatro com dois dos seus inimigos mortais —, mostrara como era destemida. Ou talvez estúpida. De qualquer forma, não tinha ideia de como estava certa.

— Creio — comecei, ofegante — que quando uma bruxa e um... homem... se amam muito...

Previ seu golpe. Quando veio, minha cabeça bateu contra o encosto da cadeira e ficou lá. Uma risada borbulhou dos meus lábios, e ele me encarou como se eu fosse um inseto. Algo que se deve esmagar debaixo da bota. Talvez fosse mesmo. Voltei a rir da ironia. Quantas vezes eu mesmo tinha drogado uma bruxa? Quantas vezes refletira aquela exata expressão no rosto dele?

Pegou meu queixo, esmagando-o entre os dedos.

— Me diga onde ela está e prometo que sua morte será rápida.

Meu sorriso foi fechando devagar. Não respondi.

Os dedos apertaram mais. O suficiente para deixar marcas.

— Você gosta de ratos, Reid Diggory? São criaturinhas feias, certamente, mas, sob a pelagem animal, tenho que admitir que simpatizo um pouco com eles.

— Não me surpreende.

Ele sorriu. Era um sorriso frio.

— São inteligentes, os ratos. Engenhosos. Valorizam a própria sobrevivência. Talvez você devesse seguir seus bons instintos. — Quando ainda assim não respondi, seu sorriso cresceu. — É algo curioso, quando se encurrala um rato sobre a barriga de um homem... digamos, com um pote, por exemplo. Agora, quando se aplica calor ao tal recipiente, sabe como o animal responde? — Ele balançou a cabeça por mim quando não respondi. — Ele faz um buraco na barriga do homem, Reid Diggory. Morde e arranha, escava pele e carne e osso para escapar do calor. *Mata* o homem para poder sobreviver.

Enfim, me liberou, se empertigando e tirando um lenço do bolso. Limpou o vômito dos dedos com repulsa.

— A menos que deseje ser esse homem, sugiro que responda à minha pergunta.

Nos encaramos. O formato do seu rosto ondulava.

— Não vou — respondi simplesmente.

As palavras ecoaram no silêncio do cômodo.

— Humm. — Pegou algo de cima da escrivaninha. Pequeno. Preto. De ferro fundido. — Entendo.

Um pote, me dei conta.

Devia ter sentido medo. Mas talvez a cicuta o inibisse. Ou talvez fosse a náusea constante ou a dor de cabeça tremenda. Ele *queria* que eu o temesse. Podia ver em seus olhos. Seu sorriso. Queria que eu tremesse, que implorasse. Este era um homem que se deleitava com dominância. Controle. Eu o ajudara um dia. Como seu caçador. Tinha buscado sua aprovação como meu rei. Mesmo depois — quando descobrira seu papel na minha concepção, meu sofrimento —, ainda quis conhecê-lo, lá no fundo.

Tinha imaginado uma versão dele a partir das histórias da minha mãe. Tinha aceitado os óculos de lentes cor-de-rosa. Mas aquele homem à minha frente não era ele.

Aquele homem era real.

Aquele homem era horrendo.

E — olhando para ele agora — tudo que sentia era decepção.

Lentamente, colocou o pote sobre uma grade acima do fogo na lareira.

— Vou perguntar mais uma vez... Onde está Louise le Blanc?

— Pai... — começou Beau, suplicante, mas, com um aceno de mão de Auguste, um Chasseur lhe deu uma pancada na cabeça. Quando tombou, tonto, os berros de Oliana tomaram o gabinete. Correu para o filho, mas o rei a pegou pela cintura, atirando-a contra a escrivaninha. Ela caiu no chão com um soluço.

— Eu disse para *ficarem quietos* — rosnou Auguste.

Os olhos de Madame Labelle se arregalaram.

— Quem é você? — Seu tom de voz ficando mais alto com descrença. — O homem que amei *jamais* trataria a família dessa maneira. Aquela é a sua *esposa*. Esses são os seus *filhos*...

— Não são meus filhos. — O rosto do rei estava vermelho quando foi se apoiar nos braços da cadeira da cortesã. Quando se curvou para ficar cara a cara com ela, os olhos arderam com intensidade insana. — E terei outro filho, Helene. Terei mais uma *centena* de filhos para o despeito daquela cadela de cabelos brancos odiosa. Meu legado vai continuar. Está me entendendo? Não me importa se eu tiver que foder todas as mulheres neste cocô de terra abandonada por Deus, não me entregarei. — Levantou a mão para o rosto dela, mas não a tocou. Seus dedos se fecharam com ódio. Com pesar. — Sua bela *mentirosa* maldita. O que farei com você?

— Por favor, pare com isso. Sou eu. Helene...

— Acha que eu a amei, *Helene*? Acha que com você foi diferente das outras?

— Eu sei que foi. — Seus olhos brilhavam com convicção feroz. — Não podia lhe dizer que era uma bruxa, e por isso peço perdão, mas você me conhece, Auguste. Como uma alma conhece a outra, você me *conheceu*, e eu a você. O que compartilhamos foi real. Nosso filho nasceu fruto do amor, não de luxúria, ou... ou obrigação. Tem que repensar esse ódio cego e se lembrar. Sou a mesma de sempre. Me *veja, mon amour*, e a ele também. Ele precisa da nossa ajuda...

Auguste a tocou, retorcendo os lábios dela entre seus dedos. Os puxou até um fio de cabelo de distância dos seus.

— Talvez eu devesse torturá-la também — sussurrou. — Ver qual dos dois cede primeiro.

Quando ela fechou a cara, resoluta, o orgulho se inflou em meu peito. Amor.

— Por que a cicuta não funciona em você, *mon amour*? — Soltou-lhe a boca para acariciar sua bochecha. Poderiam muito bem ser os únicos naquele cômodo. — Como permanece inalterada?

Ela levantou o queixo.

— Injetei cicuta em mim mesma todos os dias desde que nos conhecemos.

— Ah. — Os dedos tornaram-se agressivos, cravando-se na pele dela. — E você diz que era real.

A porta do escritório se abriu de repente, e um homem fardado entrou.

— Vossa Majestade, atrasei os padres o quanto pude. Insistem que comecemos a missa imediatamente.

Auguste fitou minha mãe por mais um segundo. Com um suspiro, a liberou e ajeitou o casaco. Penteou os cabelos para trás.

— Que pena, parece que nossa conversa terá que esperar até depois das festividades. — Vestindo luvas pretas com a eficiência de quem repetiu os gestos milhares de vezes, recolocou a máscara no lugar. Sua persona. — Chamarei os dois quando terminarem... se ela já não tiver chegado.

— Já lhe dissemos. — Fechei os olhos para deter a vertigem. A náusea. Quando a escuridão as tornou ainda piores, forcei-os a se abrirem outra vez. — Morgane já está na cidade.

— Não estou falando de Morgane, mas, sim, de sua filha. — Seu sorriso irradiou-se pelo cômodo, lançando sombras em meu coração. A primeira centelha de medo. — Se a ama como você diz que ama, virá procurá-lo. E eu — deu tapinhas em minha bochecha ao passar — estarei aguardando.

Como se fosse possível, as masmorras eram ainda mais frias do que o ar lá fora. Estalactites tinham se formado no canto da nossa cela, onde água escorria pela pedra. Empoçava no chão de terra. Me recostei, mole, contra as barras de ferro, os músculos fracos e inúteis. Embora as mãos de Madame Labelle permanecessem atadas, ela esfregava a manga contra o gelo a fim de molhar o tecido. Veio se ajoelhar a meu lado para limpar meu rosto como podia.

— Com o emético e sua massa corporal — disse, tentando, sem sucesso, me tranquilizar —, o efeito da injeção deve passar logo. Estará novinho em folha quando Louise vier nos resgatar. Só podemos esperar que se dê conta do que aconteceu antes de sermos comidos por ratos.

— Ela não virá. — Minha voz saiu oca. Monótona. — Tivemos uma briga. Disse que ela era como a mãe.

Beau quebrou uma estalactite e a estilhaçou contra a parede.

— Maravilha. É uma *maravilha* mesmo. Muito bem, maninho. Mal posso esperar para ver como é o seu baço quando um rato abrir sua barriga. — Virou-se para minha mãe. — Não dá para você... não sei, magicamente nos tirar daqui? Sei que está acorrentada, mas basta um movimento de dedo, não é?

— Recobriram as amarras com algum tipo de agente anestésico. Não posso mover as mãos.

— Pode usar os cotovelos, então? Um dedinho do pé, quem sabe?

— Claro que poderia, mas a magia sairia toda desengonçada. Provavelmente acabaria fazendo mais mal do que bem se tentasse.

— Do que está falando?

— É necessário destreza para se manipular padrões, Vossa Alteza. Imagine tentar atar um nó com seus cotovelos ou dedos do pé, e vai ter uma ideia da dificuldade. Nossas mãos, nossos dedos nos permitem sinalizar intenção com especificidade muito maior. — Cor subiu a suas bochechas enquanto esfregava as minhas. — Além do mais, embora tenha *evidentemente* escapado à sua grande proeza mental, há quatro caçadores montando guarda no final do corredor.

Ele caminhava pela cela como um gato raivoso. Os pelos eriçados.

— E?

— Pelas tetas da Mãe. — Deslizou a testa pelo ombro, exasperada. — Entendo que realizei *muitos* feitos mágicos extraordinários neste tempo que passamos juntos, Beauregard, mas até mesmo eu preciso admitir derrota quando confrontada com a necessidade de escapar da prisão, lutar contra quatro Chasseurs e fugir da cidade com apenas um maldito *cotovelo*.

— Bem, o que vamos fazer, então? — Beau lançou as mãos ao alto. — Ficar sentados aqui e esperar meu pai nos dar de comida aos ratos? Excelente plano, vir procurá-lo, aliás — acrescentou com um rosnado. — *Ele me amou um dia*, está bem.

— Beau — falei, quando Madame Labelle se retraiu. — Cale a boca.

— Ele não dará *você* de comida aos ratos, Vossa Alteza — rebateu ela. — Apesar de todo aquele espetáculo, não acho que queira lhe fazer qualquer mal. É seu único filho legítimo. A lei dita que não pode passar o reino para Violette ou Victoire.

Beau girou para encarar o corredor, cruzando os braços com raiva.

— É, bem, me perdoe se não confio mais nos seus instintos. — Fitei seu perfil enquanto as peças começavam a se encaixar. Os óculos de lentes cor-de-rosa da cortesã. Ele também os adotara. Apesar do seu relacionamento infeliz, Beau também tinha sonhado poder ter algo mais com seu pai. Aqueles sonhos tinham se estilhaçado publicamente no chão da sala do trono.

Eu perdera a imagem do meu pai. Beau perdera seu pai real.

— Esperem. — Beau segurou as barras de repente, os olhos fixos em algo ao fim do corredor. Virei a cabeça. Fui endireitando as costas contra as barras quando gritos de pânico soaram do outro lado da porta. Esperança cresceu, aguda e inesperada. Poderia...? Lou teria mesmo vindo atrás de nós, no fim das contas? Beau sorriu. — Conheço essa voz. Aquelas *pirralhinhas*.

Passos ecoaram a distância, no sentido oposto à cela, e, com eles, os gritos cessaram. A porta da passagem se abriu com um rangido.

Um rosto travesso espiou para dentro. Violette. Não sabia *como* sabia que era ela e não a irmã, mas sabia. Por instinto. Veio saltitando pelo corredor até nós com um sorrisinho. Na mão, girava as chaves dos guardas.

— Olá, *taeae*. Sentiu minha falta?

— Violette. — Beau enfiou o rosto por entre as barras. — Como é que está aqui? Por que não está na missa?

Revirou os olhos.

— Como se papai fosse nos deixar sair do castelo com Morgane à solta.

— Graças aos Céus pelas pequenas caridades. Certo. Precisamos correr. — Estendeu a mão, insistente. — Os caçadores podem voltar a qualquer segundo. Me dê as chaves aqui.

Ela plantou a mão no quadril estreito.

— *Não* vão voltar a qualquer segundo. Eu disse a eles que Victoire tinha acidentalmente caído na ponta da espada dela, e os idiotas correram lá para cima para ajudar. — Ela bufou com desdém. — Como se Victoire fosse *acidentalmente* machucar qualquer pessoa.

— Sim — respondeu ele, impaciente —, mas quando não encontrarem Victoire sangrando até a morte, saberão que você os enganou. Vão voltar...

— Não, não vão. Tem muito sangue.

— *O quê?*

— Entramos escondido no boticário e roubamos sangue de cordeiro. Victoire exagerou um pouco nos tapetes, mas ainda tem vários frascos extras. Está fazendo os caçadores correrem atrás dos próprios rabos. Deve mantê-los ocupados por alguns minutos pelo menos.

— Você deu sangue a Victoire? — Beau piscou para ela. — Apenas... entregou, assim? Para brincar?

Violette deu de ombros.

— Fazer o quê? Agora — Balançou as chaves diante do nariz dele —, quer ser resgatado ou não? — Quando fez um movimento para pegá-lo, ela tirou o chaveiro do alcance. — Ah, ah, ah. Não tão rápido. Você nos deve um pedido de desculpas.

— Isso mesmo. — Uma segunda voz juntou-se à dela, e Victoire se materializou ali mesmo. Os olhos brilhavam na semiescuridão, e sangue cobria suas mãos. Estendeu a espada até tocar a ponta do nariz do irmão.

— Desculpe-se por ter nos abandonado, *taeae*, e vamos libertá-lo. — Franziu o nariz quando olhou para mim. Para Madame Labelle. — *Você*. Eles, não. Papai disse que merecem a fogueira.

Beau tentou pegar as chaves outra vez. Falhou.

— Façam-me um favor, meninas. Quando nosso pai abrir a boca, tapem os seus ouvidos. A voz dele vai fazer o cérebro de vocês ficar podre.

— Eu acho tudo incrivelmente romântico. — Violette inclinou a cabeça para o lado em uma imitação espantosa de Auguste. Porém, enquanto o olhar dele fora frio, calculista, o dela era timidamente curioso. — *Metua vahine* disse que sacrificou tudo para salvar a garota que ama. Ela não gosta muito de você — acrescentou a mim —, nem da sua *maman*, mas acho que o respeita.

— Não é romântico. É *estúpido*. — Victoire chutou a barra de ferro mais próxima de mim antes de virar-se para Beau. — Como pôde escolher esse filho da puta em vez de nós duas?

— Não diga essa palavra — repreendeu Beau com rispidez. — Nunca mais repita isso.

Ela abaixou a cabeça, de cara feia, mas aceitando a reprimenda.

— Você nos abandonou, *taeae*. Não disse aonde ia. Poderíamos ter ido junto. Poderíamos ter lutado contra as bruxas do seu lado.

Ele levantou o queixo dela com um dedo.

— Nem todas as bruxas são más, *tuahine, tou*. Encontrei algumas que são boas. Pretendo ajudá-las.

— Mas papai disse que vai deserdar você! — exclamou Violette.

— Então creio que você acabará sendo rainha.

Os olhos dela se arregalaram.

— Sinto muito por não ter me despedido — desculpou-se ele, baixinho —, mas não sinto muito por ter partido. Tinha a chance de fazer parte de algo extraordinário. Juntos, todos nós, homens, bruxas, lobisomens, talvez até sereias... temos uma chance de mudar o mundo.

Violette fez um ruído de surpresa.

— Sereias?

— Ah, quieta, Violette. — Victoire tomou as chaves da irmã e as atirou para Beau. — Vai lá. — Fez um movimento positivo de cabeça rápido para o irmão. — Quebra tudo. Torne o mundo um lugar melhor. E, no final, quando tiver colocado as pecinhas de volta no lugar, quero ser uma caçadora.

— Ah, eu também! — gritou Violette. — Só que quero usar vestidos.

Beau se atrapalhou para destrancar a cela.

— Os caçadores farão parte dos pedacinhos quebrados, meninas.

— Não. — Victoire balançou a cabeça. — Não falo dos caçadores como eles são agora. Queremos ser caçadoras como deveriam ser... legítimos cavaleiros, cavalgando adiante para eliminar as forças do mal. **Mal** *de verdade*. — Gesticulou para mim, para o vômito encharcando a frente da minha camisa, enquanto Beau abria a porta. — Não o que quer que seja isso.

Não pude deixar de sorrir.

Para minha surpresa, ela retribuiu o sorriso. Um sorriso pequeno. Hesitante. Mas um sorriso ainda assim. Emoção transbordou ao vê-lo, e tropecei com a intensidade dela. Violette envolveu um braço ao redor da minha cintura para me estabilizar. Para me guiar pelo corredor.

— Você está bem fedido, *taeae*. E legítimos cavaleiros não fedem. Como vai resgatar sua linda donzela se ela não conseguir nem aguentar seu cheiro?

Tentando lutar contra seu próprio sorriso, Madame Labelle me amparou pelo outro lado.

— Talvez a linda donzela dele não precise ser resgatada.

— Talvez seja *ela* quem vai resgatá-lo — comentou Victoire por cima do ombro.

— Talvez os *dois* resgatem um ao outro — rebateu a irmã.

— Talvez — murmurei, me sentindo mais leve do que me sentia havia muito tempo. Talvez pudéssemos. Juntos. Em uma rápida explosão de lucidez, vi as coisas nitidamente pela, talvez, primeira vez: ela não era a única que tinha problemas. Fechara meus olhos para me esconder dos monstros, os *meus* monstros, torcendo para que não conseguissem me enxergar. Torcendo para que, se os enterrasse bem, desaparecessem.

Mas não tinham desaparecido, e eu me escondera por tempo mais do que suficiente.

Ansioso, comecei a andar mais depressa, ignorando o latejar constante em minha cabeça. Precisava encontrar Lou. Precisava encontrá-la, *falar* com ela.

Foi então que diversas coisas aconteceram ao mesmo tempo.

A porta se abriu com um baque ensurdecedor, e os quatro caçadores irromperam corredor adentro. Madame Labelle gritou "CORRAM" no mesmo instante em que Victoire a libertava das suas amarras. Caos reinava. Com um movimento das mãos de Madame Labelle, pedras do teto choveram sobre as cabeças dos Chasseurs. Uma do tamanho dos meus punhos atingiu um deles, que desmoronou. Os outros gritavam em pânico — em fúria —, tentando se coordenar, tentando dominá-la. Dois pularam em cima dela enquanto o terceiro se colocou na nossa frente. Com um grito de guerra, Victoire pisou nos pés dele. Quando deu uma guinada para trás, afastando a lâmina da Balisarda da menina, Violette acertou seu nariz com um soco.

— Vão! — Victoire o empurrou, e, já desequilibrado, o Chasseur caiu no chão. Beau cortou suas amarras na espada da irmã. — Antes que seja tarde!

Tentei alcançar minha mãe.

— Não posso deixar ela...

— VÃO! — Madame Labelle estendeu um braço por baixo dos corpos dos Chasseurs, explodindo a porta do batente. — AGORA!

Beau não me deu escolha. Me envolvendo, ele arrastou meu corpo enfraquecido e inútil pela passagem. Mais passos retumbavam acima de nós, mas fizemos uma curva brusca à esquerda em outro corredor, desaparecendo dentro de uma fissura semiescondida na parede.

— Anda — disse Beau, desesperado, me puxando mais depressa. — A missa já começou, mas os Chasseurs que permaneceram no castelo chegarão logo. Vão procurar pelos túneis. Vem, *vem*.

— Mas minha mãe, nossas *irmãs*...

— Nossas irmãs ficarão bem. Jamais as machucariam...

Ainda assim, me debati.

— E Madame Labelle?

Ele não hesitou, me forçando a passar por outro túnel.

— Ela sabe se cuidar.

— NÃO...

— *Reid*. — Virou-se para me encarar, segurando meus braços quando me agitei. Seus olhos estavam enormes. Frenéticos. — Ela fez uma escolha, certo? Escolheu salvá-lo. Se voltar agora, não vai estar ajudando a sua mãe. Vai apenas insultá-la. — Me sacudiu com mais força. — Sobreviva ao dia de hoje, Reid, para poder lutar amanhã. Vamos salvá-la. Mesmo que eu tenha que queimar este castelo inteiro com minhas próprias mãos, nós *vamos* salvá-la. Confia em mim?

Assenti com a cabeça enquanto ele me puxava mais uma vez.

Atrás de nós, os gritos dela ecoaram a distância.

QUANDO UMA COBRA MUDA DE PELE

Lou

Abraçando minhas pernas, descansei o queixo nos joelhos e fitei o céu da tarde. Nuvens densas e pesadas se aglomeravam lá em cima, acobertando a luz do sol e prometendo chuva. Embora meus olhos ainda ardessem, adiei fechá-los um pouco mais. Lá embaixo, Coco e Ansel aguardavam em meu quarto. Podia escutar seus murmúrios de onde estava, sentada no telhado.

Ao menos algo de bom tinha saído deste dia infernal.

Ao menos estavam se falando outra vez — ainda que fosse a meu respeito.

— O que podemos fazer? — disse Ansel, ansioso.

— Não podemos fazer nada. — A voz de Coco estava rouca das lágrimas... ou talvez da fumaça. O mel curara as queimaduras, mas não tinha reparado o bar. Claud prometera ao dono da pousada que pagaria pelo estrago. — Pelo menos agora ela sabe. Será mais cuidadosa.

— E Reid?

— Ele vai voltar para ela. Sempre volta.

Não merecia nenhum deles.

Como se tentasse melhorar meu ânimo, o vento acariciou meu rosto, soprando fios dos meus cabelos com seu toque invernal. Ou talvez não fosse o vento. Talvez fosse algo mais. *Alguém* mais. Me sentindo levemente ridícula, olhei para as nuvens vastas e onipresentes e sussurrei:

— Preciso de ajuda.

O vento parou de agitar meus cabelos.

Encorajada, me sentei reta, deixando os pés balançarem da beirada.

— Pais não deviam abandonar seus filhos. O meu era um homem de merda... pode chutá-lo por mim se estiver aí por cima... mas até ele tentou me proteger à sua maneira deturpada. Já você... Você deveria ter sido melhor. Era para ser o pai de todos os pais, não era? Ou talvez... talvez seja a mãe de todas as mães, e é como a minha própria *maman* disse. — Balancei a cabeça, derrotada. — Talvez tenha razão. Talvez você *realmente* me queira ver morta.

Um pássaro alçou voo abaixo de mim com um berro sobressaltado, e fiquei tensa, espiando por cima da beira do edifício, buscando o que poderia tê-lo perturbado. Nada. Tudo estava quieto e calmo. Restos da última nevada ainda persistiam nos cantos do telhado, mas agora o céu parecia não conseguir se decidir entre neve e chuva. Flocos sem rumo ondeavam pelo ar. Embora alguns cidadãos estivessem reunidos na rua estreita e úmida lá embaixo, a maioria não chegaria até o réquiem ter terminado.

As vozes de Coco e Ansel tinham se aquietado minutos mais cedo. Talvez tivessem ido até o quarto dela resolver seus próprios problemas. Esperava que sim. Juntos ou separados, mereciam felicidade.

— Reid diz que... que estou perdida — murmurei. Embora as palavras escapassem baixinho, gentis, não poderia tê-las parado ainda que quisesse. Era como se estivessem flutuando logo debaixo da minha pele, aguardando pacientemente por aquele momento. Esperando aquela última janela de oportunidade desesperada se abrir. Esperando por esta... oração. — Diz que estou mudando... que estou diferente. E talvez tenha razão. Vai ver apenas não quero enxergar isso, ou... não posso. Com certeza fiz uma grande cagada aqui. Os lobisomens foram embora, e se minha mãe não tentar me matar, eles vão. Pior, La Voisin não para... não para de me *vigiar*, como se estivesse esperando algo. Nicholina acha que somos melhores amigas, e eu... eu não sei o que fazer. Não tenho as respostas. Essa era para ser a sua função.

Eu bufei e me virei, a fúria crescendo, afiada e repentina, em meu coração. As palavras começaram a sair mais depressa. Eram menos como gotas e mais como uma torrente.

— Li o seu livro, sabe. Disse que nos teceu no ventre das nossas mães. Se é verdade, então sou motivo de piada, não sou? Sou mesmo a flecha na mão dela. Quer me usar para destruir o mundo. Acha que é meu propósito morrer no altar, e você... você me *deu* a ela. Não sou inocente agora, mas fui um dia. Fui um bebê. Uma *criança*. Você me entregou a uma mulher que me mataria, uma mulher que jamais me amaria...

Parei, ofegante, esfregando os olhos, tentando aliviar a pressão crescente.

— E agora estou tentando não desmoronar, mas *estou* desmoronando. Não sei como consertar nada... a mim, ou Reid, ou *nós dois*. E ele... ele me *odeia*...

Mais uma vez, fiquei engasgada com as palavras. Uma vontade absurda de rir me subiu à garganta.

— Nem sei se você é real — sussurrei, rindo, chorando e me sentindo infinitamente tola. Minhas mãos tremiam. — É provável que esteja falando sozinha agora, como uma maluca. E talvez seja mesmo louca. Mas... mas se você *for* real, se *estiver* ouvindo, por favor, *por favor*...

Abaixei a cabeça e fechei os olhos.

— Não me abandone.

Fiquei sentada lá, a cabeça baixa, por vários longos momentos. O suficiente para minhas lágrimas congelarem nas bochechas. O suficiente para meus dedos pararem de tremer. O suficiente para aquela janela em minha alma ir lenta e calmamente se fechando. Estava esperando algo? Não sabia. De um jeito ou de outro, a única resposta que recebi foi silêncio.

* * *

O tempo passou sem que eu notasse. Apenas o assovio de Claud Deveraux — que precedeu sua chegada ao telhado — me arrancou de dentro dos meus pensamentos. Quase ri. Quase. Jamais conhecera uma pessoa tão sintonizada com melancolia; ao primeiro sinal de introspecção, parecia *surgir* como um homem faminto diante de um bufê de folhados e doces.

— Não pude deixar de entreouvir — comentou casualmente, sentando-se a meu lado — a sua magnífica conversa com a esfera celestial.

Revirei os olhos.

— Você com certeza podia não ter ouvido.

— Tem razão. Sou um fofoqueiro inveterado, e não tenho intenção alguma de me desculpar. — Cutucou meu ombro com um pequeno sorriso. — Achei que deveria saber que Reid acaba de chegar, inteiro, se não ileso.

Um momento se passou até suas palavras registrarem.

Inteiro, se não ileso.

Ficando de pé num pulo, quase escorreguei e caí para a morte certa na pressa de chegar às escadas. Quando Claud segurou minha mão com uma sacudidela gentil de cabeça, meu coração afundou.

— Dê-lhe alguns instantes para se recuperar, *chérie*. Passou por poucas e boas.

— O que aconteceu? — exigi saber, arrancando a mão da dele.

— Não perguntei. Vai nos contar quando estiver pronto.

— Ah. — Aquela simples palavra ecoou a dor que sentia no coração melhor do que uma centena de outras poderia. Era parte daquele "nós" agora, uma forasteira, que já não tinha mais direito aos pensamentos e segredos mais íntimos dele. Tinha afastado Reid, com medo... não, quase delírio... de que ele o fizesse antes de mim. Não tinha, claro, mas o resultado continuava sendo o mesmo. E era minha culpa, *tudo* minha culpa. Devagar, afundei para me sentar no telhado outra vez. — Entendo.

Claud levantou uma sobrancelha.

— Entende mesmo?

— Não — respondi, sofrida. — Mas você já sabia disso.

Um momento se passou enquanto observava as pessoas lá embaixo — os pobres e carentes, em sua maior parte, com as roupas pretas maltrapilhas — saindo para a rua. O sino da torre tinha badalado havia algum tempo. Logo a missa de réquiem estaria terminada, e a procissão serpentearia por aquelas ruas, permitindo que os cidadãos comuns se despedissem. O corpo do arcebispo passaria bem abaixo de nós a caminho do cemitério, para o jazigo da igreja nas catacumbas, seu local de descanso final. Embora ainda não *gostasse* de Madame Labelle, reconhecia que tinha escolhido bem nossa localização. Se havia uma pessoa no reino inteiro que amara o arcebispo, era Reid. Deveria ter sido ele a pessoa a preparar seu corpo aquela manhã. Deveria ter sido ele discursando. Mesmo naquele exato instante, deveria ter sido ele velando o corpo.

Em vez disso, era obrigado a se esconder em uma pousada suja.

Não teria a oportunidade de testemunhar a unção do arcebispo. De ajudar a deitar seu patriarca dentro da terra. De dizer seu último adeus. Forcei os pensamentos para longe, as lágrimas ameaçando cair novamente. Parecia que tudo que fazia era chorar aqueles últimos dias.

Ao menos aqui, Reid teria um último vislumbre dele.

Se Morgane não matasse a todos nós primeiro.

Senti mais do que vi Claud me estudando. Tinha o ar de alguém preso em uma indecisão paralisante. Me compadecendo dele, virei para dizer que parasse, que estava tudo bem, mas sua determinação pareceu se solidificar diante de algo em meus olhos. Tirou a cartola com um suspiro.

— Sei que está angustiada. Embora tenha refletido muito a respeito de qual seria o melhor momento e lugar para lhe dizer isso, talvez consiga aliviar sua consciência enquanto liberto a minha própria. — Olhou para o céu com uma expressão melancólica. — Conheci sua mãe, e você não é nada como ela.

Pisquei para ele. Entre todas as coisas que esperava ouvir, aquela não era uma delas.

— O quê?

— Você tem as melhores partes dela, claro. A vitalidade. A esperteza. O charme. Mas não é ela, Louise.

— Como a conhece?

— Não conheço. Não mais. — A melancolia em seu olhar se dissipou, substituída por algo semelhante à tristeza. — Em outro tempo... parece que foram mil anos atrás... Eu a amei com paixão que jamais conheci igual. Pensei que me amasse também.

— Pelos Infernos. — Levantei a mão até a testa e fechei os olhos. Fazia sentido agora, seu estranho, até perturbador, fascínio por mim. Os cabelos brancos provavelmente não tinham ajudado. — Olhe, Claud, se vai me dizer que... que a compreende, ou que ainda a ama, ou que estava tramando com ela em segredo este tempo todo, pode esperar? Tive um dia de merda, e não acho que consiga suportar uma traição neste momento.

A risadinha não foi de muita ajuda para me tranquilizar.

— Minha cara jovem, acha mesmo que eu admitiria tal conexão se estivesse mancomunado com ela? Não, não, não. Conheci Morgane antes de... de ela mudar.

— Ah. — De novo aquela noção. Me perseguia como uma praga, cheia de dor silenciosa e verdades não reconhecidas. — Sem ofensa, mas você não faz muito o tipo da minha mãe.

Ele riu, mais alto e genuinamente do que antes.

— As aparências enganam, criança.

Fixei um olhar significativo no homem e repeti minha pergunta de antes. Parecia importante naquele momento.

— O *que* o senhor é?

Ele não hesitou. Seus olhos castanhos – ternos, preocupados – podiam muito bem ter perfurado minha alma.

— O que *você* é, Louise?

Encarei minhas mãos, deliberando. Tinha sido chamada de muitas coisas indelicadas ao longo da vida. A maioria não deveria ser repetida, mas uma permanecera comigo, se insinuando por debaixo da pele e decompondo minha carne. Ele tinha me chamado de mentirosa. Tinha me chamado de...

— Uma cobra — respondi, a respiração ficando presa. — Acho que sou... uma víbora. Uma mentirosa. Uma enganadora. Amaldiçoada a rastejar de barriga e comer poeira todos os dias da minha vida.

— Ah. — Para minha surpresa, o rosto de Claud não se contorceu com nojo ou repulsa. Apenas assentiu, um sorriso de compreensão brincando em seus lábios. — Sim, eu concordaria com essa avaliação.

Humilhação fez minha cabeça pesar.

— Certo. Obrigada.

— Louise. — Um único dedo levantou meu queixo, me forçando a olhar para ele. Aqueles olhos, antes ternos, agora ardiam com intensidade, convicção. — O que é agora não é o que sempre foi, nem o que sempre será. Você *é* uma cobra. Mude de pele se essa não lhe serve mais. Transforme-se em algo diferente. Melhor.

Tocou meu nariz antes de se levantar, oferecendo a mão.

— Tanto as bruxas de sangue quanto os lobisomens ficarão até depois do velório. Cosette fez um discurso bem apaixonado em seu favor para as primeiras, e, com o retorno de Reid, os segundos estão ansiosos para pagar sua dívida de sangue. Não esperaria, porém, nenhum buquê de flores de nenhum dos dois grupos no futuro próximo, e... bem, evitaria passar por Le Ventre pelo resto da vida, se fosse você.

Aceitei a mão, me levantando, pesada.

— Reid.

— Ah, sim. Reid. Receio que tenha omitido o menorzinho, mais diminuto detalhe a respeito dele.

— O quê? O que você...

Ele deixou um beijo em minha testa. Embora o gesto devesse ter sido chocante em razão de sua intimidade, me senti... reconfortada. Como um beijo que meu pai poderia ter me dado se... bem, se tudo tivesse sido diferente.

— Ele perguntou por você. Com bastante insistência, na verdade, mas nossa vigorosa Cosette insistiu que se banhasse antes de se verem. Estava coberto de vômito, entre todas as coisas.

— Vômito? — Minha confusão aumentava a cada frenético piscar de olhos. — Mas...

A porta para as escadas se abriu com violência, e lá — tomando cada centímetro do espaço no batente — estava Reid.

— Lou. — Seu rosto desmoronou quando olhou para mim, e cruzou o telhado com duas passadas, me esmagando em seu abraço. Enterrei o rosto no casaco, novas lágrimas umedecendo o tecido, e o apertei ainda mais. Seu corpo tremia. — Eles a pegaram, Lou. Estão com minha mãe, e ela não vai voltar.

O VELÓRIO

Reid

As primeiras gotas de chuva sinalizaram o início da procissão. Elas machucavam minha mão. Geladas. Afiadas. Como facas pequeninas. Lou tinha escancarado a janela de nosso quarto para assistir enquanto a multidão crescia. Um mar preto. Um mar de lágrimas. Poucos tinham se preocupado em abrir os guarda-chuvas, mesmo quando a água começou a cair com mais força. Mais rapidez.

Policiais margeavam a rua em uniformes sóbrios, expressões e armas rígidas. Chasseurs vestidos de preto se misturavam a eles, austeros. Alguns reconheci. Outros, não.

Em algum lugar lá embaixo, as Dames Rouges e os *loups-garou* aguardavam por qualquer sinal de Morgane. Toulouse e Thierry não tinham se juntado a eles. Minha culpa. Meu orgulho teimoso. Deveraux, porém, insistira em ajudar. Também insistira que Lou e eu permanecêssemos fora de vista. Embora alegasse que nossa ausência talvez pudesse dissuadi-la de fazer algo idiota, sabia que não era por isso. Tinha nos dado a dádiva da privacidade — *me* dado — para assistir ao cortejo. Para... lamentar.

— Portanto — explicara —, não podemos permitir que o rei ou os Chasseurs os avistem na multidão. Caos se seguiria, e nossa querida Dama *prospera* em meio ao caos.

No cômodo ao lado do nosso, água gorgolejava nos canos. Presumi que fosse para o banho de Coco. Como nós, Deveraux a tinha banido, bem como a Beau e Ansel, para seus quartos, alegando:

— Seus rostos são conhecidos. — Parecia bobo, depois de tudo que acontecera, ficar escondido enquanto os outros se arriscavam. Não tinha sido parte do plano.

Mas não pude reunir forças para protestar.

Ansel provavelmente assistia à procissão da sua janela. Esperava que sim. Não era Chasseur, mas poderia ter sido, um dia. Poderia ter aprendido a amar o arcebispo. E se não amar... com certeza o teria respeitado. Temido.

Me perguntei se qualquer uma daquelas pessoas lá embaixo de fato amara nosso patriarca.

Não tinha irmãos, pais. Nem esposa. Ao menos não no sentido legal. No bíblico, porém, a dele tinha sido uma mulher que o enganara para se deitar com ela, para conceber uma criança destinada a destruí-lo...

Não. Interrompi o pensamento antes que pudesse se formar. Morgane era culpada, sim, mas ele também. Ela não o forçara. Ele tinha tomado uma decisão. Não era perfeito.

Como se lesse meus pensamentos, Lou apertou minha mão.

— Às vezes machuca lembrar dos mortos como eles eram, em vez de quem gostaríamos que tivessem sido.

Apertei a sua de volta, mas não disse palavra. Embora soubesse que ansiava por um banho — por uma muda de roupas —, a banheira permanecia vazia. As roupas novas que Deveraux trouxera para ela permaneciam dobradas na cama. Intocadas. Em vez disso, ela estava a meu lado, comigo, olhando para a rua lá embaixo. Ouvindo a chuva, o canto gregoriano distante vindo de Saint-Cécile. Esperando o cortejo fúnebre passar pela Costa Leste até o cemitério adiante.

Não podia imaginar o que sentia. Também lamentava por ele? Também sentia a perda profunda de um pai?

Acha que vai haver velório?

Sim.

Mas... ele era meu pai. Me recordei dos seus olhos arregalados no Buraco. Sua hesitação. Sua culpa. Sim, ela sentia algo. Não era bem pesar, exatamente, mas talvez.. arrependimento.

Ele dormiu com La Dame des Sorcières. Uma bruxa.

Não podia culpá-la. Não podia odiá-la pelo que ocorreu. Tinha feito uma escolha, da mesma forma como o arcebispo. Lou podia até ter mentido. Podia ter me enganado. Mas quando fui atrás dela no Château, escolhi meu destino, e o fizera de olhos bem abertos. Tinha escolhido esta vida. Este amor. E com os dedos trêmulos nos dela, com seu coração batendo junto ao meu, mantinha minha escolha.

Ainda a escolhia.

O rei não pode em sã consciência honrá-lo.

Um dia, teria concordado com ela. Um homem maculado pela bruxaria não merecia honra alguma. Merecia apenas julgamento — apenas ódio. Mas agora... agora me cansava de odiar aquele homem. De me odiar. Ódio assim podia destroçar uma pessoa. Mesmo naquele momento, pesava, uma pedra de moinho ao redor do meu pescoço. Me estrangulando. Não podia suportá-la muito mais. Não queria.

Talvez... talvez Lou tivesse razão. Talvez uma pequena parte de mim *de fato* se ressentisse da magia dela. Minha magia. A pequena parte de mim que ainda estava conectada ao homem lá embaixo. Depois de ver o que tinha visto, foi fácil menosprezar a magia. Não podia negar seus efeitos em Lou. E ainda assim... Lou me provara mais de uma vez que não era maléfica. Apesar daquelas mudanças, apesar da mágoa entre nós dois, continuava ali — segurando minha mão, me reconfortando —, enquanto eu chorava pelo pai que ela nunca conhecera. O pai que tirara dela.

Magia era apenas uma parte dela.

Era parte de mim.

E encontraríamos uma maneira de seguir adiante juntos.

As vozes lá fora ficaram mais altas, elevando-se acima da multidão, e um grupo de clérigos virou na nossa rua. Moviam-se devagar, majestosos, e cantavam seu adeus, as batinas encharcadas pela chuva. Atrás deles, um pequeno exército de Chasseurs cercava a carruagem real. Auguste e Oliana tinham se trocado e vestido seus trajes de luto completos. Os rostos solenes. Falsos.

Cá entre nós, achei ótimo que o tenha matado.

Mais carruagens viraram a esquina, trazendo dentro delas membros notáveis da aristocracia. Ao final da fila, o carro de Tremblay surgiu. O pesar no rosto de Pierre parecia genuíno, ao menos. Não conseguia ver Célie atrás dele, mas suas lágrimas também teriam sido. O arcebispo tinha sido zeloso com ela.

— Reid. — A voz de Lou abaixou até se tornar um sussurro, e olhava a última carruagem ao virar a curva. — É ele.

Feita de ouro ainda mais reluzente do que a coroa do rei — com desenhos de anjos e crânios e ossos cruzados, seu nome e serviço —, o caixão do arcebispo permanecia fechado. Evidentemente. Meu peito doeu. Tinha ficado irreconhecível, no final. Não queria imaginá-lo, não queria lembrar...

Minha mão escorregou, e Morgane chiou quando mais sangue escorreu pelo seu pescoço. A outra mulher se aproximou.

— Solte-a, ou ele morre.

— Manon — suplica Lou. — Não faça isso. Por favor...

— Quieta, Lou. — Seus olhos brilhavam, obstinados e perturbados, incapazes de razoabilidade. O arcebispo continua a gritar. As veias sob sua pele tinham escurecido, bem como as unhas e a língua. Fitei-o com horror.

Não. Balancei a cabeça, soltando a mão de Lou e dando passos para trás. Fora imortal a meus olhos, um dia. Forte e inquebrantável. Um Deus.

— Sei que dói — sussurrou Lou. — Mas precisa sentir essa dor, Reid, ou nunca vai ser capaz de deixá-lo para trás. Precisa *sentir*.

Com suas palavras, outra lembrança emergiu, sem tê-la convidado:

Sangue escorre do meu nariz. Padre Thomas diz que sou uma criança odiosa por entrar em brigas com os moleques de rua locais. Eles se ressentem da minha situação na Igreja, da comida quente em minha barriga e da cama macia em meu quarto. Padre Thomas diz que fui encontrado no lixo. Diz que deveria ter sido um deles, que deveria ter crescido na mesma pocilga de pobreza e violência que eles. Mas não foi o que aconteceu, e a comida quente da Igreja me fez crescer bem alto, e a cama macia da Igreja me fez forte.

E lhes ensinei uma lição por terem me atacado enquanto estava de costas.

— Volte aqui! — Padre Thomas corre atrás de mim pela catedral com uma palmatória. Mas é velho e lento, e fujo dele, rindo. Ele se curva para recuperar o fôlego. — Garoto endiabrado, vou informar o arcebispo desta vez, ouça o que digo!

— Me informar do quê?

Aquela voz me faz tropeçar, me faz cair. Quando olho para cima, o arcebispo paira sobre mim. Apenas o vira de longe. Do púlpito. Depois dos padres me forçarem a lavar mãos e rosto. Depois de me castigarem a ponto de não conseguir ficar sentado durante a missa.

Me sento ainda assim.

Padre Thomas se empertiga, ofegante.

— O menino quase deixou outra criança paralítica esta manhã na Costa Leste, Vossa Eminência.

— Me provocaram! — Limpo o sangue do nariz, olhando feio para os dois. Não tenho medo da palmatória. Não tenho medo de nada. — Ele e os amigos me encurralaram.

O arcebispo arqueia uma sobrancelha diante da minha insolência. Minha rebeldia. — E você aplicou sua punição?

— Eles mereceram.

— Entendo. — Me circunda agora, me avaliando. Apesar da raiva, estou inquieto. Ouvi falar em seus soldados. Caçadores. Talvez tenha ficado alto demais. Forte demais. — "Deixai correr livre o direito como um rio caudaloso, e a justiça como um ribeiro eterno."

Pisco.

— O quê?

— Qual é o seu nome, jovem?

— Reid Diggory.

Repete meu nome. Sente seu gosto.

— Tem um futuro brilhante à sua frente, Reid Diggory. — Ao padre, faz um movimento de cabeça ríspido. — Depois que tiver terminado com o menino, leve-o até meu gabinete. Começaremos seu treinamento imediatamente.

Na rua lá embaixo, Jean Luc marchava em meu lugar ao lado do caixão. Ao lado do arcebispo. Mesmo de longe — mesmo na chuva —, podia ver como seus olhos estavam vermelhos. Em carne viva. Lágrimas quentes escorreram pelas minhas bochechas. As sequei furiosamente. Um dia, teríamos reconfortado um ao outro. Teríamos chorado juntos. Não mais.

— Mais uma vez, Reid.

A voz do arcebispo perfura o alvoroço do campo de treinamento. Pego a espada e encaro meu amigo. Jean Luc assente, me encorajando.

— Você consegue — sussurra, levantando sua arma mais uma vez. Mas não consigo. Meu braço treme. Meus dedos doem. Sangue escorre de um corte em meu ombro.

Jean Luc é melhor do que eu.

Parte de mim se pergunta por que estamos aqui. Os noviços ao redor de nós são todos mais velhos. São homens, e nós somos garotos. E garotos de 14 anos não têm qualquer chance de se tornarem Chasseurs.

— Mas está ficando cada dia mais forte. — Dentro da minha cabeça, o arcebispo me lembra. — Direcione sua raiva. Aguce-a. Transforme-a em uma arma.

Raiva. Sim. Jean Luc e eu temos de sobra.

Pela manhã, Julien nos encurralou no refeitório. O Capitão Aurand tinha partido com os outros. Estávamos sozinhos.

— Não me importa se é o cachorrinho do arcebispo — disse, levantando a lâmina até meu pescoço. Embora seja vários anos mais velho do que Jean Luc e eu, sua cabeça mal alcança meu queixo. — Quando o Chasseur Delcour se aposentar, a posição dele será minha. Nenhum moleque do lixo vai ter a honra de empunhar uma Balisarda.

Moleque do lixo. É o meu nome neste lugar.

Jean Luc lhe dá um soco na barriga, e nós corremos.

Agora, viro minha espada para meu amigo, determinado. Não sou nenhum moleque do lixo. Sou merecedor da atenção do arcebispo. Do seu amor. Sou digno dos Chasseurs. E vou mostrar a todos eles.

Mãos pequenas tocaram meu ombro, me levando até a cama. Me sentei sem pensar. Meus lábios tremiam, mas lutei furiosamente contra o desespero crescendo dentro de mim. O desamparo. Ele se fora. O arcebispo se fora, e jamais voltaria.

Eu o tinha matado.

Os vivas e aplausos da multidão engolem o urro de dor de Jean Luc. Não paro. Não hesito. Apesar do casaco pequeno demais, da bile em minha língua, golpeio depressa, certeiro, derrubando sua espada. O desabilitando.

— Renda-se — digo, levantando a bota até o peito dele. Adrenalina me deixa tonto. Anuvia meus pensamentos.

Eu venci.

Jean Luc mostra os dentes, amparando a perna ferida.

— Eu me rendo.

O Capitão Aurand se coloca entre nós. Levanta meu braço.

— O vencedor!

A multidão vai à loucura, e Célie vibra mais alto do que todos os outros. Acho que eu a amo.

— Parabéns — *diz o arcebispo, entrando na arena. Me puxa para um abraço apertado.* — Estou tão orgulhoso de você, meu filho.

Meu filho.

O orgulho em seus olhos faz os meus arderem. Meu coração ameaça explodir. Não sou mais o moleque do lixo. Sou o filho do arcebispo — Chasseur Diggory — e tenho meu lugar garantido. Abraço-o com tanta força que ele perde o fôlego, rindo.

— Obrigado, pai.

Atrás de nós, Jean Luc cospe sangue.

— Eu matei meu pai — murmurei.

Lou acariciava minhas costas.

— Eu sei.

Calor me percorre quando os lábios dela tocam os meus. Primeiro devagar, hesitante. Como se temesse minha reação. Mas não há o que temer de mim.

— Célie — *sussurro, encarando-a, maravilhado.*

Ela sorri, e o mundo inteiro para de repente diante da sua beleza.

— *Eu amo você, Reid.*

Quando seus lábios se aproximam novamente, esqueço o banco neste confessionário escuro. Esqueço o altar vazio à frente. Só há Célie. Célie, parada entre minhas pernas. Célie, afundando os dedos em meus cabelos. Célie...

A porta se abre com violência, e nos separamos.

— O que está acontecendo aqui? — indaga o arcebispo, estupefato.

Com um gritinho horrorizado, Célie cobre a boca e sai correndo por baixo do braço dele, fugindo da capela, para fora de vista. O arcebispo a observa partir, incrédulo. Enfim, vira-se para mim. Analisa os meus cabelos despenteados. As bochechas coradas. Os lábios inchados.

Com um suspiro, estende a mão para me ajudar a levantar.

— Venha, Reid. Parece que temos muito o que discutir.

Foi o único homem que já se importou comigo. As lágrimas caíam mais depressa, ensopando minha camisa. Minhas mãos. Aquelas mãos maculadas, *feias*. Com gentileza, Lou me abraçou.

O sangue dos loups-garou *cobre a grama na clareira. Mancha as pétalas das flores, a margem do rio. Minha Balisarda. Minhas mãos. As esfrego na calça tão discretamente quanto sou capaz, mas ele ainda assim percebe. Aproxima-se, cauteloso. Meus irmãos abrem caminho para ele, fazendo reverências profundas.*

— *Sofrer por eles seria um desperdício da sua compaixão, filho.*

Fito o cadáver aos meus pés. O corpo, antes lupino, voltara à forma humana após sua morte. Os olhos escuros encaram o céu veranil sem enxergar.

— *Ele tem a minha idade.*

— *Não é "ele". É uma coisa* — *corrige o arcebispo, a voz gentil.* — *Essa coisa tinha a sua idade. Mas essas criaturas não são como eu e você.*

Na manhã seguinte, ele coloca uma medalha dentro da minha palma. Embora o vermelho tenha sido lavado, o sangue permanece.

— *Você prestou um grande serviço ao reino* — *diz.* — *Capitão Diggory.*

— Sinto muito, Reid.

Apesar dos meus ombros trêmulos, Lou me abraçava firme. Lágrimas escorriam de suas próprias bochechas. Eu a apertei contra mim, a respiração vacilante, cada uma dolorosa, me queimando, enquanto enterrava o rosto na curva do seu pescoço. Enquanto finalmente, *finalmente* permitia que o sofrimento vencesse. Me consumisse. Em grandes soluços estrangulados, ele explodiu — uma torrente de mágoa e amargura, de vergonha e arrependimento —, e sufoquei nele, incapaz de deter sua ira. Incapaz de fazer qualquer coisa senão me agarrar a Lou. Minha amiga. Meu abrigo. Meu lar.

— Sinto muito — repetiu ela.

Não hesitei. Não pensei. Movendo-me depressa, deslizei uma segunda faca para fora da bandoleira e passei por Morgane. Ela levantou as mãos — fogo irrompendo das pontas dos dedos —, mas não sinto as línguas de fogo. A luz dourada envolvera toda a minha pele, me protegendo. Mas meus pensamentos estavam dispersos. De onde quer que tivesse surgido a força que meu corpo reclamara, minha mente agora a abandonava. Tropecei, mas o cordão de ouro mostrava meu caminho. Corri para o altar atrás dele.

Os olhos do arcebispo se arregalaram quando se deu conta de qual era minha intenção. Um pequeno ruído de súplica lhe escapa, mas não pode fazer mais do que isso antes de eu investir contra ele.

Antes de eu enterrar minha faca em seu coração.

Os olhos do arcebispo permaneceram abertos — confusos —, mesmo quando ele caiu para a frente, nos meus braços.

— Eu também fiz tudo por você, Lou.

E, com isso — enquanto seu caixão desaparecia de vista dentro do cemitério, enquanto a multidão engolia minhas últimas lembranças dele —, deixei o arcebispo para trás.

ALGO NOVO

Lou

Não sei quanto tempo se passou enquanto eu e Reid nos abraçávamos naquela cama. Embora meus braços e pernas doessem de ficar tanto tempo sentada — do frio que entrava no quarto —, não me atrevi a soltá-lo. Ele precisava daquilo. Precisava que alguém o amasse. Que alguém o reconfortasse. Honrasse e guardasse. Eu teria rido da ironia desse cenário se não fosse de partir o coração.

Quantas pessoas neste mundo tinham realmente amado Reid? Um menininho perdido jogado em uma lixeira pode crescer e se tornar um jovem severo de uniforme. Duas pessoas? Talvez três? Sabia que eu o amava. Sabia que Ansel também. Madame Labelle era mãe dele, e Jean Luc se importara, um dia. Mas nosso amor era fugaz, levando tudo em conta. Ansel apenas aprendera a amá-lo naqueles últimos meses. Madame Labelle o tinha abandonado. Jean Luc se ressentia dele. E eu... tinha aberto mão dele na primeira oportunidade. Não, mesmo com toda a hipocrisia e ódio, o arcebispo tinha sido quem o amara mais e por mais tempo. E seria sempre grata a ele por isso — por ter sido um pai para Reid quando não o foi para mim.

Mas, agora, ele estava morto.

Os ombros de Reid pararam de tremer quando o sol mergulhou para se esconder abaixo do peitoril da janela, os soluços gradualmente se aquietando, mas, mesmo assim, ele não afrouxou o abraço.

— Ele teria me odiado — disse, enfim. Mais lágrimas caíram em meu ombro. — Se soubesse, teria me odiado.

Acarinhei suas costas.

— Ele jamais conseguiria odiá-lo, Reid. Ele adorava você.

Um momento de silêncio passou.

— Ele se odiava.

— Verdade — concordei, sombria. — Acho que sim.

— Não sou como ele, Lou. — Se afastou para me encarar, embora os braços não tenham deixado minha cintura. Seu pobre rosto tinha manchas vermelhas, e os olhos estavam tão inchados que quase se fechavam. Lágrimas grudavam-se aos cílios. Mas ali, formando-se atrás da tristeza, estava uma esperança tão intensa e pungente que poderia ter cortado o dedo nela. — Não me odeio. E também não odeio você.

Dei-lhe um sorriso não muito confiante, mas não abri a boca para falar.

Soltando minha cintura, ele levou a mão até meu maxilar, passando um polegar hesitante pelos meus lábios.

— Ainda não acredita em mim.

Abri a boca para protestar, mas as palavras morreram em minha garganta quando levantou a mão para a janela aberta. A temperatura tinha caído com o sol, e as gotas de chuva tinham se solidificado em flocos de neve. Entravam no quarto com uma brisa gentil. Persuadidos pelo movimento de dedos dele, transformavam-se em vagalumes.

Expirei, encantada, quando flutuaram até mim, quando pousaram em meus cabelos. — Como...

— Você mesma disse. — Seu brilho refletia nos olhos dele. — Magia não é boa ou má. Obedece a quem a conjura. Quando a vida é uma escolha entre lutar ou fugir, cada momento, vida ou morte, tudo se torna uma arma. Não importa quem as empunha. Armas machucam. Eu vi. Fui testemunha disso.

Tocou o papel de parede floral sujo, e as flores explodiram para cima, para *fora*, até ele estender a mão para colher uma, colocando-a atrás da minha orelha. O cheiro de jasmim encheu o quarto.

— Mas a vida é mais do que esses momentos, Lou. Nós somos mais do que esses momentos.

Quando abaixou os braços, as flores retornaram ao papel, e os vaga-lumes esmaeceram, brancos e molhados mais uma vez. Mas não senti o frio. Fiquei observando-o por um tempo, memorizando, maravilhada, as linhas de seu rosto. Estava errada a respeito dele. De tudo. Estivera tão, tão errada.

Um tremor de lábios me denunciou.

— Sinto muito, Reid. Eu *estou* fora de controle. Eu... eu coloquei fogo em Coco hoje à tarde. Talvez... talvez você tenha razão, e eu não deva continuar usando magia.

— Falei com Coco mais cedo. Ela me contou o que aconteceu. Também me disse que tiraria todo o sangue do meu corpo se eu julgasse você. — Ele tirou a neve dos meus cabelos, engolindo em seco. — Não que jamais fosse julgar você. Lou... Nós dois erramos. Você é uma bruxa. Não devia ter me ressentido de você por usar sua magia. Só... não deixe que a leve para um lugar aonde não posso segui-la. — Quando olhou para fora da janela, meu olhar o seguiu por reflexo, e vi o que ele via.

Um cemitério.

Ele balançou a cabeça.

— Aonde quer que tu fores irei eu, lembra? É tudo que tenho agora. Não posso perder você também.

Me arrastei para o colo dele.

— O que sou, Reid? Diga de novo.

— É uma bruxa.

— E você?

Ele não hesitou, e meu coração se inflou.

— Eu também.

— Mas acho que isso é apenas parcialmente verdade. — Meu sorriso, agora genuíno, cresceu diante da sua confusão, e me inclinei para perto, roçando o nariz no dele. Fechou os olhos. — Permita-me preencher as lacunas. — Beijei seu nariz. — Você é um caçador. — Embora tenha se retraído um pouco, não deixei que escapasse, beijando sua bochecha. — É um filho. — Depois, a outra bochecha. — É um irmão. — A testa. — Um marido. — As pálpebras e o queixo. — Você é corajoso e forte e *bom*. — E, finalmente, seus lábios. — Mas mais importante do que tudo, é *amado*.

Uma lágrima escorreu por seu rosto. Beijei-a também.

— E é moralista, teimoso e esquentadinho. — Seus olhos se abriram, e franziu a testa. Beijei sua boca mais uma vez. Gentil, devagar. — Sem mencionar taciturno, com um senso de humor de merda. — Quando abriu a boca para protestar, falei por cima dele. — Mas apesar de tudo isso, você não está sozinho, Reid. Jamais estará sozinho.

Ele me fitou por um longo instante.

E depois, estava me beijando.

— Sinto muito também — murmurou, as mãos amparando meu rosto enquanto me deitava na cama. Delicadamente. Tão, tão delicadamente. Mas aquelas mãos queimavam enquanto percorriam meu pescoço, meu peito. Queimavam e tremiam. — Sinto tanto...

Parei-as antes que pudessem alcançar meu cinto.

— Reid. Reid, não temos que fazer isto. Se ainda é cedo...

— Por favor. — Quando olhou para mim, o anseio em seus olhos fez meu fôlego ficar preso na garganta. Jamais vira algo tão bonito. — Não posso... Nunca fui bom com palavras. Só... por favor. Me deixe tocá-la. Me deixe *mostrar* a você.

Engolindo em seco, liberei suas mãos.

Devagar — tanto que queria gritar —, deslizou o paletó de veludo pelos meus ombros, tirando a camisa de dentro da calça e a levantando, revelando a pele da minha barriga. Costelas. Peito. Quando ergui os braços para que continuasse, porém, ele, com todo cuidado, levantou a bainha até a altura dos meus olhos e a deixou ali. No escuro. Prendendo meus braços nas mangas.

Quando me remexi em protesto, colocou a mão em meu quadril, me imobilizando. Seus lábios moveram-se de leve contra meu pescoço.

— Você não confia em mim?

A palavra me subiu à boca de maneira espontânea.

— Sempre.

— Prove.

Parei de me debater de repente. Um arrepio percorreu meu corpo inteiro, eriçando os pelos em meus braços, em meu pescoço, enquanto lembrava.

Me obedeça.

— Me abrace, Lou — repetiu minhas palavras para mim, deixando beijos leves como plumas em meu pescoço, mordendo minha orelha com delicadeza. Suguei ar, surpresa. Embora seu corpo me prendesse ao colchão, cuidou para suportar seu peso com os cotovelos. Queria que não o tivesse feito. Queria senti-lo. Todo. — *Nos* abrace.

Deixe que eu mostre quanto poder você pode ter. Minhas palavras odiosas pareciam ecoar a nosso redor. *Deixe que eu mostre como você é fraco.*

— Não tem que ter medo. — Como se fosse possível, seu toque, seus lábios se tornaram ainda mais gentis. Correu um dedo por entre meus seios, e arrepios seguiram seu rastro. Estremeci, meus joelhos tremendo.

— Deixe que eu mostre o quanto você significa para mim. Deixe que eu mostre como *você* é amada. — Sua boca veio depois da mão, cada beijo uma reverência. Cada um deles um juramento. — Nunca vou deixar de apreciar você. Vou querer você todos os dias, pelo resto da minha vida, e a amarei mesmo depois disso.

— Reid...

— Quer me beijar? — Os dedos dele pararam no cós da minha calça, e fiz que sim, sem fôlego. Sabia quais seriam suas próximas palavras mesmo antes de dizê-las. Me regozijei com elas. — Me mostre.

Em um único movimento fluido, puxou a camisa por cima da minha cabeça.

Me atirei nele em um segundo. Foi cair de costas com uma risada suave, que capturei em um beijo. Voltou a rir do meu entusiasmo, os braços me apertando, antes de se levantar, apoiado nos cotovelos, para me ajudar na tarefa de arrancar sua camisa de dentro da calça. A tirei por cima da cabeça dele e joguei no chão, o empurrando novamente para o colchão e montando em cima dele.

— Já contei — comecei, me abaixando para sussurrar ao pé do ouvido dele — como você fica bonito quando sorri?

Então ele sorriu, o tipo de sorriso que criava aquela covinha em sua bochecha e incendiava meu coração.

— Me conta.

— Às vezes, quando olho para você, não consigo respirar. — Minha mão procurou o cinto. — Não consigo pensar. Não consigo nem funcionar até você olhar de volta. E quando abre esse sorriso para mim — rocei um dedo contra a covinha —, é como um segredo só entre nós dois. Não acho que seja possível para mim amá-lo mais do que quando você sorri.

Deu um risinho incrédulo ao ouvir aquelas palavras, mas o som se dissipou enquanto encarávamos um ao outro. Enquanto vagarosamente se dava conta da verdade nelas. E *eram* verdade. Cada um dos sorrisos de Reid — sempre tão raros, tão genuínos — era um presente para mim. Não podia nem imaginar como os apreciava, como queria poder guardá--los em meu bolso para tirar de lá sempre que estivesse triste. Ele ficava triste com tanta frequência.

Depois daquilo tudo estar terminado, me certificaria de que nunca mais voltasse a sentir tristeza.

Ele correu as pontas dos dedos pelas minhas costelas, demorando-se na cintura.

— Quero saber todos os seus segredos.

— Os meus segredos são feios, Reid.

— Não para mim. — Engoliu em seco quando levei a mão por baixo do seu cinto. E mais baixo. — Era verdade o que disse depois de Modraniht. Nunca conheci alguém como você. Você me faz sentir vivo, e — ele sugou o ar ao sentir meu toque — quero compartilhar tudo com você.

Pressionei meus dedos livres contra sua boca.

— E vai.

Eu o soltei apenas para puxar a calça pelos quadris, coxas, tornozelos abaixo, deixando beijos em cada centímetro de pele pálida que revelava. Ele estremeceu sob mim, mas permaneceu quieto... até colocá-lo em minha boca. Os quadris subiram involuntariamente, e ele levantou o tronco depressa.

— Lou...

Coloquei a mão contra seu peito para aquietá-lo.

— Quer que eu pare?

Grunhiu, caindo de costas e fechando os olhos.

— Não.

— Então abra os olhos. Não se esconda de mim.

Embora parecesse ter dificuldade para respirar, fez o que pedi. Devagar, suas pálpebras abriam e fechavam enquanto ele estremecia dentro de mim. Cada músculo em seu corpo ficou tenso. Estremeceu novamente. Uma camada fina de suor recobria sua pele. E de novo. O pomo de adão subiu e desceu, e sua boca se abriu. De novo e de novo e de novo. Segurou os lençóis com os punhos fechados e atirou a cabeça para trás, a respiração ofegante, o corpo a ponto de perder o controle...

Com uma guinada repentina para a frente, puxou minha calça, e me retorci para obedecer, ajudando-o a despir a peça de roupa das minhas pernas. Quando ficou presa em meus sapatos, deixou escapar um som baixo e impaciente, e meu estômago se revirou de expectativa. Tirei as botas com pressa, ignorando os papeizinhos que flutuaram até o chão. Ignorando tudo, exceto o corpo sólido dele no meu. Quando caímos outra vez na cama, emaranhados em todos os sentidos possíveis, me agarrei a ele, me perdendo na maneira como se movia, na maneira como seus quadris se encaixavam entre minhas pernas e as mãos buscavam apoio na cabeceira da cama. No calor da sua pele. Do seu olhar.

Ele não se escondeu de mim.

As emoções refletiam-se em seus olhos, desinibidas, e eu as consumia todas, beijando cada parte do seu rosto úmido entre fôlegos, entre suspiros. Desejo. Alegria. Assombro. Moveu-se mais depressa, determinado — correndo atrás de cada emoção pura no instante em que aflorava —, e segui atrás dele, afundando as pontas dos dedos no músculo rígido de suas costas. Embora estivesse desesperada para fechar os olhos — para me perder dentro da sensação —, não podia parar de olhar para ele. Ele não podia parar de olhar para mim. Presos nos olhos um do outro, incapazes de parar, continuamos e continuamos até quebrar, nos expondo um ao outro, enfim.

Não apenas nossos corpos.

Nossas almas.

E naquele momento em que nos descompusemos... nos refizemos como algo novo.

PARTE III

Qui vivra verra.
Quem viver, verá.
— Provérbio francês

A MENSAGEM FINAL

Lou

Naquela noite, desci as escadas me sentindo mais leve do que me sentia em semanas — e talvez um pouco tola. Coco batera à nossa porta apenas momentos antes para nos informar de que não houvera nem sinal de Morgane durante a procissão. Ninguém sequer a vira. Nem um resquício de magia na brisa. Parecia que, depois de tudo — após termos sofrido em acampamentos de sangue e pântanos frios, em Les Dents e Le Ventre —, tínhamos vindo à cidade para nada. Não podia dizer que estava *decepcionada* que ela não tivesse criado caos e destruição. Na verdade, sua inércia me fizera ganhar o dia. Suas mensagens criavam buracos em minha bota, mas as ignorei, beliscando o traseiro de Reid quando entramos no bar.

Embora soubesse que ele ainda sofria — como devia e como faria pelo resto da vida —, me lançou um sorriso indulgente e levemente exasperado antes de envolver meu pescoço com um braço e beijar a lateral da minha testa.

— Insaciável como sempre, *mademoiselle*.

— É madame Diggory para você.

A mão livre deslizou para dentro do seu bolso.

— A propósito. Acho que deveríamos...

— Até que enfim!

Em uma mesa próxima às escadas, Claud aplaudia nossa chegada. A luz fraca das velas não podia esconder a impaciência nos semblantes de La Voisin e Blaise. Estavam ambos sentados com seus respectivos grupos, tão distantes quanto o pequeno salão permitia. Coco, Ansel, Toulouse e Thierry eram como amortecedores entre eles — assim como Zenna e Seraphine. Tinham vestido fantasias cintilantes que destoavam das roupas de viagem dos demais.

— Os dois pombinhos alçaram voo. Que maravilha, que *estupendo*...

— Onde está Beau? — interrompi, passando os olhos pelo cômodo outra vez.

— Saiu um pouco. — A expressão de Coco tornou-se sombria. — Disse que precisava tomar um ar.

Franzi a testa, mas Reid balançou a cabeça.

— Explico depois — murmurou ele.

— Vocês mentiram para nós. — La Voisin não levantou a voz, apesar da fúria em seus olhos. Parecia que ainda não tinha me perdoado pelo acontecido com Coco. — Disseram que Morgane atacaria hoje. Trouxe minha gente até aqui para reclamarmos nossa vingança, e, no entanto, tudo que recebemos — aqueles olhos foram até Blaise — foi desrespeito e decepção.

Me apressei em corrigi-la:

— Não mentimos. Dissemos que *acreditávamos* que Morgane atacaria hoje...

— Nós também fomos desrespeitados. — Blaise se levantou, e Liana e Terrance seguiram seu exemplo. — Embora nossa dívida não tenha sido paga, vamos embora deste lugar. Não há nada que se possa fazer.

Quando ambos os grupos nos fitaram em expectativa, Reid e eu nos entreolhamos de maneira discreta.

O que fazemos agora?, seus olhos pareciam perguntar.

Eu sei lá, responderam os meus.

Antes que um de nós pudesse balbuciar uma súplica, Coco falou em nosso lugar. Abençoada fosse.

— Já está óbvio que interpretamos errado aquelas mensagens, mas isso não significa que nossa janela de oportunidade tenha passado. Manon está aqui na cidade, o que significa que é muito provável que Morgane também esteja. Talvez não devêssemos ter escondido Lou e Reid. Talvez devêssemos tê-los usado como isca para atraí-la...

— Não, não. — Deveraux balançou a cabeça com veemência. Suas vestimentas eram atipicamente simples aquela noite, pretas da cabeça aos pés. Até a cor das unhas e do lápis de olho era a mesma. Seus lábios, porém, estavam pintados de vermelho-sangue. — Nunca é uma boa ideia brincar de gato e rato com Morgane. Ela nunca é o rato. Aquela lá é uma felina nata.

Os olhos de Coco se estreitaram.

— Então o que sugere?

— Sugiro... — Tirou uma máscara branca do manto e a amarrou atrás da cabeça. — Que todos respirem fundo e venham assistir ao nosso espetáculo hoje. Sim, até você, Josephine. Pode ser que um pouco de leveza na Mascarade des Crânes faça milagres nessas linhas de expressão entre as suas sobrancelhas.

Congelei, encarando o diretor.

Sua máscara tinha a forma de um crânio.

Embora Claud continuasse a tagarelar sobre Dama Fortuna, encantado quando La Voisin rebatia, Reid não deixou de perceber a mudança abrupta em minha postura.

— O que foi? — perguntou. Com os dedos gelados, abaixei para levar a mão para dentro da bota, e seu sorriso desapareceu. — O que está...

Sem uma palavra, lhe entreguei os pedaços de papel que tinha apressadamente recolocado no lugar depois do meu banho mais cedo. Ele os aceitou com o cenho franzido. Sua boca formou as palavras enquanto lia para si mesmo.

Porcelana bonita, boneca bonita, com cabelos pretos como as noites
Ela chora sozinha dentro do seu esquife, lágrimas tão verdes e brilhantes

Porcelana bonita, boneca bonita, sozinha e abandonada,
Presa dentro de um túmulo espelhado, com sua máscara de osso enterrada.

— Não entendo. — Os olhos de Reid encontraram os meus, procurando algo, e Claud finalmente parou de falar. Veio ler os versos por cima do ombro de Reid. — Ainda não sabemos o que significam...

— Máscara de osso — sussurrei. — La Mascarade des Crânes. Não pode ser coincidência.

— *O que* não pode ser coincidência? — Ele segurou meu rosto. Os papéis foram cair no chão sujo. — É só um monte de besteira, Lou. Viemos ao velório do arcebispo. Ela não...

— Ai, ai, ai. — Os olhos de Claud se arregalaram quando se abaixou para recuperar as notas, enfim podendo ler as palavras de agouro. — Felina, sim.

Reid girou para encará-lo, mas uma batida soou à porta do Léviathan. Com o cenho franzido, atravessei o salão para abrir, mas Reid me deteve, segurando meu braço. Ajeitando o paletó, Claud foi abrir em meu lugar. Uma menininha que não reconhecemos estava parada à soleira.

— Para você, *mademoiselle* — disse, colocando um terceiro pedacinho de papel dentro da minha palma antes de fugir. Desdobrei-o com cuidado, terror se infiltrando em meu estômago.

Porcelana bonita, boneca bonita, o tique-taque do relógio agora vai começar
Venha resgatá-la até a meia-noite, ou seu coração vou devorar.

Com todo o meu amor,
Maman

Com dedos trêmulos, mostrei a nota a Reid. Ele passou os olhos depressa pelo bilhete, o rosto empalidecendo, antes de sair correndo atrás da menina. Blaise o seguiu com um rosnado.

— Ai, ai, ai — repetiu Claud, tomando o papel de mim. Balançou a cabeça, lendo uma, duas, três vezes. — Ai, ai, ai, ai, ai. Quem será esta pobre alma? Esta... esta boneca de porcelana?

Encarei-o com horror quando comecei a compreender.

Sim. Tínhamos interpretado errado as mensagens.

Tomando meu silêncio pelo que não era, deu tapinhas em meu ombro tentando me consolar.

— Não se aflija, minha cara. Vamos solucionar esse mistério. Agora, parece que as maiores pistas para descobrirmos a identidade dela estão na primeira nota...

— O que está acontecendo? — Coco se juntou a nós, Ansel em seu encalço. Tirou o papel das mãos de Claud, lendo as palavras antes de passá-lo a Liana, que por sua vez o entregou ao irmão. La Voisin estava atrás deles, observando com uma expressão imperscrutável. Nicholina, como sempre, sorria.

— Talvez a pele dela possa ser descrita como de porcelana? — refletiu Claud, passando a mão pela barba. — Suas feições como de uma boneca? Os cabelos escuros são uma pista bem evidente, mas...

— Lágrimas verdes? — Terrance bufou. — Ninguém tem lágrimas dessa cor.

— É simbólico — disse Ismay, revirando os olhos. — A cor verde é uma metáfora para inveja.

Ah, não.

Tomei a mensagem dela, relendo os versos e pensando — rezando, *rezando* para estar errada. Mas não. Estava tudo bem ali. Pele pálida. Cabelos escuros. Lágrimas de inveja. Abandonada, sozinha... mesmo aquele maldito *esquife* se encaixava. Como podíamos não ter percebido? Como podíamos ter sido tão *estúpidos*?

Mas aquele último verso... devorar o *coração*...

Nauseada, olhei para La Voisin e Nicholina, mas Reid logo surgiu a meu lado, o rosto vermelho, ofegante, e embaralhou meus pensamentos.

— Ela fugiu. Simplesmente... desapareceu.

— Claro que sim — resmungou Coco, amarga. — Morgane não ia querer que ela ficasse para brincar.

— Quem foi levada? — indagou Blaise, a voz grave e insistente. — Quem é a garota?

Uma comoção fez reverberar a porta, e Jean Luc irrompeu salão adentro, segurando Beau pela gola da camisa. Os olhos do Chasseur estavam desvairados, frenéticos, quando encontraram os meus. Os de Reid. Marchou adiante com determinação focada.

— Reid! Onde ela está? *Onde?*

Ela quase morreu quando ficou sabendo o que ele fez. Faz semanas — semanas — *que está reclusa por conta de alguma emoção equivocada que sente por ele.*

Com os lábios dormentes, amassei a mensagem em meu punho, inspirando fundo e me preparando para a dor que se seguiria — para as emoções que veria na expressão atipicamente transparente de Reid, naqueles olhos tão recentemente vulneráveis. Eu queria me bater. Eu o tinha encorajado a parar de se esconder, a *sentir.* E agora ele sentiria. E agora eu não queria ver.

E minha mãe soubera exatamente como nos manipular.

Virei para ele ainda assim.

— É Célie, Reid. Ela levou Célie.

A VISÃO DE COCO

Lou

Até o dia que morresse, jamais esqueceria a expressão no rosto de Reid.
A incredulidade.
O horror.
A fúria.
Naquele momento, soube — lá no fundo — que salvaria a vida de Célie ou morreria tentando.

Todos em nosso grupo heterogêneo alternavam seus olhares entre mim, que andava de um lado a outro próximo à janela, e Reid, parado à porta. Sem dar importância às cadeiras, Claud tinha se sentado no chão, perto do bar, com as pernas cruzadas como se pretendesse ficar ali por algum tempo. Mas não tínhamos aquele tempo. Nosso relógio já havia iniciado sua contagem. *Venha resgatá-la até a meia-noite, ou seu coração vou devorar.*

Reid encarava as mãos, como se hipnotizado, imóvel.

— Ela está tentando atrair vocês — insistiu Beau. — Não permitam.

— Ela vai matar Célie — rosnou Jean Luc, os papéis que eu lhe entregara ainda em seus punhos.

Quando Monsieur Tremblay finalmente revelara que as *semanas de reclusão* de Célie não tinham nada a ver com reclusão, mas, sim, sequestro, Jean Luc vasculhara cada centímetro da Costa Leste para nos encontrar após o velório. Tinha sido uma coincidência feliz que Beau saíra da pousada, ou Jean Luc jamais teria nos descoberto. Que tragédia teria sido.

— Precisamos resgatá-la.

— *Você* não tem direito de fala aqui. — Os olhos de La Voisin continham promessas terríveis. — Não se engane, caçador. Seu palito sagrado não vai impedir que eu corte fora a sua língua.

— *Qual deve ser seu gosto, gosto, gosto?* — Nicholina se aproximou, lambendo os beiços. — *Vamos arrancar fora seu rosto, rosto, rosto.*

Blaise rosnou baixo em concordância.

Para Claud, persuadir o dono da pousada a alugar os quartos para bruxas e lobisomens fora nada. Persuadir bruxas de sangue e lobisomens a não desmembrar um caçador, porém, estava se provando uma tarefa mais difícil. Jean Luc não parecia ciente da precariedade da sua situação — especialmente porque seu *palito sagrado* continuava guardado fora de vista na bandoleira de Reid. Em defesa de Reid, ele não revelou o segredo do velho amigo. Se as bruxas de sangue suspeitassem que Jean Luc estava indefeso, não hesitariam em atacar.

Terrance, no entanto, sabia. Arreganhou o lábio, cheio de expectativa, enquanto olhava de Reid para Jean Luc.

— E *onde* exatamente ela está? — Coco gravitara de volta para perto do seu povo, entre La Voisin e Nicholina. — Conseguiu adivinhar a localização dela só de ler as charadas de Morgane?

Jean Luc gesticulou para os papéis amassados.

— Ela... ela está nos túneis. Nessa Mascarada de Crânios.

— Os túneis são vastos, capitão.

Claud girava uma carta de tarô entre os dedos. Ao perceber minhas várias olhadelas, ele a estendeu a mim. Não era carta de tarô alguma. Examinando mais de perto, aquela carta era escarlate, não preta, com um desenho de um crânio zombeteiro. Letras douradas que diziam *Nous Tombons Tous* se curvavam no formato da sua boca e dentes. No topo, *Claud Deveraux e sua Troupe de Fortune* tinha sido escrito à tinta em caligrafa meticulosa. Um convite. Devolvi-o a ele com sensação de que era um presságio.

— Atravessam a cidade inteira — continuou. — Nossa busca passará muito da meia-noite sem termos direcionamento adequado.

— Ela nos deu o direcionamento — apontou Zenna. — *Ela chora sozinha dentro do seu esquife* e *presa dentro de um túmulo espelhado*, não podia ser mais óbvio. Está nas catacumbas.

As catacumbas. Merda.

— Ela não *nos* deu coisa alguma — rebateu Claud com aspereza. Quando os olhos de Zenna brilharam, sua voz se suavizou. — Lamentavelmente teremos que cancelar nossa apresentação, *mes chers*. O mundo lá embaixo não é seguro hoje. Receio que terão que retornar aos seus quartos, onde talvez escapem aos olhos de Morgane. Toulouse e Thierry se juntarão a vocês.

Os olhos de Zenna luziram outra vez.

— A bruxa não me amedronta.

O rosto de Claud ficou sério.

— Deveria. — A Seraphine, acrescentou: — Talvez pudesse... pensar a respeito da situação.

A jovem agarrou a cruz em volta do seu pescoço, fitando-o com os olhos arregalados.

Mais uma vez me virei para Reid, mas ele permanecia como se tivesse sido esculpido em pedra. Uma estátua. Suspirei.

— Levaremos horas para investigar as catacumbas. Alguém sabe que horas são?

Deveraux pegou o relógio de bolso — uma engenhoca boba e dourada.

— Quase nove da noite.

— Três horas. — Assenti para mim mesma, tentando imprimir otimismo às minhas palavras. — Podemos encontrá-la em três horas.

— Talvez possa lhes dar uma ou duas horas extras — ofereceu Claud —, se encontrar Morgane antes dessa tal Célie. Temos muito o que discutir, La Dame des Sorcières e eu. — Ele se levantou, repentinamente relaxado de novo, como se estivéssemos falando do tempo, não de sequestros e assassinatos. — O tempo urge, Monsieur Diggory. Está evidente que ninguém aqui quer prosseguir sem sua benção. Uma decisão deve ser tomada. Vamos ignorar a ameaça da Dame des Sorcières, ou nos aventuramos para dentro de La Mascarade des Crânes para resgatar sua bela donzela? Todos os caminhos envolvem risco considerável para aqueles que ama.

Sua bela donzela. Não pude reprimir uma careta. *Aqueles que ama*.

Os olhos de Reid foram até os meus, não deixando de perceber o movimento. Jean Luc também notou. Ele se aproximou de Reid, não querendo, ou talvez não podendo, esconder seu desespero.

— Reid. — Levou a mão até o peito do antigo amigo, batendo com insistência. — Reid, é de Célie que estamos falando. Não vai deixá-la nas mãos de uma louca, vai?

Se Reid se questionou a respeito do súbito interesse de Jean Luc por Célie, não demonstrou. Talvez já soubesse. Talvez sempre fosse de seu conhecimento. Não quebrou contato visual comigo.

— Não.

— Graças a Deus. — Jean Luc se permitiu um breve segundo de alívio antes de assentir. — Não temos um momento a perder. Vamos...

Reid passou por ele para me encarar. Me forcei a fitá-lo de volta, sabendo quais seriam suas palavras seguintes antes mesmo de abrir a boca.

— Lou, não... não acho que deveria vir conosco. É uma armadilha.

— Claro que é uma armadilha. Sempre foi.

Enfim, La Voisin quebrou o silêncio.

— Se precisa de garantia de que ela ficará segura, caçador, posso oferecer isso. — Se Nicholina fosse capaz, teria dado pulinhos. Em vez disso, dava um risinho pueril. — Um pouco do sangue de Louise me mostrará seu futuro. — Estendeu a mão para mim com uma expressão imperscrutável. — Se ela se atrever.

Os lobisomens observavam com nervosismo, se remexendo. Embora permanecessem em suas formas humanas, suas unhas tinham se afiado em meio ao pânico. Uma reação instintual, presumi.

— Não. — Coco estapeou a mão da tia para longe, *estapeou* de verdade, e se colocou na frente dela. — Se *alguém* aqui vai provar o sangue de Lou, esse alguém sou eu.

La Voisin franziu os lábios.

— Não tem meu talento para adivinhação, sobrinha.

— Não interessa. — Coco endireitou os ombros antes de me pedir permissão em silêncio com os olhos. Se dissesse que não, não voltaria a perguntar. Tampouco deixaria as outras perguntarem. Aceitaria minha decisão, e encontraríamos outra maneira de seguir em frente. — Sou eu, ou ninguém.

Inexplicavelmente nervosa, coloquei minha mão na dela. Não temia Coco. Não abusaria do meu sangue em seu sistema. Não tentaria me controlar. Não, temia o que ela poderia enxergar. Quando levantou meu dedo até sua boca, as bruxas de sangue — até os lobisomens — pareceram chegar mais perto em resposta. Em expectativa. Reid segurou meu pulso.

— Não precisa fazer isto. — Pânico tingia sua voz. — Seja lá o que *isto* for.

Abri um sorriso sombrio.

— É melhor saber, não é?

— Raramente — advertiu Claud.

— Vá em frente de uma vez — falei.

Sem outra palavra, Coco furou a ponta do meu dedo com seu canino, trazendo uma única gota de sangue para dentro da sua boca. Não virei para ver a reação dos outros; preferi observar enquanto Coco fechava os olhos em concentração. Após vários segundos tensos, sussurrei:

— Coco?

Seus olhos se abriram de súbito, rolando para dentro do crânio. Embora tivesse testemunhado incontáveis vezes enquanto ela sondava o futuro, ainda estremecia diante da maneira como aqueles olhos brancos cegos estudavam meu rosto. Ao menos estivera preparada para aquilo. Os outros deixaram escapar ruídos audíveis de surpresa — alguns amaldiçoando, outros tendo ânsia de vômito —, enquanto Ansel corria para a frente. Suas mãos moviam-se ao redor dela, sem alcançá-la, impotentes, como se não soubesse se podia ou não a tocar.

— O que está acontecendo? Qual é o problema?

— Cale a boca, e ela vai nos dizer — respondeu Beau, assistindo com atenção voraz.

— Lou... — Reid se aproximou, sua mão deslizando para dentro da minha. — O que é isto?

— Está tudo bem. — Olhei para os lobisomens, que, parados na taberna de uma pousada imunda, assistindo enquanto uma bruxa adivinhava o futuro, pareciam questionar todas as escolhas que tinham feito na vida. O rosto de Jean Luc se contorceu em uma nítida expressão de nojo. — Dê-lhe um momento.

Quando Coco tocou minha bochecha, todos inspiraram coletivamente.

— Vejo morte — disse, sua voz profunda e estranha.

Um instante se passou enquanto todos a fitávamos.

— Vejo morte — repetiu, inclinando a cabeça para o lado —, mas não a sua. — Reid soltou um suspiro de alívio. O movimento atraiu a atenção de Coco. Seu olhar sinistro passou por nós, através de nós. Meu peito ficou apertado diante daquele olhar. Não tinha terminado ainda. Não era bom, e Reid não parecia entender...

— Ao badalar da meia-noite, um homem que leva em seu coração morrerá.

Minha mão deslizou para fora da de Reid.

— O quê? — sussurrou Ansel, horrorizado.

— Quem? — Passando por nós, Beau segurou o ombro de Coco com urgência súbita. — Que homem?

— Não consigo enxergar seu rosto.

— Droga, Coco...

— Deixe-a. — Forcei a palavra a sair por entre os lábios dormentes, recordando a explicação que me dera havia tanto tempo. Antes do assalto. Antes de Reid. Antes de tudo. — Ela só enxerga o que meu sangue mostra.

Beau tropeçou para trás, abatido, antes de girar para fitar Reid.

— Não sabemos se é você. Poderia ser Ansel, ou Deveraux, ou... ou aquele sujeito, Bas. Ou pode ser que o coração seja simbólico — acrescentou depressa, assentindo. — *Você* é o coração dela. Talvez... talvez esteja se referindo a um homem próximo de *você*... Jean Luc, ou seu pai, ou...

— Ou você — admitiu Reid, baixinho.

Beau virou-se para me encarar.

— Existem outros ex-namorados por aí que...

— Beau. — Balancei a cabeça, e ele parou, encarando as botas. Engoli em seco. Minha garganta doía com emoção reprimida, mas só um idiota choraria por algo que ainda não acontecera... que *não aconteceria*. Uma vozinha em minha cabeça advertiu que não era sábio cutucar o destino com vara curta, mas mostrei a ela o dedo do meio em vez disso. Porque não permitiria uma coisa assim. Não aceitaria.

— Consegue enxergar mais alguma coisa, Cosette? — Várias cabeças se viraram ao som da voz fria e distante de La Voisin. Ela observava a sobrinha com indiferença. — Se concentre na visão. Toque-a. Saboreie. Aguce seu foco como puder.

Mas a mão de Coco apenas pendeu da minha bochecha. Suas pálpebras tremeram e se fecharam.

— Você vai perder a pessoa que ama.

Um silêncio absoluto recaiu enquanto Coco voltava lentamente a si. Embora Beau tivesse abaixado a cabeça em derrota, Reid me virou para encará-lo com mãos gentis.

— Você... está bem? Lou?

Você vai perder a pessoa que ama.

Era explicação suficiente, eu acho.

— Claro. Por que não estaria? — Diante do olhar preocupado, acrescentei: — Ah, não vou perder você tão cedo. As visões de Coco são volúveis, subjetivas ao caminho atual do usuário. Entende?

— Eu... — Olhou rapidamente para Coco, cujos olhos ficavam cada vez mais focados à medida que voltavam ao normal. Ansel a estabilizava. — Não, não entendo.

— É simples, na verdade. Se eu continuar no caminho planejado, você morre, mas se mudar o percurso, você vive. O que significa que você não virá comigo.

Reid me lançou um olhar incrédulo, enquanto Deveraux inclinava a cabeça para o lado.

— Não tenho certeza de que essa lógica seja muito razoável, minha cara. Ele pode vir a morrer nesta pousada tão facilmente quanto poderia nos túneis.

— Sim, mas Morgane está lá embaixo — insistiu Beau. Nossos olhares se cruzaram, em concordância. — Aqui em cima, pelo menos, ele tem uma chance.

Fitei a porta da despensa, incapaz de manter contato visual com qualquer pessoa.

Blaise balançou a cabeça.

— Não podemos nos dar ao luxo de deixar Rèid escondido aqui em cima. Precisamos de vantagem numérica nesta batalha. Força.

— Você tem uma *dívida* com ele — exclamou Beau, atipicamente enfático. — Como vai pagar se ele morrer?

— Ela disse que *alguém* morrerá. — Liana cruzou os braços, lançando um olhar despreocupado em minha direção. — Você estava certo. Não sabemos se é Reid.

Beau jogou as mãos para o alto.

— A não ser pelo fato de que, logo em seguida, Coco disse, abre aspas, *vai perder a pessoa que ama*. Como mais devemos interpretar isso, infernos? Morgane mesma disse a ela que arrancaria o coração dele fora. Como sabemos que não é o que vai acontecer hoje?

Coco ficou tensa e expirou com rispidez pelo nariz.

— Não sabemos. Não sabemos o que vai acontecer naqueles túneis. Mas o que *sei* é que minhas visões raramente são o que parecem. Tive uma logo antes de assaltarmos a casa de Tremblay também. Achei que significasse algo terrível, mas o Anel de Angélica acabou salvando a pele de Lou...

Jean Luc parecia prestes a morrer de apoplexia a qualquer segundo.

— Não me interessam anéis nem visões de sangue. Célie está lá embaixo agora, presa numa *cripta*, e estamos aqui, perdendo tempo.

— *Não abra a boca...* — sibilou La Voisin.

— Ele tem razão — interrompeu Reid bruscamente. — Eu também vou descer. Quanto mais gente procurando, mas rápido a encontraremos. — Embora tenha me lançado um olhar fugaz, a boca franzida com remorso genuíno, sua voz não dava espaço para discussão. Com o coração batendo forte, ainda dormente, eu assenti.

Beau desmoronou em sua cadeira, derrotado, e xingou com amargura.

— As criptas são quase tão expansivas quanto os túneis... e são de deixar os pelos em pé, caso estejam se perguntando.

Reid assentiu.

— Vamos nos separar em grupos para expandir nossa área de busca. — Com uma sutil mudança de postura, retornou ao seu papel de capitão. Jean Luc nem trincou os dentes. — Josephine, divida suas companheiras em grupos de três. Podem buscar as criptas do norte e leste. Blaise, você e seus filhos podem ficar com as do sul. Deveraux e a trupe vão procurar pela Mascarada de Crânios.

Ansel deu um passo hesitante à frente.

— E eu? Vou para onde?

— Preciso que fique aqui, Ansel. Os convidados do baile não saberão o perigo que os aguarda. Se alguém vier à pousada procurando esta entrada para os túneis, mande-os embora.

Era uma desculpa muito esfarrapada, e Ansel sabia. Sua expressão se tornou decepcionada. Nenhum convidado viria a Léviathan aquela noite. Claud tinha se assegurado disso.

Suspirando, Reid continuou, sem se abalar:

— Coco e eu ficamos com as criptas ao oeste...

Sua voz tornou-se um burburinho ao fundo quando Nicholina, plantada atrás dele, encontrou meus olhos. Fitou de maneira significativa a porta da dispensa. Pela primeira vez, não sorria. A encarei. Não podia estar querendo me ajudar. Não era possível que se importasse...

Logo vamos sentir o gosto dos sons na língua dele, ah, sim, cada gemido e suspiro e grunhido...

Uma dor aguda perfurou meu peito.

Talvez também não quisesse que Reid morresse.

Não parei para refletir a respeito de que propósitos nefastos teria para o querer vivo. Quando flutuou até ele, como se a gravidade não se aplicasse a ela, me reposicionei sutilmente, dando espaço a ela ao lado dele. Ela tomou proveito absoluto, se derramando por cima do peito dele.

— Deseja morrer, Monsieur Diggory? — Ele me lançou um olhar ansioso, mas dei de ombros, adotando minha melhor expressão de perplexidade. — *A morte esta noite chega depressa* — cantarolou com doçura —, *vestida não de preto, mas branco sinistro, e possessa.*

Comecei a me afastar devagar.

Coco fez uma carranca.

— Sai de cima dele, Nicholina...

— *Ela é sua noiva, bela donzela, que com carne e desespero se refestela.*

— Ignore-a — disse Beau, revirando os olhos. — É o que faço.

A madeira da porta da despensa tocou meus dedos no instante em que ele tentava empurrá-la para longe. Suas mãos não chegavam bem a tocá-la, porém, como se sua forma consistisse mais de vapor do que carne. Se agarrava a ele como bruma.

— *O noivo grunhe enquanto ela traça, vindo reunir carcaça...*

Virei a maçaneta. Reid se debatia inutilmente enquanto Nicholina aproximava os lábios dos dele.

Engolindo bile, hesitei, mas La Voisin se colocou diante da porta, me escondendo de vista. Não olhava para mim. A única indicação de que me via era sua cabeça abaixada.

Com um último olhar demorado para as costas de Reid — a largura dos ombros, as ondas acobreadas junto à nuca —, deslizei para o interior da despensa. Era a única maneira. Embora tivessem refletido e discutido, a visão de Coco tinha sido clara: *vai perder a pessoa que ama.* Deixei as palavras fluírem por mim, fortalecendo minha convicção, enquanto esquadrinhava o quartinho, procurando pela entrada para os túneis.

Uma espessa camada de poeira recobria as prateleiras em processo de apodrecimento, as garrafas cor de âmbar, os barris de madeira. Com cuidado, passei por cima de estilhaços de vidro, as solas das minhas botas colando-se ao chão grudento ao redor deles. Uma única lamparina banhava tudo em luz bruxuleante e sinistra. Mas — *ali.*

Rolei um barril de uísque para longe do cantinho mais escuro, revelando um alçapão. As dobradiças não fizeram qualquer ruído ao abri-lo. Era bem lubrificado, portanto. Utilizado com frequência também. Logo abaixo, uma escada estreita desaparecia dentro da escuridão total e absoluta. Espiei lá dentro com desconfiança. As únicas coisas que faltavam eram pranto e o barulho de dentes batendo.

Depois de me curvar para retirar a adaga da bota, desci, fechando o alçapão, e enfiei a faca na maçaneta. Dei um empurrão experimental. Não cedeu.

Ótimo.

Virei. Ele não conseguiria me seguir — não facilmente, ao menos. Não sem magia.

Quando a vida é uma escolha entre lutar ou fugir, cada momento vida ou morte, tudo se torna uma arma. Não importa quem as empunha. Armas machucam.

Armas machucam.

Se sobrevivêssemos, eu me recusaria a seguir sendo uma arma.

Mas até lá... Olhei para a portinhola, dividida.

Você é uma bruxa. Não devia ter me ressentido de você por usar sua magia. Só... não deixe que a leve para um lugar aonde eu não posso segui-la.

Naquele momento, porém, era exatamente o que precisava fazer. Uma simples faca não manteria Reid longe. Apesar da visão de Coco, ele faria tudo ao seu alcance para me seguir, para me proteger de Morgane. De mim mesma. Se alguma vez houvera um momento de vida ou morte, era aquele — e era meu.

Tirei a adaga da porta, guardando-a na bota novamente. Depois levantei minhas mãos trêmulas.

— Só mais uma vez — prometi a ele, inspirando fundo. — Uma última vez.

Ouvi seus gritos — a porta da despensa reverberar — ao me virar e descer para o Inferno.

NOUS TOMBONS TOUS

Reid

— Lou! LOU! — Soquei o alçapão, rugindo seu nome, mas não respondeu. Apenas silêncio. Silêncio e pânico, pânico visceral, à flor da pele, que fechava minha garganta. Estreitava minha visão. Bati de novo. Tentei arrancar a maçaneta. — Não faça isso, Lou. Deixe-nos entrar. DEIXE-NOS ENTRAR.

Deveraux, Beau, Coco e Ansel me cercavam. Os demais observavam da porta de entrada.

— Se está determinado a continuar com este plano fútil, não vou impedi-lo. — Deveraux tocou meu antebraço com gentileza. — Vou, porém, argumentar que esta porta foi barrada com magia e sugerir que nos dirijamos a uma entrada alternativa. A mais próxima fica no cemitério, a talvez quinze minutos de caminhada daqui.

Jean Luc passou por Nicholina, que percorreu a mão pálida por suas costas. Deu um salto para longe.

— A Costa Leste está cheia de Chasseurs. O restante está lá embaixo, nos túneis. Se formos vistos, não poderei protegê-los. Não irei.

— Sua lealdade é uma verdadeira inspiração — zombou Liana.

— Não sou *leal* a nenhum de vocês. Sou *leal* a Célie...

— Jean Luc — interrompeu Beau, batendo com a mão no ombro do caçador. O segurando ali. — Todos aqui querem matar ou, quem sabe, comer você. Cale a boca, meu bom homem, antes que acabe perdendo o baço.

Jean Luc caiu em silêncio rebelde. Me virei para Coco.

— Abra a porta. Por favor.

Ela me fitou por vários segundos tensos.

— Não — respondeu, enfim. — Pode acabar morrendo. Sei que você não se importa com isso, mas Lou, sim. Para a surpresa de todos, *eu* também. Não passarei por cima dos esforços dela de protegê-lo... e, ainda que quisesse, não posso abrir a porta. Ninguém pode, apenas a bruxa que lançou o encantamento.

Um rosnado que rivalizava com o dos lobisomens escapou da minha garganta.

— Eu mesmo vou fazer isso.

Quando convoquei os padrões a emergirem, porém, nenhum deles respondeu. Nem um único fio de ouro. Nem uma única voz dentro da minha cabeça. Furioso, desesperado, me virei para Toulouse, tirando o baralho de tarô do bolso da sua camisa. Empurrei uma carta contra seu peito, e então, *só* então, ouro enfim lampejou em minha visão.

Para conhecer o desconhecido, precisa desconhecer o conhecido, sussurraram as vozes.

Bobagem. Charadas. Não me importava. Escolhendo um padrão aleatório, assisti quando explodiu em uma nuvem de poeira.

— A Força invertida — falei com aspereza, e Toulouse sorriu, olhado para a carta. — Significa fúria intensa. Medo. Falta de confiança nas próprias habilidades, perda de fé em si mesmo. Em alguns casos...

— ... é a perda da própria identidade como um todo. — Riu e virou a carta para mim, revelando uma mulher e um leão de cabeça para baixo. Apesar das circunstâncias terríveis, triunfo explodiu em meu peito. — Já estava mesmo na hora. Estava até ficando um pouco preocupado.

Apontei para a porta com o queixo.

— Pode me ajudar?

O brilho em seus olhos esmaeceu.

— Apenas Lou pode abri-la. Sinto muito.

Merda.

— Para o cemitério, então? — Deveraux bateu palmas. — Maravilha! Me permitem sugerir que nos apressemos? Tempo continua a escorrer por entre nossos dedos.

Assenti, respirando fundo. Cada instante que insistisse naquilo era um instante perdido — mais um em que Morgane atormentava Célie, mais um em que Lou se distanciava. Dois problemas desesperadores. Uma potencial solução? Vasculhei meu cérebro, pensando depressa. Analiticamente.

Lou encontraria Célie. Daquilo, estava certo. Tinha uma vantagem estando na nossa frente. Tinha conhecimento. Tinha incentivo. Não, não havia obstáculo no Céu ou no Inferno — nem mesmo Morgane — que a impediria de ter êxito nisso. Eu não precisava encontrar Célie. Se encontrasse Lou, encontraria as duas.

Lou era o objetivo.

E se uma pequena parte de mim hesitava, lembrando a premonição de Coco, a ignorei. Segui adiante. Bloqueei o caminho de Ansel com um braço quando tentou seguir os demais até a porta, balançando a cabeça.

— Já disse para você ficar de guarda no túnel.

Franziu o cenho.

— Mas está bloqueado. Ninguém vai passar por ali.

— Só fique aqui. — Impaciência afiava minha voz. Não me preocupei em abrandá-la. Havia muito em risco. Durante Modraniht, ele se provara mais problema do que ajuda, e agora tínhamos nos aliado a inimigos. Qualquer um deles podia se voltar contra nós naqueles túneis. Ansel era a presa mais fácil. Tentei de novo. — Escute, Zenna e Seraphine também ficarão. Tome conta delas. Mantenha-as seguras.

O peito de Ansel se desinflou, e virou o olhar ardente para o chão. Suas bochechas e orelhas estavam coradas. Embora parecesse querer protestar, eu não tinha mais tempo a perder. Não podia mais ficar ali o entretendo. Sem mais palavras, me virei e saí.

Nada era mais quieto do que um cemitério à noite. Aquele era pequeno, o mais antigo na cidade. A Igreja tinha parado de enterrar os cidadãos em seu solo havia muito, favorecendo o pedaço de terra mais vasto logo atrás de Saint-Cécile. Agora apenas os membros mais poderosos e afluentes da aristocracia descansavam ali — mas mesmo eles não eram enterrados, indo se juntar a seus ancestrais nas catacumbas subterrâneas.

— A entrada é ali. — Deveraux apontou com a cabeça para a estátua de um anjo. Musgo recobria metade do seu rosto. O vento desgastara seu nariz, as penas nas asas. Ainda assim, era linda. As palavras gravadas na cripta ao lado diziam *Nous Tombons Tous*. Não sabia o que queriam dizer. Felizmente, Deveraux sabia. — Todos caímos — explicou baixinho.

Quando abri a porta, uma rajada de ar estagnado veio me cumprimentar. Uma única tocha iluminava os degraus estreitos de terra.

Beau aproximou-se um pouco demais, olhando para dentro da escuridão com apreensão desvelada.

— O plano continua igual? Vamos nos separar?

Em vez de olhar para baixo, Deveraux olhava para cima, para o céu noturno. Sem lua.

— Não acho que seja sábio.

— Vamos cobrir mais terreno assim — insistiu Jean Luc.

Um sentimento de presságio fez os cabelos em minha nuca ficarem em pé ao descer o primeiro degrau.

— Ficamos todos juntos. Blaise, Liana e Terrance podem nos levar até Lou. Conhecem o cheiro dela. Ela estará com Célie.

— Você coloca muita fé naquela bruxa. — Jean Luc passou por mim, tirando a tocha da parede e a levantando mais alto. Iluminando o caminho. O teto era baixo, me obrigando a me recurvar. — Como pode ter tanta certeza de que ela a encontrará?

— Ela vai.

Atrás de mim, Beau e Coco tinham dificuldades para andar lado a lado.

— Vamos torcer para que os Chasseurs não *a* encontrem — resmungou ela.

O restante do grupo ia atrás, seus passos os únicos ruídos no silêncio. Tantos passos. Jean Luc. Coco e Beau. Deveraux, Toulouse e Thierry. La Voisin e suas bruxas de sangue. Blaise e os filhos. Todos bem equipados. Todos poderosos. Todos prontos e dispostos a destruir Morgane.

Um fiapo de esperança se desenroscou em meu peito. Talvez fosse o bastante.

A primeira passagem continuava, interminável. Embora considerasse o espaço apertado inconveniente, não fazia suor se grudar à minha pele da maneira como ocorria com Jean Luc. Não fazia minhas mãos tremerem, meu fôlego ficar preso. Ele se recusava a desacelerar, porém, caminhando mais e mais rápido até chegarmos à primeira bifurcação. Hesitou.

— Para onde?

— As criptas ficam logo depois do túnel ao leste. — Sussurrou Beau.

— Por que está sussurrando? — Apesar da sua objeção, Coco fazia o mesmo. — E que direção é?

— Leste.

— *Esquerda* ou *direita*, bestalhão?

— Cosette — exclamou o príncipe com surpresa fingida —, você não sabe o que são...?

Um vento súbito apagou a tocha, nos fazendo mergulhar em escuridão absoluta. Vozes cheias de pânico se elevaram. Depressa, levei a mão à parede, mas ela não estava onde deveria estar. Não estava *lá*.

— O que diabos está acontecendo? — gritou Beau, mas Liana interrompeu, xingando com violência.

— Alguma coisa acabou de me *cortar*. Alguém...

O grito de Nicholina rasgou o túnel.

— *Nicholina*. — O tom de La Voisin era alto e ríspido. Minha garganta se contraiu. Quando senti o toque de lã diante de mim, o casaco de Jean Luc, seus dedos seguraram meu braço e lá ficaram. — Nicholina, onde está você?

— Fiquem calmos — comandou Deveraux. — Há magia estranha aqui. Ela prega peças...

A tocha voltou à vida abruptamente.

Sangue salpicava o chão do túnel. Um punhado de rostos amedrontados piscaram para mim na luz. Poucos. *Muito* poucos.

— Onde está Nicholina? — La Voisin agarrou o casaco de Blaise e o empurrou com força contra a parede, mostrando os dentes. Jamais a vira exibir emoção descontrolada daquela maneira. Medo daquela maneira. — *Onde ela está?*

Blaise a afastou, mordendo o ar na frente dela, depois correndo pelo túnel e gritando por Liana e Terrance. Uma olhada rápida em volta confirmou que também tinham desaparecido — junto com a maior parte das bruxas de sangue. Procurei os rostos remanescentes, fraco de alívio quando Beau e Coco assentiram para mim, agarrados um ao outro. Com um sobressalto, notei que Jean Luc ainda segurava meu braço. Soltou no mesmo instante.

O rosto de Deveraux estava fechado.

— Thierry também sumiu.

— Juro que vi... — começou Toulouse, mas a tocha se extinguiu mais uma vez, e, com ela, sua voz também desapareceu. À força. Quando Deveraux chamou seu nome, não respondeu. Os rosnados de Blaise ecoavam pela passagem estreita, amplificando, aumentando nossa histeria, e algo...

algo *respondeu* com outro rosnado. La Voisin gritou, mas não consegui escutar por cima do sangue ribombando em meus ouvidos, por cima de meus próprios gritos por Beau e Coco...

E então ela e Deveraux também mergulharam em silêncio.

Me obrigando a manter o foco, conjurei os padrões. Procurei por entre eles instintivamente, descartando-os ao tocá-los. Precisava de fogo. Não como arma. Como *luz*. Raiva, ódio, palavras amargas — todos me proveriam com o necessário. Afastei-os sem hesitar, buscando aquela centelha solitária de energia. Algo simples. Algo... físico?

Ali.

Esfreguei as palmas da mão uma na outra — uma vez só, com apenas o que necessitava de pressão. Calor respondeu. Uma chama se acendeu, iluminando a nova bolha em meu dedo. Como se tivesse friccionado um graveto de verdade, e não pele. O ar deu conta do resto, e o fogo cresceu em minha mão.

Apenas Beau, Coco, Blaise e Jean Luc permaneciam comigo no túnel.

O último encarava a chama com uma expressão imperscrutável. Ainda não a tinha testemunhado. Minha magia.

— Sumiram. — Beau afrouxou a mão que segurava Coco, o rosto pálido. — Simplesmente *sumiram*. — Olhou para cima e para baixo com olhos arregalados, hesitando diante do sangue a nossos pés. — O que fazemos agora?

Jean Luc respondeu por mim, reacendendo sua tocha com meu fogo. Virando para o túnel à direita.

— Continuamos.

PARAÍSO PERDIDO

Lou

Tochas margeavam as passagens de terra, banhando os rostos dos transeuntes em sombras. Por sorte, eram poucos os que se aventuravam por aquela parte, e os que o faziam caminhavam com determinação na direção de algo — La Mascarade des Crânes, se as máscaras em tons ricos e luxuosos serviam de qualquer indicação. Tomavam os túneis da esquerda. Por impulso, segui o da direita. O caminho fazia uma ladeira gradual num primeiro momento — a pedra lisa e escorregadia por ter sido pisada por tantos pés —, antes de começar uma descida inesperada. Tropecei, e um homem irrompeu de dentro das sombras, topando comigo e amparando meus ombros. Soltei um gritinho agudo sem muita dignidade.

— Onde está a sua máscara, moça bonita? — perguntou com palavras arrastadas, seu hálito quase queimando os pelos no meu nariz. Sua própria máscara escondia a parte superior do seu rosto, projetando-se para fora em um bico preto cruel. Um corvo. No centro da testa, um terceiro olho me encarava. Não podia ser coincidência.

E jurei que tinha piscado para mim.

Fazendo uma carranca — o rosto quente de vergonha, ombros tensos com inquietude —, o empurrei para longe.

— Já estou vestindo uma. Não notou?

Resisti à tentação de mover o pulso, de alongar minhas unhas até se transformarem em lâminas afiadas para arranhar a porcelana em sua bochecha. Embora a magia que tivesse trancado Reid longe fisicamente de mim também o bloqueasse emocionalmente (de maneira temporária, até me livrar do padrão), ainda escutava sua voz em minha mente, em meu coração. Não precisava ferir aquele homem. Ferir a mim mesma.

— É a pele dos meus inimigos — sussurrei, forçando um sorriso malicioso a se abrir. — Deveria acrescentar a sua?

Ele soltou um grito e fugiu.

Expirando com força, segui em frente.

Os túneis serpenteavam em um labirinto de pedra. Caminhei por eles em silêncio por mais vários minutos, meu coração ressoando uma batida desenfreada em meu peito. Ficava mais alta a cada passo. Andei mais depressa, os pelos em minha nuca se eriçando. Alguém me espreitava. Podia senti-lo.

— Saia, saia, de onde quer que esteja — murmurei, na esperança de me encorajar.

Em resposta a minhas palavras, porém, um estranho vento soprou pelo túnel, apagando as tochas e me afundando na escuridão. Risada familiar ecoou de todas as direções ao mesmo tempo. Xingando, busquei minha adaga e tentei encontrar uma parede, tentei me ancorar naquele breu insidioso...

Quando meus dedos roçaram na pedra, as tochas voltaram a se acender.

Um lampejo de cabelos brancos desapareceu na curva.

Corri atrás dele como uma tola, sem querer ser pega sozinha naquela escuridão novamente, mas tinha sumido. Continuei correndo. Quando irrompi dentro de um cômodo longo e escuro cheio de caixões, parei, arfando e examinando o mais próximo de mim com alívio.

— Padre Lionnel Clément — falei, lendo o nome esmaecido gravado na pedra. Um crânio amarelo empoleirava-se num peitoril acima dela. Li o nome seguinte. *Padre Jacques Fontaine.* — Clérigos.

Segui em frente, devagar, fazendo pausas ocasionalmente para escutar.

— Célie? — Embora baixa, minha voz ecoou de maneira antinatural na tumba.

Diferentemente do silêncio absoluto dos túneis, este parecia viver e respirar, soprando em meu pescoço, me urgindo a fugir, fugir, *fugir*. Fui ficando cada vez mais sobressaltada enquanto os minutos passavam, enquanto os cômodos aumentavam de tamanho. Não sabia o que procurar — não sabia nem por onde começar. Célie poderia estar em qualquer um daqueles caixões, inconsciente ou coisa pior, e jamais saberia. Ainda assim... não conseguia me livrar da sensação de que Morgane *queria* que encontrasse Célie. Um jogo em que eu não tinha chances de ganhar não era tão divertido. Morgane não teria gostado daquilo. Tampouco teria escolhido um ataúde arbitrariamente. Seus jogos eram metódicos, cada movimento acertando com precisão e força. Suas mensagens tinham me trazido até ali, cada verso uma charada, uma pista, me guiando mais fundo dentro do seu jogo.

Desesperada dentro do seu esquife... só, mas não só.
Presa dentro de um túmulo espelhado, com sua máscara de pó.

Tudo apontava para aquele lugar, aquele momento. Apenas o uso da palavra *espelhado* me confundia.

Absorta em pensamentos — certa de que tinha deixado algo passar —, quase não notei a plataforma no salão seguinte, onde centenas de velas iluminavam um caixão dourado. Na tampa, anjos com asas e demônios com chifres dançavam nas sombras, fixos em um abraço eterno, enquanto rosas e crânios se entrelaçavam em beleza macabra nas laterais. Uma obra de arte.

Sem perceber, me aproximei, percorrendo os dedos pelo rosto cruel de um anjo. As pétalas de uma rosa. As letras do seu nome.

VOSSA EMINÊNCIA, FLORIN CARDINAL CLÉMENT,
ARCEBISPO DE BELTERRA
Em verdade digo que hoje estarás comigo no Paraíso

Florin Clément. Tinha rido do nome um dia, sem saber que me pertencia também. Em um mundo diferente, poderia ter sido Louise Clément, filha de Florin e Morgane. Talvez tivessem se amado, adorado um ao outro, enchendo nosso lar na Costa Leste de pãezinhos de canela e eucaliptos em potes... e crianças. Muitas e muitas crianças. Uma casa repleta delas, irmãozinhos e irmãzinhas com sardas e olhos azul-esverdeados. Como eu. Poderia ter lhes ensinado como escalar árvores e trançar os cabelos, como cantar fora do tom logo à porta de nossos pais antes do nascer do sol. Poderíamos ter sido felizes. Uma família.

Aquilo — *aquilo* —, sim, teria sido o Paraíso.

Com um suspiro melancólico, abaixei a mão e me virei.

Não ajudava em nada imaginar uma vida assim. Meu vinho tinha sido aberto já havia muito, e não era um buquê de calor e lar, nem amigos e família. Não, o meu cheirava a morte. A segredos. A podridão.

— Está aí dentro com ele, Célie? — perguntei com amargura, mais para me distrair dos pensamentos que me tragavam do que qualquer outra coisa. — Tem bem cara de algo que Morgane faria... — Com um ruído de surpresa, girei, os olhos arregalados. — Túmulo espelhado — sussurrei. *Uma casa repleta delas, irmãozinhos e irmãzinhas com sardas e olhos azul-esverdeados. Como eu.*

Droga.

Eu sabia onde ela estava.

UM MAL NECESSÁRIO

Reid

O desaparecimento dos outros tornou-se uma presença por si só. Pairava sobre nós como uma corda, retesando-se a cada pequeno ruído. Quando Beau chutou uma pedrinha, Jean Luc ficou tenso. Quando Coco inspirou ruidosamente, Blaise rosnou. Estava semitransformado, os olhos luminosos na quase escuridão, para poder sentir melhor o cheiro de Lou — e para poder enfrentar melhor o que quer que vagasse por aquelas passagens.

— Isto não acaba com Célie e Lou — dissera Coco com ferocidade quando ele tentou nos deixar para procurar pelos filhos. Curiosamente, não tinha sido capaz de seguir seu rastro pelo olfato. O rastro de *nenhum* deles. Tinham simplesmente... evaporado. — Acaba com Morgane. Isso tem a marca das garras dela. Onde quer que esteja, Liana e Terrance também estarão. Pode confiar.

Ninguém expressou o que aquilo significava. Todos sabíamos.

Mesmo um momento sequer à mercê de Morgane era tempo demais. Tarde demais.

— Ela *tem mesmo* garras? — resmungara Beau instantes depois.

Coco arqueou uma sobrancelha.

— Você estava lá em Modraniht. Viu com seus próprios olhos.

— Não eram garras.

— Deveriam ter sido. Ela também devia ter uma verruga e uma corcunda, aquela cachorra vulgar.

Até Jean Luc abriu um sorrisinho. Sua Balisarda pesava contra meu peito. Enfim — quando já não a suportava mais — a desembainhei, estendendo a faca para ele.

— Aqui. Tome.

O sorriso se desfez, hesitante.

— Por que... por que está me devolvendo?

Fechei os dedos dele ao redor do cabo.

— É sua. A minha já não existe mais. — Quando dei de ombros, o movimento não pareceu forçado. Pareceu... certo. *Leve*. Um peso tirado dos meus ombros. — Talvez seja melhor assim. Não sou mais um caçador.

Ele me encarou. E a represa ruiu.

— Você é um bruxo. Matou o arcebispo com... magia. — Sua voz era cheia de acusação. De traição. Mas lá, em seu olho, havia um brilho de esperança. Queria que eu negasse tudo. Queria que eu colocasse a culpa em outra pessoa, qualquer pessoa, pelo que acontecera a nosso patriarca. Naquela centelha, reconheci meu velho amigo. Continuava lá. Apesar de tudo, ainda queria confiar em mim. Aquela revelação devia ter me reconfortado, mas não o fez.

Era uma mentira.

— Sim. — Assisti enquanto a esperança murchava, quando ele se retraiu fisicamente para longe de mim. O olhar de Blaise tocou minha face, curioso, me estudando, mas o ignorei. — Não vou negar e não vou me explicar. Sou um bruxo e matei nosso patriarca. O arcebispo não merecia o que aconteceu, mas também não era o homem que pensávamos ser.

Visivelmente decepcionado, Jean Luc esfregou o rosto com a mão.

— Maria, mãe de Deus. — Quando levantou a cabeça de novo, encontrou meus olhos não exatamente com camaradagem, mas uma espécie de resignação. — Você sempre soube?

— Não.

— Você o enfeitiçou para ganhar a sua posição?

— Claro que não.

— E se sente... diferente? — Com isso, engoliu em seco, mas não desviou o olhar. Naquele pequeno ato de desafio, me recordei do menino que tinha se tornado meu amigo, que se importara comigo, aquele que sempre me estendia a mão quando estava caído. O mesmo que socara Julien por me chamar de moleque do lixo. Antes da ganância nos ter endurecido um para o outro. Antes da inveja.

— Não sou a mesma pessoa de antes, Jean. — As palavras, tão diferentes das anteriores, tão verdadeiras, caíram pesadas dos meus lábios. Finais. — Tampouco você é. Jamais seremos o que fomos um dia. Mas aqui, agora, não estou pedindo a sua amizade. Morgane está perto, e juntos, independente do nosso passado, temos uma chance real de derrotá-la.

— Você pensou que ela atacaria durante o velório. Estava errado.

Sem convite, mais verdades transbordaram. Me sentia mais leve a cada palavra.

— Pensei o que precisava pensar para testemunhar o velório do arcebispo. — Não tinha me dado conta daquilo antes. Talvez não *pudesse*. E embora tivesse estado errado, não me arrependia. Não podia. Ele começou a argumentar, mas segui adiante antes que as próximas palavras morressem em minha garganta. Me forcei a fazer contato visual direto. — Jean. Eu... nunca soube sobre Célie.

Ele ficou tenso.

— Se eu soubesse como você se sentia, eu teria... — O quê? Recusado o amor dela? O do arcebispo? Teria me recusado a enfrentá-lo no torneio ou a fazer meu juramento? Teria aberto mão dos meus sonhos por também serem os dele? — Sinto muito — falei, simplesmente.

E sentia. Sentia muito que a vida nos tivesse dado as mesmas cartas. Sentia muito pela dor dele, pelo sofrimento que inadvertidamente lhe causara. Não podia apagá-lo, mas podia reconhecê-lo. Podia abrir aquela porta para nós dois. Não podia, porém, obrigá-lo a passar por ela.

Um momento tenso transcorreu antes de Jean Luc abaixar a cabeça, mas reconheci o que significava o movimento — um único passo.

Sem mais palavras, retomamos nossa busca. Demorou mais meia hora para Blaise captar o cheiro de Lou.

— Ela está perto. — Franziu a testa, aproximando-se do túnel adiante. — Mas há outros. Posso escutar os batimentos cardíacos, a respiração... — Deslizou para trás de repente, os olhos arregalados ao virar. — *Corram.*

Chasseurs viraram a curva.

Com as Balisardas erguidas, me reconheceram no mesmo instante e investiram. Philippe os liderava. Quando Jean Luc pulou na nossa frente, porém — me empurrando para trás, para fora da linha de tiro —, todos pausaram.

— O que é isto? — rosnou Philippe. Não abaixou a lâmina. Seus olhos viajaram até a Balisarda de Jean Luc. — Onde foi que...?

— Reid a devolveu.

Aqueles que estavam atrás do homem mais velho se remexeram, desconfortáveis. Não gostavam daquela nova informação. Eu era um bruxo. Um assassino. Confusão e inquietude lampejaram por seus rostos quando notaram a postura defensiva de Jean Luc.

— O que faz aqui, capitão? — Philippe apontou com o queixo para mim. — É nosso inimigo. Todos eles são.

— Um mal necessário. — Após um único olhar hesitante em minha direção, Jean Luc endireitou os ombros. — Temos novas ordens, homens. Morgane está aqui. Vamos encontrá-la. E matá-la.

O TÚMULO ESPELHADO

Lou

No meio das catacumbas, encontrei a sepultura da família Tremblay.

Nunca antes tinha rezado com tanto fervor para estar errada — e nunca antes me sentira tão nauseada. Como nos outros cômodos, crânios abarrotavam as prateleiras ali, demarcando o lugar de descanso final de cada ancestral. Era um costume que jamais compreendera. Bruxas não decapitavam seus mortos. As cabeças eram removidas antes ou depois da decomposição? Ou... ou o faziam durante o processo de embalsamar o corpo? A propósito, *quem* era o responsável por aquilo, para começo de conversa? Com certeza não seriam as famílias. Meu estômago se revirava ao pensar em serrar os ossos de um ente querido, e decidi que não queria saber as respostas para aquelas perguntas.

Meus passos foram ficando mais pesados, como chumbo, quanto mais me embrenhava dentro daquela câmara, até finalmente — *finalmente* — encontrar seu nome gravado num bonito caixão feito de madeira rica.

FILIPPA ALLOUETTE TREMBLAY
Filha e irmã amada

— Célie? Está aí?

Não houve resposta.

Ao menos o crânio de Filippa ainda não havia sido exposto.

Com os músculos reclamando, empurrei a tampa do caixão, mas nem se moveu. Após vários momentos fazendo força em vão, arfei: — Não sei se consegue me ouvir... E espero de verdade que não esteja aí dentro, e neste caso preciso me desculpar *profundamente* à sua irmã, mas isto aqui não está dando certo. Esta porcaria é pesada demais. Terei que usar magia para tirá-la daí.

Uma pedra deslizou pelo chão atrás de mim, e girei, as mãos no ar.

— *Ansel?* — Boquiaberta, abaixei os braços. — O que está fazendo aqui? Como foi que *me encontrou?*

Ele fitou os crânios com olhos esbugalhados.

— Quando os outros saíram, tentei o alçapão de novo. Eu tinha um palpite. — Abriu um sorriso hesitante. — Depois do que aconteceu com Coco, sabia que tentaria ser mais cuidadosa com a sua magia, com os padrões que pode manter de maneira segura, e trancar a porta contra Reid apenas... me pareceu mais simples do que contra todos, ou permanentemente. Quando abriu, segui pelo primeiro túnel. Me trouxe direto para cá.

— Impossível. — Eu o encarei, incrédula. — Aquele túnel não tem saída. Você deve ter dado a volta no escuro. Onde estão os outros?

— Foram procurar a entrada no cemitério.

— A entrada no cemitério. — Espontaneamente, liberei o padrão que enjaulava meu coração, e todo o amor que sentia por Reid, todo o desespero, todo o *pânico*, se insurgiu dentro de mim em uma onda desorientadora. Cambaleei de leve sob sua magnitude. — *Merda.* Reid...?

Ele deu de ombros, desamparado.

— Não sei. Ele me disse para ficar na pousada, mas... não pude. Tinha que ajudá-la de alguma forma. Por favor, não fique brava.

— Brava? Não estou... — Um pensamento súbito e terrível agarrou meu pescoço. Não. Balancei a cabeça, zonza com o absurdo completo daquela revelação. Sufocando com risada. Para ele, para mim mesma, falei: — Não, não, não. Não estou brava.

Não, não, não, ecoavam meus pensamentos, repetindo a palavra como um talismã.

Colando um sorriso vibrante no rosto, entrelacei nossos braços e o trouxe para meu lado.

— Não há nada com que se preocupar. Só acho que, dadas as circunstâncias, pode ser que Reid tivesse razão. Seria melhor se você retornasse e esperasse...

Ele se desvencilhou de mim, os olhos lampejando com mágoa.

— Já é quase meia-noite, e você ainda não encontrou Célie. Posso ajudar.

— Na verdade, acho que talvez tenha encontrado...

— Onde ela está? — Passou os olhos pelos ossos e caixões, ansiedade criando sulcos na testa. — Está viva?

— Acho que sim, mas estou tendo um probleminha...

— O que quer que seja, posso ajudar.

— Não, acho melhor você...

— O que é? — Levantou o tom de voz. — Acha que não consigo?

— *Sabe* que não é isso que...

— Então o quê? Posso ajudar. *Quero* ajudar.

— Sei que quer, mas...

— Não sou nenhuma *criança*, Lou, e estou cansado de todo mundo me tratar como uma! Já tenho quase *17 anos*! É um ano a mais do que você tinha quando salvou o reino...

— Quando *fugi* — cortei com rispidez, perdendo a paciência. — Ansel, eu *fugi*, e agora estou pedindo para fazer o mesmo...

— *Por quê?* — explodiu ele, jogando as mãos para o alto. Cor subiu a suas bochechas, e os olhos queimavam com intensidade. — Você mesma me disse que eu não era inútil, mas ainda não acredito em você. Não sei lutar. Não sei lançar feitiços. Me deixe provar que posso fazer *algo*...

Xinguei alto.

— Quantas vezes vou ter que lhe dizer isto, Ansel? Não precisa me provar *nada*.

— Então me deixe provar para mim mesmo. — Com a voz falhando, ele se retraiu e abaixou os olhos. Fitou os punhos em desalento. — Por favor.

Meu coração se partiu. Ele achava que era um imprestável. Não, *acreditava* que era, lá dentro, e eu... não podia fazer nada a respeito. Não agora. Não com sua vida na balança. Talvez não valesse grande coisa para o mundo, para si mesmo, mas para mim... para mim, era tão precioso que não tinha preço. Se houvesse uma chance, por menor que fosse...

Um homem que leva em seu coração morrerá.

Me odiava pelo que estava prestes a fazer.

— Tem razão, Ansel. — Minha voz se endureceu. Se eu contasse a verdade, ele insistiria. Se recusaria a ir embora. Precisava feri-lo a ponto de não querer, não *poder*, ficar. Assenti e cruzei os braços. — Quer mesmo que eu diga com todas as letras? Tem razão. Você destrói tudo que toca. Não consegue nem *andar* sem tropeçar, que dirá empunhar uma espada. Não consegue falar com uma mulher sem corar, então como poderia salvar uma? Francamente, é... é uma *tragédia* ver como você é incapaz.

A cada palavra ele desmoronava mais, lágrimas brilhando em seus olhos, mas eu ainda não tinha terminado.

— Você diz que não é nenhuma criança, Ansel, mas é, sim. Você *é*. É como... é um menininho brincando de faz de conta, de se fantasiar com casacos e sapatos dos adultos. Deixamos você vir conosco para alívio cômico, mas agora já não temos mais tempo para joguinhos. A vida de uma mulher está em perigo... a *minha* vida está em perigo. Não temos o luxo de falhar. Sinto muito.

Com o rosto pálido, ele não respondeu.

— Agora — falei, me forçando a continuar, a *respirar* —, você vai dar meia-volta e retornar pelo túnel por onde veio. Vai voltar para a taberna e vai se esconder no seu quarto até que tudo esteja *seguro*. Está entendido?

Ele me fitou, pressionando os lábios para impedir que tremessem.

— Não.

— Não, não está entendido?

— Não. — Ele se empertigou, limpando uma lágrima errante da bochecha. — Não vou voltar.

— Como é?

— Eu disse que *não*, não vou...

Meus olhos se estreitaram.

— Eu ouvi o que você disse. Estou lhe dando uma chance de reconsiderar.

— E o que vai fazer? — Riu com desdém, e o som era tão triste, tão atípico, que me perfurou a alma. — Congelar meu coração? Esmagar meus ossos? Me fazer esquecer que conheci você um dia?

Passei a ponta dos dedos pela madeira do caixão, refletindo. Aquela magia machucaria a nós dois, mas ao menos ele estaria machucado e *vivo*.

— Se você me obrigar.

Nos entreolhamos — ele mais feroz do que jamais o vira — até uma batida soar a nosso lado. Viramos para olhar o caixão de Filippa, e fechei os olhos, envergonhada. Tinha me esquecido de Célie.

— Tem alguém... — A boca de Ansel se abriu com uma respiração horrorizada. — Célie está aí dentro? *Viva?*

— Está — sussurrei, todo ânimo de discutir me abandonando de repente. Coco dissera que suas visões raramente eram o que pareciam. Talvez esta se desenrolasse de maneira diferente. O futuro era caprichoso. Se o mandasse embora, podia encontrar sua morte nos túneis. A meu lado, talvez pudesse... protegê-lo de alguma forma. — Fique perto de mim, Ansel.

Juntando forças, conseguimos deslizar o caixão de Filippa até o chão. Abri-lo era outra história. Magia era necessária para descerrá-lo. Mas era especialista em romper fechaduras, e, para minha sorte, tinha acabado de romper uma amizade.

Outro *round* no jogo de Morgane.

A tampa se abriu com facilidade.

Quando vimos Célie deitada, inconsciente, em meio aos restos mortais da irmã, Ansel prontamente vomitou todo o conteúdo do seu estômago. Quase segui seu exemplo, pressionando um punho contra a boca para deter a bile. O cadáver de Filippa não tinha se decomposto por completo ainda, e a carne podre escorria contra a pele de Célie. E o fedor, era...

Vomitei no crânio de Monique Priscille Tremblay.

— Ela nunca vai se recuperar disto — falei, limpando a boca com a manga da camisa. — Isso... isso é doentio, até para Morgane.

Ao ouvir minha voz, Célie levantou o tronco, os olhos se abrindo. Lágrimas escorriam por sua bochecha ao virar-se para me encarar.

— Célie — murmurei, me ajoelhando a seu lado. — Sinto tanto...

— Você me encontrou.

Limpei a gosma dos seus cabelos e rosto o melhor que podia.

— Claro que sim.

— N-não achei que vi-viria. Estou aqui embaixo faz s-semanas. — Embora tremesse violentamente, não se levantou do caixão. Coloquei meu manto ao redor dos seus ombros. — Ela... ela me visitou algumas vezes. Debochava de mim. D-dizia que eu m-m-morreria aqui. Disse... disse que Reid tinha se e-esquecido de mim.

— Shhh. Está segura agora. Foi Reid quem me enviou. Vamos tirá--la daqui e...

— Não posso. — Ela soluçou ainda mais quando Ansel e eu tentamos levantá-la, mas seu corpo permaneceu firmemente preso dentro do caixote. Puxamos com mais força. Não se moveu. — Não p-posso me mexer. A menos que eu leve você até... até ela. Colocou um f-feitiço em mim. — Senti instantaneamente o cheiro de magia, quase indiscernível sob o fedor de podre. — Se n-não levar, terei que f-ficar aqui com... com Filippa...

Uma lamúria alta escapou da garganta dela, e eu a abracei mais apertado, desejando, desesperadamente, que Reid estivesse ali. Ele saberia o que fazer. Saberia como reconfortá-la...

Não. Fechei a porta com violência naquele pensamento.

Desejava que Reid *não* estivesse ali. Embora não pudesse trancar Ansel longe — não sozinho nas criptas com apenas o cadáver de Filippa como companhia —, ainda podia impedir que Reid nos encontrasse, nos seguisse até Morgane. Na minha cabeça, se os mantivesse separados, ele estaria seguro. Ainda podia rezar que a visão de Coco estivesse errada, rezar para que todos sobrevivessem àquela noite.

— Consegue se levantar?

— A-acho que não.

— Pode tentar? Ansel e eu vamos ajudar.

Ela se afastou como se só naquele instante se desse conta de que eu a tocava.

— N-não. Você... você *r-roubou* Reid de mim. Ela d-disse que você o *enfeitiçou*.

Tentei permanecer calma. Não era culpa de Célie. Era de Morgane. Se bem conhecia minha mãe, tudo que dissera a ela enquanto estavam juntas tinha sido mentira. Assim que o choque de Célie se dissipasse, seria impossível persuadi-la a vir comigo. Eu era a inimiga. Era a bruxa que roubara o coração de Reid.

— Não podemos ficar sentadas no chão para sempre, Célie. Temos que sair alguma hora.

— Onde está Reid? — Seu fôlego ficou engasgado mais uma vez, e ela começou a olhar em volta em desespero. — Onde está ele? Eu quero Reid!

— Posso levar você até ele — respondi com paciência, gesticulando para Ansel vir se juntar a mim no chão. Ela tinha recomeçado a gemer, balançando o corpo para a frente e para trás, as mãos escondendo seu rosto. — Mas vou precisar que saia daí de dentro.

Como previra, suas lamúrias cessaram quando notou Ansel por entre os dedos.

— Você — sussurrou, segurando a beirada do caixão. — Vi... vi você na Torre. É um noviço.

Graças a Deus Ansel teve o bom senso de mentir.

— Sim — confirmou com facilidade, tomando a mão dela. — Sou, sim. E preciso que você confie em mim. Não vou deixar ninguém machucar você, Célie, muito menos uma bruxa.

Ela inclinou-se mais para perto.

— Você não entende. Posso s-sentir a magia dela me puxando. Bem aqui. — Deu tapinhas no peito, o movimento frenético, espasmódico. Tinha sangue seco sob as unhas, como se tivesse tentado arranhar um buraco pela madeira na tentativa de fugir. — Se me levantar, não terei escolha. E-ela está nos *esperando*.

— Pode quebrar o feitiço? — Ansel me perguntou.

— Não é assim que funciona. Não sei o que Reid fez em Modraniht, mas deve ter exigido um foco extraordinário, talvez uma onda de emoção poderosa enquanto Morgane estava distraída, e agora, eu não posso...

Vozes abafadas ecoaram pelo túnel. Embora não pudesse discernir as palavras, as cadências, sermos encontrados ali não seria ideal. Especialmente por Reid.

— Levante — comandei com rispidez a Célie. — Levante-se e nos leve até Morgane antes que essa noite se torne um inferno.

Quando ela me encarou, perplexa diante da minha explosão súbita, puxei sua mão com ferocidade. Não adiantava. Não podia romper aquelas amarras. Célie teria que escolher se levantar por si mesma.

Por isso, segurei seu rosto e sibilei:

— Se não se levantar, Reid morrerá.

Ela se levantou.

LA MASCARADE DES CRÂNES

Lou

Fora do controle do corpo, Célie caminhava com passos mecânicos pelos túneis à esquerda, nos levando em direção à Mascarada das Caveiras. Quase pisei duas vezes em seus calcanhares em minha pressa. A qualquer segundo, Reid podia surgir por ali. Precisava cuidar de Morgane antes que acontecesse.

Minha mente se insurgia contra mim, apresentando novos problemas a cada passo dado — problemas novos com soluções antigas. Como de praxe, Morgane estava uma jogada a nossa frente. Tinha reunido meus aliados — *e fugido para enfrentar Morgane sem eles*, escarneceu minha mente —, persuadido peças fortes a entrarem no tabuleiro, esperado o ataque dela. Mas não tinha atacado. Ao menos não da maneira que eu planejara. Encarava as costas frágeis de Célie, o vestido de luto imundo. Agora estava presa como um rato nos esgotos com apenas Ansel e Célie de ajuda. Ainda que não tivesse jurado manter os dois fora do embate, minhas chances de sair com vida daquele encontro eram inexistentes.

Era um desastre.

O caminho se abria à medida que seguíamos em frente, mais lamparinas iluminando este túnel do que os demais. Caminhamos por cerca de um minuto antes de vozes ecoarem adiante — muitas vozes, animadas e altas. Desconhecidas. Algumas se elevavam em um canto, acompanhadas pelo dedilhar alegre de bandolins, os doces acordes de uma harpa, até as notas mais fortes de uma rabeca. Quando viramos no túnel, os primeiros quiosques pintados nos cumprimentaram. Ali, mercadores mascarados ronronavam para donzelas vestidas de maneira escandalosa, prometendo mais do que doces e tortas, enquanto outros anunciavam tesouros como sonhos engarrafados e pó de fadas. Bardos serpenteavam por entre os fregueses. Aplaudido por transeuntes, um contorcionista retorcia braços e pernas em formas impossíveis. Para onde quer que olhasse, foliões dançavam, riam, gritavam, derramando vinho no chão dos túneis. Moedas transbordavam com igual facilidade.

Quando uma criança de rosto imundo — uma ladrazinha — deslizou a mão para dentro do meu bolso, agarrei seu pulso, estalando a língua.

— Acho que vai ter mais sorte ali — sussurrei, apontando para um casal embriagado sentado ao lado de um carrinho de *bugnes* polvilhados com açúcar. A menina assentiu, agradecida, e se esgueirou até os dois.

Não podíamos parar para aproveitar a vista, no entanto, pois Célie marchava em frente, ondeando em meio aos convidados como uma serpente hipnotizada. Corremos para acompanhar seu passo.

Ignorava os infinitos túneis laterais e seus encantos desconhecidos, se atendo à rota principal. Outros juntaram-se a nós, sussurrando animadamente, seus rostos obscurecidos por fantasias elaboradas: leões e leoas com máscaras de pelo espesso e garras de diamante; dragões com chifres e escamas pintadas que brilhavam, metálicas, à luz das tochas; pavões com plumas de cores azul-petróleo, dourada e turquesa, as máscaras cintilantes moldadas em bicos elegantes. Até mesmo os convidados menos abastados não tinham poupado esforços nem dinheiro, trajados em seus melhores ternos, com os rostos pintados. O homem mais próximo de mim lembrava o diabo, com sua face vermelha e chifres pretos.

Todos olhavam para nossos rostos limpos com curiosidade, mas ninguém comentou. Minha apreensão crescia a cada passo. Morgane estava perto. Tinha que estar. Quase podia sentir seu hálito em meu pescoço, ouvir sua voz chamando meu nome.

Percebendo minha agitação, Ansel tocou minha mão e apertou.

— Estou aqui, Lou.

Respondi com dedos dormentes. Talvez não tivesse destruído nossa amizade a ponto de não ter volta. O pensamento me encorajou o suficiente para sussurrar:

— Estou com medo, Ansel.

— Eu também.

Cedo demais, o túnel se abriu em um espaço vazio e cavernoso — como o interior de uma montanha crescendo dentro da terra, e não para o céu lá em cima. Bancos rústicos de pedra recobriam as paredes inclinadas como se fossem fileiras de dentes, e uma escadaria íngreme levava para baixo, baixo, baixo, para dentro de uma boca de terra.

E ali, no centro daquele palco primitivo, estava minha mãe.

Vestida com uma longa capa de veludo preto, ela resplandecia. Os braços permaneciam desnudos apesar do frio do subterrâneo, e os cabelos de luar ondeavam por suas costas abaixo. Um diadema de ouro intrincado ornamentava sua cabeça, mas eram os cadáveres flutuando acima dela em círculos — serenos, seus olhos fechados e mãos entrelaçadas — que formavam sua verdadeira coroa. Embora não pudesse ver os detalhes das suas feições, *podia* ver os pescoços cortados. Uma cratera se formou em meu estômago quando compreendi. Terror. Posicionei Ansel e Célie atrás de mim em um movimento sutil.

Ela abriu os braços e um sorriso largo e exclamou:

— Amada, seja bem-vinda! Fico tão feliz que tenha se juntado a nós!

Ao redor, centenas de pessoas estavam sentadas, imóveis de uma maneira antinatural, em silêncio e nos fitando por trás das máscaras. Magia dominava o ar, tão densa e pesada que meus olhos marejaram, e soube instintivamente que aqueles espectadores não podiam se mover. Os olhos daqueles que tinham entrado conosco se esvaziaram, e, sem uma palavra, seguiram para seus assentos sem precisar de direcionamento. Tomada por pânico súbito, procurei por Reid, Coco e Beau em meio à audiência, mas não estavam à vista. Soltei um suspiro de alívio que não durou muito tempo.

— Olá, *maman*.

Seu sorriso cresceu diante da minha postura defensiva.

— Você está linda. Tenho que admitir, *ri* um pouquinho quando seu cabelo derreteu... erro clássico, amada... Mas acho que você tem que admitir que essa nova cor lhe cai muito bem. Venha cá, para eu poder ver melhor.

Meus pés pareceram criar raízes.

— Estou aqui. Libere Célie.

— Ah, acho que não. Vai perder toda a diversão assim. — Com um floreio da cauda da capa atrás dela, deu um passo à frente, revelando outro corpo a seus pés. Meu coração afundou no peito. Mesmo de longe, reconhecia a silhueta pequena, os cachos acaju.

— Gabrielle — sussurrei, horrorizada.

Ansel ficou tenso a meu lado.

— Ela está...?

— Morta? — completou Morgane, cutucando o rosto da menina com a bota. Gaby gemeu em resposta. — Ainda não, mas logo logo. Com a ajuda da minha filha, evidentemente. — Pisou na mão de Gabrielle ao continuar a atravessar o palco. — Onde está o seu caçador, Louise? Tinha esperança de que viesse com você. Tenho *muito* o que conversar com ele, sabe. Um bruxo! Não pode nem imaginar minha surpresa depois do truquezinho que tirou da cartola durante Modraniht. Trocar a vida do arcebispo pela sua? Inspirador.

Endireitei os ombros.

— A sua mensagem dizia que você a deixaria ir embora.

— Não. Dizia que eu devoraria seu coração se você não a resgatasse até a meia-noite, que, aliás — ela passou a língua pelos dentes em uma demonstração obscena —, é agora. Talvez você possa me oferecer uma distração neste meio-tempo.

— Mas eu a resgatei...

— Não, Louise. — Seu sorriso tornou-se sombrio. — Não resgatou. Agora — disse de maneira prática —, me conte, existem outros como o seu caçador? Talvez eu tenha sido tola ao descartar nossos filhos. A tarefa de rastreá-los provou-se quase impossível, e aqueles que encontrei... bem, têm um medo terrível de mim. Parece que não são *todos* os filhos que herdam nossos dons. — Ela olhou com ternura para os cadáveres acima dela. — Mas não foi uma perda completa de tempo. Meu trabalho rendeu frutos diferentes.

— Não encontramos mais ninguém — menti, mas ela sabia. Sorriu.

— Venha cá, docinho. — Ela curvou um dedo para Célie, que estava tão perto das minhas costas que podia sentir seu corpo tremendo. — Uma bonequinha tão encantadora. Venha cá, para eu poder quebrá-la toda.

— Por favor — sussurrou a jovem, apertando meu braço enquanto seus pés se moviam por vontade própria. — Por favor, me ajude.

Segurei sua mão e a mantive ali.

— Deixe-a em paz, Morgane. Você já a atormentou o suficiente.

Morgane inclinou a cabeça para o lado como se estivesse refletindo

— Talvez tenha razão. Seria muito menos satisfatório simplesmente matar a garota, não é mesmo? — Ela bateu palmas e riu. — Ah, que encantadoramente cruel você é! Tenho que dizer que estou admirada. Com a carne da irmã morta ainda manchando a pele dela, *é óbvio* que devemos condená-la a viver... a viver e jamais se esquecer. O *tormento*, como você bem disse, será delicioso.

Sentindo gosto de bile na boca, soltei a mão de Célie. Quando seus pés continuaram seguindo em frente, porém, ela deixou escapar um soluço.

— O que você está fazendo? — rosnei, descendo os degraus aos pulos atrás da jovem.

— Por favor, Louise — ronronou minha mãe. — *Desejo* que você chegue mais perto. Siga a boneca. — Para Ansel, acrescentou: — Pela maneira como se remexe ao lado dela, presumo que seja um bichinho de estimação. Um passarinho, quem sabe. Fique onde está, a menos que queira que eu arranque suas plumas para um chapéu.

Ansel levou a mão à faca em seu cinto. Acenei para se afastar, sibilando:

— Fique aqui. Não lhe dê mais motivos para notá-lo.

Seus olhos enormes piscaram. Ainda não tinha ligado os pontos.

— Estou esperando — cantarolou ela, a voz cheia de mel.

Bruxas aguardavam nos degraus, vigiando enquanto eu e Célie descíamos. Eram mais do que tinha esperado. Mais do que reconhecia. Manon estava quase no final da escada, mas se recusava a olhar para mim. Indiferença alisava as feições afiadas, transformavam seu rosto negro em uma máscara. Mas ela engoliu em seco quando passei, a fachada rachando quando os olhos viajaram até um dos cadáveres.

Era o homem bonito de cabelos dourados de antes. Gilles.

A seu lado, duas meninas de compleição igualmente pálida pairavam, seus olhos vidrados do mesmo tom azul. Uma moça mais velha de cabelos castanhos flutuava do outro lado dele, e uma criancinha — não podia ter mais do que três anos — completava o círculo. Cinco corpos no total. Cinco cadáveres perfeitos.

— Não deixe que as expressões deles a enganem — murmurou Morgane. Perto como estava, podia ver a cicatriz vermelha em seu peito causada pela lâmina de Jean Luc. — Suas mortes não foram tranquilas. Não foram bonitas ou agradáveis. Mas já sabe disso, não é? Viu nosso doce Etienne. — Outro sorriso retorceu seus lábios. — Devia tê-lo ouvido gritar, Louise. Foi lindo. Transcendental. E tudo por sua casa.

Com um movimento dos seus dedos, os corpos desceram, ainda fazendo círculos no ar, até me cercarem na altura dos olhos. Os dedos do pé roçavam a terra, e as cabeças — engoli minha ânsia de vômito.

Suas cabeças eram claramente mantidas intactas no lugar apenas por um truque de magia.

Me sentindo dormente, fiquei nas pontas dos pés, fechando primeiro os olhos da criança — sua cabeça balançou com o contato —, depois os da moça mais velha, das gêmeas e, finalmente, os do belo estranho. Manon se moveu em minha visão periférica.

— Você está doente, *maman*. Está doente faz um bom tempo.

— Quem é você para falar, amada? Sequer imagina como fiquei encantada a observando nessas últimas semanas. Jamais estive tão orgulhosa. Enfim minha filha se dá conta do que é preciso ser feito. Está do lado errado, claro, mas seus sacrifícios ainda assim são dignos de aplauso. Tornou-se a *arma* que a concebi para ser.

Mais bile me subiu pela garganta diante do discurso enfático, e rezei — *rezei* — para que não estivesse nos espiando mais cedo, que não tivesse entreouvido as palavras de Reid em nosso quarto da pousada. Em nossa *cama*. Sua presença envenenaria aqueles momentos entre nós.

Por favor, não aqueles.

Seu dedo, frio e afiado, levantou meu queixo. Mas os olhos eram ainda mais frios. Eram ainda mais afiados.

— Achou que poderia salvá-los? — Quando não respondi, ela apertou com mais força. — Você me humilhou durante Modraniht. Diante de todas as nossas irmãs. Diante da própria Deusa. Depois que fugiu, me dei conta do quanto estivera cega. Obcecada. Enviei suas irmãs para o reino em busca da prole de Auguste. — Ela deu um tapa com as costas da mão no rosto de Gilles, cortando a pele. Sangue estagnado escorreu. Gotejou nos cabelos de Gaby. Ela gemeu novamente. — E os encontrei... não todos, não, ainda não. Mas logo. Não preciso da sua garganta maldita para reivindicar minha vingança, Louise. Minha vontade será feita, com ou sem você.

"Não se engane — acrescentou, capturando meu queixo outra vez —, você *morrerá*. Mas se escapar novamente, não vou persegui-la. Nunca mais correrei atrás de você. Em vez disso, vou me deliciar quando desmembrar os irmãos e irmãs do seu caçador, e vou lhes enviar cada pedacinho. Vou engarrafar os gritos deles e envenenar os seus sonhos. Cada vez que fechar os olhos, testemunhará o fim das vidas miseráveis deles. E depois que a última criança for abatida, irei atrás do seu caçador, e vou cortar os segredos da mente dele e destroçá-lo na sua frente. Só *aí* vou matá-la, filha querida. Só quando estiver *suplicando* pela morte.

Eu a encarei. Minha mãe. Estava enlouquecida, completa e absolutamente desvairada. Sempre fora fervorosa, volátil, mas aquilo... aquilo era diferente. Na sua busca por vingança, tinha sacrificado demais. *Todos esses pedacinhos que você sacrifica... eu os quero para mim*, Reid me dissera. *Quero você. Inteira e sã e salva.* Busquei em seu rosto qualquer sinal da mulher que tinha me criado — que dançara comigo na praia e me ensinara a enxergar meu valor —, mas não restava nada. Ela desaparecera.

Acha que vai conseguir matar sua própria mãe?

Ela não me dá outra escolha.

Não tinha sido uma resposta na época. Neste momento, era.

— Então? — Soltou meu queixo, os olhos ardendo com fúria. — Não tem nada a dizer?

Minhas mãos estavam pesadas como chumbo, mas as forcei a se levantarem ainda assim.

— Acho... que se planeja desmembrar *todos* os filhos dele, um a um... você me dá tempo o suficiente para detê-la. — Ela mostrou os dentes num rosnado, e sorri, fingindo um desafio. Aquele alargar de boca me custou tudo. Também serviu como distração para o meio passo que dei na direção de Gabrielle. — E *vou* detê-la, *maman*... especialmente se acaba tagarelando sobre seus planos toda vez que nos encontramos. Adora mesmo o som da sua voz, não é? Jamais a considerei uma narcisista. Louca e fanática, sim, em certos momentos até fútil, mas nunca narcis...

Morgane levantou Gaby antes que pudesse terminar, e xinguei mentalmente. Quando torceu a mão, uma bola de fogo aflorou na palma de sua mão.

— Tinha considerado oferecer um ultimato, *amada*, entre Célie e Gabrielle... só um pouquinho de entretenimento... Mas parece que você já testou minha paciência o bastante. Agora matarei as duas. Embora saiba que você prefere gelo, eu mesma tendo mais ao fogo. Bem poético, não acha?

Célie choramingou atrás de mim.

Merda.

Com uma passada do dedo de Morgane, os olhos de Gaby se abriram — e depois se arregalaram, olhando ao redor.

— Lou. — Sua voz falhou ao dizer meu nome, e ela se debateu nos braços da minha mãe. — Lou, ela é louca. Ela e...

Ela parou de falar com um grito quando Morgane passou a chama por seu rosto — quando repetiu o movimento, levando as línguas de fogo pela garganta dela, o peito, os braços. Embora gritasse e gritasse, se debatendo mais, Morgane não a soltou. Em pânico, busquei um padrão, *o* padrão, mas antes de fazer a escolha final uma lâmina cortou o ar, cortou a *mão* de Morgane.

Urrando com indignação, ela liberou Gaby e fez um movimento na direção...

Meu fôlego ficou engasgado na garganta.

Ansel. Um movimento na direção de Ansel.

Ele tinha me seguido de novo.

Com os olhos semicerrados, ela olhou para ele — olhou *de verdade* — pela primeira vez. Seu sangue escorria e caía na bainha da capa. Uma gota. Duas gotas. Três.

— Me lembro de você. — Quando sorriu, o rosto se contorceu em algo feio e sombrio. Não deteve Gaby quando a menina engatinhou para trás, para longe, e fugiu pelo túnel abaixo dos corredores. — Estava lá, em Modraniht. Um passarinho tão bonitinho. Finalmente encontrou suas asas.

Ele apertou mais forte o cabo das facas, tenso, e ajustou a postura, separando e estabilizando melhor os pés, preparando-se para utilizar a força das partes superior e inferior do corpo. Orgulho e terror se digladiavam dentro do meu coração. Ele salvara Gaby. Derramara o sangue de Morgane.

Tinha sido marcado.

Os padrões vieram sem hesitação quando me coloquei ao lado dele. Quando levantei as mãos, determinada, ele cutucou a adaga dentro da minha bota. Eu a retirei de lá depressa.

— Primeira lição — murmurou. — Encontre as fraquezas do seu inimigo e as explore.

— O que estão sussurrando aí? — sibilou ela, criando outra bola de fogo na mão.

Tinha escolhido fogo para fazer uma declaração, mas fogo podia ser alimentado. Simbolizava paixão. *Emoções*. Em um combate, reagiria rapidamente, sem deliberar, e aquela impulsividade poderia significar sua derrota. Teríamos que ser cuidadosos, ágeis.

— Sabia que escolheria fogo. — Abri um sorrisinho torto, atirando a faca para o alto e a recuperando com indiferença casual. — Está ficando previsível com o avanço da idade, *maman*. E enrugada. — Quando lançou o primeiro globo incendiário, Ansel abaixou-se depressa. — É uma boa coisa que seu cabelo seja naturalmente pálido assim. Esconde os fios brancos, não é?

Com um grito de indignação, ela liberou a segunda bola. Desta vez, porém, me movi ainda mais rápido, capturando as chamas com minha lâmina e as devolvendo.

— Segunda lição — falei, rindo quando a capa pegou fogo. — Não existe trapaça. Use todas as armas em seu arsenal.

— Você acha que é muito esperta, não acha? — Morgane atirou a peça de roupa no chão, ofegante. Fumegava gentilmente, fazendo nuvens de fumaça espiralarem ao redor dela. — Mas fui eu quem ensinei você a lutar, Louise. *Eu.* — Pouco discernível através da fumaça, criou uma terceira esfera entre as palmas das mãos, os olhos brilhando com malícia. — Terceira lição: a batalha não termina até um de vocês estar morto no chão. — Quando a lançou, cresceu na forma de uma espada, de um pilar, e nem eu nem Ansel conseguimos nos mover com a rapidez necessária. Arranhou nossa pele ao passar, nos derrubando, e Morgane investiu.

Prevendo sua jogada — com o corpo urrando de dor —, tomei a faca de Ansel e rolei por cima dele, golpeando o ar diante do rosto da minha mãe. A metade superior do seu corpo deu uma guinada para trás, mas o movimento trouxe a metade inferior na minha direção, na direção da *minha* adaga, que enterrei na barriga dela. Ela inspirou fundo, surpresa. As chamas desapareceram, e os corpos flutuando acima do chão tombaram. Ruídos horrorizados deixaram a plateia quando seu feitiço se dispersou. Com a faca de Ansel, me movi para terminar o serviço, observando cada movimento seu, cada emoção, como se o tempo tivesse desacelerado. Memorizando seu rosto. As sobrancelhas quando se juntaram em confusão. Os olhos quando se arregalaram em surpresa. Os lábios quando se separaram em medo.

Medo.

Era uma emoção que jamais vira no rosto da minha mãe.

E me fez hesitar.

Acima de nós, passos retumbaram, e o grito de Reid perfurou o silêncio.

Não.

Com mais rapidez do que seria humanamente possível, a mão de Morgane capturou meu pulso e torceu. O mundo voltou a entrar em foco com nitidez vívida, e deixei a adaga cair com um grito.

— Você tentou me matar — sussurrou ela. — *A mim.* Sua *mãe.*

Ela soltou uma risada histérica, uma gargalhada maléfica, mesmo quando... quando *Chasseurs* começaram a descer as escadas. Reid e Jean Luc os lideravam, com Blaise rosnando atrás deles, transformado.

— E se tivesse conseguido, filha? Foi por isso que veio? Achou que se tornaria rainha? — Ela torceu meu pulso com brutalidade, e ouvi meu osso fraturar. Dor irradiou braço acima, consumindo tudo, e eu gritei. — Uma rainha deve fazer o que for necessário, Louise. Estava quase lá, mas parou. Devo mostrar o caminho que deve seguir? Devo mostrar tudo o que falta em você?

Ela soltou meu pulso, e cambaleei para trás, assistindo por entre lágrimas enquanto Reid corria até nós, passando à frente de todos, as facas empunhadas. Não consegui me mover depressa o bastante. Não consegui impedi-lo.

— Reid, *NÃO...!*

Morgane disparou a quarta e última bola de fogo, que explodiu contra o peito dele.

O HOMEM SELVAGEM

Reid

Fumaça me engoliu, espessa e ondeante. Sufocava meu nariz, minha boca, meus olhos. Embora não pudesse enxergá-la, ainda podia ouvir Lou enquanto berrava, se insurgia contra a mãe, que ria. Ria e ria e ria. Tentei atravessar a cortina de fumaça para alcançá-la, para dizer que estava bem...

— Reid! — gritou Ansel. A voz de Jean Luc logo se juntou à dele, se elevando acima do alvoroço enquanto as pessoas na plateia fugiam, procurando abrigo. Enquanto bruxas gritavam e passos retumbavam, tão volumosos quanto a fumaça no ar.

Mas onde estava o fogo?

Espalmei o peito, procurando o calor intenso de chamas, mas não encontrei. Em vez disso, havia... havia...

Claud Deveraux estava a meu lado, me oferecendo um sorriso maroto. Nas mãos, continha a bola de fogo — se encolhendo, fumegando loucamente —, e em seus olhos... Pisquei rapidamente em meio ao vapor cinzento. Por um momento apenas, seus olhos pareceram cintilar com algo milenar e selvagem. Algo *verde*. Dei um passo para trás, perplexo. Aquele cheiro esmaecido de terra que sentira dentro das carretas da Troupe de Fortune retornou multiplicado por dez. Dominou o fedor da fumaça, banhou a caverna com o aroma de seiva de pinheiro e líquen, solo fresco e palha.

— Achei... você disse que não era um bruxo.

— E continuo não sendo, meu caro.

— Não conseguimos encontrá-lo. Nos túneis, não...

— Meus passarinhos tinham desaparecido, não é? — Ele endireitou meu casaco com um sorriso tenso. — Não se aflija. Eu *vou* encontrá-los.

Para além da neblina, Lou ainda gritava. Enchia meus ouvidos, impedindo qualquer pensamento.

— E embora a *doce* Zenna devesse ter mais bom senso, a tentação da violência provou-se grande demais para resistir... tanta sede de sangue naquela lá. Eu a encontrei nos túneis enquanto procurava pelos outros. A pobre Seraphine não teve escolha senão segui-la, mas eu não podia simplesmente deixá-las desprotegidas. *Tinha* esperanças de retornar antes de a situação aqui piorar... Melhor prevenir do que remediar, sabe... Mas fazer o quê? — Ele olhou por cima do ombro na direção das gargalhadas de Morgane. — A doença dela pode vir a consumir todos nós. Se me dá licença...

Ele partiu a cortina de fumaça com um meneio de pulso.

Então Lou e Morgane surgiram, nítidas, circulando uma a outra com as mãos no ar. Atrás delas, Ansel protegia Célie em seus braços, e Jean Luc e Coco lutavam, costas com costas, contra um trio de bruxas. Acima de nós, Beau guiava convidados histéricos às saídas. O corpo de uma bruxa esfriava aos pés de Blaise, o pescoço dilacerado, mas outra o tinha encurralado. Suas mãos se retorciam freneticamente.

Dois Chasseurs a alcançaram primeiro.

Quando Deveraux saiu de dentro da neblina de vapor cinzento, Lou e Morgane congelaram. Eu o segui.

— *Você* — rosnou Morgane, e tropeçou, *tropeçou* de verdade, para trás.

Deveraux soltou um suspiro.

— Sim, querida. Eu.

E com aquelas palavras, Claud Deveraux começou a mudar. Ficando mais alto, mais largo, sua silhueta ultrapassava até mesmo a minha. Cascos explodiram de dentro dos sapatos polidos. Chifres como os de um cervo irromperam dos cachos bem penteados. Uma coroa de galhos de carvalho enfeitava sua cabeça. Com as pupilas se estreitando em rasgos, os olhos brilhavam na escuridão como os de um gato. Nos fitou em silêncio por vários segundos.

Inspirei um fôlego trêmulo.

— Puta *merda*. — Lou o encarava boquiaberta, incrédula. Confusa. Me aproximei dela devagar. — Você... você é o Homem Selvagem.

Com uma piscadela, a cumprimentou abaixando a aba da cartola. Evaporou-se em uma explosão de lilases, que ele ofereceu a ela com um floreio.

— É um prazer conhecê-la, pequena. — Sua voz era mais grave agora, antiquíssima, como se saísse da própria terra. — Peço perdão por não ter revelado minha identidade antes, mas são tempos estranhos e difíceis.

— Mas você não é *real*. É um maldito *conto de fadas*.

— Assim como você, Louise. — Rugas apareceram em volta dos olhos amarelos. — Assim como você.

— Você não devia ter vindo até aqui, Henri — disse Morgane através de lábios quase cerrados. Ainda não tinha abaixado as mãos. — Vou matar todos eles só para provocar você.

Ele sorriu sem ternura, revelando presas pontiagudas.

— Cuidado, querida. Não sou um cachorrinho que precisa obedecer às ordens do mestre. — Sua voz ficou mais rígida, mais feroz, diante da careta de Morgane. — Sou o Selvagem. Sou todos os habitantes da terra, todas as coisas feitas e desfeitas. Nas minhas mãos está a vida de todas as criaturas e o fôlego de toda a raça humana. As montanhas se curvam à minha mercê. Os animais selvagens me veneram. Sou o pastor e o rebanho.

A contragosto, Morgane deu um passo atrás.

— Você... você conhece as Leis Antigas. Não pode intervir.

— Não posso intervir *diretamente*. — Ele se empertigou até atingir sua altura máxima, avultando acima dela, de todos nós, os olhos felinos lampejando. — Mas minha irmã... está muito descontente com seus feitos recentes, Morgane. Muito descontente.

— A sua irmã — repetiu Lou, baixinho.

Morgane empalideceu.

— Tudo que fiz foi por ela. Em breve, suas filhas estarão livres...

— E a sua, morta. — Franzindo o cenho, ele tocou o rosto dela com uma das mãos. Morgane não se retraiu. Ao contrário, procurou seu toque. Quis desviar meus olhos. Mas não podia. Não quando tristeza profunda enchia os olhos daquele ser estranho, não quando escorria como uma lágrima pela bochecha de Morgane. — O que foi que lhe aconteceu, meu amor? Que mal envenena seu espírito?

Então ela se retraiu. A lágrima evaporou como fumaça em seu rosto.

— Você me *deixou*.

A palavra fez algo dentro dela quebrar, e Morgane saltou, atirando as mãos na direção dele. Lou levantou as suas por reflexo. Segui um segundo tarde demais, deixando cair uma das facas, xingando quando foi deslizando para longe, passando por Morgane. Ela não percebeu, lançando as mãos na direção de Deveraux mais uma vez. Ele apenas movia o pulso e suspirava. O cheiro pungente de cedro nos envolveu.

— Sabe que nada disso funciona em mim, querida — disse, irritado. Com outro movimento, Morgane voou para cima, suspensa como se estivesse presa em uma árvore. Suas palmas se encontraram e ficaram presas. O tumulto ao redor se aquietou quando todos viraram para ver o que estava acontecendo. — *Sou* a terra. Sua magia vem de *mim*.

Quando ela gritou em frustração, se debatendo com histeria, ele a ignorou.

— Mas tem razão — continuou. — Eu nunca deveria ter ido embora. É um equívoco que não repetirei.

Ele caminhou por uma fileira de corpos, crescendo a cada passo. Náusea se rebelou com violência em meu estômago quando prestei mais atenção a eles. Quando reconheci minha boca em um rosto. Meu nariz em outro. Meu maxilar. Meus olhos.

Deveraux avistou a criancinha de colo, e sua voz ficou mais sinistra.

— Por tempo demais fiquei quieto... assistindo enquanto você afogava outros, enquanto você mesma naufragava... Não mais. Não deixarei que continue com isso, *ma chanson*. — Ele olhou para Lou, e a fúria terrível em seus olhos se abrandou. — Ela poderia ter sido nossa.

— Mas *não* é — cuspiu Morgane, o pescoço tenso de esforço. — Não é minha, e não é sua. É *dele*. *Deles*. — Ela apontou para mim, Ansel, Coco e Jean Luc, Beau e Blaise. — *Nunca* foi minha. Escolheu sua lealdade. Ainda que seja a última coisa que eu faça, vou fazê-la sofrer como as irmãs sofreram.

Várias bruxas se aproximavam do túnel principal. Blaise — com sangue pingando do focinho — bloqueava a entrada, mas ele era um só. Quando as bruxas se moveram, passando por ele, os Chasseurs as perseguiram, nos abandonando. Ansel se afastou para resguardar uma passagem menor. Tremendo ao lado dos corpos, Célie estava sozinha. Quando se virou para olhar para mim — viva, *aterrorizada* —, eu a chamei com um aceno. O menor movimento de dedos. Seu rosto se contorceu, e ela correu na nossa direção. Lou a segurou, e eu envolvi as duas com meus braços.

Nós sobreviveríamos. Todos nós. Não me importava o que dizia a visão de Coco.

Deveraux nos observou por um momento, a expressão melancólica, antes de se dirigir a Morgane. Balançou a cabeça.

— É uma tola, meu amor. Ela é sua filha. Claro que poderia ter sido sua. — Com um abano de mão, a bruxa flutuou de volta para o chão.

Suas mãos se separaram. — Esse jogo acabou. Minha irmã desenvolveu um carinho especial por Louise.

Meus braços a apertaram mais, e, trêmula de alívio, Lou deixou a cabeça cair em meu ombro. Para minha surpresa, Célie acariciou seus cabelos. Uma única vez. Um gesto simples de conforto. De esperança. A improbabilidade daquilo me sobressaltou, me estilhaçou, e fui tomado por um alívio reconfortante. Com Deveraux e sua irmã do nosso lado — um *deus* e uma *deusa* —, Morgane estava de mãos atadas. Mesmo com todo o seu poder, era apenas uma mulher. Não podia esperar entrar naquela guerra para vencer.

Ofegante, flexionando os pulsos, ela encarou Deveraux com animosidade pura.

— Sua irmã é que é a tola.

Os olhos dele ficaram impassíveis, e Deveraux gesticulou para que Blaise e Ansel se afastassem das entradas.

— Você testa minha paciência, amor. Parta agora, antes que eu mude de ideia. Desfaça o que pode ser desfeito. Não tente machucar Louise de novo, ou sentirá a ira da minha irmã... e a minha. É o seu último aviso.

Morgane foi andando de costas para o túnel, devagar. Seus olhos se ergueram, observando enquanto as últimas bruxas fugiam para fora do seu campo de visão, os Chasseurs restantes atrás delas. Deveraux as deixou ir. Morgane jamais se renderia com uma plateia. O auditório já estava quase vazio. Apenas nós permanecíamos... e Manon. Ela fitava o rosto vazio de Gilles, o seu próprio igualmente sem vida. Lou parecia querer ir até ela, mas apertei sua cintura. *Ainda não*.

— Meu último aviso — soprou Morgane. — A ira de uma deusa.

Quando levantou as mãos, todos ficaram tensos, mas ela apenas as juntou em aplauso. Cada um ecoou no salão deserto. Um sorriso verdadeiramente aterrorizante atravessou seu rosto.

— Muito bem, Louise. Parece que tem peças poderosas nesse tabuleiro, mas não esqueça que também tenho as minhas. Você fez a melhor jogada... por enquanto.

Lou se afastou de mim e Célie, engolindo em seco.

— Nunca estive nesse jogo, *maman*. Eu amava você.

— Ah, amada. Já não falei que o amor torna você fraca?

Um brilho enlouquecido acendeu os olhos de Morgane enquanto ela se distanciava. Estava próxima ao túnel. Próxima da sua fuga. Ansel esperava ali perto com uma expressão ansiosa. Refletia a minha própria. Lancei uma olhadela a Deveraux, torcendo para que mudasse de ideia, que a capturasse, mas ele não se moveu. Confiava que partiria, que obedeceria ao comando da sua deusa. Eu, não.

— Mas o jogo ainda não terminou — continuou ela. — Houve apenas uma mudança nas regras. Só isso. Não posso usar magia, não aqui. Não posso tocar *você*, mas...

Me dei conta tarde demais da sua intenção. Todos nós.

Com uma gargalhada, tomou minha adaga caída e investiu, cravando-a na base do crânio de Ansel.

O FIM DO MUNDO

Lou

O mundo não termina em um grito.
 Termina num suspiro. Uma única expiração de sobressalto. E depois...
Nada.
Nada senão silêncio.

ALGO SOMBRIO E SECULAR

Lou

Não pude fazer nada, apenas observar enquanto ele caía.

Tombou de joelhos primeiro — os olhos arregalados, sem ver — antes de desmoronar para a frente. Não havia ninguém para amparar sua queda, para impedir que seu rosto atingisse o chão com um baque nauseante e definitivo. Ele não voltou a se mexer.

Um zumbido enchia meus ouvidos, minha mente, meu *coração*, enquanto sangue o cercava em um círculo escarlate. Meus olhos se recusavam até a piscar. Só havia Ansel e sua coroa, os braços e pernas, tão lindos, estirados como se... como se estivesse apenas adormecido...

Ao badalar da meia-noite, um homem que leva em seu coração morrerá.

Um grito perfurou o silêncio.

Era meu.

O mundo voltou a entrar em foco de uma só vez, e todos estavam berrando, correndo, escorregando no sangue de Ansel...

Coco rasgou o braço com uma das facas de Reid, e seu próprio sangue se derramou no rosto do jovem. Viraram-no de barriga para cima no colo de Reid, forçando a boca a se abrir. Sua cabeça pendia, mole. A pele já tinha começado a perder a cor. Não importava quanto o sacudissem, quanto soluçassem. Não acordava.

— Ajude ele! — Coco ficou de pé num pulo e se agarrou ao paletó de Claud.

Lágrimas escorriam por seu rosto, queimando tudo que tocavam, criando línguas de fogo aos nossos pés. E não paravam de cair. Estava sem fôlego, e não o balançava mais, apenas segurava seus ombros. Chorando aos berros. Se afogando.

— Por favor, *por favor*, traga-o de volta...

Claud removeu as mãos dela com gentileza e balançou a cabeça.

— Sinto muito. Não posso fazer nada. Ele... se foi.

Se foi.

Ansel se foi.

Se foi se foi se foi. As palavras rodopiavam a meu redor, através de mim, sussurrando com irrevogabilidade. *Ansel se foi.*

Coco afundou no chão, e suas lágrimas começaram a cair mais espessas, mais rápidas. Fogo a cercava como pétalas derretidas. Saboreei o calor. A dor. Aquele lugar queimaria pelo que nos roubara. Torci para que as bruxas ainda estivessem ali. Torci para que o demônio de rosto vermelho e seus amigos não tivessem escapado ainda. Soprando cada padrão cintilante, alimentei as chamas, tornando-as mais altas, mais quentes. Iam todos morrer com Ansel. Cada um deles.

Uma risada ecoou da escuridão do túnel.

Com um rugido gutural, corri atrás dela. Jean Luc me dissera que tinha apodrecido, mas não era verdade. Magia não apodrecia. Fraturava, como um espelho estilhaçado. A cada toque de magia, as rachaduras no vidro aumentavam. O mais leve contato poderia destruí-lo. Não o tinha corrigido na época. Não quisera admitir o que estava me acontecendo — o que todos sabíamos. Mas agora...

— Você o *amava*, Louise? — A voz de Morgane ecoou na escuridão. — Viu quando a luz deixou aqueles olhinhos castanhos tão bonitos?

Agora estava me estilhaçando.

Luz explodiu da minha pele em todas as direções, iluminando a passagem inteira. As paredes tremeram, o teto rachando e me banhando com pedras, afundando sob minha ira. Segui em frente, puxando padrões cegamente. Faria aquele túnel desmoronar na cabeça dela. Destruiria o mundo e arrancaria o céu lá de cima para puni-la pelo que fizera. Pelo que *eu* fizera. Morgane estava parada em uma abertura na passagem, congelada, com a boca aberta em surpresa — encantada.

— Você é magnífica — sussurrou. — *Finalmente*. Podemos nos divertir um pouco mais.

Fechando os olhos, inclinei a cabeça para trás, segurando todas aquelas vidas em meus dedos. Reid. Coco. Claud. Beau. Célie. Jean Luc. Manon. Testei o peso de cada uma, procurando um fio que fosse páreo para o de Morgane. Ela tinha que morrer. Custasse o que custasse.

E se alguém tiver que morrer em troca?, murmurou a voz.

Que seja.

Antes que eu pudesse puxar o cordão, porém, um corpo esbarrou no meu. Sangue ensopava sua camisa. Senti seu gosto em minha boca quando me prendeu contra a parede, quando levantou minhas mãos acima da cabeça.

— Pare, Lou. Não faça isso.

— Me *solte*! — Meio gritando, meio soluçando, lutei contra Reid com toda a minha força. Cuspi o sangue de Ansel. — É minha culpa. Eu o matei. Eu disse que ele era um *inútil*... que não valia *nada*...

Na entrada do túnel, Claud, Beau e Jean Luc lutavam para conter Coco. Ela devia ter me seguido. Pela expressão selvagem, planejava um destino similar para minha mãe. Fogo rugia atrás dela.

Quando me virei, Morgane tinha desaparecido.

— Deixe-a ir — suplicou Reid. Lágrimas e fuligem manchavam seu rosto. — Terá outra chance. Temos que ir, ou este lugar vai desmoronar em cima de nós.

Me entreguei em seus braços, derrotada, e ele expirou, pesaroso, me pressionando contra seu peito.

— Você não tem permissão para me deixar. Está entendendo?

Segurando meu rosto, ele me afastou e me beijou em desespero. Sua voz era feroz. Os olhos, ainda mais. Queimavam nos meus, furiosos, angustiados e *temerosos*.

— Você não tem permissão para fazer isso sozinha. Se for se esconder dentro da sua cabeça... na sua magia... eu irei atrás, Lou. — Ele me sacudiu de leve, lágrimas brilhando naqueles olhos assustados. — Vou seguir você para dentro daquela escuridão, e vou trazê-la de volta. Está me ouvindo? Aonde quer que *tu* fores, irei *eu*.

Olhei para o auditório. As chamas estavam altas demais para voltarmos e recuperarmos o corpo de Ansel. Queimaria ali. Aquele lugar imundo e deplorável seria sua pira. Fechei os olhos, esperando a dor me acometer, mas havia apenas vazio. Estava oca. Vã. Não importava o que Reid alegasse... desta vez, não seria capaz de me trazer de volta.

Algo sombrio e secular serpenteou para fora daquele abismo.

MAGIA ANTIGA

Lou

A luz do fim de tarde insinuava-se filtrada pela janela empoeirada, iluminando a madeira de tons quentes e o carpete grosso da sala de jantar na pousada Léviathan. La Voisin e Nicholina me encaravam do outro lado da mesa. Pareciam deslocadas naquele cômodo ordinário e mundano. Com as peles marcadas e olhos assombrados, eram duas criaturas saídas de uma história de terror, tendo escapado de suas páginas.

Eu daria vida a sua história de terror.

O dono da pousada me assegurara que ninguém nos perturbaria ali.

— Onde vocês estavam?

— Os túneis nos separaram. — La Voisin encontrou meu olhar, impassível. Ainda não tínhamos encontrados os outros. Embora Blaise e Claud tivessem procurado incansavelmente, Liana, Terrance, Toulouse e Thierry permaneciam desaparecidos. Presumi que Morgane os tivesse matado. Não conseguia me importar. — Quando chegamos à Mascarada, Cosette já tinha incendiado o lugar. Instruí minha gente a fugir.

— *Mar de lágrimas e lago de fogo.* — Nicholina balançava para a frente e para trás na cadeira. Os olhos prateados jamais deixaram os meus. — *Para afogar nossos inimigos em seu jogo.*

— Minha sobrinha me informou que você mudou de ideia. — La Voisin olhou na direção da porta, onde os demais nos aguardavam na taberna. Todos, à exceção de uma pessoa. — Diz que você quer seguir para o Château le Blanc.

Encarei o olhar inabalável de Nicholina com a mesma expressão.

— Não quero seguir para o Château le Blanc — falei. — Quero queimar tudo.

La Voisin ergueu as sobrancelhas.

— Você sabe que isso não se encaixa nos meus planos. Sem o Château, minha gente permanece desabrigada.

— Construa uma nova casa para vocês. Em cima das cinzas das minhas irmãs.

Um brilho peculiar se infiltrou em seus olhos. Um sorriso tocou seus lábios.

— Se concordarmos... se queimarmos sua mãe e suas irmãs dentro da casa dos seus ancestrais... isso não soluciona o problema maior. Embora os métodos da sua mãe tenham se tornado erráticos, ainda somos perseguidas. A família real não sossegará até que a última de nós esteja morta. Mesmo agora, Helene Labelle permanece cativa.

— Então matamos eles também. — Minha voz soava oca até para os meus próprios ouvidos. — Matamos todos.

La Voisin e Nicholina se entreolharam, e o sorriso da primeira cresceu. Assentindo como se eu tivesse passado em alguma espécie de teste secreto com sucesso, tirou o grimório do manto e o deixou sobre a mesa.

— Que... cruel.

Nicholina passou a língua pelos dentes.

— Eles querem morte — falei com simplicidade. — Eu mesma darei a eles.

La Voisin descansou a mão no livro.

— Aprecio sua dedicação, Louise, mas um feito assim... É mais fácil falar do que fazer. O rei tem vantagem numérica com seus Chasseurs, e os Chasseurs têm força com as Balisardas. Morgane é onisciente. Tem... peças poderosas em seu tabuleiro.

Parece que tem peças poderosas nesse tabuleiro, mas não esqueça que também tenho as minhas. Franzi a testa diante da expressão.

— Nunca se perguntou como ela encontrou você em Cesarine? — La Voisin se levantou, e Nicholina a seguiu. Me levantei com elas, inquietude alfinetando minha nuca. A porta atrás delas permanecia fechada. Trancada. — Como deixou uma mensagem dentro do meu próprio acampamento? Como sabia que viajaria com a Troupe de Fortune? Como a seguiu para dentro dessa pousada?

— Ela tem espiões em todos os lugares — murmurei.

— Tem. — La Voisin assentiu, circundando a mesa. Lutei para permanecer quieta. Não fugiria. Não me acovardaria. — Sim, ela tem.

Quando estava a apenas um fio de cabelo de distância do meu ombro, La Voisin parou, olhando de cima para mim.

— Adverti Coco a não fazer amizade com você. Ela sabia que eu não gostava de você. Sempre teve tanto cuidado para protegê-la de mim, nunca revelando nem um fiapinho de informação a respeito da sua localização. — Inclinando a cabeça, me estudou com foco predatório. — Quando ficou sabendo do seu casamento com o Chasseur, entrou em pânico. Ficou descuidada. Imprudente. Seguimos seu rastro até Cesarine, e, que surpresa... lá estava você. Após dois anos de busca, nós a encontramos.

Engoli em seco.

— Nós?

— Sim, Louise. Nós.

Comecei a correr, mas Nicholina se materializou diante da porta. Num gesto terrivelmente familiar, me empurrou contra a parede, puxando minhas mãos e prendendo-as acima da cabeça com força sobre-humana. Quando dei uma cabeçada em seu nariz, ela apenas se aproximou mais, inspirando em meu pescoço. Seu sangue chiou ao entrar em contato com minha pele.

— Reid! REID! *COCO!* — gritei.

— Eles não conseguem escutar você. — La Voisin folheava seu grimório. — Encantamos a porta.

Assisti, horrorizada, ao nariz de Nicholina voltar para o lugar.

— São os ratinhos — soprou ela, sorrindo como um demônio. — Os ratinhos, os ratinhos, os ratinhos. Eles nos mantêm jovens, nos mantêm *fortes*.

— Do que *diabos* está sempre falando? Vocês comem ratos?

— Não seja tonta. — Ela deu uma risadinha e roçou o nariz no meu. Seu sangue continuava a fazer meu rosto ferver. Me debati contra ela, contra a dor, mas ela segurou firme. — Comemos *corações*.

— Meu Deus. — Engoli o ar, lutando contra a violenta ânsia de vômito. — Gaby tinha razão. Vocês comem seus mortos.

La Voisin não tirou os olhos do livro.

— Só os corações. São a fonte do poder de uma bruxa de sangue, e continua vivo depois da morte. Magia não tem utilidade para os mortos. Para nós, tem. — Ela tirou um ramo de ervas do manto em seguida, deixando cada ingrediente ao lado do grimório e enumerando seus nomes. — Mirica para ilusões, eufrásia para controle e beladona — ela levantou as folhas secas para inspecioná-las — para projeção astral.

Projeção astral.

Que livro era aquele na tenda da sua tia?

O grimório dela.

Sabe o que tem lá dentro?

Maldições, possessão, doença, coisas assim. Só um idiota enfureceria minha tia.

Merda.

— A presa de uma víbora — cantarolou Nicholina, ainda sorrindo e escarnecendo de mim. — Olho de coruja.

La Voisin começou a moer as ervas, a presa, o *olho*, até transformá-los em pó sobre a mesa.

— Por que estão fazendo isto? — Dei uma joelhada na barriga de Nicholina, mas ela só se aproximou, rindo. — Concordei em *ajudar* vocês. Queremos as mesmas coisas, queremos...

— Você é mais fácil de matar do que Morgane. Embora o plano fosse entregá-la durante La Mascarade des Crânes, somos flexíveis. Vamos entregá-la ao Château le Blanc em vez disso.

Assisti, horrorizada, quando abriu o pulso, quando o sangue jorrou para dentro de um cálice. Quando adicionou o pó, uma pluma de fumaça preta subiu do líquido pestilento.

— Então me mate — falei, engasgada. — Não... não faça *isso*. Por favor.

— Por decreto da Deusa, Morgane não pode mais caçá-la. Não pode forçá-la a fazer coisa alguma contra sua vontade. Você precisa ir até ela voluntariamente. Precisa se *sacrificar* voluntariamente. Eu simplesmente lhe daria de beber o meu sangue para assumir o controle, mas o sangue puro de um inimigo mata. — Ela gesticulou para o sangue de Nicholina em meu rosto, para minha pele destruída. — Por sorte, tenho uma alternativa. E tudo graças a você, Louise. As regras da Magia Antiga são absolutas. Um espírito impuro como o de Nicholina não pode tocar outro que seja puro. Essa escuridão dentro do seu coração... ela chama por nós.

Nicholina tocou meu nariz com a ponta do dedo.

— Ratinho bonito. Vamos saborear o seu caçador. Vamos roubar nosso beijo.

Mostrei os dentes para ela.

— *Você*, não.

Ela gargalhou quando La Voisin atravessou o cômodo para levar o cálice aos lábios. Bebendo com sofreguidão, relaxou as mãos, e me afastei com um solavanco, correndo para a porta...

La Voisin capturou meu pulso ferido. Arqueei o corpo para longe, gritando — gritando por Reid, por Coco, *qualquer um* —, mas ela agarrou meus cabelos e forçou minha cabeça para trás. Forçou minha boca a se abrir. Quando o líquido escuro tocou meus lábios, desmoronei e não vi mais nada.

O MAL PROCURA UMA BRECHA

Reid

O rosto de Deveraux era atipicamente sombrio ao se sentar do outro lado da mesa na pousada. Ao menos estava em sua forma *humana*. O rosto do Homem Selvagem era... perturbador. Balancei a cabeça, encarando minha caneca de cerveja. Tinha ficado choca já fazia uma hora. Jean Luc me trouxe outra.

— Beba. Tenho que ir em breve. O rei nos convocou às catacumbas dentro de uma hora.

— O que vai dizer a ele? — perguntou Deveraux.

— A verdade. — Engoliu todo o líquido da própria caneca antes de gesticular com a cabeça para Beau, que envolvera Coco com um braço na mesa ao lado. Os olhos dela estavam vermelhos e inchados, e girava um copo de vinho na mão sem vê-lo de fato. Beau a convenceu a tomar um gole. — Ele já está atrás de todos vocês — continuou Jean Luc. — Não vai mudar nada.

Deveraux franziu o cenho.

— E seus homens? Não vão revelar seu envolvimento?

— Que envolvimento, exatamente? — Os olhos do homem se estreitaram. — Eu apenas me aproveitei de uma situação para resgatar a filha de um aristocrata. — Ele bateu com a caneca na mesa e se levantou, ajeitando o casaco. — Não se enganem, não somos aliados. Se não tiverem partido quando eu retornar, vou prendê-los e não perderei o sono por isso.

Deveraux olhou para baixo a fim de esconder seu sorriso.

— Por que não agora? Estamos aqui. Você está aqui.

Jean Luc fez uma carranca, aproximando o rosto e abaixando a voz.

— Não me faça me arrepender disso, velho. Depois do que vi lá embaixo, poderia me certificar de que fosse jogado na fogueira. É o destino que aguarda todas as bruxas. Vocês não são exceção.

— Depois do que viu lá embaixo — refletiu Deveraux, ainda examinando as unhas —, imagino que tenha muitas indagações. — Quando Jean Luc abriu a boca para discutir, Deveraux o interrompeu: — Seus homens com certeza terão. Não se engane. Está preparado para responder? Está preparado para pintar nosso retrato como o de Morgane?

— Eu...

— Louise arriscou a vida para salvar uma jovem inocente, e pagou caro por isso.

Juntos, nos viramos para fitar Célie. Ela estava sentada ao meu lado, pálida e trêmula. Não tinha aberto a boca desde que deixamos La Mascarade des Crânes. Quando eu gentilmente sugeri que voltasse para casa, ela caíra no choro. Não falei disso novamente. Ainda assim, não sabia o que fazer com ela. Não podia ficar conosco. Seus pais deviam estar doentes de preocupação, e ainda que não fosse o caso... nossa jornada seria perigosa. Não era lugar para alguém como Célie.

Ela ruborizou sob os olhares de Deveraux e Jean Luc, dobrando as mãos sobre o colo. Terra ainda manchava o vestido de luto. E algo mais. Algo... pútrido.

Ainda não sabia o que lhe acontecera naquela cripta. Lou se recusara a me dizer, e Ansel...

Minha mente rejeitou ferozmente o pensamento.

— Louise foi o *motivo* pelo qual Célie foi raptada — rebateu Jean Luc entredentes. — E não posso mais discutir este assunto. Preciso partir. Célie — ele estendeu a mão para ela, o rosto se suavizando —, consegue ficar de pé? Vou escoltá-la até sua casa. Seus pais estão esperando você.

Mais lágrimas encheram os olhos da moça, mas ela as secou. Endireitando os ombros, aceitou a mão dele, trêmula. Jean Luc começou a se mover para ir embora, mas parou, segurando meu ombro no último segundo. Seus olhos eram impenetráveis.

— Espero não ver você de novo, Reid, de verdade. Deixe o reino. Leve Louise e Coco com você se precisar. Leve o príncipe. Só... — Suspirando com pesar, ele se virou. — Cuide-se.

Observei os dois saírem pela porta com uma sensação estranha, apertada. Embora não amasse mais Célie no sentido romântico, era... estranho. Ver sua mão entrelaçada à de Jean Luc. Desconfortável. Ainda assim, desejei-lhes toda a felicidade. Alguém tinha que encontrá-la.

— Como ela está? — perguntou Deveraux após um momento. Ninguém perguntou o que queria dizer com aquilo. — *Onde* ela está?

Demorei para responder, voltando a contemplar minha cerveja. Após um gole enorme, e mais um, limpei a boca.

— Está na sala de jantar com La Voisin e Nicholina. Estão... planejando.

— La Voisin? Nicholina? — Deveraux pestanejou para Coco, depois para mim, espantado. — As mesmas mulheres que nos abandonaram nos túneis, não? O que, neste mundo selvagem, Lou pode estar *planejando* com elas?

Coco não tirou os olhos do vinho.

— Lou quer invadir o Château le Blanc. Não fala em outra coisa desde que escapamos. Diz que precisa matar Morgane.

— Ai, ai, ai. — Os olhos de Deveraux se arregalaram, e soprou um fôlego. — Ai, ai, ai, ai, ai, ai. Tenho que admitir que isso é... inquietante.

A mão de Coco se fechou com mais força ao redor da taça. Levantou os olhos, ardentes de emoção não derramada.

— Por quê? Todos queremos vingança. Ela está tomando os passos necessários para chegarmos lá.

Deveraux parecia escolher com cuidado as palavras seguintes.

— Pensamentos como esses podem convidar algo muito sombrio para dentro das suas vidas, Cosette. Algo muito sombrio, de fato. O mal sempre procura uma brecha. Não podemos lhe dar nenhuma.

A base da taça se quebrou entre os dedos dela, e uma lágrima fumegou contra a mesa.

— Ela o apagou como se fosse uma *vela*. Você estava lá. *Viu* com seus próprios olhos. E ele... ele... — Ela fechou os olhos para recuperar a compostura. Quando voltou a abri-los, estavam quase pretos. Beau a observava com a expressão rígida. Desprovida de emoção. Uma folha em branco. — Ele era o melhor entre todos nós. O mal tem muito mais do que uma brecha aqui, Claud... graças ao senhor. Foi o senhor que o deixou solto ontem à noite. Deixou que vagasse livre por aí. Agora vamos todos sofrer as consequências.

A porta da sala de jantar se abriu abruptamente, e Lou entrou. Quando seu olhar encontrou o meu, ela sorriu e caminhou até mim. Franzi a testa. Não a via sorrir assim desde... desde...

Sem dizer uma palavra, me puxou para um beijo apaixonado.

AGRADECIMENTOS

As pessoas me advertiram em relação a segundos livros. Disseram que o número dois, fosse uma continuação ou algo novo, era uma criatura inteiramente diferente do livro de estreia. Após um intenso período de revisão com *Pássaro & serpente*, achei que saberia lidar com qualquer obstáculo que *Sangue & mel* me apresentasse. A vida não vem com locução, mas, se viesse, meu narrador teria rido nesse momento — talvez Jim tivesse olhado diretamente para a câmera — e dito: "Mas como ela estava errada". Por qualquer que tenha sido o motivo, este livro exigiu meu sangue, suor e lágrimas. Me presenteou com pesadelos; meu primeiro ataque de pânico. Quase tive um surto psicótico no corredor de café do supermercado (não bebo café; mas adotei o hábito enquanto reescrevia este livro). Agora, tendo passado por tudo isso, não posso deixar de me orgulhar desta história. É a prova de que somos capazes de fazer coisas difíceis, ainda que precisemos pedir ajuda de vez em quando — o que fiz ao escrevê-lo. Muito.

RJ, acho que eu nunca o perdoarei pela referência da bola de ar, mas, assim... você também me fez rir quando eu queria chorar. É um dom. É também a razão pela qual me casei com você. Obrigada por ter sido pai solteiro nesses últimos meses enquanto eu escrevia e reescrevia, revisava e voltava a revisar. Eu amo você.

Beau, James e Rose, espero que, quando lerem isto um dia, saibam que, ainda que eu não deva amor incondicional a ninguém, vocês com certeza têm o meu. Mesmo quando discutem. Mesmo quando gritam. Mesmo quando pintam o banheiro com meu batom preferido no dia do meu voo marcado para as sete da manhã.

Mãe e pai, palavras não bastam quando penso em como agradecê-los. Mesmo sendo uma escritora, não consigo exatamente descrever a onda de emoções em meu peito ao lembrar tudo que fizeram por mim, então nem vou tentar. Saibam apenas que os dois são meus heróis.

Há uma passagem perto do fim de *Sangue & mel* em que Lou retrata seu ideal de infância como estar cercada por família e risadas. Jacob, Brooke, Justin, Chelsy e Lewie, vocês inspiraram esse paraíso. Eu o vivi na infância, e o vivo agora.

Pattie e Beth, aqueles dias que passaram com as crianças não têm preço. Vocês sacrificaram muito do seu tempo e energia — e comida, provavelmente — para me permitir escrever este livro, e agradeço muito. De verdade.

Jordan, Spencer, Meghan, Aaron, Courtney, Austin, Adrianne, Chelsea, Jake, Jillian, Riley, Jon e Aaron, escrever tornou-se uma grande parte da minha vida, mas vocês nunca se ressentiram de mim por isso. Me mantiveram ancorada enquanto me permitiam crescer, sem julgamento. Mesmo com o incidente do batom preto. Não sei o que seria da minha vida sem vocês.

Jordan, se tem uma pessoa que preciso agradecer por ter me ajudado a escrever *Sangue & mel*, essa pessoa é você. O tempo e a energia que dedicou tanto a mim quanto a esta história... sinceramente, eu fico até emocionada. Obrigada por ter escutado enquanto eu chorava naquele corredor de supermercado. Obrigada por me guiar durante meu ataque de pânico, por sugerir qual deveria ser a próxima piada de Beau, por amar estas personagens da mesma forma que eu, por me enviar vídeos do

TikTok para me fazer rir, por aguentar horas e horas de mensagens no Voxer quando eu simplesmente não sabia como seguir adiante com a trama. Mais importante do que tudo isso, porém — obrigada por fazer mais do que apenas opinar sobre meus livros. Aprecio demais nossa amizade.

Katie e Carolyn, vocês nem imaginam o quanto seu apoio ao longo dos anos significa para mim. Estejam preparadas, porque eu nunca vou abrir mão de vocês.

Isabel, obrigada por me receber de braços abertos na sua casa — e na sua vida. E por me alimentar com refeições deliciosas. Adalyn, você se tornou o anjinho e o demônio em meus ombros, sussurrando meu valor em meus dois ouvidos. O seu *feed* no Instagram é ótimo também. Adrienne, sua dedicação e ética profissional e seu conhecimento me inspiram diariamente. Tipo, outro dia mesmo, você me inspirou a comprar um creme de cenoura para os olhos. Isso não acontece assim, do nada. Kristin, seus cabelos são lindos. E sua pele também. E sua lealdade de leoa às pessoas que ama. Tenho tanta sorte de ter você. Rachel, o apoio que me deu — uma pessoa que nunca vira antes, que caiu de paraquedas no chat do grupo em uma terça-feira aleatória — é avassalador. Mal posso esperar para entrar de penetra no seu próximo retiro de escritores também.

Sarah, minha agente extraordinária, nada disto teria sido possível sem seu conhecimento, orientação e ternura. Erica, sua visão para esta série permanece infalível. Obrigada por manter Lou, Reid e a mim na linha, especialmente quando começamos a nos dispersar. Louisa Currigan, Alison Donalty, Jessie Gang, Alexandra Rakaczki, Gwen Morton, Mitch Thorpe, Michael D'Angelo, Ebony LaDelle, Tyler Breitfeller, Jane Lee e todos na HarperTeen, se alguém tivesse me perguntado como seria minha equipe dos sonhos antes de vender *Pássaro & serpente*, teria sido exatamente como vocês. Não tenho palavras para agradecer pelo tempo e energia que dedicaram a esta série.

Este livro foi composto na tipologia Janson Text LT Std,
em corpo 11/17,3, e impresso em papel off-white,
no Sistema Cameron da Divisão Gráfica
da Distribuidora Record.